Dieses Buch widme ich meinen Katzen,
die mit großer Sicherheit mit einer dämonischen Aufgabe
auf diese Welt geschickt wurden,
dann jedoch den Todsünden von Trägheit und Völlerei erlagen.
Danke, dass ihr mir beim Schreiben die Füße wärmt
und meine geschundene Autorenseele
mit eurem Schnurren tröstet.
In jedem Dämon steckt eben auch
ein zarter Nougat-Marzipan-Kern.

DOVERPORT

RHODE ISLAND, U.S.A.

County: Providence
Einwohner: 102.357
Klima: gemäßigt

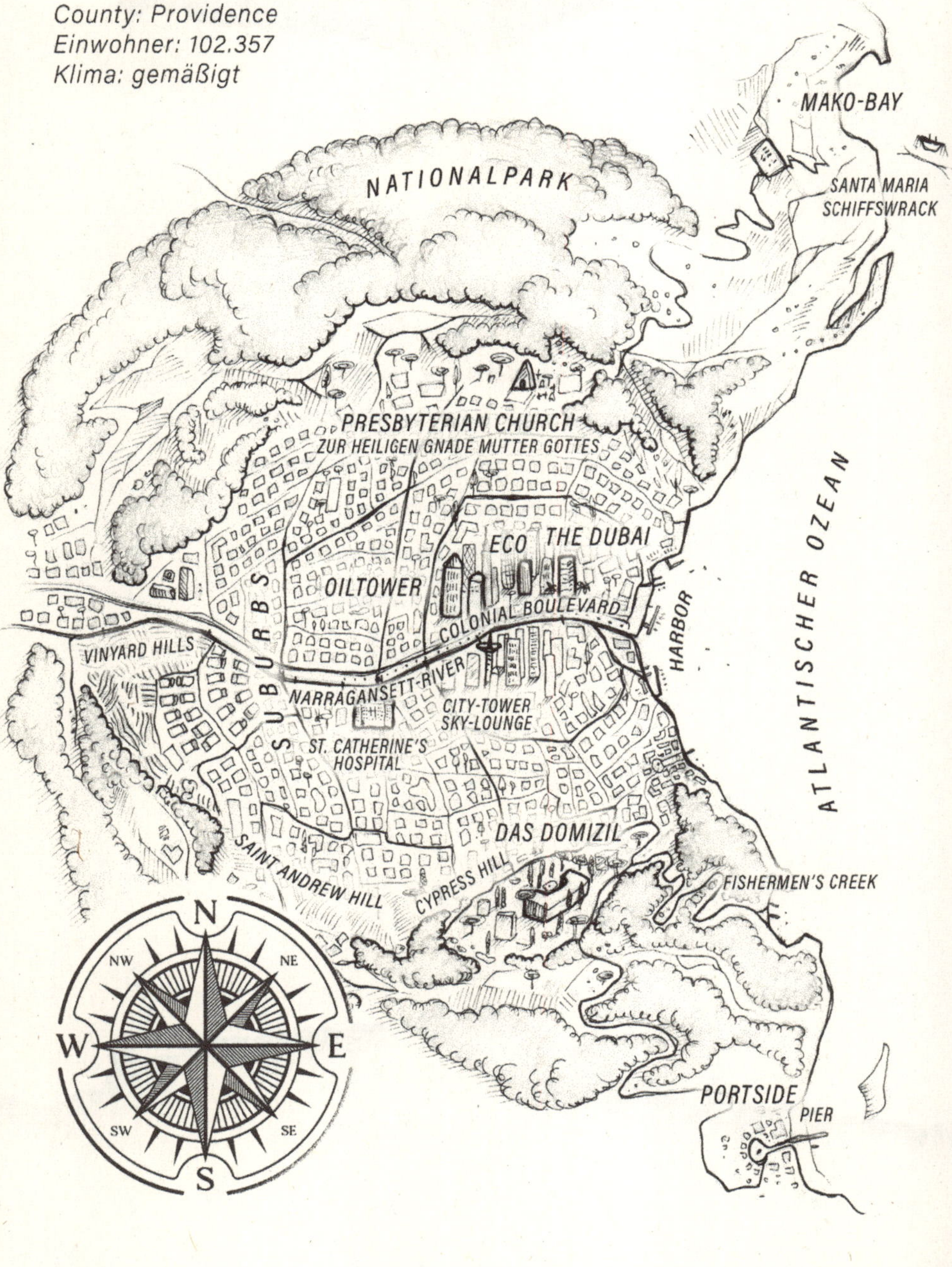

Musikalische Inspiration zum Buch

Angel – Massive Attack
Father and Son – Johnny Cash, Fiona Apple
Violet – Hole
Dead of Night – Orville Peck
Devil's Playground – The Rigs
Town of Strangers – BOKKA
What You Done – Lera Lynn
Feral Love – Chelsea Wolfe
white dove – Koda
The Wolf – Fever Ray
I Follow Rivers – Marika Hackman
To Show You Violence – Rituals of Mine
Moulding – Emily Jane White
Doll Parts – Hole
Toxic – 2wei
Heart-Shaped Box – Imad Royal, Mark Johnson
Beautiful Hell – Adna
Burn – 2wei, Edda Hayes
Heart of Glass: Crabtree Remix – Blondie, Philipp Glass
Black Hole Sun – Nouela
In the End – Eklipse

Prolog

Der Bildhauer

W*enn Gott einen Menschen verführen will, schickt er seinen schönsten Engel.*

Dieser Gedanke blitzt durch meinen Kopf, als ich den Gefallenen aus dem Atlantik fische. Aus den anderen Sphären führen wenige Wege auf die Erde herab, und fast alle sind mit Leid verbunden.

Das ascheverschmierte Wesen stinkt nach Ozon und verkohlten Federn, die sich wie schwarze Locken an seinem Schwingengerippe kringeln. Der Engel schlingt die nagellosen Finger um meinen Unterarm. Mit seiner unnatürlichen Kraft verhindert er, dass er zurück in die Fluten rutscht.

Mit einem Grunzen ziehe ich ihn über die Reling, und der Bote Gottes klatscht ungnädig auf den Planken des Fischerboots auf.

Ich habe schon einige Engel aus den Fluten gezogen. Aus den Ästen der Bäume geklaubt. Ihre zerbrochenen Reste auf den Berggipfeln eingesammelt und wieder zusammengeflickt. Denn ich bin der Bildhauer, und zusammen mit meinem Partner, dem Maler, nehmen wir jene Gesandten aus Himmel und Hölle in Empfang, die von ihren Herren auf die Erde geschickt werden, um ihre Befehle auszuführen.

Die Seraphim, wie er einer ist, verbreiten meist das Wort Gottes. Mit ihren mächtigen Stimmen umschweben sie in der Himmelssphäre den Thron des Allmächtigen und besingen seine Heiligkeit tagein, tagaus. Aber was bedeutet schon Zeit für diese Wesen? Was bedeutet schon Zeit für einen Gott, egal ob himmlisch oder höllisch?

… *Langeweile.*

Ich bin mir sicher, dass die beiden wenig anderes antreibt als die Eintönigkeit der Unendlichkeit.

Daher sendet Gott seine Abbilder und der Teufel seine Verführer. Es ist ein spielerisches Kräftemessen von Vater und Sohn. Und der Spielgrund liegt hier auf Erden.

Vor mir krümmt sich eine ihrer Spielfiguren. Sie ist nackt – sie oder, besser gesagt, *er*, denn um seine Aufgabe auszuführen, wird der Spieler das männliche Geschlecht annehmen. Er zieht die Beine an, das makellose Gesicht rußig und schmerzverzerrt. Schön und hart ist es. Kein einziges Haar bedeckt seinen Leib. Im Himmel besteht keine Notwendigkeit dafür, denn niemand friert. Er besitzt keinen Bauchnabel, denn er wurde aus Licht erschaffen, nicht geboren. Sein Schritt ist geschlechtslos und glatt wie seine gesamte golden schimmernder Haut, die einen Rest des göttlichen Leuchtens reflektiert. Er keucht heftig. Der Fall von der himmlischen Sphäre in die irdische hat ihn in Brand gesetzt. An der Küste vor Doverport werden die Menschen ihn vielleicht für einen fallenden Stern gehalten haben, den das Meer verschluckt hat.

An seinem Keuchen erahne ich bereits seine Macht. Engel besitzen einen Mund einzig aus dem Grund, um das Wort Gottes zu verbreiten. Das Rauschen, das aus seiner Lunge dringt, ist eine Kostprobe seiner Macht. Die Wassertropfen tanzen mit jedem Atemzug über Deck. Diese Stimme kann ich ihm nicht nehmen, aber der Maler wird sie dämpfen, bevor wir ihn unter die Sterblichen lassen.

Natürlich werden wir ihm nicht alles davon rauben. Wir lassen ihnen einen Funken ihrer Essenz. Schlussendlich soll der Wettkampf einer zwischen Gott und Teufel bleiben. Dämonen behalten ihre verführerische Glut. Engel den Nachhall ihres göttlichen Klangs. Das macht das Spiel erst spannend.

Er schlägt die Augen auf. Sein Blick erschüttert mich, so dunkel, dass bloß der direkte Sonneneinfall eine Spur von Braun offenbart. Ich werde diesen Lidern dunkle Wimpern verpassen und dieser Stirn starke Brauen. Haupthaar, schwarz und glänzend.

Sein Gegenspieler trägt das Glutkorn der Verführung im Blick: Mit sieben Sünden bringen dich die Dämonen um Moral und Verstand. Die Macht des Engels hingegen liegt in seinem kühlen Ernst, der dazu führt, dass man ehrfürchtig vor ihm auf die Knie gehen will. Für die Aufgabe, die die beiden auszuführen haben, scheint er auf den ersten Blick im Nachteil. Aber Verehrung kann zur Liebe werden. Auf den Knien lässt sich Bewunderung durchaus Ausdruck verleihen.

»Dein erster Besuch auf Erden?«, spreche ich ihn an.

Er schüttelt den Kopf. Versucht sich auf die Arme zu stemmen, doch rutscht auf den nassen Planken aus. Ich bücke mich, um ihm die Hand darzubieten. Er ignoriert sie. Engel sind auf Menschen selten gut zu sprechen, denn sie teilen die Zuneigung ihres Gottes ungern. Und ich erscheine als einer von ihnen.

»Lange her?«

Diesmal nickt er. Er bemüht sich in die Hocke. Sein Blick irrt über das Bootsdeck, das fröhlich vor der Küste von Rhode Island auf dem Atlantischen Ozean schaukelt. Der Engel benötigt keine Augenbrauen, um Misstrauen auszudrücken. Eine Falte spaltet seine Stirn.

»Wann war das letzte Mal?«, hake ich nach.

Eigentlich geht es mich nichts an. Ich gestalte bloß die Kontrahenten, aber mitspielen tue ich nicht. Der Maler und ich, wir stehen jenseits von Gott und Teufel. Alle Versuche, uns zu vereinnahmen, schlugen fehl. Denn sie brauchen uns. Wenn sie ihre Spielfiguren nicht auf den Erdboden setzen können, womit vertreiben sie sich dann die Ewigkeit?

Der Seraphim wirkt einen Augenblick so, als ignorierte er mich erneut. Dann krümmt er sich und spuckt aus. Ein Fisch landet auf dem Schiffsdeck und zappelt im Morgenlicht.

»Keine Ahnung«, würgt er hervor. Seine Stimme dröhnt durch Haut und Knochen. Sie treibt den Fisch über die Planken und lässt das eingezogene Fischernetz am Dreharm schwanken.

Ich stemme mich gegen den Machtimpuls. Es fühlt sich an, wie bei einem Konzert direkt vor der Anlage zu stehen. Herrlich und schrecklich zugleich.

»Das alles war noch nicht da«, sagt er. Er weist um sich.

Ich brauche einen Augenblick, um zu verstehen, was er meint.

Das Tackern des Motors, das Rauschen des Radios. Das Fischerboot ist eine alte Schüssel mit einem ausgeblichenen roten Streifen rund um den Rumpf und einer verrosteten Führerkabine, in der es so heiß wird, dass meine Fruit Roll-ups zu einem Klumpen verschmelzen. Ein Liebhaberobjekt, würde manch einer behaupten. Für den Engel mag es modern wirken, falls er das letzte Mal die Erde betreten hat, um Maria die semifrohe Botschaft zu verkünden.

»Hat man dich aufgeklärt?«, hake ich nach. »Darüber, wie es jetzt ist?« Sie können zwar aus dem Himmel herabblicken, aber was ist schon ein Ameisenhaufen, wenn man ihn vom Baum aus beobachtet?

Der Engel blinzelt zu mir hoch, die Sonne blendet ihn. »Man hat mich in der Theorie alles über die moderne Welt gelehrt. Ich trage die Enzyklopädie des Wissens in mir.«

Ja, das hat man. Aber zu wissen und zu erleben – das sind zwei verschiedene Dinge. Abgesehen davon habe ich bereits bei seinen Vorgängern bemerkt, dass ihnen manche Dinge verschwiegen werden.

»Und wer bist du?«, fragt er mich.

»Der Bildhauer.«

Erkenntnis dehnt seine Mundwinkel. »Lazael«, stellt er sich vor. Wackelig kommt er auf die Beine. Er überragt mich um eineinhalb Fuß. »Verschwenden wir keine Zeit, Bildhauer. Das Spiel hat begonnen. Gestalte mich zu einem Menschen.«

Ich klappe den Mund auf, zucke dann jedoch wortlos mit den Schultern und dackele zur Führerkabine. Dort grapsche ich mir eine fischig riechende Decke und werfe sie ihm zu. »Schön und ehrgeizig«, rufe ich, bevor ich die Rotoren starte. »Erfreulich!«

Als sich das Boot mit einem Ruck in Bewegung setzt, muss Lazael die Reling packen, um nicht zu stürzen. Noch ist er wackelig auf den Beinen, doch das wird sich bald ändern. Sie alle lernen schnell. Mit jedem Blick saugt er seine Umgebung auf, erlebt, lebt – und lernt.

Lazael

1

Dass ein Wesen, das sich in jede erdenkliche Form umgestalten kann, ausgerechnet die Erscheinung eines älteren weißen Mannes wählt, erscheint mir bar jeder Logik. Dennoch hinterfrage ich den Bildhauer nicht, während er sein Gefährt zur Küste steuert.

Wir legen an, er bringt die Passarelle aus. Bis auf einen Mann im Auto nahe der Hafenmole ist niemand anwesend. Ich hülle mich in das Tuch, um meine Unmenschlichkeit zu verbergen. Zu meiner Überraschung steigt der Autofahrer aus und winkt uns zu.

»Schon gut«, sagt der Bildhauer. »Das ist mein Partner, der Maler.« Der Bildhauer und der Maler, gemeinsam bilden sie das Künstlergespann, das mich und meinen Gegenspieler für den Auftritt auf der Erde umgestalten wird.

Wir nähern uns dem anderen. Das Meerwasser brennt mir in Nase und Augen, sein Geschmack liegt schwer auf meiner Zunge – nach Salz, Fisch und Tang. Der Wind streicht kalt über meine feuchte Haut und lässt mich frösteln. Überall fremde Gerüche, die meinen Kopf überfordern. Und jeder Schritt schmerzt. Kein Wunder, dort, wo ich herkomme, bin ich nicht auf Füße angewiesen. Die Reste meiner Flügel schleifen über den Boden. Fremdartige Geräusche kratzen in meinen Ohren. Es wird dauern, bis ich sie als neue Realität anerkenne.

Der Typ aus dem Auto erreicht mich und packt ungefragt meine Hand. Ich erinnere mich daran, dass Händeschütteln eine menschliche Konvention ist, zumindest in diesem Teil der Erde. Man hat mich auf meine Aufgabe vorbereitet. Nun, so gut es meine Geschwister eben vermochten.

In mir trage ich das Wissen über die Vorgänge der Menschensphäre, einen Fundus an Informationen wie in einer geistigen Enzyklopädie, in der ich jederzeit nachschlagen kann. Meine Geschwister haben mir alles erzählt, was sie wussten – und ich habe es besser abgespeichert als ein Computer.

Aber nicht alles kann in der Theorie studiert werden. Da ich die letzten Äonen damit verbracht habe, um Gottes Thron zu schweben und SEINE Heiligkeit zu besingen, besitzt Veränderung ein gewisses Maß an Reiz.

Der Fremde nickte mir zu. »Grüß dich«, sagt er amikal. Der Bildhauer und der Maler wandeln seit Urzeiten auf Erde – und haben dennoch beschlossen, die Erscheinung zweier nicht sonderlich attraktiver Männer anzunehmen. Attraktivität, Schönheit – ich habe gelernt, was die Menschen auf diesem Erdteil darunter verstehen und wie wichtig es ihnen ist.

Der Maler ist größer als der Bildhauer, schlanker, doch von nachlässiger Haltung. Afroamerikanische Herkunft, Haut dunkel wie die der Urmutter, sein Gesicht lang gezogen. Seine Augen wirken glupschig hinter der verbogenen Brille, deren Steg von einem Stück Pflaster zusammengehalten wird. Im Gegensatz zu seinem Partner ist sein Haupthaar dicht und steht zerzaust ab. Ungeschickt rutschen seine überlangen Finger über meinen Handrücken.

Es fällt mir schwer, mir vorzustellen, dass er mit diesen Händen Dinge in andere Sphären malen kann. Er lächelt, den menschlichen Konventionen entsprechend, aufmunternd und heißt mich auf Erden willkommen.

Der Bildhauer stapft unwillig an mir vorbei. Er hat eine Hand in der rechten Gesäßtasche vergraben und streicht sich über die Pobacke. Dabei grummelt er vor sich hin. Europäischer Hauttyp, blaue Augen, vom Erscheinungsbild her im letzten Drittel des menschlichen Lebenszyklus. Auf seinem grauen Haar sitzt eine Schirmkappe, die seine Halbglatze vor der Sonne schützt.

Ulkig.

Ein Wort, das ich studiert habe. Auf die beiden passt es, wie ich finde. *Ulkig.*

»Wir bringen dich gleich zum Domizil«, erklärt der Maler, während er uns zum Auto führt. »Es wurde die letzten Jahre von einem deiner Brüder bewohnt.«

»Geschwister«, verbessere ich ihn.

»Von einem deiner Geschwister, das die männliche Form gewählt hat.« Man hat mich darauf hingewiesen, dass Menschen es nicht mögen, wenn man sie verbessert – selbst wenn man richtigliegt. Der Maler wirkt nicht vergrämt. Aber er ist ja auch kein Mensch. Niemand konnte mir im Himmel sagen, was die beiden genau sind.

»Du löst ihn ab«, fügt der Maler an. »Er wird dir das Domizil übergeben. Dann darf er in den Himmel zurückkehren.« Er zieht die hintere Autotür auf, ein grauer Toyota Highlander. Die Amerikaner stehen auf große Autos, habe ich gelernt, obwohl die Gegend um Rhode Island hauptsächlich aus sanften Hügeln besteht. »Nach dir.«

Ich muss mich bücken, um einzusteigen. Die Fenster sind abgedunkelt, und es ist das erste Mal in meiner Existenz, dass ich mich in einem geschlossenen Raum aufhalte. Die Hütte des Apostels kann man nicht dazuzählen. Er hatte auf dem Dach genächtigt, weshalb es nicht notwendig war, sie zu betreten.

Ich fühle mich eingeengt und widerstehe dem Drang, meine verkümmerten Flügel auszustrecken. Das Gerippe dehnt sich, der Geruch der versengten Federn zieht mein Herz zusammen. Es schlägt schneller, ein dumpfer Trommelschlag in meiner Brust. Der Maler schiebt den Fahrersitz ein Stück vor, damit mein Sitznachbar besser das Bein ausstrecken kann. Wir fahren los. Die ungewohnte Fortbewegungsmethode verstärkt meine Übelkeit. Noch habe ich nichts, dem ich mich entledigen könnte. Ich besitze keinen Magen, da ich nicht essen muss.

Noch nicht.

Der Bildhauer klatscht mir aufs Bein. Ich betrachte seine fleckige Hand mit einer Mischung aus Wunder und Skepsis. »Das wird schon«, verspricht er. »Jeder muss sich ans Hiersein erst gewöhnen, egal ob Engel oder Dämon. Nimm Azuriel. Er ist seit ein paar Jahren hier. Auf den ersten Blick ist er von einem durchschnittlichen Menschen nicht zu unterscheiden … mit all seinen Fehlern und Makeln.«

»Azuriel?«, wiederholte ich fahrig.

Der Maler wirft mir einen Blick über den Rückspiegel zu, während wir uns die staubige Straße von der winzigen Marina das Küstenstück emporschrauben. Um uns bauschen sich Wälder. »Er räumt den Platz für dich. Als Mensch ist er unter dem Namen Austin Carter bekannt. Er hatte bisher die Aufgabe, das Wort Gottes zu verbreiten. Er hat den Weg als Fernsehprediger gewählt.«

Austin Carter. Bodenständig amerikanisch, der Name.

»Azuriel wird dich in deine Aufgabe einweisen.«

»Ich wurde bereits instruiert.«

»Nun, auf göttlicher Ebene«, sagt der Maler. Er lenkt den SUV auf eine Hügelkuppe, die uns einen Ausblick auf die zerklüftete Küste Rhode Islands erlaubt. Kurz wird er langsamer und lässt den Blick schweifen. »Ist doch skurril«, stellt er fest, »dass der Wettkampf um den nächsten Messias ausgerechnet im kleinsten US-amerikanischen Bundesstaat ausgetragen wird. Noch dazu in einer popeligen Hunderttausend-Einwohner-Stadt wie Doverport?«

Neben mir lehnt sich der Bildhauer gegen die getönte Scheibe. Er streckt ein Bein zwischen den Vordersitzen hindurch und reibt sich den Schenkel. »Dort lebt sie nun mal.«

»Sie?«, wiederhole ich. Meine Stimme lässt die Lüftung klappern. Der Maler dreht sie stärker, sodass der Luftstoß gegen meinen Klang ankommt.

»Die zukünftige Mutter des Messias.«

Ah, sie. Eva. Eva Persaud. Die Trophäe des Spiels, wenn man es so nennen will. Oder treffsicherer gesagt: Sie ist das Ziel. Der Messias, den ich mit ihr zeugen werde, ist die Trophäe, die ich für meinen Herrn erringen werde. Dass es mir gelingt, daran hege ich keinen Zweifel. Hegte ich Zweifel, hätte Er mich nicht entsandt.

Der Maler seufzt. »Die arme Frau.«

»Arm? Ich dachte, Persaud sei aus gutbürgerlichem Haus?« Hat man mir das falsch beigebracht? Das würde mich unzufrieden stimmen.

»Das meine ich nicht.« Der Wink mit der Hand, die er vom Lenkrad löst, wirkt so unbeholfen, dass ich mich frage, wie er damit jemals meine Flügel in eine andere Dimension malen will. Mit Schwingen, die mir aus dem Rücken wachsen, kann ich schließlich nicht unter Menschen. »Persaud weiß ja nichts von ihrem … äh … Glück.«

Ich verstehe nicht, was er meint. »Es ist eine Ehre, Gottes Kind in sich zu tragen. Es ist eine Gnade, dem nächsten Messias ins Diesseits zu verhelfen.«

Nebenan versteckt der Bildhauer den Mund hinter der Hand. Mit dem Daumen reibt er durch den nachlässig rasierten, grau gesprenkelten Bart. Seine zahlreichen Falten, vor allem jene, die seine Augen umringen, verraten Belustigung. Ein weiterer Nachteil der Gestalt, die er für sich beansprucht hat. Sie ist zu leicht zu lesen. Jede Falte ein Schriftzeichen, das ihn erklärt.

»Wieso lachst du?«, frage ich.

Er zwinkert, reibt sich die Wangen. Dann bekreuzigt er sich. »Eva Persaud; gebenedeit unter den Frauen …«

Ich weiß nicht, ob er erwartet, dass ich die Geste wiederhole. Das Wort *gebenedeit* stammt vom lateinischen Begriff benedicere ab, was so viel wie segnen, lobpreisen heißt. Jeder sollte Eva Persauds Gottesfunken preisen, den sie in sich trägt. Jener Funke, der dazu führt, dass ihr Kind der nächste Messias wird.

In dem Spiel zwischen Himmel und Hölle stellt sich nur eine Frage: Auf welcher Seite wird er stehen? Welcher Spieler wird sie erobern? Und wem wird der Messias dienen – Gott oder Teufel?

Ich habe vor, so rasch und effizient zu arbeiten, wie es mir möglich ist. Einmal Erde und zurück. Wie immer. Auch wenn mein Auftrag diesmal komplexer scheint, als einem Propheten eine Botschaft zu überbringen. Aber wenn man die Wahl zwischen Himmel und Hölle hat, wer würde sich schon für Letzteres entscheiden?

Der Bildhauer beugt sich zwischen den Autositzen vor und dreht das lauter, was die Sterblichen Musik nennen. »Cat Stevens«, erklärt er mir und schnippt im Takt zur Melodie. »Oder Yusuf Islam, wie er sich jetzt nennt. *Father and Son*. Erinnert mich an die beiden da oben und dort unten.«

Ich verstehe nicht, worauf er anspielt, doch ehrlicherweise interessiert es mich auch nicht. Menschenmusik steht in meiner Prioritätenliste ganz weit unten. Unangenehm kratzt sie in meinen Ohren.

Der Maler fällt mit noch schieferen Tönen in den Chorus ein. Ich reibe mir die Schläfen, doch schweige. Besser, ich gewöhne mich rasch an den Lärm.

»Das ist Doverport«, reißt mich der Maler aus dem Martyrium. Seine Hand ist ein Schatten vor der Hafenstadt, die sich am Meeresbusen verläuft. Die Häuser leuchten weiß, im Zentrum ragen sie höher auf, blitzende Wolkenkratzer, die den Himmel nicht einmal annähernd erreichen, egal wie sehr sich der Mensch auch darum bemüht. Aus der Ferne sieht alles klein aus. Aus der Ferne sind die Menschen winzig. Und plötzlich bin ich unter ihnen. Ob mich meine Geschwister beobachten? Oder haben sie mich bereits im Getümmel verloren?

Das Domizil, wie die beiden Künstler den sicheren Ort nennen, in dem ich vorübergehend stationiert sein werde, liegt auf einem der Hügelhänge, die sich an Doverport schmiegen. Die Straßen sind breit und schwarz, die Gärten prunkvoll – von Menschenhand gebändigt und in Form gebracht. Gott würde es durchaus gefallen. Er liebt seine Ordnung. Die Mauern sind hoch, die Zäune wie mit Speerspitzen bewehrt. Noch etwas, was der Mensch von seinem Herrn übernommen hat. Er besteht auf seine Hierarchien und verhindert mit vollem Einsatz seiner Kraft, dass jemand eine Grenze übertritt, hinter der er nichts verloren hat. Das ist bereits seit Adam und Evas Fall bekannt.

Der Bildhauer rutscht vor und weist zwischen den Vordersitzen hindurch. Seine Nägel sind kurz geschnitten, trotzdem klebt Dreck darunter. Nachdenklich fahre ich mir über die Haut an meinen Fingerspitzen und frage mich, wie es sein wird, ebenfalls welche zu besitzen.

»Schau, Lazael – dort vorn. Das Gebäude im Renaissance-Stil. Das ist es.«

Hell blitzt das Domizil auf. Nicht sonderlich hoch, doch ausladend weit; als würde es sich wie eine weiße Katze in der Parkanlage ausstrecken. Kurz verschwindet es aus meinem Sichtfeld, bis sich die Straße senkt und wir auf ein Gittertor zuhalten.

»1915 erbaut, im Namen eines Bischofs mit vatikanischen Wurzeln«, erklärt der Bildhauer. Wir halten vor dem Tor und der Maler kramt nach einem Türöffner, mit dessen Knopfdruck sich das zehn Fuß hohe Gatter quietschend aufschiebt. »Zehn Acre Land, das Herrenhaus hat tausend square yard …« Er bricht ab. »Aber was bedeuten diese Zahlen schon für dich?«

Damit hat er recht.

»Lass dir gesagt sein – für Menschen zählt es. Wir werden dich als reichen, italienischstämmigen Erben präsentieren, der von Übersee gekommen ist. Die Amerikaner stehen auf Europäer. Sie verbinden sie mit alter Kultur. Du sprichst Italienisch?«

»Sí, naturalmente.« Wir sprechen alle Sprachen. Schließlich waren wir dabei, als sie erfunden wurden.

»Mehr wirst du davon vermutlich nicht brauchen. Persauds Großeltern stammen aus Guyana. Sie spricht unseres Wissens nach nur Englisch und einige Brocken Spanisch.«

Ich lehne die schmerzende Schläfe gegen das Fensterglas. Das Vibrieren des Autos wandert mir durch den Leib. »Wieso beschäftigt ihr euch mit der Auserwählten? Ich dachte, ihr mischt euch nicht ins Spiel ein.«

Der Bildhauer zuckt mit den Achseln. »Das ist mit Azuriel abgesprochen. Er ist dein Berater auf Erden und für deinen Hintergrund verantwortlich. Aber natürlich werden wir dein Aussehen an deine vermeintliche Herkunft anlehnen.«

»Und mein Gegenspieler?«

»Dazu darf ich nichts verraten. Und ich werde es auch nicht. Wenn SIE spielen«, er weist gleichzeitig nach oben und unten, »unterhält es uns ebenfalls.«

Vorn stößt der Maler amüsiert die Luft aus der Nase. »Man könnte sagen, wir haben unsere eigene Wette laufen.«

»Ihr wettet gegen einen von uns?«

»Aber nein, nicht wirklich. Einer von uns setzt auf den einen Spieler, der zweite auf den anderen. Nachher lädt der Verlierer den Sieger auf eine Tasse Kaffee ein. Es ist nur ein Zeitvertreib. Wir beide gehören zusammen, daher gibt es keinen richtigen Sieger oder Verlierer bei uns.«

»Wenn es keinen Gewinner gibt, gibt es nur Verlierer«, behaupte ich.

»Ehrgeizig ist er«, kommentiert der Bildhauer. »Das hab ich bereits bemerkt. Verrate uns, Lazael – was hast du von der ganzen Sache?«

Fragend sehe ich ihn an.

»Was erreichst du, wenn du gewinnst?«

»Gott zu dienen und für ihn einen Sieg zu erringen ist Belohnung genug.«

»Jaja, … ihr balgt alle um seine Liebe. Aber vergiss nicht, wir sind schon lange hier, und wir kennen das Spiel. Für die Spielfiguren steht immer etwas auf dem Spiel. Was ist es bei dir?«

Ich richte den Blick nach vorn. Die Schatten der Baumkronen gleiten über uns hinweg. »Der Abstieg«, sage ich.

»Innerhalb der Engelsränge?«

»Ich weiß es nicht.« Unwohl rutsche ich hin und her. Ich bin das Sitzen nicht gewohnt, und die Fragen der beiden berühren mich unangenehm, weil ich keine Antwort darauf weiß. »Das war alles, was man mir gesagt hat.«

Der Bildhauer schweigt. Seine Finger regen sich auf seiner Latzhose, als spielte er Klavier. »So ist Er«, brummt er. »Nicht mit Zuckerbrot lockt Er, die Peitsche ist das Mittel seiner Wahl.«

Ich fühle mich bemüßigt, meinen Schöpfer zu verteidigen, doch der Maler drückt aufs Gas. Die Reifen schlittern durch den Staub, und der SUV bewegt sich mit einem Ruck voran. Als wir das Tor passieren, entdecke ich Engelsstatuen, die von den Kanten der Mauer emporragen, die das Gatter einfassen. So stellt sich der Mensch uns vor? Mit den speckigen Putten, die in goldene Trompeten pusten, haben wir wenig gemein. Wir werden nicht geboren, wir wachsen nicht – wir werden aus Licht erschaffen und sind da, existieren in immergleicher Form. Es sei denn, jemand wie der Bildhauer legt Hand an uns.

Das Auto schiebt sich eine Allee mit alten Zypressen entlang, deren schälende Rinde ihr rotbraunes Fleisch offenbart. Am Ende der Allee wartet geduldig das Domizil, fast sieht es so aus, als duckt es sich hinter den Bäumen.

Kaum nähern wir uns der Einfahrt, öffnen sich Tür und davor befindliches Gatter und ein Mann joggt die Stufen herab. »Da ist er schon«, stellt der Maler fest. »Pünktlich wie zum Messbeginn am Sonntag. Ich weiß nicht, ob du ihn wiedererkennst – oder ob ihr einander dort oben überhaupt begegnet seid.«

»Azuriel?«, hake ich nach.

Der Maler nickt zustimmend. Er parkt den Wagen in der großzügigen Einfahrt, die um eine begrünte Insel führt.

»Ist er nicht ein Kunstwerk?«, sagt der Bildhauer. »Als ich ihn gestaltete, dachte ich an einen jungen Brad Pitt.«

Ich spule meine Wissensbibliothek ab. Es ist traurig, dass Schauspieler aus Hollywood heute denselben Ruhm genießen wie die Apostel von damals.

»Keine Sorge.« Der Bildhauer bedenkt mich mit einem bärtigen Lächeln. »Auch du wirst ein beeindruckendes Erscheinungsbild erhalten. Allerdings denke ich da eher …« Sein graublauer Blick gleitet über mein Gesicht, meine Brust, in der mein Herz dank des Fahrtendes endlich zur Ruhe kommt. »Bei dir denke ich eher an eine Art kühlen, reservierten Charakter. Keanu Reeves trifft auf Johnny Depp, möglicherweise. Nun«, er kratzt sich an der Nase, »Johnny Depp, bevor er schlechte Presse gemacht hat.« Er lacht. Vermutlich hat er einen Witz erzählt, doch ich verstehe ihn nicht.

Er grinst so breit, dass seine Zahnreihen zum Vorschein kommen. »Du teilst den Humor deines Schöpfers.« Damit steigt er aus.

Brad ›Azuriel‹ Pitt nähert sich dem Auto. Er kneift die Lider zusammen. Der Bildhauer hat ihn nach dem hiesigen Schönheitsbild umgeformt, mit breiten Schultern, muskulösem Nacken, schlanker Hüfte. Die Beule an seiner Jeans verrät, dass er nicht nur theoretisch, sondern auch praktisch ein Geschlecht zugewiesen bekommen hat. Der Künstler hat Azuriels Kiefer verbreitert und ihm einige Fältchen eines Anfang-Dreißigers verpasst. Seine Haut trägt den Rest des himmlischen Glanzes in sich, doch hat sie mittlerweile auch menschliche Bräune angenommen. Augen hell wie der Himmel an einem Sommerabend. Sein Haar glänzt wie Gold. Die gerade Nase, die ausgeprägten Wangenknochen – sie bleiben ein Erbe des Himmels. Für Menschen wirken wir Seraphim unangenehm schön. Die beiden Künstler haben das Unangenehme ausradiert und einzig das Schöne übrig gelassen.

Ich streife über die Innenseite der Autotür, hasse die Ungeschicklichkeit, mit der ich nach einem Öffnungsmechanismus suche. Azuriel merkt es, doch statt mir zu helfen, stopft er die Hände in die Taschen seiner Tierhautjacke, als wollte er mich prüfen. *Leder,* verbessere ich mich. *Lederjacke.* Azuriel wirkt tatsächlich mehr wie ein moderner Star als ein Prediger Gottes.

Mit einem Klicken schnappt die Tür auf. Ich steige aus, das Gerippe meiner Flügel zerrt an meinen Schultern. Mit Geduld würden die

Federn nachwachsen. So leicht sind Engelsschwingen nicht zu zerstören. Höllenfeuer vermag es, nicht aber der Fall aus der Sphäre.

Der Kies sticht in meine nackten Füße, als ich mich um unser Gefährt herum auf meinen Bruder zubewege.

»Azuriel«, stellt der Maler vor und lehnt sich gegen die geöffnete Autotür. »Wir haben Lazael vor knapp einer Stunde aus dem Atlantik gefischt.«

Zunächst reagiert mein Bruder nicht. Dann öffnet er den Mund. Ich erwarte, dass er mich begrüßen wird wie die Künstler, doch seine Stimmbänder erzittern unter einem himmlischen Wort. Wie ein Windstoß braust es aus seiner Kehle, schlägt die Autotür gegen den Maler, schüttelt die umstehenden Zypressen durch, lässt Vogelschwärme davonstieben und Dachschindeln klappern. Steinchen rollen über den Grund, als wollten sie fliehen.

Der Bildhauer und der Maler klatschen sich die Hände gegen die Ohren und sacken mit einem schmerzhaften Aufschrei in die Knie.

»Gott steh uns bei«, stößt der Bildhauer aus und reibt sich die Ohren. Pikiert guckt er auf die Fingerspitzen, reibt rote Farbe davon. *Blut.* Ist er tatsächlich so menschlich gebaut, dass ihm die Engelsstimme seine Grenzen aufweist? »Willst du, dass dich die Nachbarn hören?«

Jäh biegt Azuriel die Lippen zu einem Lächeln. Wir würden einander überall erkennen, wir Geschwister. Selbst wenn der Bildhauer uns in einen Stein verformen würde.

Unvermittelt löst mein Bruder die abwehrende Haltung und streckt mir die Hand entgegen. »Austin hier auf Erden. Austin Carter.« Ich ergreife seine, wie ich es gelernt habe, und schüttle sie. Azuriel hebt die Augenbraue. »Das müssen wir noch üben.«

Theorie und Praxis – es gibt Dinge, die man nicht durch Wissen allein lernen kann. Aber ich bin begierig, sie zu erfahren. Ich werde lernen, ich werde siegen, ich werde meinen Herrn mit Stolz erfüllen, und ER wird mich von diesem niederen Ort in den Himmel zurückholen. Genau wie Azuriel nach getaner Arbeit wieder unter SEINE Fittiche zurückkehren darf.

Ich merke mir die Art, wie Azuriel meine Hand packt und zudrückt. Mit dem Daumen umfasst er meinen Handballen versichernd. Ich frage mich, ob sich meine Haut in Zukunft einmal so anfühlen wird wie seine – ein bisschen rau, weich und warm.

Menschlich.

»Lazael hat mich der Herr getauft«, stelle ich mich vor.

»Nicht länger. Jetzt heißt du Leonardo diVatta. Kurz Leo, klingt hübsch amerikanisch. Und diVatta als Anlehnung an den Vatikan.«

»Wieso nicht gleich Leonardo diVaticano?«

Er verdreht die Augen – wirkt dabei so menschlich. »Längere Geschichte. Eva Persaud ist nicht sonderlich gut auf die Kirche zu sprechen.«

Ich ziehe den Kopf zurück. »Wie?« Die auserwählte Mutter des Messias hat ein Problem mit der katholischen Kirche? Wie ist das möglich?

Azuriel wendet sich ab und weist mich mit der geübten Bewegung eines Anführers, ihm zur Haustür zu folgen. »Hält die Kirche für antiquiert und frauenfeindlich.« Aus seiner Jackentasche zieht er eine knisternde Packung. Als er etwas daraus hervorzieht und sich in den Mundwinkel steckt, erkenne ich mit einer Mischung aus Überraschung und Entsetzen, dass es sich um eine Zigarette handelt. »Feministinnen«, schnaubt er und zündet den Tabak an. Grimmig pafft er. »Ich nehme an, dass ER deswegen nicht einfach mich auf sie angesetzt hat. Im Gegensatz zu mir bist du ein unbekanntes Gesicht – eine unbemalte Leinwand, die man frei nach Persauds Vorlieben schmücken kann. Meine verdammt gut aussehende Fratze glotzt nun mal sonntäglich von unzähligen Fernsehbildschirmen in ganz Amerika als Fernsehprediger der presbyterianischen Kirche.«

Lazael

2

Ich wundere mich, dass Azuriel nicht für die katholische Kirche predigt, nachdem er den Vatikan ins Spiel gebracht hat. Aber prinzipiell ist uns das alles gleich. Hauptsache, sie ehren den EINEN Herrn.

Ich folge ihm über die wenigen Stufen zur Haustür, die mir einen Besuch des antiken Roms ins Gedächtnis rufen. Für mich scheint diese Erinnerung nur einen Katzensprung weit entfernt.

Ein überglaster Innenhof erwartet mich, ausgelegt mit blassen Ziegeln. Trotz des geschlossenen Dachs reckt ein Baum seine Zweige Richtung Sonne. Blumenbeete säumen die Wände, eine Sitzgruppe lädt zum Verweilen ein. Zögerlich setze ich einen Schritt nach dem anderen und merke, dass meine Füße Spuren auf den rosig weißen Ziegeln hinterlassen.

Schlagartig werde ich mir meines erbärmlichen Zustandes bewusst.

Azuriel, der zu einer weiteren Tür tänzelt, die ins Gebäudeinnere führt, registriert mein Zögern. »Laz?«, ruft er leger. »Setz dich hin. Ich gebe der Haushälterin Bescheid, dass der neue Herr angekommen ist.«

Ich blicke auf. »Ich sollte vermutlich zuvor den Schmutz entfernen.«

Azuriel schnippt den heruntergebrannten Stummel ins Blumenbeet. »Mach dir keinen Kopf, dafür ist die Haushälterin da.« Er tritt ein und wartet nicht, ob ich ihm folge.

Der Bildhauer wackelt über den Vorhof und lässt sich schnaufend auf einen weiß bezogenen Stuhl der Sitzgruppe fallen. Er streckt ein Bein aus. »Der Ischias«, schnauft er. »Quält mich seit fünfhundert Jahren.« Der Maler spaziert an seinem Partner vorbei, in seiner Hand baumelt ein Jutebeutel, aus dessen Öffnung Blattgemüse ragt. Im

Vorübergehen tätschelt er die Schulter des anderen, beugt sich zu ihm herab. »Ich mache uns eine Minestrone«, verspricht er und drückt seine Lippen auf die des Bildhauers.

Es ist der erste Kuss, den ich auf Erden sehe. Und zugegebenermaßen hätte ich nicht damit gerechnet, dass er zwischen den beiden stattfindet. Noch dazu in diesen Gestalten.

Der Maler schlendert weiter und betritt durch eine andere Tür das Gebäudeinnere. Der Bildhauer bemerkt meinen Blick. Ich frage mich, wieso er lacht. Ist das Humor? Ich spule meine Wissensbibliothek ab, doch komme zu keinem fixen Ergebnis.

»Du wirkst verblüfft«, stellt der ältere Mann fest.

»Ich wundere mich nur.«

»Worüber?«

Tatsächlich brauche ich ein bisschen, um meinem Erstaunen Ausdruck zu verleihen. »Ich weiß nicht, was genau ihr seid. Aber ich dachte nicht, dass ihr lieben könnt.«

Der Bildhauer lächelt nur.

»Außerdem«, füge ich an, »wundere ich mich, dass ihr die Gestalt zweier gleichgeschlechtlicher Wesen angenommen habt, wenn ihr doch Zuneigung teilt.«

»Wieso überrascht dich das?«

»Es ergibt für mich keinen Sinn. Zwei gleiche Pole zu wählen, wenn man sich auch für zwei Gegenpole entscheiden könnte, die zusammenpassen. Deswegen hat man mir auch das männliche Geschlecht zugewiesen. Denn Mann und Frau können in Liebe zusammenfinden und Kinder zeugen.«

Lange sagt der Bildhauer nichts. Und obwohl seine Miene Freude ausdrückt, ist sie mir unangenehm. Verspottet er mich?

Ich verlagere mein Gewicht von einem Bein aufs andere, die Flügelknochen kratzen mit einem irritierenden Geräusch über den Grund. Sein Grinsen ist derart penetrant, dass ich das Gefühl habe, eine Drohhaltung einnehmen zu müssen. Meine Schwingen zucken wie von selbst im Versuch, sich auszubreiten. Ich reiße mich zusammen und falte sie wieder ein. So, wie sie jetzt aussehen, besitzen sie ohnehin keine Macht.

»Was verstehst du schon von Liebe?«, sagt der Bildhauer.

»Ich liebe meinen Gott.«

»Du *verehrst* deinen Gott. Das sind zwei verschiedene Dinge.« Er kämpft sich auf die Beine. »Aber dazu bist du ja hier. Um Neues kennenzulernen. Um menschliche Züge anzunehmen und damit Jesu Nachfahrin für dich zu begeistern.« Er tritt an mich heran und ich widerstehe dem Drang, zurückzuweichen. Väterlich klopft er mir auf die Schulter, als wäre er der Priester, der mich Schäfchen führt. »Warum wir uns für diese Gestalt entschieden haben?«, sagt er leise. »Wieso nicht, frage ich dich? Ein Mann und eine Frau mögen Kinder zeugen können, doch Dinge erschaffen, das können auch wir.« Damit rutscht seine Hand von meiner Schulter und er folgt seinem Partner.

Eine Weile bleibe ich noch so stehen und denke nach. Dann folge ich Azuriel ins Hausinnere.

3

Das Anwesen ist winzig im Angesicht Gottes, doch gigantisch, wenn du dich wie eine Larve durch seine Adern bewegen musst. Ich lausche nach Azuriel – seinen Schritten, seiner Stimme. Alles, was ich vernehme, ist ein Gespräch zwischen den Künstlern sowie das blecherne Rauschen von Menschenmusik, die aus einer ihrer Musikanlagen stammt. Auf der Suche nach deren Ursprung tappe ich in den Westflügel.

Eine verhaltene Stimme mischt sich dazu – Azuriel. Der verzerrte Klang, den die Menschen Gesang nennen, übertönt seine Worte. Ich marschiere an einer weiteren Sitzgruppe vorüber, meine Fußsohlen schmiegen sich an glattes Holz. Durch einen Türbogen erscheint eine lichte Küche. Der Mensch hat verschiedenste Bedürfnisse zu befriedigen, die ihn vom Engel unterscheiden. Diese Bedürfnisse spiegeln sich in dem Inneren des Hauses wider wie Organe in seinem Leib. Er muss essen, also gibt es eine Küche. Die unverdaulichen Nahrungsreste müssen seinen Körper wieder verlassen, also gibt es einen Abort. Er schwitzt, also muss er sich waschen. Er wird müde, also schläft er, vorzugsweise in einem Bett. Praktischerweise pflanzt er sich dort auch häufig fort.

Ich gebe zu, auf diese Aspekte meines Hierseins könnte ich verzichten. Ich bevorzuge es, einfach zu existieren. Aber kein Spiel ohne Arbeit, kein Spiel ohne Opfer. Und für IHN sind wir bereit, alles zu geben.

Ich tappe an die Küchentür heran und entdecke Azuriel. Er ist nicht allein. An der Küchentheke lehnt, die Ellenbogen auf dem Marmor abgestützt, eine Frau mit lila gefärbtem Haar. Sie schraubt an der Anzeige des plärrenden Radios, sieht Azuriel dabei nicht an, doch er betrachtet sie eingehend von hinten und spricht dabei auf sie ein. Seine Hand fährt unter ihren unchristlich kurzen Rock.

Diese Geste erschüttert mich. Azuriel ist kein Mensch, kein Mann. Er ist ein Engel.

Ist er doch?

Er klatscht ihr auf die Rückseite, das Geräusch lässt mich zusammenzucken.

»Mach schon«, sagt er lauter, sodass es den blechernen Radiolärm übertönt. »Lass unseren Spieler nicht im eigenen Dreck stehen.«

Das Mädchen stößt sich von der Küchentheke ab. Säuerlich verzieht sie den Mund. Kupferfarbene Haut, eine leicht gebogene Nase, große Katzenaugen. Sie hält auf den Ausgang zu – und entdeckt mich.

»Laz«, ruft Azuriel aus. »Darf ich dir die Haushälterin vorstellen, die dir jeden deiner Wünsche von den Lippen ablesen wird? Jezebel. Jez und Laz und Az – wir passen doch gut zusammen, findet ihr nicht?«

Isebel brachte ihren Gatten, Ahab von Israel, dazu, sich von dem einen Gott abzuwenden und stattdessen ihren phönizischen Göttern zu huldigen. Was für ein unheiliger Name für eine Haushälterin im göttlichen Domizil!

Misstrauisch kriecht mein Blick zu Azuriel, doch der grinst nur über beide Backen, ist sich keiner Schuld bewusst. Jezebel verbeugt sich stumm. Ihre Kleidung identifiziere ich als Schuluniform, obwohl sie sich nicht länger in einem Alter befindet, in der Menschen üblicherweise zur Schule gehen. An ihrem Hals klingelt etwas. Ein eisernes Halsband mit herzförmigem Schloss rahmt ihren Nacken. Sehen so Haushälterinnen aus? Wirkt nicht sonderlich praktisch auf mich.

»Jez, sieh zu, dass unser himmlischer Gast Bekanntschaft mit dem Gartenschlauch macht. Ich möchte, dass er glänzt wie Tafelsilber.«

Die junge Frau nickt. Dann trippelt sie an mir vorbei und weist mich an, ihr zu folgen.

Eine Weile sehe ich Azuriel an. Fragend hebt er die Augenbrauen. Ich werde ihn auf diesen Zwischenfall ansprechen müssen – aber nicht jetzt. Ich habe keine Zeit zu verlieren. Die Künstler müssen so rasch wie möglich mit ihrer Veränderung beginnen, damit ich mich unter die Menschen mischen kann.

Die Haushälterin stellt mich unter eine Zypresse und braust mich von oben bis unten ab. Das Erste, was sie zu mir sagt, ist ein geflüstertes

»Entschuldigung«, als sie sich mir mit Seife und Bürste nähert, um den Ruß von meiner Haut zu schrubben. Als sie bei meinen Beinen ankommt, schürzt sie die Lippen, behandelt die Stelle dazwischen jedoch wie jeden anderen Zoll meiner Haut. Von oben erkenne ich, dass auch ihre Wimpern violett sind.

Als ich zum Haus zurückkehre, schimmert mein Leib wie von Goldstaub überzogen in der Sonne. Meine Füße tauchen ins weiche Gras, Gänseblümchen kitzeln meine Zehen mit weiß-gelben Köpfen. Ich nehme einen tiefen Atemzug. Meine zerstörten Schwingen spreizen sich. Jetzt fühle ich mich besser. Befreit vom Schmutz der Erde. Könnte ich, würde ich mit den Flügeln schlagen und mich in den Himmel schrauben wie einer der Vögel, die von einer Baumkrone zur nächsten flattern.

Ich höre Jezebels Schritte hinter mir. »Soll ich Euch Kleidung bringen, Herr?«, fragt sie, Bürste und Seife in den Armen.

»Kleidung?« Wozu?

Da verstehe ich. Sie ist ein Mensch, und in den meisten Teilen der Welt hat der Mensch gelernt, sich anzuziehen. Er schiebt es Adam und Eva und diesem verdammten Apfel zu, doch tatsächlich hat er selbst beschlossen, sich zu bedecken. »Keine Zeit«, sage ich, und meine Stimme biegt das Gras wie unter einem kreisförmigen Windstoß. »Die Künstler sollen unverzüglich mit ihrer Arbeit beginnen.«

Sie wieselt an mir vorbei und schlüpft vor mir ins Gebäude. Ich frage mich, wie sie zu dieser Arbeit gekommen ist, zu dieser Ehre, hier zu dienen. Es ist mir ein Rätsel, wie Azuriel dazu gekommen ist, diese Frau unsittlich zu berühren. Aber all diese Fragen hebe ich mir für später auf.

Der Bildhauer und der Maler erwarten mich. Auf einer Küchenplatte in ihrem Flügel brodelt eine Suppe im Topf. Der Geruch, der daraus aufsteigt, wirkt befremdlich auf mich, aber nicht unangenehm. Meine Aufmerksamkeit wird jedoch von dem Wagen in der Mitte des Raumes eingenommen. Er besteht aus brüchigen, beschlagenen Rädern, auf deren Achsen eine verbrauchte Platte angebracht ist. Der Bildhauer wischt sich die Hände mit einem Lappen und weist mich zu dem Gefährt. »Lazael«, sagt er, »bitte nimm Platz; dann beginnen wir mit deiner Transformation vom Seraphim zu Leonardo diVatta.«

4

Sein lockengerahmtes Haupt erscheint über mir. Aufmunternd lächelt mir der Bildhauer zu. Sofern ich Gefühle einschätzen kann, wirkt er nicht, als würde er mir unser letztes Gespräch nachtragen.

Jezebel zieht rundherum die Gurte fest.

»Ich möchte so rasch wie möglich unter Menschen«, teile ich ihm mit.

Mit einem Tuch reibt er sich die Hände. »Wir werden mit den offensichtlichsten Merkmalen beginnen – den Flügeln.« Ich wende den Kopf, wo der Maler in einem Suppentopf rührt und die freie Hand zum Gruß an die Schläfe führt. »Ein Stück deines Wesens in eine andere Dimension zu malen, ist nicht allzu leicht. Wir wollen ja nicht, dass du die Flügel für immer verlierst, sondern dass du sie wiedererlangst, wenn du deinen Sieg errungen hast. Der Prozess des Fortmalens ist jedoch mit Schmerzen verbunden.«

»Leid ist …«

»… ein Teil am Dienst Gottes, ich weiß. Das Gleiche hat dein Bruder gesagt, als wir ihn in Empfang genommen haben.«

Azuriel lehnt im Türrahmen, hebt einen Mundwinkel. All das hat er bereits durchgemacht.

»Als Nächstes müssen wir zusehen, dass sich dein Körper an die Bedingungen der Erde anpasst. In dieser Sphäre musst du atmen, essen und trinken, um deinen Leib wie eine Maschine zu befeuern. Es reicht nicht länger, nur zu existieren.«

Ich blinzle. Zuvor war das nie notwendig gewesen. Allerdings bin ich die letzten Male auf Erden stets nach kurzer Zeit in den Himmel zurückgekehrt.

»Versteh mich nicht falsch – du bist beständiger als ein Mensch. Kannst die Luft länger anhalten, kommst sicherlich eine Woche ohne Wasser, mehrere ohne Nahrung aus. Aber ganz ohne Sprit kannst auch du auf dieser Ebene nicht existieren. Abgesehen davon«, er zieht das karierte Tuch zwischen seinen Fingern lang, »liebt es der Mensch, gesellig miteinander zu speisen und zu trinken. Es gehört zur gesellschaftlichen Konvention, und du wirst dich ja anpassen wollen. Denk nur ans letzte Abendmahl; es hat den Beteiligten viel Freude bereitet.« Er legt mir das Tuch über die Augen.

»Was wird das?«, frage ich.

»Es ist besser so, glaube mir.«

Ich sehe nicht, was sie tun, aber kann es fühlen.

Schmerz hat etwas Reinigendes, Kathartisches an sich. Wenn ich als Engel nicht bereits ein vollkommenes Wesen wäre, könnte ich mich mit diesen Schmerzen aus der Hölle freikaufen.

Mir ist, als bräche der Maler mit jedem kühlen Pinselstreich ein Stück meiner Schwingen ab. Jetzt weiß ich, warum mich die beiden auf den Karren gegurtet haben.

Auf diesem glatt geschmirgelten Holz hat vor mir ein Dämon gelegen, schießt es mir durch den Kopf. Da drückt mir der Bildhauer die Klinge durch die Brust und schneidet mir den Rumpf bis zum Schambereich auf. Der Schmerz hüllt mich ein wie eine Feuerwolke. Ich bäume mich in den Gurten auf, will meine Schwingen spreizen, damit meine Fesseln sprengen, doch sie sind nicht länger mit meinen Rückenmuskeln verbunden. Ich spüre sie wie den Hauch einer Ahnung, der mir verrät, dass sie irgendwo noch existieren – dennoch überwältigt mich das Gefühl, in zwei Teile geschnitten worden zu sein. Mein gepeinigtes Brüllen, das den Deckenleuchter durchschüttelt, läuft in einem Winseln aus.

»Sagte dir, dieser Gehörschutz für Baustellen würde sich auszahlen«, kommentiert der Bildhauer.

»Was?«, erklingt die Stimme des Malers.

»Vergiss es.« Ich spüre seine rauen Hände an dem Loch in meinem Brustkorb hantieren. Meine Rippen knacken, als er sie mühelos aufbricht wie Fischgräten. Mein Herzschlag hallt frei im gesamten Raum wider. Atem streift mein Gesicht. Der Bildhauer schreit: »Bist du bereit?«

Ich verkrampfe die Stirn unter der Augenbinde, doch kriege kein Wort hervor.

Jemand packt meine Hand. Warm, versichernd. »Jezebel.« Azuriels Stimme ertönt dicht bei mir, mit dem Daumen streift er versichernd meinen Handrücken.

Schmale Finger ertasten meine andere Hand, verflechten sich mit meinen. Eine zweite legt sich darüber und drückt mich. Jezebel glüht förmlich. Vielleicht bin auch ich es, der kalt ist wie Marmor.

So viele Hände. Bis zum heutigen Tag haben mich noch nie welche berührt.

»Wir sind bei dir«, versichert Azuriel. »Nimm keine Rücksicht auf uns. Schrei, so laut du willst.«

Ich öffne zitternd den Mund. »… d-das Mädchen …«

»Nimm auf uns keine Rücksicht«, wiederholt Azuriel bestimmt.

Da greift der Bildhauer durch meine Bauchdecke in den Leib. Selbst wenn ich versuchen würde, die Schreie zurückzuhalten – sie ergießen sich aus meinem Mund. Sie müssen bis in den Vatikan zu hören sein.

Das erste Mal in meiner Existenz passiert die Notwendigkeit, dass ich erwache – denn bisher habe ich nie geruht. Irgendwann hat mich die Nacht verschluckt. An mehr kann ich mich nicht erinnern. Bloß an satte, erleichternde Schwärze, die mich vom Leid erlöste.

Als ich wieder zu Bewusstsein komme, schaffe ich es kaum, die Lider voneinander zu lösen. Fahles Licht kitzelt mich. Ein eigenartiges Rauschen dringt durch die Fenster. Etwas anderes streift geräuschvoll über den Fliesenboden.

Angespannt hebe ich das Kinn an und merke, dass mein Leib abgedeckt ist. Ich muss an ein Leichentuch denken. Durch das halbrunde Fenster neben der Küchenzeile entdecke ich, dass Regen vom Himmel prasselt und Wind die Bäume durchschüttelt.

»Du hast uns ein grässliches Wetter herbeigerufen«, stellt der Bildhauer fest.

Das Rascheln hört auf. Ich drehe den Kopf, entdecke aber bloß die Haushälterin, die sich eine Art durchbrochenen Reifen mit Verdickungen von den Ohren zieht. Musik säuselt aus den Tellern an den Enden. Ich durchblättere meine Wissensbibliothek. Ah, ein Kopfhörer. Ein Kabel rankt sich davon zu einem Kästchen, das sie an ihrem Rock befestigt hat. Hinter dem Kunststofffenster drehen sich zwei Rädchen. *Ein Walkman,* stelle ich fest. Antiquiert für den heutigen Technikstand, der sich so sprunghaft ändert.

»Herr.« Sie knickst. »Wollt Ihr etwas trinken?«

Der Bildhauer erscheint an meiner anderen Seite. Ich stemme mich auf die Unterarme. In meinem Bauch sitzt ein dicker Klumpen. Ich reibe mir über das Abdomen.

»Ich bin noch nicht dazu gekommen, ihm einen Ausgang zu verschaffen«, wendet der Bildhauer ein und schiebt meine Hand zur Seite, um mich abzutasten. »Sobald du das Bewusstsein verlierst, Lazael, ist Schluss.«

Mir schwindelt. Zumindest ein bekanntes Gefühl, wenn man äonenlang um Gottes Thron kreist. »Was bedeutet das?« Ich taste über die Muskeln, die unterhalb der Haut verlaufen. Plötzlich sinkt mein Finger ein. »Was …?« Ein Loch, in dem ein knubbeliger Knoten sitzt, verunstaltet meinen makellosen Leib.

Der Bildhauer beugt sich vor. »Das, mein Lieber, nennt man einen Bauchnabel. Er verbindet das ungeborene Kind mit der Mutter, um es bis zu dessen Geburt zu nähren.«

Natürlich weiß ich das. Doch mit dieser kleinen Veränderung wird mir plötzlich bewusst, was es eigentlich bedeutet, umgestaltet zu werden.

Ich fasse mir an den Rücken, taste fahrig über die Schulterblätter, ohne auf Widerstand zu stoßen. Instinktiv will ich die Schwingen spreizen, doch es gibt nichts, was länger mit der entsprechenden Muskulatur verbunden wäre. Ich durchforste meine Wissensbibliothek nach dem Gefühl, das mich überwältigt, doch meine Gedanken flimmern und entwinden sich meinen Versuchen, sie zu greifen.

Der Bildhauer packt meinen Arm. »Ruhig Blut, Lazael.« Merkwürdig bestimmt zieht er meinen Arm zu sich, legt die Fingerkuppen der mittleren drei Finger an die Innenseite meines Handgelenks. Er bewegt die Lippen, als würde er zählen. *Er misst meinen Puls,* erkenne ich. Und das Gefühl, das mich überwältigt: *Panik.*

Ich bin verändert. Unfertig.

Ich streiche mir über die Stirn und bemerke, dass sie nass ist. Verwundert betrachte ich meine Fingerspitzen.

»Schweiß«, erklärt der Bildhauer. »Dein Körper versucht auf diese Weise das Meerwasser loszuwerden, das du nach deinem Sturz in die Bucht verschluckt hast.« Er fährt über die Rippen meines Brustkorbs, betrachtet sie mit gerunzelter Stirn. »Du bist jetzt im Besitz von Speiseröhre und Magen. Bei der Formung der Nieren hast du das Bewusstsein verloren. Lass uns sehen, ob du stehen kannst. Jezebel wird dir deine Master Suite im Ostflügel zeigen. Ruh dich aus. Wir machen morgen weiter.«

Verbissen schüttle ich den Kopf. »Nein. Die Zeit läuft.« Die geöffneten Gurte klimpern, als ich mich abrupt zurücklege. »Mach weiter.«

»Lazael, bei derartigen Eingriffen darf man es nicht übertreiben. Ein Schritt nach dem anderen.«

»Mach mich fertig!«, rufe ich heftiger.

Der Bildhauer starrt mich aus hellen Augen an. Nebenan setzt Jezebel unangenehm berührt dazu an, den Boden zu kehren. Die Stimmung ist gewitterschwanger.

Ich wusste nicht, dass ich das Wetter beeinflussen kann. Allerdings hatte ich auch noch nie Schmerzen – und zornig war ich auch noch nie. Oder abhängig von jemand anderem – jemand anderem als meinem Herrn. Ich stiere den Bildhauer an.

»Lazael«, sagt er sanft. »Ich weiß, dass es in deiner Sphäre nur einen Flügelschlag benötigt, um dich hinzutragen, wohin du willst. Aber du bist nicht länger dort. Du musst lernen, dass dich nun deine Beine tragen – ein Schritt nach dem anderen; der Weg ist das Ziel.«

»Das Ziel ist das Ziel«, grolle ich so laut, dass der Küchenschrank scheppert. »Wo ist Azuriel? Wenn du nicht auf mich hörst, dann auf ihn.«

Ein Seufzen dehnt seine Brust. »Er ist zu *Wendy's* gefahren. Unsere Minestrone sagt ihm nicht zu.«

»Wer ist Wendy?«

»Eine Fast-Food-Kette.«

Ich beiße die Zähne zusammen, die bisher ausschließlich zum Formen von Lauten dienten. Es knackt in meinen Ohren. Mein Bruder steckt voller Überraschungen.

»Wenn er es doch so wünscht«, merkt Jez mit leiser Stimme an.

Ich wende das Haupt. Sie steht ein paar Schritte entfernt, umklammert ihren Besenstiel und zuckt mit den Achseln. »Ich meine ja nur. Er ist der Spieler. Ich verstehe, dass er keine Zeit verlieren will. Sein Gegner ist sicher schon am Auftrag dran.«

Der Bildhauer seufzt erneut. »Nun gut. Ich habe meine professionelle Meinung kundgetan. Nicht meine Schuld, wenn niemand darauf hört.«

Dankbar nicke ich Jez zu. Sie lächelt vorsichtig.

5

Als ich das nächste Mal erwache, ruhe ich auf einer Wolke. In Wirklichkeit handelt es sich um ein Bett mit gedrechselten Seitenteilen.

Jemand hat meine Hände wie zum Gebet auf meiner Brust platziert. Zögerlich löse ich sie voneinander und streiche über die helle Leinendecke. Es ist eigenartig, so zu liegen und nicht den Druck meiner Flügel im Rücken zu spüren. Ich vermisse sie schrecklich.

Ich setze mich auf, was sich auf der weichen Matratze als schwieriger herausstellt als zunächst angenommen. Mit einem hat der Bildhauer recht. Ich muss mich daran gewöhnen, mich nicht mehr frei in der Dreidimensionalität bewegen zu können. Wackelig komme ich auf die Beine und setze einen zögerlichen Schritt nach dem anderen.

Jemand hat mich angekleidet. Ich trage eine weiße Robe, die durch ein Band an meiner Hüfte gehalten wird. Nachdenklich fahre ich mir über die Brust, über den Bauch. Mein Inneres fühlt sich schwer an. Mir ist, als würde sich etwas darin bewegen; wie Kröten in einem Sack. Ich spüre Übelkeit aufkeimen, meine Beine tragen mich zur nächsten Tür, und als ich sie aufreiße, erscheint ein gekacheltes Zimmer. Ein Bad, erkenne ich.

Mein Blick bleibt kurz an der Gerätschaft hängen, die die Menschen Toilette nennen, und wandert angewidert weiter. Da, ein Waschbecken. Ungeschickt drücke und drehe ich, bis eine Bewegung unter dem gespiegelten Schrank einen Wasserstrahl auslöst.

Bevor ich meine Hand darunter ausstrecken kann, werfe ich einen Blick in den Spiegel. Es ist das erste Mal, dass ich mein eigenes Gesicht betrachte.

Ich kannte die Farbe meiner Augen nicht, die Form meines Mundes, meiner Nase, meines Kinns. Um ehrlich zu sein, hat es mich auch nie interessiert. Ich wusste, dass meine Geschwister fanden, ich sei der Schönste unter ihnen – aber was bedeutet das im Himmel? Wir alle tragen den Abglanz Gottes in uns.

Ein Fremder glotzt mir entgegen. Das soll ich sein? Hat mein Gesicht bereits bei meiner Ankunft so ausgesehen, oder hat der Bildhauer etwas daran verändert?

Ich entdecke, dass noch Ruß an meinem Kiefer klebt, und bücke mich über das Waschbecken, um ihn fortzuwischen. Dann forme ich mit meiner Hand eine Schale und fange Flüssigkeit auf. Ich beuge mich herab, um den ersten bewussten Schluck meines Lebens zu trinken.

Eiskalt rinnt mir das Wasser den Hals hinab – sucht sich seinen Weg wie ein Wurm durch ein Loch. In meinem Inneren zieht sich etwas zusammen. Mein Magen, vermute ich. Mir ist, als würde sich alles in mir bewegen, sich winden wie Schlangen. Ich stöhne auf und gehe in die Knie, schlage mir dabei die Stirn am Waschbecken an. Ich taste nach einem Sitzplatz und finde dabei ausgerechnet die Toilette. Jetzt erst verstehe ich, wieso es eine thronähnliche Form angenommen hat. Auf dem breiten Rand kauere ich und wippe vor und zurück, die Arme um den Bauch geschlungen. Ich flüstere das Wort Gottes, bitte um SEINEN Beistand. Wieso quält ER seine Kinder damit?

»Herr?«, erklingt eine Stimme. Eine Gestalt schiebt sich vor die Badezimmertür. Die Haushälterin. »Herr, ist alles in Ordnung?«

Plötzlich kniet sie neben mir, ich sehe nur den kurzen karierten Rock und die nackten Knie. Mir schwindelt, und mein Gesicht prickelt.

»Ihr seid ganz schön grün um die Nase. Was ist denn los?«

»Ich … habe … Wasser …«, keuche ich, als es mich ein weiteres Mal durchschüttelt.

»Aber Herr!«, ruft sie aus. »Der Bildhauer muss Euch doch noch einen Ausgang schaffen!«

»A-Ausgang?«, ächze ich.

Ihr Gesicht verwischt unter meinem zittrigen Blick. Für einen Augenblick schneiden ihre Lippen ein Lächeln. »Was reinkommt, muss auch wieder raus«, behauptet sie. Dann fasst sie mich unter den Arm und stemmt mich mit überraschender Kraft in die Höhe.

Sie ist deutlich kleiner als ich, weswegen meine Achsel fest auf ihrer Schulter aufsitzt. Ich sehe nur ihren Scheitel. Ein ungewöhnlicher, fast schon herber Duft steigt mir in die Nase, als sie mich zum Waschbecken zerrt. Ich komme nicht dazu, mir weiter darüber Gedanken zu machen, denn sie platziert mich über dem Porzellan. Ich spüre ihre Hände an meinem Gesicht, doch die eigenartigen Empfindungen halten mich derart gefangen, dass ich nicht zurückweiche.

Ein weiter Krampf zieht alles in mir zusammen. Mein Stöhnen lässt die Schranktüren klappern. Ich erwarte, dass sie sich die Ohren vor Schmerz zuhält, doch möglicherweise trägt sie einen Gehörschutz.

»Koliken«, stellt sie fest. »Wie bei einem Baby. Schließlich habt Ihr Euren Darm noch nie benutzt.« Mit den Fingerknöcheln fährt sie eigenartig über meine Wange, ich kann das Gefühl nicht zuordnen, das die Berührung auslöst. »Alles wird gut, versprochen.«

Ich ächze, merke, dass die Feuchtigkeit durch den Wasserschluck einfach nicht aus meinem Mundraum schwindet. Ein Tropfen löst sich von meiner Unterlippe und dehnt sich zäh.

»Speichel«, erklärt sie. Plötzlich spüre ich ihre Hand an meinen Lippen. »Und das – das nennt man Kotzen.« Sie steckt mir zwei Finger in den Mund und rammt sie tiefer in den Hals.

6

Azuriel ruht auf einem Biedermeiersofa in einem rund fünfundzwanzig Schritt hohen Raum, dessen Zugang verzierte Säulen rahmen. Auf der gegenüberliegenden Seite befindet sich eine hölzerne Empore, wie ich sie aus Kirchen kenne. Die wird wohl nur fürs Wäschetrocknen genutzt.

Auf dem Couchtisch vor meinem Bruder sammeln sich mehrere zerknautschte Packungen mit *Wendy's*-Aufdruck. Ein penetranter Geruch steht in der Luft.

Mein Bruder zieht gelbe Schnitze aus einer Tüte und stopft sich diese in den Mund. Seine Aufmerksamkeit wird von einem Video eingenommen, das auf einem Laptop abläuft. Darin spricht zu meiner milden Überraschung – er selbst. Televangelist Austin Carter predigt von der Kanzel; die Welt sieht ihm dabei über flimmernde Bildschirme zu. Sogar er selbst.

Mein Bruder wirkt merkwürdig zufrieden. Meine Ankunft registriert er mit einem Seitenblick. *»Lazarus«,* stellt er fest. »Zurückgekehrt von den Toten. Wie war dein erstes Nickerchen auf Erden?«

Falls das Schlaf gewesen ist, kann ich nicht viel dazu sagen. »Wo ist der Bildhauer?«, frage ich. »Wir müssen die Transformation fortführen.«

Azuriel stopft sich Nahrung zwischen seine strahlend weißen Zähne. Seine Fingerspitzen glänzen vor Fett. »Mag sein, dass du keine Pause machen willst, aber das Umgestalten kostet die Künstler Kraft. Der Bildhauer pennt in einer Hängematte im überdachten Innenhof und der Maler geht dort seinem Hobby nach.«

»Seinem Hobby?«

Azuriel zuckt mit den Schultern. »Na, malen. Blumen und so ein Zeug. Stillleben.« Er sieht mich an. »Ist ganz passabel, aber ein neuer Monet wird er nicht.«

Ich blinzle irritiert. Wer hätte gedacht, dass der Maler tatsächlich *malt.*

Azuriels Blick streift mich mit vermeintlichem Desinteresse. »Ich sehe, Jez hat dich eingekleidet. Sie mag das. Blumen arrangieren. Torten verzieren. Einkaufen. Typisch Frau halt.«

Ich sehe an mir hinab. Nachdem sich mein Magen rückwärts entleert hat, hat mich die Haushälterin in Hemd und Hose gesteckt. »*Bezüglich der Unterwäsche*«, sagte sie, »*reden wir, wenn dazu Notwendigkeit herrscht.*« Sie hat mir zwar die Finger in den Hals gerammt, doch sie sieht mir nie in die Augen. Ich halte es für Ehrfurcht. Ehr*furcht.* Ist es dasselbe wie Angst?

»Typisch Frau«, wiederhole ich verwirrt. »Was meinst du damit?«

Azuriel hält im Kauen inne. Mit einer abrupten Bewegung löst er seine nachlässige Position und rutscht mit den Beinen vom Sofarand. »Das wirst du schon merken. Komm. Ich verstehe, dass du's eilig hast. Habe daher einiges für dich vorbereitet.« Er zieht den Laptop heran.

Ich lasse mich neben ihm nieder und studiere seine Bewegungen. Jeder Klick brennt sich in meine Wissensbibliothek ein.

Azuriels Videobild erstarrt und wird verkleinert. Er breitet darauf die Arme aus, ist klassischer gekleidet als jetzt, hat den Mund halb geöffnet. An seiner Wange klebt ein Mikrofon.

»Wie geht es dir damit?«, frage ich. »Das Wort Gottes auf diese Weise zu verbreiten?«

Überrascht sieht er mich an, bevor er sich durch die Programme klickt. »Das war meine Entscheidung. Der Mensch hat sich neue Helden gesucht, weißt du? Ein Narr wäre ich, das Potenzial ungenutzt zu lassen und wie ein verhutzelter Priester in leeren Kirchen zu predigen.«

Seine Worte fühlen sich an wie ein Hieb. Man könnte sie … blasphemisch nennen. Wie stark hat das Hiersein meinen Bruder verändert? Ich betrachte den Müll aus Fast-Food-Resten. Wie sehr ist er der Menschlichkeit verfallen?

Besteht die Gefahr, dass mir das auch passiert?

Nein, beschließe ich. So lange werde ich nicht bleiben. Ich führe meinen Auftrag aus und kehre wieder nach Hause zurück.

»Electric Church nennt sich diese Kirchenform«, erklärt er und öffnet auf seinem Computer ein Foto. Es zeigt eine Frau, die soeben ein glasummanteltes Gebäude verlässt. »Es bedeutet, als Kirche mit der Zeit, mit der Technik zu gehen. Aber egal ob modern oder nicht – es steht für alles, was Eva Persaud hasst.«

Überrascht straffe ich meine Haltung. Das ist sie also.

Eva Persaud, mein Ziel.

Sie trägt einen cremefarbenen Zweiteiler, Absatzschuhe, das dunkle Haar ist in zahlreiche Twists gedreht und zu einem Zopf gefasst. Kreolin, afroamerikanische, europäische und israelische Vorfahren, haselnussbrauner Hautton. Längliches Gesicht, ausdrucksstarke Brauen, eine Sonnenbrille in die Haare geschoben.

»Stylisch, hm?«, kommentiert Azuriel.

Fragend sehe ich ihn an.

»Persauds Großeltern mütterlicherseits sind aus Guyana in die USA eingewandert, haben sich dort hochgearbeitet. Ihre nächsten Vorfahren stammen aus dem Senegal, Gambia, Guinea-Bissau, Frankreich, den Niederlanden. In Folge, denkt man zweitausend Jahre zurück, nun …« Er fächert mit der freien Hand. »Wir wissen, von wem wir sprechen.«

»Jehoschua. Israel.«

Er nickt. »Damit ist sie eine direkte Nachfahrin des Messias, der das Judentum reformieren wollte und somit nebenbei das Christentum gründete.« Er schnalzt mit der Zunge. »Was Menschen mal so unbeabsichtigt passiert.«

Ich beuge mich vor, die Arme auf den Schenkeln abgestützt. »Kannst du das vergrößern? Ihr Gesicht, meine ich?«

Azuriel folgt meiner Aufforderung. Ich versuche, den Funken Gottes in ihren Augen zu finden, doch erkenne nur kantige Pixel. »Bist du ihr bereits begegnet?«

»Flüchtig. Auf einem gesellschaftlichen Anlass von Hershel Libowitz, dem amtierenden Bürgermeister von Doverport.«

»Und …« Ich schlucke. Dieser verdammte Wasser–Speichel will einfach nicht verschwinden! Er schmeckt bitter und macht, dass ich mich vor mir selbst ekle. Unangenehm berührt knete ich meine Hände. »Wie war es?«

Mein Bruder zuckt mit den Achseln. »Wurden einander vorgestellt, mehr nicht. Sie war in ihrer Position als Chefredakteurin des Reportagemagazins *ECO* anwesend. Und wie es aussieht, hatte sie keine Lust, mit einem Fernsehprediger zu plaudern, selbst mit einem mit diesem Gesicht.« Er lehnt sich zurück, breitet die Arme am hölzernen Sofarand aus. Nimmt Platz ein, als würde er seine Schwingen spreizen. Ob er sie ebenfalls vermisst? »Persauds Eltern haben in Washington den gesellschaftlichen Durchbruch geschafft; ihre Mutter war politisch aktiv, ihr Vater ist mit der Herstellung von Büroartikeln wohlhabend geworden. Persaud wuchs gutbürgerlich in Olympia auf, hat Fotografie und Critical Social Thought Studies am Mount Holyoke College studiert, einer liberalen Privathochschule für Frauen in Massachusetts. War politisch, feministisch und umweltaktivistisch unterwegs und ist danach als Fotografin um die Welt gereist. Sie begann ihre Bilder mit Reportagen zu ergänzen und hat als Freelancerin für diverse Zeitschriften gearbeitet. Unter anderem für die *ECO*. Zwischendurch war sie mit Abed Fakhoury liiert, der zu dieser Zeit das Reiseressort der *ECO* geleitet hat. Das Ganze ging aber nach zweieinhalb Jahren in die Brüche.

Ihr Ex wechselte zur Konkurrenz, Persaud bekam das Ressort angeboten und zog hierher nach Doverport zum Pressezentrum. Sechs Jahre später übernahm sie den Posten als Chefredakteurin.« Azuriel spielt mit seinem blonden Haar. »Man sieht, die Frau arbeitet gern und viel. Bisher ist es noch keinem Mann gelungen, sie länger als zweieinhalb Jahre an sich zu binden. Kein Ehering, keine Kinder. Der Messias, der als Ei in ihr schlummert, wartet darauf, vom passenden Mann geweckt zu werden. Abed Fakhoury hat ihr einen Antrag gemacht, den sie abgelehnt hat. Es dürfte also durchaus eine Challenge für dich werden, Brüderchen.« Er grinst herausfordernd.

Ich schweige.

»Du weißt, dass du sie nicht einfach knallen kannst, oder?«

»K… Wie bitte?«

»Wenn man über sie herfallen könnte, würde es der Dämon mit Sicherheit tun. Aber so funktioniert das Spiel nicht. Das Kind muss aus echten Gefühlen, aus Liebe entstehen – aus Verehrung oder Begehren, das ist dem Spieler überlassen.«

Sprachlos sehe ich ihn an.

»Mund zu«, Azuriel lacht, »es zieht.« Er rückt vor, um weitere Bilder abzuspielen. Eva Persaud im legeren Outfit vor einem Postkasten, Eva Persaud im Abendkleid bei einer Gala, Eva Persaud mit Schwimmweste auf einem Segelschiff …

»Du … sprichst eigenartig«, stelle ich fest.

»Man passt sich an.« Er zeigt mir das Bild eines imposanten, glasummantelten Gebäudes mit leuchtend grüner Aufschrift. »Die *ECO – Ecologial and Critical Thoughts Magazine*. Die Arbeit ist Eva Persauds Leben. Danach kommen ihre Möpse.«

Was?

Er grinst. »Zwei unglaublich hässliche Viecher.« Er wechselt das Foto, da hecheln sie mir flachnasig entgegen. Ich schäme mich für meine verdorbene Annahme.

»Aber ihre eigenen sind vermutlich auch ganz nett anzusehen.«

Ich blinzle. Muss mich an Azuriels Ton gewöhnen, seine Sprache. Die Art, wie er über Frauen redet – und vor allem über diese Frau, die *Eine*, die Auserwählte, ist befremdlich. Ihrem Status nach steht Eva der heiligen Maria nah. Was erdreistet er sich, so abfällig über sie zu sprechen? Über Frauen im Allgemeinen? Klar – der Herr geht von einer generischen Männlichkeit aus. Zuerst war Adam, dann Eva. Und Adam wurde nach Gottes Antlitz gestaltet.

Oder nach unserem.

Aber Azuriel und ich – wir stammen aus einer Welt, in der Geschlechtlichkeit keine Rolle spielt. Der Bildhauer hätte meinen Bruder genauso als Frau gestalten können.

Hat ihn die Gesellschaft, in der er sich nur einen Wimpernschlag lang aufgehalten hat, bereits derart verformt, dass sein Verhalten zur Selbstverständlichkeit geworden ist? Werde auch ich mich in diese Richtung verändern?

Nein, beschließe ich. Eva Persaud ist die Mutter des nächsten Messias. Des nächsten Gotts auf Erden. Ich werde sie ehren, so gut es mir möglich ist. Auch wenn ich zugeben muss, dass die Aufnahmen einen gewöhnlichen Menschen zeigen – nicht die Lichtgestalt, die zu verehren ich erwartet habe.

»Bist du ihm bereits begegnet?«, frage ich. »Meinem Rivalen?«

Unvermittelt wird Azuriel ernst. Er schüttelt den Kopf. »Nein. Ich habe Ausschau nach ihm gehalten und Ausschau halten lassen. Noch ist nichts zu mir vorgedrungen. Aber er muss sich bereits in Doverport aufhalten. Die Künstler kamen hierher, nachdem sie ihn umgestaltet hatten.«

Misstrauisch verenge ich die Lider. »Und wenn er die beiden verfolgt hat? Wenn er mich beobachtet? Dass er früher hier angekommen ist, gereicht ihm sowieso zum Vorteil.«

»Die beiden behaupten, sie wüssten ihre Wege zu verschleiern. Ich glaube ihnen. Sie können unsere Flügel verbergen und seine … was auch immer er hat – Tentakeln, Fühler, Schweif. Dann wird ihn abzuhängen wohl kein Problem für sie darstellen. Bisher haben sich die Künstler noch nie ins Spiel eingemischt – und das findet immerhin seit Luzifers Fall statt. Die beiden sind Gestalter um ihrer Kunst willen.«

Nachdenklich sehe ich zum Fenster. Der Abend bricht an, die Bäume peitschen im Wind. Der Himmel versinkt in einem kühlen Graublau. »Sie wetten auf uns.«

»Untereinander. Da gibt es keine Gewinner.«

Und wenn es keine Gewinner gibt …

»Aber du hast recht. Dein Gegenspieler ist im Vorteil. Er ist vermutlich schon längst dabei, sich an Persaud heranzuschleichen. Deswegen habe ich alles für dich vorbereitet.«

Er tippt auf die Tastatur ein – http://www.divattafoundation.com. Eine Website baut sich vor meinen Augen auf. Zu sehen ist das Domizil aus der Vogelperspektive. Ein knapper Text stellt Leonardo diVatta vor. Herkunft: Rom, alter Adel, historische Wurzeln. Wohlhabend, aber er will etwas Vernünftiges mit seinem Erbe anfangen. Von seinem nach Amerika ausgewanderten Onkel hat er das hiesige Domizil vererbt bekommen sowie eine stattliche Geldsumme.

Während er in Italien bereits für Stiftungen von höheren Lehranstalten und Privatorganisationen bekannt ist, die Flüchtlinge aus dem Mittelmeer fischen, hält er sich nun in Rhode Island auf, um das Erbe seines Onkels einem passenden Zweck zuzuführen.

Nicht er.

Ich.

»Da kommt dein Foto hin, sobald dir der Bildhauer eine schicke Frisur verpasst hat. Von deiner persönlichen Website gibt es jede Menge Querverlinkungen zu anderen Seiten. Wer das Telefon zur Hand nimmt und sich durchwählt, wird bei meinen Leuten rauskommen, die deine Kultiviertheit und Freigiebigkeit zu loben wissen. Leonardo diVatta ist bereits mit der *ECO* in Kontakt – besser gesagt, seine Sekretärin.« Ein Klick. Da erscheint die Haushälterin mit Dutt und Kostüm und einer Hornbrille. Jezebel.Sihr@divattafoundation.com ist als Kontaktmöglichkeit angegeben.

Azuriel stupst eine zerknüllte Fastfood-Packung von sich und zieht darunter einen Stapel Zettel hervor. »Leonardo ist begeistert von dem politisch-gesellschaftlichen Engagement der *ECO* – und vor allem von der Richtung, die das Magazin seit der Übernahme der Chefredaktion durch Eva Persaud eingenommen hat.« Er wirft mir die Zettel in den Schoß. »Artikel von ihr, die für Aufsehen gesorgt haben. Auch aus ihrer jüngeren Zeit. Du tust gut daran, sie auswendig zu lernen. Frauen mögen es, wenn man ihnen schmeichelt.«

Ich blättere durch die Ausdrucke. Kein Problem. Ich bin mit einem fotografischen Gedächtnis gesegnet, so wie all meine Geschwister.

»Dein erstes offizielles Aufeinandertreffen mit Persaud ist für Montag angesetzt. Da hast du einen Termin mit ihr in der Redaktion.«

Ich habe keine Ahnung, was heute für ein Wochentag ist. »Was bedeutet das?«

»Heute ist Donnerstag.«

»Vier Tage«, murmle ich. »Das ist lang hin. In Menschenzeit gerechnet.«

»Mal sehen. Wenn du früher fertig bist«, er weist auf meine Gestalt, »können wir ja ein spontanes Meet cute veranstalten.«

»Ein was?«

»Ein Meet cute. Der Begriff stammt aus der Filmszene. Er steht für das erste spontane Aufeinandertreffen zweier Liebender, die füreinander bestimmt sind.«

»Was geplant ist, ist nicht spontan.«

Er grinst. »Das muss sie ja nicht wissen.«

»Domini?«

Wir blicken auf. Zwischen den Säulen taucht Jezebel auf, Kopfhörer rahmen ihren Hals wie ein Hufeisen. Dazwischen blitzt das Schloss an ihrer Kehle.

»Der Bildhauer ist wach. Er sagt, wenn Ihr heute noch eine Einheit einlegen wollt, dann jetzt.«

Abrupt erhebe ich mich. Die Ausdrucke knistern in meinen Händen. »Ich komme.«

7

Nach dem dritten Akt der Umformung erlebe ich meinen ersten richtigen Schlaf. Und ich erfahre meinen allerersten Traum.

Erneut falle ich als brennender Stern vom Himmel, inmitten einer sternengesprenkelten Nacht. Ein zweites Mal verkohlen die Flügel an meinem Rücken. Federn schweben glimmend durch die Höhen. Ich stürze weiter, die Luft reibt mir die Haut vom Fleisch und der Grund rückt rasend schnell näher – schwarzer Fels überall. *Was, wenn ich in hunderttausend Stücke zerschelle?*, frage ich mich. *Wird mich der Bildhauer dann zusammenflicken können?* Damit pralle ich auf.

Ich schrecke schweißgebadet aus den Laken. Der Regen hat gestoppt, das Anwesen liegt in herrlicher Stille da. Einzig hinter den hohen Fenstern zirpen Grillen, doch ihr Spiel empfinde ich als Musik. Ein seltsamer Druck herrscht in meinem Inneren. Meine Eingeweide ringen miteinander. Ein komisches Gefühl füllt mich aus, macht, dass ich die Beine zusammenzwicken will. Was ist nur los? Soll ich um Hilfe rufen? Azuriel? Die Haushälterin? Bildhauer oder Maler?

Das Jucken wird stärker und derart schmerzhaft, dass ich mich aus den Laken schiebe. Ich tappe ins Badezimmer und taste nach dem Lichtschalter. Flackernd kommt in die Lampen Leben. Ich fahre mir über die Muskelstränge meines Bauches, den Bauchnabel, die Beckenknochen. Ich frage mich, ob mein Inneres nun ganz wie bei einem Menschen aussieht.

Da entdecke ich ein weiteres Loch zwischen meinen Beinen. Ich taste danach, spüre Panik aufkeimen. Mein Händedruck verstärkt das Gefühl, als würde ich gleich platzen. *Was …?*

Meine Gedanken rasen, spulen durch die Enzyklopädie meines Wissens. *Was reinkommt, muss auch wieder raus,* hat die Haushälterin gesagt. Vermutlich habe ich mich nicht allen Wassers über den Mund entledigt. Außerdem hat die Speichelproduktion eingesetzt, und ich muss ständig schlucken.

Eine Erinnerung zwischen all den Schmerzen der letzten Prozedur taucht auf, als der Bildhauer weitere Löcher in mich hineinschnitt. Zwei, um genau zu sein.

Ich taste zwischen meine Pobacken. Die kalte Angst erfasst mich. Dann stürze ich auf die Toilette. Der Sitz kracht. Ich starre an mir herab. Plötzlich löst sich der Krampf und ich vernehme ein sachtes Plätschern.

Mein Gesicht fühlt sich heiß an, als ich auf den Strahl gucke, der meinen Leib verlässt. Der Mensch ist ein eigenartiges Tier! Ich fasse es nicht, dass ich ausgerechnet das auf mich nehmen muss, um hier unten existieren zu können.

Das Geschlecht hat der Bildhauer noch ausgespart. Das steht auf unserer Prioritätenliste weiter unten, hat er behauptet. Der Urin verlässt meinen Körper aus einem Loch in der glatten Haut. Es wäre ohnehin nicht gut, wenn ich Eva Persaud gleich ins Bett zerre, hat Azuriel angefügt, schließlich wolle ich ehrliche Absichten zeigen. Bumsen und danach Fragen stellen, das könne mein Gegner. Azuriels Lachen klingt in meinen Ohren nach. *Aber man kann ihm ja ein paar Tennissocken in den Schritt stopfen, um Persaud zu beeindrucken.*

Ich reibe mir die Falten von der Stirn. Der Strahl versiegt. Auch wenn es in mir gluckert und rumort, habe ich das Gefühl, dass sich mein Inneres beruhigt. Wie schlafende Tiere, die man nicht wecken soll.

Dennoch sitze ich bis zum Morgengrauen hier, die Stirn in die Hand gestürzt, und versuche herauszufinden, was für ein Gefühl das ist, das mich gefangen hält. *Scham,* erkenne ich endlich. Ich hebe den Kopf. Draußen brilliert ein Vogel in den Ästen einer Zeder. Ich schäme mich dafür, ein Mensch zu werden.

Ich finde den Bildhauer und den Maler an einer gewaltigen Tafel im Speisezimmer. Aus der anschließenden Küche lärmt das Radio, unterbrochen von einer nervigen Stimme, die erklärt, dass es in Providence, der Hauptstadt von Rhode Island, heute 70°F[1] werden wird.

»Heiß für April«, stellt der Bildhauer fest, der vor einem Frühstücksteller sitzt und dabei im *Brown Daily Herald* blättert. »Wenn es die nächsten Tage so bleibt, fahre ich mit dem Boot raus.« Er hebt den Blick. »Diesmal rein zum Vergnügen.«

Der Maler, der am Kopfende Platz genommen hat, winkt mich heran. »Komm, Lazael, setz dich. Azuriel hat Jez angewiesen, dir das erste Mahl deines Lebens zu bereiten.« Er selbst löffelt Bohnen aus einer Schale und tunkt gebutterte Toastbrotecken in die Tomatensauce. Brotkörbe, aufgeschnittenes Obst, Speckstreifen, Rührei und ein Butterblock warten adrett angerichtet in der Tafelmitte. Diverse Düfte steigen davon auf, die sich mischen wie die Musikinstrumente bei einem Orchester – oder die Stimmen eines göttlichen Chors. Das Ergebnis ist nicht unangenehm. Meine neu gewonnenen Organe grummeln.

Ich lasse mich zur Linken des Malers nieder, vollführe dabei automatisch die ausweichende Bewegung, als wollte ich meine Flügel zur Seite streichen. Doch da ist nichts, weswegen mein Versuch unbeholfen vergeht. Falls der Maler es mitbekommt, ignoriert er es. Vom Bildhauer schaut sowieso nur der halb kahle Haarschopf hinter dem *Brown Daily Herald* hervor.

Ein Gesang löst sich von der Radiomusik. Ich höre, dass die Haushälterin in der Küche klappert. Ich strecke die Hand nach einem Obststück aus, das ich als Zuckermelone identifiziere, da klatscht mir jemand auf den Handrücken.

Jezebel. Als hätte sie sich mit einem Flügelschlag an meine Seite befördert. »Das ist nicht für dich«, behauptet sie. »Euch«, verbessert sie sich. Vor mich schiebt sie eine Schale mit grauweißem Brei und eine breite Tasse, in der ein Teebeutel hängt. *Fenchel*, verrät der Aufdruck. »Haferbrei und Fencheltee. Um Euren Magen einzugewöhnen. Dabei bleibt Ihr die nächsten Tage.« Heute trägt sie eine kurze Hose mit Hosenträgern und ein enges weißes Shirt. Sie knickst. »Herr.«

Als ich nicht reagiere, nimmt sie einen Löffel und drückt ihn mir in die Hand.

---

1 entspricht etwa 20°C

Danach greift sie nach einer Kanne und schenkt dem Bildhauer nach. Herb riechende Flüssigkeit ergießt sich in seine Tasse. Kaffee, erkenne ich. Er lächelt ihr zu – bis auf den Maler hat sich das bisher noch niemand verdient. »Danke, mein Schatz. Du bist wundervoll.«

Sie retourniert das Lächeln, doch mir gegenüber hebt sie den Blick nicht. Wimpern lang und gebogen wie die Flügel eines paradiesischen Falters. Den Löffel in der Hand, beobachte ich ihren Abgang und stelle fest, dass ihre Hose mit Sicherheit keiner Hosenträger bedarf, so eng, wie sie sitzt. Menschen sind eigenartig. Und Kleidung ist ein noch eigenartigeres Konzept.

»Wer ist sie?«, frage ich meine Sitznachbarn.

Der Bildhauer blättert um. »Das soll dir Azuriel erklären«, sagt er. »Euer Haushalt ist eure Sache.«

»Ist sie …« Ich schabe etwas Brei auf den Löffel und führe ihn zum Mund. Die schleimige Textur berührt meine Zunge, ich schlucke und huste. *Speichel, Schleim.* Der Mensch ist ekelhaft. »Sind Azuriel und sie …?« Ich weiß nicht, wie ich es ausdrücken soll. Genau genommen könnte ich Jezebel selbst fragen. Aber da ich nicht weiß, wer sie genau ist und was sie hier macht, traue ich ihr nicht.

»Auch das«, kommentiert der Ältere, »soll dir dein Bruder erklären.«

Ich würge den Brei hinunter. »Wo ist der überhaupt?«

»In der presbyterianischen Kirche von Doverport. Die Kirche *Zur heiligen Gnade Mutter Gottes*. Sie bereiten seine Sonntagspredigt vor.«

»Wen meinst du mit *sie*?«

Diesmal ist es der Maler, der sich über seine Baked Beans beugt. »Stell dir die Kirche wie eine Firma vor. Austin Carter ist ihr Gesicht und Sprachrohr. Aber hinter Azuriel stehen zahlreiche andere Menschen, die ihn voranbringen.«

Vor Abscheu knirsche ich mit den Zähnen. »Er lässt sich von *Menschen* in seinen Predigten beraten?«

»Noch etwas«, brummt der Bildhauer hinter seiner Gazette, »was du mit ihm und nicht mit uns besprechen solltest, solange er noch hier ist.«

Das lässt mich aufhorchen. »Noch?«

»Wie gesagt«, wendet der Maler ein, »Persaud ist nicht sonderlich gut auf die Kirche zu sprechen – und schon gar nicht auf einen

Schickimicki-Prediger wie Austin Carter, der einen gewissen Ruf innehat. Es würde deiner Reputation schaden, wenn sie ihn hier antrifft. Abgesehen davon weiß keiner von uns, wann euer Herr ihn zurückbeordern wird.«

Ich rufe mir in Erinnerung, dass die beiden Künstler nicht auf meiner Seite stehen. Sie stehen allerdings auch nicht auf der meines Gegners. Ich muss ihren Informationsquell nutzen, solange ich es kann. Sobald meine Umformung vollendet ist, werden sie das Domizil verlassen. »Schickimicki-Priester«, brumme ich und schlucke devot mein erstes Mahl auf Erden. Die Vorstellung, dass es irgendwann wieder rauskommt, ruft in mir Beklemmungen hervor. Ich trinke Tee nach. Das macht es nicht besser.

Der Maler reibt sich die Nase. »Er hat sich recht rasch in der Society hochgearbeitet, könnte man sagen. Und in die Betten der Frauen.«

»Maler!«, schnauzt der Bildhauer. Nicht einmal untereinander nutzen sie einen Namen.

»Schon gut, schon gut. Das ist eine Sache unter euch.«

Meine Lippen fühlen sich trocken an – das haben sie sich noch nie im Laufe meiner Existenz. Ich lecke mir darüber. »Ist er …« Ich breche kurz ab. »Ist er ein guter Mann?«

Der Maler wirkt verblüfft. »Gut?«

»Gut – wie Gott es für ihn vorgesehen hat.«

Diesmal sucht er nach Worten. Er betupft den zusammengeklebten Steg seiner Brille.

Entschieden legt der Bildhauer die Zeitung weg. »Wie schon gesagt«, unterbricht er streng, »das liegt nicht an uns zu sagen. Wer sind wir, Gut und Böse zu beurteilen?«

Ich verschränke die Arme vor der Brust und lehne mich zurück. »Ihr seid lang genug auf Erden, um den Unterschied gelernt zu haben.«

»Ja, lang sind wir hier. So lange«, er zeichnet mit den Zeigefingern zwei Hälften eines Kreises, die aufeinandertreffen, »dass wir eure diametralen Vorstellungen von Gut und Böse nicht mehr trennen können; denn der Mensch vereint beide in sich.«

Unzufrieden presse ich die Lippen zusammen. Dieses Gespräch, genau wie der Haferbrei, schmeckt – wie sagte Jezebel noch? – zum Kotzen. »Aber ihr seid keine Menschen.«

Der Bildhauer legt den Kopf schief und betrachtet mich ruhig. »Gib dir mehr als vierundzwanzig Stunden Zeit«, er schüttelt seine Zeitung glatt, »und zu einem anderen Zeitpunkt sprechen wir uns noch einmal, werter Herr Lazael.« Damit rückt er den Stuhl zurück, klemmt sich die Lektüre unter den Ellenbogen und schlurft in Pantoffeln davon.

»Bildhauer!«, belle ich ihm hinterher. Meine Stimme hallt von den Wänden wider, das Geschirr zittert über die Tischplatte, es schüttelt den Löffel in meiner Breischüssel. Nebenan zuckt der Maler zusammen. »Deine Stimmbänder muss ich dir unbedingt abkratzen«, murmelt er. »Das hält ja keiner aus.«

»Dann machen wir weiter.«

Der Ältere hebt die gepfefferte Augenbraue. »Nun gut«, sagt er. »Gib mir etwa zwanzig Minuten auf dem Thron des gewöhnlichen Mannes, dann setzen wir die Transformation fort.«

8

Ich bemühe mich mit Gewalt, mich ans Bewusstsein zu klammern, während der Maler mir die Stimmbänder bearbeitet und einen Teil des goldenen Glanzes aus meiner Haut schabt. Danach kommt der Bildhauer an die Reihe. Auf einem Drehhocker rutscht er an mich heran. »Du benötigst Haare«, stellt er fest. »Zwar gibt es auch Menschen ohne, doch du wirst dich genügend abheben, als dass wir dir noch Alopezie verpassen sollten.«

Schweißperlen schimmern auf meiner Brust. Mit zittrigen Händen wische ich sie davon.

»Danken wir Gott für die Erfindung von Kleidung; durch diese können wir uns mit deiner endgültigen Ausformung Zeit lassen. Ich rate dir ernsthaft, nach der jetzigen Einheit einen Tag Pause einzulegen. Deine Organe haben zu arbeiten begonnen, dein Körper gewöhnt sich an seine neue Daseinsform. Dank Hormondrüsen wirst du mit Stimmungsschwankungen zu kämpfen haben.« Er wippt auf dem Hocker hin und her, der bei jeder Drehung knarzt. »Aber nachdem wir dir das Haar gemacht haben, sieht zumindest dein Gesicht halbwegs fertiggestellt aus. Du könntest heute Nachmittag das erste Mal unter Menschen gehen. Ein Spaziergang unter jenen, die du imitierst. Azuriel nimmt dich sicher mit. Was denkst du?«

Abgehackt nicke ich, in der Hoffnung, dass er weitermacht. Meine Gedanken flirren bei dem Ausblick, dass ich das Domizil verlassen könnte.

Zu meiner Überraschung zurren mich die Künstler heute nicht fest. Stattdessen zieht sich der Maler einen Stuhl herbei. »Haare aus der Haut zu ziehen ist zwar nicht angenehm, aber auch nicht so schmerzhaft wie das Malen oder Bauen von Organen. Mühselige Kleinstarbeit bleibt es leider.«

Ich will mich erheben, doch jeder Zoll meiner Haut brennt. Der Versuch, etwas hervorzuwürgen, vergeht im Bemühen. Ein Flüstern entkommt meiner Kehle. Es klingt wie das Rascheln von trockenen Nadeln der alten Zypressen in der Zufahrtsallee. »Okay.«

Sie haben mich beschnitten, schießt es mir durch den Kopf. Zuerst meine Flügel. Dann meine Stimme. Mein Licht Gottes haben sie wie mit einem Stück Gaze gemildert. Stattdessen statten sie mich mit diesen fürchterlichen Körperfunktionen aus, die machen, dass mir Wasser zwischen den Beinen ausläuft und stinkende Flüssigkeit aus meiner Haut perlt.

Ich schleppe mich zum Sessel.

»Wo beginnen wir?«, fragt der Maler.

Der Bildhauer bückt sich, in der Hand eine Pinzette. »Bei den Brauen. Augenbrauen bilden Charakter. Wir werden Lazael einen edlen Ausdruck verleihen. Wie von altem europäischem Adel. Aber … vielleicht nicht unbedingt das Habsburgerkinn.« Damit streckt er die Hand aus und zieht mir das erste Haar aus der Haut.

Der Maler streicht mir durchs sattschwarze Haupthaar. Von allen Dingen, mit denen sie mich bisher ausgestattet haben, empfinde ich die Haarpracht am angenehmsten. Sie fühlt sich an wie ein Seidentuch, das mein Haupt streichelt und locker auf meinen Schultern aufliegt. »Es wäre zu schade, es kurz zu schneiden, findest du nicht?«, fragt er seinen Partner.

Der Bildhauer hält mein Gesicht mit beiden Händen umklammert und betrachtet es aus jedem Winkel. »Einen guten Schnitt könnten sie durchaus vertragen. Wärst du so freundlich?«

Kurze Zeit später erklingt hinter mir ein metallisches Schnappgeräusch, und der Maler beginnt mit seinem Handwerk.

Ich möchte weitermachen, doch die Künstler bestehen auf ihre Mittagspause. »Gewerkschaft!«, plärren sie gnadenlos.

Der Maler zieht sich zum Zeichnen in den Wintergarten zurück. Kurze Zeit später ertönt aus einer anderen Ecke des Anwesens Klaviergeklimper. Es ist die erste menschengemachte Musik, die mir in ihrem Wohlklang nicht aufstößt.

Meine Ungeduld bannend, geselle ich mich zum Maler in den Vorhof und bette meinen schmerzenden Leib auf einen Zweisitzer der Lounge-Garnitur. So warte ich auf Azuriels Rückkehr.

»Wann kommt mein Bruder zurück?«, frage ich und wippe ungeduldig mit dem Fuß. Wie sich herausstellt, ist meine Geduld hier auf Erden äußerst begrenzt, dafür, dass ich äonenlang unverdrossen die Heiligkeit meines Herrn besungen habe.

Der Maler antwortet nicht. Ein Stück Zunge späht zwischen seinen Lippen hervor, während er Orchideen mit dem Bleistift skizziert, die aus der fasrigen Rinde einer Palme wachsen. Endlich setzt er ab und sagt: »Keine Ahnung. Ruf ihn an.«

Anrufen? Ich löse die Beine aus der überschlagenen Pose und räuspere mich. »Und … wie mache ich das?«

Der Maler, der soeben die Blütengröße mithilfe seines Bleistifts misst, wirft mir einen belustigten Blick zu. »Ach ja. *Jezebel!*«

Keine Reaktion.

Er schreit lauter.

Schritte ertönen. Die Haushälterin öffnet die Tür und guckt herein, unter ihrer Achsel klemmt ein Staubsaugerrohr. Sie zieht sich die Kopfhörer von den Ohren. »Hm?«

»Wärst du so freundlich, Lazael zu zeigen, wie man Azuriel vom Haustelefon aus erreicht?«

Sie nickt, verschwindet und kehrt kurze Zeit später mit einem schnurlosen Telefon zurück. Neben mir lässt sie sich in die Kissen fallen, das Sofa federt unter ihrem Aufprall. Sie erklärt mir, wie ich das Gerät zu bedienen habe.

Ich blicke ihr über die Schulter, ihre Finger mit lackierten Nägeln tippen über die Tasten. Dabei steigt mir ein eigenartiger Geruch in die Nase, der nicht so recht zu ihrer Erscheinung passt. Chlor? Nein. Ich vermag ihn nicht zuzuordnen. Vielleicht stammt er von Putzmitteln?

Gerade als ich den ersten Anruf meines Lebens tätigen möchte, ertönt draußen das Knirschen von Autoreifen. Azuriel fährt mit einem Cabriolet vor, das Verdeck geöffnet. Kurze Zeit später betritt er den Innenhof.

Voller Erwartung eile ich ihm entgegen. »Da bist du ja! Meine Erscheinung ist so weit fortgeschritten, dass ich unter Menschen kann. Bring mich irgendwohin, wo ich sie testen kann.«

Azuriel, eine Kippe im Mundwinkel, zieht überrascht die Augenbrauen hoch. »Krasse Frisur, Mann«, stellt er fest. »Ein wenig zu ernst, die Brauenpartie, wenn du mich fragst.«

»Keanu Reeves' Einfluss«, kommentiert der Maler, der Bleistift kratzt lautstark über den Skizzenblock.

Ich packe meinen Bruder am Ärmel seiner Lederjacke. »Ich will raus.«

Unsicher wiegt Azuriel den Kopf hin und her. Schließlich zuckt er mit den Achseln. »Na gut. Dein Körperbau ist immer noch unüblich, aber für einen Spaziergang reicht's. Maler, würdest du Laz ein paar lange Klamotten raussuchen?«

»Soll ich das nicht …?«, wendet Jezebel ein, doch mein Bruder unterbricht sie.

»Mit dir habe ich noch etwas Wichtiges zu besprechen«, behauptet er. Er schüttelt sich die Jacke von den Schultern und zieht die Haushälterin im Vorbeigehen mit sich. Aus irgendeinem Grund verdreht der Maler die Augen.

In einem begehbaren Kleiderschrank in meinem Schlafzimmer kleidet mich der Maler ein wie eine Puppe. Ich lasse es über mich ergehen. Lange Hosen, lederne Schnürschuhe, langärmeliges Shirt. Darüber ein Trenchcoat, der meine androgyne Figur mildert. »Und hier«, sagt er und schiebt mir eine Sonnenbrille auf die Nase. »Gut siehst du aus. Wie ein Filmstar.«

Ich weiß nicht, ob mir das lieb ist. Ich muss dabei an meinen Bruder denken; Brad ›Azuriel‹ Pitt. Sein Aussehen und Charisma scheinen ihm zu Kopf gestiegen zu sein. Unglücklicherweise macht er sich auch keinerlei Mühe, den Eindruck zu revidieren.

Auf der Suche nach ihm bahne ich mir den Weg durch den Westflügel. Geräusche dringen aus der Hauptküche. Ich durchschreite das Esszimmer und öffne den Mund, um meinen Bruder zu rufen, da vernehme ich Jezebels Stimme. Ihr Ton lässt mich innehalten.

»… lass das!«

»Warum? Es hat dich sonst nie gestört.«

Meine Schritte werden unvermittelt langsamer. Automatisch passe ich meine Lautstärke an.

»Aber jetzt möchte ich nicht.«

Azuriel lacht. Ein Klatschen ertönt. Vorsichtig schiebe ich mich um die Speisetafel herum. Der Ausschnitt, den mir die Küchentür preisgibt, verschiebt sich und gibt den Blick auf die beiden frei.

Jezebel sitzt auf der Küchentheke, ihre Beine baumeln herab, ihr linker Absatz auf einem Türgriff abgestützt. Azuriel drängt sich an sie heran. Seine breiten Schultern verdecken den Großteil ihres Gesichts. Seine Hände liegen auf ihren Beinen, dicht über den Knien. Langsam fährt er die Schenkel empor, bis seine Fingerspitzen ihren Hosensaum berühren.

Sie schiebt ihn von sich. »Lass das, hab ich gesagt!«

Ich vermag die Situation nicht einzuschätzen. Unangenehm ist sie mir. Wie ein Unwetter, das sich zusammenbraut; eine elektrische Ladung, die lautlos in der Luft knistert und nach Ozon stinkt. Ich merke, dass ich meine Arme anspanne. Meine Rückenmuskulatur arbeitet, als wollte sie die Schwingen spreizen – eine Drohgebärde.

»Was tust du jetzt so heilig, hm?«, schnauzt Azuriel Jez an. »Du hast mich immer gern gefickt.«

Mein Gesicht brennt bei seinem vulgären Ausdruck. Da steht er, mein Bruder, ein Aggressor. Wie ist er zu dem geworden? Von jemandem wie mir, der kein Geschlecht kennt, keine Lust, keinen Willen, sich zu vermehren?

Wenn er der Liebe verfallen wäre – einer hohen, edlen Verehrung –, dann könnte ich ihm vielleicht noch verzeihen. Aber hier stinkt es nach brünstiger Fleischlichkeit, vermischt mit der Lust auf Gewalt, sie sich zu holen.

»Ja«, gibt Jezebel zu meiner Überraschung zu. »Aber es war ja auch niemand anderes da.«

Er packt ihre Schenkel fester. Seine braun gebrannten Hände drücken sich in die Haut, sodass gelbweiße Flecken entstehen. Nah rückt er an sie heran. »Tu nicht so, als würdest du jemand Besseren finden. Du könntest die gesamte Welt durchkämmen und würdest keinem wie mir begegnen. Alles an mir ist vollkommen.«

Sie windet sich. »Als ob du mir eine Wahl gibst – du lässt du mich ja nie raus.«

»Nie raus?«, schnappt er. »Ich lasse dich genügend oft raus!«

»Immer bin ich von deinem Gutwillen abhängig. Aber das ändert sich jetzt. Du bist nicht länger mein Herr. Herr Lazael ist das nun.«

Er lacht hart – und ich merke, dass es allein dazu dient, zu verletzen. »Glaubst du, du kannst bei meinem Bruder Eindruck schinden, hm? Denkst du, er wird dir auch nur ein gnädiges Wort zukommen lassen, wenn er erst mal erkennt, was du bist?« Seine Hand verheddert sich in ihrem Haar. Zuerst wirkt es so, als wollte er es liebkosen. Fast zärtlich sieht er sie an. Dann packt er zu und zieht ihren Kopf zurück, sodass sich ihre Kehle durchbiegt. Das Herzschloss an dem Halsband klimpert. Ich sehe nur aufgerissene kornblumenblaue Augen. Einen leicht geöffneten Mund. Ein angestrengtes Ächzen dringt hervor.

Prüfend schweift ihr Blick über das Gesicht ihres Gegenübers. Herausfordernd sieht sie ihn an. Ihr Mundwinkel zuckt. Lächelt sie etwa?

Da drückt er ihr einen harten Kuss auf die Lippen. Ich sehe die Zunge in ihre Mundhöhle vorquellen, mit der anderen Hand greift er ihr zwischen die Beine.

»H…« *…alt!*, will ich rufen und setze einen Fuß vor, da packt sie ihn im Schritt und krallt zu. Mit einem Heulen, das das Geschirr scheppern lässt, fährt er zurück. Sie kickt hinterher, trifft sein Knie. Es knackt. Den nächsten Tritt fängt er ab. An ihrer Wade reißt er sie von der Arbeitsplatte.

Ihre Finger verheddern sich an den Schubladengriffen; in dem Versuch, sich festzuklammern, zieht sie diese ratternd auf. Er zerrt sie davon, sie strampelt, und als sie hinter sich langt, knallt sie ihm die Rückhand ins Gesicht.

»*…alt!*«

Unvermittelt erstarren die beiden in ihrer Rangelei, Jezebel auf allen vieren, er halb über ihr. Schockiert sieht sie zu mir auf.

Ich beachte sie gar nicht. Mein Blick bohrt sich in Azuriels. Mein nächster Schritt lässt den Grund erbeben. Meine Nasenflügel weiten sich in Rage. »Wie kannst du nur …! Hat dich der Teufel verleitet?«

Azuriel kämpft sich in die Höhe. An einer Hosenschlaufe zieht er Jezebel an seine Brust und packt sie mit einem Arm, sodass sie sich nicht entwinden kann. Einen ihrer Fußtritte kommentiert er mit einem Zähneknirschen. »Gleich wirst du verstehen, Bruder«, schnauft er und drängt sie mit Gewalt Richtung Herd. Mit der freien Hand presst er den Schalter, Gasflammen schnalzen aus der Scheibe; ein Kranz aus blauen Zacken, der bedrohlich leuchtet. Ich frage mich, welche Farbe das Feuer in der Hölle hat. Und wann sich mein Bruder an ihm verbrannt hat.

Meine Lider weiten sich vor Entsetzen.

»Lass mich!«, schreit Jezebel, ihre Stimme ein Sägenkreischen. »Lass mich los, du Scheißkerl!«

Mit verbissener Miene packt Azuriel ihren Unterarm – und zwingt ihre Hand in die Flammen.

Ihr Kreischen vibriert durch meinen Körper. Mir ist, als würde sich über ihre normale Stimme eine zweite legen. Diese klingt schiefer, ein Zwischenton, bei dem man den Geigenbogen nachlässig über Violinsaiten zieht. Die Flammen lecken ihre Finger hoch. Augenblicklich fängt es an zu stinken. Noch nie habe ich den Geruch von brennender Menschenhaut gerochen. Es ist ein süß-würziger Duft, der meine neu gewonnenen Härchen aufstellt. Ich fühle mich wie eine Katze, die ihr Fell sträubt.

Azuriel ist dem Teufel verfallen! Er hält die sich windende Frau fest, deren Haar gefährlich nahe am Flammenkranz schwankt. Die Muskeln an Armen und Rücken drücken sich in dicken Strängen durch Azuriels anliegendes T-Shirt. Jez trifft ihn ein-, zwei-, dreimal am Schienbein, doch er grunzt nur.

Ihre Haut wirft Blasen und verfärbt sich.

Mit einem Satz eile ich herbei und stoße Azuriel von Jezebel weg. Er reißt sie mit sich – gemeinsam fliegen sie durch die Küche und knallen gegen einen Tisch mit Kolonialstilstühlen, der unter dem Fenster steht. Es kracht und splittert. Ein Stuhl geht unter Azuriels Aufprall zu Bruch.

Jezebel gelingt es, sich aus seinem Griff zu winden. Über die Küchenfliesen rutscht sie davon, birgt die Hand an ihrem Leib. Rußflocken verschmieren den weißen Stoff.

»Du bist dem Teufel verfallen!«, brülle ich Azuriel an.

Ächzend drückt er sich zwischen den Trümmern hoch. Ein Riss klafft in seinem Shirt, die Haut darunter ist feucht und rot. Entnervt wirft er ein zersplittertes Stuhlbein von sich. »Sieh dir ihre Hand an, du Moralapostel!«

Ich drehe mich zu Jezebel, die in die Ecke hinter den Tisch gekrochen ist. Sie versucht, ihren Arm vor mir zu verbergen. Ihre Haut ist violett angelaufen und rußverschmiert.

Einen Herztakt später erkenne ich meinen Fehler. Aus den verbrannten Hautfetzen schält sich eine lila geschuppte, anderweltliche Pranke.

9

»Du bist so ein Arschloch!«, schreit Jezebel Azuriel an, die Zähne gefletscht wie ein Tier. »Du Scham deiner Mutter! Du Hund! Du …« Vor vierundzwanzig Stunden noch hätte ich ihr diese Mischung aus Wut und Mut nicht zugetraut.

»Klappe, Bitch«, schnarrt Azuriel und lehnt sich gegen die Küchenzeile.

»Fick dich!«

Ihr vulgärer Austausch stößt bei mir auf taube Ohren. Mit weiten Sätzen schreite ich heran, so rasch, dass ich glaube, dass mich ein Flügelrauschen trägt.

Ich packe ihren Arm. Sie quietscht auf, versucht sich zu wehren – erstaunliche Kraft steckt in ihrem dünnen Ärmchen, den Azuriel und ich wie einen Ast zerbrechen können müssten. Sie ballt die verbrannten Finger, doch ich erkenne es trotzdem. Lila Flecken unter sich auflösender Menschenhaut, schwarze Krallen, die wie Dornen aus ihren Fingerspitzen sprießen.

Entsetzt blicke ich ihr ins Gesicht. Sie schlägt die Lider nieder. Ihr Pony beschattet ihre Augen. »Ich hätte es Euch schon noch gesagt«, beteuert sie, »ich wollte nur auf den richtigen Augenblick warten …«

Azuriel schnaubt und lehnt den Hinterkopf gegen die Thekentür. »Gar nichts würdest du, wenn deine Fessel dich nicht zwänge. Aber du hast uns nun mal zu dienen, Babe.«

Ich packe ihr Kinn, zwinge es in die Höhe. Sie starrt mich an, ihre Wimpern fächern unruhig. Kornblumenblaue Augen. Doch hinter den Pupillen brennt ein Feuer, das sie violett verfärbt. Ein höllisches Leuchten tief in ihrem Inneren wie ein glühender Amethyst.

Das Feuer der Hölle brennt aus ihren Augen.

Jezebel ist eine Dämonin.

Abrupt lasse ich sie los und stolpere zurück, als hätte *ich* mich soeben verbrannt und nicht sie.

In ihrem Gesicht blüht Verzweiflung.

Mein Mund klappt auf. Ein einziges Wort entwindet sich meiner Kehle. Es stammt tief von unten, dort, wo der Maler nicht mit seinem Spachtel hingekommen ist, um meiner Stimme die Göttlichkeit zu nehmen.

»*U-Ungeheuer.*« Der Klang pustet ihr das Haar aus dem Gesicht, lässt ihre Haare tanzen. Die verbliebenen Stühle wackeln.

Ihre krallenbewehrte Hand sackt in ihren Schoß. Sie stößt ein Schluchzen aus. Abrupt rappelt sie sich in die Höhe und stiebt an mir vorbei. »Du bist so ein Hurensohn!«, spuckt sie Azuriel entgegen und läuft aus der Küche.

»Ich bin der Sohn Gottes!«, ruft er ihr amüsiert hinterher.

»Sag ich ja!«

Eine Weile vergeht in Stille. Ich stehe nur da, die Schultern vorgestürzt. Mein Bruder sitzt zwischen den Holzsplittern, ein Knie angezogen. Schließlich seufzt er und drückt sich in die Höhe. Er zieht einen heilen Stuhl herbei und lässt sich drauffallen, mit dem Fuß tritt er einen zweiten zurück und deutet mir an, mich zu setzen.

Erschöpft folge ich seiner Anweisung, während er hinter sich in einer Küchenlade kramt und eine Zigarettenpackung hervorzieht. »Willst du eine?« Mein starrer Blick spricht für sich, er nimmt das Angebot zurück.

Gummiringe, Alufolie, Wäscheklammern – endlich findet er eine Packung Streichhölzer. Schweigend zieht er ein Hölzchen über den roten Rand. Sein Köpfchen flammt mit einem Zischen auf. Der begleitende Duft steigt mir in die Nase.

Endlich erkenne ich, woran mich Jezebels Geruch erinnert. *Schwefelhölzer*. Sie trägt den Hauch der Hölle auf ihrer Haut.

Ich stütze meine Stirn in die Hand und bin überrascht, mir über Brauen und in den neu gewonnenen Haaransatz zu fahren. Azuriel betrachtet mich ernst, während er an seiner Zigarette zieht. »Ich habe mich geirrt. Die Brauen passen ganz ausgezeichnet zu dir.«

»Wieso um Gottes willen spaziert hier eine Gefolgsfrau Luzifers durchs Haus?!«

Mein Bruder stößt den Rauch aus. »Weil sie es muss.«

Genervt rümpfe ich die Nase. »Bekomme ich dazu eine sinnvolle Erklärung?«

»Ganz genau weiß ich es auch nicht. Um ehrlich zu sein, hat es mich nie interessiert. Sie wurde aus der Hölle rausgekickt, ein Konflikt innerhalb der Hierarchien. Hat versucht, sich auf der Erde zu verstecken. Einer unserer Vorgänger hat sie eingefangen und ihr das Band umgelegt. Seitdem sitzt sie hier fest und muss jedem dienen, der das Domizil übernimmt.«

»*Dienen*«, betone ich mit Grabesstimme. »So sah das vorhin aus.«

Er verdreht die Augen. »Wir vögeln nur. Keine große Sache. Auch wenn es einen anderen Anschein erweckt hat – das war alles freiwillig. Sie ist eine Gefolgsfrau des Gefallenen. Glaubst du, sie will zölibatär hier ihre Jahrhunderte abhocken?«

Ich schlucke, doch der Knoten in meiner Kehle sitzt fest.

Azuriel zuckt mit den Schultern. Er verschränkt die Arme auf dem Tisch und stützt das Kinn darauf ab. Von unten sieht er mich hündisch an. Der Rauch steigt ihm in die Augen, doch er blinzelt nicht. »Du wirkst nach wie vor unzufrieden, Brüderchen.«

»Du vög…«, allein das Wort auszusprechen, kommt mir einem Frevel gleich, »… du liegst bei einer Dämonin, verdammt! Was ist nur los mit dir?«

Er grinst. Versucht mich einzuweben. Aber ich bin kein Mensch. Er hat vergessen, was er war – und vergisst, was *ich* bin. Vermag ich es, ihn zurück auf den rechten Weg zu führen? Wie können die dort oben ihn beobachten, ohne regelnde Maßnahmen einzusetzen? Er treibt Unzucht – mit einer *Dämonin!* Geht der Fleischeslust nach, ohne dem Ziel, Leben zu erschaffen! Sich der Leiblichkeit hingeben – dem Rauchen, dem Geschlechtsakt, der Völlerei? Welcher Sünde hat er sich *nicht* ausgesetzt?

Der Gedanke, dass mir so etwas mit *ihr* passieren könnte, schockiert mich dermaßen, dass ich mich am nächsten Atemzug verschlucke.

»Irgendwo«, sage ich, und meine es durchaus nicht böse, »auf dem Weg hier unten bist du falsch abgebogen, mein Freund.«

»Meinst du?« Sein Lächeln drückt keinerlei Gram aus.

»Ja.«

Er hebt den Kopf, tastet nach meiner Hand. Kurz kommt sie darauf zu ruhen. Er widerspricht mir nicht. Das ist ein gutes Zeichen. »Es gibt eine Sache, die du nicht vergessen darfst. Jez lebt seit Jahrhunderten, wenn nicht Jahrtausenden unter Engeln. Das Band an ihrem Hals verhindert, dass sie gehen und uns schaden kann. Nun«, wieder dieses kesse Grinsen, mit dem er andere um den Finger wickelt, »zumindest nicht mehr, als wir zu ertragen bereit sind.«

Ich verstehe ihn nicht. Und frage mich, was es bedeutet, dass er mir das alles so offen anvertraut. Allerdings zeigt er mir damit auch ein gewisses Vertrauen. Wir sind Brüder, nach wie vor.

Ich drücke seine Hand. Ich werde ihn retten. Vor seinen eigenen Sünden.

»Alles wieder gut?«, fragt er, nimmt einen letzten Zug und drückt den Stummel auf der Fensterbank aus. Er schert sich weder um den Dreck noch um den Müll. Aufräumen muss es ja sowieso die dämonische Haushälterin.

Ich weiß nicht, ob ich mit ihr leben kann. Neben ihr existieren, den Haushalt teilen. Mich von ihr bedienen, bekochen, mir das Essen reichen lassen kann. Egal welch mächtiges Band mein Vorgänger um ihren Hals gelegt hat. Ein wahrhafter Narr wäre ich, einer Dämonin zu vertrauen.

Azuriel nimmt mein Schweigen als stumme Zustimmung und erhebt sich. »Dann auf mit dir, *The One*.«

Fragend sehe ich ihn an.

»Keanu Reeves in *Matrix*. Muss man gesehen haben. Ich lad uns den Film runter. Und weil du es bist«, er klopft mir auf die Schulter, »wird's auch keine Raubkopie.« Leichtfüßig marschiert er zwischen den Trümmern hindurch zur Küchentür. »Wer weiß, wenn du den Theorieteil bestanden hast, lasse ich dich vielleicht auch mal mit dem Cabrio fahren.«

10

Als wir das Domizil über den Vorhof verlassen wollen, finden wir die zerzauste Jezebel beim Maler. Sie kauert neben ihm auf dem Sofa der Sitzgruppe. Durch seine schiefe Brille inspiziert er ihre Hand. »Das werden wir schon hinkriegen, Schatz«, kommentiert er mitleidig.

Sie stehen nicht auf meiner Seite, erinnere ich mich. Dennoch erschüttert es mich, dass er offensichtlich über ihre Identität Bescheid wusste – und ihn ihre Herkunft nicht zu stören scheint. Er tätschelt liebevoll ihre Hand.

Sie ist versucht, mich anzusehen, doch wendet sich ab. Recht so. Wage es nicht, mich anzusehen, Handlangerin des Teufels!

In Azuriels Hand rasselt der Autoschlüssel. »Wir fahren nach Portside.«

»War das wirklich notwendig, Azuriel?«, klagt der Maler. »Hättest du es ihm nicht einfach mit Worten sagen können?«

»Kann er nicht«, flüstert Jezebel, »weil er ein Arschloch ist.«

Azuriel zuckt bloß mit den Schultern. »Wenn du aufhörst zu flennen, darfst du mitkommen.«

Sie verzieht das Gesicht. »Wie soll ich so das Haus verlassen?« Sie streckt ihm die krallenbewehrte Hand entgegen. »Hm?«

»Zieh dir 'nen Handschuh über, was weiß ich.«

Sie vergräbt die Wange in ihren Armen.

Ich mache einen großen Bogen um sie, diese Frau, der ich keinen Zoll über den Weg trauen werde. Das Band an ihrem Hals vermag sie vielleicht zu fesseln, doch ich habe gesehen, dass sie Azuriel verletzen kann. Wer weiß also, wozu sie sonst noch imstande ist?

Mein Bruder hingegen scheint es sich anders zu überlegen. »Komm schon«, startet er eine Versöhnung. »Hör auf zu schmollen. Es tut mir leid.«

Mein Magen zieht sich zusammen. Hat er sich eben entschuldigt? Bei ihr? Einer Dienerin des Teufels?! Ich spüre, wie mir der Lebenssaft aus den Wangen sackt. Das Einzige, was mir an diesem Friedensangebot zusagt, ist, dass es meinen Bruder in einem besseren Licht zeichnet. Es erweckt in mir Hoffnung für seinen weiteren Weg.

Er streckt die Hand nach ihr aus, berührt die Dämonin aber nicht. »Komm schon. Portside Pier. Der Comicladen. Du kannst dir aussuchen, was du willst. Geht auf mich.«

Ihre Wange rutscht über den Arm. Misstrauisch blinzelt sie ihm zu, das Gesicht gerötet. Geweint hat sie nicht. Können Dämonen überhaupt weinen? Ich vermute hinter jeder menschlichen Regung ein berechnendes Spiel.

Azuriel lächelt eigenartig. Er streckt ihr den Arm entgegen, die Handfläche nach außen gewandt. »*Captain America*?« Er legt den Kopf schief. »Eiskaffee?«

Sein Charme, der bei mir so wenig Wirkung zeigt, webt die Teufelsdienerin ein. Sie hüpft vom Zweisitzer. »Ich suche mir einen Handschuh«, sagt sie schlagartig beschwingt und läuft ins Innere des Anwesens. »Und ich fahre.«

11

Sie kommt nicht mit!«, zische ich, als ich an Azuriels Seite das Domizil verlasse. Sein Cabriolet, Marke Ford Mustang, blitzt zitronengelb in der Sonne. Ein schwarzer Doppelstreifen überzieht die Motorhaube. »Sie … es! Was auch immer!«

Azuriel hebt eine Augenbraue und sperrt dabei die Tür auf. »Du wirst jetzt aber nicht dramatisch, oder? Jez ist da. Und sie bleibt. Es gibt nichts, was du dagegen tun könntest.«

»Dann nimm ihr das Band ab und wirf sie zurück in die schwefelverseuchten Untiefen der Hölle, wo sie herkommt! Ich will dieses Ungeheuer nicht in meiner Nähe haben!«

Er lacht. Mit einem Klicken löst er die Autotür aus dem Schloss. Anstatt auf den Fahrersitz zu rutschen, umrundet er das Gefährt und schwingt sich über die Beifahrertür. »Du kannst es ja versuchen. Die Halskrause zu lösen, meine ich. Bei Gott, sie selbst hat es sicherlich oft genug probiert.«

»Und du?«, blaffe ich.

»Ich«, er lächelt und lehnt sich mit dem Arm über das heruntergelassene Fenster, »finde durchaus Vergnügen daran, mich von einem meiner Feinde bedienen zu lassen.«

Mit geballten Händen stehe ich vor dem Auto. Hinter mir knirschen Schritte über den Kies der Einfahrt. An mir vorbei eilt die Unaussprechliche, Cabrio-Handschuhe verhüllen ihre Dämonenpranke. Sie beachtet mich gar nicht weiter. Als könnte ich sie nicht mit einem Fingerzeig verbannen.

Vermag ich es wirklich nicht?

Argwöhnisch suche ich nach dem Band an ihrem Hals, während sie auf den Fahrersitz rutscht und von Azuriel den Schlüssel entgegennimmt. Ihre unverletzte Hand gleitet aufgeregt über das Lenkrad. Man könnte sie fast für eine normale junge Menschenfrau halten.

Aber genau das bezweckt der Teufel damit, wenn er seine Diener schickt.

Drei Schritte tragen mich heran. Wenn Menschen Besessene exorzieren können, was sollte mich dann schon eine Apopompe – ein Ausfahrbefehl, der Dämonen dazu zwingt, in die Hölle zurückzukehren – kosten? »Ich werde dich zurück in die Hölle schicken«, zische ich.

Azuriel seufzt und reibt sich übers Gesicht. »Laz …«

Jezebel hebt die Augenbraue, die Hände unbeeindruckt am Lenkrad.

»Sag mir deinen Namen, Dämon«, zische ich. Für eine Apopompe muss ich Namen und Spezies eines Dämons kennen.

Sie rümpft die Nase. »Ihr kennt meinen Namen … Sir.«

Ich reiße den Mund auf. Etwas an meinem Blick lässt Azuriel ein Stück tiefer in den Sitz sinken, er schnauft: »Ach nee …«

Ich lege Macht in meine Stimme. Ganz tief unten suche ich sie, wo der Maler zum Auskratzen meiner Stimmbänder nicht hingelangt ist.

»SPRICH DEINEN NAMEN, DÄMON!«

Es ist ein himmlischer Befehl – sich ihm zu verweigern vermögen nur höhere Wesen. Kies stiebt durch die Einfahrt, das Wort fährt durch das Haar der Autoinsassen, es hebt den Wagen um einen Inch an, bevor er wieder schaukelnd zu Boden kommt.

Die dämonische Haushälterin verbiegt sich. Sie keucht, streckt die Kehle durch, ihr Haupt rutscht zwischen die beiden Vordersitze. All ihre Muskeln spannen sich an. Irre ich mich oder dampft ihre Haut?

»Jezebel«, krächzt sie.

Ich will nachlegen, doch meine Kehle brennt, als söge ich den Rauch der Hölle durch die Atemwege. Ich muss husten. Es kostet mich einiges, den zweiten Befehl hervorzudrücken:

»DEINE SPEZIES, DÄMON!«

Erneut schüttelt es sie durch. »Se'irim!«

Ich warte verbissen. Der Krampf lässt nach.

Nebenan streicht sich Azuriel über die Wangen. »Sie hätte es dir auch so gesagt, Mann«, brummt er in seine Hand. »Das Grundstück ist groß, aber derart groß, dass die Nachbarn keinen göttlichen Befehl hören, ist es auch nicht.«

Jezebel blinzelt. Auf ihrem Sitz fällt sie ein Stückchen in sich zusammen. Plötzlich wirkt sie schlapp und angeschlagen. Und … traurig.

So ein Unsinn! Als ob Teufelsdiener echte Gefühle kennen! Das ist doch alles ein Spiel!

»Noch etwas?«, murmelt sie und sieht mich nicht an. »Ihr könnt gern damit beginnen, Zeichen um das Auto zu malen und mit der heiligen Anrufung starten. Aber ich verrate Euch: Ihr seid nicht der Erste, der es versucht. Vermutlich werdet Ihr auch nicht der Letzte sein. Nicht alle, die nach meinem Kerkermeister kamen, fanden es gut, dass ich hier bin. Das Halsband lässt mich nicht gehen. Nicht einmal durch eine Teufelsaustreibung. Wenn Euch Gott nicht zufällig den Schlüssel zu meiner Fessel mitgegeben hat …«

Ich lange über die Autotür und packe den herzförmigen Anhänger. Mit einem Ruck ziehe ich daran. Meine Kraft ist unmenschlich – das ist mir genauso bewusst wie egal. Mit einem *Ugh!* zieht es Jezebels Haupt Richtung Frontscheibe. Sie stemmt sich gegen das Lenkrad, doch schlägt mit dem Gesicht auf, die Hupe trötet. Das Schloss hält. Natürlich hält es. Ein Schlüsselloch klafft wie eine Wunde in seiner Mitte. Irgendjemand muss den Schlüssel dazu besitzen. Vielleicht lügt Azuriel, und er …

»Seid Ihr noch ganz dicht in der Schüssel?«, blafft Jezebel mich an und reibt sich die Nase. Sie funkelt mich an, wie sie es sich bereits bei Azuriel traut. Im nächsten Augenblick scheint sie sich zu besinnen. Ich bin nicht mein Bruder. Ich bin ihr neuer Herr – ob es ihr gefällt oder nicht. »Mit Verlaub, Sir«, fügt sie schnaubend an.

»Ich will dich nicht im Domizil haben.« Ich klinge heiser, der göttliche Befehl hat meine Stimmbänder beansprucht. Meine Gurgel schmerzt, ich streiche darüber.

Sie sieht mich an, als ob ich schwer von Begriff wäre. Ihre Finger bewegen sich zögerlich über das Lenkrad, als könnte sie sich nicht entscheiden, ob sie es liebkosen oder erwürgen möchte.

Nebenan lacht Azuriel und verschränkt die Hände hinter dem Nacken. Er guckt die Allee hinunter, als ginge ihn das alles nichts an.

Die Dämonin schürzt die Unterlippe. »Wenn ich etwas dagegen unternehmen könnte, müsste ich mich nicht von scheinheiligen Boten des Himmels misshandeln lassen!« Kurz treffen unsere Blicke aufeinander, dann schlägt sie die Wimpern nieder.

Meine Wangen glühen.

»Was ist jetzt, Laz?«, fragt mich Azuriel. »Kommst du mit oder bleibst du da?«

Ich würde sie am liebsten aus dem Auto zerren, doch dazu müsste ich sie berühren – und das widerstrebt mir. Ich will sie nicht anfassen. Was mein Bruder mit ihr treibt, ist schon schlimm genug.

Gleichzeitig kann ich es mir nicht leisten abzulehnen. Mein Counterpart ist bereits bei der Arbeit, schleicht sich an Persaud in falscher Engelsgestalt an, um ihr zu schmeicheln und sie als Frau an seine Seite zu betten. Meine Zähne knirschen, so fest beiße ich sie zusammen. Ich gebe nach, um meines Auftrags willen.

Das Cabriolet besitzt keine Hintertüren, und weder Azuriel noch unsere höllische Haushälterin scheinen gewillt, auszusteigen und den Sitz vorzuklappen, also steige ich über die Seitenwand ein. Die hintere Sitzreihe ist so eng, dass ich mich zusammenfalten muss wie ein Riese im Puppenauto. Ich möchte Gott und die Welt verfluchen – wäre das nicht absolut häretisch.

12

Ihr Lachen klingelt wie Messglocken, die den Eintritt des Priesters ankündigen. Ihre Haare brausen im Wind. Jedes Mal, wenn mich eine Strähne zu streifen droht, lehne ich mich so weit wie möglich zurück.

Ich verstehe nun, warum die Menschen Frauen in ihren Schriften wiederholt als Verführerinnen und Dämoninnen betiteln. Jezebel ist beides in einem. Mit ihrer vermeintlichen Unschuld hat sie Azuriel dressiert, an ihre Harmlosigkeit zu glauben. Mir wird das gewiss nicht passieren.

Die Unaussprechliche drückt aufs Gas; der Ford Mustang schnurrt wie ein Kätzchen und saust die Kurven des Cypress Hill hinab in Richtung des glitzernden Meers. Ich schweige hinten. Vorn wechseln Azuriel und Jezebel hin und wieder ein paar Worte. Die meisten davon werden vom Fahrtwind davongetragen. Gerade noch haben sie sich in der Küche die Köpfe eingeschlagen, und einen Wimpernschlag später herrscht Frieden zwischen ihnen. Ich verstehe es nicht – und verurteile Azuriel für sein Handeln. Jezebel, die Dämonin, verurteile ich als Gesamtpaket. Ihre Existenz in unserem Haus ist ein Frevel.

Portside erstreckt sich als lichtes Örtchen an der Küste. Was es bedeutet, meinen ersten Besuch unter Menschen anzutreten, wird mir bewusst, als wir einfahren. Leute überall. Sie flanieren über die Gehwege, kreuzen die Straßen an Verkehrsampeln. Sitzen unter Sonnenschirmen vor Kaffeehäusern. Autos raunen, das Meer rauscht. Möwen steigen kreischend am Ende einer Fußgängerzone in die Höhe, wo ein Pier ins Wasser ragt. Boote tanzen auf den Wellen, weiße Segel schneiden in den azurblauen Himmel.

Jezebel fährt um einen Springbrunnen im Kreis, der den Beginn des Fußgängerbereichs markiert. Alle Parkplätze sind belegt. Kurzerhand lenkt sie das Auto auf den Bordstein, sodass ich gegen den Vordersitz stoße.

»Vorsicht, Mädchen«, kommentiert Azuriel und krallt sich an der Beifahrertür fest.

»Steigt schon aus. Wir treffen uns dann beim *Captain America*, nachdem ich eine Parkgelegenheit gefunden habe.«

Azuriel drückt die Autotür auf, verlässt das Gefährt und legt den Beifahrersitz vor, damit ich den Mustang halbwegs würdevoll verlassen kann.

Ich zögere und verstricke mich dabei in innere Widersprüche. Ich will fort von Jezebel, habe das Gefühl, ihr Schwefelduft haftet bereits meiner Haut an. Gleichzeitig überfordern mich die Menschen, die sich in der Fußgängerzone drängen. Ich spüre, wie sich Schweißperlen an meinem Haaransatz bilden. Kaum ebbt der Fahrtwind ab, erkenne ich, dass ich für das heutige Wetter viel zu warm angezogen bin.

Azuriel lächelt mir aufmunternd zu. Er streckt mir die Hand entgegen.

Mein Blick saust nervös hin und her. Plötzlich bin ich froh über die Sonnenbrille auf meiner Nase.

Von hinten fährt ein fetter SUV heran und der Fahrer hupt, als er sich nicht vorbeizwängen will. Jezebel zeigt ihm den Mittelfinger.

Das Hupen intensiviert sich, meine Ohren schmerzen von dem Geräusch. Es bringt mich dazu, Azuriels dargebotene Hand zu ergreifen und mir aus dem Auto helfen zu lassen. Meine Knochen knacken, als ich meinen hochgewachsenen Körper entfalte.

Unsicher komme ich neben meinem Bruder zu stehen. Ich überrage ihn um eine halbe Haupteslänge, und doch fühle ich mich klein neben ihm. Vor mir breitet sich der gepflasterte Weg aus. Die Fußgänger bewegen sich träge, schlecken an Eistüten, plaudern auf Sitzbänken oder sammeln sich unter gestreiften Markisen von Cafés – es wirkt friedlich, ja idyllisch. Bis auf das verärgerte Hupen hinter mir, doch Jezebel zieht bereits mit aufheulendem Motor ab.

»Ich weiß, wie du dich fühlst«, sagt Azuriel. »Mir ging es genauso, als mich mein Vorgänger das erste Mal mit hierher nahm. Ich bleibe an deiner Seite.«

Ein Windstoß fegt vom Pier herbei und fährt mir in den Trenchcoat. Ich bin froh darüber, schwitze von Kopf bis Fuß. Menschliche Transpiration ist ein Graus. »Danke, Bruder«, sage ich nur und setze einen Schritt in die Fußgängerzone.

»Dorothy auf der gelben Ziegelstraße«, sagt Azuriel. »Du machst das prima.«

»Wie?«, entkommt mir fasrig.

»*Zauberer von Oz*. Vergiss es.«

Ich sehe die Welt wie durch Scheuklappen. Mein Puls rast, mein Atem geht ruckweise. Wenn ich ab und an aus dem Himmel ein Blick auf Erden geworfen habe, kam mir der Mensch so lächerlich vor – selbst in den Massen, in denen er während der letzten Dekaden auftrat. Nun überfordern mich schon die knapp hundert Leute, die hier unterwegs sind.

Sie verschwimmen in meinen Augenwinkeln, streifen an mir vorbei. Ich rede mir selbst zu, für jede Bewegung benötigt es einen separaten Befehl.

Azuriel hakt sich bei mir unter. Einige verwunderte Blicke treffen uns, doch es stört meinen Bruder nicht. Sein Lachen begleitet unseren Weg. Der Geruch von Corndogs weht mir um die Nase und vermischt sich mit dem Duft von gesponnenem Zucker und fettigen Backwaren aus einer Konditorei mit dem Namen *Viennese Delicacies*. Ein Kind läuft mir vor die Füße und bringt mich zum Stolpern. Azuriel fängt mich ab.

Ich blinzle zu dem Knirps hinab. Er sieht genauso aus wie die Putten-Darstellungen in barocken Kirchen und stopft sich einen Muffin in die dicken Backen wie ein Hamster, der über den Winter kommen muss. Seine speckige Hand glänzt, Krümel und Schokolade kleben zwischen seinen Fingern.

Kurz starrt er zu mir hoch, da eilt bereits der Vater heran, entschuldigt sich und führt ihn am Ärmchen davon.

»Laz? Alles in Ordnung?«

Mein Scheuklappenblick folgt dem wackeligen Kleinen. Mein Mund fühlt sich ganz trocken an. *So etwas* soll *ich* zeugen. Nein. So etwas *werde* ich zeugen.

Bevor der Messias als Erwachsener die Welt verändert, wird er ungeschickt mit Speckringfüßen über das Erdenrund wackeln und sich Kuchen in den Rachen stopfen, bis er sich übergeben muss.

»Laz?«

»Was, wenn ich meinen Auftrag ausgeführt habe?«, frage ich steif.

Er schiebt sich vor mich. Schirmt mich ab, umschwärmt von Menschen wie von roten Ameisen. Sein Schatten verschafft mir kurz Erleichterung.

Er packt mich an den Armen. »Was meinst du?«

»Wenn ich Eva Persaud geheiratet habe. Und den Messias gezeugt. Was wird dann passieren?«

Azuriel sucht meinen Blick mit seinen hellblauen Augen. »Hat man dir das denn nicht gesagt?«

Ich schüttle den Kopf.

Etwas hilflos hebt er die Schultern an. Ein silbernes Kreuz baumelt im V-Ausschnitt seines Shirts. Persauds Vorfahr, jener Messias mit dem Namen Jeschua, landete am Kreuz. Erwartet man, dass ich bei dem Kind bleibe? Werde ich dieser Mann sein, der sein Kleinkind am klebrigen Händchen davonführt? Erwartet man von mir, ein Vater zu sein? Die Windeln zu wechseln, den Messias aufzuziehen, ihm ein Vorbild zu sein? Ihn mit der Ehrfurcht vor Gott zu erziehen? Ihn zu beschützen, damit ihm nicht das Gleiche wie seinem Urvater passiert?

»Du bist ganz grün im Gesicht.«

Ich erinnere mich, dass Jezebel das schon mal gesagt hat. Tatsächlich fühlen sich meine Wangen kalt an, obwohl mir der Schweiß auf der Stirn steht.

»Sollen wir Jez suchen und nach Hause fahren?«

Nach Hause. Der Gedanke zwingt mir ein bitteres Lächeln auf. Als ob mich sein Cabrio dort hinbringen könnte.

Dennoch ziehe ich es in Betracht, ins Domizil zurückzukehren. Doch mein Wille ist stärker – muss stärker sein. Also schüttle ich den Kopf.

Was immer auch mein Herr von mir verlangt, ich werde es tun. Ich werde den Weg davor und danach gehen. Aber das Ziel bleibt das Ziel. Und darauf muss ich meinen Fokus richten.

Also wandere ich weiter. Schneller diesmal. Meine Arme schwingen. Ich merke, wie mir Menschen automatisch ausweichen. Mein

Herannahen teilt die Spaziergänger wie Moses das Rote Meer. Fast alle sind kleiner als ich. Das gibt mir einen Teil meiner Sicherheit zurück.

Ich visiere den Pier am Ende des Pflasters an. Der Wind kühlt meine Stirn, das Meer lockt mit seiner unendlichen Fläche. Dorthin muss ich es schaffen. Ich kann bereits die Namen auf den Segelbooten lesen. *Adria, Engel von Doverport, Santa Maria.*

»Hey!«, hält mich Azuriels Stimme zurück.

Unwillig stoppe ich. Ich habe mein Ziel und will mich auf meinem Weg nicht unterbrechen lassen.

Mein Bruder weist zu einem Gebäude mit bunter Fassade. *Captain America* steht über dem Eingang geschrieben. In den Fenstern stehen gemalte Pappfiguren, Bilderbücher und Plastikfiguren. Comics, erinnere ich mich. Etwas, das für Kinder gemacht wurde, für das aber auch Erwachsene eine eigenartige Obsession entwickeln können.

»Wir müssen hier auf Jez warten.«

Verärgert blinzle ich. Wenn ich eine Liste mit Prioritäten besäße, befände sich unsere Haushälterin ganz weit unten – auf der letzten Stufe zur Hölle.

Als hätte sie meine Gedanken gelesen, taucht ihr lila Haarschopf zwischen den Fußgängern auf. Sie hüpft herbei wie ein Mädchen. Azuriels Gewaltakt, mein Versuch einer Austreibung, ihr Gesicht am Lenkrad – alles vergessen. Auf ihrer Nase sitzt eine eigenartige Sonnenbrille mit runden Gläsern und ledernem Seitenschutz.

Azuriel runzelt die Stirn. »Wer bist du heute?«

»Winry Rockbell, *Full Metal Alchemist.* Sie ist Mechanikerin. Sie hat Edward Elrics Metallarm gebaut.«

»Ah«, erwidert Azuriel auf eine Art und Weise, die verrät, dass er keine Ahnung hat, wovon sie spricht.

»Kreditkarte«, fordert sie und streckt Azuriel die Hand entgegen.

Der lacht nur. »Sicher nicht. Ich komme mit.«

Gleichmütig zuckt sie mit den Achseln und läuft zur mit Stickern verklebten Shoptür.

Entschuldigend sieht Azuriel zu mir. »Sie ist ein Manga- und Anime-Fan. Frag mich nicht wieso.«

Ich durchforste meine innere Bibliothek nach diesem Begriff. Japanische Comics, in Buch- und Filmform.

»Solltest mal einen Blick in ihr Zimmer werfen. Es ist absurd.« Er nickt ihr hinterher. »Deswegen kleidet sie sich auch so eigenartig. Sie imitiert ihre Lieblingsfiguren.«

Wäre sie ein Mensch, würde ich das kurios finden. Als Dämonin entdecke ich dahinter mit Sicherheit eine perfide Absicht. Sie versucht, menschlich zu wirken, damit wir vergessen, was sie wirklich ist. Bei den Künstlern scheint es zu wirken. Und bei Azuriel?

»Ich gehe zum Pier«, sage ich, »frische Luft schnappen.«

Azuriel mustert mich prüfend, dann nickt er nur. »Wir warten hier auf dich. Nimm dir Zeit.«

Zackig schreite ich davon. Auf der Anlegestelle tummeln sich vereinzelt Menschen. Ein Mann pinselt den Namen seines Segelboots nach. Eine Frau fotografiert das Strandstück, an dem sich zwei Hunde balgen.

Ich lasse den Trubel von Portside hinter mir, bewege mich ans Stegende und lehne mich gegen die Brüstung. Ich ziehe mir die Sonnenbrille von der Nase und reibe mir den Nasenrücken. Die Umgebung sticht nach den getönten Gläsern noch greller in meine Augen – Meer, Himmel, Wolken, Segel; alles so hell, dass es schmerzt. Aber mit Schmerzen kann ich leben. Das Martyrium ist ein Teil des Dienstes an Gott. Als Belohnung für unsere Treue dürfen wir schließlich auch bei IHM sein; dort, wo es kein Leid mehr gibt. Und wenn ich es hierhergeschafft habe, muss ich doch alles schaffen, oder?

Wie ein Teufelchen flüstert mir der Zweifel Gehässigkeiten ins Ohr. *Klar. Ein dreiminütiger Fußmarsch durch eine halbwegs belebte Gegend ist vergleichbar mit der Herausforderung, nicht nur als Mensch durchzugehen, sondern die Rolle von Leonardo diVatta derart perfekt zu spielen, dass sich eine Menschenfrau in dich verliebt und mit dir ein Kind in die Welt setzen will.*

Möwen ziehen keckernd an mir vorbei, verspotten mich. Ich sehne mich nach den blauen Fluten zurück. Die Bedrohung, die davon ausging, wirkt nun lächerlich auf mich.

Ein Schatten auf den Wellen zieht meine Aufmerksamkeit auf sich. Gegen das Licht erkenne ich einen Mann im Neoprenanzug, der auf einem Surfboard sitzt. Einige Sekunden verstreichen, bis ich verstehe, wieso er meinen Blick fesselt: Er starrt in meine Richtung. Im

Gegenlicht liegt sein Gesicht im Schatten. Seine Beine baumeln ins Wasser, doch wie er sich auf dem Brett vorbeugt und die Arme darauf abstützt – seine Haltung hat etwas Lauerndes an sich. Ich spüre seinen Blick, ohne seine Augen im Gegenlicht auszumachen.

In meiner Brust zieht sich etwas zusammen. Ich fahre mir darüber, massiere den Muskel, bis er sich löst. Erleichtert sauge ich die Luft ein. Ich suche nach dem Fremden, da schwappt die nächste Welle gegen den Strand. Er stemmt sich aufs Surfbrett und gleitet davon. Der Wind trägt ihn mit sich, zerzaust sein nasses Haar.

Ich starre ihm hinterher, die Stirn in Falten gelegt.

Es dauert eine Weile, bis ich durch das Rauschen der Wellen und dem Pfeifen des Windes sowie dem Klingeln der Schnüre gegen die Masten ein repetitives Klicken vernehme. Ich wende mich um und merke, dass die Fotografin das stattliche Objektiv auf mich gerichtet hat. Ihre dunkle Augenbraue kriecht hinter dem Apparat hervor. *Klick,* erfasst sie meine Drehung.

Sie setzt die Kamera ab und schenkt mir ein ertapptes Lächeln. Der Wind spielt mit kurzen Härchen, die sich aus ihren zurückgebundenen Twists gelöst haben. Ruhigen Schrittes kommt sie auf mich zu, streckt mir die Hand entgegen. »Verzeihen Sie«, sagt sie, während ich verblüfft zupacke und mich daran zu erinnern versuche, wie Azuriel das gemacht hat. »Sie haben ein außergewöhnliches Gesicht. Als ehemalige Fotografin war ich dazu gezwungen, einen Versuch zu starten, es festzuhalten. Ich hoffe, es stört Sie nicht.«

Ich klappe den Mund auf. Vor Überforderung entringt sich mir kein Ton; dabei ist meine Stimme doch das, was mich von anderen abhebt.

Stumm schüttle ich die Hand von Eva Persaud.

13

Au!«, stößt sie aus. »Sie haben aber einen festen Händedruck.«

»Verzeihung.« Erschrocken lasse ich los. »Ich war bloß überrascht.«

Sie hat sich die Kamera über die Schulter gezogen. »Fotografiert zu werden?«

Stumpf nicke ich.

Sie mustert mich aus dunklen Augen. Die Sonne spiegelt sich darin, offenbart einen rötlichen Ton wie glänzende Kastanien. Sie trägt Freizeitkleidung, eine Leinenhose und ein aufgekrempeltes Hemd sowie Espadrilles. Sie betrachtet mich ausführlich – fast gierig. »Sie haben wirklich ein außergewöhnliches Gesicht«, stellt sie fest. Ertappt lacht sie auf. »Verzeihung! Ich verhalte mich wie ein Rüpel. Aber aus rein professioneller Absicht. Wie gesagt, ich bin Fotografin. Na ja, quasi schon in Rente. Heute mache ich das nur noch privat. Aber in meinen frühen Zwanzigern bin ich für den Job viel gereist. Menschen haben mich immer besonders interessiert. Sehen Sie.« Sie lehnt sich heran, schaltet dabei das Display ein und geht durch die letzten Fotos. Das bin ich, im Blick über die Schulter begriffen. Gleichzeitig ist es, als betrachte ich einen Fremden. Ich erkenne mich mehr an meiner Kleidung als an meinem Gesicht.

Ich verstehe jetzt, was die anderen meinen. Auf dieser Aufnahme sieht man mir meine Angst nicht an. Mein Blick ist durchdringend, meine Lippen bilden eine seriöse Linie. Doch der Bildhauer wollte noch einiges an mir verbessern, bevor ich *ihr* begegne. Er wollte mich an das attraktive Männlichkeitsbild der hiesigen Gesellschaft anpassen – den Unterkiefer verbreitern, die Muskeln am Nacken definieren, den Lippen etwas von ihrer weiblichen Fülle nehmen.

Es ist zu früh!

»Haben Sie gemodelt?«, fragt Eva Persaud.

Taub schüttle ich den Kopf.

Sie klickt durch die nächsten Fotos, wie ich am Pier lehne, mein Profil aus verschiedenen Entfernungen, bis sie schließlich bei zwei Hunden anlangt, die sich im Sand tummeln.

»Ah, die beiden!« Sie lehnt sich über die Brüstung. »Donald! Daisy!« Mit einem Pfiff stieben aus dem Schatten des Piers zwei cremefarbene Hunde mit dunklen Gesichtern. Auf kurzen Beinen überwinden sie das Strandstück und eilen ihrer Besitzerin entgegen. Als sie bei ihr ankommen, wirft sie ihnen braune Bröckchen zu. »Leckerlis«, erklärt sie. »Hundeliebe geht durch den Magen.«

Nicht nur bei Hunden, wie ich gelernt habe.

»Sie sind Eva Persaud«, sage ich, ohne groß nachzudenken.

Überrascht sieht sie auf. »Sie kennen mich?« Argwohn nistet sich in ihre Mimik. »Falls wir uns bereits begegnet wären, hätte ich mich mit Sicherheit erinnert. Ein Gesicht wie Ihres vergisst man nicht.«

Ich schlucke. Dieser verdammte Speichel, der sich in meiner Mundhöhle sammelt! Ich merke ihren drängenden Blick. Sie ist das zweite weibliche Wesen, das ich hier unten treffe; und sie könnte sich von Jezebel auch abgesehen von ihrer Spezies kaum mehr unterscheiden. Jezebel spielt ein Mädchen, das sich als Comicfigur ausstaffiert. Vor mir steht eine Frau, die Verkleidung nicht notwendig findet. Eine kluge Frau, denn sie hat meinen ersten Fauxpas sogleich erkannt und drückt mit dem Finger in die Wunde.

Unbewusst weicht die Auserwählte einen Schritt zurück.

Es ist zu früh!, rauscht es in meinem Kopf. *Ich bin noch nicht bereit! Ich muss mich besser vorbereiten!*

Zu spät!, herrsche ich mich gedanklich an. *Deal with it! Vor zwei Tagen bist du als brennender Stern vom Himmel gefallen, Himmelherrgott noch einmal, das kann doch jetzt nicht das große Problem sein!*

Sie kneift die Lider zusammen. Ihre Ferse rutscht zurück.

Ich räuspere mich. »Ich habe Ihr Foto in der *ECO* gesehen«, rate ich drauflos; auch wenn ich nicht weiß, ob ihr Bild als Chefredakteurin abgedruckt wird. Azuriels Ausdrucke stammen aus dem Internet. »Ich … ich habe einige Ihrer Artikel gelesen«, füge ich an und versuche mich an Azuriels Tipps zu Frauen zu erinnern. *Komplimente,* fällt mir ein. Die wirken angeblich bei jedem. »Sie haben mich beeindruckt.«

Sie legt den Kopf schief. Ihre in sich gedrehten Haarsträhnen liegen auf der Schulter auf. »Sie lesen die *ECO?*«

Ich nicke. Dann zucke ich mit den Schultern. »Ich …«, suche ich nach Worten und fasse den Entschluss, einfach durchzustarten. »Mein Name ist Leonardo diVatta. Wir haben einen Termin am Montag bezüglich einer Stiftung, die ich im Namen meines verstorbenen Onkels verwalte.«

Die Wahrheit – nun, zumindest die Halbwahrheit – eliminiert die Stutzigkeit in ihren Augen. Sie hebt das Kinn. »Sie sind Leonardo diVatta?« Es klingt mehr wie eine Feststellung als eine Frage. »Verzeihen Sie – aber ich habe bereits Google nach Ihnen befragt. Fototechnisch sind Sie ja ein leeres Blatt; sehr ungewöhnlich in der Zeit von Social Media.« Sie streckt mir ein zweites Mal die Hand entgegen, obwohl wir einander eben erst begrüßt haben. Aber dieses Mal lernt sie mich als jemand anderes kennen. Nicht als das fremde Fotomodel vom Pier, das über dem Meer grübelt, sondern als möglichen Gönner ihrer Arbeit.

Geistig blättere ich durch die Artikel, die ich von ihr gelesen habe. »Die wiederholte Ölverschmutzung in Mako Bay ist Zeuge für die Unfähigkeit der Kommunalregierung von Rhode Island sowie der gesamten USA, den Verursacher SEMPER zur Rechenschaft zu ziehen«, zitiere ich aus einem jüngeren Beitrag. »›Das Recht auf Freiheit‹ nennt der republikanische Abgeordnete Francis Eden den motorisierten Individualverkehr und gehört daher wenig überraschend zu jenen Lobbyisten, die SEMPER stützen, anstatt den Erdölkonzern in die Schranken zu weisen. Eden ist hier in Doverport geboren. ›Freiheit läuft durch die Adern der USA‹, behauptet er. Ich sage, es ist Erdöl.« Ich setze ab. »Ungefähr so in der Art«, füge ich an. Dabei habe ich ihren Beitrag buchstabengetreu zitiert.

Ihre Augenbrauen kriechen in die Höhe. »Beeindruckend. Sie haben sich eingehend mit der *ECO* beschäftigt.«

Mir ist, als lehne sich Azuriel an meine Schulter und zucke lässig mit den Brauen. *Ich habe mich eingehend mit* Ihnen *beschäftigt,* höre ich seine fiktive Stimme im Hinterkopf.

Ich ignoriere diese Eingebung. Mein Herzschlag beruhigt sich. »Ich gebe zu, ich habe die *ECO* bereits gelesen, als Sie noch nicht dort gearbeitet haben«, sage ich. Gründungsdatum 1996, das passt. »Als Kind habe ich meinen Onkel öfter am Cypress Hill besucht, vor allem in den Sommermonaten, wenn in Italien Sommerferien waren. Er hatte die *ECO* abonniert.«

Sie fährt sich mit der Zungenspitze über die Lippen. »Giuliano diVatta, korrekt? Er hat Ihnen eine Villa auf dem Cypress Hill vermacht. In den Besitzurkunden habe ich gelesen, dass Cypress Hill 53-56 von der katholischen Kirche erbaut wurde?«

Ich nicke. Informationen, die ich in meinem Gedankenbuch nachschlagen kann – das ist meine Welt. Hier fühle ich mich wohl. »Giuliano war der Kirche sehr zugetan.« Ihre Augenbrauen rücken zusammen. Ich erinnere mich an die Tatsache, dass sie der Kirche skeptisch gegenübersteht, daher wechsle ich das Thema. »Und er war *mir* sehr zugetan. Er hatte selbst keine Kinder.«

Flüchtig erregt meine Aussage Mitleid bei ihr. »Das tut mir sehr leid. Dass Sie ihn verloren haben, meine ich.« Ihre Hunde umstreifen ihre Beine und betteln. Donald und Daisy. Möpse. Zwei hässliche Viecher. Gott hat sie nicht erschaffen. Das war schon der Mensch, der sie so unförmig gezüchtet hat.

Einer der beiden tappt heran und schnüffelt an meinem Bein. Irritiert schiebe ich ihn fort.

»Kein Hundefreund?« Ihre Stimmlage rückt ein Stück in die Höhe.

Ich zucke nur mit den Achseln, doch mich überkommt das Gefühl, etwas falsch gemacht zu haben.

Daher besinne ich mich auf die Geschichte, die Azuriel für mich zurechtgelegt hat. Es gefällt mir nicht, zu lügen. Die Lüge hat der Teufel erfunden. Allerdings ist es mein Befehl, mich hier unten in einen Menschen zu verwandeln – und wenn ich in einen anderen Körper schlüpfe, dann auch in eine neue Identität.

»Ich fand die *ECO* immer äußerst ambitioniert. In ihrer schonungslosen Berichterstattung hat sie sich von anderen Zeitschriften abgehoben. Als mir Giuliano die Stiftung anvertraut hat, kamen mir vor allem Ihre Artikel der letzten Jahre in den Sinn.«

Ich weiß nicht, ob sie Komplimente einfach nicht annehmen kann, denn statt zu lächeln, nickt sie nur. »Lassen Sie uns über das

Geschäftliche am Montag sprechen«, würgt sie mich ab und berührt kurz meine Hand. Bevor ich widersprechen kann, fügt sie an: »Möchten Sie, dass ich die Fotos lösche?«

Der Themenwechsel kommt für mich überraschend. »Nein«, sage ich. »Es wäre mir sogar lieb, wenn Sie sie mir schicken würden.«

Endlich erweicht ihre Stirn. Für einen Augenblick sieht sie fast verletzlich aus.

»Gerade das letzte Bild gefällt mir. Dürfte ich es für die Stiftungsseite verwenden? Ich wollte ihr schon länger ein Gesicht geben.«

Ein ehrliches Lächeln spannt sich über ihren Mund. Wie in dem Augenblick, bevor sie meinen menschlichen Namen kannte. Als sie noch nicht das Gefühl hatte, dass ich etwas von ihr will.

Das ist es.

Sie lauert, was ich von ihr und der *ECO* will. Dabei bin ich doch der spendable Gönner!

Mein Blick wandert über ihr erwachsenes Gesicht. Sie erwartet, für Gefälligkeit stets etwas zurückgeben zu müssen. Wie kann ich ihr Misstrauen zerstreuen?

»Natürlich nur, wenn Sie das möchten«, füge ich an. Tatsächlich habe ich damit ja schon um etwas gebeten.

Sie lacht nur, die Lippen weit, sodass ich ihre Zähne zu sehen bekomme. Kurz streift sie meinen Arm. »Nein, das freut mich, ehrlich. Ich komme nicht mehr so oft zum Fotografieren wie früher. Manchmal habe ich das Gefühl, ich roste ein. Und heutzutage«, sie wackelt mit dem Fotoapparat, »ist das da sowieso obsolet geworden. Jeder hat sein Mobiltelefon eingesteckt.« Sie zieht sich den Kameragurt über die Schulter. »Ich bitte meine Assistentin, es Ihrer Sekretärin zu schicken. Passt das für Sie?«

Ich nicke. Setze noch einen Schritt auf sie zu, doch sie zieht sich zurück wie ein Einsiedlerkrebs. Die Hunde tollen voraus.

»Dann sehen wir uns Montag. Es hat mich gefreut, Sie kennenzulernen, Signore diVatta.«

Abgehackt nicke ich. Ich sollte sie noch irgendwas fragen. Zeit schinden. Doch es ist zu spät. Sie winkt, und dann bekomme ich nur noch ihren Rücken zu sehen. Mit lockerem Schritt läuft sie davon.

Ich stehe danach eine ganze Weile so da. Erst später verlagere ich den Blick, die Hände in den Taschen des Trenchcoats vergraben, und entdecke Azuriel und die Unaussprechliche auf einer Bank vor einem Blumentrog. Letztere schleckt ein Eis, die Beine über seine geschlagen, als wären sie ein gewöhnliches Paar. Er winkt mir zu, Schalk in den Grübchen. Neben ihm stehen zwei Plastiktüten, durch die sich Bücherkanten drücken.

Weiten Schrittes halte ich auf meinen Bruder zu. »Du hast es gewusst, was?«

Der grinst nur belämmert, die Arme auf der Rückenlehne ausgebreitet. Dort, wo Azuriel hinkommt, nimmt er Platz ein. »Möglich, dass ich ihr auf Instagram folge«, sagt er.

Jezebel konzentriert sich auf ihr Eis, das unter ihrer Zunge dahinschwindet.

»Möglich, dass ich in ihrer Story Bilder vom Pier gesehen habe. Möglich, dass ich dachte, wir könnten sie hier treffen.«

»Wie kannst du mich derart in die Falle laufen lassen? Ich war überhaupt nicht darauf vorbereitet! Mein Gesicht, mein Körper …!« Ich weise von Kopf bis Fuß. »… sind noch nicht vollendet! Ich habe mich lächerlich gemacht! Wieso manipulierst du mich? Stehst du nicht auf meiner Seite?«

Er spielt mit einer von Jezebels Haarsträhnen, behäbig wie eine faule Katze. Wenn er nicht auf meiner Seite steht … auf wessen Seite steht er dann?

»Erinnerst du dich an das Meet cute?«, fragt er stattdessen. »Das Wichtigste daran ist, dass es spontan passiert. Beide Parteien ahnen nicht, was ihnen bevorsteht. Dass sie in den nächsten Augenblicken auf die Liebe ihres Lebens stoßen werden. Den Mann oder die Frau, die ihr Herz höherschlagen lassen und mit dem sie plötzlich eintausend Babys zeugen wollen.«

»*Eva Persaud* soll das denken! Nicht *ich!*«

Abschätzig inspiziert mich Azuriel. »Eines hatte ich innerhalb von fünf Minuten heraus, Laz. Du bist kein guter Schauspieler. Ich? Ja. Jez?« Er mustert sie von der Seite. »Vielleicht. Aber du?« Er stößt ein hartes Lachen aus, fängt sich jedoch gleich wieder. »Vertrau mir. Ich kenne die Persaud nicht gut, aber diese Frau hat so einige Skandale aufgedeckt. Sie erschnüffelt, wo es stinkt. Du kannst in Parfüm baden, diese Kläranlage an Schwindelei wird sie wittern. Je ehrlicher du bleibst, desto bessere Karten hast du.«

Ich balle die Hände zu Fäusten. Mir gefällt nicht, was er sagt. Weil es wahr ist. Und weil es mir missfällt, dass mein Bruder mich durchschaut.

»Bleib bei deinem Charakter. Der integre, moralische, grüblerische Typ aus dem fernen Himmel – äh, Italien. Sie ist ja genauso ein Moralapostel. Ihr passt schon ganz gut zusammen.«

Jezebel sieht zu mir auf, die Lippen gegen das rosarote Eis gepresst. Ich weise sie mit einem zornigen Blick in die Schranken.

Azuriel streckt sich. »Ihr werdet eine ganze Heerschar an moralapostelnden Kindern bekommen, die in Birkenstocksandalen und Priester-Talaren die Strände von Rhode Island säubern.«

Ich schüttle nur den Kopf. »Los!«, fordere ich pampig. »Ich muss zurück. Der Bildhauer soll mich fertigstellen.« Ich habe bereits die halbe Fußgängerzone hinter mir gelassen, bis ich erkenne, dass ich mich allein zwischen den Menschen bewege. Wut ist ein guter Antrieb. Zu dumm, dass *Ira* – der Zorn – den sieben Todsünden angehört.

14

»Nun gut«, brummt der Bildhauer, als ich ihn nach unserer Heimkehr zum Weitermachen dränge, »ab unters Messer, Plastic Fantastic.« Azuriel wirft er einen säuerlichen Blick zu. »Hundert Dank, dass du einfach nach eigenem Gutdünken gehandelt hast, ohne Bedacht auf meine bereits erstellten Pläne für Lazaels visuelle Vollndung zu nehmen.«

»Er hat sich an niemandes Pläne gehalten«, schnarre ich. Wenigstens der Bildhauer teilt meine Verärgerung. Der Maler erscheint mir hingegen als Typ, der Streit vermeidet. Er versteckt sich hinter einem gewachsten Apfel.

Azuriel tut so, als hätte er nichts gehört – vielleicht ist es ihm auch egal –, und marschiert zum Kühlschrank. Die Dämonin parkt ihre Tüten auf dem Esstisch. Neugierig stochert der Maler darin herum und zieht einen Bildband hervor. »Hu!«, stößt er aus und dreht ihn in der Hand. »Was für eine interessante Lektüre.«

Azuriel kehrt mit einer Cola zurück und schielt über seine Schulter. Er schnappt ihm den japanischen Comic aus der Hand. »Hentai«, stellt er fest und blättert durch die Seiten. »Tentakel. Spannend. In den muss ich reinlesen.«

Allein bei der Sichtung des Covers weiten sich meine Lider. *Hentai* – ich durchblättere meine Gedankenbibliothek. Pornografische Mangas und Animes. Der Mensch ist ein Tier! Jezebel, die Se'irim-Dämonin, kichert nur.

»Für dich«, sagt sie und drückt dem Bildhauer knisternd bunte Packungen in die Hand.

»Mmmh. Twizzlers und Jolly Ranchers. Du verwöhnst mich.« Er bedankt sich mit einem bärtigen Kuss auf die Wange.

Angeekelt wende ich den Blick ab.

»Und für dich.« Der Maler bekommt Peanut Butter Cups und Hershey's Schokoriegel. Sofort zieht er einen davon aus der Packung.

»Und für dich.« Sie bietet Azuriel etwas Plüschiges dar.

»Herzallerliebst«, kommentiert er, das perverse Buch unter die Achsel geklemmt. »Ein Geschenk, von meinem eigenen Geld bezahlt.«

Sie lässt ein paar Sekunden ziehen. »Ein Geschenk, von dem Geld deiner Kirchgänger bezahlt.« Das Plüschding löst sich in zwei Teile; umhüllte Ringe, zwischen denen eine Kette baumelt. »Ich dachte, ein wenig Abwechslung …«

Übereilig schnappt er es sich. Handschellen, erkenne ich schließlich. Die Art Handschellen, die Menschen zum Vergnügen in abgedunkelten Schlafzimmern verwenden, wenn sie eben *nicht* schlafen. Azuriel muss grinsen, als er die dünne Kette zwischen den Fingern straffzieht. »Sag bloß, dir gefallen unsere alten nicht mehr?«

Sie meidet seinen Blick. Der Augenblick gehört zu jenen zwischenmenschlichen Interaktionen, die ich noch nicht zu begreifen vermag. Kurz wirkt sie unglücklich. Dabei war doch sie es, die ihm dieses Geschenk gemacht hat. »Ich dachte, die wären für uns beide angenehmer.« Abschließend sieht sie mich an, und ihre Miene erweicht.

Eigenartig. Ich verlagere das Gewicht.

»Sobald ich weiß, was Euch gefällt«, fügt sie an, »mache ich Euch ebenfalls eine Freude.«

Ich schlucke die Irritation hinunter. »Darauf kann ich verzichten.«

Sie zuckt mit den Schultern und schleppt die restlichen Einkäufe in die Küche. Meine Gehässigkeiten scheinen an ihr abzuprallen wie Regen an Ölzeug, ich verstehe nur nicht wieso.

Der Bildhauer schiebt mich aus dem Speisesaal zu der Zweitküche im Nebenflügel, die er und der Maler zu meinem Umformungsraum gewandelt haben. Die Künstler bewohnen dort ebenfalls die anschließenden Räumlichkeiten und eines der Master-Bedrooms.

»Sie ist eine Se'irim. Wusstest du das?«, frage ich den Bildhauer auf dem Weg dorthin.

Er nickt. »Selbstverständlich. Wir haben sie ja umgestaltet.«

Überrascht sehe ich ihn an. Natürlich. Wie unklug von mir. »Wann war das?«

Er kratzt sich an der Schläfe. »Frag sie das selbst. Es behagt mir nicht, wenn du uns gegeneinander ausspielst.«

»Das ist nicht mein Ziel.«

»Mag sein, aber du machst es trotzdem.«

Ich habe noch nie einen Dämon getroffen, schon gar nicht in seiner wahren Gestalt. Es gibt verschiedene Gattungen, doch genau wie wir treten sie auf dem Erdboden in menschlicher Hülle auf. Ich weiß daher nur von meinen Geschwistern, die Äonen länger als ich existieren, wie Dämonen tatsächlich aussehen können. Manche menschlichen Darstellungen geben einen Einblick in ihre Formvariation, wenn auch viele davon abweichen wie Putten von echten Engeln.

Die Se'irim sind eine alte Dämonenrasse; mit Hörnern und Hufen ausgestattet wie Ziegen, spitzen Zungen und Pelz an den Beinen. Es fällt mir schwer, mir Jezebel so vorzustellen. Aber genau dazu dient die Menschenhaut ja. Um zu verstecken und zu verwirren.

Ich beschließe, meine Zweifel vor den Künstlern geheim zu halten. Sie können mich nicht verstehen, denn sie denken in Kategorien jenseits von Gut und Böse.

Als mich der Bildhauer an den Wagen fesselt, lächelt er mir so zuversichtlich zu, dass ich ihm am liebsten vertrauen möchte.

»Azuriel macht, was er will«, stellt er fest, als läse er meine Gedanken. »Aber wir lassen uns von seinen Spielereien nicht unterkriegen, ja? Da Eva Persaud dich bereits getroffen hat, werde ich bedacht vorgehen. Deinen Kiefer nur um eine Spur verbreitern, passend dazu definiere ich dir die Muskeln in deinem Leib. Gewichtheber machen wir keinen mehr aus dir – aber schön bist du, und elegant. Dein Rücken ist von den Muskelpartien, die deine Flügel gehalten haben, ohnehin gut definiert. Anschließend mache ich mit der restlichen Körperbehaarung weiter. Wie du schon erlebt hast, dauert das mitunter am längsten.«

»Und …« Ich schlucke. »Mein Geschlecht?«

»Ein Schritt nach dem anderen«, sagt er und wickelt ein Jolly Ranchers aus, um es sich in den Mund zu stecken. Es klickt und klackt zwischen seinen Zähnen. »Ein Schritt nach dem anderen.«

Mein Kopf schmerzt von den verformten Knochen; mein Leib brennt von den aufgepfropften Muskelpartien, die der Bildhauer in mich hineingeknetet hat wie in Lehm. Die Nacht hat sich grillenzirpend über das Domizil gelegt. Ich schmecke das Meer und lausche seinem entfernten Rauschen. Meine Gedanken hängen bei Eva Persaud und dem von Azuriel erschlichenen Meet cute.

Ich würde gern in Evas Kopf sehen. Was hat die Auserwählte über mich gedacht? Dass sie mein Gesicht interessant findet, hat sie ja angemerkt, aber findet sie mich attraktiv? Wie eine heterosexuelle Frau einen Mann anziehend findet?

Das angelernte Misstrauen wird sich ihr schwer austreiben lassen. Mein Herz zieht sich zusammen, wenn ich daran denke. Es fühlt sich wie eine Lüge an – eine schlimmere Lüge als meine Menschengestalt. Diese ist wie der Handschuh, in den Jezebel schlüpft, damit niemand ihr dämonisches Inneres sieht. Das Problem ist, dass Eva Persaud völlig berechtigt Misstrauen mir gegenüber empfindet.

Sie wird im Nachhinein darüber glücklich sein, flüstern die Stimmen unzähliger Geschwister in meinem Hinterkopf, ein Echo wie in einer Kathedrale. *Du bringst ihr das Kind Gottes. Welche Frau will nicht diese Ehre unter dem Herzen tragen?*

Mein erschöpfter Leib zerrt mich in den Dämmerschlaf, doch ein repetierendes Klopfen verhindert, dass mich der Schlummer gänzlich verschluckt. Stimmen reißen mich zurück in den Wachzustand. Ein Reigen an Gestöhne dringt dumpf durch die Mauern.

Mit einem Ächzen wälze ich mich aus dem Bett, tappe hin zu der hohen Tür, die mich von dem Garten trennt. Drei Stufen tragen mich in die nächtliche Kühle. Ein Wolkenschleier verwebt die Sterne zu einem Teppich.

Ich stapfe ein paar Schritte durch das Gras, da gerate ich in den Sichtwinkel von Azuriels Schlafzimmer. Eines der fünf Master-Bedrooms; im dritten haben sich die Künstler einquartiert. Sie sind es jedoch nicht, die den Lärm verursachen.

Ich erkenne ihre Schatten im kühlen Licht der Mondsichel. Jezebel sitzt auf Azuriel und wippt auf und ab wie ein Boot auf den Wellen. Ihr Haar fließt offen über ihren Rücken und die bloßen Brüste. Trotz der Entfernung vermag ich das Gesicht meines Bruders zu sehen, die Lider zusammengepresst, den Mund geöffnet. Sein Handgelenk ist mit der Plüsch-Handschelle an den Bettpfosten gefesselt. Lächerlich, als könnte er sie nicht mit einem unbedachten Ruck zerreißen! Doch darum geht es nicht bei diesem Spiel, und spielen, so begreife ich, das gefällt meinem Bruder.

Die Bettkante stößt mit jeder Bewegung gegen die Wand wie ein Schiff gegen den Kai. Die beiden nehmen davon nicht mal Notiz, Gefangene ihrer Wollust. *Luxuria* – eine weitere Todsünde.

Es fühlt sich an, als würde sich mein Magen verknoten. Zu schlucken fällt mir schwer.

Wann bist du so geworden, Bruder?, frage ich mich. *Dass du dich mit dem Feind paarst wie ein Tier?*

Mir fällt kein Vergleich ein. Bloß meine Zähne knacken unter dem Druck meiner Kiefer, der Schmerzblitz fährt mir bis hinter die Schläfen.

Ich überlege, die beiden zu unterbrechen, anzuschreien und zu maßregeln. Stattdessen ziehe ich mich tiefer in den Garten zurück, bis das verfluchte Stöhnen verklingt. Erschöpft setze ich mich zwischen die Wurzeln eines Roten Ahorns, stütze mich gegen seine Rinde. Fast ist mir, als würde er mich umarmen. Hier unter den Sternen, wo sich Blätter vertrauensvoll in meine Richtung lehnen, bin ich frei.

Wassertropfen prasseln in mein Gesicht. Zuerst glaube ich, dass ein Regenschauer über mich hinwegzieht, doch als ich die Augen öffne, sticht frühmorgendliches Licht hinein. *Pffft-pffft-pffft*, faucht etwas, und im nächsten Augenblick trifft mich ein Spritzer.

Ich stemme mich aus dem Gras. Eine Decke rutscht von mir ab; unter meiner Wange ein Kissen, das ich aus einem der Aufenthaltsräume kenne. Verdattert packe ich das Zeug zusammen und weiche der Sprenkelanlage aus, um ins Domizil zurückzueilen. Kurz nach sechs Uhr morgens, zeigt eine alte Pendeluhr im Korridor an. Das Anwesen liegt in Stille da, die Ruhe erdrückt mich. Obwohl jeder Raum, jeder Gang breit und ausladend ist, fühlt es sich an, als würden mich die Mauern erdrücken. Also kleide ich mich um und fliehe zurück nach draußen, um mir die Füße zu vertreten.

Ich bewege mich über eine der mattschwarzen, nach Teer stinkenden Straßen, umringt von mit Speerspitzen bespickten Zäunen und hellgrün belaubten Ahornbäumen, als mich etwas herumschnellen lässt. Niemand ist zu sehen, nur in der Ferne röhrt ein Laubbläser. Zögerlich löse ich die Hände, die ich in Imitation des Bildhauers hinter dem Rücken verschränkt halte, und trotte weiter.

Da. Wie ein heißer Atemzug, der mir über den Nacken streift. Ich fahre herum.

Mein Blick huscht über die Straße. Durch das Licht, das durch die Baumkronen fällt, ist die Umgebung in ein fleckiges Helldunkel getaucht. Ich beiße die Zähne zusammen. Niemand ist zu sehen.

Angespannt schließe ich die Augen und hole Atem. *Beruhig dich, Lazael,* spreche ich mir selbst zu. Der Duft von frisch gemähtem Gras vermischt sich mit der von aufgewühlter Erde und salzschwangerem Meer. Etwas Herbes durchdringt den Geruch. Etwas Scharfes. Etwas …

… *Schwefel.*

Ich reiße die Augen auf. »Jezebel?« Meine Stimme hallt über die Straße, bevor sie von den Büschen und Bäumen verschluckt wird.

Nichts rührt sich, nur das Laub schwankt träge im Wind. Das Gefühl, beobachtet zu werden, wird zu einem unerträglichen Jucken, das meinen gesamten Körper überzieht. Ich löse den Fuß vom Asphalt. Es schmatzt, als klebte er daran fest.

Ich werde beschattet.

Doch egal, wohin ich sehe, wohin ich wandere – ich treffe auf keinen Menschen. Ein Film legt sich über mich, ein Spinnennetz, das mich Richtung Boden drückt. Ich stemme mich dagegen, doch es fühlt sich bleischwer an. Mein Atem wird zu einem Hecheln.

Ich fahre herum. »ZEIG DICH!« Die Stimme Gottes dringt aus meinem Mund. Die Worte rollen über den Asphalt wie eine Walze. Die umstehenden Bäume erzittern, Vögel stieben davon. Das Röhren des Laubbläsers erstirbt.

Plötzlich wirkt alles ganz still. Irgendwo quietscht es. Ein Fenster klappt auf.

Irritiert suche ich den Ursprung. Ein Kind blinzelt aus der nächststehenden Villa, der Blick starr in die Ferne gerichtet. Es grapscht nach den Streben des französischen Balkons und zieht sich ein Stück hoch, sodass sein gepunkteter Pyjama ins Sichtfeld rückt. Seine Füße treten in die Pelargonienkästen, als es das Gitter erklimmt.

Meine Augen quellen ein Stück hervor. Ich begreife, was passiert. Willenlos beugt es sich meinem göttlichen Befehl wie Jezebel, als ich ihr befahl, Namen und Rasse preiszugeben. *Zeig dich.*

»H-halt!«, würge ich hervor und stolpere über die Straße dem Grundstück entgegen; doch der Befehl ist kein göttlicher. Meine Stimmbänder brennen vom Gebrauch, ich finde keinen Zugang. Ich verspüre eine neue Art Angst. Nicht die eines gehetzten Tiers, das von seinem Jäger verfolgt wird, nicht die des Zweifels: Sondern eine dunkle Erkenntnis, zu welchen Untaten selbst ich fähig bin. Ich versuche, tief in mich zu greifen, um den Funken des Göttlichen zu packen, doch er wirkt verbraucht.

»Bleib unten!«, krächze ich.

Das Kind hebt ein Bein. Wackelig kommt es auf der Brüstung zu sitzen. Unter ihm fällt das Haus eineinhalb Stockwerke ab, bevor die Fassade in der fein säuberlich gemähten Wiese versinkt. Der Wind spielt mit seinen Stirnfransen. Ob es Bub oder Mädchen ist, kann ich nicht erkennen – es hat auch keinerlei Bedeutung. Es zieht den zweiten Fuß nach.

Ich hole tief Luft. »Warte!«

Es nimmt mich gar nicht wahr, wackelt bloß auf dem Geländer, während der Wind an seiner Kleidung zerrt. Dann löst es die Hände vom Rand. Breitet sie aus, als wollte es die Wunder Gottes empfangen. Es zeigt sich mir, von Kopf bis Fuß. Wie ein Engel. »Hier bin ich!«, quietscht es auf.

Da rutscht es ein Stück von dem vom Wetter polierten Handlauf und sackt vor.

15

Ein Schatten taucht durch die Balkontür auf. Jemand packt das Kind von hinten. »Mickey!«

Es quietscht auf. Der Bann meines Befehls bricht nach seiner Ausführung. Da bemerkt es, wo es sich befindet – glotzt verwirrt in den Abgrund und beginnt zu strampeln. Sein Kreischen hallt durch die Nachbarschaft.

Der Mann schlingt den einen Arm um das Kind, mit der anderen Hand grapscht er nach dem Hosenbund. Er drückt so fest zu, dass es wehtun muss. Dem Kleinen springen die Tränen aus den Augen.

Der Erwachsene hievt es mit einer entschiedenen Bewegung über das Geländer. Gemeinsam stürzen sie zu Boden. Einen Augenblick liegen sie so übereinander, ein Knäuel aus Gliedmaßen. Da schreit der Ältere: »Was zum Teufel machst du nur?«

Nicht der Teufel. Der Engel war es.

Das Kind heult heftiger.

Ich kralle die Hände um die Zaunstreben und erwarte, dass er weiterschimpfen wird, stattdessen fällt er ins Schluchzen mit ein. Er drückt das Kleine an sich. Sie wiegen hin und her.

Ich kann nicht sagen, wie viel Zeit verstreicht, da müht sich der Mann auf, ohne sein Kind abzusetzen. Durch eine schief sitzende Brille schweift sein Blick über den Garten und bleibt bei mir am Gartenzaun hängen. Mit geweiteten Augen starrt er mich an. Zorn flackert in ihnen auf. Er spürt zu Recht, dass ich mit dem nahen Unglück verflochten bin. Doch seine Lider flattern, da sich die Situation seinem Verstand entzieht.

Er wendet sich ab und trägt das Kind ins Haus zurück, schwerfällig wie ein Greis.

Ich kann das nicht, ich kann das nicht, ich kann das nicht …, rauscht es durch meinen Kopf, bis ich daheim ankomme. Das Bild, das ich von mir so sorgfältig zurechtgelegt habe, gleicht einem Scherbenhaufen.

Die Zimmer, die ich wie im schlechten Rausch durchquere, verwischen vor meinen Augen. Ich will auf jemanden treffen, und zugleich flüchte ich vor Gesellschaft. Will mit jemandem darüber sprechen und fürchte mich davor.

Der Erste, dem ich begegne, ist der Bildhauer, eine zusammengerollte Zeitung unter der Achsel. »So früh schon munter?«

Einige Sekunden lang starre ich ihn atemlos an. Ich möchte ihm alles erzählen. Aber ich darf nicht. Er ist nicht mein Freund. Nicht mein Vertrauter. Er arbeitet genauso für den Feind.

»Schmerzen«, presse ich hervor. Körperlich und seelisch. Hier unten bin ich auf mich allein gestellt.

»Komm, lass uns frühstücken gehen.« Seine Stimme packt mich ein wie Watte.

Reiß dich zusammen, schelte ich mich. Gott hat dich aus einem Grund entsandt. Weil ER dir vertraut. Weil ER weiß, dass du das Spiel gewinnen wirst. Du wirst SEINE Aufgabe erledigen und wieder in die Heimat zurückkehren, so wie du es immer getan hast. Einmal Erde und zurück.

Es geht dem Kind gut. Nichts ist passiert. Du musst dich nur besser kontrollieren. Du wirst üben. Du wirst lernen. Du wirst siegen.

Einmal Erde und zurück.

Ich schließe all meine Gefühle, diese neu gewonnenen Gefühle, in mir ein wie in einer Graburne. Deckel zu, mit Wachs versiegelt. Sollen die bösen Geister dort drinnen bleiben.

Nervös nestle ich mit den Fingern und folge dem Bildhauer Richtung Esszimmer. Ich versuche, meine Gedanken zu ordnen. Als das nicht gelingt, probiere ich es mit Ablenkung. »Hast du …«, würge ich hervor. »Hast du mir nachts das Kissen gebracht?«

Verwundert sieht er mich an. »Hast du denn keine auf deinem Zimmer?«

Darauf antworte ich nicht.

Bereits auf dem Gang dröhnt uns die nervige Musik vom Küchenradio entgegen. Die schiefen Töne lenken mich ab. Das obere Ende des Esszimmertisches ist gedeckt. Blumen bauschen sich in einer Vase. Ich erkenne sie aus dem Garten wieder. Weißsternige Prärieanemonen, Stränge mit perlenartigen Früchten, die aufgrund ihres Aussehens *Doll's Eyes* genannt werden, Wiesenknoblauch, Milkweed, Rispengras und fedrige Farnblätter. In der Küche hantiert die Unaussprechliche.

»Das ist aber reizend«, stellt der Bildhauer fest. »Können wir dir helfen, Liebes?«

Jezebels Verneinung lässt ihn zufrieden auf seinen Sitzplatz sacken und seinen *Brown Daily Herald* aufschlagen. Stumpf lasse ich mich ihm gegenüber auf den Stuhl fallen.

Kurze Zeit später trippelt die Haushälterin aus der Küche, in beiden Händen einen Teller. Sie summt die Musik aus dem Radio mit, und wie bereits zuvor habe ich das Gefühl, dass es mehrstimmig klingt. Wer weiß, wie dämonische Stimmbänder geformt sind. »Habt Ihr gut geschlafen?«, fragt sie mich.

Ich spähe empor, antworte aber nicht. Ihre niedergeschlagenen Lider verraten nicht, ob sie es war, die mich im Garten gefunden hat.

Sie stellt einen Teller vor dem Bildhauer ab und einen vor mir. Ich sehe auf den Fladen herab. Darauf liegt ein mit Bananenscheiben gebautes Grinsegesicht. »Voilà! Euer erstes richtiges Frühstück. Ich habe den Pancake mit Honig gesüßt, damit sich Euer Magen nicht übernimmt. Die Bananen habe ich gedämpft, damit Ihr sie gut vertragt. Dazu Apfelkompott, gewürzt mit Nelken und Zimt.«

Die verschiedenen Düfte steigen mir in die Nase. Ich blinzle. Es ist eine Sache, Dinge zu *wissen*. Meine Geschwister haben mich in der Theorie auf diese Welt vorbereitet. Aber allein der Duft verwirrt schon meine Sinne, und die Seiten meiner Geistesbibliothek rutschen nur haltlos durch meine Finger. »Woher weiß ich, dass du mich nicht vergiftest, Se'irim?«

Sie blinzelt mir entgegen. »Ihr werdet Euch schon noch an mich gewöhnen.« Damit spaziert sie in die Küche zurück.

»Iss einfach«, kommentiert der Bildhauer, der die Gabel an der Zeitung vorbeifädelt und einen Bissen von den in Sirup getränkten Pancakes abtrennt.

Missmutig reiße ich ein Stückchen ab; teile den lachenden Bananenmund. Ich tunke es in das Kompott und beiße ab.

Verblüfft halte ich inne. Rühre mich nicht. Augenblicke dehnen sich zur Unendlichkeit.

Die Geschmäcker der verschiedenen Bestandteile kriechen über meine Zunge. Ich weiß jetzt, wie Verführung schmeckt. Süßlich schmeichelt die Banane meinem Gaumen, der lockere Pancake-Happen zerfällt von selbst, der säuerliche Apfel lässt mir die Härchen an den Armen hochstehen, die der Bildhauer gestern noch aus der Haut gezogen hat. Die Gewürze tragen mich in alte Welten, die ich kurz besucht, aber nie gekostet habe.

Es ist unheimlich. Es schmeckt. Es macht mir Angst.

Mein Blick zuckt zur Seite. Jezebel lehnt am Türstock der Küche und lächelt. Ich lege die Stirn in Falten, doch das beeindruckt sie nur wenig. Mit selbstzufriedener Miene zieht sie sich wieder zurück.

Ich muss mich zusammenreißen, nicht alles in mich hineinzustopfen. Es fühlt sich an, als wollte ich eine Leere füllen, von der ich zuvor nicht wusste, dass sie existiert. Aber auch das ist eine Sünde – *Gula, die Völlerei.*

Plötzlich verstehe ich den menschlichen Begriff – *jemanden einkochen.* Ich sehe die Dämonin gar nicht mehr, höre sie nur leise mit dem Musiklärm mitsingen. *Ihr werdet Euch schon noch an mich gewöhnen.*

Genau das macht mir ja Angst.

16

Die nächste Zeit vergeht mit der quälend langweiligen Arbeit, mir die restlichen Härchen aus der Haut zu ziehen. In dieser stillen Zeit keimt in mir die Erinnerung an das Kind auf dem französischen Balkon auf, das sich mir mit ausgebreiteten Armen entgegenwirft. Ich versuche das Bild zu verdrängen; gehe stattdessen meine Gedankenbibliothek durch oder übe im Kopf, was ich sagen werde, wenn ich Eva am Montag wiedersehe.

Am Sonntag legt mir Jezebel einen Anzug raus. Ich bitte den Bildhauer, mir die Krawatte zu binden, doch der kommt damit nicht zurecht und holt seinen Partner zu Hilfe. Als der Maler und ich später das Haus verlassen wollen, bleibt der Bildhauer zurück.

»Kommst du nicht mit?«, frage ich ihn verwundert.

»Kirche.« Er zuckt mit den Schultern. »Nimm's mir nicht übel, Lazael – aber das ist nichts für mich.«

Fragend sehe ich den Maler an. Der setzt sein beruhigendes Lächeln auf. Er trägt eine flache Kappe und eine dazu passende Strickweste. »Ich mag die Messe«, erklärt er. »Sie gibt mir immer etwas, worüber ich nachdenken kann.«

Wir müssen Doverport kreuzen, um zur presbyterianischen Kirche *Zur heiligen Gnade Mutter Gottes* zu gelangen. Auf dem Weg durchfahren wir das Stadtzentrum mit seinen hochgewachsenen Gebäuden. Der Maler weist mich auf wichtige Denkmäler hin. »Dort hinten, der Schriftzug der *ECO*.« Er zeigt zwischen den Häusern hindurch. Die drei Buchstaben leuchten auch tagsüber grellgrün.

Wenig später: »Und das ist der Oiltower.« Wie aus Obsidian ragt der Wolkenkratzer in den Himmel hinauf. »Der gehört mit SEMPER der dritten Firma, die in nicht erneuerbare Energien investiert, deswegen hat er den Spitznamen behalten.« Mit diesem Erdölkonzern hat sich Eva Persaud angelegt. Wer sich mit der US-amerikanischen Geschichte auseinandersetzt, erfährt schnell, dass mit einer Firma wie SEMPER nicht gut Kirschen essen ist.

»Persaud hat wegen einer ihrer Reportagen 'ne Menge Klagen bekommen«, bestätigt der Maler meine Gedanken. »Ging um ein Leck vor der Küste. Haben die Erdölleitungen am Grund verlegt, aber nicht sauber gearbeitet. Die Bilder der Vögel, die sie aus dem Ölteppich gefischt haben, gehen mir nicht aus dem Kopf. Die sahen fast aus wie du nach deinem Himmelssturz.

Es ist jetzt das dritte Mal, dass es in Mako Bay eine Ölverschmutzung gibt. Klar wird SEMPER abgestraft, aber in keiner Höhe, in der es sich lohnen würde, die Leitung auszutauschen. Daher flickt SEMPER bloß das alte Zeug und wartet auf neue Schäden.«

Die Kirche *Zur heiligen Gnade Mutter Gottes* erwartet uns am Hang des gegenüberliegenden Hügels zum Domizil. Es handelt sich um ein helles, modernes Gebäude mit zugespitztem Holzdach. Kein mitteleuropäischer Barockpomp, keine Renaissance-Deckenbemalungen, keine hundertfach gegliederten Fassaden oder gotischen Türmchen. Ein bodenständiges amerikanisches Haus – in das sich dennoch Hunderte Menschen drängen.

Bereits an der Tür werden wir in Empfang genommen – und zwar von Azuriel höchstpersönlich. Er sieht fremd aus mit seinem strengen römischen Kragen, doch sein Lächeln, gepaart mit seinem versichernden Händedruck, webt die Kirchgänger ein. Ich bemerke, wie die Traube immer wieder ins Stocken gerät, weil sich insbesondere Damen gern mit ihm unterhalten möchten.

Es dauert schier endlos, bis wir bei ihm ankommen. Förmlich begrüßen wir einander.

»Gespannt auf deine erste Messe?«, fragt Azuriel.

Nebenan bewundert der Maler das Kuchenbüfett, das die Gemeinde unter freiem Himmel aufgebaut hat.

»Ich bin gespannt auf deine Gottesbotschaft«, wende ich ein und löse mich von ihm, um das Kircheninnere zu betreten.

17

Bänke mit Birkenfurnier reihen sich mit Blick auf ein weites Fenster. Das hindurchfallende Licht erhellt meinen Bruder. Chorsänger stehen zu seiner Linken aufgereiht, sie untermalen die Predigt mit Lobgesang. Auch wenn es nicht vergleichbar ist mit unseren seraphischen Klängen, schließe ich die Augen und lasse mich ein Stück weit von den Melodien tragen. Es ist der Klang, der meinem Zuhause bisher am nächsten kommt.

Azuriel steht auf dem Podium, von Licht umspült. Alles hier drinnen ist hell und warm und duftet nach Holz und dem Parfüm der Kirchgänger. Ich spüre das Weihwasser auf meiner Stirn prickeln, während ich wie der Rest in Erwartung zu Azuriel aufblicke – der schlanke, breitschultrige Schatten, der die Arme ausbreitet, als wollte er die Welt umarmen. Für einen Augenblick sehe ich ihn, den Seraph, den göttlichen Boten. Als spreizte er seine Flügel. Ich spüre seine Aura, ihr Schimmern – kühl und warm zugleich. In diesem Moment stört mich nicht einmal das Ächzen der Bänke oder das gelegentliche Hüsteln der anderen Kirchgänger.

Azuriel spricht über Liebe, Vergebung, Gemeinschaft und Zusammenhalt. Geschickt webt er seine Worte. Ich weiß, dass er die ganze Woche an seiner Predigt gearbeitet hat, gemeinsam mit einem Team, von dem sich ein Teil hinter einer rückwärtig angebrachten Fensterscheibe verbirgt. Eine Dame, die ich für die Regisseurin halte, schaltet auf einem Pult zwischen den Kameras hin und her, die von Männern und Frauen durch die Gänge geschoben werden.

Dennoch fühlt sich die Predigt echt an. Ich spüre einen Augenblick des Glücks, denn ich fühle mich Ihm nah – meinem Gott, und auch meinem Bruder.

Er lächelt zu mir herab. Es erfüllt mich mit Wärme.

Azuriel ist nicht verloren. Vielleicht verstehe ich nur nicht, was er tut. Ein Fingerzeig, und der Chor in weiß-blauen Roben beginnt, wie die Gischt an der Küste hin und her zu wiegen. Es ist die erste menschliche Musik, die mich neben Klavierspiel nicht völlig abstößt. Ich schließe die Augen und lausche den Klängen.

»Ich liebe Gospel«, seufzt der Maler nebenan. »Er hebt die Herzen!«

Ich versuche mir vorzustellen, dass ich inmitten meiner Geschwister schwebe, doch meine Beine erden mich. Sie schmerzen von dem ungewohnten Gebrauch. Ich spüre meinen Leib – das Rumoren in meinem Magen, den Druck meiner Blase, den Schweiß unter den Achseln, die Schwerkraft auf meinen Knochen.

Und dann ist da die Hitze in meinem Nacken. Wie ein feuriger Atemhauch, der die Härchen kitzelt. Der Löcher in den Anzugstoff brennt und die Haut darunter verkohlen lässt, bis sie rohes Fleisch offenbart. Ich werfe einen Blick über die Schulter – Gesichter, überall. Das Äußere meines Sichtfelds verschwimmt, ich nehme meine Umgebung wie durch einen Hitzeschleier wahr. Verzweifelt blinzle ich, richte mich nach vorn, die Hände im Gebet verschlungen. Ich presse die Lider zusammen.

Die Schmerzen nehmen zu. Ich kann mich kaum auf die Predigt konzentrieren, egal wie viel Mühe ich mir gebe. Die Hitze steigt mir aus dem Anzugkragen. Unter dem Stoff perlt der Schweiß über die Haut.

Ein Sägenkreischen heult hinter mir auf. Ein gequältes Kinderweinen, ähnlich einer stramm gespannten Violinsaite, die mit Gewalt bedient wird. Das Geräusch steigt schrillend in die Höhen, während eine Frauenstimme angestrengt »Tu-tu-tu-tu-tu …!« wispert, um es zu beruhigen. Der Chorgesang verklingt, weicht Azuriels Predigt, doch ich verstehe nichts – vernehme nur das Kreischen, das an meinen Nerven zerrt.

»Sch-sch-sch-sch…!«, bettelt die Frauenstimme, und ich spüre ihr Schütteln als Vibration durch die Bankreihen. Das verdammte Geschrei hört einfach nicht auf! Mit einem Mal habe ich das Gefühl, als würde nicht nur mein Kopf explodieren, sondern mein gesamter, vermaledeit menschlich gemachter Körper.

Ich fahre herum: »STILL!«

Das Baby verschluckt sich an seinem Atem. Zumindest sieht es so aus. Im nächsten Augenblick brechen alle Geräusche ab. Der ältere Herr, der soeben in ein Tuch schnäuzen wollte, hält in der Bewegung inne. Die Frau mit übergroßem Hut, die mit gehäkelten Handschuhen in einer knisternden Hustenbonbonpackung gewühlt hat, erstarrt. Der Mund der Mutter, die ihr Baby zur Ruhe wiegen wollte, klappt zusammen. Sie blinzelt erregt und sieht aus, als würde sie würgen. Und das Baby, vielleicht ein paar Wochen alt, hochrot im Gesicht, windet sich zwar im flauschigen Tuch, doch bringt keinen Laut hervor.

Ich starre hinter mich, beobachte mit Schreck, wie die Menschen irritiert blinzeln und hilflos die Münder aufklappen – sich an jedem Ton verschlucken, am nächsten lautstarken Atemzug wie Fische auf dem Trockenen.

Der Maler sinkt an mich heran, die Augen weit. »Himmelherrgott …!«, stößt er aus. »Was hast du getan?«

Er ist der Einzige, der sich meinem Bann widersetzen kann. Alle anderen gehorchen meinem göttlichen Befehl.

Ich habe ihn nicht mit Absicht gesprochen.

Meine Gedanken rasen. Was mache ich jetzt?

Ich rücke herum, starre zu meinem Bruder hinauf. Auch er wirkt verblüfft. Dann blinzelt er, wie aus einem Traum erwacht. Die Kameras surren. Bannen jeden Augenblick auf Band, jeden schmerzhaften, lautlosen Augenblick.

Er breitet die Arme aus, räuspert sich und sucht nach Worten. »ERHEBT EUCH, GEMEINDE! LOBPREISET DEN HERRN!«

Ein einhelliger Seufzer geht durch die Reihen, gefolgt von einem Ruck, als die Menschen einstimmig Luft holen. Azuriel räuspert sich. »Liederbuch, Seite zweiundsiebzig, *Be Still For The Presence Of The Lord.*«

Die Gemeinde greift nach den Liedersammlungen. Der Nachhall der Verwirrung treibt ein Murmeln durch die Menge.

Der Chor setzt an, das Lied zu singen. Nach und nach fallen die Gäste ein.

Azuriel starrt mich an, die Miene angespannt. Eine Kamera surrt an ihm vorbei. Seine knappe Handbewegung scheucht sie fort wie eine Fliege. Er wendet sich ab, kehrt steif zum Pult zurück. Ich spüre, wie Schweißtropfen meine Rippen hinabgleiten.

Als er sich umdreht, hat er sein Lächeln frisch aufgetragen und singt mit. Doch ich erkenne am Glanz seiner Augen, dass dieser Zwischenfall etwas in ihm ausgelöst hat.

18

Nach dem Messende scharen sich die Kirchgänger wie eine Herde um ihren Hirten. Mütter laufen mit ihren Töchtern Parade. Azuriel könnte jede von ihnen wählen. Trotz der Hitze in meinem Nacken und meinen flatternden Gedanken bekomme ich mit, wie Azuriel unauffällig Schultern hinabstreift. Ich dränge mich durch die Menge.

»Lazael!«, ruft der Maler hinter mir. »Wo willst du hin?«

»Komme gleich wieder«, presse ich nur hervor. Unsichere Blicke verfolgen mich, während ich mich zur Ecke des Kirchgebäudes durchdränge. Dahinter dämpfen die Geräusche ab, und ich habe das Gefühl, endlich wieder Luft schnappen zu können.

Ich lehne mich gegen die Wand, der Stein warm an meinem Hinterkopf. *Einatmen, ausatmen. Einatmen, ausatmen.*

»Was zur Hölle …?!«

Ich reiße die Lider auf, da packt mich Azuriel auch schon am Kragen. »Bist du irre, Mann?«

Er rüttelt die Worte aus mir hervor. »E-es war keine Absicht.«

»Keine Absicht?« Er bohrt die Finger in meine Schultern. Ich spüre die Engelskraft dahinter. »Wir waren live auf Sendung! *Live!* Rund siebzigtausend Haushalte in den USA haben mitgekriegt, dass du DIE STIMME eingesetzt hast!« Er drückt mich gegen die Kirchenmauer. Der Putz knirscht. Ich lasse es mit mir geschehen. Er hat ja recht.

»Es tut mir leid«, flüstere ich. Der Gebrauch des göttlichen Befehls hat mich heiser gemacht.

»Deine Entschuldigung reicht nicht!« Seine Stimme hallt die Wand empor. Wut sprudelt aus ihm hervor. Zunächst glaube ich, er lässt von mir ab, doch er stößt mich. »Reicht bei Weitem nicht!«

»W-was soll ich tun?«

»Tun? Tun …?« Er klatscht die Hände auf die Knie. »Gar nichts kannst du tun! Bei SEINER Herrlichkeit – wieso hat ER von all den Seraphim ausgerechnet dich geschickt?«

Seine Worte stechen.

»Du bist ein fucking Klischee, Lazael!« Er fährt sich durchs Haar. »Der Bildhauer hatte recht! *Wenn Gott einen Menschen verführen will, schickt ER seinen schönsten Engel!* Hätte ER doch drauf geachtet, dass sein Auserwählter auch was in der Birne hat!«

Dass er den Bildhauer mit ins Spiel bringt, trifft mich unerwartet. »D-das hat er behauptet?«

Azuriel richtet sich auf.

»Azuriel«, mahnt eine dritte Stimme. »Lass das.« Der Maler steht an der Ecke, ein Törtchen in der Hand. Er wischt sich Creme von den Lippen.

Azuriel bleckt die Zähne. Da erscheint eine Gestalt im bunten Sonntagskleid hinter dem Maler, eine der Mütter mit grellem Hut auf dem toupierten Haar. »Reverend!«, ruft sie aus. »Da sind Sie ja! Milly würde gern ein Foto mit Ihnen machen!« Sie fuchtelt mit einem Smartphone umher.

Azuriels Zähnefletschen wandelt sich in ein Lächeln. Falsch ist es, doch sie merkt es nicht. »Bin gleich bei Ihnen, Mrs. Miller.« Sie nickt freudig. Mir entgeht nicht, wie mich ihr Blick unsicher streift, während sie sich wieder zurückzieht.

Der Maler setzt einen unbeholfenen Schritt auf mich zu. »Es war nicht so, wie Azuriel das sagt«, behauptet er.

Ich würge ihn mit einem Kopfschütteln ab. »Was geht's mich an, was ihr von mir haltet? Ich bin es, der den Auftrag erfüllen muss.«

»Laz …« Einen Augenblick lang ruht der Blick des Malers noch auf mir, dann legt er den Kopf zur Seite, als entdeckte er etwas oder jemanden hinter mir. Zuerst runzelt er die Stirn. Dann verzieht er erschrocken das Gesicht.

Ich schlucke meinen Groll hinunter und drehe mich um.

Hinter einer niedrigen Steinmauer erstreckt sich ein Friedhof mit schlichten Grabmälern und alten Ahornbäumen. Unter einer Baumkrone entdecke ich eine Gestalt. Im ersten Augenblick halte ich sie für einen Friedhofsbesucher, der Blumen ablegt, als dieser jedoch den Arm hebt. Er hält etwas in der Hand und richtet es auf uns.

»Laz!«, bellt Azuriel.

Ein ohrenbetäubender Knall ertönt. Da wirft sich mein Bruder vor mich. Sein Aufprall drängt mich zurück. Azuriel peitscht zur Seite, dreht sich halb um sich selbst, als hätte ihm unser Herr persönlich eine Ohrfeige verpasst.

In der Ferne erschallen Rufe und Fußgetrappel.

Azuriel stolpert über seine eigenen Beine und prallt gegen die Kirchenmauer. Er verzerrt das Gesicht. Scharf saugt er die Luft zwischen den Zähnen ein. Er krampft die linke Hand um seinen Arm, der merkwürdig schlaff herabhängt.

Nebenan platscht dem Maler das Törtchen aus der Hand. »Er hat eine Pistole!«

Meine Gedanken rasen. Etwas tropft dunkel an Azuriels Arm herab; ein purpurnes Rinnsal, das auf seine makellos polierten Schuhe tropft.

Er blutet.

Ein Engel blutet.

Ich springe auf ihn zu, will ihn packen, doch mein Bruder fletscht die Zähne. »Ich bin nicht das Ziel!«, blafft er. »Lauf, Lazael!«

Ein weiterer Knall ertönt. Zwischen unseren Häuptern sprengt es den Putz von der Mauer. Staub brennt in meinen Augen.

»O Gott, o Gott!«, jault der Maler.

Ich packe Azuriel und zerre ihn mit mir. Mit der anderen Hand erwische ich den Maler am Ärmel seiner Strickjacke. Sie leiert aus, als ich beide um die Ecke ziehe.

Uns laufen einige Leute entgegen. Eine Frau mit Schleife am Hut klatscht die Hände an die Wangen, als sie die Wunde entdeckt. »Der Reverend!«, ruft sie aus. »O mein Gott, der Reverend – er blutet!«

»Ruf doch jemand 911!«

Einige Männer stieben an uns vorüber. Einer davon, bullig, rotgesichtig, langt hinter sich in den Hosenbund und zieht eine Pistole hervor. An seinem Gürtel blitzt die Plakette einer lokalen Polizeibehörde. »Ich übernehme das! Ziehen Sie sich in die Kirche zurück!«

Die Menge verhält sich wie ein Haufen herrenloser Hühner. Während einige über den Parkplatz davonlaufen, umschwärmen andere Azuriel. Sein Gewicht lastet schwer an meinem Arm.

Er hebt den Kopf, um seine Schäfchen zusammenzutreiben. »Wahren wir Ruhe! Der Deputy Marshal hat alles unter Kontrolle!« Die Menschen folgen nur zögerlich seiner Aufforderung. Es reicht nicht aus.

Azuriel strafft die Haltung, fixiert meinen Blick, während er den Mund öffnet. Mir ist, als sähe ich ein Leuchten, das aus seiner Kehle dringt. »IN DIE KIRCHE!«, befiehlt er mit göttlicher Stimme.

19

Der Maler und ich platzieren Azuriel zwischen den Kirchenbänken. Sein Gesicht hat an Farbe verloren, doch er hält sich wacker. Er sieht sich um und sondiert die Lage.

Ein junger Mann stürzt herbei. »Ich bin Pfleger! Lassen Sie mich ran, ich kann helfen!«

Azuriel wehrt ihn mit einer entschiedenen Handbewegung ab. Zunächst verstehe ich nicht warum. Fahrig tastet er nach der Strickjacke des Malers. »Der Mann hier ist Arzt«, presst er hervor. »Ich bin in besten Händen, danke.«

Kurz schürzt der Maler die Lippen, stimmt jedoch mit einem hastigen Nicken zu.

Azuriel deutet uns, näher zu kommen. Ich bücke mich zu ihm nieder. Unsere Leiber schirmen ihn von den Blicken der Kirchgänger ab.

Azuriel tastet nach meinem Knie, als hätte es die scheußliche Situation zwischen uns nie gegeben. »Meine Wunde wird sich rasch schließen. Ihr müsst die Kugel rausholen, sonst wächst sie ein. Ich glaube, der Schütze hat Knochen erwischt. Und ich brauche ein Telefon. Ich kenne jemanden vom *Saint Catherine Hospital*, der über meine«, er sieht zu mir, »*unsere* delikate Situation Bescheid weiß.«

»Ich kümmere mich um die Kugel«, murmelt der Maler.

Bleibt für mich das Handy.

Ich will aufstehen, doch Azuriel hält mich zurück. Einen Moment sehen wir einander an. Er ringt um Worte, doch sie bleiben aus. »Ich war nicht das Ziel«, wiederholt er stattdessen.

Mir kommt in den Sinn, dass der Schütze noch immer dort draußen sein könnte. »Mein Gegenspieler?«

Er nickte, dann schüttelt er doch den Kopf. Kneift ein Auge zusammen, als der Maler den Hemdsärmel abreißt und die Wunde freilegt.

»Kein Spieler darf persönlich Hand an den anderen legen«, sagt er. »Er hat mit Sicherheit nicht selbst abgedrückt. Aber wer weiß, wem der Teufel ins Ohr flüstert …« Kurz verliert er den Fokus, als der Maler an seine Wunde fasst.

»Soll ich helfen?«, fragt der Pfleger mit flötenheller Stimme aus einigem Abstand.

Azuriel winkt ihn verärgert fort. »Bring mir lieber Messwein!«, sagt er und weist hinüber zur Kanzel. »Und du, Laz, pass auf dich auf.« Damit winkt er mich fort. Mehr als diese wortlose Entschuldigung werde ich nicht bekommen. Aber immerhin hat er sich zwischen die Kugel und mich geworfen.

Ich wende mich den Leuten zu, die sich auf den Bänken drängen. Einige Männer plustern sich beschützerisch vor der Tür auf. »Ein Mobiltelefon!«, rufe ich. Obwohl meine Stimme an Ton eingebüßt hat, wird mir sofort eines entgegengestreckt. Ein mittelalter Mann zeigt mir mit zittrigen Händen, wie ich den Bildschirm entsperre.

Ich kehre zu Azuriel zurück, da verstellt mir ein Kameramann den Weg. Er richtet die Linse auf mich. Mein Blick lässt ihn abschwenken.

»Immer schön draufhalten!« Azuriel guckt hinter dem Maler hervor. »Keine Müßigkeit vorschützen!«

Ich überwinde die Distanz und gehe neben ihm in die Hocke. »Was soll das?«

Stumm grapscht er mir das Mobiltelefon aus den Fingern. Fahrig wählt er mit der unverletzten Hand und drückt es sich ans Ohr. Der Maler legt mit dem abgetrennten Ärmel und zwei Taschentuchpackungen einen Druckverband an.

Ich vernehme das Tuten am anderen Leitungsende, bis endlich jemand abhebt. Abgehackt spricht Azuriel ins Telefon. Ich brauche kurz, um mich auf die Sprache umzustellen. *Latein*. Welche Art Jünger hat er in diesem Hospital aufgetan?

Mit eigenartig selbstzufriedener Miene legt er auf.

»Und …?«, frage ich, da gleitet der Kameramann an mir vorbei. Er fokussiert Azuriel. Der Maler zieht soeben den Verbandsknoten fest.

»Reverend Carter«, sagt der Kameramann, »können Sie schon irgendetwas zu den Geschehnissen sagen?«

Mein Bruder hebt das Kinn. Triumph leuchtet in seinen Augen. Das Handy umklammert, weist er damit auf die Kameralinse. »Unser Glauben ist stark!«, ruft er aus. »Unsere Gemeinde lässt sich von diesem terroristischen Akt nicht unterkriegen!«

20

Irritiert erhebe ich mich und weiche zurück. Ein terroristischer Akt? Ich unterbreche ihn dabei, wie er in die Kamera spricht, indem ich ihn abschirme. »Terrorismus? Gegen die presbyterianische Kirche?« Ich beuge mich zu ihm herab, dämpfe die Stimme. »Du sagtest, das war mein Gegenspieler!«

Er feixt. »Wie würdest du die Attacke des Teufels auf einen Sprecher Gottes denn sonst nennen?«

Ich lege den Kopf schief. Irgendwie hat er recht. Aber irgendwie … »Du verdrehst die Bedeutung«, stoße ich hervor. »Das ist nicht, wie *sie* es verstehen werden.« Ich verweise unauffällig auf die Menschen um uns.

»Warum nicht das Beste aus der Sache machen?« Azuriel schiebt mich aus dem Weg und guckt keck in die Kamera. Bevor er weitersprechen kann, erklingt ein weiterer Knall. Wir zucken zusammen. Sehen zu dem Tor, das geschlossen bleibt. Zwei Schüsse folgen. Plötzlich ist es ganz still.

»Was ist los?«, flüstert jemand. Mehrere Kirchgänger bekreuzigen sich. Das Baby nörgelt. Das Gesicht seiner Mutter ist tränennass, sie presst es mit aller Kraft an sich.

»Beten wir für den Deputy Marshal!«

»O Gott, ich hoffe, es geht Charlie gut!«

»Was, wenn ihn der Verrückte umgebracht hat?«

Panik erfasst die Gemeinde. Ich spähe zu Azuriel, doch anstatt seine Schäfchen zu beruhigen, beobachtet er alles mit eigenartiger Distanziertheit. Irre ich mich, lächelt er?

Der Krankenpfleger kehrt mit dem Kelch Messwein zurück, goldglänzend und mit Steinen bespickt wie der Goldene Gral. Azuriel nimmt einen tiefen Schluck. Typisch.

Eine junge Frau kniet sich neben ihn. »Ich bin so froh, dass es Ihnen gut geht, Reverend.« Sie umarmt ihn.

Nachlässig legt er den Arm um sie. »Schon gut, Candice. Der Deputy Marshal ist ein guter Mann. Er hat sicher alles unter Kontrolle.« Er tätschelt ihre Schulter, ihr weizenblond gefärbtes Haar weich an seiner Wange. Der Kameramann richtet wieder das Aufnahmegerät auf ihn.

Azuriel kann es nicht wissen, und doch behält er recht. Wenig später erscheint der Polizist. Zahlreiche »Gott sei Dank« und Bekreuzigungen empfangen ihn ebenso wie die adrenalingebeutelte Männermeute.

»Es gab einen Schusswechsel«, teilt er mit, »doch die Unterstützung aus Camdenbridge war innerhalb von Minuten vor Ort. Der Schütze wurde gestellt und festgenommen. Es scheint sich um einen Verwirrten zu handeln, seinem Auftreten nach obdachlos. Wir haben ihm die Waffe abgenommen. Die Kollegen durchkämmen das Areal, doch es wird ein Einzeltäter vermutet. Einige Rettungswägen fahren gerade vor. Wenn Sie möchten, können Sie die Kirche verlassen; es sind genügend Einsatzkräfte zugegen, um für Schutz zu sorgen.«

Verwirrt, irre, obdachlos? Spricht nicht für Azuriels Terrorismusidee.

Als der Maler und ich Azuriel nach draußen führen, kommt ihm eine ältere Rettungssanitäterin entgegen und nickt ihm zu. »Ave, Reverend«, grüßt sie. »Ich empfange Sie, wie telefonisch mit meinem Vorgesetzten besprochen.«

Blaulicht überall. Polizeiautos, Rettungswagen und auch schon die ersten Journalisten. Kameramänner und -frauen, die vor allem auf Azuriel zuhalten.

Ein Mann wird soeben zu einem Polizeiwagen bugsiert. Wirres Bart- und Haupthaar. Schichten an speckiger Kleidung. An den Zehen aufgeschnittene Sportschuhe. Dürr schauen die Knöchel und Waden aus der zu kurzen Hose. Sein Blick ist fern, abgehackt murmelt er vor sich hin. Am liebsten würde ich mich auf ihn stürzen, ihn an den Schultern packen und rütteln. *Sag mir, wer dir den Befehl gegeben hat! Beschreib mir, wie er aussieht! Wo hast du ihn getroffen? Ist er hier?*

Doch die Polizisten drücken ihn bereits auf den hinteren Sitz. »Der Teufel ist unter uns!«, ruft er noch aus, bevor sie ihm die Tür vor der Nase zuschlagen. Ich versuche noch, mich dem Arrestwagen zu nähern, da fährt er schon los und drängt sich stumpf durch die Menge an Paparazzi. Verbissen sehe ich ihm hinterher.

An mir vorbei fährt Azuriel auf einer Rolltrage, die Rettungssanitäterin an seiner Seite. Er tastet nach meiner Hand. »Keine Sorge«, versichert er, »ich kenne da jemanden.«

Ich will ihm folgen, doch er schüttelt den Kopf. »Ich begleite dich!«, setze ich nach, obwohl die Kameras und die Aufmerksamkeit mir unangenehm sind. Was, wenn Eva die Aufnahmen zu Gesicht bekommt?

Ich weiß nicht, ob Azuriel denselben Gedankengang hegt, doch er sagt: »Fahr mit dem Maler heim. Ich komme so rasch wie möglich nach.«

Ich greife nach seiner Hand. »Azuriel!« Mein Bruder ist mir momentan wichtiger als das Spiel.

Da durchbrechen einige Fotografen und Journalisten die Sperre. Polizeikräfte mahnen zur Ordnung, doch sie laufen auf Azuriel zu. Eine Frau auf Stöckelschuhen reckt ihm das Mikrofon entgegen. »Reverend! Wie geht es Ihnen? Wie fühlen Sie sich nach einem derart schrecklichen Erlebnis?« Sie umschwärmen ihn wie eine Rattenschar, drängen mich fort. Ich sehe noch, wie Azuriel ein seriöses Gesicht aufsetzt.

»Ma'am«, sagt er, während die Rettungskräfte ihn zum Krankenwagen schieben, »Gott hat heute nicht nur ein Auge auf mich, sondern auf all die Gläubigen der Kirche *Zur heiligen Gnade Mutter Gottes!* Ich kann IHM nur dafür danken, dass ER mir das Leben gerettet und all diese guten Menschen beschützt hat! Ich werde mich auch nach diesem Anschlag nicht dem Terrorismus und der Angst beugen, denn wir sind Amerika, ein freies Land, in dem wir unseren Glauben stark und hocherhobenen Hauptes leben können!« Damit heben ihn die Rettungskräfte in den Wagen. Kurze Zeit später klappen die Türen unter Blitzlichtgewitter zu.

Der Maler schiebt sich an meine Seite. Geistesabwesend wischt er sich die blutigen Hände. »Terrorismus, hm? Angst ist die beste Werbung in Amerika – warum sollten sie nur die Politiker verwenden?«

21

Mein Kopf schwirrt. Ich stoße die Tür zum Innenhof des Domizils mit der Schulter auf, vernehme dabei dumpf, wie der Maler das Auto absperrt. Meine Schritte hallen auf den Bodenplatten nach, als mir Jezebel entgegenstürzt. Ihr lilafarbenes Haar verwischt vor meinen Augen, da fällt sie mir in die Arme. Ich bin von den Geschehnissen derart überrumpelt, dass ich es geschehen lasse.

»Ich bin so froh, dass Euch nichts passiert ist!«, nuschelt sie in meine Anzugjacke. Ihr Gewicht hängt an meinen Armen. Verdattert sehe ich auf ihren Scheitel hinab. Der Geruch von Schwefel und Zitrusputzmittel steigt mir in die Nase.

Im nächsten Augenblick scheint sie sich zu besinnen und löst sich. »Verzeiht«, stößt sie hervor und verschränkt die Finger. »Ich war zu aufgeregt.«

Durch eine der beiden Türen humpelt der Bildhauer in den Innenhof. Einen Moment lang sieht es so aus, als wollte er sich bekreuzigen, doch er hält in der Geste inne. Aus den anschließenden Räumlichkeiten plärrt ein Fernseher.

»Du hast den Gottesdienst mitverfolgt?«, frage ich überrascht.

»Ich nicht«, sagt der Weißhaarige.

An mir vorbei tritt der Maler. Er breitet die Arme aus und umarmt seinen Partner. Eine Weile verharren sie mit geschlossenen Augen beieinander.

»Ausgerechnet *du* hast dir die Predigt angesehen?«, frage ich Jez überrascht.

Sie hebt die Schultern. »Muss ja wissen, was Azuriel für einen Quatsch verzapft.«

Was meint sie damit? Die Predigt? Oder …

»Sie haben nach dem Gottesdienst erneut zugeschaltet. Wir waren quasi live dabei.« Genau wie zigtausend andere Haushalte. »Wir haben den Maler angerufen, aber der hat sein Handy liegen lassen.« Kurz streift sie meinen Ellenbogen hinab. »Dann haben wir Euch rauskommen sehen. Gott sei Dank geht es Euch gut.«

Ich verschlucke mich fast, und sie bemerkt es. Wie kann sie SEINEN Namen in den Mund nehmen, ohne sich daran die Zunge zu verbrennen?

Kurz lächelt sie, sodass ich ihre Zahnreihe zu Gesicht bekomme. Ihre Eckzähne stechen spitz hervor.

»Azuriel wurde angeschossen. Das bedrückt dich nicht?«

»Ach, das«, murmelt sie und winkt ab; doch irgendwie habe ich das Gefühl, sie führt ein Schauspiel für mich auf. »Wenn er eine Show draus macht, kann es nicht so schlimm sein.« Locker fischt sie nach meinen Fingern, zieht mich mit sich, ein goldener Faden Richtung Küche. Ein brennender Faden, verbessre ich mich. »Ich mache Euch etwas zu essen«, beschließt sie.

Der Maler streicht sich über das kleine Wohlstandsbäuchlein. »Mir ist noch immer ganz übel«, sagt er.

»Dann eben Tee.«

Kurze Zeit später sitzen wir an dem Ende der Speisetafel. Jezebel schenkt uns aus einer dampfenden Kanne ein. Der Duft von Schwarztee mit Orangenblüten steigt mir in die Nase. Und noch etwas – eine süßliche Note. Ich nippe. Eine eigenartige Wärme prickelt auf meiner Zunge und die Speiseröhre hinab. »Ein guter Schuss Rum«, kommentiert der Bildhauer, die fleckige Hand auf der seines Partners. »Das brauchen wir jetzt.«

Ich schiebe demonstrativ die Tasse von mir, doch Jez tut so, als bemerkte sie es nicht.

»Azuriel glaubt, dass mein Gegenspieler einen Attentäter auf mich angesetzt hat. Ich habe ihn nur kurz zu Gesicht bekommen, bevor ihn die Polizei abtransportiert hat. Ich glaube, er lebt auf der Straße. Er wirkte verwirrt und sprach davon, dass sich der Teufel unter uns bewegt.«

»Das Los der Trunkenen und Verrückten«, behauptet Jezebel.

Der Maler reibt sich den Nasenrücken. »Rauschmittel können einen Spalt in andere Dimensionen öffnen. Manche Menschen besitzen eine spezielle Hirnchemie, quasi eine unterschiedliche Verkabelung. Sie können sehen, was anderen verborgen bleibt.«

»Das heißt?«, hake ich nach.

»Es ist möglich, dass ein normaler Mensch einen Schimmer deiner Flügel erkennt, weil er einen Blick in die Sphäre werfen kann, in die ich sie gemalt habe. Oder Jezebels Hörner sieht, ihren Schweif …«

Er bricht ab, als Jez die Teetasse mit einem Klirren auf die Untertasse knallt.

»Andere sehen Auren«, spricht er stattdessen weiter. »Die, die klug sind, schweigen darüber. Die, die es verraten, werden meist als irre abgestempelt. Vor nicht allzu langer Zeit wurden sie dafür weggesperrt.«

Ich spüre die Falte auf meiner Stirn und versuche, sie glatt zu reiben. »Das heißt, es ist möglich, dass mich normale Menschen erkennen?«

Stumm nickt der Maler.

Der Gedanke beunruhigt mich.

»Ich dachte nicht, dass das Spiel so funktioniert. Ich dachte, der Gegenspieler und ich dürften nicht Hand an den jeweils anderen legen.«

»Dämonen nehmen Regeln nicht so ernst. Etwas, mit dem Luzifer immer zu kämpfen hatte.«

»Wie darf ich das verstehen?«

»Ihr könnt den Teufel hassen, so viel Ihr wollt – aber er stammt aus der göttlichen Ordnung. Und genau die hat er in die Hölle mitgenommen.«

Ich runzle die Stirn. »Die Dämonen sind seine Kreaturen. Seine Ordnung ist auch ihre Ordnung.«

Jez schweigt dazu.

Sie ist ein Quell der Informationen über das Naturell meines Gegenspielers, doch ich habe bisher versäumt, ihn zu nutzen. »Würdest du ihn erkennen?«, frage ich Jezebel. »Meinen Gegenspieler, meine ich?«

»Inwiefern?«

»Als Dämon in menschlicher Gestalt.«

»Vermutlich nicht besser, als Ihr es könntet.«

Die Künstler wirken aufgebracht. Beruhigend streicht der Bildhauer dem Maler über die Finger.

»Du wirkst betroffen, Maler?«, wende ich mich an ihn.

Der reibt sich über das rasierte Kinn. »Ein Schusswechsel gehört nicht zu meinem Alltag.«

»Man könnte meinen, ihr hättet mit euren Fähigkeiten Schlimmeres erlebt.«

Der Bildhauer mustert mich ruhig. »Lazael – wir gestalten das Spiel, wir spielen nicht mit. Wir *dürfen* nicht mitspielen.« Er legt eine besondere Schwere in das Wort.

Ich lasse die Situation in meinem Kopf Revue passieren. »Du hast Angst, dass dir deine Anwesenheit zur Last gelegt wird.«

Der Maler schweigt.

»Was wäre die Konsequenz?«, hake ich nach.

Die beiden vermeiden es, mich anzusehen.

Zu meiner Überraschung antwortet Jezebel an ihrer Stelle. »Ihre Unparteilichkeit ist ihr Garant dafür, unbehelligt auf Erden bleiben zu dürfen«, sagt sie und steht auf.

»Jez!«, blafft der Bildhauer und verkrampft die Hand um die des Malers.

Sie bleckt die Zähne. Eckzähne wie ein Vampir. »Du verrätst meine Geheimnisse – ich verrate deine.« Damit streift sie seinen Zorn ab und schlendert mit wiegenden Hüften in die Küche, um ihre Tasse abzuspülen.

»Wie lange kennt ihr euch?« Ich habe die Frage schon einmal gestellt, aber keiner wollte richtig damit rausrücken. Auch diesmal bleibt die einzige Antwort das Rauschen der Wasserleitung.

Ich erhebe mich, gleite in die Küche. Sie versucht mich zu ignorieren, während ich mich neben dem Spülbecken an die Theke lehne. Trocknet das Geschirr mit gesenktem Blick. Sie beginnt mit mir zu spielen, wie sie mit Azuriel spielt – dieses kleine dämonische Biest.

»Zwing mich nicht dazu, dich *richtig* zu fragen.« Meine Stimme fühlt sich rau an von der Nutzung in der Kirche, doch das muss Jez nicht wissen. Für sie bleibt es ein gefährliches Knistern.

Genervt sieht sie auf. »Aufs Jahr genau kann ich es nicht sagen. Ich stamme aus einer Zeit vor Christi Geburt. Da haben wir einander kennengelernt.«

Ich versuche mir meine Betroffenheit nicht anmerken zu lassen. Über zweitausend Jahre also. Ich habe es bereits geahnt. »Wo?«

Sie spreizt die Mundwinkel zu einem Lächeln. »In meiner alten Heimat.«

»Die da wäre?«, frage ich gereizt.

Sie blickt mir tief in die Augen. »Dort, wo damals die Post abging.« Sie stellt die Untertasse mit einem deutlichen Klicken ab. Sie rückt an mich heran, die Nase kaum höher als meine Brust, und doch strahlt sie Dominanz aus. »Wo sich Dämonen unter Menschen mischten, mit ihnen feierten, den Lastern frönten und sich paarten. Und gelegentlich ...« Sie streift mir über das Brustbein. »Stiegen auch Engel hinab, um sich mit uns zu vereinen.«

Ich packe ihre Hand. »Ich denke nicht, dass du lügst«, stelle ich fest. »Aber genau wie mein Gegenspieler manipulierst du, um zu erreichen, was du willst.«

Ihre Augen leuchten. »Und was wäre das?« Sie drückt sich ein Stück auf die Zehenspitzen.

»Babel!«, plärrt der Bildhauer plötzlich. »Und jetzt hört mit der verdammten Flirterei auf, das hält doch keiner aus!«

22

Die Unterstellung, ich könnte mit Jezebel flirten, stößt mir ungemein auf. Ich würde niemals flirten, und schon gar nicht mit der Unaussprechlichen – aber könnte sie es umgekehrt denken? Ich durfte ja bereits beobachten, was für eine eigenartige Beziehung sie mit Azuriel führt.

Das beschäftigt mich so sehr, dass ich etwas brauche, um mir über die Bedeutung klar zu werden, in welcher *Partystadt* sich die drei kennengelernt haben. Babel – bekannt durch die Fabel des Turmbaus zu Babylon. Eine antike Weltstadt im heutigen Irak, die ihre Blütezeit lange vor der Geburt Christi hatte. Das passt zu Jezebels Zeitangabe.

Im Christentum steht Babylon für einen Hort von Sünde und Dekadenz. Im Prinzip wird jedoch jede Weltstadt irgendwann zum Sündenpfuhl. Wo sich Menschen sammeln, dort kommen Dämonen, um zu flüstern – und in Babylon dürfte die Dämonenbrut besonders gediehen sein.

Ich habe Babel nie besucht, denn ich wurde nach Christi Geburt erschaffen, und keiner meiner Aufträge hat mich danach dort hingeführt.

Dass sich die drei dort getroffen haben, scheint plausibel. Es ist allerdings das erste Mal, dass ich gern in die Vergangenheit schlüpfen würde, um diesem Treffen beizuwohnen. In welcher Gestalt sind die drei aufeinander gestoßen? Jezebel mit Hörnern und Schweif, wie der Maler unbedacht verraten hat? Und die Künstler?

Ich wage es nicht, das göttliche Wort bei ihnen anzuwenden, um diese Information aus ihnen herauszuschaben. Abgesehen davon wirkt der Maler richtig niedergeschlagen, jeglichen Tröstversuchen des Bildhauers zum Trotz. Ich kann mir nicht helfen, Mitleid zu empfinden. Vor allem kommt mir immer wieder der Blick des Malers in den Sinn, der hinter mir den Schützen entdeckte. Seine aufgerissenen Lider, die Adern, die das Augenweiß durchziehen. Panik. Nicht nur um sich selbst – auch um mich. Zumindest bilde ich mir das ein.

Zu dem Bildhauer hingegen fühle ich eine eigenartige Distanz. Wiederholt hallen Azuriels in Wut gesprochene Worte durch meinen Kopf. *Der Bildhauer hatte recht! Wenn Gott einen Menschen verführen will, schickt Er seinen schönsten Engel! Hätte Er doch drauf geachtet, dass sein Auserwählter auch was in der Birne hat!*

Ich presse die Lippen zusammen. Vergebung ist eine der herrlichsten Eigenschaften Gottes, und doch kann ich die Worte nicht abstreifen. Hat der Bildhauer vielleicht recht?

Ich beschließe, mit Azuriel darüber zu sprechen. Dessen Rückkehr verläuft jedoch nicht nach meiner Erwartung. Den Arm in einer Schlinge fegt er zur Tür hinein.

»Habt ihr den Fernseher laufen?« Seine Stimme hallt durch das Domizil. Ich komme nicht einmal dazu, zu fragen, wie es ihm geht, da schwirrt er schon an mir vorbei, klopft mir auf die Schulter und umkreist die anderen, die nach mir aus der Küche kommen. »Wir hatten noch nie solche Einschaltquoten!« Er packt den Maler und schüttelt ihn. »Ist das nicht fantastisch?«

Die Nickelbrille rutscht von dessen Nase. Er schiebt sie zurecht und blinzelt verstört. »Und der Angreifer?«, kommt er mir zuvor.

Die Erwähnung verpasst Azuriels Stimmung einen Dämpfer. »Hat Selbstmord begangen.«

»Was?«, rufe ich aus, doch er trappelt schon weiter.

»Damit war zu rechnen. Dämonen beherrschen das Spiel«, behauptet er und drückt im Vorübergehen Jezebel, die am Türrahmen lehnt, einen harten Kuss auf die Lippen. Sie erwidert ihn nicht, doch in seinem Funkenregen aus Enthusiasmus entgeht ihm das – oder es ist ihm schlicht egal.

Ich dränge mich an Jezebel vorbei und haste ihm hinterher. »Aber wie soll ich dann seine Identität aufdecken?«

»Keine Sorge, Bro«, winkt er ab. Leichtfüßige Schritte tragen ihn zur Anrichte ins Wohnzimmer, wo er sich goldenen Alkohol aus einer Kristallkaraffe eingießt. Er prostet mir zu. »Der wird sich schon melden.« Er leert das Glas mit einem Schluck, schmatzt lautstark. »Jez! Eis!« Sie huscht vorüber, seine Anwesenheit löscht ihre Flamme wie mit einem Fingerdruck. Plötzlich wirkt sie mehr wie ein Beistelltisch.

Ich balle die Hände zu Fäusten. »Du nimmst das überhaupt nicht ernst!«

Er schenkt sich nach. »Er macht einen Schritt. Wir machen einen Schritt. Dann ist er wieder dran. So funktioniert das Spiel.«

Ich knirsche mit den Zähnen. »Und welchen Schritt schlägst du für mich vor, wenn meine beste Eigenschaft doch mein Aussehen ist?«

Er zwinkert. Noch immer keine Entschuldigung. »Das, was wir geplant haben. Morgen besuchst du die Persaud und wickelst sie mit diesem berückenden Gesicht und deinem kühlen Charme um den Finger.«

23

Montagmorgen. Skeptisch starre ich durch das Fenster in den Nieselregen, der Doverport einhüllt. Ich frage mich, ob ich dieses Wetter mit meiner Laune heraufbeschworen habe. In weniger als zweieinhalb Stunden werde ich durch das Tor der *ECO* spazieren und meinen Termin mit Eva Persaud wahrnehmen.

»Lazael?«

Überrascht fahre ich herum. Jezebel steht an der Türschwelle zu meinem Schlafzimmer, in der Hand einen Bügel, die Kleidung daran in Kunststofffolie gewickelt.

»Ich habe etwas für das Treffen heute besorgt.«

Sie legt die Kleidung auf der gepolsterten Bank am Bettende ab. *Darum habe ich dich nicht gebeten,* möchte ich schnappen, doch ich halte mich zurück. Stattdessen streife ich die Folie ab. *JOOP,* verrät das Etikett.

»Ich war zuerst bei *Gucci*, aber …« Sie reißt die Augen auf. »Grauenhaft, was die momentan aus den Siebzigerjahren hervorkramen.«

Mein Blick streift sie. Und das ausgerechnet von einer Frau, die ein bauchfreies gelbes Leibchen mit Hotpants samt roten Hosenträgern anhat.

Sie bückt sich nach dem Jackett und hält es in die Höhe. »Dunkelbeige. Ich dachte, Schwarz wäre zu hart und förmlich. Außerdem wirkt Ihr durch Euer Haar und die dunklen Augen …« Sie bricht ab. »Nun, ich möchte verhindern, dass Ihr so ausseht, als ginget Ihr auf eine Beerdigung. Oder wärt ein italienischer Mafiaboss. Oder ein italienischer Mafiaboss, der auf eine Beerdigung geht.« Sie streift den Kragen glatt. »Fühlt mal! Cotton-Stretch, angenehm zu tragen. Und in Italien gefertigt. Euer Mutterland quasi.«

Ich habe keine Mutter, nur einen Schöpfer.

Als ich nichts erwidere, legt sie den Blazer ab. »In der Papiertüte findet Ihr ein passendes Hemd, Socken, Unterwäsche und eine Uhr. Uhren sind ein Statussymbol bei Männern.« Sie fädelt die Tüte von ihrer Armbeuge und stellt sie neben der Bank ab. »Ich werde mich selbst vorbereiten und warte im Vorraum auf Euch.« Sie wendet sich ab.

»Was soll das bedeuten? Du machst dich fertig?«

Sie sieht über die Schulter. »Ich fahre Euch. Ich bin schließlich Eure Sekretärin. Auch wenn ich für diesen Auftritt kurzerhand zum moderneren Sie wechseln muss.«

Abrupt schüttle ich den Kopf. »Nein.«

»Azuriel kann nicht mit, nach dem Anschlag gestern ist er anderweitig gefragt. Und der Maler und der Bildhauer mischen sich nicht ins Spiel ein; nach seiner Anwesenheit gestern wird der Maler erst recht nichts riskieren. Außerdem braucht Ihr jemanden, der Euch fährt, es sei denn, Ihr habt mittlerweile Autofahren gelernt.«

Ich beiße die Zähne zusammen.

»Ich habe des Öfteren mit Ms. Persauds Assistentin Mailnachrichten ausgetauscht, und die erwartet, dass ich mitkomme«, fügt sie an.

»Das kommt dir ja äußerst gelegen.«

»Seid froh, dass Azuriel und ich Vorarbeit für Euch geleistet haben; sonst müsstet Ihr jetzt ganz von vorn beginnen.«

Ich hasse, dass sie recht hat. Dennoch schlucke ich die Pille. Jezebel ist eine bittere Pille, die sich in einem süßen Erdbeertörtchen versteckt.

Ich weise auf ihre Kleidung hin. »So kannst du nicht gehen.«

»Keine Sorge, ich bin anpassungsfähig. Ich beeile mich.« Damit läuft sie zur Tür. Nein, sie hopst.

Ich bin überrascht, vor dem Haus ein neues Auto vorzufinden – eine smaragdgrüne Alfa Romeo Giulietta Limousine mit cremefarbenen Ledersitzen. »Woher kommt die?«

Jezebel lässt den Autoschlüssel am Ring um ihren Finger kreisen. Im grauen Nadelstreifenanzug hält sie auf hohen Absätzen auf die Fahrertür zu. »Ein Italiener ganz nach meinem Geschmack«, sagt sie und löst mit einem kaum wahrnehmbaren Klicken die Tür aus dem Schloss. »Genau wie Sie, Mr. diVatta.«

Sie scherzt – glaube ich zumindest. Doch das Auto passt zu mir wie der Lieferwagen zu den Künstlern und das gelbe Cabrio zu meinem Bruder.

Rund eine halbe Stunde später tauchen wir im Stadtzentrum in die Tiefgarage unter dem Gebäude der *ECO* ein. Ein Aufzug trägt uns in die Empfangsetage. Die Halle dehnt sich vor uns aus, zwei Sitzgruppen befinden sich darin, die von Ficus Benjamina und Palmen geschmückt werden. Entschiedenen Schrittes hält Jezebel auf einen Empfangstresen zu, wo ein junger Mann mit rasiertem Haupt und gut sitzender Weste an einem Computer arbeitet. Das Mädchenhafte hat sie zugunsten ihrer Rolle abgelegt. Ich merke, wie die Blicke ihr folgen beziehungsweise ihrem wiegenden Hinterteil, das die Anzugshose ausfüllt.

»Signore Leonardo diVatta«, teilt sie dem Concierge mit, »wir haben einen Termin bei Chefredakteurin Eva Persaud.« Sie spricht nicht sonderlich laut, lehnt sich jedoch mit einer gewissen Selbstverständlichkeit an die Theke. Dabei nimmt sie die Sonnenbrille von der Nase und wechselt sie gegen eine Lesebrille aus.

Schweigend halte ich hinter ihr an. Der junge Mann blinzelt bei meinem Anblick. Mein Auftritt scheint ihn zu beeindrucken. »Leonardo diVatta«, stelle ich mich vor. Hastig greift er nach dem Telefon. Etwas später weist er uns zum Aufzug Nummer sechs.

»Arme locker«, kommentiert Jez bei unserer Auffahrt.

»Wie bitte?«

»Sie wirken abweisend.«

Ich beiße die Zähne zusammen, doch löse die Arme aus der Verschränkung. Nutzlos baumeln sie an meiner Seite, also verhake ich die Daumen in den Jacketttaschen. Dort oben, schwebend um Gottes Thron, hatte ich derlei Probleme nie. Ich habe mir nie Gedanken über meine Arme gemacht oder wie jemand meine Körperhaltung lesen könnte.

Ich vermisse meine Flügel und die Einfachheit dieses Daseins. Aber wenn ich mich jetzt ins Zeug lege, kann ich all das bald hinter mir lassen.

»Kiefer entspannen«, fordert Jezebel.

»Kümmer dich um dein eigenes Auftreten«, schnappe ich.

Pling! Die Kabine hält, die Aufzugtüren lösen sich voneinander.

»Ich bin seit zwei Millennien auf Erden«, kommentiert Jez. »Ich weiß, wie ich auf Menschen wirke.« Damit übertritt sie die Türschwelle.

Eine Frau mit ostasiatischem Auftreten läuft uns entgegen. Sie ist relativ klein, trägt eine runde Nickelbrille und watschelt – was daran liegt, dass sie hochschwanger ist. Klobige Sandalen, ein Sommerkleid, das wie ein Lampenschirm über ihren Bauch hängt, eine verwaschene Strickjacke, auf deren Muster sich Wollknötchen gebildet haben. Jezebel, die sich aufgestylt und geschminkt hat, wirkt wie das Gegenbild zu ihr. Das hält aber keine von beiden ab, einander enthusiastisch die Hände schütteln.

»Ms. Sihr!«, ruft die Schwangere aus.

Mir entgeht nicht, wie Jez mit dem Händedruck eine eigentümliche Vertrautheit erschafft. »Ms. Wong, wie schön, Sie endlich persönlich kennenzulernen! Wie geht es Ihnen? Jetzt ist es bald so weit, nicht wahr?«

»Nennen Sie mich Yinyin.« Die Frau um die dreißig klopft auf den prallen Bauch, der unter dem einzigen Knopf hervorspäht. »Sieben Wochen noch. Nein, sechseinhalb.« Sie tätschelt den Kugelbauch.

Ich komme an Jezebels Seite an. Das Lächeln sackt von Yinyin Wongs Gesicht. Ehrfürchtig streckt sie mir die Hand entgegen. »Mr. diVatta.« Ihre Finger fühlen sich lasch an zwischen meinen. Ich versuche, nicht zu stark zuzudrücken.

Kommt Jez etwa sympathischer rüber als ich? Kann das sein? *Wie macht sie das?*

»Herzlich willkommen, Signore diVatta. Ms. Persaud erwartet Sie bereits im Konferenzraum.« Sie weist hinter sich, wo ich Eva hinter transparenten Glaswänden entdecke. Sie ordnet Unterlagen auf einem Konferenztisch. Als spürte sie meinen Blick, sieht sie auf. Im Gegensatz zu ihrer Assistentin begrüßt sie mich mit einem Lächeln. Erleichtert atme ich auf.

Ehr-furcht. Es ist das erste Mal, dass mich der Furcht-Teil darin stört.

Yinyin Wong führt uns durch das gläserne Labyrinth.

»Oh, das wird aufregend«, flüstert Jezebel. Ihre Augen leuchten, und ich sorge mich, dass Yinyin stutzig werden könnte – doch anscheinend nimmt diese es nicht wahr. Ich werde das Gefühl nicht los, dass Jezebel etwas mit ihrem Hiersein bezweckt.

Eva Persaud begrüßt mich an der geöffneten Tür. Orangefarbener Hosenanzug, das Haar zum Dutt gefasst. »Verzeihen Sie, dass ich die Fotos vom Pier nicht geschickt habe«, sagt sie. »Ich wollte sie nachbearbeiten und bin bisher noch nicht dazu gekommen.«

»Es eilt nicht«, entgegne ich. An die Fotos habe ich gar nicht mehr gedacht, aber ich mache mir eine gedankliche Notiz, denn sie sind ein Grund, mit ihr in Verbindung zu bleiben. Sie zieht sich von der Türschwelle zurück und ich trete ein. Als Jezebel mir folgen will, drehe ich mich entschieden um. »Ich benötige Sie nicht länger, Ms. Sihr. Holen Sie sich doch einen Kaffee und machen Sie eine Pause. Sie sind sonst sowieso ständig auf Achse.«

Die Dämonin blinzelt verdutzt. Sie setzt dazu an, etwas zu erwidern, als ich sie mit einem schneidenden Lächeln und einem »Vielen Dank« endgültig abwürge.

Jezebel hält sich ja für so schlau. Doch ich durchschaue, wie sie unterschwellig durchsetzt, was sie erreichen möchte. Manchmal gibt sie sich nachgiebig wie eine Weidenrute und überschreitet dabei stückweise Grenzen – immer nur einen Inch weit, um zu testen, wie weit sich meine Geduld ausreizen lässt.

»Sie können gern bei mir im Büro warten, Jezebel«, wendet Persauds Assistentin ein. »Eva, soll ich euch Kaffee bringen?«

Diese nickt. »Schwarz, wie üblich. Und für Sie?«

Kaffee habe ich bisher nur gekostet, weder schmeckt noch bekommt er mir sonderlich. »Wasser, wenn möglich.«

»Ein Purist«, stellt Eva fest, Grübchen in den Wangen, und führt mich zum Tisch. An einem Ende lassen wir uns nieder.

Ich merke, wie Jezebel mir noch ein paar Augenblicke durch das Glas nachsieht wie ein bedröppelter Dackel, dann folgt sie Yinyin.

»Sie sehen schick aus.« Sie schlägt die Beine in dem gepolsterten Drehsessel übereinander. »Haben Sie noch ein angenehmes Wochenende verbracht?«

»Auf dem Cypress Hill lässt es sich gut leben«, erwidere ich diplomatisch. »Selbst bei Schlechtwetter.«

»Das Wetter ist in Italien sicher besser.«

Der Maler hat einst angemerkt, dass Menschen gern übers Wetter reden, wenn ihnen nichts Besseres einfällt. Small Talk nennt man das. Bei unseren Spaziergängen hat er sich bemüht, es mir beizubringen.

»Von der Jahreszeit abhängig, aber ja – im Allgemeinen ist es daheim sonniger.«

Sie mustert mich, und meine Gedanken arbeiten. Was erwartet sie von mir? Moment, sollte ich das Kompliment über meine Kleidung retournieren? »Sie …«, starte ich, doch Persaud setzt gleichzeitig an.

»Wegen des Fonds …«

Stille. Sie lacht. Ich falle ein, beide peinlich berührt.

»Bitte«, fordere ich sie mit einem Fächern meiner Hand zum Weitersprechen auf.

»Ich habe mir gedacht, ich erzähle Ihnen zuerst von unserem momentan größten und dringendsten Projekt.« Sie wippt auf dem Drehstuhl hin und her, ohne dass sie dabei kindlich wirkt. Mein Blick streift ihre Füße, die in hochhackigen Schuhen stecken, und ein eigenartiger Gedanke flattert durch meinen Kopf: Sie hat schöne Beine.

So etwas habe ich noch nie gedacht.

Ich räuspere mich. »Gern.«

»Ich fand es schön, dass sie am Pier ausgerechnet diesen Artikel aus der Februar-Ausgabe zitiert haben. Denn ehrlich gesagt sind SEMPER und die Meeresverschmutzung genau das, womit die *ECO* und ich gerade zu kämpfen haben.«

Ich nicke.

»Nach den letzten Reportagen hat mir SEMPER seine Anwälte auf den Hals gehetzt. Abgesehen davon investieren sie viel Geld in ein positives Öffentlichkeitsbild, und sie werden dabei von einigen prominenten Politikern gestützt. Das spielt gegen uns und unsere Berichterstattung. Daher haben wir uns entschlossen, eine Gegenkampagne zu launchen.«

Ich hebe die Augenbrauen.

Einen Augenblick lang verändert sich die Geräuschkulisse. Yinyin tritt ein, ein Tablett mit Kaffeetasse, Gläsern und einem Wasserkrug in den Händen, das sie beinahe auf dem Bauch abstellen kann. Sie watschelt herbei und platziert es zwischen uns, gießt mir ein, die

Eiswürfel klingeln im Krug. Eva Persaud streift flüchtig ihre Hand. »Danke, Yinyin.«

Die Assistentin nickt zum Bildschirm, der an einer der Wände angebracht ist. »Fernbedienung liegt bereit. Braucht ihr sonst noch etwas?«

Eva schüttelt den Kopf.

Ich blinzle, als ich ihr nachsehe. Ich komme nicht umhin, sie in ihrer fortgeschrittenen Schwangerschaft mit Eva zu vergleichen. Ich muss die Hände auf meinen Knien ablegen, um das Zittern zu unterdrücken. Aus dem Himmel sieht alles so klein und unbedeutsam aus. Aus der Nähe ist ihr Bauch verdammt groß. Und dort steckt ein Mensch drinnen.

Das Kind reißt den Mund auf. Zeig dich! Arme ausgebreitet wie ein sterbender Schwan. Es kippt von der Brüstung.

Mein Magen zieht sich zusammen. Mein Gott, in knapp einem Jahr könnte das Eva mit meinem Kind sein!

Ich spüre, wie mein Blutdruck hochgeht. Verdammte menschliche Körperfunktionen! Als ob der Drang, sich Nahrung und Flüssigkeit zu entledigen, nicht erbärmlich genug wäre – jetzt brennen auch noch meine Ohren!

Ich merke, dass ich der Assistentin viel zu lange nachstarre. Eva missdeutet meinen Blick. »In ein paar Wochen schicke ich sie in Mutterschutz«, sagt sie. »Ich weiß, dass der in Europa besser geregelt ist. Was das Thema betrifft, sind die USA ein Entwicklungsland. Vom Staat wird nichts vorgegeben. Frauen arbeiten, bis ihnen das Baby aus dem Bauch fällt.« Sie sagt das sehr trocken und nippt an ihrem Kaffee. »Aber ich möchte meinen Mitarbeiterinnen Zeit vor und nach der Geburt schenken, weil ich es mir für jede Frau wünsche.«

Zögerlich stelle ich meine nächste Frage: »Ist Ms. Wong schon lange bei Ihnen tätig?« Ich kenne die Antwort, doch will sie von Eva hören. Wäre der Posten nicht schon besetzt gewesen, wer weiß – Azuriel hätte mich möglicherweise als Assistent hier eingeschmuggelt. *Sexy Assistent,* flüstert er mir in Gedanken ins Ohr; ein unsichtbares Teufelchen auf meiner Schulter.

»Nein. Es müssten jetzt vier Monate sein. Ich bin sehr zufrieden mit ihrer Arbeit.«

»Wieso …?« Ich lasse die Frage auslaufen. Wieso stellt jemand eine schwangere Frau ein? Vor vier Monaten muss es bereits zu sehen gewesen sein. Oder hat sie ihren *Zustand* verschwiegen?

Evas markante Augenbraue hüpft. »Weil sie die qualifizierteste Bewerberin war.«

Ich lasse das Thema ruhen. Ich merke, dass ich bei Frauenrechten einen Nerv getroffen habe, und fühle mich in diesen Belangen noch nicht belesen genug, als dass ich mitreden könnte.

Ich erinnere mich an Jezebels Mahnung und bemühe mich, meine Haltung zu lockern. Unruhig streiche ich mir übers Kinn. Sie folgt der Regung kurz, bevor sie sich losreißt.

»Sie wollten mir von der Kampagne erzählen?«

Ihre Miene leuchtet auf. Die Arbeit ist ihr Leben, hat auch Azuriel behauptet. Sprechen wir über ihr *anderes* Kind.

Eva steht auf, greift nach der Fernbedienung und schaltet den Bildschirm ein. Darauf erscheint ein Foto von einem attraktiven dunkelhaarigen Mann mit ausgeprägtem Profil und gut gestutztem Bart. Er trägt eine gelbe Öljacke, sieht vor dem Graublau des Meeres, auf dessen Oberfläche ein schmieriger Ölfilm tanzt, über seine Schulter. Ist das Eva Persauds Ex, Abed Fakhoury? Der Mann scheint ebenfalls aus dem arabischen Raum zu stammen.

»Vierhundertfünfundsiebzigtausend Liter Rohöl sind beim letzten Leck ausgetreten«, erklärt Eva. Sie schaltet zum nächsten Bild um. Der Mann läuft den Strand entlang, an dem Helfer angeschwemmte Tiere einsammeln, hauptsächlich Vögel, deren verklebtes Federkleid noch zu retten ist. Fische verenden im verdunkelten Sand. Darunter befinden sich auch große Raubfische.

»Makohaie«, sagt Eva und erhebt sich, um auf einige Kadaver zu weisen. »In diesem Fall Jungtiere. Von ihnen hat Mako Bay seinen Namen. Ansonsten finden Sie vor Rhode Island hauptsächlich Blauhaie. Das Problem …« Sie dreht sich zu mir. »Haie sind nicht sonderlich gut zu vermarkten, auch wenn sich jährlich mehr Wanderer an den Cliffs verletzen als Schwimmer durch Haiattacken.«

Klick. Da, schon wieder dieser Typ.

»Wer ist das?«, frage ich.

»Sein Name ist Esra Sheol«, erklärt sie und schlägt sich mit der Fernbedienung in die geöffnete Hand. »Wir haben lange überlegt, welche Art von Spokesperson wir für die Kampagne möchten.«

»Was ist mit Ihnen?« Ich halte mich aufrechter. Das ist ein guter Moment, ihr zu schmeicheln. »Sie haben das Wissen, die Dynamik – und, nehmen Sie es mir nicht übel …« *Pause, Pause, Laz,* flüstert mir die Stimme meines Bruders zu. Und jetzt: »… das Gesicht dazu.«

Ein Lachen platzt über ihre Lippen. Geschmeichelt ringt sie es nieder. Aber es war da. »Wir haben ehrlicherweise darüber gesprochen; doch sowohl in der Chefetage als auch in Absprache mit den freiwilligen Hilfsorganisationen sind wir übereingekommen, dass wir es weniger direkt angehen möchten.«

»Inwiefern?«

Sie erhebt sich, ihre Absätze verursachen ein Klopfen, das von den Glaswänden widerhallt. »Wir imitieren SEMPERS Vorgehensweise. Anstatt die verantwortlichen CEOs hinzustellen, die dreist in die Kamera lügen, lassen sie andere, glaubhaftere Personen dem Konzern schmeicheln. Das übernimmt für uns Esra Sheol. Ich habe ihn vor einigen Wochen auf einer Tagung kennengelernt; er ist Meeresbiologe und hat lange am Persischen Golf und im östlichen Mittelmeerraum gearbeitet. Wir sind einander zufällig begegnet, als die Frage nach einem Kampagnensprecher aktuell war. Er hat einige gute Ideen zu unserem Strategieplan … Zunächst wollten wir uns, wie gesagt, auf die Makohaie konzentrieren, da Mako Bay ja auch nach ihnen benannt ist. Mr. Sheol hat uns geraten, Tierarten in den Fokus zu stellen, die weniger negativ konnotiert sind. Daher haben wir eine Fotokampagne mit Delfinen, Walen, Falterfischen, Rochen und diversen Tauchervögeln gestartet …«

Sie schaltet durch ein Bilderparadies, das die Meeresvielfalt vor Rhode Island widerspiegelt, und redet dabei weiter. Meine Aufmerksamkeit wird jedoch von einigen Gestalten abgelenkt, die sich uns im Glaslabyrinth der Etage nähern. Eine davon erkenne ich sofort.

Es ist der Mann, der mir soeben vom Bildschirm entgegengeblickt hat. Er ist wesentlich besser gekleidet als auf den Fotos, wenn auch nicht so förmlich wie ich. Seine Jeans sitzt perfekt, sein Jackett wirkt lässig, die obersten Knöpfe seines Hemds sind geöffnet, Brustbehaarung späht hervor. Sein Bart ist zur Formvollendung gestutzt, das Haupthaar hat er zurückgegelt. Doch das ist es nicht, was mich an den Armlehnen festkrallen lässt.

Sein dunkler Blick gleitet zu mir, verpflichtet meinen. Er erkennt mich. Ich erkenne ihn. Dabei haben wir einander nie zuvor getroffen.

Eine Glut leuchtet hinter seinen Pupillen und erhellt das Braun. Er hebt das Kinn, lacht, sein Adamsapfel hüpft.

Der vermeintliche Meeresbiologe Esra Sheol ist mein Gegenspieler.

24

Mein Stuhl knackt, als ich mich ertappt zurücklehne. Eva bricht ab und sieht mich an. Da klopft mein Gegenspieler auch schon an die Tür.

»Was für ein Zufall«, stößt Eva aus und eilt hin, um zu öffnen.

Sie lächelt. Sie strahlt ihn genauso an wie mich. *Verdammt.*

»Mr. Sheol«, ruft sie aus und reicht ihm die Hand. Sekunden verstreichen, bevor einer von ihnen loslässt.

Der Teufel speie dich zurück in die Hölle!

Wochen?! Er ist seit Wochen hier? Wie deckt sich das mit den Spielregeln? Wie konnte ER zulassen, dass ein Dämon schneller die brennenden Stufen aus der Hölle emporstapft, als ich aus dem Himmel entsendet werde?

»Ich bitte Sie, nennen Sie mich Esra – bei Mr. Sheol muss ich immer an meinen Vater denken, Gott habe ihn selig.« Dass er es wagt, den Namen des EINEN in den Mund zu nehmen! In Flammen aufgehen soll er!

Der Dämon bannt Evas Blick noch zwei, drei Sekunden lang, dann sieht er zu mir und grinst. Das sind keine Grübchen mehr! Falten furchen seine bärtigen Wangen. »Störe ich?«

VERRATE MIR DEINEN NAMEN, DÄMON!, würde ich am liebsten brüllen und mit der Apopompe starten. Stattdessen schlucke ich alle Gefühle hinunter.

»Lustigerweise haben wir gerade von Ihnen gesprochen.« Eva bittet ihn über die Schwelle. Jeder weiß, dass man Dämonen niemals die Tür öffnen darf. Zu spät, er steht schon mitten im Raum. Grinst mich keck an mit der Selbstsicherheit und dem Wissen, mir zuvorgekommen zu sein.

Als Gentleman bemüht er sich um Eva, schließt umständlich für sie die Tür und berührt dabei ihre Schulter. Mit seiner nächsten Drehung zieht sein Geruch zu mir herüber. Schweres Parfüm mit Gewürzen, die mich an die brütend heiße Nacht erinnern, als ich für den Apostel aus dem Himmel herabstieg. Aber dahinter, penetrant und ätzend – der Gestank von Schwefel.

Ich unterdrücke ein Würgen. Es entgeht ihm nicht. Er schreitet mir mit einem stillen Lachen entgegen und streckt die kräftige Hand nach mir aus. Ein Ring glänzt an seinem Finger, als wäre er verheiratet, an seinem Handgelenk prangt eine Uhr. Jezebel behält recht. Uhren dürften unter Männern Bedeutung besitzen.

»Esra Sheol«, stellt er sich vor. »Sie dürfen mich gern Esra nennen.«

Ich zwinge mich vom Stuhl. Im Stehen sind wir gleich groß. Er ist damit die erste Person auf Erden, die mir direkt in die Augen sieht.

Ich zwinge meinen Arm aus der Starre. Kaum berühre ich seine Hand, spüre ich eine eigenartige Entladung, die die Nerven bis in die Ellenbogen emporwandert. Ich lasse mir nichts anmerken und drücke fest zu. Er retourniert den Händedruck. Unsere Knochen knacken, wir starren einander in die Augen. Ein Kräftemessen, das Eva verborgen bleibt.

»Leonardo diVatta.«

»Italiener?«, fragt der Dämon leichthin.

Unwillig nicke ich. Die Stille zwischen uns zieht sich. Keiner ist gewillt, loszulassen. »Und Sie?«

Sein Lächeln verbreitert sich. Ich wusste nicht, wie breit jemand grinsen kann. »Irak. Provinz Babil. Sie wissen schon – *das alte Babylon.*«

Ich erstarre.

Seine Antwort ist nicht zufällig gewählt. Er mustert mich genau, beobachtet mit einer Befriedigung, die in seinen Augen glüht, wie ich schlucke. »Babel«, wiederhole ich leise.

Nachdrücklich nickt er.

Ist das ein Zufall? Oder spielt er mit mir? Er ist dem Maler und dem Bildhauer bereits begegnet – hat er diese Information aus ihnen herausgekitzelt, so wie ich aus Jez?

Endlich lässt er los, allerdings nur, weil Eva an unsere Seite gelangt. Sein feuriger Blick kühlt ab. Verhalten atme ich ein.

»Oh, ich sehe, Sie sprechen über die Kampagne«, stellt er mit einem Blick auf den Bildschirm fest.

»Mr. diVatta interessiert sich möglicherweise für ein Sponsoring unserer Arbeit«, erklärt Eva diplomatisch. »Was treibt Sie ins Haus, Esra?«

»Langweilige Verträge, fürchte ich.« Er verschränkt die Finger vor sich. »Außerdem wollte ich mit Ihnen über die nächste Fotokampagne in Mako Bay sprechen. Ich hätte Sie gern dabei. Sie haben einen guten Blick für Details.«

Eva saugt überrascht die Wangen ein. Sheol rüttelt an dem Konzept, das sie für mich zurechtgelegt hat. Außerdem stiehlt er mir gemeinsame Zeit mit der Auserwählten.

»Ms. Persaud?« Einer der Mitarbeiter guckt zur Tür hinein. »Mr. Sheol hat die Verträge für die neue Kampagne unterzeichnet. Ich habe sie an Yinyin gefaxt. Wenn Sie diese unterschreiben, können wir gleich alles an die Rechtsabteilung retournieren …«

Eva nickt. »Würden Sie einen Augenblick auf mich warten, Mr. diVatta?«

Mein Speichel schmeckt bitter. »Natürlich.«

Sheol grätscht dazwischen. »Keine Sorge, ich leiste Mr. diVatta währenddessen Gesellschaft.«

Sheol. Ich grabe in meiner Gedankenbibliothek nach diesem Begriff; ich habe ihn schon irgendwo gehört. Da, *Scheol*. Ich hätte es gleich erkennen müssen. *Dummer, dummer Lazael!* Scheol wird im jüdischen Glauben ein Bereich der Unterwelt genannt und gelegentlich mit der Hölle gleichgesetzt.

Lautlos fällt hinter Eva die Glastür ins Schloss.

Wir fletschen die Zähne. Der Dämon kommt auf mich zu. Bewegungen wie ein Panther, vor einem Augenblick noch müde am Baum lümmelnd, im nächsten sich überraschend auf sein Opfer stürzend.

Ich reiße den Mund auf. WEICHE ZURÜCK, DÄMON!, will ich schreien, da zischt er: »Bist du dir sicher? Deine Stimme könnte das gesamte Stockwerk zerstören. Das gäbe ziemlich viele Verletzte, inklusive unserer gemeinsamen Holden.«

Prüfend sehe ich mich um. Glasscheiben, überall. Sie könnten unter dem Druck meiner göttlichen Stimme zersplittern. Nicht allzu weit entfernt stehen zwei Redaktionsmitarbeiter auf dem Gang, unterhalten sich, ohne uns Aufmerksamkeit zu schenken.

»Zeugen«, würge ich hervor.

Er hebt die dunklen Augenbrauen. »Wie meinen?«

»Falls …« Ich beschließe, auf jegliche Höflichkeitsformen zu verzichten. »Falls du erneut den unehrenhaften Weg wählst, mir Fußsoldaten auf den Hals zu hetzen.«

»Ach, das!« Er winkt ab. Setzt einen Schritt zurück. Sein intensiver Geruch nach Parfüm und Hölle wird ein Stück erträglicher. Ich atme auf. »Das war bloß meine persönliche Art, Hallo zu sagen, nachdem du mich am Portside Pier ignoriert hast.«

Der Surfer, schießt es mir durch den Kopf.

Sheol stößt ein hartes Lachen aus, klatscht sich in die breiten Hände. »Wenn dich ein Tattergreis so leicht erledigen könnte, Seraph, hättest du dir deine Anwesenheit auf diesem Spielfeld nicht verdient.«

»Und das Kind?«

Er hebt die Augenbrauen. Wenige graue Härchen glitzern in dem dichten Schwarz. »Welches Kind?« Als ich nicht antworte, fügt er an: »Unseres?«

Unseres. Als würden wir beide dieses Kind gemeinsam zeugen.

Ich vermag nicht zu sagen, ob er tatsächlich nicht weiß, worauf ich anspiele. Hat er mich auf meinem Spaziergang auf dem Cypress Hill vielleicht gar nicht verfolgt? Haben mir meine überreizten Sinne einen Streich gespielt? Im Grunde macht es auch keinen Unterschied.

»Der Versuch, mich aus dem Weg zu räumen, zeigt nur eines«, behaupte ich mit Grabesstimme.

Er stopft die Hände in die Jacketttaschen. »Ja?«

»Du hast Angst, im Wettstreit um Eva zu unterliegen.«

Er reißt den Mund auf. Eckzähne wie Jezebels. Er lacht gestelzt. »Süßer, du machst den Fehler, zu glauben, das Spiel durchschaut zu haben.« Er schnalzt mit der Zunge und gleitet an mich heran. Ich spanne die Arme in Erwartung eines Angriffs an, doch er dreht sich Richtung Tür, wo sich Eva im grellorangen Anzug nähert. Er öffnet ihr – der Dämon, der Gentleman.

»Esra«, sagt sie, »wäre es möglich, wenn wir den Rest telefonisch besprechen? Ich bin bereits in Zeitverzug.«

Der Dämon schürzt unzufrieden die Lippen. Ich unterdrücke ein Lächeln. *Doch nicht so unwiderstehlich, was?*

Aber der Dämon lässt sich nicht aus der Ruhe bringen. »Verzeihung, ich wollte Sie wirklich nicht unterbrechen. Ich hätte allerdings einige neue Ideen für die Kampagne und würde sie gern mit Ihnen besprechen, bevor wir die Location fürs nächste Shooting besichtigen … Vielleicht bei einem Mittagessen? Mittagessen muss der Mensch – und soweit ich weiß, waren Sie zuletzt noch einer.« Er schmunzelt charmant.

Sie kaut an der Erwiderung herum. »Ich habe nachher noch eine Redaktionssitzung. Es wird sicher halb drei werden, bevor ich Pause machen kann.«

Er schnappt sich das Angebot wie eine Schlange. »Halb drei nachmittags dann!« Mit weiten Bewegungen schreitet der babylonische Teufel zur Tür. Beim Öffnen sieht er zu mir zurück. »Steigen Sie in die Kampagne ein, Mr. diVatta. Es ist eine gute Sache, und die Frau weiß, was sie tut. Sie werden es nicht bereuen.« Er zwinkert Eva zu. »Ich stehe zur genannten Uhrzeit bereit.«

Er wandert hinter den transparenten Wänden Richtung Aufzug davon.

»Entschuldigen Sie.« Eva betastet etwas unangenehm berührt ihren Haaransatz. »Mr. Sheol ist sehr direkt. Deswegen haben wir ihn auch als Sprecherfigur ausgewählt. Er fängt Menschen mit seiner Art ein wie Honig Fliegen. Man hat das Gefühl, nicht Nein sagen zu können.«

»Das merke ich«, erwidere ich lahm.

»Mir ist es aber wichtig, dass sie, falls Sie uns unterstützen möchten, dies auf freiwilliger Basis tun und in dem Wissen, vor welchen Schwierigkeiten wir stehen.« Sie berührt meine Ellenbeuge. Tatsächlich sehe ich in ihren Augen nichts von der Falschheit, die hinter Sheols Pupillen glüht.

»Der Besuch der Kampagnen-Location …«, wende ich ein.

Sie nickt. »Mako Bay.«

»Ich würde mir das gern live ansehen. Darf ich Sie und Mr. Sheol begleiten?« Ich unterdrücke ein bittersüßes Lächeln. Mit einer himmlischen Gouvernante hat der Teufel sicherlich nicht gerechnet.

25

Meine persönliche Hausdämonin klaube ich im Assistenzbüro ein, wo sie gemeinsam mit Yinyin Wong hinter den Computerbildschirmen vor sich hin gackert.

»Wir gehen«, teile ich ihr mit.

Evas Assistentin kratzt sich übertrieben am Nasenrücken. Die beiden teilen vielsagende Blicke. Sie wirken bereits wie eingeschworene Freunde. Ich ärgere mich.

Jez fädelt die Handtasche bis zur Ellenbeuge und balanciert ihr Geschirr davon.

Yinyin winkt ab. »Lass ruhig stehen. Ich erledige das später.« Sie sind bereits beim Du angelangt, allerdings nicht aus denselben Gründen wie Sheol und ich.

Jezebel schüttelt den Kopf. »Die Kaffeeküche liegt doch auf dem Weg. Vielen Dank, Yinyin! Ich hoffe, wir hören uns bald wieder.«

Die Assistentin grüßt mit zwei Fingern an der Stirn. »Spätestens wegen der Fotos.«

An meiner Seite sieht Jezebel hoch. Ich frage mich, ob sie Sheols Anwesenheit mitbekommen hat – und falls ja, ob sie ihn als einen der ihrigen erkannt hat. Süßlich lächelt sie mir zu.

»Ms. Wong.« Ich nicke ihr zum Abschied zu und folge Jezebel an der Kaffeeküche vorbei Richtung Aufzug.

»Ich habe ihn getroffen«, sage ich während der Abfahrt.

»Ihn?«, wiederholt Jez verständnislos.

»Meinen Gegenspieler.«

Überrascht dreht sie sich zu mir um. »Er war hier?«

Falls sie lügt, verbirgt sie es gut. Aber wie meinte Azuriel in Portside? Er wäre ein guter Schauspieler. Und Jez? …

Ich nicke.

Ihr Blick verliert sich einen Augenblick lang. Abrupt hebt sie das Kinn und wendet sich mir zu. »Wir müssen Eure Spur verwischen!«

»Wie?«

Sie tritt auf mich zu, krempelt dabei den Ärmel ihrer Anzugjacke und der darunter befindlichen Bluse hoch. »Der Dämon hat bereits einmal einen Attentäter auf Euch angesetzt. Wer sagt, dass er nicht gerade dem nächsten ins Ohr flüstert?«

Ich muss an Sheols Aussage denken – dass es sich bei dem Angreifer um eine Art Begrüßungskomitee gehandelt hat. »Ich denke, er weiß, wo ich wohne«, wende ich ein.

»Im Domizil seid Ihr sicher«, behauptet Jez. »Kein Dämon kann es betreten.«

Ich lache auf.

»Abgesehen von mir«, fügt sie an und zieht mich in den Aufzug. Als sich die Türen hinter uns schließen, beginnt sie an meinem Hemdkragen herumzufummeln.

»Was wird das?«, frage ich.

»Außerhalb seid Ihr nicht sicher, Meister.«

Meine Brust hebt sich unter einem lautlosen Seufzen. »Du.« Wenn ich Sheol duze, dann ist es lächerlich, bei meiner Haushälterin auf das herrschaftliche Ihr zu bestehen.

Sie kramt mit einer Hand in ihrer Anzugjacke, der Schlüssel klimpert. »Ja?«

»Du kannst mich duzen.«

Überrascht hält sie inne.

»Komm dadurch nicht auf dumme Ideen«, füge ich an. »Sollte uns jemand hören, allen voran Eva, wirft es nur Fragen auf, warum ich bei meiner Sekretärin auf den Majestatis Pluralis bestehe.«

»Danke … *dir.*« Sie wirkt unbeholfen. Dabei fischt sie nach einem der Schlüssel und legt ihn an den nackten Unterarm. Bevor ich hinterfragen kann, was sie vorhat, stößt sie sich das Metall durch die Haut.

26

Ich schnappe ihre Hand. Die Bewegung kommt instinktiv und roh, sodass ihr Handgelenk knackt. »Was soll das?«, herrsche ich sie an.

Mit einem Ruck entzieht sie sich. »Ich weiß schon, was ich tue.« Sie sticht die stumpfe Schlüsselspitze in ihr Fleisch, teilt die Haut, Blut tritt hervor – jedoch nicht stark genug für die Art der Verletzung, die sich Jezebel zufügt. Das Aufzugslicht lässt blauviolette Schuppen aufschimmern, die unter der Menschenhaut hervortreten. Sie kratzt die Schicht ab, bohrt tiefer. Vor Anstrengung treten die Adern an ihren Schläfen hervor.

Da, sie blutet. Dickflüssig und dunkel; fast schwarz. Purpurviolett.

Endlich lässt sie ab und stopft den Autoschlüssel in die Jackentasche. Sie schüttelt den verletzten Arm, bis sich das Blut träge den Weg zu ihren Fingerspitzen bahnt. Die verschmierte Hand hebt sie an meine Brust. »Als ich auf die Erde floh, musste ich mich vor meinesgleichen schützen. Das ist eine Schutzsigille. Sie wird verhindern, dass der Dämon Euch … dich mit seinen Fähigkeiten verfolgen kann. Erlaubst du?«

Ein Augenblick verstreicht, bis ich mich zu einem Nicken durchringe. Sie berührt mein Brustbein. Sie beginnt zu zeichnen, ihre Fingerspitzen fühlen sich warm und klebrig an. Ich fasse nicht, dass ich es dulde. Diese Art Magie ist mir fremd – der Herr missbilligt Macht, die nicht aus SEINEM Licht stammt. Aber wenn ich zwischen meinem Gegenspieler und meiner dämonischen Haushälterin wählen muss, ist Jez der Regen zu Sheols Traufe.

»Der Dämon stammt aus Babylon«, sage ich lahm.

Kurz hält sie inne. Von ihrem Lebenssaft steigt ein eigenartiger Geruch auf – wie flüssiges Eisen.

»Er nennt sich Esra Sheol. Sagt dir der Name etwas?«

Sie zeichnet weiter, die Schrift klebt auf meiner Haut. »Sheol ist der Name einer alten Dämonenfamilie.« Sie verschmiert ein Symbol durch eine unbedachte Bewegung und flucht. Hastig leckt sie sich über den Daumen ihrer sauberen Hand und versucht, die Sigille zu retten. Ihre Berührung kitzelt.

Unangenehm berührt verlagere ich das Gewicht. Ich bemerke, dass Jezebel zittert. »Verheimlichst du mir etwas?«

Sie beißt die Zähne zusammen. »Es ist eine alte Familie. Sehr mächtig.« Sie stockt, zieht die Hand zurück, um ihr Werk aus Abstand zu betrachten. »Und einst groß. Aber dann gab es Differenzen innerhalb des Familienverbands. Viele Mitglieder sind diesen zum Opfer gefallen.«

»Differenzen?«

»Es gibt ständig Differenzen in der Hölle – hauptsächlich Machtkämpfe. Jeder möchte sich in der Hierarchie nach oben arbeiten, sich Luzifers Gunst verdienen. Denn wenn Luzifer dich nicht achtet, bist du nichts. Dafür sind viele bereit, ihr eigen Fleisch und Blut zu verraten. Ihre Mütter und Väter. Ihr Erbe.«

Der Aufzug hält mit einem hellen Ton. Sie packt meine Hand mit ihrer sauberen und zieht mich durch die sich öffnende Tür. »Los. Wenn ein Sheol den Familienkrieg überlebt hat, dann ist er bereit, alles zu tun – denn dann hat er sein eigenes Blut verraten.«

27

Wir hasten vom Ausstieg des Aufzugs zum Wagen. Durch das grelle Licht der Halogenlampen tauchen wir in die harten Schatten der Betonsteher. Unsere Schritte hallen überlaut durch die Tiefgarage. Jedes Geräusch stößt mir unangenehm auf und jagt mir Schauer über die Arme. Mein Blick saust über die Autos, die Reflexionen im Lack gaukeln mir Bewegungen vor.

Unvermittelt packt Jez meinen Arm. Ihr Absatz scharrt über den Beton, als sie zurücktritt.

Eine Gestalt wankt hinter der Säule hervor. Ihre Bewegungen stoßen mir bereits nach den ersten Schritten als eigenartig auf. Sie wirken ungelenk, die Füße schleifen über den Boden, als hätte sein Besitzer sich nicht gänzlich unter Kontrolle.

Jez signalisiert mir, zu schweigen und mich in Richtung Auto zu bewegen.

Der Fremde stapft verloren auf die Fahrbahn, die von den Parkplatzreihen flankiert wird. Eine Kappe schirmt das Deckenlicht von seinem Gesicht ab. Bloß sein offen hängender Mund ist zu sehen. Aus dessen Winkeln kriecht dickflüssig Speichel.

Ich schleiche an Jez heran. »Was ist mit ihm?«, flüstere ich ihr in den Nacken. Ich merke, wie sich die Härchen an ihrem Kragen aufstellen.

Sie dreht sich zu mir. »Erlaub mir, dass ich mich um ihn kümmere«, sagt sie leise.

Über ihre Schulter sehe ich, wie der Fremde das Kinn ruckartig hebt. Das Halogenlicht berührt sein restliches Gesicht. Ostasiatische Abstammung, hellhäutig, doch seine Augen bedeckt ein milchiger

Schleier. Unkontrolliert zuckt sein trüber Blick hin und her, rastlos, als verfolgte er eine Fliege.

Wackelig dreht er sich in unsere Richtung. Dabei streckt er die Nase in die Luft. Schnüffelt lautstark. *Wittert.*

Ein Schauer jagt meine Arme hinab.

Erlaube mir, dass ich mich um ihn kümmere. »Ist er unschuldig?«

Jez schweigt.

Ich muss an den Obdachlosen denken. An das Kind auf der Fensterbank. Ich bin nicht bereit, Menschen zu opfern. »Sei vorsichtig«, stoße ich mit dem nächsten Atemzug aus.

Widerwillig presst sie den Mund zusammen. Ein unauffälliges Klicken ertönt. Jez hält wie aus dem Nichts einen Kugelschreiber in der Hand. Sie zieht die ausgefahrene Mine ein und schiebt ihn in die Jacketttasche, als packte sie eine Waffe zurück in ihre Hülle.

Sie deutet mir, Richtung Auto zu gehen, und reckt sich auf die Zehenspitzen; löst das Gewicht von den Absätzen und gleitet lautlos auf den Fremden zu. Atemlos beobachte ich, wie sie sich ihm nähert. Ihre Geräuschlosigkeit irritiert mich. Der Fremde sieht sie nicht kommen, der Schleier vor seinen Augen scheint ihm die Sicht zu rauben. Doch er schnuppert. Kann er ihr Blut riechen? Den Duft ihrer Haut? Rohes Eisen, gelber Schwefel, den Ozongestank eines Gewitters?

Er zuckt zur Seite, die Hände zu Krallen gebogen. Hässlich treten die Adern an seinen Unterarmen hervor. Er langt zu.

Jez weicht aus wie eine Gazelle. Er schnappt ins Leere, die Zähne klappern schmerzhaft aufeinander. Jez tänzelt um ihn herum und tastet sich hinterrücks heran. Ihre Augen glühen. Die Gier brennt hinter ihren Pupillen. Sie hebt die Hände, ihre Lippen schnalzen hoch, und plötzlich werde ich ihrer Fangzähne gewahr. Ihre Zungenspitze kriecht über die harten Kanten.

Was habe ich angerichtet? Habe ich eine Dämonin auf einen unschuldigen Menschen gehetzt, der das Unglück hatte, vom Teufel beflüstert worden zu sein?

»Tu ihm nicht weh!«, rufe ich unvermittelt.

Der Fremde reißt den Kopf herum, dass seine Halswirbel knacken. Jez wirft die Arme vor, doch grapscht daneben. Der Mann sprintet auf mich zu.

28

Er quetscht einen gutturalen Laut aus seiner Kehle. Arme und Beine schlenkern eigenartig, als hätte er sie nicht unter Kontrolle, der Mund derart weit aufgerissen, dass ich trotz schlechter Lichtverhältnisse das Zäpfchen sehen kann. Ich setze einen Schritt zurück, um mich für den Aufprall zu wappnen. Er ist kleiner als ich, wirkt in seiner schlabbrigen Kleidung nahezu zierlich, also breite ich die Arme aus, um ihn nicht zu verletzen. Wie ein Sack klappriger Knochen klatscht er gegen mich.

Zwar ist er nicht schwer, doch in meiner Umarmung beginnt er zu toben. Ich schlinge die Arme um ihn, packe zu und versuche ihn festzuhalten.

Jezebel rennt herbei. Ich starre dem Mann ins Gesicht. Seine Mimik verzerrt sich vor unkontrollierten Spasmen. Ich muss ihm helfen!

Er klappt den Mund auf, Speichelfäden ziehen sich zwischen seinen Zähnen lang. Seine Zunge rührt in seinem Mundraum. Die Adern an seinen Schläfen pulsieren und wirken, als würden sie im nächsten Augenblick platzen. Ich muss seinen Wahnsinn heilen! Nur wie?

Unsicher öffne ich den Mund. Ich sammle die göttliche Stimme aus der Tiefe meiner Stimmbänder. Der Speichel meines schnatternden Gegenübers sprüht mir ins Gesicht. Er brennt wie Magmaspritzer.

»WEICHE, DÄMON!«

Ein Rauschen ertönt wie eine Windwalze, die ein Unwetter ankündigt. Der Angreifer hält in seinem Wüten inne. Sein Widerstand erschlafft. Sein Gesicht erweicht. Mir ist, als zerflösse er in meinen Armen.

Jezebels Aufschrei lässt mich den Kopf hochreißen. Ich sehe noch, wie sie zurückgeschmettert wird, als hätte Gott persönlich nach ihr ausgetreten. Sie prallt auf den Asphalt und rutscht über die Parkplatznummern hinweg. Mit dem Schädel schlägt sie gegen die Stoßstange eines Wagens. Ich beobachte schockiert, wie sie zu Boden sackt. Dabei gelingt es dem Fremden, sich ein Stück weit aus meinem Griff zu winden. Mit einem Fauchen beißt er mir in die Schulter.

29

Er schnappt zu wie ein Wolf. Ohne die Spur eines Zögerns gräbt er sich mit den Zähnen durch mein Sakko, spaltet Stoff, Haut und Fleisch. Ich stoße ein Zischen aus, als der Schmerz durch die Nerven brennt. Wir wälzen uns über den Beton. Ich versuche den Mann von mir zu schieben, doch er hat sich im wahrsten Sinne des Wortes an mir festgebissen. Ein eigenartiges Geräusch dringt aus seiner Nase, das zu einem Husten wird. Da bäumt er sich auf, biegt die Kehle durch – nein, etwas drückt sich durch die Haut seines Halses, wie bei einer Schlange, die ihr Opfer als Ganzes verschluckt hat. Ein Schmatzen ertönt, der Gestank von Schwefel und Teer steigt mir in die Nase, sodass mir die Augen brennen. Die Adern an seinen Wangen treten hervor. Er würgt – und im nächsten Augenblick speit er schwarze, dicke Flüssigkeit aus.

Die Galle spritzt durch seine Zähne und benetzt meine Wunde. Ein noch nie gefühltes Brennen dringt in meinen Körper ein. *Brennen* ist das falsche Wort für dieses Gefühl, erkenne ich, als ich den Mund aufreiße, um den Schmerzen Platz zu machen. Mein Schrei dröhnt durch die Parkgarage. Wie flüssiges Höllenfeuer sickert die Schmiere in mein Blut und breitet sich durch meine Adern aus. Mein Arm beginnt zu zittern, ich verliere die Kontrolle über meine Hand. Meine Schulter empor treibt das Gleißen in Richtung Nacken und frisst sich in mein Ohr. Mein Hals biegt sich von selbst durch, als könnte er dadurch dem Gift ausweichen.

Mein aufgerissener Mund ruft das göttliche Wort ohne meinen aktiven Befehl. »HALT!«

Der Mann hört auf, sich in meinen Armen zu winden. Er lässt allerdings auch nicht los, sondern erstarrt an meiner Brust wie ein

Säugling. Ich versuche sein Gewicht von mir zu schieben, das gleißende Brennen zu ignorieren, doch die Schmerzen schießen bis in meine Schläfen und lassen die Sicht meines linken Auges flimmern. Mein Arm fühlt sich an, als würde er in Flammen stehen.

Ich packe mit der anderen Hand zu, doch er lässt nicht ab. *Der Kaumuskel des Menschen hat eine Beißkraft von rund hundertfünfundsiebzig Pfund,* schießt es mir durch den Kopf, während ich Hilfe suchend die Seiten meiner internalisierten Wissensbibliothek zerrupfe. *Damit ist er stärker als der eines Wolfes.*

Wie Würmer kriecht dem Mann die schwarze Flüssigkeit aus den Nasenlöchern und rinnt seine Mundwinkel herab. Die Augen aufgerissen, erkenne ich nichts als geplatzte Adern und nebliges Weiß.

»Lass los«, schnaufe ich, doch es gelingt mir nicht, die Macht meiner Stimme zu kanalisieren. Fahrig taste ich nach seiner Wange, die sich unter meinem Fingerdruck eindellt. Ich will ihm nicht wehtun, doch ich muss verhindern, dass er mich weiterhin … ja, was? Vergiftet?

Ich taste durch die Schmiere, sie brennt an meiner bloßen Haut und unter den Fingernägeln. Die Sicht meines linken Auges verliert sich in einem Leuchten. Das Feuer frisst sich in meine Hirnhälfte und siecht Stück für Stück voran.

Ich spüre seine Backenzähne glatt und hart unter meinen Fingerspitzen. Ich sehe kaum noch etwas, spüre nur die Zähne und die glitschige Zunge. Ohne meine Bewegung richtig kontrollieren zu können, zerre ich seine Ober- und Unterkiefer auseinander.

Ein hässliches Knacken ertönt, gefolgt von einem allzu menschlichen Schmerzenslaut. Erschrocken lasse ich los. Der Angreifer gibt mich frei und rutscht an dem hochgewürgten Schleim ab. Grob klatscht er auf dem Grund auf. Durch das Flimmern meines rechten Auges erkenne ich, dass sein Kiefer eigenartig absteht.

Er tastet um sich, schmiert durch sein eigenes Erbrochenes. Ich rutsche auf dem Gesäß zurück, mein verletzter Arm knickt unter mir ein.

Mein Schlittern lässt ihn herumzucken. Er versucht loszuspringen, doch mein Befehl bannt seine Beine an Ort und Stelle. Also schnappt er nach meinen Füßen. Er erwischt meine Wade und zieht mich mit einem überraschend kräftigen Ruck zurück. Wie ein Raubtier kriecht er über mich. Sein Gewicht drückt auf meine Knie, mit den Fingern fährt er über meinen Hemdstoff, da wird er zurückgerissen wie ein Hund an der Kette.

Jezebel zieht ihn in ihre Arme. Er wehrt sich, windet sich, da rammt sie ihm den Kugelschreiber ins Bein. Er schreit auf, das Licht spiegelt sich in seinen vernebelten Augen.

Mit der funktionstüchtigen Hand wische ich mir über die Wunde, versuche den Schleim zu entfernen. Mir ist, als würde das Gift zumindest nicht weiterkriechen. Durch den Funkenregen blinzle ich zu den beiden Ringenden hinüber.

Jez öffnet den Mund. Einen Augenblick sieht es so aus, als würde sie nach seiner Kehle schnappen. Stattdessen lehnt sie die Wange an sein verschwitztes Haar und spricht leise in sein Ohr.

Ihr Flüstern brandet an mich heran. Ich vermag ihre Worte nicht zu verstehen, aber der Mann in ihren Armen wird ruhiger. Das Säuseln kitzelt in meinem Ohr. Bisher kannte ich nur den Chor meiner Geschwister, den Befehl meines Vaters und die Macht meiner eigenen Stimme. Jez' Flüstern ist nicht laut, nicht gewaltig, nicht gewalttätig – sondern ein Kitzeln, das sich in einem Hirn einnistet. Wie ein Juckreiz kriecht es in meinen Kopf und sinkt von dort aus in meine Brust. Es lenkt mich einen Augenblick von meinen Schmerzen ab, von dem pechschwarzen Brennen in meiner linken Körperhälfte, und wärmt meinen Magen. Von dort kriecht es tiefer. Etwas daran fühlt sich falsch an, unangenehm. Ich reiße meinen Blick los. Es gelingt mir, den Bann von Jezebels Lippen zu brechen.

Das Knie des Angreifers zuckt unkontrolliert, bis er sich in ihre Arme lehnt und dort zur Ruhe kommt. Jez lässt ihn zu Boden gleiten. Seine Brust hebt und senkt sich unter tiefen Atemzügen, der Kugelschreiber steckt nach wie vor in seinem Schenkel. *ECO*, blitzt der Schriftzug darauf neongrün.

Jezebel rappelt sich auf. »Los.«

»W-was war mit ihm?«, stoße ich heiser hervor. »Manipuliert Sheol so die Menschen – hat er dasselbe mit dem Obdachlosen gemacht?«

Abgehackt schüttelt sie den Kopf. Ihr Dutt hat sich gelöst, ihr Haar ergießt sich unordentlich über ihre Schultern. »Der Obdachlose war vermutlich ein Beflüsterter. Der hier«, sie weist lasch auf den Liegenden, »ist einen Schritt weiter. Wir nennen ihn Speier.«

»Speier?«

»Der Dämon hat ihm sein Blut eingeflößt.« Sie widmet ihm einen eigenartig mitleidslosen Blick. Was erwarte ich auch von ihr?

»Euer Blut ist Gift für uns«, erkenne ich.

Sie nickt. »Unter gewissen Umständen, ja.« Ohne weitere Erklärung packt sie meine Hand und hilft mir in die Höhe. So viel Kraft in diesen dünnen Armen! »Komm.«

»W-wir können ihn nicht hier zurücklassen!« Mein eigener Arm hängt nutzlos an meiner Seite. »Ich habe ihm den Kiefer gebrochen.«

»Er hat ganz andere Probleme. Sheols Blut hat ihn vergiftet, genau wie Euch.« Sie fällt unvermittelt auf die Ehrenanrede zurück. »Ich muss es aus Eurem Blutkreislauf bekommen, und zwar so rasch wie möglich. Steigt ein.« Sie fummelt nach dem Autoschlüssel, die Lichter blitzen auf, als sie den Wagen öffnet.

»Nein.«

»Lazael …«

»Nein! Wenn ich Menschenleben auf dem Pfad dieses Spieles zurücklasse, was unterscheidet dann den Himmel von der Hölle? Ich bin nicht wie dieser Dämon! Ich bin nicht …« Ich breche ab.

»Wie ich?«, vollendet sie meinen Satz.

Ich beiße die Zähne zusammen. Meine linke Gesichtshälfte schmerzt, als hätte man sie auf die Gasflamme gedrückt.

»Rette ihn«, sage ich mit heiserer Stimme. »Rette zuerst ihn, und dann kümmern wir uns um mich.«

Sie kneift die Augen zusammen, mustert mich finster.

»Das ist ein Befehl.« Kein göttlicher. Dennoch beugt sie sich ihm.

30

Wir schleppen den Mann mit den glasig weißen Augen zum Alfa Romeo und packen ihn in den Kofferraum. Schnaufend schiebe ich mich auf den Beifahrersitz, da ertönt hinter mir ein Quietschen. Jezebel zeichnet auf die Heckscheibe eine Sigille mit ihrem Blut. Mein Blick klettert an mir hinab, bleibt an dem Zeichen zwischen meinen geöffneten Hemdknöpfen hängen, dem blutigen Loch an meiner Schulter, an dem die Reste der hochgewürgten Galle brennen. Nein, keine Galle. *Dämonenblut.*

Jez sackt neben mir hinters Lenkrad. Ich packe ihren Unterarm. »Wenn Sheols Blut Gift für mich ist …«, stoße ich aus und ziehe das Hemd weiter auf. »Wieso hast du mir dann das Zeichen mit deinem gemalt?«

»Brennt es?« Sie macht sich daran, das Auto zu starten.

»Wie?«

»Mein Blut? Brennt es auf deiner Haut wie die Flüssigkeit, die der Speier hochgewürgt hat?«

Ich taste das eingetrocknete Symbol ab, dessen violette Ränder unter meinen Fingerspitzen zerkrümeln. »N-nein.«

Der Motor raunt, als sie den smaragdgrünen Wagen mit überraschender Geschicklichkeit rückwärts aus der Parklücke manövriert. »Dämonenblut ist nicht per se giftig. Erst das Ritual, es einem Menschen einzuflößen, macht es dazu.« Sie beschleunigt abrupt, sodass es mich in die Rückenlehne drückt. Kurze Zeit später spuckt uns die Tiefgarage aus.

Ich werfe einen Blick in den Rückspiegel. Zwei Männer in Uniform sammeln sich vor der Einfahrt. Durch verschattete Brillengläser sehen sie uns nach. Einer fummelt nach seinem Funkgerät. Der andere langt hinter sich unter seinen Hosenbund. Zieht er eine Waffe?

Obwohl ich seine Augen nicht sehen kann, merke ich, wie sich unsere Blicke durch die Heckscheibe treffen. Das komplexe Muster der Sigille trennt uns wie verworrene Gitterstäbe. Mir ist, als begänne sich das Fenster zu drehen. Ich presse die Lider zusammen und schüttle den Kopf, um den Eindruck loszuwerden. Als ich die Augen wieder aufreiße, brechen beide ihre Bewegung ab. Ihre Hände sacken an ihre Seiten. So stehen sie da, bis wir um die nächste Ecke biegen.

Jezebel fährt nicht nach Hause, sondern nimmt den Colonial Boulevard, der vom Hafen aus quer durch Doverport führt. Rasch bringt sie uns aus dem Zentrum in die schütteren Außenbezirke und fädelt den Alfa Romeo den Vineyard Hill hinauf. Zwischen den terrassenförmig angeordneten Weingärten, die mit Knospen aus dem Winterschlaf erwachen, lenkt sie den Wagen auf einen nicht asphaltierten Seitenweg, der mitten in die Felder führt. An einer unübersichtlichen Kurve in einer Mulde hält sie an.

Ich ruhe mittlerweile schwer im Gurt, mein Atem geht ruckartig und Schweiß steht mir auf der Stirn. Das Außenlicht sticht in meinen Augen, weswegen ich erschöpft den Blendschutz herunterklappe. Mein Gesicht im dahinter verborgenen Spiegel erschreckt mich. Meine Augenhöhlen wirken tief und verschattet. Über meine linke Gesichtshälfte zieht sich ein deutliches Adergeflecht, das sich wie ein Feuermal von meiner Haut abhebt. Ein Schleier bedeckt meine Augenfarbe. In meinem Augenweiß sind zahlreiche Äderchen geplatzt und färben es rotviolett.

Meine Schulter pocht, und ich habe das Gefühl in der linken Hand noch nicht zurückbekommen. Das Lodern hat sich zurückgezogen und einem gleichmäßigen Brennen in meinem gesamten Leib Platz gemacht. Mein Speichel schmeckt ekelerregend.

Jez lehnt sich im Gurt zu mir. »Steig aus«, raunt sie, »ich muss mich um das Gift in deinem Körper kümmern.«

Ich verkrampfe die Hand um den Öffnungsmechanismus der Tür. »Zuerst der andere.«

Trotzig schiebt sie den Unterkiefer vor, verlässt jedoch den Wagen und klappt den Kofferraumdeckel auf. Ich mache mich daran, auszusteigen, da hat sie unseren Angreifer bereits von der Ladefläche gezogen. Ich sehe noch, wie seine Beine zwischen den Weinstockreihen verschwinden. Jez erinnert mich an ein Raubtier, das seine Beute verschleppt, um sie in Ruhe zu vertilgen.

Mein linkes Bein ist versteift, jeder Schritt ein Risiko, dass mein Knie unter mir wegkippt. Ich bekomme am eigenen Leib zu spüren, warum sich der Wahnsinnige so eigenartig bewegt hat.

Als Jezebel wieder in meine Sicht rückt, lehne ich mich gegen die Karosserie, der von der Sonne erhitzte Lack warm an meinem Rücken. Ich vergrabe die zitternde Hand in meinen Sakkotaschen und beobachte sie.

Jez stützt sich gegen einen betonierten Außenpfeiler, der das Ende der Reihe an Weinstöcken markiert, und hat unseren Angreifer in die Arme gezogen. Mit dem Mund nähert sie sich seiner Halsbeuge. Ich glaube schon, dass sie ihm wieder etwas einflüstern will, da zieht sie die Lippen zurück und entblößt ihre Zahnreihe. Vorhin habe ich es für einen Trug meiner Sinne gehalten, doch jetzt wird deutlich – ihre Eckzähne sind ein gutes Stück spitzer und schärfer als die eines Menschen. Abrupt beißt sie zu.

Ich erschaudere. Ihr Blick verliert sich, als sie zu trinken beginnt. Ihre Gurgel zuckt mit jedem Schluck. Mit jedem Saugen wächst meine Besorgnis.

»Hast du dich unter Kontrolle …?«, frage ich.

Sie bricht ab, beugt sich zur Seite und stößt ein Würgen aus. Ihre Finger gräbt sie in die frisch aufgeworfene Erde. Wenig später erbricht sie sich aufs Frühlingsgras.

Ich raffe mich auf, stolpere den Abhang hinab. Abwehrend hebt sie die Hand. Speichel zieht sich von ihrem verdunkelten Mund hinunter bis zum Boden. Sie spuckt aus. »… ich bin kein Vampir. Ich ziehe ein gutes Glas Bordeaux einer vergifteten Halsschlagader vor.« Sie winkt mich fort. »Halte lieber Ausschau, dass niemand kommt.«

Während sie sich wieder dem Reglosen widmet, umrunde ich schwerfällig das Auto. Ich lausche in den Wind, der über die Hänge streift, doch weder Stimmen noch Schritte sind zu hören.

Nach einer Weile ertönt hinter mir ein Geräusch. Ich fahre herum, doch es ist nur Jez, die sich nähert und sich dabei mit dem Ärmel den

Mund abwischt. Ihr goldener Teint hat eine gräuliche Färbung angenommen. Sie stößt auf und schwankt kurz wie eine Puppe an Fäden.

»Alles in Ordnung?«

Sie braucht einen Augenblick, bis sie antworten kann. »Muss es wohl.« Sie befiehlt mir, mich hinzusetzen. Ich lehne mich gegen den Autoreifen.

Vorsichtig zupft sie an meinem Jackett und löst zuerst dessen Ärmel, dann das Hemd von meiner Schulter. Die Zahnabdrücke meines Angreifers treten deutlich hervor, eine Reihe aus Löchern schwären wie der Schirmrand eines Tintlings.

Hicks. Sie starrt die Wunde an.

»Jez?«

»Hm?«

»Wenn Dämonenblut für Engel giftig sein kann, was macht Engelsblut umgekehrt mit Dämonen?«

»Es schmeckt ekelerregend.« Mit ihrem sauberen Ärmel und einer Mineralwasserflasche versucht sie, meine Wunde zu reinigen. »Wie Blut im Allgemeinen.«

»Es existieren genügend Geschichten, wie Dämonen in der großen Schlacht die gefallenen Engel verspeisten …«

»Menschen taten das ebenfalls mit ihren Feinden. Es streute Angst unter ihren Feinden. Sie glaubten, dass sie dadurch die Kraft der Gefallenen in sich aufnehmen. Das bedeutet nicht, dass es gut schmeckt.« Sie legt den Kopf schief. »Außer vielleicht, ich koche Blutwurst aus dir.«

Ich lächle gequält.

»Aber wer weiß«, sagt sie, und ein weiterer Schluckauf lässt ihre Schultern hüpfen, »vielleicht bist du eine ganz besondere Delikatesse.« Vorsichtig legt sie die Lippen an die Wunde. Sie fühlen sich eigenartig kalt an, kalt und glatt wie Fischschuppen. Die wenigen Male, als ich Jez berührt habe, schien sie mir wie unter einem Fieberschub zu glühen.

Ich spüre ihre Zunge an meiner Haut. Dann beginnt sie zu saugen. Das Brennen kanalisiert sich rund um die Bisswunde. Ich unterdrücke ein Ächzen, doch das Prickeln gleißt durch meine linke Gesichtshälfte und strömt Richtung Wunde, als wollte es sich dort einen Ausgang suchen. Nach einer Weile bewege ich meine Finger.

Das Gefühl kehrt zurück. Ich berühre Jez am Rücken. Möglicherweise ist es ihre Kleidung, doch auch hier spüre ich ihre Körpertemperatur nicht mehr. Nur die Bewegung unter meiner Handfläche, wie sie mit jedem weiteren Sog das Gift aus meinem Körper zieht.

Jez übergibt sich hinter den kargen Weinstockreihen. Der Gestank von Pech und Schwefel treibt zu mir herüber. Ich knie neben dem Mann nieder. Die Augen geschlossen, ist seine untere Gesichtshälfte zur Unkenntlichkeit angeschwollen, was meine Vermutung nährt, ihm den Kiefer gebrochen zu haben. Ich will ihm keine weiteren Schmerzen zufügen, doch ringe mich dazu durch, seine Lider anzuheben. Seine Augen sind reglos und fast so dunkel wie meine, die Pupillen sind übergroß.

Jez lässt sich von den Drahtseilen voranführen, die die Weinstöcke miteinander verbinden. Sie wischt sich den Schweiß von der Stirn und hält sich mit der anderen Hand den Magen. Obwohl sie noch das Jackett trägt, steht ihr Bauch ungewöhnlich hervor, als wäre er angeschwollen. »I-ich glaube nicht, dass ich fahren kann.« Zittrig fummelt sie nach dem Autoschlüssel und wirft ihn mir zu.

Ich beiße die Zähne zusammen. Automatisiert fange ich ihn auf. »A-aber ich kann das nicht. Ich meine – in der Theorie weiß ich, wie ein Auto funktioniert – aber ich habe noch nie …!«

»Es ist ein Automatik. Du bist ein Engel. Du schaffst das.« Sie schwankt um das Auto Richtung Beifahrertür.

Mein Blick wird zurückgezogen zu dem Mann, der zwischen den Stauden ruht. »Er muss ins Krankenhaus.«

»Wir haben für ihn getan, was wir konnten.«

»Er braucht ärztliche Betreuung …!«

Zornig verzieht sie das Gesicht. »Willst du ihn inmitten der Stadt vor gaffendem Publikum abladen?!«, schnappt sie. Da zerfließt ihre Mimik, mit einem Ruck verschwindet sie hinter dem Auto und ich höre, wie sie sich erneut übergibt.

Unsicher fummle ich an dem Schlüssel herum, sein Scheppern ein Lachen, das mich verhöhnt.

Jezebels Gesicht taucht wieder auf, das Haar klebt ihr wirr in der Stirn. Sie stützt sich am Autodach ab. »Lazael«, sagt sie ruhiger, aber bestimmt, »wenn dich jemand mit seiner Verletzung in Verbindung bringt, sitzt du bei der Kriminalpolizei, so schnell kannst du nicht bis drei zählen. Glaubst du nicht, dass Sheol eine Ermittlung gegen dich äußerst gelegen kommen würde? Was wird Eva Persaud von dir denken?«

Ich schließe die Augen. Meine Gedanken ringen miteinander. Recht gegen Unrecht, Sicherheit gegen Gefahr, das Spiel mit einem unbedachten Zug zu verlieren. Bedacht atme ich ein und wieder aus. Sie hat recht – und liegt falsch zugleich.

»Ich kann das nicht«, sage ich und fummle nach meinem Handy. Jez lehnt mit einer Mischung aus Enttäuschung und Erschöpfung die Stirn gegen die Dachkante. Ein Seufzen hebt ihre Schultern.

Ich tippe auf dem Handydisplay, wie es mir beigebracht worden ist. Kurze Zeit später lausche ich atemlos dem Tuten, bis jemand abhebt. »Reverend Carter am Apparat?«

»Azuriel – wir brauchen deine Hilfe.«

31

Ach, Brüderchen, was würdest du nur ohne mich machen?« Azuriel tätigt mehr eine Feststellung als eine Frage, während wir drei Notfallsanitäter und einen Arzt dabei beobachten, wie sie den Bewusstlosen aus dem Weinfeld bergen. Ihre Stiefel plätten unsere Spuren in der weichen Erde zu Morast. Einige Schritte entfernt blinken die Scheinwerfer des Einsatzwagens. Ein weiteres Auto zuckelt den Feldweg entlang. Ich spanne mich an – es handelt sich um einen Polizeiwagen, der sich durch die Schlaglöcher plagt.

Nervös streiche ich mir das Haar aus der Stirn. Der dicke Ledermantel, den mir Azuriel mitgebracht hat, um Biss, Blut und Galle zu verbergen, knarzt unangenehm steif. Er riecht nach Zigarren und schwerem Parfüm. Beides passt nicht zu meinem Bruder.

Der lehnt sich an mich heran, die Arme vor der Brust verschränkt. Bis auf den Schmutz an Schuhen und dem Saum der Hosenbeine ist sein Auftritt makellos. Der Pastoren-Kollar blitzt aus dem Revers seines schwarzen Hemdes. »Du hast im Kopf, was wir besprochen haben?«

Ich blähe die Nasenflügel. »Wir beide besitzen dasselbe eidetische Gedächtnis.«

»Klar, klar … Wollte nur sichergehen. Man kann sich nur merken, wenn man auch zugehört hat – und du warst ziemlich durch den Wind, als wir telefoniert haben.« Er löst sich von meiner Seite und stapft dem Polizeiwagen entgegen. Enerviert versucht er, an Grasbüscheln am Straßenrand die dicke Schlammschicht auf seinen Sohlen abzustreifen. Sein Auftritt soll perfekt sitzen, genau wie sein Haar. Er winkt den Herannahenden zu. Auto und Uniform nach zu urteilen, gehören sie dem County Department an.

Währenddessen stemmen die Sanitäter die Trage den Hang zur Schotterstraße hinauf, ihre Schuhe kämmen durch den Morast und hinterlassen Gräben. *Gut.* Je mehr Spuren sie verursachen, desto undeutlicher werden die unsrigen.

Der zwielichtige Tenor meiner Gedanken schürt das schlechte Gewissen in mir. Ich vergrabe die Hände tiefer in den Manteltaschen, ertaste eine zerknitterte Zigarettenpackung und ein Stück Folie, schirme meinen Mund hinter dem hochgestellten Kragen ab.

Einer der Sanitäter nickt mir im Vorübergehen zu. Unter ihrer Schirmkappe spähen graue Locken hervor. Das Gesicht einer weißen Frau zwischen fünfzig und sechzig kommt mir bekannt vor. »Ave, Dominus«, grüßt sie mich.

Es handelt sich um die Sanitäterin, die Azuriel nach dem Angriff vor der Kirche abgeholt hat.

Besorgt beobachte ich, wie aus dem Polizeiwagen ein junger weißer Mann und eine schwarze Frau mit kurz geschnittenen angegrauten Locken steigen. Skeptisch sehen die beiden dem herannahenden Pater entgegen.

Der Wind verweht Azuriels Stimme, also bleibt mir nichts übrig, als auf ihre Körpersprache zu achten. Azuriel schüttelt zuerst der Frau, dann dem Mann die Hände und weist anschließend zum Schauplatz zurück.

Mit den Polizisten im Schlepptau marschiert mein Bruder heran, ihre drei Paar Schuhe schmatzen lautstark durch den Morast. Der jüngere Officer wird zum Mitschreiben genötigt, während seine Kollegin die Daumen in die Gürtelschlaufen hakt und mit vorgeschobener Unterlippe die Umgebung inspiziert.

Azuriel gestikuliert. »… meine Freunde und ich spazieren also den Weg entlang, als Dolly anschlägt. Sie reißt sich los – hat die vielleicht eine Kraft für so einen Mini-Japan-Chin –, und Jezebel – ihre Besitzerin – sorgt sich schon, dass ihr Vierbeiner in die Weingärten abzieht, Hasen jagen. Der Racker hält aber bei den Weinstöcken an und schnüffelt und scharrt … Sie hat sich schon einmal in Aas gewälzt, eine riesige Schweinerei, also sind wir sofort hin. Da sehen wir den Verletzten liegen.« Die drei gelangen an meiner Seite an. Die Polizistin – Sheriff vom Rang – verfolgt den Abtransport des Genannten mit scharfem Blick. Die Sanitäter schieben das Gestell in den Rettungswagen, während der zuständige Arzt eine Infusion legt.

»Mein Freund hier hat erste Hilfe angewandt. Der Verletzte hat geatmet, war aber nicht ansprechbar«, erklärt Azuriel weiter.

Der Sheriff mustert mich. »Und Sie sind?«

Ich strecke ihr die Hand entgegen. »Leonardo diVatta.« Mir fällt ihr Zögern auf, bevor sie in den Handschlag einfällt. Er ist kräftig und dauert lang. Ich wittere ihre Skepsis. Handelt es sich um eine antrainierte Eigenschaft als Polizeibeamtin oder ahnt sie, dass etwas faul ist?

»Sheriff Jenssen.«

»Mr. diVatta ist gerade aus *Bella Italia* zu Gast, um familiäre Angelegenheiten zu klären«, stellt mich Azuriel vor.

Sie hebt die Augenbraue und mustert meine teure Kleidung. »Familiäre Angelegenheiten, ja?«

Ich reibe die Zähne übereinander. Italiener, Familienangelegenheiten – muss sie an das Klischee einer Mafiosi-Familie denken? »Mein Onkel hat auf dem Cypress Hill gelebt. Ich verwalte seinen Nachlass.«

Sie verlagert das Gewicht und mustert mich von Kopf bis Fuß. »Sie sprechen ausgezeichnet Englisch«, stellt sie fest. »Nahezu akzentfrei.«

Ich lasse einige Sekunden vorüberstreichen. »Danke. Das Kompliment retourniere ich gern.«

Zunächst wirkt sie verblüfft. War ich zu dreist? Da lacht sie auf und entlässt mich aus ihrem Stahlseilblick. »Cypress Hill, noble Gegend.« Sie dreht sich um, als sich der Arzt aus dem Rettungswagen beugt und ihr zuwinkt.

»Brauchen Sie akut noch etwas von uns, Sheriff?«, ruft er. »Oder dürfen wir *Saint Catherine* ansteuern?«

»Trägt der Verletzte Ausweispapiere bei sich?«

Fragend sieht er zu seinen Kollegen zurück. Die Sanitäterin, die mit Azuriel bekannt ist, schüttelt den Kopf. »Blank wie ein Penny.«

Die Polizistin entlässt sie mit einem Wink. »Wir melden uns nachher wegen John Doe. Möglicherweise ist er in der Polizeidatenbank bekannt.«

Ich atme auf, als der Rettungswagen losfährt. Die Hinterreifen spritzen Steinchen und Erde davon, die gegen den Lack des Alfa

Romeo prasseln. An der smaragdgrünen Limousine bleibt der Blick der Afroamerikanerin hängen. »Reverend Carter sagte, Sie wären gemeinsam spazieren gewesen, Mr. diVatta?«

Mein Speichel schmeckt bitter. »Ja.«

»Warum steht dann Ihr Auto hier?«

»Meine … Bekannte hat das Ganze ziemlich mitgenommen. Wir hatten unweit geparkt. Ich habe den Wagen geholt, damit sie einen Schluck Wasser trinken und sich hinsetzen kann. Auch der Hund war nur schwer zu bändigen, also haben wir ihn ins Auto verfrachtet.«

Die Polizistin stapft an der Limousine vorbei. Die Sigille haben wir notdürftig mit einer Flasche Mineralwasser und Scheibenreiniger von der Heckscheibe geschrubbt. Sheriff Jenssen bückt sich und klopft an die Fensterscheibe. »Ma'am? Würden Sie bitte öffnen?«

Ein Japan Chin springt ihr entgegen, prallt gegen das Glas und kläfft lautstark. Kurz schreckt sie zurück, dann stemmt sie die Hände in die Hüften. »Gott im Himmel«, stößt sie aus, »was für eine Krö… reizendes Geschöpf.«

Hinter mir schnaubt Azuriel belustigt.

Die Autotür öffnet sich mit einem Klicken. Jez packt den Hund an seinem rosaroten Halsband, an dem ein diamantförmiger Anhänger angebracht ist. Der Japan Chin zieht die Lefzen zurück und kläfft.

Jez sieht aus wie ein Häufchen Elend. Ihr käsiges Gesicht bereitet mir Sorgen. Hätten wir doch einfach fahren sollen? Lippenstift überdeckt dürftig den gräulichen Stich ihrer Lippen. Ein Falschpelzmantel mit Leopardenfelloptik verbirgt ihre besudelte Kleidung. »Ja?«

»Ma'am, Ihr Hund hat den Verletzten aufgestöbert?«, fragt der Sheriff.

Jez nickt. Auf ihren Wangen schimmert kalter Schweiß. Die Kröte tobt in ihren Armen.

»Ist Ihnen etwas Besonderes aufgefallen? Fußspuren? Andere Spaziergänger? Möglicherweise ein sich entfernender Wagen?«

Jez schüttelt den Kopf.

Die Afroamerikanerin bückt sich. »Geht es Ihnen gut, Ma'am?«

»Ich habe so etwas nur noch nie …« Jezebel würgt ab, stürzt vor, bis der Gurt ihre Bewegung abfängt, und übergibt sich über die Türschwelle. Die Polizistin springt aus dem Weg, ihre Schuhe bekommen dennoch Spritzer ab. Sie rümpft die Nase.

Azuriel stößt mich von hinten an. »Los«, zischt er mir in den Nacken. »Werde Sheriff Jenssen los. Sag ihr, dass du deine Freundin heimbringen willst!«

»Meine was?«

»Na, meine kann sie ja nicht sein – stell dir vor, es kommt raus, dass ich ein Verhältnis mit meiner Haushälterin habe!« Er drängt mich vor.

Verdattert laufe ich zu Jez, gehe neben ihr in die Hocke und tätschle ihre Schulter. Mit der anderen Hand packe ich den Hund, damit er nicht in die Weingärten abzischt. Jez' Mantel verströmt den schweren Duft eines süßlichen Parfüms, das weder ihr gehört noch zu ihr passt.

Ich sehe zu der Polizistin auf. »Könnten wir dann, Sheriff …? Sie sehen ja, meiner … Freundin geht's nicht sonderlich gut.«

Undeutlich sieht die Angesprochene zwischen Jez und mir hin und her. Ist ihr der Wechsel in der Begrifflichkeit von der Bekanntschaft zur Liebhaberin aufgefallen? Um ihren Zweifel zu zerstreuen, ziehe ich Jezebels Schläfe an meine Schulter. Wie ein Kätzchen im gepunkteten Pelz schmiegt sie sich an mich, Stirn und Haaransatz drücken feucht an meine Wange. Sie riecht … falsch. Es ist nicht nur das Parfüm. Ihr Geruch erinnert mich an ein krankes Tier. Ich grabe die Finger in ihre pelzige Schulter, der Pelz entlädt sich elektrostatisch.

»Nun gut«, erlöst uns Sheriff Jenssen, »Sie dürfen gehen. Officer Krauss und ich werden den Schauplatz genauer unter die Lupe nehmen. Falls Fragen aufkommen, wissen wir ja, wie wir Sie kontaktieren können.« An Azuriel vorbei stapft sie zu ihrem jüngeren Kollegen. »Ihnen ist ja momentan kein Glück beschieden, Reverend. Zuerst die Attacke nach dem Gottesdienst, nun ein Schwerverletzter bei einem Spaziergang!«

Azuriel hebt ergeben die Hände. »Gott führt mich dorthin, wo ich gebraucht werde, Sheriff. So wie Sie.«

»Bei mir ist es nicht Gott, sondern das Notfalltelefon.«

»Und wer hat Alexander Graham Bell die Eingebung zu dieser Erfindung geschickt?« Er tippt sich gegen die Schläfe. »Der Herr legt uns genau die Werkzeuge in die Hand, die wir benötigen, um uns gegenseitig zu helfen.«

Sheriff Jenssen wirkt nicht annähernd so überzeugt wie Azuriel, und ich wüsste ebenfalls nichts davon, dass Gott eines meiner Geschwister zur Erde entsandt hätte, um dem Wissenschaftler die Erfindung des Telefons zuzuflüstern. Abgesehen davon hatte Alexander Graham Bell nicht das Telefon erfunden, sondern es weiterentwickelt und marktfähig gemacht.

Azuriel zeichnet ein Kreuz vor Sheriff Jenssen in die Luft. »Gott segne Sie und Ihr Department, Sheriff Jenssen, und halte seine gütige und schützende Hand über Sie.«

»Über Sie ebenfalls, Reverend Carter«, murmelt die Polizistin.

Azuriel eilt zur Fahrerseite unseres Wagens. Ich steige hinten ein. Als wir die Türen geschlossen haben, lässt Jez den Hund los, der sofort auf die Rückbank schießt und neben mir im Kreis tobt. Jezebel kämpft sich aus dem Leopardenmantel und knüllt ihn ruppig zwischen Azuriels Brust und Lenkrad. »Zwing mich nie wieder, den Scheiß deiner Mätressen anzuziehen!«

Er lacht, die Stimme wie Samt. »Und da behauptest du immer, ich bedeute dir nichts.« Leichthändig wirft er den Mantel hinter sich, ohne darauf zu achten, dass das Kleidungsstück auf Dolly landet, die darin wütet wie ein Poltergeist.

Jez lehnt die Wange an den Gurt und starrt zum Fenster hinaus. »*Caro putida*«, flüstert sie nur, ein Schimpfwort, zu dessen Übersetzung ich mich nicht herablasse.

»Zeig eine Spur Demut, Darling«, fordert Azuriel und rattert den Wagen über die unregelmäßige Fahrbahn, »ich habe dir eben deinen reizenden *Podex* gerettet.«

32

Auf der Heimfahrt halten wir in einem Außenviertel an. Blueblossom Lane, verrät ein Straßenschild. Gleichförmige Häuser mit gleichförmigen Gartenzäunen reihen sich aneinander. Sie werden von ebenso gleichförmigen Menschen bewohnt, hauptsächlich der weißen oberen Mittelschicht angehörig.

Azuriel klingelt eine stark blondierte Frau um die dreißig aus einem dieser Häuser und gibt ihr Mäntel und Kläffer zurück. Dieser gebärdet sich an der Leine ebenso unmöglich wie bei uns Unbekannten. Keiner der beiden schenkt dem Haustier sonderlich Aufmerksamkeit, während es wie rasend Gänseblümchen aus dem Gras rupft und einen vorbeifahrenden Fahrradfahrer so lange verfolgt, bis das Ende der Leine Dolly zurückschnalzen lässt wie an einem Gummiband.

Ich beobachte Azuriel und die Fremde, wie sie einige Worte wechseln. Sie trägt einen Ehering. Obwohl die beiden keinerlei Zärtlichkeiten tauschen, merke ich an ihrer Körpersprache, dass sie miteinander schlafen. Das muss Jezebel mit *seiner Mätresse* gemeint haben. War Azuriel bei ihr, als ich ihn angerufen und um Hilfe gebeten habe? Und ist Jezebel tatsächlich eifersüchtig? Der Gedanke missfällt mir aus irgendeinem Grund.

Azuriel kehrt zum Auto zurück. Der Sitz knarrt lautstark, als er darauf zurückfällt und den Wagen mit aufheulendem Motor startet.

»Sie ist verheiratet?« Es ist weniger eine Frage, sondern eine Feststellung.

Mein Bruder sieht mich über den Rückspiegel an. »Nur vor den Augen des Staates. Was bedeutet es schon, wenn Gott nicht dabei zugesehen hat?«

Ich schweige dazu.

»Was, Lazael?«

Ich wende mich ab. »Ich habe nichts gesagt.«

»Das musst du nicht. Du miefst förmlich vor Empörung. Üblicherweise gehe ich darauf nicht ein, da ich Schweigen als unpassende Erziehungsmethode für mich erachte. Wenn du ein Problem mit mir hast, sag es mir ins Gesicht oder lass es ganz sein.«

Ich beiße die Zähne zusammen. Das hier ist nicht der richtige Ort und nicht der richtige Zeitpunkt – nicht, nachdem mein verdammter Dämon uns einen Unschuldigen auf den Hals gehetzt hat und Azuriel uns aus der Patsche helfen musste. Nicht, wenn Jezebel vor mir wie ein Häufchen Elend im Gurt hängt. Doch der Blick meines Bruders haftet hell und kristallin durch die Reflexion des Rückspiegels auf mir und gibt mich nicht frei.

Ich kann nicht lügen.

»Ich verachte dein Falschspiel«, sage ich daher. »Dass du glaubst, dich an keine Regeln halten zu müssen. An keine weltlichen und keine göttlichen. Du gibst dich irdischen Gelüsten hin …«

Azuriel lacht auf, der untere Teil seines Gesichts rückt in das Rechteck des Rückspiegels. »Irdische Gelüste – wie du sprichst!«

»… du rauchst, trinkst, hast Sex rein zum Zweck der Unterhaltung – zumindest glaube ich das …«

»Glaubst du das?«

Ich sehe kurz Jez an, die am Gurt döst wie in einer Hängematte. Ob sie das Gespräch mitbekommt, vermag ich nicht zu sagen.

»Keine Ahnung, was das zwischen ihr und dir ist«, sage ich leise.

»Es geht dich auch nichts an.«

»Du flirtest mit den Frauen in deinem Gottesdienst, schläfst mit Verheirateten, die sich einem anderen versprochen haben. Du lügst über die Attacke hinter der Kirche, um Zuschauer, Sympathisanten und Kirchgänger zu gewinnen. Du schlägst aus deinen Gläubigern Profit. Du beeinflusst die Menschen, bestichst Ärzte, vermutlich auch die Polizei, die Gesetze für dich biegen. Wer weiß, wo du noch deine Jünger sitzen hast. Du manipulierst alle – wie es der Dämon tut, mit dem ich mich hier herumplage.« Wir rauschen an Pinien vorbei. »Vermutlich manipulierst du auch mich. Und ich bin zu dumm, es zu merken. So wie du es vor der Attacke sagtest. Schön, aber dumm.« Hart lache ich auf. »Wenigstens eine gute Eigenschaft, die du mir zudenkst.«

»Das ist dir hängen geblieben, hm?«

Ich schweige.

»Nun«, sagt Azuriel nach einer Weile, »nicht beide von uns können es sich leisten, heilig zu sein. Wäre ich es, säßest du nun in Untersuchungshaft. Ich bin mir sicher, dass dein Gegner – wie hieß er noch mal? Sheol? – dafür sorgen würde, dass Eva Persaud davon erfährt. Und wer weiß, was dir Sheriff Jenssen noch anhängt. Du hast dem Kerl den Kiefer gebrochen, vergessen?« Er schnalzt mit der Zunge. »Sei froh, dass ich meine Leute überall sitzen habe. Dass mir meine Schäfchen aus der Hand fressen. Dass ich sie nicht nur anleite, sondern straff an den Zügeln führe. Andernfalls könntest du dir das Ziel, das Spiel zu gewinnen, in deinen heiligen Allerwertesten stecken.«

Fest beiße ich die Zähne zusammen, während wir den Cypress Hill hinauffahren.

»Es ist leicht, fromm zu sein, wenn andere die Drecksarbeit für dich erledigen – in deinem Fall die Künstler, ich, ja sogar Jezebel.« Er nickt in ihre Richtung. »In Anbetracht dessen verzeihe mir, wenn mir deine Kritik am Arsch vorbeigeht.«

Ich spüre, wie die Hitze in meine Ohren kriecht und hinter meinen Augen brennt. Ich balle im Stillen die Hände zu Fäusten und hoffe, dass meine fehlende Rückmeldung dieses Gespräch verlaufen lässt. Doch mit meiner Kritik habe ich etwas in Azuriel entzündet. Er lodert hell und versucht, mich in seine brennenden Arme zu ziehen und mich mit in die Hölle des Zweifels zu reißen. »Das wirst du mir jetzt ebenfalls vorhalten, was? Genau wie den Spruch vor der Kirche.«

Die Zypressen mehren sich, werfen dichte Schatten, zwischen denen ich am liebsten in aller Stille davongleiten würde.

Endlich lässt er das Gespräch ziehen. Verhalten atme ich auf. Mit physischem Schmerz lerne ich zu leben. Ich hätte nicht erwartet, dass Azuriels Psychospielchen länger in mir nachhallen würde als ein Schnitt in meiner Haut. Seine Worte tauchen immer wieder in meinem Kopf auf wie ein Echo in einer Kathedrale. Ein Part der Menschwerdung, der mich besonders überfordert.

Vor dem Domizil angekommen, steigen wir aus dem Auto – Azuriel allerdings wesentlich agiler als ich. Er umrundet den Wagen. Ich entdecke, dass sich rostrote Flüssigkeit in der Rille von Heckscheibe und Scheibenwischer gesammelt hat. Mit dem Fingernagel kratze ich daran, als würde es etwas helfen, das Blut nachträglich zu entfernen. Hat Sheriff Jenssen es bemerkt?

Ich will die Beifahrertür öffnen, doch Azuriel stellt sich entschieden davor. »Noch was. Du hast kein Recht, sie kaputtzumachen.«

Ich lasse den Öffnungsmechanismus los. »W-wie bitte?«

»Du hast kein Recht, Jez kaputtzumachen. Sie gehört nicht dir.«

Ich zwinkere irritiert. »I-ich habe nicht … Sie war es, die sich …« Ich breche ab, befeuchte meine Lippen. Ich bin mir momentan nicht sicher, was Azuriel meint.

Azuriel öffnet die Tür und beugt sich hinein, um die Betroffene abzuschnallen. Er schlingt die Arme um sie und hebt sie aus dem Auto. »Was …?«, bemüht sie hervor.

»Reg dich nicht auf, Babe. Ich bring dich nur ins Bett«, sagt er und trägt sie ins Haus.

Ich schleppe mich in mein Schlafzimmer, schäle mich erschöpft aus der Kleidung und stelle mich unter die Dusche. Obwohl ich mich merklich besser fühle als vor der Entfernung des Gifts, zittere ich, während das brühheiße Wasser auf Kopf und Schultern herabprasselt. Ein Wisch über den beschlagenen Spiegel verrät mir, dass die Adern rund um die Wunde noch deutlich verdunkelt sind.

Es klopft an der Tür. Zu meiner Überraschung handelt es sich um Azuriel, der einen Verbandskasten mit sich schleppt. Schweigend reinigt er mir die Wunde und klebt mir ein handgroßes Pflaster auf. Als ich nach Jez frage, bestätigt er nur, dass er sich um sie kümmert.

Ich stemme mich von der gepolsterten Bank am Bettende auf und umrunde selbiges schwerfällig und sacke auf den Rand. Azuriel, der Verband und Co. zusammenrafft, spricht unvermittelt. »Es tut mir leid.«

Ich erstarre in der Bewegung. *Wie?* Habe ich da eben richtig gehört?

»Ich weiß, dass du was in der Birne hast. Meistens sind es die, die wenig reden, die am meisten nachdenken. Reden ist Silber, Schweigen ist Gold, heißt es bei den Menschen so schön. Es war kleinlich, dir vorzuwerfen, Hilfe zu benötigen – abgesehen davon, dass sie angeboten wurde, vergesse ich manchmal, wie kurz du erst hier bist. Was sind schon zehn Tage im Plan des Allmächtigen?« Er nestelt an einem Verbandsstück herum. »Es fühlt sich an, als hätten wir um einiges mehr Zeit miteinander verbracht. Ich glaube, es geht allen so – den Künstlern, Jez. Wie Familie, die, obwohl sie unterhalb des Jahrs getrennt war, zu den Feiertagen zusammenfindet. Man fällt automatisch in alte Verhaltensmuster zurück. Streit unter Geschwistern gehört nun mal dazu.« Sein Mundwinkel zuckt. »Der Nachteil an Familie ist, dass man die Schwachpunkte der anderen genau zu benennen weiß.« Er sieht mir in die Augen.

»Das mag sein.« Seine Entschuldigung hat mich aus dem Hinterhalt erwischt. Ich gebe zu, dass ich sie mir gewünscht habe, doch jetzt, wo er sie mir in die Hände legt, weiß ich nicht, was ich damit anfangen soll.

Ungewohnt zaghaft senkt Azuriel den Blick und wickelt den Verbandsstreifen auf. »Und Geschwister«, sagt er, »Geschwister sind die Schlimmsten. So viel Liebe. So viel Konkurrenz. So viel Ärger.«

Konkurrenz? Ich runzle die Stirn.

Er kehrt mir den Rücken zu. »Aber genug der rührseligen Worte. Was Jez und du jetzt braucht, ist eine ordentliche Mütze Schlaf. Ich kümmere mich um den Rest.« Er geht zur Tür. Bevor er sie hinter sich schließt, erscheint sein Gesicht noch einmal im Spalt. »*Guten Abend, gut' Nacht*«, singt er, und erstmals vermag ich zu erahnen, wie gut er singen könnte, er, der Seraphim, der vor mir den Himmel verließ, »*… schlupf unter die Deck' – morgen früh, wenn Gott will, wirst du wieder geweckt.*« Damit schließt er die Tür. Der letzte Satz lässt nach der Entschuldigung, die wie eines von Jezebels Karamellbonbons Zunge und Seele schmeichelt, einen bitteren Nachgeschmack zurück.

33

Der folgende Morgen empfängt mich mit buttergelbem Licht und taubesprenkeltem Garten, als wollte er mich mit seiner Schönheit aufmuntern. Ich öffne das Fenster, um Luft einzulassen, und beobachte Wanderdrosseln, deren rote Bäuche zwischen den Nadeln der Zypressen hervorleuchten.

Meine Schulter schmerzt, doch als ich vor dem Badezimmerspiegel das Pflaster löse, erkenne ich, dass die Wunde bereits gut verheilt. Die gräuliche Farbe hat sich bis in die Wundränder zurückgezogen. Es sieht aus wie ein verblichenes Tattoo, ein zersprengter Stern.

Ich ziehe mich an und verlasse meinen Gebäudeflügel. Das Domizil liegt in eigentümlicher Ruhe da. Als ich im Esszimmer ankomme, sitzen dort die Künstler vor einer Kaffeekanne, Toast und einem Marmelade- und einem Erdnussbutterglas, aus denen jeweils ein Messer ragt. Beide blättern durch einen geteilten *Brown Daily Herald*.

Der Maler sieht kauend von seinem Peanutbutter-Jelly-Sandwich auf. »Guten Morgen, Lazael. Azuriel hat erzählt, was passiert ist. Da seid ihr ja haarscharf davongekommen! Darf ich dir vielleicht einen Tee anbieten? Etwas Warmes tut stets der Seele gut.« Er erhebt sich, zieht mir auffordernd den anschließenden Stuhl zurück, der irgendwie schon zu meinem geworden ist, und setzt dazu an, in die Küche zu verschwinden. Mit einem Kopfschütteln halte ich ihn davon ab. »Nein, vielen Dank. Ist Jez schon wach?«

Der Bildhauer faltet die Zeitung zusammen und greift nach seiner Kaffeetasse. »Azuriel hat sich nachts um sie gekümmert. Sie wollte Frühstück machen, aber wir haben ihr gesagt, sie soll sich lieber hinlegen.« Er nimmt einen Schluck und mustert mich. »Wie fühlst du dich? Azuriel meinte, der Dämon hätte dir einen *Speier* auf den Hals gehetzt?«

Zögerlich nicke ich. »Ich habe gestern meinen Gegner kennengelernt. Er nennt sich Esra Sheol.« Ich prüfe ihre Reaktion. Die beiden tauschen undeutliche Blicke. Der Maler, der sich auf seine Sessellehne stützt, trommelt mit den Fingern darüber. »Tee?«, wiederholt er im misslungenen Versuch eines Themenwechsels.

»Nein danke.«

»Ach ja, das hatte ich ja schon gefragt …« Unruhig streicht er sich durch die Locken.

Der Bildhauer wirkt ernst. »Du steckst nun mitten im Spiel«, stellt er fest. »Ich bin froh, dass es dir gut geht, aber wir müssen wirklich mit unserer Arbeit fertig werden, so gern ich dir noch etwas Ruhe gönnen würde … Sollen wir?« Er setzt dazu an, sich zu erheben. Es ist das erste Mal, dass er mich drängt und nicht umgekehrt.

Ich würde die beiden so gern nach Sheol befragen, nach seiner Geschichte, seinen Stärken und Schwächen, doch wir sind nicht die ersten Spieler, die sie betreuen. Dass sie noch immer auf der Erde weilen, von Gott und Teufel weitgehend unbehelligt, zeigt, dass sie sich an die Regeln halten.

Er hat recht. Wir müssen meine Menschwerdung abschließen. Ich nicke. »Geh schon vor«, sage ich, »ich komme gleich nach. Ich möchte nur kurz nach Jez sehen.« Sie hat mir immerhin das Leben gerettet.

Vor ihrer Zimmertür halte ich inne. Soll ich klopfen? Mein Blick tastet über eine durchbrochene Metallklappe, deren Gitter von innen mit Papier beklebt zu sein scheint. Möglicherweise stammt sie noch aus der Zeit der Dienstbotenquartiere.

Ich ziehe die Hand zurück und lege sie vorsichtig auf die Türklinke. Falls sie noch mal eingeschlafen ist, will ich sie nicht wecken. Lautlos öffne ich die Tür.

Es ist das erste Mal, dass ich ihr Zimmer betrete. Ich stoppe das Türblatt, bevor es gegen den anschließenden Schrank knallt. Der Raum ist überraschend klein und wird durch eine Kommode, einen Kleiderkasten, einen Schreibtisch mit Laptop und ein schmales Bett befüllt, auf dem sich Bettdecken türmen. Die Wände sind mit einer Patina aus billigen Postern verklebt, so wie auch das Gitterfenster an der Tür.

Fotos von Musikern und Sängerinnen mit zerrupftem Haar, Piercings und zerrissener Kleidung kleistern die Wände zu, aber auch gezeichnete Bilder von bunten Figuren mit Glupschaugen. Auf der Kommode reihen sich Plastikfigürchen, manche davon stemmen disproportional riesige Waffen, andere tragen disproportional wenig Kleidung oder disproportional große Brüste vor sich her. Was mir vor einigen Tagen noch einen tadelnden Blick entrungen hätte, lasse ich nun wortlos ziehen. Ich habe wirklich andere Probleme als Comic-Pornografie.

Ich sehe zum Bett. Der Haufen aus geblümten Bettdecken regt sich nicht. In mir erwacht ein kalter Schreck. Was, wenn ihr das Blut geschadet hat? Lautlos taste ich mich näher.

Jez' zerzauster Haarschopf guckt halb unter der Decke hervor. Wie ein Maulwurf hat sie sich unter den Schichten vergraben. Auf dem Beistelltischchen steht eine Tasse Tee, der Inhalt längst erkaltet, daneben eine angebrochene Tablettendose, die Pillen ausgestreut. Ein leichtes Rauschen ertönt. Jez hat sich die Kopfhörer auf ihre Ohren geklemmt. Ihre Lider sind geschlossen, die Pupillen dahinter bewegen sich, doch sie atmet tief und regelmäßig. Erleichtert atme ich auf.

Ein Zischen lässt mich herumfahren: »Was tust du da?« Azuriel ist im Türrahmen aufgetaucht.

Möglichst lautlos ziehe ich mich zurück. Erst nachdem ich die Tür hinter mir geschlossen habe, antworte ich. »Ich wollte nach ihr sehen.«

»Ich habe dir doch gesagt, ich kümmere mich um sie!« Pause. »Es geht ihr besser. Sie hat sich noch einige Male erbrochen, ist dadurch den Großteil des Gifts losgeworden. Ich habe ihr den Vormittag freigegeben.« Sein Blick wandert an mir auf und ab. »Dir scheint es auch besser zu gehen?«

Zurückhaltend nicke ich.

»Fein.« Es klingt wie der Punkt am Ende eines Satzes.

»Ich muss zum Bildhauer«, sage ich und lasse ihn stehen.

Nackt warte ich in der Küche unweit des Wagens, auf dem vor mir Sheol gelegen hat. Der Bildhauer umrundet mich wie ein Kunstobjekt, streicht sich dabei durch den Bart und mustert jeden Schatten, jede Linie, jedes Haar, jeden Muskel, jede Pore. »Ich denke, damit sind wir fertig.«

Ich blicke an meinen Armen herab; drehe die Hände und betrachte sie von innen und außen. »Ich habe das Gefühl, dass sie nicht ganz gleich sind«, sage ich. »Und meine Nase wirkt schief.«

»Kein Mensch ist vollkommen regelmäßig«, sagt er. »Als ich mit meiner Arbeit begonnen habe, habe ich den Fehler begangen, keine Fehler zu begehen. Doch den Menschen irritiert absolute Perfektion, sosehr er auch danach strebt. Keine Seite eines Gesichts gleicht ihrer Spiegelung, keine Braue, kein Auge, kein Mundwinkel. Sie sind Geschwister, keine Zwillinge. Wer den Fehler macht, das zu glauben, irritiert die Sehgewohnheiten des Menschen. Das Gegenüber wirkt ... wie ein Alien auf ihn. Wie eine animierte Computerfigur. Wie ein ...« Seine hellen Augen suchen Kontakt.

»Engel«, vervollständige ich seinen Satz.

Er nickt und stemmt die Hände in den Seiten. Die Latzhose, die er trägt, hat Ölflecken an den Knien. Er hat den Morgen auf seinem Boot verbracht. »Dann lass uns das Werk beenden. Aber ich warne dich – mit deinem Geschlecht kommt erneut ein Hormonschub.«

»Bisher habe ich nichts davon mitbekommen.«

»Du nicht«, er lacht, »aber wir haben es, du reizbarer Hund.«

Ich schmiege die Lippen zusammen.

»Unterschätze Sexualhormone nicht.«

»Ich werde mich zusammenzureißen wissen.«

Er hebt die Achseln. »Sag nachher nicht, ich hätte dich nicht gewarnt.« Er weist zum Tischwagen.

Ich rutsche an den Rand und fische nach den Ledergurten, schnalle mich fest wie besagter Hund, der aus freiem Willen in seinen Käfig trottet. Mit einem mulmigen Gefühl lehne ich mich zurück und starre an die Decke. Holzbalken durchziehen das renovierte Weiß wie Narben. Mittlerweile kenne ich ihre Maserung so genau wie die Adern an der Innenseite meines Handgelenks. Allein der Anblick lässt mein Herz schneller schlagen. Das Gefühl des polierten Tischs unter meiner nackten Haut, der Geruch des Zimmers, das Klimpern der Werkzeuge – all das löst reflexartig die Emotionen aus, die mit der Umgestaltung verbunden sind. Hauptsächlich Schmerz, weswegen mein Herz laut und deutlich in meiner Brust pocht. Ich balle die

Hände zu Fäusten. Mit meinem Leid diene ich dem einen Herrn. Ich hoffe, Er weiß mein Martyrium zu schätzen.

Der Bildhauer schiebt sich über mich. »Bald ist es vorbei«, verspricht er mir. »Dann bist du ein perfekter Mensch.«

»Ein Mensch kann niemals perfekt sein«, murmle ich.

Meine Antwort entlockt ihm ein Schmunzeln. Er hebt die Hand mit seinem Werkzeug.

34

Ich erwache mit dem Atemzug eines Ertrinkenden. Ich bäume mich auf, doch die Gurte bremsen mich, und so krache ich zurück auf die Tischplatte.

Mein Sichtfeld flimmert. Schmerzen pulsieren durch meinen Körper – vor allem durch Schritt, Hüfte und Schenkel. Entladungen wandern mein Rückgrat empor und in meine Beine hinab. Meine Waden krampfen.

Nicht schon wieder eine Ohnmacht! So werde ich nie fertig.

Peripher vernehme ich das Quietschen von Stuhlbeinen über Stein, auf weichen Schlappen rutscht der Bildhauer herbei. »Du bist aufgewacht«, stellt er fest.

Ich verdrehe die Augen, um ihm ins Gesicht sehen zu können. »Mach weiter«, spucke ich aus.

»Keine Notwendigkeit.«

»Mach weiter!« Die Küchenschränke klappern. Ich ziehe an den Gurten, erlange kaum Kontrolle über meine Beine.

»Ist er wach?«, ertönt die Stimme des Malers aus der Distanz. Er schlappt herbei, sein dunkles Gesicht erscheint über mir. Er sieht an mir herab, mit der Linken umklammert er eine Teetasse. Er blinzelt, dann nickt er anerkennend.

»Wirst du endlich weitermachen!«, schnaufe ich.

Der Bildhauer lehnt sich heran. »Es gibt nichts fertigzustellen, Lazael. Unsere Arbeit ist beendet.«

Ich halte darin inne, an den Gurten zu zerren. »W-was?«

Die beiden sehen auf, kurze Zeit später erscheint Azuriels Gesicht über uns. Er kneift die Lider zusammen. »Hast du ihn größer gemacht als meinen?«

Der Bildhauer verdreht die Augen.

Der Maler nickt anerkennend, die Arme locker vor der Brust verschränkt. »Sieht doch ganz gut aus. Soweit ein Geschlecht gut aussehen kann, meine ich.«

»Fragen wir die Expertin in diesem Haus«, meint der Bildhauer und dreht den Kopf. »Jez!«

Azuriel verzieht die Mundwinkel und schnaubt.

Etwas später ertönen Schritte, begleitet von dem blechernen Lärm aus Jezebels Kopfhörern, die sie von den Ohren zieht. »Hm?«

»Wir sind fertig.«

Nun erscheint auch noch ihr Gesicht über mir. Ein kurzer Augenblick der Erleichterung betäubt meinen Schmerz. »Es geht dir gut.«

Sie nickt und schenkt mir ein kurzes Lächeln.

Ich blinzle gegen das Licht an. Sie sieht eine Spur besser aus, auch wenn die dunkle Farbe aus ihren Lippen nicht verschwunden ist.

Der Maler rückt zur Seite. »Was meinst du? Gelungen?«

Ihr Blick gleitet an mir herab. Einen Moment lang sagt sie nichts. Dann öffnet sie den Mund und ich glaube zu sehen, wie sich ihre Zunge hinter den Zahnreihen bewegt. Ihre Augen wirken glasig. Ein Schauer jagt mein Rückgrat hinunter. Ich schüttle die Empfindung ab – die Schmerzen erleichtern es mir.

»Sieht gut aus«, kommentiert Jez mit feiner Stimme.

Azuriel starrt sie erbost an. »Geh putzen«, schnappt er, »du hast genügend Zeit vertrödelt!«

So viel dazu, wie liebevoll er sich um sie gekümmert hat. Jez folgt seinem Befehl und schiebt sich die Kopfhörer über die Ohren. Der eigenartige Moment vergeht – und ich bin froh darüber. Blinzelnd versuche ich, klare Sicht zu gewinnen. »Es tut höllisch weh«, gestehe ich.

Azuriels Ausdruck mildert sich. Wohlwollend tätschelt er mir die Schulter. »Ich habe dasselbe erlebt, Bruder. Wir bringen dich erst mal ins Bett und du haust dir eine Valium rein, dann geht's dir bald besser.«

»Keine … Drogen.«

Azuriel packt den Wagenrand, mit einem Ächzen kommen die Räder in Bewegung. »Kein Alkohol, keine Drogen … Du bist wahrhaftig der Heilige unter uns.«

Wenigstens reicht deine Selbstreflexion so weit, Bruder, denke ich, während mich die drei Männer ins Schlafzimmer schieben.

Ohne Hilfe würden meine Beine mein Gewicht nicht halten. Es benötigt Azuriel und den Maler, mich vom Wagen aufs Bett zu hieven. Mir steht der Schweiß auf der Stirn. »Ich fühle mich gar nicht gut.«

Der Bildhauer kühlt mir die Schläfen mit einem feuchten Lappen. »Das sind die einschießenden Hormone. Dein Körper wird quasi mit neuer Chemie durchschwemmt. Erinnere dich, wie es dir nach dem Einsetzen der ersten Hormondrüsen gegangen ist.«

Ich rolle mit den Augen, komme mir vor wie ein durchdrehendes Pferd. Meine Glieder wühlen durch die luxuriöse Bettwäsche, ohne sie zu spüren.

»Ich habe Kamillentee gebracht«, vernehme ich Jezebels Stimme.

»Er atmet zu abgehackt«, sagt der Maler besorgt. »Er muss was zur Beruhigung nehmen.«

Ich schüttle das Haupt. »Keine Drogen!« Ein Artikel von Eva Persaud über die US-amerikanische Opioidkrise hallt in meinem Kopf nach. Keine Rauschmittel. Keine Abhängigkeit. Ich sehe aus wie ein Mensch, aber ich bin keiner. Ich werde mich nicht wie mein Bruder einweben lassen. Kein Babylon für mich, in dem Rauschmittel, Unzucht und Dämonen über mich bestimmen.

Azuriel nimmt Jez die Tasse aus der Hand und knallt sie aufs Nachtkästchen. Aus der darunter befindlichen Lade zieht er eine orangefarbene Pillenpackung nach der anderen. Sie waren dort, seitdem ich hier eingezogen bin. Ich habe sie nie angerührt. Als wollte man damit eine ganze Armee ausknocken.

»Nein!«

»Haltet ihn fest.«

Bildhauer und Maler tauschen unsichere Blicke.

»Macht schon, sonst kriegt er noch einen Herzinfarkt! Wäre das nicht ein unrühmliches Ende für den himmlischen Spieler?«

Sie packen meine Schultern. Ich stemme mich dagegen. »Lasst das!«

»Azuriel …«, brummt der Bildhauer und hievt sich schwerfällig mit einem Knie auf die Matratze, um mich unter Kontrolle zu bringen. »Vielleicht sollten wir seine Wünsche respektieren.«

Mein Bruder schnappt die Dose auf, schüttelt sich mehrere Tabletten in die Handfläche, die in dicke Plastikhüllen gepackt sind. Er knackt sie auf und entleert sie in die Teetasse. »Deine Reinheit ehrt dich, Bruder, doch sie ist es nicht wert, dafür zu krepieren.«

Ich reiße den Mund auf, hole Luft. Meine Sicht verschwimmt. Azuriel muss bemerken, was ich vorhabe, denn er klatscht abrupt die Hand auf mein Gesicht und erstickt den göttlichen Befehl, mich loszulassen.

»Jezebel!«, herrscht er. »Halte seine Füße fest!«

Ich höre sie nuscheln, dann spüre ich ihre schmalen Hände wie Drahtschlingen an meinen Knöcheln. Sie ist unmöglich stark für ihre feine Gestalt. Unwahrscheinlich stark dafür, dass sie sich vor vierundzwanzig Stunden nicht auf eigenen Beinen hat halten können. »Tut mir leid, Meister.«

Azuriel lehnt sich mit voller Kraft auf meinen Brustkorb. Ich habe das Gefühl zu ertrinken – als würde er mich durch die Matratze in den Boden drücken. Das Bett ächzt, und mit ihm Maler und Bildhauer.

»Das ist nur ein Schlafmittel«, schnaubt Azuriel, »mach kein Riesending draus!« Damit verrutscht seine Hand, und ehe ich ihm etwas anderes befehlen kann, schüttet er mir den brühend heißen Tee in den Rachen. Bevor ich ihn ausspucken kann, klappt er mit Gewalt meinen Unterkiefer zu und zwingt mich zu schlucken.

35

Als ich das nächste Mal erwache, blinzelt Mondlicht durch die Vorhänge. Mein Herz schlägt in einem raschen Takt, doch nicht mehr in dem stolpernden Galopp eines durchdrehenden Hengstes. Ich blinzle in die Finsternis, heiße die Stille selig willkommen. Ein eigenartiger Geschmack liegt auf meiner Zunge, die sich wund anfühlt. Als sich die Erinnerung an die letzten Augenblicke gewaltsam an die Oberfläche hievt, erkenne ich, dass ich mir den Mund verbrüht haben muss.

Die Schmerzen haben sich weitgehend aus meinen Beinen zurückgezogen, doch wer weiß, ob Azuriel mit dem Schlafmittel die Wahrheit gesagt hat. Dass ich einen Engel der Lüge bezichtigen muss – wie weit ist es gekommen?

Ich spüre den Druck meiner Blase und wälze mich auf die Seite. Doch etwas ist anders. Es fühlt sich anders an.

Als ich die Beine über die Bettkante schiebe, merke ich, dass mir jemand eine Unterhose angezogen hat. Mein Bein stößt auf merkwürdigen Widerstand, wo zuvor keiner war. Scharf ziehe ich die Luft zwischen den Zähnen durch, betaste vorsichtig meinen Schritt beziehungsweise das, was zuvor nicht da war. Penis, Hoden. Ein notwendiges Werkzeug, wie ich es verstehe, um meine Aufgabe durchzuführen.

Jede Berührung schießt heiße Schmerzimpulse davon. Es braucht wohl noch, um gänzlich abzuheilen, was aber nichts an dem Blasendruck ändert.

Ich halte ein Grunzen zurück, als ich mich auf die Beine stemme und Richtung Bad wanke. Geistesabwesend taste ich nach dem Lichtschalter, bis die Deckenlampen zum Leben flackern. Vor der Toilette ziehe ich auf zittrigen Beinen die Stoffhose herunter.

Irritiert schiebe ich den Kopf zurück. Nach der ausführlichen Inspektion der gesamten Hausbelegschaft hätte ich mir irgendetwas von außergewöhnlicher Schönheit erwartet; etwas, das Frauen besonders hübsch finden und sie anlockt. Ich finde, es sieht reichlich gewöhnlich und wenig elegant aus.

Ich verlagere mein Gewicht auf den schmerzenden Beinen und streiche mir das Haar aus der feuchten Stirn. Bisher hatte ich nur ein Loch in der Haut, weswegen ich mich zur Erleichterung aufs WC gesetzt habe. Mir ist allerdings schon aufgefallen, dass in anderen Teilen des Domizils manchmal die Klobrille offen steht, nachdem die restlichen Herren der Schöpfung dort waren. Und die schlauchförmige Ausführung des Penis legt nahe, dass dieser auch so zu nutzen ist.

Also rücke ich heran, bis das Teil über der Schüssel baumelt, und schließe die Augen, um mich darauf zu konzentrieren, es laufen zu lassen. Ein brennender Schmerz schießt durch mein neu hinzugewonnenes Organ. »Himmelherrgott …!«, rufe ich und zucke zusammen. Es plätschert. Als ich sehe, dass sich der Urin auf die Klobrille verteilt, schreie ich noch lauter. Die Badezimmerschränke vibrieren.

Ich ringe meinen Körper unter Kontrolle. *Scheiße!* Harnflüssigkeit, überall! Ich muss mich am Heizkörper festhalten, um in die Knie gehen zu können, und wickle Klopapier von der Rolle. Ich komme dabei nicht umhin, diesen verdammten menschlichen Körper und die Notwendigkeit zur Notdurft zu verfluchen.

»… Lazael?«

Jezebel.

Hitze schießt in meine Wangen, ich halte im Wischen inne. »Verschwinde!« Da ich nichts mehr höre, nehme ich an, dass sie gegangen ist. Abgehackt schrubbe ich weiter.

»Was ist los?«

Ich schrecke herum. Jez steht mit nachlässig zusammengebundenem Haar und viel zu weitem T-Shirt an der Türschwelle und blinzelt mir müde entgegen.

»Nichts«, blaffe ich. »Ich habe dir doch gesagt, du sollst verschwinden.«

Ich verstehe nicht, wieso es mir so peinlich ist, wie sie die Situation mit veilchenblauen Augen bemisst und vermutlich korrekt aufnimmt. Es ist so bequem, den Zorn auf meine eigene Unfähigkeit an ihr auszulassen. Eine Dämonin bleibt sie, auch wenn der Zwischenfall am Parkdeck uns zusammengeschweißt und die Abneigung gemildert hat.

Jez scheint mir meine ruppigen Worte nicht übel zu nehmen. Möglicherweise ist sie es auch einfach von Azuriel gewohnt. Schweigend tritt sie zum Waschbecken und öffnet den darunter befindlichen Kasten, um Putzzeug auszuräumen. Ich würge die Empfindungen ab, die mich gefangen halten – und dazu führen, mich irrational zu verhalten. Warum sollte mir vor ihr etwas peinlich sein? Peinlichkeit ist ohnehin ein menschliches Konzept, das eines Engels nicht würdig ist! Sie ist eine Dämonin, Dienerin und Haushälterin obendrein.

Das wiederhole ich wie ein Mantra, bis sie sich neben mich schiebt und schweigend hilft. Der Duft des Putzmittels ätzt in meiner Nase.

Ich werfe das Klopapier in die Schüssel, stoße angestrengt die Luft aus und lehne mich kurz gegen die Badezimmerwand, bis das Kopfkreisen vergeht.

»Mach dir nichts draus«, sagt sie. »Den anderen ist es genauso gegangen.«

»Den anderen?«, frage ich müde.

Sie hält kurz inne, doch ich registriere die Regung. »Azuriel; und die Engel, die vor ihm hier waren.«

»Sie alle haben das Bad vollgepinkelt?«

Sie unterdrückt ein Lächeln, doch es drückt sich als Grübchen durch ihre Wangen. »Macht er heute immer noch oft genug«, verrät sie, »vor allem, wenn er besoffen heimkommt.«

Das Wischgeräusch erklingt.

»Trinkt er viel?«

»In Phasen. Jetzt wieder mehr.« Sie steht auf, lässt Wasser in den Eimer brausen, wischt nach. »Ich glaube, es irritiert ihn, dass es dem Ende zugeht.«

»Dem Ende?«

»Dass er wieder zurückkehren muss, meine ich.«

Muss. Ich wäre nie auf die Idee gekommen, es so zu sehen. Ich sehne mich nach der Einfachheit des Himmels, nach seiner verbindlichen Hierarchie. Dort weiß ich, wo ich stehe. Dort kenne ich keinen Schmerz. Meine Aufgabe ist klar und unkompliziert. Nichts lenkt mich ab. SEINE Liebe ist mir gewiss.

Jez schüttet das Putzwasser in die Toilette und drückt die Spülung. Anschließend wäscht sie sich die Hände. »Steh auf«, fordert sie, und ich folge ihr einfach, weil ich zu müde bin.

Sie sieht mich von unten an, während sie mir die Unterhose herunterzieht.

Erbost ziehe ich das Kleidungsstück wieder hoch. »Lass das!«

»Wenn du im Stehen pinkeln willst, musst du ihn halten und zielen«, sagt sie, ein beißendes Lächeln auf den Lippen. »Sonst setz dich einfach hin.« Sie schlendert zur Tür. »Ruf mich, wenn du Hilfe brauchst.«

Ich schaffe es morgens, mich selbst anzukleiden, und bin fast stolz auf meine zurückgewonnene Unabhängigkeit. Wer am Boden angekommen ist, freut sich über die kleinen Schritte. Einst rauschte ich als vollkommenes, unabhängiges Wesen durch die andere Sphäre, umringt von nichts als dem Licht meines Herrn. Nun erfreue ich mich daran, mir Socken über die Füße zu ziehen.

Als ich jedoch mein Schlafzimmer verlasse und Richtung Küche gehe, erwartet mich eine Überraschung in Form von gepackten Koffern, die unschuldig hellblau im Korridor warten. Schritte erklingen, und der Bildhauer verlässt den Nebenflügel, den er bisher mit dem Maler bewohnt hat. Er trägt eine ausgewaschene Jacke, eine Schnursamthose mit ausgebeulten Knien und eine Irish Cap.

Der Anblick verblüfft mich derart, dass mir zunächst die Worte ausbleiben. »Ihr geht?«

Der Bildhauer nickt vorsichtig. »Unsere Aufgabe hier ist erledigt. Alles Weitere würde nur als Einmischung angesehen werden.«

Der Maler verlässt hinter ihm die Küche. Die Mitte ist leer – dort, wo bisher immer der Wagen gestanden hat. Sie müssen ihn bereits nach draußen geschafft haben.

In den Händen hält er Tupperware, in der Flüssigkeit schwappt. »Guten Morgen«, grüßt er mich. »Ich sehe, du fühlst dich besser.«

Zögerlich nicke ich.

Der Maler kommt linkisch auf mich zu und drückt mir die Dose in die Hand. »Minestrone. Damit du zu Kräften kommst. Nicht dass Jez nicht ausgezeichnet kocht, doch sie freut sich sicher auch mal über einen freien Nachmittag. Und unter uns – Azuriel und sie tun so, als wäre sie wieder komplett gesundet, aber ich glaube nicht daran. Sie will keine Schwäche vor ihm zeigen. Und er hat nicht die Geduld, sich um sie zu kümmern.«

Ich starre das Geschenk an und muss schlucken. Die Suppe ist noch warm. Ich spüre die Hand des Malers an meiner Schulter, er knetet den Stoff meines T-Shirts und die Muskeln darunter. »Alles Gute, Lazael. Bitte pass auf dich auf.«

Der Knoten in meinem Hals will nicht schwinden. Ich wusste, dass sie gehen müssen, und doch überrumpelt mich die Tatsache. »D-danke für alles«, bringe ich hervor. Ich erkenne, dass die beiden auf ihre Weise bessere Lehrmeister waren als Azuriel. »Ich werde euch schrecklich vermissen.«

Im Hintergrund muss sich der Bildhauer abwenden. Vielleicht ist ihm meine Offenbarung peinlich. Der Maler hingegen versucht sich an einem Lächeln. Er versagt. Stattdessen schließt er mich stumm in die Arme.

Ich drücke ihn fest. Da er sich nicht beschwert, lasse ich nicht los.

»Werden wir einander wiedersehen?«, frage ich. Es hat ja doch keinen Zweck, zu klammern, also ziehe ich die Arme zurück.

Die Augen des Malers schwimmen, er muss sich räuspern.

»Sag niemals nie«, antwortet der Bildhauer an seiner Stelle. Er humpelt herbei, reicht mir die Hand. Ich respektiere den Abstand, doch nehme zur Kenntnis, dass er sie lang und fest schüttelt. »Pass auf dich auf, Lazael«, sagt nun auch er. »Und wickle die Persaud um den Finger.«

Die Emotionalität drückt auf mich ein wie eine schwelende Gewitterwolke. »Und?« Ich lache gekünstelt. »Wer von euch wettet nun auf, wer gegen mich?«

Sie antworten nicht. »Mach's gut. Grüß Azuriel von uns, wenn er von der Kirche zurückkommt.« Damit packen sie ihre Taschen. Der Maler zieht den Koffer auf Rollen hinter sich her.

Über den Ausgang zum Innenhof beobachte ich, wie sie zur Haupttür laufen. Das Rollwägelchen rattert lautstark über die gebleichten Bodenziegel.

Da gehen sie hin und werfen keinen Blick zurück.

36

Ich bemerke erst später, dass Jez auf dem Rattansofa im Wintergarten kauert, das Kinn auf die Arme abgelegt, an den verdunkelten Lippen kauend, ihr Blick in weite Ferne gerückt. Ihr Haar fließt über die Kissen bis zum Boden.

Ich will gerade auf sie zugehen, als das vertraute Scheppern von Schlüsseln Azuriels Rückkehr ankündigt. Er kommt herein, schließt Tür und Schutzgitter hinter sich. Aus einem Grund, der sich mir nicht ganz erschließt, ziehe ich mich in den Schatten des anschließenden Raums zurück. Erst als ich Azuriel dabei beobachte, wie sich seine Miene erweicht und er mit untypischer Vorsicht auf Jez zugeht, erkenne ich, dass ich seinen Unmut nicht riskieren will. In letzter Zeit reizt es ihn, wenn Jez und ich allein sind.

Er geht neben ihr in die Hocke und sieht sie ernst an. »Sind sie fort?«

Stumm nickt Jezebel und schmiegt ihr Ohr in das Kissen.

Mein Bruder legt den Kopf schief. »Es war schön für dich, dass sie wieder da waren, nicht wahr?«

Sie braucht etwas, zuckt dann mit den Schultern.

»Ich verstehe dich, Babygirl.« Er streicht ihr über die Wange. »Wir altern nicht, die Menschen schon. Zunächst schließt man noch Freundschaften. Irgendwann macht man sich nicht länger die Mühe. Jeder Mensch ist eine vorübergehende Bekanntschaft.«

Sie schweigt.

Ich halte den Atem flach. Ich komme mir vor wie ein Voyeur, der sie in ihrem intimen Moment beobachtet, und doch gelingt es mir nicht, mich abzuwenden. Ich versuche, meine Gefühle zuzuordnen.

»Sie sind die Einzigen, die mich aus meinem alten Leben begleiten«, sagt sie, die Stimme so fein, dass sie wankt. »Die Einzigen, die ich aus einer Zeit kenne, als ich noch frei war.«

Er betrachtet Jez wie ein Wunder. »Ist es nicht eigenartig«, sagt er, eine ihrer Haarsträhnen gleitet durch seine Finger, »dass all jene, die dich einkerkerten, schon lange vergangen oder in den Himmel zurückgestiegen sind? Nur du bist noch da. Du und dieses Schloss.« Er greift nach dem Herzanhänger.

Jezebel setzt sich auf, das Schloss rutscht aus seinen Fingern. Sie rafft die Wolldecke um ihre Beine. »Ich sollte mich ums Frühstück kümmern.«

Er zieht sie zurück aufs Kissen. »Bleib, Liebes«, gurrt er und küsst ihre Knie. Ich schließe die Augen, aus Angst, Zeuge von etwas zu werden, was ich nicht noch einmal sehen möchte. Tief in meinem Magen pocht es, als säße dort mein Herz.

Doch Azuriel vergräbt seine Wange in ihrem Schoß wie ein Kind bei seiner Mutter. Er klammert sich an ihr fest. Zögerlich streicht ihm Jezebel durchs Haar. Nun ist es plötzlich sie, die ihm Trost spendet. Trost wofür? Er hat doch alles, was er sich wünscht – ob es nun gut ist oder schlecht.

Azuriel murmelt etwas, was ich nicht verstehe.

»Aber Lazael …«

»Wenn er essen will, kann er sich ein Brot schmieren.« Er hebt den Kopf. »Ich nehme dich mit nach Portside, wir gehen spazieren, besuchen den Comicladen, was meinst du?«

Sie wendet das Gesicht ab, wirkt ratlos.

Er packt sie fester an ihren kurzen Jeans. »Du beschwerst dich doch immer, dass du öfter rauswillst.«

»Ja … ja. Aber Lazael ist nun mal jetzt mein Herr.«

Er steht auf. Grob küsst er sie auf die Lippen. »Noch bin ich da. Und noch hört Lazael auf mich.« Damit wendet er sich ab, grapscht sich die Schlüssel und schreitet zur Haustür, in der Erwartung, Jez werde ihm schon folgen.

Die sitzt noch einen Augenblick in ihrem Wolldeckenhäufchen, doch mir entgeht nicht, wie sie sich den Mund mit dem Handrücken abwischt. Ein warmes Gefühl flutet meinen Brustkorb.

Schließlich aber fummelt sie mit ihren Zehen nach den Pantoffeln, schlüpft hinein und folgt Azuriel. Wenig später fallen Haustür und Gitter ins Schloss.

Das warme Gefühl vergeht, bevor ich es zuordnen kann. Plötzlich ist es ganz still, nur das Ticken der Standuhr ertönt in der Ferne. Ich fühle mich verlassen. *Wie eigenartig,* denke ich, *vor einiger Zeit hätte ich mir das noch gewünscht.*

Das Schrillen des Haustelefons lässt mich zusammenzucken. Es plärrt nach jemandem, der abhebt. Zögerlich mache ich mich auf die Suche danach und finde es auf einem Sideboard im Korridor, der den Flügel der Künstler mit dem verbindet, in dem die Küche liegt. Ich drücke den grünen Knopf und führe es zögerlich an mein Ohr.

»Hallo?«

»Guten Tag, Yinyin Wong, Assistentin von Eva Persaud hier. Bin ich hier mit dem Anwesen von Mr. diVatta verbunden?«

»Sie sprechen mit selbigem.«

Sie verschluckt sich fast. »Oh, entschuldigen Sie! Ich habe bereits versucht, Sie über Ihre Assistentin zu erreichen, bin aber nur beim Anrufbeantworter gelandet.«

»Sie …« Meine Zunge tastet nach Worten. »Ms. Sihr ist leider unpässlich.«

»Verstehe. Richten Sie ihr bitte schöne Grüße aus.«

»Selbstverständlich.«

»Einen Augenblick, ich verbinde Sie mit Ms. Persaud.« Einen atemlosen Moment später knackt die Leitung.

»Mr. diVatta?«, ertönt Evas Stimme.

»Am Apparat«, erwidere ich und stütze mich nervös aufs Sideboard. »Steht unser Ausflug übermorgen noch?«

»Genau deswegen melde ich mich …«

In Erwartung einer Absage spanne ich mich an.

»Übermorgen ist Schüttregen und Wind bis zu vierzig Meilen pro Stunde angesagt. Mr. Sheol«, der Name stößt mir Magensäure auf, »hat daher vorgeschlagen, den Besuch auf heute vorzuverlegen. Er möchte mit der *Stingray* rausfahren, da demnächst ein Unterwassershooting rund um das Wrack der *Santa Muerte* geplant ist. Wenn Sie dafür keine Zeit haben, würde ich mir mit Ihnen einen neuen Termin ausma…«

»Ich habe Zeit«, beeile ich mich zu sagen. Es knackt in meinem Ohr, und ich registriere, dass ich den Hörer so fest drücke, dass die Kunststoffummantelung ächzt.

»Oh, wie erfreulich!« Sie klingt überrascht. »Damit haben weder Herr Sheol noch ich gerechnet … Ich meine, Sie haben sicher genug zu tun! Ich freue mich natürlich darüber. Ich wohne am Saint Andrew Hill und würde Sie abholen, bevor wir Esra auf dem Weiterweg aufgabeln. In etwa dreißig Minuten. Ist Ihnen das recht?«

»Natürlich. Ich erwarte Sie. Ms. Persaud?«

»Ja?«

»Mein Onkel war ein förmlicher Mann; doch ich würde mich freuen, wenn wir uns beim Vornamen nennen. Wäre Ihnen das recht?«

»Natürlich … Leonardo. Ich bin in etwa einer halben Stunde bei Ihnen.«

»Ich werde bereitstehen, Eva.«

37

Nervös streife ich durch das Anwesen und packe hastig ein, was ich zu benötigen glaube. Mehrmals versuche ich, Jez und Azuriel zu erreichen, doch beide haben das Handy abgeschaltet.

Nervös streiche ich mir über das Nasenbein und werfe meinen Mantel über den Stuhlrand in der Küchennische. Eva zu sehen bedeutet auch, Sheol wieder zu begegnen – diesmal jedoch ohne Jezebels Wissen und Unterstützung.

Die Erinnerungen an die Begegnung mit dem Speier in der Parkgarage kommen hoch – so kristallklar wie bei ihrem Erleben. Das ist der Nachteil meines himmlischen Gedächtnisses. Jez' Sigille hat verhindert, dass mich der Speier entdecken konnte, bevor ich mich durch meinen unbedachten Ausruf verraten habe. Vielleicht habe ich ihm damit das Leben gerettet. Möglicherweise aber auch nicht. Möglicherweise hätte er sich den Kieferbruch erspart, hätte ich einfach nur die Klappe gehalten.

Ich muss Azuriel nach dem Befinden des Mannes fragen und schäme mich, dass ich es noch nicht getan hatte.

Jetzt aber zurück zu dem Zusammentreffen.

Ich ziehe ein Filetiermesser aus dem Messerblock. Den Verbandskasten habe ich bereits aufgeklappt auf dem Tischchen vor dem Eckfenster bereitgestellt. Ich öffne meine Gürtelschnalle und ziehe die Hose bis zu den Knien herunter, lasse mich auf einen Stuhl nieder.

Eidetisches Gedächtnis. Fluch und Segen. In dem Fall sehe ich die Sigille vor mir, kopfüber auf meiner eigenen Brust, spiegelverkehrt auf der Heckscheibe des Alfa Romeo. Zur Sicherheit zeichne ich das Symbol mit hastig gezogenen Kugelschreiberstrichen auf ein Stück

Einkaufszettel. Es wirkt unspektakulär und falsch auf dem schmuddeligen Papierstück, auf dem Milch und Butter vermerkt sind. Nervös stoße ich die Rückseite des Kugelschreibers auf den Untergrund, die Mine fährt aus und ein. Meine Zunge schnellt über die Lippen. Noch siebzehn Minuten, verrät mir ein Blick auf die digitale Küchenuhr.

Ich packe das Messer, setze seine rasierklingenscharfe Spitze an meinen Oberschenkel und beginne, die Schutzsigille zu zeichnen. Der Schmerz, mit dem sich die Haut spaltet, kommt warm, jedoch flach im Vergleich zu jenem, den ich bereits kennengelernt habe. Nach und nach mischt sich ein Prickeln darunter. Eine eigenartige bittersüße Note, die ich bisher nicht mit Leid in Verbindung gebracht habe.

Es ist der Geschmack von Magie.

38

Ich schließe soeben das Gatter, als Eva in einem alten Jeep Wrangler vorfährt. Sie zippt das Seitenfenster auf, lehnt sich heraus und bestaunt die Außenmauer, die sich am Rand des Grundstücks verliert, sowie das herrschaftliche Torgitter und die Trompetenengel, deren Goldblattverzierung in der Sonne aufblitzt.

Ich schlendere heran.

»Beeindruckend«, stellt sie fest. »Was hat Ihr Onkel zu Lebzeiten gemacht, wenn ich fragen darf?«

Ich grabe die Hintergrundgeschichte hervor, die Azuriel mir zurechtgelegt hat. Mir wäre es nie gelungen, ein derart perfektes Gewebe zu bilden, in dem die Fäden ineinandergreifen wie in einem kunstvollen persischen Teppich. Lügen liegen mir nicht.

»Hauptsächlich Immobilien.« Es fällt mir leichter, Azuriels Schwindeleien zu erzählen, wenn ich sie wie ein auswendig gelerntes Gedicht rezitiere. »Wobei er bereits mit Geld in die USA gekommen ist. Die Familie musste ihren Adelstitel nach dem Zweiten Weltkrieg aufgeben; nicht aber ihr Vermögen.« *Jede Frau will heimlich ihren Prinzen,* hat Azuriel mit einem Zwinkern behauptet.

Evas dunkle Augen glitzern im Lichtspiel, das durch die Bäume bricht. Ganz gleichgültig scheint sie mein Geständnis nicht zu lassen. Unbewusst saugt sie die Wangen ein. »Adelstitel?« Sie lehnt sich in den Gurt, um mir die Seitentür zu öffnen. »Wie dürfte ich Sie andernfalls nennen? Doge?«

»Der offizielle Titel des Dogen war meines Wissens nach *Duca*, lateinisch *Dux*.« Ich füge ein Lächeln an, als ich merke, dass ich belehrend wirke. Azuriel hat mir ja gezeigt, wie wenig Menschen das schätzen.

Meine innere Verspannung löst sich, als sie zurücklächelt. Ihr Lächeln ist ein Geschenkband, dessen Schleife sie von meiner Brust löst.

Ich steige ein. »Aber nein, wir sind keine Nachfahren der venezianischen Dogen-Familien. Uns gehörte eine Grafschaft. Der Titel wäre wohl *Conte*. Meine Eltern haben sich einiges darauf eingebildet. Ich jedoch sehe keinen Sinn, an etwas festzuhalten, das sich meine Vorfahren vor Generationen verdient – oder möglicherweise nur erkauft haben.«

Ihr Lächeln weitet sich. *Die Ladys wollen einen Prinzen,* hat Azuriel gesagt, *aber keinen, der sich wie ein dreister Snob aufführt.*

Eva schiebt eine Sonnenbrille in ihr Gesicht. Im Wageninneren riecht es nach Motoröl und einem künstlichen Duftbaum. Letzteres empfinde ich als störender. Aber auch Evas Duft legt sich weich über die karge Inneneinrichtung. »Schließen Sie die Tür hinter sich, Conte diVatta«, sagt sie, Amüsement in der Stimme und Grübchen in den Wangen. »Noch haben Sie den Luxus, auf dem Kutschbock zu sitzen. Später muss ich Sie leider nach hinten verfrachten.«

Ich räuspere mich. »Wie bedauerlich.«

»Ja? Sie sitzen nicht gern in der zweiten Reihe, Signore?« Ihre Stimme verrät ein liebevolles Necken.

Der Jeep startet mit einem rauen Knattern. »Ich verlasse nur ungern die Seite einer interessanten Person«, erwidere ich. »Davon gibt es auf dieser Erde viel zu wenige.« Wieder keine Lüge. Besser, ich bleibe so nah wie möglich an der Wahrheit.

»Ach, Sie«, lacht sie auf und winkt ab. »Und ich dachte bisher, Esra könnte die Sterne dazu überreden, den Himmel zu verlassen – ich merke, Sie stehen ihm nur wenig nach.«

Ich fahre mir über das Bein, ertaste den Verband, der die Sigille abdeckt. Hätte ich sie mit Blut gezeichnet, müsste ich fürchten, sie zu verschmieren. Als Linien in meiner Haut bleibt sie beständig wie ein Siegel.

Ich sehe Sheols Schatten durch die Kunststoffplanen des Fensters herannahen. Selbst verschwommen erahne ich die Geschmeidigkeit seiner Bewegungen. Schwungvoll hält er auf die Beifahrertür zu. Der von der Zeit getrübte Kunststoff schirmt seine Sicht auf die Hinterbank ab. Er bemerkt mich zunächst nicht.

Eva beugt sich über den Sitz, um ihm zu öffnen.

Sein Gesicht erscheint in der Tür, sein breites Lächeln löst in mir Übelkeit aus. Dass er nicht in meine Richtung sieht, bestätigt mir, dass die Sigille funktioniert. Er kann mich nicht einfach *erschnüffeln*. Nicht auf dämonische Art und Weise.

»Eva«, grüßt er, »ist das nicht ein wundervoller Tag für einen Ausflug? Sie, ich und das Meer – kann man sich mehr wünschen?«

Eva setzt dazu an, etwas zu erwidern, doch ich komme ihr zuvor. »Und auf mich freuen Sie sich nicht, Mr. Sheol?« Mein Raunen lässt ihn herumfahren. Seine Augen weiten sich. Um die Pupillen gleißt ein Ring aus Feuer auf.

»Conte diVatta hatte doch spontan Zeit, ist das nicht eine schöne Überraschung?«, wirft Eva ein.

Aus meiner Perspektive sieht es so aus, als würde Sheol die Zähne fletschen. Aus ihrer vermutlich, als würde er lächeln. »Ganz reizend«, kommentiert er. »Keine dringenden Termine, diVatta?«

»Keine, die sich nicht hätten verschieben lassen.«

Sheol reißt sich zusammen. Er packt den oberen Rand der Tür und schwingt sich auf den Sitz. »Eva!« Seine Tonlage ändert sich abrupt. »Wer hätte gedacht, dass Sie eine solche Benzinschleuder fahren?«

Sie legt den Kopf schief. »Das Auto meines Ex-Freundes. Wir sind damit in unwegsame Gegenden gefahren – er hat geschrieben, ich fotografiert … Mein Ex ging schließlich. Sein Wagen blieb. Die meiste Zeit steht er in der Garage. In die Stadt fahre ich per Carsharing oder mit dem Bus, soweit es der Ausbau erlaubt. Ich liege Hershel Libowitz seit Jahren damit in den Ohren, in den öffentlichen Verkehr zu investieren. Leider lässt er sich lieber von SEMPER schmeicheln.«

»Ist das ein offizielles Statement zu Libowitz' Bestechlichkeit?«

»Hätte ich handfeste Beweise, wären diese längst zugunsten der Allgemeinheit in Verwendung.«

»Als explosiver Artikel in der *ECO*?«

»Vielleicht«, sagt sie nur und fährt los. »Man muss Informationen dort einsetzen, wo sie sich als besonders effizient erweisen.«

Obwohl ich seitlich hinter ihm sitze, kann ich sehen, wie Sheol grinst. Diese Lachfalten zwischen seinem Bart! Gräben wie der Grand Canyon! Er sieht zu mir. »Ist sie nicht ein schlimmes Mädchen?«

Ich blinzle stumm. Evas Aussage stinkt nach umgekehrter Bestechung. Würde sie sich dazu herablassen, anstatt Recht walten zu lassen? Hat Sheol ihr bereits zu lange ins Ohr geflüstert und sie vom richtigen Weg abgebracht?

Sheols Gestank nach würzigem Parfüm und dem Unterton von Schwefel lässt meinen Magen rumoren. Als würde das nicht reichen, so führt uns eine staubige Serpentinenstraße über den Hügelkamm, dass es mir die Galle hochtreibt.

Ich beobachte Sheol von hinten; die Muskelstränge an seinem braun gebrannten Nacken, die feinen Härchen seiner gut gestutzten Frisur, das Haargel, das sie in Form hält. Am liebsten würde ich nach vorn schnellen und hineinbeißen – ihm von seinem eigenen Gift zu schmecken geben. Ich erschrecke vor meinen eigenen gewalttätigen Visionen. Doch Sheol gibt sich Mühe, diesen krankhaften Platz in meinem Herzen auch richtig zu verdienen. Zwar fühle ich mich schuldig, dem Mann in der Parkgarage den Kiefer gebrochen zu haben – doch es war Sheol, der ihn zu einem Monster gemacht hat. Ich klage meinen Bruder an, den Angriff vor seiner Kirche als Terrorakt zu vermarkten – aber es war Sheol, der die Hand des Schützen geleitet hat.

Eigentlich dürfen sich die Spieler nicht töten.

Eigentlich.

Sheol nutzt die Schlupflöcher, indem er seine Umgebung wie Puppen bespielt. Die Herren von Himmel und Hölle scheinen es zu tolerieren, sonst hätten sie ihn bereits abgezogen. Kann ich mit meiner Geradlinigkeit gegen ihn ankommen, wenn ich mich ausgerechnet ebenso verkleiden muss; als Mann, der ich gar nicht bin? *Conte di Vatta.* Wie lächerlich.

Wir gelangen auf der Kuppe an. Es riecht nach Sand, Meer und Freiheit. Die Landschaft mutet paradiesisch an, als hätte sich der Schöpfer bei ihrer Gestaltung besonders Mühe gegeben. Strandhafer bauscht sich graugrün zwischen den Dünen, Silberkerzensträucher mit pfeifenputzerförmigen Blüten stemmen sich an geschützten Felsen gegen die Meeresbrise. Blauer Kriechwacholder bedeckt in Kissen den abfallenden Hang.

Der ausgetretene Pfad weicht einem Plateau, auf dem Reifenspuren in unterschiedlicher Breite zu finden sind. Eva reckt den Hals. »Die *Stingray* hat bereits geankert«, stellt sie fest.

Am Strand lagert ein silbergrauer Katamaran. Ein paar Gestalten tummeln sich darauf, zwei schlendern über den Sand. Sheols Leute? Ich linse auf mein Handy. Noch immer kein Rückruf von meinem Bruder. Was treibt er so lange? Oder treibt er es mit …

»Den Rest gehen wir zu Fuß«, unterbricht Eva meine Gedanken.

Sheol klopft gegen eine Seitenstange. »Sind Sie bereit, Conte?«

»Wofür?« Es fällt mir schwer, den Hass in meiner Stimme zu unterdrücken.

»Na, für einen Segeltörn.« Er schneidet die Grimasse eines Lächelns. »Waren Sie schon mal mit einem Boot unterwegs?«

»Selbstverständlich.« Der Bildhauer hat mich aus den Fluten gefischt, also ist es nicht einmal gelogen.

»Na, dann haben Sie ja nichts zu befürchten.«

39

Als wir den Hang hinabsteigen, erkenne ich, dass ich mir das falsche Schuhwerk für diese Tour ausgesucht habe. Ich habe Azuriels Tipp beherzigt, mich gut zu kleiden, doch meine Lederschuhe haben kaum Profil und schlittern über den unebenen Grund. Als ich abrutsche, höre ich Sheol auflachen. Er reißt einen Witz, den der Wind davonträgt.

Ein Tritt auf Geröll und es zieht mir die Ferse fort. Eva packt von hinten zu und gerät ebenfalls ins Schlittern. Die Schwerkraft reißt uns den Hang hinab, bis ich mit einem entschiedenen Fußtritt wieder Halt finde, den Arm um sie geschlungen.

»Scusi«, stoße ich aus. »Haben Sie sich wehgetan?«

Eva wackelt in ihren Trekkingsandalen mit den staubigen Zehen. »Alles gut.« Sie umklammert meine Hand mit der ihren. »Es war meine Schuld, bitte verzeihen Sie. Ich hätte Ihnen sagen sollen, dass es unwegsam wird.«

Ihre Finger schmiegen sich warm in die meinen, als ich sie mit einer Drehung auf sicheren Felsen bugsiere.

»Herrje, Ihr schöner Mantel …« Sie bückt sich, um mir den Staub vom Saum zu klopfen.

»Ach, lassen Sie das. Kleidung ist mir weit weniger wichtig, als es den Anschein hat. Tatsächlich kleidet mich hauptsächlich meine Assistentin ein. Sie meint, gute Kleidung macht einen guten Menschen.«

»Ms. Sihr?« Sie sieht auf und erkennt, dass wir einander immer noch halten. Ich komme ihr zuvor, indem ich sanft loslasse. Ich nicke.

»Das kenne ich. Wenn es nach mir ginge, würde ich mich nur von Kaffee und Wasser ernähren. Mein Assistent vor Yinyin hat mir zu jeder Mahlzeit einen Salat aufgezwungen. Er meinte, ich sei die einzige Vegetarierin, die kein Blattgemüse mag. Ich *hasse* Salat.«

»Und Ms. Wong?«

»Jeden Tag ein Smoothie. Drei Schlucke, dann ist es wenigstens rasch vorüber. Aber manchmal frage ich mich dennoch, wer von uns beiden die Bestimmerin ist.«

Meine Gedanken fliegen zu Jez und bleiben kurz dort hängen.

Eva klemmt ihre Tasche unter den Arm. »Wollen wir weiter?«

»Sie haben Ihre Kamera dabei?«, frage ich mit einem Nicken zum Canon-Aufdruck auf der Außenseite.

Sie hebt die Tasche an. »Manchmal muss man Privatvergnügen mit Arbeit mischen. Sonst komme ich zu gar keinem Hobby mehr. Wenn ich eine Location scoute, kann ich auch gleich ein paar Fotos schießen.«

»Ich freue mich darauf, sie zu sehen.«

Der Wind rührt an winzigen Härchen, die sich aus ihren Zöpfen gelöst haben. Sie setzt zu einer Entgegnung an, doch dann rückt ihr Blick an meiner Schulter vorbei. Ich drehe mich um und entdecke Sheol rund dreißig Schritt voraus auf einem Felsen stehen. Er späht zu uns zurück, die Lider verengt. »Wir kommen schon!«, ruft sie und marschiert los.

Weitgehend sturzfrei komme ich am Strand an. Sand und Lederschuhe, noch eine Fehleinschätzung meinerseits. Ich mühe mich voran, merke jedoch, wie ich zurückfalle.

Eva und Sheol begrüßen die beiden Wartenden vor dem Katamaran. Die blonde junge Frau trägt einen azurblauen Windbreaker mit dem Aufdruck *Seaquest*. Der andere ein weißes Shirt mit dem Emblem der University of Rhode Island: ein weißer Anker vor einem dunkelblauen Wappen.

Ich mustere die beiden. Der Blick des Mädchens ist wach, die Miene freundlich. Sie lächelt breit, als sie uns die Hände schüttelt. Meine Hoffnung steigt, dass die Mannschaft nicht unter Sheols Einfluss steht.

»Esra hat einen Lehrposten an der Universität von Rhode Island angenommen«, erklärt mir Eva. »Die jungen Leute hier sind größtenteils Marinebiologiestudenten. Einige von ihnen arbeiten freiwillig bei der Umweltorganisation *Seaquest*.«

Der junge Mann reicht mir die Hand. Unsicher mustert er mich.

Der Wind dreht sich und treibt einen Gestank heran, der mir in der Nase beißt. Eva registriert meinen stirnrunzelnden Blick. »Das würde ich Ihnen gern zeigen«, sagt sie und verweist auf mehrere dunkle Haufen, die den Strand wie Pestbeulen sprenkeln. Ich habe sie aus der Entfernung für Seetang oder anderes Schwemmgut gehalten.

»Eva …!«, erklingt Sheols einwebende Stimme.

»Einen Moment, Esra«, weicht sie seinem Netz aus. »Ich möchte Leonardo nur kurz über den Strand führen. Bereiten Sie ruhig die Abfahrt vor, wir sind in zehn Minuten wieder da.« Esra schließt sauer den Mund, während die blonde Studentin an seine Seite rückt und sich um seine Aufmerksamkeit bemüht. Eva hingegen fasst mich am Ellenbogen und führt mich über den feuchten Sand. »Passen Sie auf, dass Sie keine nassen Füße bekommen.« Das Meer schiebt sich sacht über den Strand entlang.

»Ich bin dem Meer sehr zugetan.«

»Tatsächlich? Woher kommt's?«

Die Frage erwischt mich unvorbereitet. Dafür gibt es keine maßgeschneiderte Antwort aus dem File, das Azuriel für mich vorbereitet hat.

»Ich würde sagen, mein Vater hat die Liebe dafür genährt«, entgegne ich vorsichtig. »Er sagte, das Meer sei die Wiege allen Lebens auf Erden.«

»Womit er recht hat. Ich habe oft das Gefühl, dieser Fakt gerät in den Hintergrund. Die Menschen verdrängen die Wichtigkeit des maritimen Lebensraums und was es bedeutet, sein Gleichgewicht zu wahren. Wussten Sie, dass die Ozeane rund siebzig Prozent des Sauerstoffs der Welt produzieren?«

Ich weiß es, doch lasse ihr den Triumph. Ein wenig bewundere ich diese Frau ja für ihr Interesse, ihr Wissen – das sie in ihrer limitierten Zeit auf dieser Welt in dieses limitierte Gedächtnis gepflanzt hat wie fruchtbare Saat. Ich habe Jahrhunderte überdauert und bin genährt durch den Kanon meiner Geschwister, und doch fühle ich mich ihr nicht überlegen, wie ich es könnte. Tatsächlich erfreut mich das. Ich habe etwas ganz anderes erwartet. Aber meine Erwartung hat sich seit meiner Ankunft in einigen Punkten geändert.

Ich denke über ihre letzte Aussage nach, kneife die Augen zusammen, während mein Blick über den dunkelblauen Meeresspiegel gleitet. »Ich denke, es liegt daran, dass er sich fürchtet.«

»Er?«

»Der Mensch. Er mag dem Wasser entstiegen sein, doch kann darin nicht leben. Das Meer bleibt ein Mysterium für ihn, der Großteil unerforscht. Wer weiß, was es noch zu entdecken gibt.«

»Solange wir es bis dahin nicht zerstören.«

»Solange der Mensch es nicht zerstört.« Ihr entgeht meine minimale Änderung.

Wir gelangen an einen felsigeren Strandabschnitt. Mir fallen schwarze Flecken auf, wie Teerklumpen, die darauf getrocknet sind. Eva bedenkt sie mit einem Naserümpfen, bückt sich und kratzt daran. »Das sind Überreste von dem Leck im Februar«, teilt sie mir mit. Sie holt den Fotoapparat aus der Tasche, schießt einige Bilder – *Klick-klick-klick*. »An der Reinigungsaktion haben sich zahlreiche Helfer beteiligt. Darunter Normalbürger, die dem Aufruf gefolgt sind, aber auch Mitarbeiter von *Seaquest*. Sogar aus Kingston sind Studenten der Biofakultät angereist, um mit anzupacken. Wissen Sie, wie viele Leute die offizielle Leitstelle von Doverport geschickt hat?«

Ich schweige.

»Zwei. Zwei Leute; und einen Pritschenwagen, der es nicht bis auf den Hügel geschafft hat.« Sie nickt den Hang empor, wo der Jeep wie in einer Fernsehwerbung thront. »Der Zugang zur Mako Bay ist nicht einfach; weshalb sie als unberührtes Naturjuwel gilt.« Sie erhebt sich, zieht den Kameragurt über ihrer Schulter zurecht und wandert weiter, gräbt dabei die Hände in die Taschen ihrer Caprihose. »Wir haben getan, was wir konnten. Aber der gesamte Dreck musste mit Schubkarren dort hochgekarrt werden oder über den Bootsweg entfernt werden. Das sind die Überbleibsel, die wir nicht geschafft haben. Die Stadtregierung hat beteuert, dass sie sich um die Entfernung der Reste kümmert … sie sagte nur nicht wann.«

Der Geruch von Erdöl hängt in der Luft. Unter seine Schärfe mischt sich der Ton von Verderbnis. Beim Näherkommen gliedern sich die Haufen in ihre Einzelteile auf. Es sieht aus, als würde der verschmierte Seetang die verendeten Tiere erdrosseln. Nicht alle von ihnen sind länger zu erkennen, von der Sonne ausgedörrt und von Pech verkleistert. Es stinkt nach Tod und fischiger Verwesung.

Schnabel aufgerissen, Augen ausgepickt. Fische, manche kaum länger als meine Hand, andere von der Größe von Kindern, denen durch die von Rohöl verklebten Kiemen die Luft ausging. Ein Raubfisch bleckt mir die zahllosen Zahnreihen entgegen, die einst silbrige Haut hat ihren Glanz verloren. Sein Blick war zu Lebzeiten gnadenlos, nun ist ihm nicht einmal diese Ehre geblieben; bloß der Schreck haftet seiner verwesenden Gestalt noch an. Makohaie, erinnere ich mich – nach ihnen ist die Bucht benannt.

Ein Delfin, im Tang verheddert, zahllose Küstenvögel und ein Pelikan mit aufgeblähtem Kehlsack, das Gefieder ölverschmiert. Und das ist nur einer der Haufen, der den Strand sprenkelt. *Hügelgräber*, schießt es mir durch den Kopf, bloß dass der Mensch sie normalerweise nur für seinesgleichen errichtet.

Ich bücke mich und strecke die Hand nach einer Möwe aus, die aussieht, als wäre sie im Todeskampf verendet. Das Haupt nach hinten gebogen, steht ihr Flügel wie ein Mahnmal in die Höhe. Einst schneeweiße Federn zittern am Gerippe. Mir schnürt sich der Hals zu, so sehr erinnern mich die Schwingen an meine eigenen. Ich unterdrücke den Drang, mir an die Schultern zu greifen, nach dem zu tasten, was verloren ist. In diesem Augenblick erschreckt es mich, wie rasch ich mich an diese Beschneidung gewöhnt habe. Vom König der Lüfte zum Wurm auf Erden binnen Tagen, und ich habe es einfach hingenommen.

Ein Klicken reißt mich aus den Betrachtungen. Eva drückt ein letztes Mal ab und späht über den Rand der Kamera. Nachdenklich sieht sie mich an. Neben der beständigen Meeresbrise spüre ich etwas Weiteres zwischen uns. Verständnis über die Sinnlosigkeit dieser menschgemachten Katastrophe. Einigkeit darüber, dass Menschenleben nicht die Einzigen sind, die Schutz und deren Ende Trauer verdienen. Das Einzige, was Eva Persaud nicht versteht, ist, dass ich mich nicht zu ihnen zähle.

Ihre Brust hebt sich wie unter einem erleichterten Atemzug. Sie lächelt, sagt aber nichts. Sie muss es nicht; nicht diesbezüglich. Hier verstehen wir einander wortlos.

Es ist etwas, das Sheol vorspielen, jedoch niemals wird teilen können.

Der Katamaran ist ein vollkommen anderes Kaliber als das alte Fischerboot des Bildhauers. Sein Äußeres glänzt wie die nasse Haut seines Namensvetters – *Stingray*, der Stachelrochen. Breit und ausladend schaukelt er auf den Wellen. Die Seitenteile enthalten mehrere Kabinen und genügend Platz für Tauchequipment.

Die Crew setzt die Segel, geübt und aufeinander abgestimmt wie ein Uhrwerk. Eva hilft mir, meine Schutzweste anzulegen und einen sicheren Sitzplatz zu finden, da greift der Wind in die Segel und das Boot nimmt an Fahrt auf. Kurze Zeit später gleitet die *Stingray* über das glitzernde Wasser, Sheols Stimme fordert Tempo. Die Gischt sprüht auf, als der Bug in See sticht. Ich klammere mich fest, der Wind braust mir ins Gesicht. Die Fahrt erinnert mich an den Himmelssturz, umhüllt von Sonnenlicht und Azurblau. Die Erinnerung an den Schmerz und die Hitze leuchtet wie ein Blitzschlag in meinem Gedächtnis auf, die lodernden Flügel auf meinem Rücken, gefolgt vom Aufschlag auf der Meeresoberfläche, als krachte ich auf Granit.

Mit einem Schnaufen kralle ich mich an der Reling fest. Etwas berührt warm meine Hand. Eva umschlingt meine Finger und drückt sie. »Seekrank?«, ruft sie über das Pfeifen des Windes hinweg.

»Meine letzte Ausfahrt ist etwas her«, presse ich hervor. Meine Rückenmuskeln spannen sich an, als erinnerten sie sich an die brennenden Schwingen.

Sheols Lachen wird vom Wind davongetragen. Er steht am Ruder, der König der Wellen. Auch wenn man einem Lügner nicht trauen kann, so schwöre ich, dass er diese Fahrt genießt; die Macht über den Katamaran, die Bestimmung über den Weg – und dass wir ihm alle ausgeliefert sind.

Ich drücke Evas Hand. Die *Stingray* hüpft über eine Welle und kommt schwer auf, der Sprühregen prasselt auf uns. Eva entkommt ein Schrei, der in ein Lachen mündet. Ihr Lächeln ist breit und ihre Augen leuchten. Sheol mag der Herr über die Wellen sein, doch ich halte ihre Hand.

Gerufene Befehle, gezogene Taue und geschwenkte Segel würgen die Fahrt der *Stingray* ab, bis sie nur noch wie eine Ente vor sich hin dümpelt. Argwöhnisch beobachte ich Sheol, der von seinem Podest klettert und den Weg zu uns sucht. Eva drückt abschließend meine Hand. »Besser?«

Stumm nicke ich.

Aus dem Innenraum räumen die Studenten einige Geräte. Darunter erkenne ich Kameras, die wohl an langen Seilen in die Tiefe gelassen werden können.

»Wir befinden uns jetzt direkt über der *Santa Muerte*«, erklärt mir Eva. »Sie ist ein Handelsschiff aus der Kolonialzeit. Wracktauchen gehört zu einem beliebten Tourismuszweig von Rhode Island. Nirgendwo gibt es so viele Möglichkeiten wie hier.«

Wie ein Pirat stellt Sheol vor uns ein Bein auf und lehnt sich darauf. Seine muskulösen Oberarme ragen aus der Sicherheitsweste hervor. Er nickt mir zu. »Waren Sie schon mal tauchen, diVatta?«

Ich blinzle. »Wie meinen?«

Er ahmt Brustschwimmen nach, als wäre ich schwer von Begriff. »Tauchen, im Meer.«

Ich zögere die Antwort hinaus, weil ich ahne, dass Sheol mit jedem Wort etwas gegen mich auszurichten versucht. Soll ich lügen?

Eva grätscht dazwischen. »Sheol spricht über Flaschentauchen.«

Ich zwinkere. Zwar kenne ich einige Theorien über das *Wie* von Flaschentauchen; doch mein kurzes Hiersein hat mich gelehrt, dass Theorie und Praxis in der Menschenwelt bald einmal auseinanderklaffen.

»Sie müssen wissen«, fügt Eva an, »dass Sheol und ich uns über Wassersport kennengelernt haben. Zuerst beim Surfen, wir waren aber auch schon Tauchen. Das Meer ist quasi unsere zweite Heimat.«

Sheol sieht mich kurz an, die dichte Augenbraue gehoben. Dann wendet er sich wieder an Eva und nickt ihr zu. »Was meinen Sie, Eva? Anstatt langweilig die Kamera runterzulassen – wie wäre es, wenn wir uns in die Taucherkluft werfen? *Carpe Diem*, wie ein alter Römer zu sagen pflegte. Wer weiß«, er sieht zu mir, »vielleicht ein Vorfahr von Ihnen.«

Ich würge die Magensäure hinunter. Ein Seitenblick verrät mir, dass sich Evas Körperhaltung ändert. Ihre Finger fliegen förmlich über ihre Knie, als spielte sie Klavier. »Oh«, sagt sie, »ich habe mich gar nicht darauf vorbereitet …«

»Sind Sie ausgeschlafen und haben genügend getrunken?« Er zuckt mit dem Mundwinkel. »Wasser, natürlich.«

»Eigentlich schon …«

»Was hält Sie auf?«

Sie sieht zu mir. Ich wünsche mir, dass sie ablehnt. »Wäre das für Sie in Ordnung?«

Zwei Herzschläge später ringe ich mir ein Nicken ab. »Vorausgesetzt, ich darf Sie begleiten.«

40

Für Flaschentauchen benötigt man einen Taucherschein, Signore diVatta …«, wendet Sheol ein.

Rasend blättere ich durch meine Wissensbibliothek und rupfe einige Zettel in meine oberflächlichen Gedanken. »Ich habe mein Brevet 2014 auf Sizilien abgeschlossen«, wende ich rasch ein. »Ich habe den Schein allerdings nicht hier – als ich aus Italien anreiste, dachte ich nicht, dass ich ihn brauchen würde.«

Sheol lehnt sich zurück und verschränkt die Arme vor der Brust. »Das soll uns nicht aufhalten«, sagt er verzögert. »Ich vertraue einem Ehrenmann wie Ihnen.«

Eva klatscht sich begeistert auf die Knie. »Das ist ja wundervoll!«, ruft sie aus. »Die *Santa Muerte* liegt in etwa fünfzig bis sechzig Fuß Tiefe auf einem Hochplateau. Wir müssen nur auf die Gräben achten, die gehen tief runter.«

In der Abgeschiedenheit der Koje versuche ich, mir mithilfe des Mobiltelefons einen Crashkurs des theoretischen Tauchens zu geben, um mein theoretisches Wissen auch praktisch so anwenden zu können, wie es ein gelernter Taucher tun würde. Der Empfang ist schlecht. Gestresst sehe ich auf die sich zäh aufbauenden Seiten, während ich mich umziehe. Es fühlt sich eigenartig an, in den Neoprenanzug zu schlüpfen. Als ich den Zipp schließe, klopft es an der Koje. »Leonardo? Alles in Ordnung?«

Ich schlucke und bücke mich zur Tür. Das Bootsleben wäre nichts für mich und meine Körpergröße. Eva wartet auf den Stufen, ein schwarzer Neoprenanzug schmiegt sich an ihre Rundungen. Sie lächelt mir zu. Ich würde am liebsten herausplatzen – *Tun wir es nicht! Bleiben wir an Bord! Der Teufel kann nur Schlimmes im Schilde führen!* Stattdessen steige ich schweigend hinter ihr die Treppe auf den einen Schiffsrumpf, wo wir die restlichen Gerätschaften anlegen und uns auf den Tauchgang vorbereiten.

Wir sitzen am Rand des Katamarans. Das Gewicht der Taucherflasche drückt ungewohnt auf meinem Rücken, doch nicht unangenehm – schließlich habe ich lange genug Flügel getragen. Eva sitzt in der Mitte, trennt mich von dem Dämon, der unter der Taucherbrille eine Grimasse schneidet. »Geben Sie vor der Tiefe acht, diVatta! Wer weiß, was für Ungeheuer in den Gräben lauern.« Er bewegt die Arme wie ein Oktopus und streckt die Zunge aus, lang und spitz erscheint sie mir, wie die eines Krampus.

Die Studenten, die uns bei den Vorbereitungen geholfen haben, lachen darüber. Auch Eva schüttelt den Kopf. »Sie Quatschkopf.« Sie befestigt ihre Taucherbrille. »Ich gebe zu, ich hätte nicht gedacht, heute noch mit Ihnen beiden tauchen gehen zu dürfen. Was für ein aufregender Tag!« Sie schaltet eine Kamera an, die an ihrem Brustgurt befestigt ist, und versichert sich bei einem Studenten am Laptop, dass das Bild wiedergegeben wird. Diese Kamera ist meine Versicherung – solange ich mich in Evas Nähe aufhalte. Falls Sheol versucht, mir etwas anzutun, dann vor Zeugen.

Eva gibt ein Startzeichen und kippt rückwärts ins Wasser. Einen Augenblick lang sind noch ihre Flossen zu sehen, dann verschwindet sie im Blaugrün.

Sheol und ich sehen einander an – und folgen ihr.

41

Ich bin überrascht, bereits nahe der Wasseroberfläche einem Fischschwarm zu begegnen. Möglicherweise hat die Ankunft der *Stingray* ihn angelockt. Ich tauche durch die schillernden Fische, auf deren silbrigen Schuppen ein bunter Farbstreifen auftaucht, sobald das Sonnenlicht sie trifft.

Eva taucht auf etwa fünfzehn Fuß hinab, wie mir die Anzeige des Tiefenmessers verrät, und legt dort einen Zwischenstopp ein. Langsames Auf- und Abtauchen ist das A und O beim Tauchen, um den menschlichen Körper an die verändernden Druckverhältnisse zu gewöhnen. Allerdings – auch wenn mich die Künstler so menschlich wie möglich gemacht haben, bleibe ich zum Teil göttlicher Natur. Ich kann also in meinem Fall nur mit Wahrscheinlichkeiten rechnen.

Bereits in dieser Tiefe verliert der rote Aufdruck auf Evas Neoprenanzug an Farbe, da dieses Spektrum des Lichts vom Wasser absorbiert wird. Hinter ihr schwebt Sheol wie ein Barrakuda. Durch die Taucherbrille sowie das Mundstück ist sein Gesicht kaum zu erkennen. Unter uns erahne ich die Schemen des Meeresgrundes. Eine zerklüftete Landschaft breitet sich vor meinen Augen aus, auf der sich Korallen und Meerespflanzen bauschen wie locker angelegte Wälder. Ich blinzle überrascht; während ich mit jedem Atemzug das Stickstoff-Sauerstoff-Gemisch in meine Lunge sauge.

Der Fischschwarm gleitet an mir vorüber, teilt sich rund um mich und findet vor mir wieder zusammen. Auch sein Schuppenkleid verliert an Farben, als er tiefer sinkt, zunächst das Rot, dann das Orange.

Eva gibt mir das Zeichen, ob ich bereit bin, und wir gehen tiefer. Diagonal schweben wir über die Meereslandschaft. Ich spüre Erleichterung, dass sich mein theoretisches Wissen so nahtlos umsetzen lässt. Das Wasser, der Auftrieb, die Welt unter dem Wasserspiegel – alles versetzt mich in vorsichtige Zuversicht und fast so etwas wie Euphorie.

Türme aus toten Korallen bilden neuen Lebensraum, Steinkorallen recken ihre Nesseln in unterschiedlichsten Schattierungen und Formen Richtung Licht. Da hier unten alles nur noch grünlich-blau erscheint, knipse ich die Unterwassertaschenlampe an. Jedes Mal, wenn der Lichtstrahl den Grund streift, flammt er zur vollen Farbpracht auf.

Aus den verschwommen blauen Wasserschichten schält sich das Wrack. Wie ein toter Riesenhai ruhen die Überreste der *Santa Muerte* zwischen zwei Rifftürmen. Evas Flossenbewegungen werden schneller. Sheol hält sich locker an ihrer Seite, weist auf etwas unter ihnen, und ich bekomme gerade noch zu sehen, wie sich ein Tintenfisch in einen Spalt zurückzieht. Er ist allerdings kaum größer als meine beiden Hände zusammengelegt – wohl nicht das Meeresungeheuer, das Sheol angekündigt hat.

Misstrauisch begutachte ich die Gräben, von denen Eva gesprochen hat. Ein Netz aus Rissen durchzieht den Grund, das Licht verliert sich darin. Doch hier oben im freien Wasser, rund fünfzehn Fuß vom Grund entfernt, fühle ich mich vor etwaigen Überraschungen gefeit. Durch den Auftrieb von der Schwerkraft befreit, ist es, als könnte ich wieder fliegen. Wie ein Fisch zische ich durch das Wasser, ein Flossenschlag nach dem anderen bringt mich voran. Nach meinem Sturz empfand ich das Meer als dunkel und erdrückend. Nun bietet es mir eine vollkommen neue Art der Freiheit.

Der Schiffsrumpf rückt in mein Blickfeld. Der Namenszug ist bemerkenswert gut erhalten. Seeanemonen haben sich auf der Reling festgesetzt und schwanken in der Strömung auf der Suche nach vorübertreibender Nahrung. Größere Fische gleiten über das Deck. Im Schiffsleib klafft ein Riss, der das Gefährt ein Stück in sich einsinken lässt. Ob der Bruch für das Sinken der *Santa Muerte* zuständig war oder erst durch das Aufkommen zwischen den Riffen entstanden ist, vermag ich nicht zu sagen. Als wir näher treiben, entdecke ich unter mir einige gesprenkelte Kofferfische sowie Pfeilschwanzkrebse, die sich pfeilschnell in die Dunkelheit eines Grabens zurückziehen. Als ich den

Blick hebe, sehe ich noch, wie Eva seitlich ans Wrack herantaucht. Sheol hat zwischen uns gehalten. Er sieht in meine Richtung, sein Gesicht hinter der Brille schwer lesbar. Langsam hebt er die Hand.

Wachsam bremse ich meine Schwimmbewegungen ab.

Da schnippt er.

Das Licht geht aus.

42

Ich weiß nicht, ob es nur in meinem Kopf passiert oder Sheol tatsächlich das Licht raubt – von einem Augenblick zum anderen taucht meine Umgebung in Schwärze. Meine angespannten Muskeln zucken, als könnte ich der Finsternis davonsprinten. Aus meiner Sauerstoffmaske dröhnt mein Wutschrei.

Panik steigt in mir auf. Ich habe Angst, die Taschenlampe zu verlieren, umklammere sie blind und taste mit der zweiten Hand nach dem Schalter. Der Lichtstrahl schießt hervor, doch nach einem Inch verliert er sich in der Finsternis, wie von Tinte absorbiert.

Ich beleuchte die Geräteanzeige. Tiefenanzeiger, Druck, alles beim Alten. Das bedeutet, dass ich mich noch am gleichen Ort befinde. Mithilfe des Tiefenmessers kann ich den Weg zurück an die Wasseroberfläche finden; selbst wenn ich mich durch die fehlende Sicht nicht zu orientieren vermag. Falls Sheol glaubt, dass ich hier ersaufe, dann hat er sich geschnitten.

Ich behalte die Anzeige im Blick und versuche, mit einigen Flossenschwüngen Richtung Oberfläche zu schwimmen. Rasch stelle ich fest, dass es schwerer ist, die Richtung beizubehalten, als gedacht. Ich spüre den Wasserdruck nicht, was mir die Orientierung in der Rabenschwärze erschwert. Endlich bewegt sich die Nadel langsam in die passende Richtung, und ich behalte den Kurs bei.

Die Taschenlampe flackert.

Ich halte die Luft an. *Nein! Sag nicht, dass jetzt die Batterie versagt!*

Das Licht wabert erneut und geht ganz aus. Ich schüttle das Gerät, entringe ihm ein letztes Funzeln, da rutscht es mir aus dem Griff. Hastig grapsche ich danach. Der Kunststoff streift noch meinen

Handrücken, danach durchkämmen meine Finger die Leere. Vor Zorn verliere ich das Mundstück. Ich sehe es nicht, doch höre das Luftgemisch in Blasen dem Schlauch entkommen. Unversehens schlucke ich etwas Wasser.

Gott sei Dank hängt der Schlauch an meinem Lufttank. Ich bekomme ihn zu fassen, rangle damit und zwänge das Mundstück wieder zwischen die Lippen. Mit aller Macht unterdrücke ich das Husten, stoße die Luft nur durch die Nase in die Maske und nehme hastige Atemzüge. Dann versuche ich mich wieder zu orientieren – nur dass es nichts gibt, was mir als Anhalt dient.

Ich schwebe in absoluter Schwärze. Meine Gedanken rasen. Ich kann mich nicht mehr an den letzten Stand der Sauerstoffanzeige erinnern, und es könnte sein, dass ich mich durch die Bewegungen im Wasser gedreht habe. Ich versuche, auf die klitzekleinsten Druckveränderungen zu achten, auf Geräusche – doch es bleibt merkwürdig still. Das Meeresrauschen klingt wie aus weiter Ferne. Mir ist, als schwebte ich im Nichts.

Wer die himmlische Sphäre betreten will, muss in den Himmel steigen, um das Tor zwischen den Welten durchschreiten zu können. Natürlich vermag der Mensch das nicht. In seinen Raumschiffen fliegt er durch die Atmosphäre, bis er im lichtverschluckenden All landet.

Genauso fühle ich mich gerade.

Als schwebe ich im ewig finsteren Weltall; zu einer Zeit, in der die Galaxien derart weit auseinandergedriftet sind, dass nicht einmal das Sternenlicht zu mir durchdringt.

Herr, bete ich in dieses Nichts hinein, *bist du da?*

Doch ER, der im Himmel stets unsere Stimmen hört, ein Bienenstock an verbundenen Gedanken, bleibt stumm. Durch die Sphären bin ich von IHM abgeschnitten.

Es bleibt mir nichts übrig, als zu hoffen. Ich bewege die Flossen, spüre, dass ich durchs Wasser gleite, die Hände tastend vor mich gestreckt. Der einzige Körperteil, der Druckveränderungen anzeigen kann, ist das Trommelfell. Ich spüre die anwachsende Spannung. Leider verraten mir diese Schmerzen nur, *dass* sich der Druck ändert – nicht, ob ich mich nach oben oder unten bewege.

Ich führe Druckausgleich aus, bis es in meinen Ohren knackt. Meine Gebete mäandern durch meine Gedanken. Ich habe mich meinem Gott noch nie so entfremdet gefühlt.

Der Druck in meinen Ohren verstärkt sich. Erneut bemühe ich mich um einen Ausgleich, indem ich mir die Nase zuhalte und in den geschlossenen Mundraum atme.

Als ich die Augen wieder öffne, flimmert mein Sichtfeld. Erst als sich die Blitze zurückziehen, erkenne ich einen Lichtpunkt in der Ferne. Ein Wabern verrät mir Bewegung. Ist das die Sonne, die ich durch die Wellen sehe?

Aufgeregt schlucke ich. Sheols Zaubertrick vermochte den Lichtstrahl der Taschenlampe nicht gänzlich zu dämpfen. Und die Sonne als Himmelslicht trägt nicht nur die symbolische Macht des Herrn in sich, sondern auch eine magische. Es ist gut möglich, dass Sheol dieses Licht nicht zu verdecken vermag – wie ein Tuch auf einem Flutlicht, durch dessen Fasern das Leuchten dringt.

Hoffnung flutet meine Brust. Mein Herr hat mich erhört! ER hat mir ein Zeichen geschickt!

Ich bewege die Flossen, muss mich zügeln, nicht zu schnell zu werden, sondern auf den Druckausgleich zu achten. Ich spüre den Herzschlag deutlich in meiner Brust. Das Licht bleibt ein Punkt, der nur langsam näher rückt. Ich muss zuvor in die vollkommen falsche Richtung geschwommen sein.

Endlich wird er größer; ein strahlend weißes Rund, das die Wasseroberfläche markiert. Ich strecke die Hände danach aus, meine Gedanken verschwimmen. Eine Seite aus den Büchern meiner Gedankenbibliothek flattert vorüber. *Stickstoffvergiftung.* Fast entgleitet mir der Gedanke wieder, doch ich schnappe zu. Es kostet mich eigenartig viel Kraft, ihn zu behalten. Ich darf nicht zu schnell auftauchen, um den Stickstoff, der sich unter hohem Druck in meinem Körper einlagert, wieder auszuatmen.

Ich hoffe, die Zeit reicht, denn die Minuten ticken diffus vorüber. Ich steige weiter auf, dem Lichtfleck entgegen; habe das Gefühl, er ist nur noch eine Handbreit entfernt – bald muss ich die Wasseroberfläche durchstoßen. Werde ich dann wieder normal sehen? Wie soll ich Eva und dem Team der *Stingray* bleibende Sehstörungen erklären? Oder sitzen sie etwa gerade auch im Dunkeln?

Der Lichtball wird größer. Viel größer.

Ich dämpfe meine Paddelbewegungen ab. Meine Gedanken schwanken wie Seegras, ich vermag sie nur schwer zu fassen. Bücher poltern aus meiner Wissensbibliothek und klappen wahllos auf. Da, eine fliegende Seite!

Tiefenrausch – ein rauschartiger Zustand, der durch Überdruck entstehen kann. Zu hoher Stickstoffpartialdruck löst Störungen des Zentralnervensystems aus. Diese führen zu kognitiven Problemen und können ein euphorisches Gefühl hervorrufen, das zu einer falschen Einschätzung der Situation führt.

Ich schwebe vor einem Ball aus Licht, größer als ich selbst. Ich höre das Stickstoff-Sauerstoff-Gemisch durch meine Lunge rauschen. Mit jedem Atemzug lagert sich mehr Stickstoff in meinen Körper ab.

Sheol hat mich in die Tiefe gelockt.

43

Ich würde am liebsten die Welt verfluchen. Stattdessen entweicht mir die Atemluft in schillernden Blasen, die an der gigantischen Lichtkugel vorbei aufsteigen.

Die Atemluft!

Ich hätte auf ihren Auftrieb achten müssen – vielleicht hätte ich ihre Richtung erspüren können! Sie hätten mir die richtige Richtung verraten können!

Ich sehe hoch, doch die Blasen entgleiten dem Licht und verschwinden in der Schwärze. Ich checke meine Anzeige. Der Tiefenmesser zeigt zweihundertachtzig Fuß Tiefe an. Verdammt!

Ich würge den sauren Speichel hinab. Kein Wunder, dass ich mich auf kaum etwas konzentrieren kann! Ich muss hier weg – auftauchen, aber langsam genug, um den Stickstoff loszuwerden! Wie war das noch mal mit der Dekompressionskrankheit? Welche Stufen gab es da?

Ich will mir die Stirn reiben, doch bemerke einen Widerstand – ich trage ja noch immer die Taucherbrille. Die Stickstoffvergiftung trübt meine Gedanken. Ich muss … ich muss …

Der Lichtball regt sich.

Ich zucke zusammen.

Er kommt näher, und ich versuche automatisch zurückzuweichen, doch da stößt er gegen mich – lumineszent und eigenartig nachgiebig wie ein schlecht aufgepumpter Plastikball. Vorsichtig strecke ich die Hand aus und streife darüber. Unter meinem Fingerdruck scheint sich etwas unter der Oberfläche zu bewegen wie weißgoldener Sand. Ich lege den Kopf schief, von dem Anblick gebannt. Es fällt mir schwer, meine Gedanken festzuhalten.

Plötzlich kommt Regung in den Lichtball. Er stößt gegen mich, schleudert mich ein Stück zurück, sodass ich einmal um mich selbst rotiere. Ich strample mit Armen und Beinen, um Kontrolle über meine Bewegungen zu erlangen, da gleitet von hinten etwas an die Lichtquelle heran – und ich glotze in das von Zähnen gespickte Maul einer Bestie.

44

Ein verzerrtes Gesicht, das aus einem aufklaffenden, gebogenen Maul und einer stumpfen Schnauze besteht, starrt mich aus bleich-toten Augen an. Seine Haut schimmert schleimig und spannt sich derart straff über Knochen und Knorpel, dass es an die eingefallene Mimik eines Verstorbenen erinnert.

Das Monstrum zuckt. Seine Flossen treten in Erscheinung – die Strahlen seiner Flossenfächer sind extrem verlängert, sodass sie als transparente Schnüre seine Gestalt umwabern.

Das Maul klafft auf, Zähne lang und spitz wie Gräten – vorausgesetzt, Fische erreichen die Größe eines Kastenwagens. Das Vieh schießt mit einem Ruck seiner Schwanzflosse an mich heran. Das Licht bewegt sich mit ihm – durch einen Auswuchs mit seinem Haupt verbunden.

Ein Anglerfisch, durchzuckt es mich. *In dieser Größe? In dieser Meerestiefe? Das kann nicht sein!*

Doch dieser Gedanke treibt davon, als ich erkenne – *ich bin seine Beute.*

Kopflos rudere ich los. Das Licht der organischen Laterne verfolgt mich. *Ugh!* Mein Bein verheddert sich in etwas. Ich versuche loszukommen, doch es schnürt sich wie ein Drahtseil um meine Wade und zieht mich zurück.

Je mehr ich dagegen ankämpfe, desto tiefer schneidet der Widerstand in mein Fleisch. Ich bin eine Fliege, die sich immer stärker im Netz verwebt.

Mit aller Macht unterdrücke ich den Fluchtinstinkt und halte inne. Zwischen rotierenden Gedanken taste ich nach dem Hindernis.

Meine Finger gleiten über einen daumendicken Widerstand, eigenartig glatt und knorpelig, doch ich schaffe es nicht, ihn zu lockern. Als ich hinunterblicke, erkenne ich eine der Schnüre, die den Fisch wie ein ausgefranstes Fischernetz umgeben. *Ich bin ihm ins Netz gegangen,* schießt es mir durch den Kopf, da kommt schon der zahngespickte Fischschädel auf mich zu. *Zähne, Zähne – überall Zähne!* Das Maul schnappt über mir zusammen.

Blind packe ich zu und erwischte einen langen Zahn. Ich versuche, mich gegen den Druck des Kiefers zu stemmen, doch er rutscht durch meine Finger. Ein angestrengtes Grunzen dröhnt in meine Maske.

Mit den Beinen rudere ich wild. Meine verhedderten Füße stoßen auf Widerstand, doch ich rutsche gleich wieder an der Fischlippe ab. Wie eine Speerspitze radiert eine Zahnspitze meine Wade entlang. Schmerz flammt auf.

Das Monstrum versucht mich zu zerbeißen. Mit der Schwimmflosse verkante ich meinen Fuß in der unteren Zahnreihe. Ich stemme mich gegen den schließenden Oberkiefer, komme mir vor wie ein Zahnstocher, der unter dem Druck zu bersten droht.

Was soll ich tun?

Meine Gedanken rasen wie der Wind und poltern sogleich träge wie Steine. Keiner lässt sich einfangen.

Was soll ich tun?

Ich packe fester zu, doch die Zähne des Oberkiefers rutschen durch meine Hände. Der Fisch drückt das Maul ein Stück weiter zusammen.

Du musst etwas tun!

Meine Finger quetschen den Zahn so fest, dass es knackt. Ich gebe unter dem Druck des Mauls nach. Ein Stück noch, und ich stürze auf den Unterkiefer.

Ich trete stärker auf, da löst sich mein Fuß aus der Tauchflosse. Verzweifelt suche ich erneut nach Halt, doch rutsche an der glibberigen Lippe aus. Ich sacke vornüber, das untere Zahngewirr drückt sich in mein Abdomen. Mit einem Aufschrei rüttle ich an dem Zahn. Nun knackt es deutlich.

Ich wiederholte die Bewegung, doch der Ruck wird durch den Wasserwiderstand gedämpft. Die Zähne bohren sich durch meinen Neoprenanzug.

Wirst du …!

Ich kratze alle himmlische Kraft aus jeder einzelnen Muskelfaser, die mein Herr so sorgfältig geformt hat. Ein dumpfes Krachen ertönt. Der Zahn bricht entzwei. Gleichzeitig verliere ich komplett den Halt. Das Maul klappt über mir zu.

Ich ramme zu. Blind. Ein Messer, ein Dolch, ein Schwert, ein Speer. Roh und gewaltvoll, wie mit den ersten Waffen, die der Mensch erfunden hat.

Irgendwie löse ich mich aus dem Maul, doch wüte weiter. Noch nie habe ich Geschmack an roher Gewalt gefunden, doch etwas in meinem Inneren brennt in einem nie dagewesenen Feuer. Ich sehe nichts außer dem Schwall aus Atemluft, der mir vor Anstrengung entweicht. Ich spüre nichts, nicht einmal die Wunde – vielleicht stecke ich bereits auf den Zähnen und wüte dennoch weiter. Wenn hier schon das Licht eines Engels vergeht, so nehme ich diesen Tiefseedämon mit mir. Ich werde nicht allein untergehen.

Die unheimliche Energie strömt haltlos aus meinem Körper. Überall treibt Blut – meins, seins. Erst als ich ein-, zweimal verfehle und das Feuer alles in mir verbrannt hat, halte ich inne.

Über mir schwankt das Licht. Die Luftblasen, die ich mit jedem Atemzug ausstoße, treiben in Perlenschnüren an mir vorbei. Da erkenne ich, dass wir sinken.

Der Fisch bewegt sich nicht länger. Einer meiner Hiebe hat sein faustgroßes Auge durchstoßen. Doch er sinkt.

Ich reiße den Kopf hoch.

Wir sinken.

Gefangen in seinen Fäden, zieht er mich mit sich in die Tiefe. Das Licht schwebt über uns an der Angel, die es mit der Rückenflosse verbindet. Nun zeigt es wirklich *oben* an.

Panisch taste ich nach meiner Wade. Ich fahre über den aufgerissenen Anzug, über die Fleischwunde. Es gelingt mir, den einen Fuß zu befreien – doch der mit der verkanteten Flosse steckt fest. Ich greife nach der Ferse und streife die Flosse ab.

Entfesselt rudere ich davon. Jede Bewegung kommt mir langsam und zäh vor.

Meine Gedanken verschwimmen, und ich gebe mir nicht länger Mühe, sie zu sammeln, sondern tauche los, weiter und weiter in die vermutete Höhe – denn ich kann hier ohnehin nichts tun, als um mein Leben zu strampeln und zu hoffen, heil rauszukommen.

45

In dem Augenblick, als ich die Wasseroberfläche durchbreche, kehrt Farbe in die Welt zurück. Der strahlend blaue Himmel und das reflektierende Wasser verursachen Kopfschmerzen. Ich zwicke die Lider zusammen, während ich gierig die Luft einsauge. Seit mehreren Minuten hat meine Taucherflasche keinen Sauerstoff mehr ausgespuckt, und ich bin mir ziemlich sicher – wäre ich ein Mensch, hätte ich das nicht überlebt.

Meine Brust hebt und senkt sich arhythmisch, der Atem brennt in meiner Kehle. Ich schmecke Salz, aber auch etwas anderes – eine Mischung aus Fisch und aufgewühltem Grund und Verwesung, was mir bestätigt, dass ich mir den Kampf gegen das Ungeheuer nicht nur im Tiefseerausch eingebildet habe. Meine Sicht flimmert. Und dann ist da noch dieser unsägliche Juckreiz, der meinen gesamten Körper überzieht. Am liebsten würde ich mir den Neoprenanzug vom Leib schälen und die Haut gleich mit dazu.

Der Kraftakt des Auftauchens hat mich alles gekostet, also treibe ich nur einige Augenblicke auf der Wasseroberfläche und fülle meine Lunge mit gierigen Atemzügen.

»Da ist er!«, ruft eine weibliche Stimme. Mein Hirn ist so träge, dass ich einen Moment brauche, um zu erkennen, dass sie nicht Eva gehört. Das Bild der jungen Studentin marschiert verzögert in meinen Kopf. »Mr. diVatta! Mr. diVatta!« Sie verschluckt sich an meinem Namen.

Ich schaffe es nicht, zu reagieren. Höre nur ein Platschen, und irgendwann später ist da ein junger Mann mit Rettungsring, der mich in geübter Rettungsschwimmermanier zum Katamaran befördert. Mehrere Arme hieven mich angestrengt an Bord.

»O Gott«, stößt jemand aus, »er ist verletzt! Was ist dort unten nur geschehen?«

Ich versuche etwas hervorzubringen. Lediglich ein Stammeln entkommt mir. Das allein kostet mich so viel Kraft, dass ich die nächste Minute allein dem Atemholen widme. Die jungen Leute schnallen mir die Taucherflasche ab. »Sie ist leer«, stellt einer fest.

»Esra! Er hatte keinen Sauerstoff mehr!«

»Erste Hilfe!«, blafft der Dämon aus der Entfernung. Die Härchen an meinem Körper stellen sich auf. Esras Anwesenheit bringt mich dazu, dass ich mich ein Stück hochhieve. »E-Eva …!«

Die junge Frau packt mich und drückt mich wieder zu Boden. »Rückenlage!«, befiehlt sie. »Mr. Sheol hat Ms. Persaud aus dem Tiefenrausch gerettet. Er kümmert sich um sie. Was ist dort unten nur passiert? Plötzlich ist die Kamera ausgefallen …«

Ich reiße die Augen auf. Ich dachte, Sheol habe es auf mich abgesehen. Aber Eva?! Ich wehre mich, und es gelingt mir, mich aufzusetzen. Auf dem gegenüberliegenden Bug entdecke ich meinen Gegenspieler, der Eva im Arm wiegt, über beide eine Rettungsdecke ausgebreitet. Evas Lider flattern, und sie ist merkwürdig bleich. Sheol drückt ihr das Mundstück einer Hand-Sauerstoffflasche gegen die Lippen, streichelt dabei ihren Kopf wie ein Kätzchen. Ich sehe, wie sich sein Mund bewegt, und als die restliche Mannschaft der *Stingray* Segel setzt, trägt es seine Worte zu mir. »… mach dir keine Sorge, Kleines – ich hab dich, ich halt dich fest. Wir bringen dich nach Doverport. Der Notarzt ist bereits auf dem Weg. Alles wird gut. Ich bin für dich da …«

»… Sheol!«, entkommt mir als Krächzen.

Er hört mich trotzdem und sieht zu mir, die Augen dunkel. Die Studentin fleht mich an, mich hinzulegen, ihr Kollege eilt mit einem Erste-Hilfe-Koffer herbei. Sie packen Wundverbandmaterial aus und eine weitere Rettungsdecke. Am Steuerrad und an den Segeln sind die restlichen Studenten und *Seaquest*-Mitarbeiter beschäftigt. Niemand achtet auf Sheol, nicht einmal Eva, deren Blick verloren in der Ferne hängt, die Sauerstoffmaske über Mund und Nase. Ihr Kopf schaukelt schwach hin und her.

»… es war so dunkel …«, höre ich sie gurgeln.

Und Sheol?

Sheol lächelt mir zu.

Wir legen am Haupthafen an, wo bereits der Rettungsdienst wartet. Ich werde in einen separaten Rettungswagen geschleppt, obwohl ich mich dagegen wehre. Die Notärztin will mir einen Zugang legen, doch ich verbiete es ihr. Weder sie noch ich wissen, wie ich auf menschliche Medizin reagiere.

»Mr. diVatta«, erklärt die Frau angestrengt. »Sie leiden an der Dekompressionskrankheit! Auch wenn es ein gutes Zeichen ist, dass Sie bisher nicht das Bewusstsein verloren haben, sind Sie noch nicht aus dem Schneider! Der Sauerstoffverlust, die Druckveränderung – das kann lebensbedrohliche Konsequenzen haben!«

Ich weiß. Meine Muskeln schmerzen, und das Jucken und Ziehen ist bis in meine Gelenke gewandert.

Als sie erneut die Kanüle ansetzen will, packe ich ihre Hand. »Ich verweigere die Behandlung aus religiösen Gründen«, schnaufe ich und ignoriere ihr Genörgel. »Aber ich brauche ein Telefon.«

»Wen um Gottes willen wollen Sie denn anrufen, der Ihnen mehr helfen kann als ausgebildete Mediziner?«

Meine Antwort muss für sie wie eine Ohrfeige sein. »Meinen Pastor.«

Die Aufschrift vom *Saint Catherine Hospital* glüht über dem Hintereingang, gefolgt von dem Symbol eines Stabs mit einer Schlange. Die Äskulapnatter ist eigentlich ein Symbol von Hygeia, der griechischen Göttin der Gesundheit, doch ich sehe nur die Schlange, die in der biblischen Geschichte Adam und Eva um das Paradies gebracht hat. In meiner Vorstellung trägt sie Sheols Fratze.

Abgesehen von dem unsäglichen Juckreiz, der anscheinend jede Zelle meines Körpers erfüllt und macht, dass ich mir das Fleisch von den Knochen schaben möchte, vermag ich sogar einige Schritte vom Krankenwagen zum Rollstuhl zu gehen. Eva wird an mir vorbei auf einer Liege ins Krankenhaus geschoben. Sheol folgt als ihr Schatten.

»Esra!«

Zunächst glaube ich, er ignoriert mich einfach. Vor den auf- und zufahrenden Glastüren bleibt er jedoch stehen.

Ich löse mich von der Seite der Ärztin und humple zu ihm. »Wie kannst du?«, spucke ich aus. »Wie kannst du Eva nur in Gefahr bringen?«

Er lächelt.

»Ohne sie ist das Spiel vorbei!«

Sein Grinsen verbreitert sich.

Ich balle die Hände zu Fäusten, will ihm am liebsten ins Gesicht schlagen; nein, ihm irgendeinen göttlichen Befehl entgegenbrüllen. *Verschwinde! Hau dir selbst auf die Nase! Verrecke!*

Es ist, als hätte der Kampf des Anglerfischs etwas in mir freigelegt – nein, nicht der Kampf war es; seine Tötung. Doch die Wut, die Sheol in mir auslöst, ist ungleich ätzender. Als zwänge er mich mit jedem Wort, einen Eimer Säure zu trinken. Ich will ihm von seiner eigenen Medizin zu kosten geben.

Wie weit kann ich gehen?, schießt der Gedanke durch meinen Kopf. *Wozu kann ich andere bringen? Wozu kann ich* ihn *bringen?*

Sanitäter eilen an uns vorbei, Zeugen unseres himmlisch-höllischen Spiels. Doch Sheol schert sich nicht um Zeugen oder darum, dass er die Spielregeln verletzen könnte. Die Kamera ist unter Wasser nicht *ausgefallen*. Seine erschaffene Dunkelheit hat lediglich nichts anzeigen können.

Er wirkt selbstzufrieden, wie er die Hände in die Hosentaschen steckt. »Was soll ich sagen? Eva brauchte einen Helden – ich war an Ort und Stelle.«

Ich fletsche die Zähne, was ihn nur noch mehr zu amüsieren scheint. Meine gesamte verdammte Existenz belustigt ihn!

Ich überlege, die Regeln über Bord zu werfen – genau wie er es tut. Wie weit kann ich mit meiner göttlichen Stimme gehen? Was zu tun kann ich befehlen? Jemandem wie *ihm?*

»Du gehst das Risiko ein, die Mutter des Messias zu verletzen, ja vielleicht sogar zu töten?«, frage ich heiser.

»Hast du noch immer nicht verstanden, an welchem Pokertisch du hier sitzt?« Sein Blick wird von einem Rettungswagen abgelenkt, der mit kreisenden Lichtern hinter uns einfährt. »Sonst noch was? Ich muss die Dame meines Herzens pflegen. Und du?« Er sieht an mir herab. »Du solltest dich ernsthaft durchchecken lassen – diese Wunde sieht nicht gut aus.«

Es fühlt sich an, als würde der Faden reißen, der meine Beherrschung hält. Ich will ihm etwas entgegenrufen, *irgendetwas*, am liebsten eine Apopompe, mit der ich ihn zurück in die Hölle beordern kann. Aber Jezebel hat mir bereits gezeigt, dass das nicht so einfach funktioniert.

Ich nehme das, was mir als Nächstes einschießt. Ich will ihm seine Herablassung aus dem Gesicht schlagen.

»Knie nieder.«

Mit einem *Pling!*, gefolgt von einem unangenehmen Knirschen zerspringt das Glas in den Schiebetüren. Die Frontschutzscheibe eines Rettungswagens überzieht ein Spinnennetz aus Rissen. Beim anschließenden Wagen platzt ein Reifen, es setzt die Karossiere abrupt tiefer.

Die Neonlichter über uns flackern, diesmal durch meine Macht, nicht durch Sheols.

Es sieht so aus, als hakte jemand Sheol die Finger in die Mundwinkel und ziehe sie herunter. *Endlich!* Er versucht sich gegen meinen Aufruf zu wehren, sein Gesicht verzerrt sich hässlich. Er bläht die Nasenflügel, als er ein Stück in sich zusammensackt, als drückte Gott mit seinem Daumen auf seinen Kopf. Er stemmt sich dagegen, die Sehnen treten aus der Haut seines Halses hervor, ebenso die Muskeln an seinen Armen.

Ich raube ihm das selbstgefällige Lächeln. Es tritt stattdessen auf meine Wangen. Eigenartige Zufriedenheit erfüllt mich, die für einen Augenblick das Jucken und die Schmerzen unterdrückt. Sie ist warm, fast heiß, und ätzend scharf. Jeder Inch, den Sheol in die Knie geht, ist mir eine persönliche Lust.

Mit einem Grunzen setzt er auf dem linken Knie auf. Ich warte, dass er mit dem zweiten folgt, da reißt er plötzlich den Kopf hoch. Mit einem Aufschrei stemmt er sich dagegen, seine Augen quellen hervor, die Adern drücken aus seinen Schläfen und der Schweiß rinnt ihm in die Augenbrauen.

Sein Bewegungsapparat knackt hässlich, da drückt er sich in die Höhe, Stück um Stück, bevor er schnaufend und mit hochrotem Gesicht vor mir zu stehen kommt. Einige Äderchen in seinen Augen sind geplatzt und färben das Augenweiß rosarot.

Er starrt mich an.

Ich spüre, wie der Bann verfliegt. Sheol hat meinen Zauber gebrochen. Es hat ihn Kraft gekostet, denn Blut kriecht aus seiner Nase – aber es ist ihm gelungen.

»Conte diVatta«, presst er hervor und tupft sich das Blut mit dem Handrücken ab. Damit marschiert er durch die scheibenlosen Türen ins Krankenhaus. Dass ihm die Kraft für eine Retourkutsche fehlt, ist mir ein schwacher Trost.

46

Die erste bekannte Gestalt, die im Krankenhaus auftaucht, ist Azuriels Sanitäterin. »Servus, Dominus«, grüßt sie mich mit einem schmalen Lächeln.

»Wollen Sie mir nicht mal Ihren Namen verraten?«

»Reparata«, sagt sie, »wie die Märtyrerin.« Damit schiebt sie mich im Rollstuhl voran.

Ein mir unbekannter afroamerikanischer Arzt checkt mich durch. »Ein normaler Mensch wäre mit großer Gewissheit tot«, erklärt er, während er mir in die Augen leuchtet. »Aber zu Ihrem Glück sind Sie ja keiner.«

Ich beiße die Zähne zusammen. Ich hasse es, dass er über meine Identität Bescheid weiß. Es fühlt sich wie Betrug an.

Der Arzt rutscht auf einem Rollhocker an mich heran. Von einem Tablett nimmt er Nadel und Faden. »Wissen Sie, was das ist?«

Ich hebe die Augenbraue. Will er mich verarschen?

»*Heißes Eisen.*«

Ich erstarre. Automatisch rutsche ich ein Stück zurück. »Damit kommen Sie nicht an mich ran, Doc«, sage ich heiser. Der Befehl an Sheol hat meinen Stimmbändern einiges abverlangt.

Heißes Eisen – den Begriff kenne ich aus alten Legenden. Mit *Kaltem und Heißem Eisen* standen sich Himmel und Hölle im ersten Krieg gegenüber. Die Engelschar trug Waffen aus *Kaltem Eisen* und fügten damit ihren Gegnern Wunden zu, die sie nachhaltig schwächten, da ihnen das Blut gefror. Luzifer, der Gefallene, stattete seine Armee mit dem Pendant aus, das man *Heißes Eisen* nannte; geschmiedet in der Glut der tiefsten Hölle. Damit geschlagene Wunden brannten weiter, ohne sich gänzlich zu schließen.

»Die Naht wird nicht abheilen«, sage ich.

»Das *Heiße Eisen* ist nur anteilig untergemischt«, erklärt der Arzt. »Alle medizinischen Geräte, die Engelshaut durchdringen sollen, sind daraus gemacht. Skalpell, Spritzen … Ansonsten haben wir Probleme, Operationen durchzuführen, Blut abzunehmen oder eine vernünftige Wundnaht anzulegen.« Ruhig präsentiert er mir die Nadel in seiner Handfläche. Sie sieht gewöhnlich aus. »Ihre Verletzung ist tief und hat bereits begonnen abzuheilen. Wenn wir sie nicht rasch nähen und damit die Wundränder zusammenziehen, wird vermutlich eine Furche zurückbleiben. Das könnte eine dauerhafte Schädigung des Muskels nach sich ziehen.« Mein Gegenspieler würde es mit Sicherheit genießen, mir ein weiteres Andenken verpasst zu haben. »Vertrauen Sie mir.« Der Arzt besitzt eine einlullende Stimme.

Ich sehe zu Reparata, die mit verschränkten Händen etwas abseits steht. Sie kenne ich zumindest. Mit einem sachten Nicken spricht sie Zuversicht aus.

»Wenn Sie wollen, können wir auf Austin warten«, fügt der Mediziner an und rutscht auf seinem Hocker zurück, »aber ich garantiere nicht für bleibende Schäden.«

Ich sehe an mir hinab. Meine Hände mit den schmerzenden Gelenken, an denen dunkle Flecken auftreten. Mein Bein, das aus dem hastig übergestreiften Kittel ragt, mit dem im Krankenwagen erneuerten Druckverband. Auch mein Knie weist Verfärbungen auf. Alles juckt so sehr, dass der Wundschmerz zur Nebensache wird.

Prüfend sehe ich dem Arzt in die Augen, suche nach einem Zeichen, dass er vom Dämon manipuliert wurde. Doch seine Iriden sind dunkel und sein Blick warm. Widerwillig schiebe ich ihm mein Bein entgegen. »Legen Sie los.«

Ich werde in ein Wartezimmer verlegt, und Reparata verspricht mir, mich zu holen, sobald Azuriel angekommen ist. Lange halte ich es dort nicht aus zwischen all den kranken, schnupfenden oder verletzten Menschen; so zerbrechlich wie Vögelchen. Jeder von ihnen wäre in den Tiefen krepiert. Aber der Arzt hat recht. Ich bin nicht einer von ihnen, auch wenn meine Gefühlswelt sich der ihren angleicht.

Ich entfliehe der Enge und humple zur Rezeption. Etwas lässt mich blinzeln. Ich suche nach dem Ursprung meiner Irritation – da erkenne ich, dass ein Hauch von Sheols Schwefel die Krankenhausluft durchzieht. Er muss hier unlängst entlanggegangen sein.

An der Rezeption frage ich nach Eva. Informationen und Kontakt werden mir verwehrt. »Auskünfte kann ich leider nur direkten Familienmitgliedern geben«, erklärt die Frau mit dem Namensschild *Cortez*. An ihren Ohrläppchen schaukeln Silberreifen.

Ich reibe mir den Oberschenkel. Der Nachhall eines heißen Prickelns zieht sich von der Wundnaht durch mein Bein. Jede Berührung des magischen Metalls, jeder noch so winzige Stich fühlte sich an, als würde man mir eine glühend heiße Nadel durchs Fleisch ziehen. Heraus kam dennoch eine professionelle Naht, mit der sich der Arzt zufrieden zeigte.

»Mister«, sagt die Dame und bedenkt mich mit einer hochgezogenen Augenbraue. »Sie sollten sich lieber um sich selbst kümmern. Setzen Sie sich.«

Ich versuche mich an einem Lächeln. Sie reagiert, indem sie mit dem Kopf zurückweicht. Flecken überziehen mein Gesicht, ein Symptom der Dekompressionskrankheit. Für sie sehe ich bestenfalls wie ein Schläger aus, schlimmstenfalls wie ein Monster. »Haben Sie Esra Sheol ebenfalls abgewiesen oder ihm einen Weg aus Rosenblüten zu Evas Krankenbett gestreut?«, murmle ich.

»Wie bitte?«

Ich huste. »Nichts«, presse ich genervt hervor. Die Vorstellung, dass Eva ausgerechnet den Dämon als ihren Retter feiert, der sie erst in die Bredouille gebracht hat, bringt mich genauso um den Verstand wie das elendige Jucken.

»Dominus.« Ich wende mich vom Tresen ab und entdecke Reparata, die einen Rollstuhl vor sich herschiebt. Sie verweist auf die Sitzfläche. »Mr. Carter wartet unten auf Sie.«

Der Tag war die reinste Hölle. Alles tut weh oder juckt, also weigere ich mich nicht, sondern schleppe mich zum Rollstuhl und lasse mich von der Sanitäterin fahren. Die Rezeptionistin wendet sich an einen Kollegen, als sie glaubt, dass ich sie nicht mehr hören kann. »Dominus – mit so einem Namen kann man ja nur ein Kauz werden.«

Vor dem Haupteingang wartet Azuriel mit Jez. Er hat seinen Wagen dreist im Parkverbot abgestellt, als wäre die Sperrfläche eine Aufforderung. Der Vorderreifen der Sportlimousine ragt ins Blumenbeet.

Ich stemme mich aus dem Rollstuhl, da läuft Jez auf mich zu. Sie streckt die Arme nach mir aus, als wollte sie mich umarmen. Rechtzeitig noch hält sie sich zurück. »Bei Ištar«, stößt sie hervor und klatscht in die Hände, als müsste sie die Bewegung ableiten. »Warum hast du nicht auf uns gewartet?«

»Ist nicht so, als hätte ich euch nicht angerufen«, stoße ich hervor und belaste vorsichtig das verletzte Bein. »Ihr wart offenbar mit etwas Besserem beschäftigt.«

Schuldbewusstsein blüht in ihrem Blick. Ich genieße es. Das ist mir neu. Ich ignoriere Jez und hinke an ihr vorbei.

Azuriel schlendert locker heran. Am Telefon habe ihm knapp erzählt, was geschehen ist. »Na?«, neckt er mich. »Schon wieder ohne mich mit Dämonen gerangelt? Immer beanspruchst du den ganzen Spaß für dich allein!«

Falscher Zeitpunkt. »Futue te ipsum!«[2], zische ich.

Er streift meine Aufforderung ab und legt mir mit einer eleganten Bewegung den Arm über die Schulter. »Sei nicht nachtragend«, raunt er mir ans Ohr. »Das nächste Mal bin ich an deiner Seite, zwei gegen einen. Ich halte den Teufel im Würgetriff, du trittst zu.«

Ich widme ihm einen dunklen Blick.

Azuriel beugt sich heran. »Vergiss nicht«, flüstert er, »dreimal schon wollte er dich umbringen. Jedes Mal haben seine Handlanger versagt, und somit er. Du magst dir wie ein Versager vorkommen«, er legt die freie Hand an meine Brust, »aber tatsächlich warst stets du es, der triumphiert hat.«

Ich will es nicht, doch seine Worte schmecken süß. Ich schlage die Lider nieder.

Kurz drückt Azuriel die Schläfe gegen meine. Ich atme sein reichhaltiges Parfüm ein, der Hauch von Ozon, der von Jahrhunderten im Himmel stammt. »Als Gott die Menschen aus dem Paradies verbannt hat, war jeder Schritt für sie eine Qual. Aber sie haben es überlebt. Und wurden stärker.«

2 Fick dich!

»Ich bin kein Mensch«, sage ich zähneknirschend.

»Nein. Du bist wie ich. Daher wirst du größer aus dieser Misere aufsteigen, als du es dir vorzustellen vermagst.«

Diesmal zwänge ich mich nicht auf die schmalen Rücksitze von Azuriels Flitzer, sondern übernehme wie selbstverständlich den Beifahrersitz. Jez klettert nach hinten.

Azuriel plappert über seine Version der Geschichte, dass Jez und er den Vormittag am Hafen verbracht und dabei die Handys ausgeschaltet hätten, weswegen ich ihn erst im Rettungswagen erreichen konnte. Über die Zeitlücke zwischen Mittag und Nachmittag schweigt er. Er muss es auch nicht erklären – der Duft des jeweils anderen haftet ihrer Kleidung an. Diffuser Zorn erfüllt mich.

Zögerlich beugt sich Jez zwischen den Sitzen vor. Ihr Haar kitzelt meine Wange. Ich lehne mich fort, registriere mit Genugtuung ihre Enttäuschung. Ein Schritt vor, zwei zurück. Nicht mein Problem. Ich muss nicht nett zu ihr sein. Ich muss sie nicht mögen. Ich muss sie nicht schonen. Soll sie doch zu meinem Bruder rennen.

Ihr Duft ist mir unerträglich.

Unsicher knetet sie die Kante des Ledersitzes. »Die Spielregeln verlangen, dass sich die Spieler nicht gegenseitig töten dürfen.«

Ich reibe dabei die schmerzenden Schläfen. »Erzählst du auch mal was Neues?« Der Juckreiz macht mich krank. Am liebsten würde ich etwas in tausend Stücke sprengen. Immer wieder sehe ich Sheol vor meinem inneren Auge, wie er Evas schaukelnden Kopf streichelt. Sie hat einen Helden bekommen. Aus mir unerfindlichen Gründen mischt sich dazu das Bild, wie sich Azuriel und Jez stöhnend in den Laken wälzen. Als wäre das ebenfalls ein Teil meines Versagens.

Jez presst die Lippen zusammen. Obwohl sie Lippenstift aufgetragen hat, dringt die gräuliche Verfärbung hindurch. Ein Funke von Schuldgefühl sticht in meiner Brust, doch ich unterdrücke ihn. »Offensichtlich scheren Sheols Tricksereien die Herren von Himmel und Hölle nicht, solange er nicht persönlich Hand anlegt. Andernfalls wären sie schon eingeschritten.«

»Falls du dir den monströsen Laternenfisch im Tiefenrausch nicht nur eingebildet hast«, amüsiert sich Azuriel.

Ich schiebe mein Knie über die Handbremse, sodass der Verband sichtbar wird. »Und das habe ich mir auch eingebildet, was?«

Jezebels Haar flattert an mir vorbei. »In der Tiefe des Meeres gibt es Portale in die Hölle.«

»So ein Unsinn«, schnaubt Azuriel. »Der einzige Weg in die Hölle ist die Glühende Treppe.«

»Ah, klingt ja, als wärst du schon dort gewesen«, sagt Jez flach. »Heute kann man nur noch über die Goldene Treppe zwischen Hölle und Erde wechseln. Früher gab es viele Tore – zu dieser Zeit lag es uns frei, sie zu benutzen. Dann kam Luzifer. Und wer die Wege kontrolliert, kontrolliert die Reisenden.

In die Tiefen des Meers sind noch einige dieser alten Portale vorhanden. Doch die wenigstens Dämonenarten können sie durchtreten und in dreißigtausend Fuß Tiefe überleben. Aber es ist möglich, Magie hindurchzuschicken. Und das zu korrumpieren, was sich dahinter befindet. Daher kommen die Sichtungen ungewöhnlicher Meerestiere – Riesenkraken, Wasserschlangen …« Sie bricht ab. »Aber darauf wollte ich eigentlich gar nicht hinaus.« Sie rückt näher heran. Ich spüre ihren Atem durch den Fahrtwind. »Sheol hat nie persönlich angegriffen, sondern stets manipuliert oder verzaubert, um jemanden auf dich zu hetzen. Stell es dir umgekehrt vor. Lass mich das erledigen. Du musst nichts sagen. Lass mich einfach außer Haus.«

Mir stellen sich die Härchen auf. Bietet Jez mit gerade an, Sheol umzubringen? Ich komme nicht einmal dazu, zu reagieren, da weiß ich schon, dass ich das niemals zulassen würde. Es geht mir nicht mal um die Spielregeln. Auch wenn mich ihr Schuldbewusstsein mit Genugtuung erfüllt, würde ich sie niemals Sheol aussetzen.

»Nein!« Azuriel spricht es an meiner Stelle aus. Der Motor heult auf, als er stärker aufs Gas steigt. »Das verbiete ich!«

Jez legt die Stirn in Falten.

»Nein«, wiederhole auch ich nachdrücklich. »Nein, das wirst du ganz sicher nicht tun.«

Enttäuscht zieht sie die Mundwinkel herab. »Warum nicht? Sheol nutzt die Grauzonen des Spiels – wieso bemüht ihr euch um eine weiße Weste?«

Ich verschweige meine unmittelbaren Gedanken. Bevor ich mir eine Ausrede zurechtlegen kann, die nichts mit meiner Sorge über ihren Verbleib zu tun hat, kommt mir Azuriel zuvor. Ausnahmsweise bin ich froh darüber. »Du glaubst doch nicht wirklich, dass wir dich Kontakt zu deinesgleichen aufnehmen lassen?« Hart lacht er auf. »Und puff, macht sich unsere liebste Jezebel davon!«

»Meinesgleichen«, betont sie zornig, »hat mich erst aus der Hölle gejagt!«

»Abgesehen davon, dass dir vor lauter Lügerei eine lange Nase wächst – ich bitte dich! Glaubst du, gegen einen Spieler anzukommen, den Luzifer persönlich entsandt hat?«

Jez quetscht das Sitzleder so fest, dass ihre lackierten Nägel Abdrücke hinterlassen. »Luzifers Vertrauen sagt genauso wenig über Kompetenz aus wie die himmlischen Hierarchien. Es bedeutet nur, dass die Hündchen besonders brav nach des Herrn Pfeife tanzen.«

Etwas an der Aussage lässt mich die Stirn runzeln.

Sie fügt an: »Einst wurde ich von den Dämonen Babylons höchst respektiert …«

Azuriel unterbricht sie. »Und dann warst du zweitausend Jahre lang Hausfrau. Versteh mich nicht falsch – ginge es darum, Lazaels Gegner mit dem Staubsauger zu entfernen oder ihm eins mit dem Wischmop überzubraten – du wärst meine erste Wahl. Aber den Krieg überlasse doch lieber jenen, die ihn auszufechten entsandt wurden.«

Jez verschwindet aus meinem Sichtfeld. Mit einem deutlichen Geräusch fällt sie gegen den Rücksitz. »Denkst du ebenfalls so, Lazael?«, fragt sie nach einigen Sekunden.

Das Leder quietscht, als sie das Bein zwischen den Sitzen hindurch auf dem Schaltknüppel aufstellt. Sie trägt lila Converse und Socken mit Erdbeeraufdruck. Ein Bild blitzt auf: Jez mit im Wasser schwebenden Haaren in absoluter Finsternis, über die sich das Maul eines Meeresungeheuers schließt. Alles, was zurückbleibt, ein lila Schuh, der im Meer versinkt.

»Nein bleibt nein«, antworte ich indirekt.

»Wisst ihr, was? Für Wesen, die eigentlich kein Geschlecht besitzen, habt ihr euch im Sexismus der Menschheit flugs eingelebt und es euch dort bequem gemacht.«

Abgehackt winkt Azuriel. »Keine Sorge, Babygirl«, schnurrt er, »ich würde dich auch mein Klo schrubben lassen, wenn du einen Schwanz besäßest.«

Ein letztes Mal schießt sie nach vorn. Kurz schnellt ihre Zunge hervor, als sie ihm gehässig ins Ohr zischt: »Kein falsches Mitleid; in meiner wahren Gestalt habe ich einen, und er ist wesentlich länger als deiner!«

47

In der Nacht wälze ich mich vor Schmerzen und Juckreiz im Bett umher. Wiederholt flüchte ich mich unter die Dusche – kochend heiß, eisig kalt – nichts davon schafft dauerhafte Erleichterung. Ich durchwandere den Garten in endlosen Schleifen, zähle die Schritte, die ich voreinander setze, und die Sterne zwischen den Wolkenschleiern, nur um gerädert den Morgenanbruch mitzuerleben. Die Vögel brillieren, der Wind kitzelt, Linderung und Verstärkung meiner Leiden zugleich.

»Auf deinem Gesicht blühen tausend Veilchen«, stellt Azuriel fest, als ich den Speisesaal betrete. Vor ihm aufgereiht stehen unzählige Gerichte, die wir zu zweit kaum vertilgen können.

Ich falle neben ihm auf den Stuhl. »Wir müssen Jez sagen, dass sie nicht mehr so viel zubereiten soll, jetzt, wo die Künstler fort sind.«

»Wieso?« Er steckt sich eine mit Schlagsahne gekrönte Erdbeere in den Mund. »Sie hat doch ohnehin nichts Besseres zu tun.«

Ich bemühe mich nicht um eine Entgegnung. Ihrer beider Beziehung werde ich nie verstehen.

Amüsiert betrachtet mich Azuriel über einen Stapel Pancakes hinweg, die in einem Spiegel Ahornsirup ertrinken. Daneben türmen sich knusprig gebratene Speckstreifen. Ich rümpfe die Nase. Fleisch ekelt mich an; ich konnte mich bisher nicht dazu durchringen, eine von Gottes Kreaturen zu essen.

»Ich habe eine Überraschung für dich«, unterbricht Azuriel meine Gedanken.

Ich hebe die Augenbraue. »Eine Überraschung?«

Er langt in seine Hosentasche. »Erst mal habe ich Jez die Sekretärin deiner Holden anrufen lassen. Sie war ein braves Mädchen und hat deren Privatnummer ergattert.« Er schiebt mir sein Handy zu, der Bildschirm flammt auf. *Eva Persaud, privat,* steht im Nummernverzeichnis. »Nur falls du dich nach ihrem werten Befinden erkundigen willst. Laut der Tippse hat sich dein Dämon wohl anständig um die Persaud bemüht. Sie dürfte einen ordentlichen Schock davongetragen haben, aber es hat sie nicht annähernd so schlimm erwischt wie dich.« Er legt den Kopf schief. »Allerdings ist sie auch weit zerbrechlicher als du.«

Ich zwicke die Lider zusammen. »Danke«, sage ich und ziehe das Telefon heran.

»Die Tippse …«

»Yinyin Wong.«

»… sagt, die Persaud erholt sich einige Tage bei ihren Eltern. Zur Sicherheit habe ich auch deren Nummer erschmeichelt und bei dir abgespeichert. Du solltest nicht länger Zeit verschludern.«

»Zeit … verschludern?« Mein Speichel schmeckt bitter. Auch das adrett aufgeschnittene, honigsüße Obst unter meiner Nase mildert den Geschmack nicht. Ich starre das Handy an, ohne das Display wahrzunehmen.

»Versteh mich nicht falsch, Laz«, Azuriel verschränkt die Hände über dem Teller, »aber während du die Angriffe von Esra Sheols Schergen abwendest, rollt der vermutlich schon längst mit der Persaud durchs Heu.«

Ich brauche kurz, um die Redewendung zu verstehen. Mir steigt die Hitze in die Wangen. In meinem Magen flammt die Glut auf, die sich seit der Vollendung meiner menschlichen Hülle zwar dimmen lässt, aber nie gänzlich erlischt. Ich stoße den Teller von mir. »Du glaubst … er und sie haben schon …?«

»Dein Vorteil«, er wiegt die Schultern, »dass Dämonen flott bumsen, aber von Liebe keine Ahnung haben.«

Mein Blick flieht zur Küche. Das Rauschen des Geschirrspülers und der blecherne Lärm deuten an, dass Jez da sein könnte, doch sie verrät ihre Anwesenheit nicht.

»Und du hast Ahnung von der Liebe?«, frage ich skeptisch.

Mein Bruder zuckt mit den Achseln. Er dreht den exzentrischen Ring auf seinem Finger. »Sagen wir so – ich erkenne sie. Ich erkenne

Treue und Aufrichtigkeit. Und ich glaube, dass Eva Persaud der Typ Frau ist, der sich beides nur schwer vormachen lässt.«

Ich zucke innerlich zusammen. Ich will ihr ja gar nichts vormachen. Ich muss nur.

»Dennoch solltest du nicht länger warten, um sie auf ein Date einzuladen. Sonst bleibst du eine Arbeitsbekanntschaft. Oder noch schlimmer: in der *Friendzone*.«

Ich lasse die Reihung unkommentiert. »Ich werde mir Mühe geben.«

Er winkt ab. »Ich mach dir doch gar keinen Vorwurf. Du bist quasi ein irdisches Neugeborenes. Deswegen bin ja ich hier – um dir unter die Arme zu greifen.«

Ich wittere Unangenehmes. »Was meinst du damit? Willst du mir einen Crashkurs im Turteln geben?«

Er zuckt mit den Augenbrauen. »Du könntest einen schlechteren Lehrer finden«, sagt er. Dann klatscht er die Hände auf den Tischrand und streckt sich, sodass sein Stuhl ein paar Fingerbreit über den Boden quietscht. »Aber was die Basics betrifft, habe ich dir eine Lehrerin engagiert. Sie kommt morgen Abend. Bis dahin sollten deine blauen Flecken verheilt sein. Ansonsten kann dir Jez das Näschen pudern.«

»Eine Lehrerin«, wiederhole ich lahm. »Damit ich Eva auf ein Rendezvous einladen kann?« In der Theorie klingt das nicht einmal so dumm. Wäre da nicht Azuriels selbstgefälliges Lächeln, das seine Mundwinkel tanzen lässt.

Auffordernd sieht er mich an. »Oder hast du das Gefühl, dass du in dieser Hinsicht keine Nachhilfe mehr brauchst?«

Ich schweige, greife lieber nach meiner Tasse Kräutertee. Azuriel hat ja recht. Was den Teil der Liebe betrifft, muss ich einen Zahn zulegen.

Evas Handy ist ausgeschaltet. Zunächst überlege ich, es bei ihren Eltern zu versuchen, doch empfinde es als übergriffig. Am Vormittag gelingt es mir, ein paar Stunden Schlaf nachzuholen, bis mich das Schrillen meines Mobiltelefons aus den Träumen reißt.

»Hallo?«

»Leonardo?«

Eva. Ich rücke in meinen Laken zurecht, verheddere mich, das Haar hängt mir wirr ins Gesicht. »E-Eva.« Ich habe mir überlegt, was ich ihr sagen möchte, doch der Schlaf verklebt meine Gedanken. »Wie geht es dir?«

Augenblicke verstreichen. Ein schlechtes Zeichen. Plötzlich ertönt ein Schluchzen.

»E-es tut mir leid«, füge ich an, »ich wollte dich nicht stören. Ich habe mir nur Sorgen gemacht. Im Hospital konnten sie mir keine Auskünfte über deinen Gesundheitszustand geben.«

Es dauert ein bisschen, bis sich Eva hörbar zusammenreißt. Heftig zieht sie die Luft durch die Nase. »Nein, mir tut es leid! Ich … das alles hat mich nur sehr mitgenommen. Ich war schon so oft Flaschentauchen. Ich bin mir der Gefahren bewusst und dachte, ich sei gut vorbereitet. Und dann das!« Ich lausche ihrem angestrengten Luftholen. »Ich weiß nicht, was geschehen ist. Habe ich nicht genug getrunken? Die Ärzte meinen, möglicherweise wäre Stress der Auslöser gewesen. Aber so was ist mir noch nie passiert.«

»Die Auswirkungen eines Tiefenrauschs kann niemand vorhersehen, Eva.«

»Das meine ich doch gar nicht! Plötzlich habe ich nichts mehr gesehen! Meine Augen haben einfach aufgehört zu funktionieren.«

Mein Atem wird flacher.

»Ich muss ständig dran denken. Was, wenn mir das noch mal passiert? Während ich Auto fahre? Wenn ich zu Fuß eine Straße überquere? Wenn …«

»Eva.«

»… ich die Treppe runtergehe? Kann ich mich überhaupt noch auf meinen Körper verlassen? Sport machen, allein auf dem Surfbrett rausfahren?«

»Eva.«

»Nächste Woche sind einige Untersuchungen anberaumt, darunter ein MRT, sie haben gesagt, sie wollen sichergehen, dass kein Tumor die Sehausfälle verursacht …«

»Eva, ich habe es ebenfalls erlebt.«

Sie bricht ab. »W-was?«

»Es war kein Sehausfall. Ich weiß, es klingt verrückt, aber …« Ich stocke. Kann ich so weit gehen? Ihr verraten, was passiert ist? … *nur wenn du es erzählst, wie ein gewöhnlicher Mensch es erlebt hätte.* »… plötzlich war das Licht weg. Ich dachte zunächst ebenfalls, dass etwas mit meinen Augen nicht stimmt. Aber ich hatte die Taschenlampe. Die ließ sich anknipsen, doch der Strahl konnte die Finsternis kaum durchdringen. Dann ging die Batterie aus. Ich schwebte mitten in der Dunkelheit. Konnte nichts sehen; mich nicht mehr orientieren. Ich wusste nicht länger, wo oben oder unten war.«

Ihre Atmung wird gleichmäßiger.

»Ich dachte, ich wüsste, wohin ich schwimme. Dass ich auftauche. Stattdessen dürfte ich immer tiefer gesunken sein, hinein in eine Vertiefung. Als ich es bemerkt habe, war es zu spät. Ich habe es gerade noch so zurück an die Oberfläche geschafft, mir dabei das Bein an einem Felsen aufgeschnitten. Ich hatte Glück, sagen die Ärzte. Ich bin mir da nicht so sicher. Blicke ich in den Spiegel, sehe ich aus, als hätte man mich durch den Fleischwolf gedreht.«

Eva stößt ein gequältes Lachen aus, das blechern durch das Mobiltelefon hallt. »Ich weiß – ich sehe auch so aus. Als hätte man mich grün und blau geschlagen.«

Ich blinzle. Aus irgendeinem Grund wirkt sie erleichtert.

»Aber Esra …«

Ich warte, dass sie weiterspricht.

»Esra hat nichts davon gesagt! Er meinte, ich sei beim Anblick der *Santa Muerte* so schnell davongetaucht, er ist mir kaum hinterhergekommen. Ich dürfte dem Korallenriff in eine Vertiefung gefolgt sein. Er hatte Mühe, meine Euphorie zu stoppen, und mich in Etappen wieder an die Oberfläche zu bringen. Ich kann mich an nichts davon erinnern …« Nicht nur ihr Satz leiert aus, auch sie klingt verloren.

Ich lege mir die Worte zurecht. Mein Blick hängt an der Decke, während ich mit der freien Hand an meinem Haar zupfe. »Ich kann nicht für Mr. Sheol sprechen – ich weiß nur, was *ich* erlebt habe.« Ich lausche der Stille, dem Raum, in dem meine Worte aufgehen. »Wie wahrscheinlich ist es, dass zwei Menschen zeitgleich Sehausfälle haben?«

Die Distanz zwischen uns füllt sich mit Fragezeichen, mit den Möglichkeiten und Unmöglichkeiten, denen meine Aussage Raum gibt.

Eva klingt wesentlich gefasster als zu Beginn. »Kann es denn sein? Vielleicht gibt es dafür eine Erklärung. Magnetfeld? Umwelteinflüsse? Gifte, die wegen des Öllecks im Wasser zurückgeblieben sind? Wir könnten sie durch die Haut aufgenommen und stärker reagiert haben als Esra.« Ihre Stimme verändert sich mit jeder geäußerten Vermutung. Ich merke, dass ich einen Punkt getroffen habe – ich serviere ihr ein Rätsel. Ein Rätsel, das die Journalistin in ihr lösen will.

»Dazu fehlt mir leider das Hintergrundwissen«, erwidere ich. »Vielleicht wäre es sinnvoll, das Wasser rund um die *Santa Muerte* toxikologisch untersuchen zu lassen.«

»Das ist eine ausgezeichnete Idee.« Ihre Stimme gewinnt an Volumen. »Möglicherweise finden wir sogar etwas, das wir gegen SEMPER verwenden können.«

Es tut mir im Stillen leid, zu wissen, dass sich ihre Hoffnung nicht erfüllen wird. Aber der Mensch, den ich mime, weiß davon nichts. »Vielleicht.«

Einige hastige Atemzüge vergehen. Ich denke schon, sie ist ganz in ihre Theorien abgedriftet, als sie zögerlich meinen Namen ausspricht. »Leonardo?«

»Ja?«

Die Verbindung knistert. »Wie hast du es erlebt, als es plötzlich ganz dunkel war? Wie hast du dich gefühlt?«

Ich lasse mir Zeit, ehe ich zu erzählen beginne. Tatsächlich ist es etwas, über das ich nicht lügen muss. Zumindest nicht, bis ich dem Anglerfisch begegnet bin. Etwas auszusparen ist keine Lüge, oder? Meine Gefühle und Erlebnisse, Ängste und mein Überlebensdrang waren echt.

Erst als Eva mir ins Wort fällt und von ihrer Version der Geschehnisse erzählt, wird mir klar: Sheol mag sie gerettet haben. Doch ich bin der, der sie *versteht*.

Wir telefonieren noch einmal abends, wo Eva mir einige frühe Rechercheergebnisse präsentiert. Sie hat ihre Eltern dazu gezwungen, ihr einen Laptop zu besorgen, und sitzt mit diesem im Bett ihres alten Kinderzimmers. Sie erzählt mir davon, wie es war, hier aufzuwachsen, und ich lausche ihren Geschichten geduldig.

Währenddessen überlege ich verzweifelt, wann der richtige Zeitpunkt gekommen ist, sie nach einem Rendezvous zu fragen. Ich finde keinen.

Azuriel hat recht. Ich brauche Nachhilfe, was menschlich-romantische Liebe betrifft. Ich fühle sie einfach nicht.

Der gibt sich abends friedlich. Er kehrt mit einigen Tüten Chips heim und schlägt einen Fernsehabend vor. Mir ist jede Form der Ablenkung recht. Ich warte bereits auf dem Sofa im Emporenzimmer und nehme von Jez kalte Kompressen entgegen, die ich auf den Armen und die Stirn platziere, da wirft mir Azuriel eine Zeitschrift in den Schoß. Von der Titelseite der *ECO* grinst mir sein unverkennbares Gesicht entgegen. *»Wo Religionsfreiheit herrscht, ist der Mensch tatsächlich frei!«*, tituliert der Umschlag. Ein weiteres Detail sticht mir ins Auge.

»Eva hat dich interviewt?«

Azuriel grinst keck.

»Ich dachte, sie sei keine Freundin der Religion?«

»Keine Freundin der Kirche«, berichtigt Azuriel. Er streckt den Zeigefinger in die Höhe. »Aber eine Freundin der persönlichen Entscheidungsfreiheit. Man muss die Dame nur richtig ködern.«

Jez wirft über mich hinweg einen flachen Blick aufs Magazin. »Er hat sicher mit ihr geflirtet.« Sie legt mir ein eingerolltes Tuch auf die Stirn.

»Höchstens ein bisschen«, amüsiert sich Azuriel. »Nichts, worum sich einer von euch sorgen müsste.« Er drückt zuerst mir, dann Jez einen Kuss auf die Backe. Seine Wange kratzt über meine. »Es ist wohl nicht so schlecht, ein wenig auszutesten, worauf unsere holde Maria die Zweite so steht. Sie hat allerdings ein ziemliches Mäuerchen um sich errichtet, die Gute. Jemand dürfte sie in der Vergangenheit übel verletzt haben.«

In mir regt sich schlechtes Gewissen. Ich versuche, es niederzuringen. Auch Jez gegenüber fühle ich mich schuldig. Sie verkriecht sich am anderen Ende des Sofas und meidet das Gespräch, seit ich sie wegen ihres Ausflugs mit Azuriel angepflaumt und ihr Sheol zu töten verboten habe. Ich weiß nicht, was von beidem sie mehr gestört hat.

Mein Bruder geistert um uns herum, rastlos wie stets, wenn alles nach seinem Plan verläuft. Als er den Film vorbereitet, vertippt er sich mehrmals auf dem Laptop, der mit dem Fernsehbildschirm verbunden ist.

»Was ist das für ein Film?«, frage ich.

Azuriel blendet den Titel ein. *Gefährliche Liebschaften.*

»Ein Film über Liebe, Leidenschaft, Intrigen und Betrug. Und deinem Alter Ego.«

»Wie bitte?«

Er wackelt mit der Fernbedienung, mit der er die Vorspannmusik lauter dreht. »Keanu Reeves.« Er lässt sich zwischen Jez und mich fallen und klatscht uns die Hände auf die Knie. »Los geht's!«

Ein Läuten schrillt durchs Haus. Überrascht sehen wir einander an. »Die Hausglocke?«

»Erwartest du jemanden?«

Mein Bruder schüttelt den Kopf.

Jez rutscht vom Sofa und schlüpft in ihre Plüschpantoffeln. »Ich sehe nach.«

Der Film startet, doch richtig konzentrieren kann ich mich nicht darauf. Meine Gedanken klettern zu Eva und Sheol.

Ein unmotiviertes Schlurfen kündigt Jez' Rückkehr an. Azuriel und ich sehen fragend zu ihr. Sie saugt unbewusst die Wangen ein. »Austin«, spricht sie meinen Bruder mit offiziellem Namen an, »dein Besuch.«

Das rhythmische Klackern von Absätzen trägt einen Gast heran. Eine Besucherin, korrigiere ich mich, als eine Frau zwischen den Säulen hindurch das Emporenzimmer betritt. Sie trägt schwarze Stiefel aus einem schimmernden Material, die ihr bis über die Knie reichen. Ein Plüschmantel schützt zumindest ihren Oberkörper gegen die nächtliche Kühle, ihre Oberschenkel sind bis auf Netzstrümpfe nackt. Sie erscheint mir zu stark geschminkt. Ein dunkler Haaransatz verrät, dass sie nicht von Natur aus blond ist. Der Kettenhenkel ihrer Handtasche scheppert, als sie sich ihn über die Schulter zieht. Träge gleitet ihr Blick über die Szenerie. Ihr umrandeter Mund formt ein O, vor dem sich eine Kaugummiblase ausdehnt, bis sie platzt. Die Fremde saugt den Kaugummi wieder ein und kaut demonstrativ. »Also«, sagt sie, »wo finde ich die alte Jungfrau, die ich in die Kunst der Liebe einweisen soll?«

48

Das Barocksofa knarrt, als sich Azuriel vorbeugt. »Sie sind einen Tag zu früh.«

»Nix da.« Die Fremde fädelt mit spitzen Fingernägeln ein Handy aus ihrer Jackentasche. Der Geruch von Zigarettenrauch und künstlichem Vanilleparfüm weht mir entgegen. Ich wundere mich, wie sie das Gerät mit diesen Krallen bedienen kann. »Da. 24. April. Acht Uhr abends.« Sie dreht ihm den Bildschirm zu, ohne dass ich aus der Entfernung etwas erkenne. Azuriel fummelt nach seinem eigenen Mobiltelefon. »Tatsächlich«, stößt er hervor. »Ich habe mich im Tag vertan.«

Ich verenge die Augen, als sich mir die Zusammenhänge auftun. Die Lehrerin, von der Azuriel heute früh gesprochen hat … Ich setze mich aufrecht, der angewärmte Lappen platscht mir von der Stirn. »Az… Austin! Was wird das?«

Anstatt auf meine Frage zu antworten, hüpft er auf und tritt auf die ungewöhnlich gekleidete Lady zu. »Maria Magdalena – das war doch Ihr Künstlername?«

Sie nickt skeptisch. »Wenn das hier ein Scherz sein soll, zahlen Sie trotzdem.«

»Inwiefern ein Scherz?«

»Ich habe kein Problem, einer alternden Jungfrau die Unschuld zu nehmen, solange die Knete passt. Aber verarschen lasse ich mich nicht.«

»Niemand hier scherzt, niemand hier verarscht«, erwidert Azuriel im leichten Ton. Vorsichtig berührt er sie am pelzumhüllten Arm. »Darf ich vorstellen?« Er weist auf mich. »Ihr Gentleman für diese Nacht.«

Schockiert reiße ich die Augen auf. Nebenan krallt Jez dermaßen die Arme ineinander, ich könnte schwören, die Haare stellen sich ihr auf wie bei einer erzürnten Katze.

Die Dame stößt ein abgehacktes Lachen aus. »Sie verarschen mich!«

Azuriel legt die Hand an die Brust. »Ich wiederhole mich nur äußerst ungern …«

»Der Typ hat vielleicht eins auf die Nase bekommen, aber der hat doch nie im Leben noch kein Weib abgekriegt?« Hilfe suchend wendet sie sich an Jez. »Sie sehen doch auch, wie der aussieht? Der muss im Club nur schnippen und findet schon fünf Freiwillige für jeden Finger!«

Jez krampft noch mehr zusammen.

»Na dann«, sagt Azuriel leichthin, »sollte sich dieser Auftrag ja als nicht allzu unangenehm für Sie herausstellen.«

Ich stoße mich vom Sofa ab. »Azuriel!«

Er wirft mir einen tadelnden Blick zu. »Mylady, wären Sie so freundlich? Den Gang runter links, erste Tür. Dort finden Sie auch ein Bad, in dem Sie sich frisch machen können. Unser Kavalier hier wird sich gleich auf den Weg zu Ihnen machen.«

Als sie sich nicht rührt, schiebt er sie zwischen den Säulen hindurch, bis ihre Beine wieder ein Eigenleben entwickeln. Er wiederholt die Weganweisung. Ihre Stöckelschuhschritte verklingen.

Ich balle die Fäuste. *Azuriel …!*, will ich grollen, doch Jezebel kommt mir zuvor, als sie herumschießt.

»Was soll das?«, pflaumt sie ihn an. »Warum hast du eine Nutte hierher eingeladen?«

Er zuckt mit der Augenbraue. »Doch nicht für mich. Das hat sich ja bereits aufgeklärt.«

Jez beißt die Zähne so fest zusammen, dass ihre Wangenknochen hervortreten. Sie funkelt ihn an. Ein wütendes Feuer lodert in ihren Augen.

Azuriel lacht auf. »Du hast doch nicht gedacht, *du* würdest ihre Rolle einnehmen?«

Jez ballt die Hände zu Fäusten.

Mein Bruder reißt den Mund auf und entlässt ein abgehacktes Lachen. »Du neigst maßlos zur Selbstüberschätzung, meine Liebe! Ich glaube, es steht mittlerweile fest, dass unter Gottes Kindern ich das schwarze Schaf bin und Laz das weiße. Dachtest du, Lazael würde dich an sich ranlassen?«

Befremdet sehe ich zwischen den beiden hin und her. Was passiert hier? Jezebel hat doch nicht wirklich gedacht – erhofft? –, ich würde …

Ihr Blick zuckt zu mir wie die Motte zum Licht. Sie wendet sich ab, als hätte sie sich verbrannt.

Ich schlucke geistesabwesend. Wie konnte sie nur denken … ich meine, sie und ich …? Ich bin nicht wie mein Bruder! Mein Gott, niemals könnte ich des Herrn Gebote derart verletzen, dass ich mich am Teufel verbrenne! Reicht es denn nicht, dass ich mich der Fleischlichkeit hingeben muss, um den nächsten Messias zu zeugen?

Gedemütigt senkt Jez den Blick. Das wäre der geeignete Augenblick für Azuriel, Großmut zu zeigen und die Sache ziehen zu lassen. Er setzt lieber nach. »Eine Dämonin, die einem Engel die Liebe lehren will. Zum Schreien komisch. Solange du hier unterjocht bist, Jezebel«, er greift nach dem Schloss an ihrem Halsband, »wirst du nie mehr sein als ein Taschentuch auf dem Nachtkästchen.«

Mir erstarrt das Blut in den Adern. Langsam hebt Jez den Blick. Die nächste Bewegung kommt derart rasch, dass ich sie kaum kommen sehe. Es knallt laut und reißt Azuriels Kopf zur Seite. Seine Zähne schlagen aufeinander.

Er reagiert mit dem Instinkt eines Angegriffenen und packt ihr Handgelenk, dreht es herum. In ihre Körper kommt die Bewegung zweier rangelnder Schlangen.

»Aus!«, belle ich. »Schluss!« Mit weiten Schritten bin ich heran und stoße sie auseinander. »Was für ein Unsinn!«

Sie begaffen einander wie Raubtiere. Endlich bricht Jez ab und stiebt von dannen.

»Was soll das?«, blaffe ich Azuriel an. »Ständig machst du etwas, ohne es mit mir abzusprechen! Und das hier?« Ich weise auf Jez, die in den Korridor verschwindet. »Was für einen Sinn hat es, sie derart zu demütigen?«

Azuriels Gesicht verhärtet. »Ich habe dir doch gesagt, meine Beziehung zu Jez ist meine Sache. Halt dich da raus.«

Ich trete an ihn heran. »Wie, wenn du mich immer wieder hineinziehst?«

Kurz wirkt Azuriel betroffen. Er stopft die Hände in die Hosentaschen. Schließlich entwindet er sich dem Thema mit einem Schulterzucken. »Schau«, sagt er, »du kannst darum herumreden – aber was Sex angeht, bist du ein zwei Wochen junges Kind.« Er legt den Kopf schief, betrachtet mich erhaben aus seinen blauen Augen. »Deine Aufgabe ist es, mit der Mutter des zukünftigen Messias zu schlafen. Du hast keine Ahnung von Tuten und Blasen. In deinem Schlafzimmer wartet eine Nutte. Sie ist nicht mehr die Jüngste, gebe ich zu – aber sie hat Erfahrung mit dem, was sie macht. Als ich ihren Künstlernamen gelesen habe, war es für mich ein göttlicher Schicksalswink.«

Ich hole tief Luft und stoße sie verhalten wieder aus. Azuriel bringt mich zur Weißglut. Möglicherweise ist das sein größtes Talent – andere derart zu reizen, dass sie sich verraten. Genau wie Jezebel.

Mein Bruder blinzelt mich träge an. »Maria Magdalena wartet auf dich. Die Nacht ist bezahlt. Eine Frau wie sie kennt keine Scham. Du kannst sie alles fragen, was du willst, und – nun, so gut wie – alles mit ihr machen. Wenn du glaubst, dass du ohne Hilfe plötzlich der Hengst im Bett bist; meinetwegen.« Er zuckt mit den Achseln. »Aber noch ist kein Meister vom Himmel gefallen. Vor allem nicht als geschlechtsloser Engel.«

Ich starre ihn angestrengt an.

»Wenn du sie loswerden willst, sag's ihr selbst.« Damit wendet er sich ab und marschiert einfach davon.

49

Vor der Schlafzimmertür bleibe ich stehen und hole Luft. Wenigstens hat er sie nicht in mein persönliches Zimmer geschickt, sondern in den Flügel, den die Künstler bewohnt haben.

Ich lege die Hand an die Türklinke und drücke sie entschieden runter. Ein Schlafzimmer mit dunklem Holzfußboden und einer Wand aus sturmblau gestrichenen Holzpaneelen erwartet mich. Davor steht ein ausladendes, moderndes Bett. Es gefällt mir nicht sonderlich, genauso wenig wie das anschließende Bad mit protzigem orangefarbenem Marmor, aus dem Geräusche unseres Überraschungsgastes tönen. Es ist eigenartig, dass ich seit Beginn meines Hierseins ästhetische Vorlieben entwickelt habe.

Ich ziehe mir die aufgekrempelten Hemdsärmel über die Unterarme, glätte die Manschette und knüpfe sie zu. Ich bilde mir Azuriels Lachen ein. *Du sollst dich ausziehen, nicht anziehen, du Idiot.*

Der Wasserstrahl verklingt. Automatisch straffe ich meine Haltung. »Mrs. … Maria Magdalena«, sage ich beherrscht.

Ich lausche ihren Schritten. Ihr Schatten erreicht vor ihr die Tür. Sie hat ihren Pelz abgelegt und trägt ein funkelndes Etwas, das ich als Büstenhalter bezeichnen würde. Ein Lächeln kriecht auf ihre Lippen. Mit Schminke und Schmuck versucht sie, von ihrem Älterwerden abzulenken, doch an ihren Augenwinkeln sammeln sich Falten, genau wie in ihrem stattlichen Dekolleté. Sie lehnt sich gegen den Türrahmen. »Wie darf ich dich nennen?«

Ich räuspere mich. »Leonardo.«

»Nun, Leonardo – willst du mir verraten, warum ein Mann wie du auf eine Frau wie mich gewartet hat?« Sie stößt sich ab und schlendert am Bett vorüber.

Ich schließe die Augen. Verhalten stoße ich den Atem aus. Ich kann das nicht. Ich muss sie fortschicken! »Ms. Maria …« Gott, dieser Name! Ich möchte Azuriel an den Ohren von der Empore hängen!

»Nenn mich Mary.«

Ich blinzle. »Mary … mein Freund hat es auf seine verquere Art gut gemeint, doch ich denke nicht, dass es das Richtige für mich ist.«

Sie kommt bei mir an, fasst nach meinem Hemdkragen, der von den kühlenden Kompressen feucht ist. Ihre Fingernägel gleiten darüber wie Spinnenbeine. Die Nägel sind künstlich, doch Marys Lächeln ist echt. Ich scheine ihr zu gefallen. Oder sie macht ihren Job besser, als ich zuerst annahm.

Sie zwickt einen Knopf auf. Unangenehm berührt halte ich sie davon ab. »Ms. Mary, mein Bruder meinte, das Finanzielle sei bereits geklärt?«

Sie rückt heran. *Klick-klack*, machen ihre Absätze auf dem Parkett. »Alles geklärt. Keine Rückerstattungen.« Sie lächelt breit. Der Geruch von billigem Tabak und künstlichem Parfüm steigt mir hinter die Schläfen und verursacht ein unangenehmes Stechen.

»Das sollte Sie für Ihre Anfahrt und Umstände entlohnen. Machen Sie sich damit einen schönen Abend.«

Ihr Lächeln schwankt, doch findet erneut Halt. Sie legt die zweite Hand auf meine, ihre Oberarme streifen warm meine Brust. »Du musst keine Angst haben, Leonardo. Wenn das einfach nur die Rolle ist, die du spielen möchtest – ich bin für jedes Theater zu haben.« Sie zwinkert mir zu, falsche Wimpern so lang wie Mottenflügel. »Ich kann jede sein, die du willst. Deine Nachbarin. Babysitterin. Klavierlehrerin. Deine … Mommy.«

Ein Husten bleibt mir im Hals stecken.

Sie streift mir mit dem Finger über die Wange. »Hinter dieser geschlossenen Tür gibt's keine Scham. Verrate mir, was dir gefällt, und ich mache es wahr.«

Ich klopfe mir auf die Brust, um den Knoten in der Luftröhre loszuwerden. »I-ich …«

»Komm.« Sie packt mich an der Hand und zieht mich zum Bett. Sie ist nicht sonderlich stark, doch es reicht aus, mich auf den Bettrand zu bugsieren. Sie setzt sich neben mich, die Matratze federt, und ihr glatter Stiefel reibt quietschend an meinem Hosenbein. Sie streift meine Brust auf und ab, das Gefühl der Kunstnägel lässt mich schaudern.

Ich schlucke schwer. »Ms. Mary …«

»Nur Mary.«

»Mein Freund hat nicht gelogen. Ich habe absolut keine Erfahrung mit romantischen Beziehungen.«

Sie hebt die Augenbraue, doch mittlerweile wirkt es lediglich milde überrascht. Vielleicht glaubt sie, wir befinden uns mitten im Rollenspiel. Ach Gott, Azuriel – wo hast du mich wieder reingebracht?

Die Armreifen an ihren Handgelenken klingeln mit jeder Bewegung. »Wie kommt's? Hätten wir uns früher getroffen, in einer Bar oder einfach nur im Vorbeigehen auf der Straße … Ich hätte mich nach dir umgedreht, Süßer. Ein Wink, und ich wäre dir in jede Seitengasse gefolgt.«

Wenn es mit Eva nur so einfach wäre! »Religiöse Ansichten«, murmle ich – meine neueste Paradeausrede für alles. So nah an der Wahrheit wie möglich.

Das scheint sie doch zu überraschen. Sie setzt sich gerade hin. »Du warst doch nicht etwa katholischer Pfarrer?«

Das muss die Frau doch abschrecken, oder? Also nicke ich.

Unvermittelt packt sie mein Hemd und zieht mich an sich heran. »Ich wollte schon immer einen Priester ficken.« Ihr Atem riecht nach Minzkaugummi. Sie will ihren Mund auf meinen pressen. Ich weiche zurück und knalle dabei aufs Bett. »I-ich kann das nicht!«

Sie kriecht über mich – die Frau ist flink wie ein Affe! –, *zack*, da sitzt sie auch schon auf mir, ihr Rock so kurz, dass sogar Jezebel davon lernen könnte.

Jezebel. Deren Gesicht taucht vor meinem inneren Auge auf, nachdem Azuriel behauptet hat, sie würde mit mir schlafen wollen. Da reißt Ms. Mary mein Hemd auf. Ein eigentümlicher Ausdruck der Zufriedenheit tritt auf ihr Gesicht, als sie mir genüsslich über die Brust fährt. »Was für ein Geschenk Gottes«, schnurrt sie. Sie beugt sich herab und versucht erneut, mir die Lippen auf den Mund zu pressen, doch ich wende mich ab und ihre Zähne raspeln über meine nachlässig rasierte Wange. »Keine Küsse? Soll mir recht sein.« Sie schiebt ihre Hand zwischen meine Beine und packt zu. Ich reiße die

Augen auf. Ihr Atem streift meine Wange. »Es ist mir ein Fest, Ihnen Freude zu bereiten, Monsignore.« Ich komme gar nicht so schnell hinterher, da hat sie bereits meine Hose aufgeknöpft. Diese Frau besitzt die Fingerfertigkeit eines Taschendiebs!

»I-ich habe eine Frau kennengelernt!«, rufe ich aus.

Ihre Krallen halten am Bund meiner Unterwäsche. Ein eigenartiges Feuer züngelt in meiner unteren Bauchregion, doch wird von meiner Panik im Zaum gehalten.

»Wie?«

»I-ich habe eine Frau kennengelernt«, wiederholte ich und stemme mich auf den Unterarmen hoch.

Sie runzelt die Stirn. Es hinterlässt Linien in ihrem Make-up. »Deswegen das Priesteramt aufgegeben, ha?«

Ich zucke mit den Achseln. Es stimmt ja irgendwie.

»Die Glückliche.« Sie steigt von meinem Schoß und drapiert sich adrett am Bettrand. »Du willst wohl, dass sie deine Erste ist, hm?«

Erneut hebe ich die Schultern. Ja, eigentlich schon. Wenn ich mich körperlich mit jemandem vereinen muss, dann ausschließlich für meinen göttlichen Auftrag.

Sie seufzt zerknirscht. »Warum denkt dein Freund dann, dass du mich brauchst?«

Ich schlucke. Ja, was denkt sich Azuriel? »Er meinte, keine Frau würde mich ohne Erfahrung wollen.«

Mary verengt die Lider. »Was für eine engstirnige Haltung. Typisch Mann. Pardon, Eure Exzellenz«, sie lacht, ein sandiger Laut, durchaus nicht unangenehm, »ihr Männer macht es immer viel komplizierter, als es ist.«

»Ja?«

»Sprich doch einfach mit deiner Angebeteten darüber.«

»Das Problem ist …« Ich denke nach, wie ich es formulieren soll. »… sie weiß nichts von meiner früheren Karriere.«

Sie hebt die Augenbrauen. »Oh. Warum nicht?«

Ich kratze mich an der Schläfe. Möglichst nah an der Wahrheit bleiben. »Sie hasst die Kirche.«

Mary stutzt und lacht auf. Sie schlägt ein Bein übers andere, schaukelt mit den hohen Hacken. »Da hast du dir aber jemanden ausgesucht! Na, wo die Liebe hinfällt …« Sie wiegt den Kopf hin und her. »Wenn du einen Rat von mir haben willst, mach reinen Tisch mit ihr.«

»Ich …« Der Kloß in meinem Hals schwindet einfach nicht. »Mir geht es nicht um meine eigene sexuelle Erfüllung«, sage ich schließlich. »Ich möchte sie glücklich machen.«

Sie blinzelt mir milde zu. »Damit bist du schon ein paar Schritte weiter als so mancher Mann. Aber wie willst du sie im Bett glücklich machen, wenn du dich bereits vor einer Berührung fürchtest?«

Ihre Frage lässt mich perplex zurück. Ich stütze mich auf den Beinen ab, lasse die Daumen umeinander kreisen. Mein Blick verliert sich.

Marys Stiefelspitze schaukelt in meinem Sichtfeld. »Ich will dir nichts einreden, Süßer, nur so ein Gedankengang.« Sie stellt die Beine auf und beugt sich vor. »Soll ich gehen?«

Ich schweige eine Weile, dann streife ich mir das Haar aus der Stirn. Entschieden knöpfe ich mir den Hosenbund zu. *Das* wird heute nicht passieren. »Es geht mir nicht um mich«, wiederhole ich. »Verrate mir, was dich im Bett glücklich macht.«

Sie muss lächeln. »Da gibt es so einiges, Leonardo. Und nicht zu allem muss ein Mann gleich seinen Schwanz verwenden, wenn dir das zu schnell geht. Jeder Mensch hat eine Zunge und Finger.« Sie fächert ihre Hände in der Luft. »Und küssen kann man nicht nur Münder.« Wieder dieses launige Lachen.

Ernst sehe ich sie an. »Okay.«

»Okay?«

Ich stehe auf, um mich vor ihr zu platzieren. Langsam kremple ich die Ärmel hoch. Ihre Augen weiten sich, doch da ist noch etwas anderes in ihrem Blick – positive Aufregung. *Erregung.* »Du wolltest ein Rollenspiel, oder? Stell dir vor, heute geht es nur um dich, Maria Magdalena. Du kannst mir alles verraten, was dir gefällt. Spar nicht mit Details. Ich verspreche dir, ich habe ein gutes Gedächtnis.«

Sie kippt den Kopf retour, das blondierte Haar streift die Bettwäsche. Mit einer eigenartigen, mir bis dato unbegreiflichen Gier in den Augen beobachtet sie mein Näherkommen. »Die Lehrerin also«, raunt sie und rutscht ein Stück auf die Matratze zurück.

50

Als ich frühmorgens aufwache, überkommt mich ein eigenartiges Gefühl. Mary ist längst gegangen, doch ihr Duft haftet mir an. Zigaretten, Parfüm, aber auch der natürliche Geruch ihrer Haut. Meine empfindlichen Sinne gaukeln mir vor, dass sie nach wie vor hier ist. Am Außentor steckte sie mir noch ihre Nummer zu, mit dem glucksenden Lachen, das ich bisher nur vom angetrunkenen Azuriel kenne – falls ich *weiterüben* möchte.

Ein eigenartiger Geschmack füllt meinen Mund aus. Ich wälze mich aus dem Bett und streune zur Dusche, wo ich mir erst mal all die fremden Gerüche von der Haut schrubbe und ausgiebig Zähne putze. Es liegt nicht an Mary per se. Es reicht, wenn ich mich mit meinem eigenen Körpergeruch und -geschmack auseinandersetzen muss. Bis vor Kurzem besaß ich davon nichts.

Ich verlasse meinen Flügel und lege einen Abstecher zum Wohnzimmer ein, wo ich abends zuvor mein Handy liegen gelassen habe. Möglicherweise hat sich Eva gemeldet.

Ich spaziere zwischen den Säulen hindurch und halte überrascht inne. Mein Blick gleitet über die Sofagruppe. Der breite Couchtisch ist zerschlagen, die gläserne Deckplatte bedeckt in Scherben den Fußboden, dazwischen liegen die abgetrennten Tischbeine. Das Biedermeiersofa ist halb in sich eingesunken, Risse im aufwendigen Damastbezug, aus dem die Füllung quillt. Von der anderen Couch hängt der Seitenarm abgeknickt herunter, die cremefarbenen Chesterfieldknöpfe abgesprengt, die zerschlissenen Ledersitzkissen im Raum verteilt. Der Fernseher liegt auf dem Fußboden, der Bildschirm ist zertrümmert.

Was ist hier vor sich gegangen? Und wie konnte ich davon nichts mitbekommen? Ich habe meine Ausbildung bei Mary zwar ernst genommen, dennoch hätte ich einen Einbruch hören müssen. Himmelherrgott, Sheol wird es doch nicht gelungen sein, die Schranken des Domizils zu durchbrechen?

Mit weiten Schritten eile ich Richtung Küche. Als mir die vertraute Radiomusik entgegendröhnt, wage ich es, ein bisschen aufzuatmen. Zumindest ein gutes Zeichen! Doch erst als ich Azuriel am Ende des reich gedeckten Esszimmertisches entdecke, fällt die Angst gänzlich von mir ab. Mein Bruder blättert seelenruhig in der *ECO*-Ausgabe über sich selbst.

»Was ist passiert?«

Azuriel guckt hinter den Seiten hervor. »Woher soll ich das wissen? Ich war nicht in deinem Schlafzimmer.«

Ich stoße ein Schnaufen aus. »Ich meine das Wohnzimmer!«

Mein Bruder legt die Zeitung neben der English-Breakfast-Platte ab, die Jez ihm serviert hat, und schiebt lässig den Ellenbogen über die Stuhllehne. »Da musst du unsere Haushälterin fragen. Jez?«

Bloß das Radio jault.

»Jez! Dein Typ ist gefragt!«

Kurz darauf erscheint Jez mit einem Korb Scones. Sie trägt eine Art beige Uniform. Ich vermute eine ihrer Anime-Serien hinter der Kleidungswahl.

»Lazael will wissen, was im Wohnzimmer passiert ist«, sagt Azuriel und widmet sich erneut seiner Zeitschrift. Mit der Linken angelt er sich ein Toastbrot und legt sich ein Stück gebratene Blutwurst drauf.

Stumm stellt Jez die Scones hinter meinen Teller. Der Duft von frisch Gebackenem steigt betörend daraus hervor. Daneben platziert sie einen Block süße Butter. »Sie sind noch warm«, sagt sie und schlendert wieder zur Küchentür zurück.

»Jez?«

Sie dreht sich um. Ihr Gesicht bleibt glatt, doch sie sieht haarscharf an mir vorbei. »Ja?«

»Was ist im Wohnzimmer passiert?«

Sie ignoriert mich, indem sie in die Küche verschwindet.

Ich merke, dass Azuriel hinter der Zeitschrift lacht.

»Was …?«

Er winkt ab. »Ach, die Launen einer Frau. Vermutlich hat sie ihre Tage.«

Ich drehe mich um, obwohl ich durch die zahlreichen Wände nicht ins Wohnzimmer zurückblicken kann. Wenn Jez *das* aufgrund schlechter Laune anzustellen vermag, will ich nicht wissen, wozu sie fähig ist, wenn sie richtig zornig ist. Möglicherweise sollten wir dem Halsband dankbar sein, das sie uns erzwungenermaßen gewogen hält.

»E-Mail für dich.« Jezebel knallt mir den Laptop vor die Nase, dass es kracht. Meine vorsichtigen Versuche, sie auf ihre Laune anzusprechen, sind fehlgeschlagen. Das war klar. Azuriel baut Mist, und ich darf es ausbaden.

Auf dem Bildschirm entdecke ich eine Mail von Eva, die an jezebel.sihr@divattafoundation.com adressiert ist.

Lieber Leonardo,

steht darin geschrieben.

ein Gutes hat mein erzwungener Urlaub; ich bin endlich dazu gekommen, deine Fotos zu bearbeiten.

Darunter ein Link, der mich in eine online Onlinefotobibliothek führt. Ich finde dort nicht nur Bilder vom Pier, sondern auch von unserem Ausflug nach Mako Bay.

DCIM_6744 finde ich besonders stark, schreibt Eva. Ich suche die Nummern und entdecke, wie ich am Strand vor den Resten der Reinigungsaktion stehe. Hinter mir der Haufen verklebter und aufgedunsener Tier- und Pflanzenüberreste. Mein Mantelkragen hat sich durch den Wind aufgestellt, ich sehe aus dunklen Augen darüber hinweg, ein Schatten vor einem öligen Haufen in sonst lichter Landschaft. Sie hat recht, es ist eine gute Aufnahme. Sie löst etwas aus.

Ich überlege, ob wir sie für eine Kampagne verwenden oder in der ECO *abdrucken können. Was meinst du? Wäre dir das recht?*

Ich stemme mich ein Stück vom Tisch fort. »Jez!«, rufe ich, die bereits schmollend abgezogen ist. Zumindest taucht sie kurze Zeit später wieder auf und sieht mich neutral bis gelangweilt an, die Arme vor der Brust verschränkt. Nicht einmal zu einem Fragelaut lässt sie sich herab.

»Die Website«, sage ich und weise auf den Laptop, »www.divatta-foundation.com – ich würde eines von Evas Foto von Portside gern unter meine Biografie laden.«

Sie hebt die Augenbraue. »Und?«

»… kannst du mir das machen?«

Ihr Nasenflügel zuckt enerviert. »Sorry. Meine Talente liegen woanders.« Sie hebt Handbesen und Kehrschaufel an und stolziert damit davon.

Mit einem geräuschlosen Seufzen streiche ich mir über die Augen. Ich werde Azuriel bitten, mir zu helfen, wenn er mir über den Weg läuft. Keine Ahnung, wann der von seinem Auftritt von einem regionalen TV-Sender zurückkehrt.

Ich scrolle weiter durch Evas Mail.

Ich hoffe, es geht dir schon besser. Ich habe Esra gebeten, über die Universität Wasserproben im Bereich der Santa Muerte *zu nehmen, genau wie in der unmittelbaren Nähe von Mako Bay. Sie haben auch einige von den tierischen Überresten eingesammelt und werden diese nach Schwermetallen und anderen Toxinen untersuchen.*

Ich fühle mich langsam besser. Es war ein großes Glück, dass Esra so rasch reagiert hat und ich in der Überdruckkammer behandelt werden konnte.

Ich rümpfe die Nase. Esra, Esra, Esra! Arschloch.

Ich bin allen Beteiligten wirklich sehr dankbar. Auch dir für deine Telefongespräche. Ich glaube, ohne sie wäre ich verrückt geworden. Ich bin so froh, dass jemand nachvollziehen kann, was ich dort unten erlebt habe.

In den nächsten Tagen werde ich wieder nach Hause fahren. Ich liebe meine Eltern, und sie meinen es wirklich gut mit mir, aber sie bringen mich auf die Palme. Ein paar Tage im vertrauten Zuhause gemeinsam mit Donald und Daisy werden mir bestimmt guttun. Hier legen sie ohnehin nur zig Pfund zu, mein Vater füttert sie mit dem Frühstücksspeck vom Teller.

Die Mail geht noch einige Zeilen weiter, in denen Eva Theorien und Rechercheergebnisse zusammenfasst, und endet mit einem *herzlichen Gruß*.

Ich fasse meinen gesamten Mut zusammen, klicke auf Antworten und beginne zu tippen.

Liebe Eva,

ich danke dir für die wunderbaren Fotos. Es ist spannend, sich selbst durch die Linse eines anderen zu betrachten. Für mich ist es, als sähe ich einen Fremden.

Wenn es dir recht ist, würde ich gern ein Foto vom Pier auf meiner Website zeigen. Was die restlichen Bilder betrifft – du kannst sie verwenden, wofür du willst. Sie sind deine Kunstwerke, ich war nur ein hindurcheilender Gast.

Ich habe unsere Unterhaltungen ebenfalls sehr genossen. Ich würde mich freuen, wenn wir diese baldigst persönlich fortsetzen könnten. Hättest du Zeit für ein Abendessen, vorausgesetzt, dein Gesundheitszustand lässt es zu?

Herzlich, Leonardo diVatta, tippe ich zum Schluss. Ich starre noch eine Weile auf die Mail, überlege sie umzuschreiben, zu verfeinern, verbessern; im Internet zu recherchieren, in Büchern und Briefromanen – und klicke dann einfach auf Senden.

Azuriel mag mich verrückt machen, doch in einem hat er recht: Ich habe keine Zeit zu verschwenden. Wer weiß, welche Hindernisse mir Sheol als Nächstes in den Weg legt. Bis ich mich aufgerappelt habe, hat ihm Eva schon die ewige Liebe geschworen.

51

Eva meldet sich bei mir. Ich grapsche so hastig nach dem Handy, dass es mir zwischen den Fingern hindurchrutscht. Endlich bekomme ich es ans Ohr. »Eva?«

»Leonardo, ich bin's!« Sie lacht. Ich höre Wind rauschen, Möwen schreien und Hunde kläffen. »Wie du ja schon bemerkt hast.«

Ich räuspere mich. Hat sie meine E-Mail gelesen? »Wie geht es dir?«

»Schon viel besser, danke. Mein Vater hat mich zu Hause abgesetzt. Natürlich nicht, ohne zuvor meinen tropfenden Wasserhahn zu reparieren und meinen Kühlschrank zu füllen. Ich könnte mich vermutlich einen Monat lang hier verbarrikadieren.«

Ich lausche ihrem Atem.

»Ich bin mit den Hunden unterwegs. Habe mich nach Portside getraut. Dachte, ich muss Mut fassen. Es ist eigenartig, hier auf dem Pier zu stehen. Mit der nötigen emotionalen Distanz wirkt das Meer ganz friedlich.«

Ein Bellen ertönt, das Eva mit einem *Schschsch* quittiert. »Danke für deine Mail«, fügt sie an.

Mein Herz klopft schneller.

»Danke für deine Einladung …« Ich merke, wie sich ihr Ton geringfügig verändert. Ihre Stimme rückt ein Stück in die Höhe. »Ich würde mich ebenfalls freuen, wenn wir uns bald wieder persönlich treffen. Ich hätte da sogar eine Gelegenheit, zu der ich dich gern einladen möchte.«

»Ja?« Ich atme auf.

»Du kennst Hershel Libowitz?«

Ich krame in meinem Gedächtnis.

»Der amtierende Bürgermeister. Republikaner. Die Neuwahlen stehen an, die Wahlplakate sind dir bestimmt schon aufgefallen. Ich bezweifle ja, dass es ein door-to-door-campaigner über die Mauer bis zu deiner Haustür geschafft hat. Falls doch, gilt ihm mein voller Respekt.« Sie lacht. »Jedenfalls lädt Libowitz zu einem Event in den City Tower ein. So ziemlich alles, was Rang und Namen hat, ist geladen. Politiker. Der Police Commissioner. Spitzensportler. Köpfe der jüdischen und christlichen Gemeinden. Presse.«

»Du?«

Sie lacht. »Jap. Ich habe wohl genügend Aufmerksamkeit erregt, sodass er sich nicht traut, mir auf die Zehen zu steigen. Falls du Samstag Zeit hast, würde ich mich freuen, wenn du kommen würdest.«

»Es wäre mir eine Ehre.«

Ich merke ein Zögern. »Fein! Ich werde deinen Namen auf die Liste setzen lassen. Mit einer plus eins.«

Ich schiebe die Augenbrauen zusammen. »Plus eins?«

Wieder dieses Zögern. »Nur falls du jemanden mitnehmen möchtest.«

Ist das ein Test? Ich setze dazu an, zu widersprechen – *nein! Ich will mit dir dort hingehen!* Doch bevor ich es aussprechen kann, beeilt sich Eva zu sagen: »Esra wird ebenfalls kommen.«

Der Widerspruch erstirbt auf meinen Lippen.

»Als … mein Date.« Es klingt wie eine Offenbarung. Und ein Schuldeingeständnis.

Ich schließe die Augen. Genau genommen ist es unsinnig, dass sie sich schuldig fühlt. Die Künstler, Azuriel, Maria Magdalena – sie alle hatten recht. Ich hätte mich einfach beeilen sollen. Eva konnte gar nichts von meinen Intentionen wissen. Ich habe sie ja nie deutlich gemacht. »Oh.«

»E-es ist noch nicht wirklich offiziell«, fügt Eva an. »Das Ganze hat erst nach dem Unfall angefangen. Hofiert und gefragt hat er mich ständig, aber …« Sie bricht ab. »Entschuldige, zu viel Information!« Ein unsicheres Lachen entkommt ihr. »Ich … ich dachte nur, ich sage es, bevor … bevor …« Sie stammelt. »Bevor vielleicht ein falscher Eindruck entsteht.«

»Inwiefern?«, frage ich leise.

»Nun … ich …« Ich habe sie noch nie so verlegen erlebt. Selbst nach dem Tiefseerausch hat sie Worte gefunden. »Es wäre mir unrecht, wenn Sie ein schlechtes Bild von mir hätten!« Sie merkt gar nicht, wie sie in die Höflichkeitsform zurückfällt. »Oder mich für unprofessionell hielten. Oder …« Ihr Satz stirbt ab.

Ich lausche dem Pumpen meines eigenen Herzens. Das Verklingen ihrer Worte enthält eine gewisse Schwere. Etwas, was ich vor Kurzem noch nicht verstanden hätte. Es geht ihr nicht bloß darum, dass ich einen schlechten Eindruck von ihr als Redakteurin der *ECO* gewinne. Kann es denn sein? Hat sie meine Intention erkannt? Oder sie erst erkannt, als ich sie in der E-Mail schriftlich niedergelegt habe?

Hat sie lediglich Angst, einen potenziellen Geldgeber zu vergraulen? Oder steckt da mehr dahinter?

»Leonardo?« Sie klingt ängstlich.

»Ich könnte niemals einen schlechten Eindruck von dir haben, Eva.«

Die Stille, die mir entgegenschlägt, fühlt sich weich an.

»Wirst du kommen?«, fragt sie hoffnungsvoll.

»Ich komme gern. Richte Esra Grüße von mir aus.«

In den Tagen danach flattert eine offizielle Einladung herein. Es ist die erste Post, die an mich gerichtet ist. Zu meiner Überraschung finde ich einen identischen Umschlag, der an Austin Carter adressiert ist.

»Ist das nicht ein wundersamer Zufall?«, fragt er erfreut, als ich ihm die Einladung überbringe. Er fächelt mit dem Goldprint. »Endlich können wir uns Seite an Seite deinem Dämon stellen! Ich muss mich ohnedies bei ihm für eine gewisse Schusswunde revanchieren.«

»Sei vorsichtig«, mahne ich ihn. »Er hat einige Tricks auf Lager. Es wäre besser, du hältst dich von ihm fern.«

»Keine Sorge. Ich werde mich bedeckt halten. Er wird mich bloß für einen besonders gut aussehenden Pfaffen halten.« Er bleckt die Zähne zu einem Grinsen. »Ich bin dein Trumpf im Ärmel.«

Ich verrate Azuriel nicht, dass Eva Sheol datet. Es dauert eine Weile, bis ich mir eingestehe warum: Ich schäme mich und würde sowohl seine Herablassung als auch sein Mitleid nur schwer ertragen. Falls er meine gedrückte Laune bemerkt, spricht er sie nicht an. Stattdessen schwirrt er zwischen seinen Terminen durchs Haus, bedenkt Jez mit Happen an Zuneigung, um sie bei der Stange zu halten, und plappert davon, mich in die Stadt zu schleppen, damit wir uns für den wichtigen Abend herausputzen. Widerwillig ertrage ich all das. Bloß als ich eines Nachmittags am leer gefegten Esstisch sitze und auf den Laptop starre, platzt es mir Jez gegenüber heraus.

»Eva trifft sich mit Sheol.« Ich erwarte nicht einmal, dass sie mich hört, sie hat die quietschgelben Kopfhörer ihres Walkmans auf die Ohren geklemmt, aus denen Musik wie ein Wolfsheulen dröhnt.

Jez bleibt stehen und zieht sich die Kopfhörer herunter. Ich erwarte, dass sie nachfragen muss, stattdessen sagt sie nur: »Das muss schwierig für dich sein.«

Ich nicke, den Kopf auf die Hände abgestützt.

Sie tritt an mich heran, das erste Zugeständnis seit unserem Zerwürfnis. »Du gibst doch nicht auf?«

Überrascht sehe ich zu ihr.

»Jemanden zu daten heißt noch lange nicht, ihn zu lieben. In meiner Jugend hatte ich ständig Liebhaber. Es muss nichts bedeuten.«

Ich hebe die Augenbrauen. »In deiner Jugend?«

Sie hebt den Blick, ihre Augen leuchten wie Amethyste, und zuckt mit den Schultern. »Damals eben.«

»Das geheimnisvolle Babylon … Du sprichst nicht gern über deine Vergangenheit, was?«

»Wieso auch? Alles, was ich darüber verrate, verwendet Azuriel gegen mich.«

»Ich bin nicht Azuriel.«

»Nein.« Sie beißt die Zähne zusammen. »Nein, bist du nicht.« Sie verlagert das Gewicht. »Magst du sie? Eva?«

Die Frage erwischt mich hinterrücks, dabei sollte sie das nicht. Der Stuhl ächzt, als ich zurechtrutsche. »Natürlich«, murmle ich in meine Hand, streiche mir über die Oberlippe. »Sie ist die Mutter des nächsten Messias.«

Jez klimpert abschätzig mit den Wimpern.

»Sie ist eine intelligente, interessante Menschenfrau.«

Ihre Augenbrauen rücken ein Stück in die Höhe.

»Und nach menschlichen Maßstäben attraktiv. Ich bin froh, dass sie die Auserwählte ist und niemand anderes.« Ich fühle mich, als müsste ich mich verteidigen.

Jez bedenkt mich mit Schweigen. Sie tritt heran und stützt sich neben mir mit den Unterarmen am Tisch ab. Durchdringend sieht sie mich an. Kurz schweife ich ab, nur um an ihrem Dekolleté hängen zu bleiben, das im Gegensatz zu Maria Magdalenas straff und faltenfrei ist. Wie würde es sich anfühlen, es zu berühren?

Ich reiße mich zusammen. Kein Grund, verlegen zu werden! Das sind nur … Euter. Es ist unmöglich, auf diesem Präsentierteller keine Notiz von ihnen zu nehmen.

Falls Jez meine Ablenkung bemerkt hat, lässt sie es sich nicht anmerken. »Vergiss nicht, du hast noch mich.« Sie rutscht näher, und ich spüre die Wärme ihrer Haut aufsteigen wie eine schimmernde Aura. »Ich kann mich um Sheol kümmern.«

Hastig schüttle ich den Kopf. »Nein.« In ihrem Gesicht macht sich Enttäuschung breit. Sie setzt dazu an, sich zurückzuziehen, doch ich erwische ihre Hand. »Es reicht, wenn ich mich seiner Bedrohung aussetzen muss.« Ich schiebe mich an ihr vorbei und berühre sie dabei an der Schulter. Ihre Haut glüht unter meinen Fingern. »Aber ich weiß deine Bemühungen zu schätzen.« Einem Instinkt folgend, streife ich ihre Wange mit meiner. Es ist kaum eine richtige Berührung. Wie ein Pastor seine Schäfchen vertrauensvoll auf die Stirn küsst, um ihnen Trost zu spenden. Vertrauen schaffend, väterlich, ein Zeichen freundschaftlicher Zuneigung. Mehr, als eine Dämonin jemals von mir erwarten dürfte.

Ich merke gleich, dass es sich nicht so anfühlt. Überrascht sieht sie zu mir auf. Ihr Blick! Mein Herz stolpert. Ich marschiere weiter, als wäre nichts gewesen, ihre Hand löst sich von der meinen.

Ich habe einen Fehler begangen und hoffe, dass ich noch vor ihm davonlaufen kann.

Azuriel schleppt mich zu seinem Schneider, der die Maßanzüge für seine Auftritte anfertigt. Mein Bruder akzeptiert nichts Minderwertiges an seinem Adoniskörper.

Es ist gar nicht so leicht, einen Anzug zu finden, der bei meiner Körpergröße gut sitzt. Diesmal entscheide ich mich für Schwarz. Schluss mit *Mr. Nice Guy*. *Mr. Mafioso* bekommt seinen Auftritt.

»Du bist eine Augenweide!«, ruft Azuriel aus. »Ich könnte mich nicht zurückhalten.« Damit klatscht er mir aufs Hinterteil. »Was meinen Sie, Giordano?«

Der ältere Herr nickt milde, Nadeln zwischen die Lippen geklemmt, und steckt Anzugjacke und Hose ab, wo geringfügige Anpassung vonnöten ist.

Anschließend schleppt mich Azuriel zum Friseur. Ich komme mir vor wie in einer dieser Makeover-Shows, die Jez gelegentlich beim Bügeln guckt. Der Barbier pinselt uns mit Rasierschaum ein und bringt uns breite Kristallgläser mit goldener Flüssigkeit. Als ich daran rieche, rümpfe ich die Nase.

»Whisky«, erklärt Azuriel und schwenkt sein Glas.

»Ich trinke nicht, vielen Dank.«

»Möglicherweise solltest du endlich damit beginnen. Du könntest es bei Gott brauchen, lockerer zu werden.«

»Missbrauche nicht den Namen des Herrn.«

Azuriel winkt ab und nimmt einen großen Schluck. »Der Alte hat anderes zu tun, als die Milliarden von Ameisen zu belauschen, die auf dem Erdenrund kriechen.«

Ich blinzle. Es würde erklären, warum ich mich so verlassen fühle.

Azuriels Worte tragen den Geruch von Torf und Rauch zu mir herüber. »Mh, *Caol Ila,* zwölf Jahre.« Er lässt das Glas kreisen, während sich der Barbier von hinten über ihn beugt. Der klappt ein Rasiermesser auf. Ich beobachte, wie er Azuriel damit über die Kehle fährt. Der rutscht zufrieden auf seinem Ledersitz zurecht und schließt die Augen. »Tust du mir einen Gefallen, Brüderchen?«

»Worum geht's?«

»Ich überlasse dir nachher meine Kreditkarte. Ich habe dir einen Tisch beim Italiener reserviert. Mach dir einen schönen Abend.«

»Was hast du vor?«

»Du hast mit Sicherheit die Sieben-Tage-Regenwetter-Wolke bemerkt, die Jez durch das Anwesen schleppt. Wir brauchen etwas Zeit für uns, um die Wogen zu glätten.«

Ich ziehe die Augenbrauen zusammen. »Es würde helfen, wenn du sie nicht immer wie den letzten Dreck behandelst.«

»Soll ich sie denn anlügen?«

»Still halten!«, fordert der Barbier. Die Klinge kratzt unangenehm über die Barthaare, dann streift er sie an einem Tuch ab. Azuriel blinzelt und nimmt noch einen Schluck. Rasierschaum haftet am Glasrand.

»Die Wahrheit ist nun mal unbequem und hat ein hässliches Gesicht. Das weiß auch unsere gute Jezebel.« Er leert das Glas, bevor sich der Herrenfriseur erneut über ihn beugt. »Also, tust du mir den Gefallen?«

»Wenn du mir umgekehrt einen Gefallen tust.«

»Hm?«

»Sei heute Abend nett zu ihr.«

Er kichert. »Du bist solch ein Kavalier, Bruder. Mich hättest du nicht verführen müssen. Ich hätte dich schon längst in mein Bett gezerrt, um dich zu verderben.«

Ich esse bei dem besagten Italiener zu Abend, beobachte die Paare um mich herum, die ihre Pasta auf Gabeln drehen oder sich gegenseitig mit Löffeln Tiramisu füttern, und stelle mir vor, es wären Eva und ich. Die Vorstellung macht mich weniger traurig, sondern vielmehr beklommen. Einerseits hadere ich mit meinem Versagen, andererseits kann ich mir uns nicht vorstellen – wir beide, ein trautes Paar? Was, wenn es mir doch noch gelänge, dass Eva sich in mich verliebt? Würde es ihr reichen, dass ich ihr ein guter Mann bin, ohne ihre Liebe zu erwidern? Oder würde dieses ominöse Gefühl, das die Menschheit treibt, mit der Zeit von selbst entstehen – in diesem sterblich gemachten Körper?

Ein Spaziergang am Kanalrand entlang führt mich durch die von Lichtern erhellte Stadt, deren buntes Gesicht sich im Meer spiegelt. Dunkel rauscht die See. Die Mondsichel leuchtet schwach. Mitten im blinkenden Doverport sind die Sterne am lichtverschmutzten Himmel kaum zu sehen. Mit dem Blick taste ich das Hafenbecken ab. Unter der Oberfläche erscheint das Wasser schwarz wie Tinte. Als hätte Sheol im gesamten Atlantik das Licht ausgeknipst.

Ein Taxi bringt mich nach Hause. Die beiden Engelstrompeter warten als Schatten am Außentor. Die Fenster des Domizils liegen in

Finsternis da. Auch als ich aufsperre, schlägt mir Stille entgegen. Halb vier nachts, verrät mir die tickende Standuhr im Korridor. Ich habe gar nicht mitbekommen, wie mir die Zeit entglitten ist. Entweder sind Jez und Azuriel noch länger aus als ich, oder sie haben bereits zur Ruhe gefunden. Die Vorstellung der beiden, wie sie eng umschlungen im Bett liegen, drängt mir ätzende Flüssigkeit in die Kehle. Natürlich nur, weil ich es hasse, wie Azuriel Jez behandelt.

Ich finde keinen Schlaf, wälze mich im Bett umher und bade in der Finsternis und der Melancholie. Als meine Gedanken endlich in die Traumwelt davongleiten, dringt bereits das Vogelgezwitscher durch die Fensterscheiben.

Kopfschmerzen verraten mir bei meinem Erwachen, dass ich kaum mehr als ein paar Stunden geschlafen haben dürfte. Die Sonne blinzelt schief zwischen den Fenstersprossen hindurch.

Die Speisetafel im Esszimmer finde ich jedoch bis auf eine Notiz am Kopfende leer vor.

Bin unterwegs, wartet nicht auf mich mit dem Frühstück. A.

Trotz der Stille werfe ich einen Blick in die Küche. Der Küchentresen wirkt unberührt. Die Zeitanzeige auf dem Küchenradio blinkt, die Lautsprecher bleiben stumm. Ich reibe die Lippen übereinander.

In meiner gesamten Zeit auf Erden hat Jez nur ein einziges Mal verschlafen – und das war, nachdem sie das Gift des Speiers ausgesaugt hat. Irgendetwas stimmt hier nicht. Es geht mir nicht um die Mahlzeit per se – im Kühlschrank würde ich genügend finden, um mich selbst zu verköstigen. Es passt nicht in den von der Haushälterin wohlgeregelten Tagesablauf.

»Jez?« Ich wandere in Richtung ihres Zimmers. Ein Blick durch das Türgitter, doch das Poster an der Innenseite versperrt mir die Sicht. Vorsichtig klopfe ich. »Jez?«

Keine Antwort.

Ich drücke die Türklinke runter und die Tür ein Stück auf. »Jez, bist du wach?«

Keine Reaktion. Ich lausche – nach ihrem Atem, dem Rascheln von Bettwäsche, doch als es vollkommen still bleibt, drücke ich die Tür auf. Ihre Decke mit NARUTO-Aufdruck ist glatt gestrichen. Entweder hat sie das Bett bereits gemacht – oder sie hat es nie besucht.

Ich blähe erbost die Nasenflügel. Ärger wallt in mir auf, genährt durch das Glutkorn der Menschlichkeit. Ich heiße Jezebels und Azuriels Beziehung nicht gut. Sie nährt die Schwächen des jeweils anderen. Warum kriecht Jez dann immer wieder zurück in Azuriels Bett? Schmecken die wenigen schönen Momente tatsächlich derart süß?

Die Vorstellung, dass die beiden nach den letzten Tagen nicht nur einen netten Abend miteinander verbracht haben, sondern Jez ihn wieder an sich rangelassen haben könnte, macht mich zornig. Sie hat das Ganze in der Hand! Er würde sich ihr doch nicht aufzwingen, wenn sie ihn abwiese? Warum sagt sie dann nicht einfach *Nein?* Wieso lässt sie meinen werten Bruder nicht im Regen stehen? Langweilig wird ihm schon nicht; er hat ja genügend Auswahl.

Sie aber nicht, wispert es in meinem Hinterkopf.

Ich verdränge den Einspruch, stapfe aufgebracht zu Azuriels Schlafzimmer. *Du bist selbst schuld,* flüstert es in meinem Kopf. *Du hast ihn gebeten, nett zu ihr zu sein. Du hast sie zurück in sein Bett geschubst.*

Obwohl es noch ein paar Schritte bis zur Zimmertür sind, weiß ich, dass ich etwas sagen werde, was ich später bereue. Ich fühle mich, als würde ich platzen. In diesem Augenblick hasse ich Jez für die Blicke, die sie mir zuwirft.

Abrupt drücke ich die Türklinke herunter. Ein eigenartiges Geräusch ertönt. Es ist das unangenehme Scharren von Metall, das über Widerstand kratzt.

Ich stoße den Türflügel auf.

»Nein!«, höre ich Jezebels Stimme. »Bitte bleib draußen!«

Zu spät. Da übertrete ich schon die Türschwelle. Jez schreckt im Bett herum. Mit der freien Hand grapscht sie nach der Decke und zieht sie sich vor den Leib.

Ich setze ein grausames Lächeln auf.

»Spar dir die falsche Bescheidenheit.«

Sie zieht die Beine an. Ihren zweiten Arm hält sie seltsam abgewinkelt. Als sie zurechtrückt, erklingt wieder dieses Kratzen und Scheppern. Sie ist mit Handschellen an den Bettpfosten gefesselt.

Das macht mich noch wütender.

»Du bist immer noch Dienerin in diesem Haus«, schnauze ich sie an. »Solange du an es gebunden bist, wirst du deine Aufgaben erledigen wie jeder andere hier auch!« Ich bücke mich nach einem Kleidungsstück, das sie auf dem Weg zum Bett abgestreift haben muss, und werfe es ihr zu. »Los.«

»Ich kann nicht.«

Mir entfährt ein Schnauben. »Ich bitte dich … Dein Spielzeug wird dich doch nicht ernstlich aufhalten! Ich weiß, welche Kraft in diesen zarten Ärmchen steckt.«

Sie starrt mich an.

»Mach schon!« Mein Blick ist gnadenlos. Das Gefühl lodert in meiner Brust, erfüllt flammend meinen Kopf und lässt mich die Fäuste ballen.

»Ich kann mich nicht losmachen«, wiederholt sie. Sie bewegt das gefesselte Handgelenk. »Das sind nicht meine. Die gehören Azuriel.«

Ich verschränke die Arme vor der Brust, um mein aufgebrachtes Zittern zu unterdrücken. »Azuriels Handschellen«, schnaube ich. »Spezialanfertigung, oder was?«

Sie verengt die Lider. »Richtig. Was ist los mit dir?«

»Was mit mir los ist? Ich bin es nicht, die nach einer durchvögelten Nacht hier herumhängt!«

Jez stößt ein Lachen aus. »Durchvögelt? So ein Wort hast du noch nie verwendet.«

Sie macht mich so wütend! Wieso macht sie mich so wütend? »Ich bin es nicht, der sich hier erklären muss!«

Ein eigentümlicher Ausdruck kriecht auf ihr Gesicht. Eine Härte, die viel besser zu ihrem vermeintlichen Alter passt. Langsam setzt sie sich auf, sodass sie vor dem Kopfende zu sitzen kommt. Die Decke rutscht von ihr ab.

Ich widerstehe dem Drang, wegzusehen.

»Ich auch nicht«, sagt sie heiser.

Ich kaue auf einer Entgegnung herum. Schlussendlich schmerzt ihre Aufmerksamkeit körperlich. Ich verbrenne mich und verliere. Ich wende den Blick ab, er rutscht zur Seite, hin zur angeleinten Hand. Als ich die Fessel im Detail betrachte, entlockt mir der Anblick ein Stirnrunzeln. Eine Eisenschelle umhüllt ihr Handgelenk, durch eine rostige Kette mit dem Pendant verbunden, das am Bettpfosten hängt. Abgehackt nicke ich dorthin. »Was ist das?«

Träge dreht sie das Haupt. *Ich danke dir, o Herr!,* schießt mir durch den Kopf, als ihr Haar über ihre Brust rutscht. Kurz ballt sie die Hand zur Faust und entspannt sie wieder. »*Kaltes Eisen.* Ein Überbleibsel deiner Vorgänger, die mich eingefangen haben.«

Unser Schweigen ist sperrig. Schlussendlich ringe ich Wut und Stolz hinunter und stakse heran.

Jez besinnt sich doch eines gewissen Anstands und zieht die Decke hoch. Das ändert nichts an ihren bloßen Armen und Schultern, dem Ansatz ihrer Brust, der Linie ihrer Schulterblätter. Da sie sich bezüglich ihrer Kleidungswahl nie zurückgehalten hat, ist mir all das bekannt. Und doch bekommt es hier, eingewickelt in Laken und im sanften Licht des Schlafzimmers, eine neue Qualität.

Ich reiße mich zusammen, strecke die Hand aus und will die Kette berühren. Ein Schauer klettert meinen Arm empor, als ich mich nähere. Ich tauche in eine eigenartige Kälte. Sie erinnert mich an das eiskalte Wasser in der Spalte vor Mako Bay.

Kaltes Eisen, im Sternenfeuer geschmiedet. Die Waffen meiner Geschwister. »Warum legt er dir das an?«

»Weil es ihm Freude bereitet, Macht über andere zu haben.«

»Reicht dein Plüschteil nicht?«

Sie grummelt wie eine Katze. »Das habe ich ja versucht. Aber es wurde ihm rasch zu langweilig. *So-zu-tun-als-ob* ist nicht seins.«

Ich lege die Stirn in Falten. Selbst mir wird die Berührung rasch zu viel, ich lasse die Kette los. Klirrend fällt sie gegen den Bettpfosten. Ich reibe die tauben Finger. »Und warum hat er dich nicht abgemacht?«

Sie stößt die Luft durch die Nase. »Weil es ihm Spaß macht, mich vor dir zu demütigen.«

Ich schnaube. »Ich bitte dich …«

»Es ist wahr. Er wusste, dass du mich suchen würdest.« Erneut ballt sie die Hand zur Faust. Da entdecke ich die Spuren unter dem Eisenring. Als hätte sie sich nicht eine Nacht hier mit Azuriel vergnügt, sondern wäre seit Wochen angekettet. Roh schält sich das Fleisch unter ihrer Haut hervor, blaue Flecken masern die Ränder.

Diese Fessel wirkt alt und von unzähligen Berührungen abgescheuert wie …

Wie das Band an Jezebels Hals.

Verärgert blinzelt sie zu mir hinauf. »Wärst du so freundlich?«

»Ich habe keinen Schlüssel.«

»Du brauchst keinen. So funktionieren die Fesseln nicht. Du bist der Herr dieses Hauses. Sie gehorchen deinem Willen.«

Meine Hand zittert, als ich sie nach der Kette ausstrecke. Ich berühre sie, frage mich, was ich tun soll – wie ich sie lösen kann: Da springt die Fessel auf. Als lauschte sie meinen Gedanken. Erschreckend.

Jezebel zieht die Hand zurück, rutscht fließend über die Matratze davon und wickelt sich die Decke um den Leib, bevor sie von der Bettkante gleitet. »Ich beeile mich.«

»Warum tust du das?« Die Frage entkommt mir einfach so, ich kann sie nicht aufhalten, auch wenn ich sie am liebsten aus der Luft pflücken und zurücknehmen würde.

Sie sieht über die Schulter. »Was?«

Mein Mund fühlt sich klebrig an. »Warum schläfst du mit ihm, verbringst Zeit mit ihm, wenn er dich ständig demütigt?«

Ihr Blick glitzert. Mir ist, als kletterten Funken ihre Wimpern entlang. »Wenn du Gewalt lang genug erlebst, fühlt sie sich irgendwann wie dein Zuhause an.« Ihre Worte ersticken das Feuer in meinem Inneren und lassen Schuldgefühl zurück. Sie schlurft davon. Das Herz-Pendant klingelt an ihrem Halsband, eine schmerzhafte Mahnung.

52

Der Krawattenknoten sitzt trotz Onlineanleitung nicht so, wie er soll. Mit dem Internet hat der Mensch schon etwas Grandioses geschaffen, gebe ich zu. Sie haben aus dem Umstand eines limitierten Gedächtnisses quasi das erschaffen, was meine Geschwister und ich durch die Macht unseres Vaters erhalten: eine eigene Wissensbibliothek, auf die sie jederzeit zugreifen können. Hat vielleicht sogar einer der unsrigen ihnen die Idee dazu eingeflüstert?

Göttliches Gedächtnis und Internet hin oder her – an der Umsetzung theoretischen Wissens scheitert immer noch der Anwender: in diesem Fall ich am Windsorknoten.

»Azuriel?«, rufe ich durch die offene Schlafzimmertür hinaus. »Kannst du mir mal helfen?«

Ich vernehme Schritte, doch erkenne bereits an ihrem Klang, dass es sich nicht um meinen Bruder handelt. Jez kommt herein, das Haar zu einem lockeren Knoten geschlungen. Sie hatte keine Lust, sich zurechtzumachen. Muss sie auch nicht. Ihr T-Shirt riecht stark nach ihr, was mir verrät, dass sie darin geschlafen hat.

Sie reckt sich nach der Krawatte, löst meinen Versuch eines Knotens und beginnt, sie erneut zu binden. »Soll ich dir noch einen Happen zu essen machen?«, fragt sie. »Bevor ihr losfahrt? Ich könnte Falafel mit Hummus machen, mit etwas Salat. Oder …«

»Nicht notwendig. Mach dir einen schönen Abend.«

»Wer weiß, ob es dort was gibt …« Sie schiebt den Knoten zurecht.

»Jez.« Vorsichtig berühre ich ihre Hände. »Ich entschuldige mich für das, was ich heute Morgen gesagt habe. Ich war wütend. Das gibt mir aber kein Recht, andere schlecht zu behandeln. Tatsächlich musst du mir nie etwas zu essen machen, wenn du keine Lust dazu hast. Ich weiß, Azuriel besteht darauf. Aber ich werde schon was finden, wenn ich Hunger kriege.« Ich spüre mein Herz gegen ihre Finger schlagen.

Sie legt den Kopf schief. »Was hat dich so wütend gemacht?«

Verlegen schlucke ich. *Keine Ahnung.* »Hormonelle Veränderungen?«, brumme ich. »Frieden?«

Bedächtig streicht sie mein Revers glatt. Ihre Hände an meiner Brust fühlen sich gut an. *Hormone!*

»Manchmal hasse ich es, zu kochen«, gesteht sie. »Aber für dich mach ich es gern.« Sie löst die Berührung und tritt einen Schritt zurück. Aufmerksam mustert sie mich von Kopf bis Fuß.

Unsicher fahre ich mir durchs Haar. »Was meinst du? Sitzt alles?«

Ein winziges Lächeln erweicht ihre Lippen. »Perfekt.«

Azuriel fährt mit dem Alfa Romeo vor und parkt in der Tiefgarage des City Tower. Unsere Schritte hallen durch die Betonhalle, bis wir uns dem Aufzug nähern – zwei groß gewachsene, gut gekleidete Schatten. Er trägt Kontaktlinsen, die seinen Augen ein stärkeres Leuchten verleihen. Damit glaubt er sich vor Sheol verstecken zu können.

»Bereit, dir dein Mädchen zurückholen, diVatta?«

Ich mahle mit dem Unterkiefer hin und her, zupfe die Ärmel glatt. Alles muss sitzen. Der Anzug, jeder Blick, jeder Satz – jede Silbe. »Bereit.«

»Ich bin dein Fels in der Brandung.« Er drückt den Knopf, der uns in die Sky Lounge führen soll. »Und vergiss nicht zu lachen.«

Ich schweige.

Azuriel seufzt. »Mach dich locker.« Er klatscht mir gegen den Rücken. Ich wanke keinen Zoll. Stattdessen wende ich ihm den Kopf zu. »Wer ist jetzt der Fels in der Brandung, hm?«

Unsicher blinzelt er. »War das ein Witz?«

Kurz bleibe ich ernst. Dann grinse ich ihn an.

»Das war einer!«, jubiliert Azuriel. Er packt mich an den Schultern und schüttelt mich – versucht es zumindest. »Ich fasse es nicht! Er hat einen Witz gemacht! Mein Bruder hat einen Witz gemacht! Hat das jeder gehört?«

Ich knuffe ihn, damit er mit der Schreierei aufhört, denn der Aufzug hält. Die Türen lösen sich voneinander und lassen Loungemusik ein.

Wir werden von Licht und Schatten umspült, Stimmgewirr dringt an uns heran, als wir die Sky Lounge betreten. Sofort halte ich nach Eva Ausschau.

»Nicht so auffällig«, amüsiert sich Azuriel. Er fischt einer Kellnerin im Vorübergleiten zwei Schampusgläser vom Tablett und belohnt sie mit einem derart reichhaltigen Lächeln, dass diese ins Stolpern gerät. Die Gläser klappern auf dem Silber, und einen Augenblick gucken einige Umstehende in ihre Richtung. Pagenköpfe, Katzenaugenbrillen an glitzernden Ketten, schriller Lippenstift, Augen balkendick umrandet.

Als sie uns entdecken, erweichen manche Mienen in Wohlgefallen. Andere Leute treten ein Stück zurück, als wollten sie uns Platz machen.

Azuriel lächelt spitzbübisch. Seine Hand streift kurz meinen Arm, als wollte er sich unterhaken, doch er lässt es. »Merkst du das? Wir sind die schönsten Menschen in diesem Raum. Schönheit ist in dieser Welt Macht. Geld ist Macht. Beziehungen sind Macht. Das sind die drei Grundpfeiler der Menschheit. Lass sie für dich arbeiten.« Er führt mich weiter, Blicke bleiben an ihm kleben und ziehen die Köpfe hinterher.

Schönheit. Geld. Beziehungen. *Macht.* Ist es so simpel?

Wir tauchen durch Scheinwerferkegel.

»Reverend Carter!«

Azuriel schießt herum. Ein untersetzter weißer Mann mit gepfeffertem Haar drängt sich zwischen den Anwesenden hindurch, »Bürgermeister Libowitz!« Azuriel hält an, um dem Mann die Hand zu reichen. »Ich grüße Sie herzlich. Was für eine Stimmung! Davon kann sich die Konkurrenz wahrlich ein Scheibchen abschneiden.« Ihr Handschlag erinnert mich an ein Kräftemessen.

Hershel Libowitz' Blick gleitet zu mir. »Ihre Begleitung?«

Azuriel rückt zur Seite, um mir Platz zu machen. »Darf ich vorstellen? Leonardo diVatta. Er ist momentan im Lande, um den Nachlass seines Onkels zu verwalten, den ich als Gemeindemitglied kennenlernen und betreuen durfte. Leonardo? Der amtierende Bürgermeister von Doverport, Hershel Libowitz.«

Ich schließe meine Hand um die seine, fest, aber nicht zu fest. Ich merke den Gegendruck, spüre die Härchen an seinem Handrücken. Unsere Blicke verknüpfen sich. *Macht.* Kurz weicht Libowitz aus. *Gewonnen.*

Er ringt um Kontrolle. »Wie lange sind Sie bereits hier?«

»Hershel!« Ein Mann drängt sich von hinten heran und packt den Bürgermeister an der Schulter. »Wir benötigen kurz deine professionelle Expertise …!« Er entdeckt Austin und mich und nickt uns zu. An meinem Gesicht bleibt sein Blick länger hängen, der Mann runzelt die Stirn. In Imitation verenge ich die Augen. Er kommt mir bekannt vor. Weiß, blond, Brille, wässriger Blick, zwischen dreißig und fünfundvierzig, geschätzt. Grüßend nickt er uns zu.

»Darf ich vorstellen?«, sagt Bürgermeister Libowitz. »Martin Keller, zuständig für Abfallwirtschaft und Umweltangelegenheiten in unserer herrlichen Stadt.« Der Genannte schüttelt unsere Hände.

Der Abend wird hauptsächlich aus Händereichen bestehen, denke ich. Im Hintergrund suche ich die Gäste nach Eva ab. Oder Sheol.

»Daddy?« Ein Kind zupft Martin Keller an der Hose. Als sein Gesicht in mein Blickfeld taucht, reiße ich die Augen auf. Ich kenne den Knirps. Es ist das Kind, das sich aufgrund meines Befehls beinahe vom Balkon gestürzt hätte.

»Mickey, ich habe dir doch gesagt, für solche Problemchen ist heute Abend Mommy zuständig!«, sagt Keller verlegen. Er hält nach seiner Gattin Ausschau, doch der Junge, der sich in einem Alter befindet, in dem sich die Geschlechter physiognomisch noch nicht wirklich unterscheiden, zupft erneut an der Bügelfalte und flüstert seinem Vater ins Ohr.

Der Beamte räuspert sich. »Entschuldigen Sie, Hershel. Es ist ein kleiner Notfall.« Damit hebt er seinen Sohn hoch und schiebt sich durch die Menge Richtung Toilettenbeschriftung davon.

»Netter Kerl«, kommentiert der Bürgermeister. »Sehr engagiert.«

»Ich glaube, ich kenne ihn von einer Pokerrunde«, kommentiert Azuriel.

Hershel Libowitz hebt erfreut die Augenbrauen. »Sie pokern auch?«

Bevor mein Bruder zu einer Entgegnung kommt, entdecke ich ein wohlbekanntes Gesicht vor den ausladenden Fenstern der Sky Lounge. *Eva.*

Sheol ist nicht bei ihr, Gott sei Dank. Sie trägt ihr Haar heute anders, weswegen ich sie bei der oberflächlichen Suche nach bekannten Mustern nicht gleich erkannt habe. Das Haar streng mittig gescheitelt, hat sie es spiegelglatt zurückgebunden. Der Zopf wirft wilde Locken. Sie trägt einen gut geschnittenen weißen Hosenanzug und Creolen, die ihre Schultern streifen. In der Hand ein Glas Sekt, unterhält sie sich soeben mit einer Frau im mittleren Alter und mit strenger Brille.

»Entschuldigt«, stoße ich hervor und lasse Azuriel und den Bürgermeister bei ihrem Gespräch zurück. Ich muss darauf achten, vor Anspannung nicht das Glas zu zerdrücken.

Als ich nur noch einige Fuß weit entfernt bin, entdeckt mich Eva. Ihr Blick schreckt von ihrer Gesprächspartnerin davon, fixiert mich, ihre Lippen erweichen. Doch da ist auch Unsicherheit in ihren Augen, die ich bisher nicht gekannt habe. Nachwirkungen des Tauchtraumas? Oder bin ich es, der sie nervös macht?

»Leonardo!« Sie setzt einen zögerlichen Schritt auf mich zu, aus der Begrüßung wird eine Tänzelei, die mit einer Berührung unserer Wangen endet. Sie duftet nach einem ausbalancierten Parfüm. »Wie schön, dass du es geschafft hast!«

Ihre Gesprächspartnerin mustert mich durch die markante Brille. Eva braucht einen Moment, bis sie sich losreißen kann. Das umständliche Vorstellungsprozedere beginnt. Bei der Fremden handelt es sich um Hershel Libowitz' persönliche Assistentin. Mein Fokus liegt ganz auf Eva. Die beiden versuchen mich in Small Talk zu integrieren. Ich quittiere es mit einem sachten Lächeln und bemühe mich, kühle Ruhe auszustrahlen. Als die Assistentin akzeptiert, dass ich nicht der gesprächige Typ bin, verabschiedet sie sich, um sich ihr leeres Sektglas auffüllen zu lassen.

»Es gibt etwas, das ich bereits sehr früh in meiner Karriere gelernt habe«, sagt Eva und nippt an ihrem Glas. Das Lichtermeer der Stadt umspült durch die Fensterfassade ihr Gesicht. »Wenn du etwas von einer wichtigen Persönlichkeit willst, stell dich mit deren direkten Assistenten gut.«

»Also sollte ich demnächst mit Pralinen bei Ms. Wong auftauchen?«

Eva schnaubt ins Glas. »Der Trick würde vermutlich funktionieren.« Sie weist durch den ringförmig angeordneten Raum, wo einige Stufen auf eine erhöhte Plattform mit Sitzecken führen. Ich entdeckte Yinyin Wong auf einer Eckcouch, wo sie die Füße hochgelegt hat. Sie hat ein Wasserglas auf ihrem Bauch abgestellt. Ein älterer Herr bemüht sich um ein Gespräch mit ihr. »Sie wollte gern mitkommen; hat es aber rasch bereut. Das ist Ryan Feldbach senior, ein alter Kolumnist der *Doverport Weekly*. Seine antiquierten Meinungen lassen die Herzen älterer konservativer Damen höherschlagen. Leider ist er ihnen umgekehrt nicht so sehr zugetan. Er baggert stattdessen jede junge Frau an, die nicht bei drei auf den Bäumen ist.«

Yinyins gelangweilter Blick verrät ihr Desinteresse. Nicht einmal ihre sichtbar fortgeschrittene Schwangerschaft scheint den Schürzenjäger abzuschrecken. »Soll ich sie retten?«, biete ich an.

Eva schüttelt den Kopf. »Das kann sie schon selbst.«

Aus der Entfernung sehe ich, wie sich Yinyin vorbeugt und ihm etwas ins Ohr flüstert. Der Kolumnist blinzelt irritiert, wischt sich das graue Haar zurück, dann nickt er abgehackt und steht auf. Yinyin bedenkt seinen Abgang mit einem Grinsen. Aus einer winzigen Handtasche zieht sie einen Schokoriegel und beißt genüsslich hinein.

Eva lacht in ihr Glas.

»Was hat sie ihm gesagt?«

»Dass sie lesbisch ist, unverheiratet und sich ohne Partnerin künstlich hat befruchten lassen.« Sie trinkt. »Ich glaube, wenn Feldbach einen Horrorfilm drehen würde, dann darüber.«

Ich zwinkere. »Ist das denn …«

»… wahr? Ja. Yinyins Partnerin wollte keine Kinder. Sie haben sich letztes Jahr getrennt, und Yinyin wollte nicht länger warten.« Sie verschluckt sich, betupft sich die dunkel bemalten Lippen. »Pardon; das sind Sachen, die ich nicht einfach so erzählen sollte. Es fühlt sich mit dir, wie soll ich sagen …«

»… vertrauter an, als die Zeit es erlauben sollte?«

Sie sieht auf. »Ja.« Ein Kellner in schwarzer Kleidung gleitet an uns vorbei. Eva beeilt sich, ein zweites Glas vom Silbertablett zu fischen, bevor er davon ist. Sie leert das alte und hebt mir das neue entgegen. »Auf einen schönen Abend.«

Ich stoße an, tue jedoch nur so, als nähme ich einen Schluck. Meine Meinung zu Alkohol habe ich bis dato nicht geändert. Eva merkt es Gott sei Dank nicht. »Wo ist Esra?«, frage ich vorsichtig. »Ich habe ihn noch nicht gesehen.«

»Mh, keine Ahnung – er wurde vorhin von Martin Keller angesprochen, vom Stadtrat für Umweltanliegen.« Sie blinzelt. »Das habe ich ja noch gar nicht erzählt: Mitarbeiter von Esras Universität konnten eine kritische Menge an Schwermetallen an einigen Stellen vor Mako Bay feststellen.«

Ich erstarre. »Konnten sie das?«

Hastig nickt sie. »Das erklärt unseren Tauchunfall! Aber noch besser – es ist etwas, das die Stadtgemeinde nicht ignorieren kann; genauso wenig wie SEMPER.« Sie hält kurz inne. »Wenn man vom Teufel spricht …« Sie weist zu den Stufen. »Die SEMPER-Führungsriege. Diesmal können sie sich nicht herauswinden.«

Ich schiebe meine Schulter vor Eva. Ich habe nicht vergessen, dass sie ihr und der *ECO* einige Klagen auf den Hals gehetzt haben.

Sie berührt meinen Arm und tritt neben mich. »Schon gut. Die sollen mich hier ruhig sehen.« Anstatt loszulassen, hakt sie sich bei mir unter.

Ein älterer weißer Mann mit Seitenscheitel lässt seinen Blick über die Menge schweifen, als er und sein Zirkel die Stufen herabsteigen. Er bemerkt Eva, die Augen hell und starr. Eva prostet ihm mit einem übertriebenen Lächeln zu. »Roger Schneider; der Hausanwalt. Vermutlich würden mich die anderen nicht einmal erkennen. Aber das werden sie noch.«

Schneider und seine Kohorten mischen sich in den Pulk aus Gästen.

»Dann läuft es ja momentan halbwegs gut für dich«, merke ich an und wende mich Eva wieder zu. Ihre Hand gleitet noch meine Armbeuge entlang, bis sie loslässt. Das Sektglas nach wie vor umklammert, betupft sie mit dem kleinen Finger die Mulde über der Oberlippe. »Verschreien wir es lieber nicht; meine blauen Flecken sind noch nicht ganz abgeheilt.« Ihre Haut schimmert leicht; vermutlich hat sie die Hämatome mit Make-up abgedeckt, während meine längst abgeheilt sind. Ein paar Vorzüge müssen mir ja als himmlisches Wesen bleiben.

Ich möchte mit ihr über das sprechen, was mir die letzten Tage durch den Kopf gegangen ist. Ausgerechnet Ms. Mary hat dazu den Anstoß gegeben.

Ihr Männer macht es immer viel komplizierter, als es ist. Wenn du einen Rat von mir haben willst, mach reinen Tisch mit ihr.

»Es gibt etwas, das ich dir sagen möchte.«

Überrascht rückt Eva zurecht. »Ja?«

»Ich habe dir etwas nicht erzählt.«

Sie legt den Kopf schief.

»Ich … war früher katholischer Priester.«

Ihre Reaktion fällt genauso aus, wie ich vermutet habe. Ihre Kinnlade klappt herunter. »W-wie?«

»Meine Familie war sehr religiös. Auch mein Onkel – wobei der in der alten Heimat ziemlich in Ungnade gefallen ist, als er sich hier dem Protestantismus zugewandt hat. Ich habe nach der Schule das Priesterseminar besucht, es auch abgeschlossen und einige Jahre als Pastor gearbeitet.«

Evas Wimpern flattern überrascht. »W-wieso hast du das zuvor nie erwähnt?

Ich tippe mit dem Zeigefinger über die gefüllte Sektflöte. »Weißt du noch, als du am Telefon gesagt hast, du möchtest nicht, dass ich ein schlechtes Bild von dir habe? Es ging mir wohl genauso.«

»I-ich …«

»Ich habe einige kritische Artikel von dir gelesen, Eva. Deine Haltung zur Kirche tritt dabei klar ans Licht. Und ich verstehe sie. Es gibt viel an religiösen Institutionen zu kritisieren. Mein Gott, ich weiß selbst, was die katholische Kirche in den letzten zwei Jahrtausenden angerichtet hat.«

Sie meidet meinen Blick. »Du musst mich wohl für sehr oberflächlich halten«, murmelt sie.

»Das meine ich doch gar nicht. Ich hoffe, du weißt das.«

Unsicher sieht sie mich an. »Was hat dich dazu bewogen, das Priesteramt aufzugeben?«

»Es gab diverse Gründe.« Diesmal bin ich es, der unwohl fortsehen muss. *Möglichst nah an der Wahrheit bleiben*, erinnere ich mich. »Interne, aber auch politische Gründe. Ich konnte meine Aufgaben nicht länger ausführen, wie ich es gern gemacht hätte. Die Welt verändert sich so rasch, aber die Kirche bleibt in den meisten Bereichen so starr und rigid wie ihre Kirchenbauten. Entweder man akzeptiert es und unterwirft sich dem System oder man wird höflich gebeten zu gehen.«

Ihr Blick hängt an meinen Lippen.

»Ich hoffe, du nimmst es mir nicht übel?«, frage ich.

»Nein. Nein! Es erklärt einiges.«

»Ja?«

»Ich habe von Beginn an gespürt«, sie fährt mit dem Finger den Stiel ihres Sektglases entlang, »dass du anders bist als die meisten Menschen, die ich bisher kennengelernt habe.«

Das entringt mir ein schmerzliches Lächeln.

»Nein! So habe ich das nicht gemeint. *Gut* anders. Ernsthafter. Du gehst bedachter mit Worten um und … dem, was deine Mimik, deine Körpersprache verrät. Ich fand dich schon ein bisschen mysteriös.« Sie lacht leise, nimmt verschämt einen Schluck, um sich selbst abzuwürgen.

Ein Schritt und noch einer, Lazael. Nicht stehen bleiben. »Wenn wir schon ehrlich miteinander sind – als ich dich in der Mail fragte, ob wir uns treffen wollten, war es der Versuch, dich zu einem Rendezvous einzuladen.«

Sie verschluckt sich, hustet.

»Ich weiß, jetzt kommt es mir auch ziemlich lächerlich vor.«

»Nein, nein!« Ich habe sie noch nie so oft Nein sagen hören.

»Ich habe in so etwas wirklich keine Übung. Verzeih mir meine Stümperhaftigkeit. Es muss dir sehr unpassend vorgekommen sein. Ich hoffe, das wird zukünftig nicht zwischen uns stehen.«

Ihre Ohrringe wackeln, als sie nach meinem Unterarm tastet, um mich zu unterbrechen. »Nein!«, sagt sie dringlich. »Es war nicht stümperhaft. Ich habe es verstanden. Und um ehrlich zu sein, habe ich mich geschmeichelt gefühlt. Zu einem anderen Zeitpunkt hätte ich mich darüber gefreut.« Sie wagt es, mir in die Augen zu sehen. »Ich … Esra …«

Ich lächle ihre Scham fort, auch wenn sein Name in mir eine Stichflamme auflodern lässt. Mit der freien Hand berühre ich sanft ihre. »Du musst dich nicht erklären. Ich hätte mich gefreut, dich näher kennenzulernen. Aber ich bin natürlich nicht der Einzige, der das sieht. Esra hat einen guten Geschmack und ist … eine spannende Persönlichkeit. Und kann der Mann reden! Wer weiß, vermutlich könnte er sogar mich zu einem Rendezvous beschwatzen.«

Aus irgendeinem Grund lacht sie nicht. Ja, sie sieht traurig aus. »Ja«, sagt sie, »ja, er besitzt eine Silberzunge.« Das Deckenlicht spiegelt sich in ihren Augen, weiße Sprenkel in Braun. »Er hat mich unzählige Male gefragt, bevor ich zugesagt habe. Aber nach dem Unfall tauchte er einfach bei meinen Eltern auf, und er blieb, und irgendwie …« Hilflos zuckt sie mit den Schultern.

Unsere Blicke heften sich aneinander, und diesmal lassen wir nicht los. Ihre Augenbrauen heben sich mittig, haben etwas Flehentliches an sich. »Ich wünschte …«, beginnt sie, bricht jedoch ab.

»Ja?« Mein Herz schlägt schneller.

Sie tippt unbewusst mit den Fingern über meinen Arm. Plötzlich reißt sie den Blick los und zieht die Hand fort. Mit einem letzten Schluck leert sie das Glas. »Ich bin froh, dass wir ehrlich miteinander sein können.« Nervös trippelt sie auf den Stöckelschuhen hin und her. »Es täte mir unendlich leid, wenn etwas zwischen uns stehen würde. Ich weiß, wir kennen uns noch nicht lang, aber deine Freundschaft ist mir viel wert.«

Ich ringe mich zu einem Lächeln durch. »Mir deine auch.«

»Mr. diVatta …?«, unterbricht eine Frauenstimme unser Gespräch. Genervt wende ich mich um. Ich muss runtersehen, um die Sprecherin zu entdecken. Deren Anblick bläst den enervierten Ausdruck von meinem Gesicht.

»Sh-sheriff Jenssen!«

Die Afroamerikanerin streckt mir die Hand entgegen. Sie ist inkognito unterwegs – in schlichter, aber gut sitzender Kleidung. Verdattert schüttle ich ihr die Hand. »Was für ein Zufall«, füge ich an.

Kurz sieht sie zu Eva und nimmt dann erneut mich ins Visier. »Mh – erst so kurz in unserer schönen Stadt und bereits zu den wichtigsten Veranstaltungen geladen …« Ihre Aufmerksamkeit hat eine unangenehme Qualität, die sie trotz Freizeitkleidung nicht ablegt. »Wie geht es Ihrer Freundin? Hat sie sich von dem Schock erholt?«

»Freundin?«

»Ms. Sihr, wenn ich mich recht erinnere.«

Ich blinzle und wage es nicht, in Evas Richtung zu sehen. So viel zur Selbstsicherheit, mit der ich diesen Abend bestreiten wollte. Ich räuspere mich. »Sie ist nicht meine Freundin – sie ist meine Sekretärin«. Begehe ich einen Fehler?

»Tatsächlich?«, spricht der Sheriff mit scharfem Blick. »Da muss ich etwas verwechselt haben.«

Die Aufmerksamkeit beider Frauen juckt schrecklich. Ich spiele mit dem Sektglas in meiner Hand. »Es geht ihr gesundheitlich wieder gut, vielen Dank.«

Eva tritt einen Schritt vor. »Ist alles in Ordnung mit Ms. Sihr?«

Sheriff Jenssen verrät nicht, ob sie Eva erkennt.

»Es ist nichts«, beeile ich mich zu sagen und erstarre, als ich erkenne, wie das bei der Polizistin rüberkommen könnte. »Also mit Ms. Sihr. Wir haben auf einem Spaziergang einen Verletzten gefunden und Polizei und Rettung gerufen. Gibt es Neuigkeiten über den verletzten Mann?«

»Merkwürdigerweise kann sich Mr. Pak – der Verletzte – an nichts erinnern. Er arbeitete an dem Tag an einem Imbissstand in der Williams Street. Das Nächste, an das er sich erinnern konnte, war, dass er im Krankenhaus erwachte. Er dürfte sich eine Vergiftung unbekannten Ursprungs zugezogen haben. Zusätzlich wurden ihm Kiefer und Rippen gebrochen. Sehr ominös, das Ganze.«

»Williams Street«, stößt Eva hervor. „Das ist eine der Seitenstraßen, die an der *ECO* vorbeiführen.«

Ich beiße die Zähne zusammen. Zäh klappen die Lider über Sheriff Jenssens Augen. Ihre Miene verrät nichts. »Tatsächlich? « Es klingt mehr wie eine Feststellung als wie eine Frage.

Aufgeregt sieht Eva zu mir. Ich würde mich am liebsten in Luft auflösen. Stattdessen sage ich beherrscht: »Ich hoffe, Sie finden Ursache und Täter, Sheriff Jenssen.«

Die Polizistin lässt unangenehm viele Sekunden verstreichen, bevor sie sagt: »Das hoffe ich auch. Ich werde mich in den nächsten Tagen bei Ihnen melden, um die Ereignisse abzugleichen.« Sie streift im Vorübergehen meinen Arm – doch im Gegensatz zu Eva hat es nichts Vertrauenserweckendes an sich. »Genießen Sie den Abend.« *Es könnte Ihr letzter sein* – so zumindest fühlt sich der Abschiedsgruß an.

»Unglaublich«, sagt Eva an meiner Seite. »Der arme Mann!«

Ich nickte abgehackt und suche währenddessen nach Azuriel. Er steht mit dem Bürgermeister an der Bar. »Würdest du mich kurz entschuldigen? Ich sehe da jemanden, den ich begrüßen möchte.«

Hastig nickt sie. »Natürlich.« Sie drückt meine Hand, und einen Moment lang fühlt es sich an, als wollte sie mich festhalten, dann gibt sie nach.

Auch ich bin frustriert, dass ich unsere Zweisamkeit aufgeben muss. Aber es ist wichtig, dass Azuriel Bescheid weiß, wie ich unsere Geschichte abgeändert habe.

Ich wühle mich durch die Menge zu meinem Bruder hindurch. »Sheriff Jenssen ist da«, zische ich ihm ins Ohr.

53

Azuriel sieht nicht gleich auf. »Mh, stößt er aus. »Was wollte sie?«

Ich lasse das Gespräch im Kopf Revue passieren. »Sie hat mich vor Eva auf Jezebel angesprochen. Ich musste lügen … also …«, ich beginne wieder zu stammeln, »… ich musste meine Aussage revidieren, dass Jez meine Freundin ist.«

Azuriel schließt die Augen, nur um sie kurz darauf wieder mit einem Ruck zu öffnen. »Ich kümmere mich darum.« Er kippt seinen Drink und stößt sich von der Bar ab.

Mein Blick schweift über die Menge. »Sheol habe ich nicht entdeckt, aber angeblich ist er hier.«

Azuriels Nase zuckt. »Bisher ebenfalls keinen Schwefelgestank aus der Hölle wahrgenommen.«

»Wie?« Libowitz beugt sich auf dem Barhocker zu uns und fächert sich mit der Getränkekarte Luft zu. Sein Gesicht ist gerötet, und er hat die obersten Knöpfe seines Hemdes geöffnet.

Azuriel beugt sich zu ihm. »Ich sagte, bei den vielen Menschen hier wird's heiß wie in der Hölle! Würden Sie mich kurz entschuldigen? Ich muss für kleine Chorknaben!«

Der Bürgermeister nickt, und Azuriel schreitet mit angespannter Miene davon, bis ihn die Menge verschluckt.

Libowitz lächelt mich vorsichtig an. Er trägt ein Gesteck in den Farben der amerikanischen Flagge in der Brusttasche seines Sakkos, und daneben ein Button mit der Aufschrift *Vote Right for Doverport* in republikanischem Rot. Im Gegensatz zu etlichen seiner Parteileute scheint er selbst der vielen Aufmerksamkeit überdrüssig zu sein.

Ich beuge mich an den kleinen Mann heran. »Kennen Sie Esra Sheol?«

Libowitz überlegt, dann nickt er hastig. Seine Kopfhaut schimmert feucht durch das schüttere Haar.

»Haben Sie ihn zufällig gesehen?«

Er guckt von seinem Posten aus über die Menge, erinnert dabei an ein Erdmännchen. »Zuvor habe ich ihn noch in der Lounge gesehen … Ah, ich glaube, dort drüben steht er!« Er weist in die Richtung, aus der ich gekommen bin.

Tatsächlich. Ich erkenne ihn auf den ersten Blick, als er sich durch die Menge auf Eva zudrängt. Jedes Haar sitzt perfekt; genauso wie sein Lächeln. Er trägt einen weißen Anzug, der seinen olivfarbenen Hautton komplimentiert. Ich Schwarz, er Weiß. Wir haben wohl die Rollen getauscht. Als er sich an Eva schmeichelt, wirken sie wie das perfekte Paar. Selbst ich würde das denken, wüsste ich es nicht besser.

Er fasst sie an der Taille, fährt mit seiner Hand zu ihrem Gesäß hinab. Sie verlagert das Gewicht, spitzt unangenehm berührt den Mund. Vielleicht bilde ich es mir auch nur ein. Wünsche besitzen eine starke Kraft.

Evas Blick flieht über seine Schulter – zu mir. Kein Zögern; sie weiß, wo ich mich befinde. Stumm sehen wir einander an.

»Bastard«, zische ich in mein Glas.

»Wie?«

»Da ist er ja!«

Die Kohlensäure steigt mir in die Nase und verstärkt meine Übelkeit. Im Rhythmus der Hintergrundmusik dreht Sheol Eva vor dem Stadtpanorama, als wollte er mit ihr tanzen. Sein Blick trifft auf meinen. Er lächelt mit bösartiger Selbstzufriedenheit.

Knack! Das Sektglas in meiner Hand zerspringt. Die Flüssigkeit ergießt sich über meinen Arm.

»O nein!«, ruft der Bürgermeister aus und kümmert sich um einige Servietten von der anderen Seite der Bar. »Ihr guter Anzug! Hier, nehmen Sie.«

»Pardon«, entschuldige ich mich dumpf. Ich lege die Scherben auf der spiegelnd schwarzen Bar ab.

»Sie haben sich geschnitten!«

Der Bürgermeister hilft mir, die Splitter aus der Haut zu zupfen, und wickelt meine Hand in eine Stoffserviette ein. Ich selbst spüre die Schnitte kaum. Mein Blick wird magnetisch von meinem Gegner angezogen. Ich muss ihn von ihr fortholen. Nur wie?

Sheol hat Eva in eine intime Tanzposition gezogen, ihre Hand in der seinen, seine Wange an ihrer Schläfe, und blinzelt mir triumphierend zu. Währenddessen vernehme ich, wie sich Libowitz beim Barmann um ein Erste-Hilfe-Kit bemüht.

Ich fummle das Handy aus meiner Sakkotasche. Der Barmann kommt mit einem Erste-Hilfe-Kasten, doch stattdessen bestelle ich noch einen Longdrink wie jenen, den sich der Bürgermeister genehmigt. Ich wähle Jezebels Nummer, drücke das Handy gegens Ohr und lausche dem Wählgeräusch. »Ja?«

»Jez?«

Ich höre, wie Jezebel die Musik leiser dreht. Sie beschallt damit wohl das gesamte Domizil.

»Jez, ich brauche deine Hilfe.«

Kurz schlägt mir Schweigen entgegen. »Was kann ich tun?«

Erleichtert atme ich auf. Auf Jez ist Verlass.

»Du musst Sheol für mich ablenken, damit ich mit Eva sprechen kann. Schaffst du das?«

Ich lausche dem leisen Ticken der Verbindung. »Kein Problem. Gib mir eine halbe Stunde. Ich fahre so schnell ich kann.«

Jez braucht zweiunddreißig Minuten, bis ich sie im Seitengang zu den Toiletten abfange. Wer hätte gedacht, dass es mir innerhalb dieser zweiunddreißig Minuten gelingt, drei sogenannte *Old Fashioned* hinunterzuwürgen, in der Hoffnung, meinen Hass auf Sheol und die Nervosität bezüglich Sheriff Jenssen zu dämpfen.

Ich fühle mich eigenartig. Meinen Kopf beherrscht eine eigentümliche Leichtigkeit, meine Sicht verschwimmt an den Rändern. Als mir im Durchgang überraschend eine Frau entgegenkommt, gelingt es mir gerade noch auszuweichen.

»Lazael?« Jezebels Füße in schwarzen High Heels tauchen vor mir auf. Ich folge dem Anblick ihrer Beine. Sie trägt ein enges Kleid mit langen Ärmeln, das ihre Figur umhüllt. Perlenreihen verstecken ihr Halsband.

»Hübsch siehst du aus«, platze ich hervor.

Besorgt sieht sie mich an. »Hast du getrunken?«

Meine Laune kippt. »Du traust mir gar nichts zu, was?«

Sie fasst nach meinem Kinn. »Nicht, wenn man einem wochenalten Baby Spirituosen einflößt.«

Ich schüttle sie ab. »Ich bin kein Baby!«

Stumm hebt sie die Augenbraue. Dadurch komme ich mir erst recht wie ein Neugeborenes vor. Ich packe sie am Arm und ziehe sie zum Durchgang, der von den Toiletten zurück in den Loungebereich führt. »Siehst du den Kerl dort drüben? In Weiß, neben Eva? Das ist er.« Ich hole Luft und versuche, meine Verbitterung mit dem nächsten Atemzug auszustoßen. »Ich glaube, ich bin da an etwas dran mit Eva. Aber er rückt nicht von ihrer Seite. Glaubst du, dass du ihn ablenken kannst?«

Jez schiebt den Henkel ihrer Handtasche über die Schulter. Ein dort angebrachter Ausschnitt entblößt Haut. »Wird erledigt. Du trinkst währenddessen lieber ein Glas Wasser – keine Frau will gelallte Liebesgeständnisse.«

Ich grapsche nach ihrem Handgelenk und halte sie noch einmal zurück. »Sei vorsichtig. Das ist ein Dämon, kein Mensch.«

Sie nickt nur. »Sollte keine große Herausforderung werden, seine Aufmerksamkeit zu gewinnen. Er ist schließlich mein Bruder.«

54

W-wie?«, würge ich hervor, doch meine Haus-und-Hof-Dämonin verschwindet bereits zwischen den Besuchern. Durch ihre Absätze ist sie ein gutes Stück größer als sonst, weshalb ihrem Weg zu folgen kein Problem darstellt. Ihr lilafarbener Haarschopf tanzt zwischen den Leuten hindurch.

Die Geräusche dämpfen ab, als hätte jemand den Fernseher leisergedreht. Ich sehe noch, wie Sheol den Mund aufreißt und über einen Witz aus seiner Gesprächsrunde lacht. Sein Arm klebt an Evas Körper wie eine Spinne, die das Opfer in ihre Fäden rollt. In diesem Augenblick, den Mund weit geöffnet, die Eckzähne scharf und spitz, gleitet Jez an ihm vorüber.

Sein Lachen verwelkt. Stünde ich nicht unter Schock, wüsste ich den Anblick zu genießen. Er folgt ihren Schritten, doch sie schenkt ihm keine Aufmerksamkeit. Seine Finger drücken sich so tief in Evas Schultern, dass diese das Gesicht verzieht.

Sie sieht zu ihm auf, bemerkt seine Bestürzung und folgt seinem Blick. Alles, was sie zu sehen bekommt, ist eine schöne Frau, die sich an der Bar einen Drink bestellt.

Evas Stirnrunzeln hätte mir vor einer halben Stunde noch Freudengesänge entlockt. Jetzt warte ich atemlos, was weiter geschieht. Ich setze einen Schritt über die Schwelle, bereit, etwas – *irgendetwas* – zu tun, falls die Situation eskaliert.

Mit einem Glas Wein stöckelt Jez davon und verschwindet hinter der Biegung des gekrümmten Raums.

Sheol schiebt Eva zur Seite, als wäre sie ein Möbelstück, und pflügt durch die Menschenmenge. Mit offenem Mund sieht sie ihrem Auserwählten nach.

Das wäre eigentlich mein Moment. Der Augenblick für einen eleganten Auftritt, ein Ritter auf dem weißen Ross, um Eva in meinem Arm davonzuführen und ihre verletzten Gefühle zu trösten. Doch meine Gedanken rotieren wie das Blaulicht auf einem Polizeiauto und heulen wie eine Sirene – *Jez ist in Gefahr! … Gefahr! … Gefahr!*

Unkontrolliert stolpere ich los und versuche den beiden zu folgen.

Mit den Schultern stoße ich unsanft gegen unaufmerksame Besucher. Eine Frau beschüttet sich dadurch mit ihrem Getränk. Ihre Beschwerdetirade verfolgt meinen Weiterweg. Ich beachte sie nicht. Meine Aufmerksamkeit wird von der Suche nach Sheol und Jezebel beansprucht.

Erst als Eva erneut in mein Sichtfeld gelangt, erkenne ich, dass ich die Sky Lounge einmal umrundet habe. Verloren halte ich auf dem Plateau an. Ebenso verloren steht Eva in der Menge, umklammert ihr Glas. Ich könnte zu ihr gehen und mich um sie kümmern. Stattdessen betrete ich die Nebenräumlichkeiten im Inneren der ringförmigen Lounge.

Zunächst durchsuche ich die Toiletten. Mit spitzen Stimmen verweisen mich die Damen zu den Räumlichkeiten für Herren. In der Küche drehen sich Kellner und Tellerwäscher verwirrt um und schütteln den Kopf, als ich nach einer Frau mit lila Haaren und einem Mann im weißen Anzug frage. Bleibt nur noch ein Weg – und zwar der nach unten.

Ich laufe die Treppe hinab, die sich an einer Glasbrüstung hinabschlängelt. Die Loungemusik dämpft ab. Ein Korridor durchkreuzt das unterhalb liegende Stockwerk. Ich wandere an einer Art Konferenzzimmer vorüber, dessen Inneres durch die Lichter der Stadt beleuchtet wird, folge dem Gang und versuche, meinen Atem unter Kontrolle zu bringen. Mein Herz pocht laut in meinen Ohren. Da vernehme ich Stimmen.

Ich schlucke die Säure hinunter und kneife konzentriert die Lider zusammen. Durch eine geöffnete Tür blicke ich in einen ausladenden Saal mit spiegelnd weißen Marmorfliesen. Jezebels Pfennigabsätze kratzen über den Boden. Ich drossle mein Tempo und schiebe mich an die Türschwelle heran.

Die Unterhaltung klingt gesittet. Genau dieser gelassene Ton ist es, der meine Haut jucken lässt wie nach dem Tiefenrausch. Hatte Azuriel recht? Ein Schritt von der Leine, und Jezebel nutzt die Gelegenheit zur Flucht? *Könntest du es ihr verübeln?*

Ich rutsche an die geöffnete Tür heran. Einige mit frischen Tischtüchern gedeckte Rundtische rücken in mein Sichtfeld, die verwaist vor dem Stadtpanorama warten. Ein aufwendiger Glasluster beleuchtet den Raum. Jezebels Schritte stoppen. Als ich einen Blick um die Ecke werfe, sehe ich, dass sie vor einem blütenweiß lackierten Klavierflügel mit *Steinway*-Aufdruck steht. Sie lehnt sich an die Tastatur, die ein sachtes Klimpern von sich gibt.

Sheol steht etwas entfernt, die Arme vor der Brust verschränkt.

Ich muss mich anstrengen, ihre Worte durch das Echo zu verstehen. Kurzerhand schließe ich die Augen und lehne mich gegen die kühle Mauer. Sie sprechen kein Englisch. Ich krame in meinem Fundus aus Wissen. *Akkadisch.* Altes Babylonisch – eine ausgestorbene Sprache. Meine Geschwister haben mir nur ein paar Brocken beigebracht. Viele sind erst nach Jesu Geburt aus dem Licht Gottes entstanden.

»… um ehrlich zu sein, hätte ich nicht gedacht, dass du noch existierst, Schwester.«

»Und ich hatte voll Inbrunst gebetet, dass dir mittlerweile jemand das Messer in den Rücken gerammt hat.«

Sein dumpfes Lachen folgt. »Ironisch, nicht? Du hast für die Freiheit gekämpft, und was hast du dafür bekommen? Jahrtausende der Verbannung.«

»Spar dir die Frotzelei, Sheol. Es mag außer mir niemand überlebt haben, der davon zu berichten vermag, doch ich war dabei, als du unsere gesamte Sippe verraten und zum Tode verurteilt hast.«

Die Neugier packt mich und macht, dass ich die Nase Richtung Türkante stecke. Ein Blick verrät mir, wie Sheol selbstgefällig die Hände in die Anzugjackentaschen schiebt. »Und wer trägt dennoch als Letzter unseren Familiennamen? Als ER kam, musste jeder von uns eine Entscheidung treffen. Ich habe es getan.«

ER – Gott?

»Du hast dich für Verrat an deinesgleichen und an deinen Göttern entschieden!«

»Ich habe lediglich erkannt, dass sich Zeiten ändern. Dass Könige aufsteigen und fallen und andere die Macht ergreifen. Was ist von deiner Ištar geblieben? Nichts als Staub, kaputtgeschlagene Fresken und ein popeliger Wikipedia-Eintrag.«

Ištar – Jezebel hat den Namen einige Male angerufen, doch ich habe ihm nie sonderlich Beachtung geschenkt. Ich dachte, es handle sich um einen höherrangigen Dämon, vielleicht einen Höllenfürsten. Meine Wissensbibliothek erstreckt sich über die Zeit, die meine Geschwister existierten, und was sie dabei sehen konnten. Die Geschehnisse in der Hölle blieben ihren bohrenden Blicken jedoch verborgen.

Erst jetzt erkenne ich, dass mir vielleicht mit Absicht Wissen vorenthalten worden ist. Könnte das sein? Der biblische Schöpfungsbericht rund um Adam und Eva und dem Baum der Erkenntnis erzählt nicht nur die Geschichte des Sündenfalls, sondern auch, dass der Herr dem Menschen Erkenntnisse verschwieg. Um ihn zu schützen, angeblich.

Aber … ich bin kein Mensch!

Ich würge meine innere Empörung ab, konzentriere mich auf die beiden babylonischen Dämonen.

»Er kam und legte seine Optionen offen dar«, fährt Sheol fort, »*Treue oder Tod.* Die Menschen halten Ihn für den Herrn der Lügen, doch das ist Er nicht. Er ist der König der unangenehmen Wahrheiten.«

Er – der Teufel, erkenne ich.

Jez' Nasenflügel beben. »Wie bequem, ihm die Verantwortung für deinen Verrat aufzuhalsen! Ich wette, er trägt die Schuld bereitwillig für dich.« Sie fährt mit dem Absatz über den Boden, als schliffe sie ein Messer; die Sohle leuchtet scharlachrot.

Sheol schnalzt abschätzig mit der Zunge. »Schwesterchen – wir haben Krieg geführt. Du kannst diesen Groll bis zu deinem Sterbenstag hegen, doch die Wahrheit ist: Ich bin durch meine Entscheidungen zum Höllenfürsten geworden. Du durch deine zur Engelshure.«

Der Klavierflügel gibt ein gewalttätiges, atonales Geräusch von sich, als sich Jez davon abstößt. Sie tritt auf den Dämon zu. »Wie kannst du es wagen! Duckst dich wie ein Hund unter Luzifers Absatz und glaubst, du bist etwas Besseres?« Sie stößt ein abgehacktes Lachen aus. »Er bleibt ein Sohn Gottes! Und alles, was er weiß; alles, was er mitgebracht hat, stammt von seinem Vater!«

»Zwei Millennien, und du lebst nach wie vor in der Vergangenheit, Iezebel. Aber wer kann es dir verübeln? An der Kette deiner Herren, deine falschen Entscheidungen klar vor Augen, bleibt dir nichts anderes übrig. Ich amüsiere mich nicht darüber. Ich bemitleide dich nur.«

Sie ballt die Hand zur Faust. »Steck dir dein Mitleid in den …« Ich kenne das akkadische Wort nicht, kann mir aber anhand der Bewegung ausmalen, worauf es verweist.

Sheol lacht nur. »Hätte ich es jemals vorgehabt – du weißt, wie du es einem verdirbst, dir helfen zu wollen.«

»Ich spucke auf deine Hilfe!« Ein Schritt trägt sie näher an ihn heran. »Was ich will, ist Rache.«

Unvermittelt schießt sein Arm vor. Ich sehe die Bewegung nicht kommen, schon gar nicht mit meinen vom Alkohol getrübten Sinnen. Er packt Jez an der Kehle. Eine Kettenreihe reißt, die Perlen rutschen vom Faden und springen über den Fliesenboden. Obwohl der Halsreif Jez vor dem akuten Druck schützt, presst Sheol ihr darüber grob den Daumen in die Gurgel.

Meine Gedanken sprinten los. Ich spanne mich an, bereit zum Sprung, um dazwischenzugehen.

»Rache? Wie willst du dich rächen, Püppchen?« Er streicht mit dem Daumen über die nachgiebige Haut.

Jez setzt ein dämonisches Grinsen auf, die Eckzähne hell auf ihren bemalten Lippen. Mit einer blitzschnellen Bewegung tritt sie ihm den Pfennigabsatz auf den Fußrücken.

Mit einem schmerzerfüllten Schnaufen lässt Sheol los und stolpert zurück. Jez schüttelt etwas aus dem Ärmel. Ein schmales Küchenmesser, das im Licht aufblitzt.

Sie sticht zu.

55

Sheol weicht gerade noch aus. Die Messerspitze zerreißt sein Hemd und sprengt einen der untersten Hemdknöpfe. Er fängt sich so rasch und setzt umgekehrt zur Attacke an. Seine bloßen Fäuste fahren durch die Luft.

Jez duckt sich unter seinen Schlägen. Ein Tritt, die Schuhspitze zwischen seine Beine, was ihm ein Fauchen entringt. Sein Profil eine dämonische Wutfratze, während ihre Miene kalt und berechnend bleibt.

Die Klinge in ihrer Hand fährt durch die Luft, knapp an seiner Wange vorbei, ein-, zwei-, dreimal – jede Bewegung so rasch, dass ich ihr mit bloßem Auge kaum folgen kann.

Wir waren beide im Krieg. Das sind Krieger. Krieger in Verkleidung, die einen Augenblick lang ihre Maske fallen lassen.

Sheol taucht unter dem nächsten Streich hindurch und hält auf Jez zu wie ein Rammbock. Die weicht zurück, duckt sich unter seinen Hieben und schlüpft mit jedem rückwärtigen Schritt weiter aus ihren Stilettos. Ihr Stand wirkt sicherer, doch mit dem nächsten Schritt prallt sie gegen das Klavier. Ihr Ausweichversuch entringt dem Instrument eine krachende Tonfolge, da knallt ihr der Dämon die Faust ins Gesicht. Er erwischt sie am Kinn, sodass ihr Haupt herumreißt.

Ich reiße den Mund auf. *Stopp!*

Nein.

Ich sauge die Luft in die Lunge, spüre, wie sich meine Stimmbänder erwärmen und in Erwartung vibrieren. »…« *Verrecke!*

»Esra?«

Ich reiße den Kopf herum. Ein Schatten gleitet die Treppenstufen herab. Eva betritt mein Sichtfeld, der Saum der Glasbrüstung führt ihre Hand. Suchend schwenkt sie den Blick.

Gerade noch weiche ich zurück, um ihrer Aufmerksamkeit zu entkommen.

»Esra?«, hallt ihre Stimme durch das Geschoss. Im Saalinneren halten beide in ihrer Rangelei inne. Die Saiten im Flügel klimpern unangenehm, als Jez das Messer im Korpus verschwinden lässt.

Evas Schritte nähern sich rasch. Ich tauche an die Rückwand des Korridors heran und entdecke eine weitere Tür. Flach atmend fummle ich nach der Türklinke und stoße sie auf. Eine Drehung und ich bin drinnen. Die Tür fällt butterweich ins Schloss.

Ich befinde mich in einem abgedunkelten Büro, presse mich seitlich an die Tür. Durch ein Guckfenster beobachte ich, wie Eva vorübergeht. Dann entdeckt sie Jez und Sheol durch die geöffnete Tür.

»… Esra«, presst sie hervor. Ihre Stimme klingt dumpf zu mir herein. Sie betritt langsam den Saal, hält schließlich inne.

Sheol steht einige Schritte vom Klavier entfernt und versucht, seinen Atem unter Kontrolle zu bringen. Er fährt sich durch das zerzauste Haar, der angerissene Hemdsaum hängt über dem Gürtel.

Jez stützt sich gegen die Tastatur, der Rock ihres Kleides ist hochgerutscht und wirft Falten auf ihren Schenkeln. Ausgestreut liegen die Schuhe vor ihr. Die Haut rund um Mund und Kinn vom Schlag gerötet, der Lippenstift verschmiert. Ein Hieb – oder ein leidenschaftlicher Kuss?

Ihre Knie klappen unmerklich auseinander, sie mustert Eva mit einem stillen Blick, dunkel und abgründig lüstern. Selbst ich spüre das Prickeln in meinem Unterbrauch.

Eva erstarrt. »W-was geht hier vor?«

Sheol blinzelt, sein Blick fliegt zwischen Eva und Jez hin und her und bleibt schließlich an seiner Schwester hängen. Mit dunkler Genugtuung bemerke ich, wie sich seine Augen weiten. »E-es ist nicht so, wie es aussieht …!«

Jez schlüpft ebenso problemlos zurück in ihre Stilettos, wie sie diese ausgezogen hat. Sie betupft sich die Lippen, als sie am ihm vorbeigleitet. »War schön, dich nach Bagdad wiederzutreffen«, sagt sie mit feiner Stimme und verlässt den Raum.

Als sie an der Tür vorbeistöckelt, drücke ich diese auf, schnappe sie am Arm und ziehe sie ins Büro. Jez' überraschten Ausruf unterdrücke ich, indem ich ihr die Hand auf den Mund klatschte. Dafür kassiere ich einen Ellbogenstoß in meine Seite. Mein Glück, dass sie das Messer zurückgelassen hat.

Plötzlich hört sie auf, sich zu winden. Ich spüre, dass ihre Nasenflügel beben, als sie die Luft einsaugt. Sie erkennt mich am Geruch.

Vorsichtig löse ich die Hand von ihren Lippen. Über ihre Schulter linse ich durchs Guckfenster.

Ich höre, wie Sheol aufbegehrt – »… sie ist bloß eine alte Bekannte!« Da läuft Eva an uns vorbei. Sheol folgt ihr mit weiten Schritten. Atemlos lauschen wir ihrem Verschwinden.

Ich schiebe Jez tiefer ins Büro hinein. Mit der anderen Hand taste ich nach dem Lichtschalter. »Willst du mir erklären, was das alles sollte?«

Jez blinzelt, die Wimpern dick vor Mascara. »Ich fand das eigentlich ziemlich selbsterklärend. Ich habe getan, worum du mich gebeten hat.«

Ich beuge mich vor. »Sheol ist dein *Bruder?!* Fandest du das nicht erwähnenswert?«

Leichtfertig zuckt sie mit den Achseln, die Hände adrett an ihrem Handtäschchen, als hätte sie nie versucht, einen Dämon niederzustechen. »Ich konnte mir nicht sicher sein. Als ich auf die Erde floh, waren noch einige Verwandte auf der Flucht. Und Sheol trug den Vornamen Erra. Da er als Einziger seiner Sippe übrig geblieben ist, hat er deren Familiennamen angenommen.«

»Du hast ein Foto von ihm gesehen!«

Sie legt den Kopf schief. »Wir sahen früher dezent anders aus, Schätzchen.«

Ich blinzle. Unangenehm berührt straffe ich meine Haltung. Sie spricht etwas aus, das ich längst verdrängt habe. Dass ich kein Menschenweib vor mir habe, sondern eine Dämonin in verhüllter Gestalt.

»Ich habe dir gesagt, ich will nicht, dass du ihn umbringst!«

Sie pustet sich eine Strähne aus der Stirn. »Du hast gesagt, ich soll ihn ablenken – und hast dich dabei undeutlich ausgedrückt. Ich habe es ausgenutzt. Ich hasse Erra – Sheol – abgrundtief für seinen Verrat an unserer Familie. Du überlegst dir besser gut, um welche Gefallen du mich bittest und welche Befehle du mir gibst. Denn wenn es um ihn geht, ist sein Tod gerade mal gut genug.«

Tief atme ich ein und aus. Ich fummle nach der Türklinke. »Dieses Gespräch ist noch nicht beendet. Aber zunächst muss ich mich um Eva kümmern.« Abrupt drücke ich die Bürotür auf, die mich zurück auf den Gang entlässt. »Sonst war die ganze Sauerei hier umsonst.«

56

Der Aufstieg zur Lounge lässt einen Blick auf die Straße unter uns zu. Jez beugt sich über die Brüstung. »Sieht so aus, als kämen wir zu spät«, sagt sie und bleibt stehen.

Ich rücke an ihre Seite. Unten fährt ein Wagen vor, auf dessen Dach das Taxischild glüht. Jemand bückt sich nach der Tür, öffnet sie und schiebt sich eilig auf den Sitz.

Eva.

Das Taxilicht erstirbt. Ein weiß gekleideter Mann läuft in unseren Blickbereich und klatscht gegen die Tür, doch der Wagen zieht bereits auf die Fahrbahn. Wütend tritt Sheol dem Taxi hinterher, stolpert über die Bordsteinkante und wütet dort vor sich hin.

Ich muss lächeln. Als ich Jez ansehe, bemerke ich, dass es ihr genauso geht. Zumindest eine Gemeinsamkeit teilen wir. Den Hass auf diesen Mann.

»Das könntest du dort mit ihr im Taxi sein«, sagt Jez. »Aber ich schätze, man kann nicht alles haben.« Damit löst sie sich vom Geländer und spaziert vor mir die Treppe hoch.

Das unangenehme Gefühl des Versagens macht sich in mir breit. Ich krame mein Handy aus der Tasche, das noch immer Jezebels Nummer anzeigt, daneben ein Schnappschuss von ihr, den sie mal gemacht hat, als ich nicht hingesehen habe. Sie grinst breit und streckt die Finger zu einem Peace-Zeichen. Was für eine Ironie!

Ich versuche, Eva zu erreichen, doch ihr Handy ist aus. Also spreche ich ihr auf die Mailbox und schreibe ihr eine Nachricht, in der Hoffnung, vielleicht doch noch ein paar tröstende Worte mit ihr wechseln zu können. Neben dem Ärger über meine eigene Langsamkeit frisst mich das Schuldgefühl auf. Ich habe provoziert, dass es ihr nun so geht. Ich versuche, alle Schuld auf den Dämon zu schieben, der sich überhaupt erst in ihr Bett gestohlen hat, doch ein bitterer Nachgeschmack bleibt.

Jez entdecke ich wenig später an der Bar, mit einem ganzen Kelch Rotwein vor sich, an dem sie einsam schlürft, die Avancen einiger Anzugmänner ignorierend.

Ich treffe auf Martin Keller, der gerade die Mäntel holt. Er ist auf dem Weg, seine Familie heimzubringen. Mickey schläft auf dem Sofa. »Entschuldigen Sie«, halte ich ihn kurz zurück, »haben Sie zufällig Reverend Carter gesehen?«

Er überlegt kurz. »Der ist mit Bürgermeister Libowitz und ein paar anderen ins Herrenzimmer, Zigarre rauchen, soviel ich weiß.«

Ich muss an Sheriff Jenssen denken. Hat er die Sache geklärt?

»Vielen Dank. Kommen Sie gut heim.«

Keller nickt, doch ich merke, wie mich sein Blick misstrauisch verfolgt. Er muss sich an mich erinnern.

Ich wandere zur Bar ab und ziehe Jez mit mir. In einer weniger belebten Ecke vor den Außenfenstern stelle ich sie zur Rede.

»Spuck's aus.«

Sie spitzt die Lippen. »Ist das ein wörtlich zu nehmender Befehl?«

Ich verschränke die Arme vor der Brust und tappe ungeduldig mit der Schuhspitze auf dem Boden. Zumindest kann sie jetzt nicht vor meinen Fragen davonlaufen. »Erkläre mir, was damals passiert ist. Erzähle mir deine und Sheols Geschichte.«

Zunächst denke ich, sie wird mir einfach die Antwort verweigern, wie sie es bereits öfter getan hat.

»Du glaubst mir ja dennoch nicht.«

»Gibt's für diese Annahme einen Grund?«

»Dein Herr füttert dich nur mit den Informationen, die ihm dienlich sind. Sein Sohn macht's genauso.«

Ich beiße die Zähne zusammen. »Du weißt, dass ich derlei Häresie nicht gern höre. Aber schwach wäre mein Glaube, wenn ich mich davon aus dem Konzept bringen ließe. Abgesehen davon machst du es genauso.« Ich öffne die Hand. »Ich finde, ich habe mir einen Vertrauensvorschuss verdient. Schieß los.«

Sie nimmt einen tiefen Schluck. »Ich bin älter als du. Älter als Azuriel.«

Das habe ich mir bereits errechnet.

»Dämonen entstanden nicht erst, als Luzifer aus dem Himmel fiel. Sie sind keine Kreation des EINEN Gottes. Wir waren lange da, bevor ihr kamt. Wir bevölkerten die Erde, lange bevor ihr gelernt habt, aus eurer Sphäre einen Fuß auf das Erdenrund zu setzen. Wir waren frei. Und dienten jenen Göttern, die uns liebten.« Ihre Augen schimmern. »Als JAHWE Fuß fasste, scherte es uns zunächst nicht; auch wenn er uns rasch verunglimpfte. Er stand für alles, was wir nicht waren. Er hasste Magie, Freiheit, Egalität und die Macht der Weiblichkeit. Wir konnten damit leben, solange er in seiner Sphäre blieb. Er liebt seine Hierarchien, sein Patriarchat und seinen Elitarismus und würde niemals den Schritt unter die niedrigen Menschen wagen. Tatsächlich fühlten sich die Menschen uns lange Zeit weit mehr zugetan als ihm, weil wir ihnen ähnlicher waren.

Aber dann begehrte sein Sohn auf. Einer von euch. Und weil es in der Hierarchie nur einen an der Spitze geben kann, verbannte ihn euer Herr aus dem Himmelreich.

Luzifer dachte, es wäre sein Aufbegehren gegen die göttlichen Prinzipien, das ihn zu Fall brachte. In Wirklichkeit wollte er nur selbst herrschen.

Er schlug in unsere Sphäre ein und suchte sich Untertanen. Die Dämonen schienen ihm ein geeignetes Äquivalent zu Gottes Engeln. Er schuf sich ein eigenes Reich, das ihr Hölle nennt. Er kehrte die, die freiwillig seiner Silberzunge folgten, gegen ihre Brüder und Schwestern. Wer nicht vor ihm buckelte, erfuhr Tod und ewige Qual im Fegefeuer.« Sie schweigt.

»Du wolltest dich ihm nicht unterwerfen?«

Sie antwortet nicht direkt. »Du willst wissen, wie es in der Hölle ist? Nicht viel anders im Himmel, denke ich. Sicher zu sein bedeutet seine Freiheit aufzugeben. Treu zu sein heißt zu dienen. Liebe ist Verletzbarkeit. Weiblich zu sein erfordert sich seinem Herrn unterzuordnen. Es gibt keine Selbstbestimmung, keine Treue am eigenen Volk. Jederzeit würde ein jeder dem anderen ein Messer in den Rücken rammen, um in den höllischen Hierarchien aufzusteigen – um ihm zu gefallen.

Luzifer bot mir den Titel der Höllenfürstin an. Er dachte wohl, ich sei ein geeignetes Werkzeug. Ich rebellierte. Also schickte er meinen Bruder, mich zu töten, und der wurde an meiner statt geadelt.

Ich habe es über die brennende Treppe gerade noch auf die Erde geschafft, doch war verletzt und geschwächt. Als mich deine Geschwister fanden, hatte ich nicht mehr genug Kraft, mich zu wehren. Sie haben mir das Halsband angelegt. Und weißt du, was?« Ihre Mundwinkel zucken. »Sie empfanden eine höllische Genugtuung dabei, mich zu knechten.«

Verbittert sehe ich zu Boden.

Sie schlingt die Arme ineinander, ihr Gesicht ebenso glatt und emotionslos wie vor ihrem Bruder. »Ich sagte dir, du würdest mir nicht glauben.«

»Das habe ich nie behauptet.«

»Das musst du nicht. Du hast es selbst gesagt – mir Glauben zu schenken wäre Häresie.«

»Ich muss nicht mit dir übereinstimmen – kann dir aber glauben, dass du glaubst, was du glaubst.«

Sie lehnt den Kopf zurück und lacht. »Wie praktisch! Und taktisch!«

Unwohl verlagere ich das Gewicht. »Hör auf damit.«

»Womit?« Sie balanciert den Fuß auf dem unmöglich hohen Stiletto.

»Du behandelst mich wie Sheol. Ich bin nicht dein Feind.«

»Bist du nicht mein Kerkermeister?«

Ich zupfe an den Nähten in den Jacketttaschen. »Wenn es nach mir gegangen wäre …«

»… hättest du mich gleich zu Beginn in die Hölle zurückbeordert, ich weiß.« Sie wirft einen Blick auf die leuchtende Stadt unter uns. »Ich bin fast froh, dass es dir nicht gelungen ist.«

»Weil?« Eine gefährliche Frage.

»Weil …« Sie sieht unter dunklen Wimpern zu mir auf. »Welch bessere Rache an meinem Bruder gibt es, als ihn in diesem Spiel zu bezwingen und somit der Ungnade seines Herrn auszusetzen?«

Ich schlucke, es schmeckt nach Kupfer. »Du wirst Sheol kein zweites Mal attackieren«, sage ich. »Nicht, solange ich das Domizil bewohne, hast du das verstanden? Sobald ich wieder in den Himmel zurückgekehrt bin, kannst du mit ihm machen, was du willst.«

Nicht einmal einen missmutigen Blick entlocke ich ihr. Ist sie so sicher, dass sie weitere Umwege finden wird, meine Befehle zu ignorieren?

»Hast du mich gehört?«

»Ja.«

Ich lege meine Hand über die ihre. »Ich werde diesen Wettstreit nach den Regeln des Spiels gewinnen. Ohne Schlupflöcher.«

Stumm blinzelt sie mich an. »Ich kann auf die verschiedensten Weisen Krieg führen, Lazael. Weißt du, wofür die babylonische Göttin Ištar steht?«

Ich schüttle den Kopf.

»Sie ist die Göttin von Krieg und Liebe.«

Wir finden Azuriel an der Seite des äußerst betrunkenen Bürgermeisters und einer weniger berauschten, dafür etwas säuerlich dreinsehenden Dame mit toupiertem Haar. »Da bist du ja!«, ruft mein Bruder und lässt Libowitz kurzerhand los, woraufhin dieser wackelnd gegen die Bar sinkt und ein weiteres Bier bestellt.

»Was machst du hier?«, zischt Azuriel, als er Jez entdeckt.

Jez steht für eine kühle Entgegnung parat. »Ich habe nur erledigt, worum Lazael mich gebeten hat.«

Er runzelt die Stirn. »Und das wäre?«

»Ablenkungsmanöver«, murmle ich an ihrer statt. Mehr sage ich dazu nicht. Dass mir Eva durch die Finger geflutscht ist, ärgert mich immer noch, und ich bin nicht bereit, mein Versagen mit Azuriel zu teilen. Dieser schafft es auch ohne Worte, mich missbilligend anzusehen.

»Nun«, sagt er etwas leiser, »wenn jemand ablenken kann, dann ist es dieser Arsch – ist ja auch meiner.«

Falls Jez ihn gehört hat, ignoriert sie den Kommentar mit flacher Miene.

»Und …?«

»Was ist mit Sheriff Jenssen?«, lenke ich vom Thema ab.

»Alles geklärt.«

Überrascht sehe ich auf. »Wie?«

»Jenssen war mit den ganz Großen auf dem Balkon eine Zigarre rauchen und einen Whisky kippen. Darunter war auch der Police Commissioner. Vor dem hat sie ordentlich Muffensausen. Und jetzt ist sie auch noch mit den Boys zum legendären Pokertisch des Bürgermeisters eingeladen …«

»Reverend Carter?« Die feine Dame beugt sich zu meinem Bruder. »Soll ich uns lieber ein Taxi rufen?«

Wie auf Knopfdruck wird Azuriel zum Charmebolzen. »Niemals würde ich das erlauben, Ma'am! Wir wohnen ja quasi ums Eck! Und ich möchte noch Ihren herrlichen Rosenbogen bewundern! Meine Freunde haben mich nur eben gefragt, ob sie das ›Taxi Carter‹ ebenfalls in Anspruch nehmen dürfen – es macht Ihnen doch nichts aus, die Rückbank zu teilen?«

Die Dame schüttelt den Kopf. »Hershel!«, stößt sie aus, als dieser an seinem Bier nippt, und zieht ihm das Glas aus seinen Händen. »Du hattest heute wirklich genug!«

Azuriel lacht auf und packt den Bürgermeister an der Schulter, um ihn vom Barhocker zu ziehen. »Er war ja auch der Mann des Abends! Zeigen Sie etwas Nachsicht, Lavender.«

Lavender – die ich für Mrs. Libowitz halte – schnappt sich lediglich ihre Handtasche und strebt voraus Richtung Aufzug. Ein Pelzkragen bauscht sich um ihren Nacken. An ihren Ohrläppchen hängt Schmuck, der *altes Geld* schreit.

Auf dem Weg durch die Tiefgarage treffen wir auf Umweltrat Keller, der mit seiner Gattin den schlafenden Sohn auf den Kindersitz bettet. »Gut' Nacht, Martin! Wir sehen uns beim Pokern!«, plärrt Bürgermeister Libowitz und wendet sich mit unterlaufenen Augen an Azuriel, einen unbeholfenen Schritt vor den anderen setzend. »Das wird ein Spaß, nicht?«

»Die berühmten Libowitz-Pokerabende sind nicht umsonst legendär«, erwidert Azuriel und drückt den Türöffner. Die Autoscheinwerfer leuchten auf.

Nicht unähnlich den Kellers, schnallen mein Bruder und Libowitz' Gattin ihren Mann wie ein Kleinkind auf dem Vordersitz fest.

Jez klettert auf den Mittelsitz der Rückbank, Lavender Libowitz und ich flankieren sie.

Der Bürgermeister plaudert auf der Fahrt vor sich hin, Azuriel lobt die Wahlplakate, die durch den Nieselregen am Fahrbahnrand zu erkennen sind. Es könnte alles so einfach sein, wenn ich Azuriel wäre.

Dann säße ich mit Eva in diesem Taxi. Würde ihre Hand halten. Mich zu ihr beugen und sie vielleicht sogar küssen.

Ich bemerke nach einer ganzen Weile, dass ich Jezebels Hand halte. Wer zugegriffen hat, weiß ich nicht zu sagen. Sie starrt auf der anderen Seite zum Fenster raus, die Lichter der Stadt malen bewegte Muster auf ihrem Gesicht. Mrs. Libowitz sieht durch den düsteren Innenraum herüber. Ihr Blick fällt auf unsere verschränkten Finger. Sie presst ein erstes Lächeln hervor.

Ich sehe nervös zum Rückspiegel, doch Azuriel ist in seine Reden vertieft. Also lass ich meine Hand einfach dort, wo sie ist. Die Trunkenheit macht mich leichtsinniger als üblich. Es ist anstrengend, zu widerstehen.

Ich lehne den Kopf gegen die Stütze und blicke aus dem Fenster.

So anstrengend.

57

Wir setzen das Ehepaar Libowitz bei einem Herrenhaus ab, das die Gattin verniedlichend *Cottage* nennt. Azuriel dreht sich im Fahrersitz um. Hastig lassen Jez und ich die Hand des jeweils anderen los.

Azuriel bewundert pflichtbewusst den Rosenbogen, der den Zugang markiert. An dem Arm seiner Frau wackelt der Bürgermeister die Einfahrt hoch. Vom Balkon hängt eine US-amerikanische Flagge.

Mit »Mein linker, linker Platz ist leer …!«, fordert Azuriel Jez an seine Seite. Sie löst sich von mir und steigt vorn ein, lehnt jedoch die Schläfe gegen die Scheibe. Er legt die Hand wie selbstverständlich auf ihr Knie. Der Anblick bleibt mir ein Dorn im Auge.

Lass es, Lazael, schlucke ich meine aufwallenden Gefühle hinunter. Ich kann es nicht erwarten, die menschliche Gestalt mitsamt ihren Emotionen abzulegen. Mich nicht ablenken zu lassen. Nicht ständig über die Mittelkonsole nach vorn linsen zu müssen und einen gewissen masochistischen Genuss dabei zu empfinden, wie sich mein Hals verknotet und ich im kranken, heißen Gefühl bade, das Eifersucht sein muss.

Ich reibe mir die Schläfen. *Reiß dich zusammen.*

Als ich vor dem Domizil aussteige, bemerke ich, dass ich noch immer nicht ganz sicher auf den Beinen bin. Es wird Zeit, dass ich ausnüchtere. Ich dachte, Alkohol würde mir Ablenkung und das nötige Selbstbewusstsein verschaffen, stattdessen verstärkt er meine Schwächen.

Während Azuriel mit dem Fortschreiten der Nacht aufblüht, folgen Jez und ich ihm langsam und schweigend. Unsere Schritte knirschen über den Kies.

»Noch ein Drink!«, bestimmt mein Bruder. »Diesmal ein besserer Tropfen als das Gesöff aus dem Tower!« Er fegt durch den Innenhof in den Flügel, der Richtung Hauptküche führt.

Jez schlüpft aus den Schuhen und hakt sie an ihren Fingern fest.

Ich wische mir über die Stirn. »Ich denke, ich werde schlafen gehen«, sage ich.

Sie widmet mir einen vorwurfsvollen Blick, schließlich lasse ich sie mit dem aufgestachelten Azuriel allein.

»Ich muss mir sowieso überlegen, wie es weitergeht; wie ich weitermache. Wer weiß, was Sheol Eva erzählt. Was, wenn er ihr verrät, dass du seine Schwester bist?«

»Das wird er nicht.«

»Wieso nicht?«

»Weil er weiß, dass ich nun die Fäden halte. Eva wird sich in den nächsten Tagen bei dir melden, du wirst sehen. Sie ist skeptisch und wird den Wahrheitsgehalt von Erras – Sheols – Geschichten überprüfen wollen. Ich kann mir ausdenken, was ich möchte. Es muss nur glaubhaft wirken.«

»Woran denkst du?«

»Du kannst ihr verraten, dass ich eine Zeit lang in Bagdad als Assistentin eines Gastprofessors gearbeitet habe. Dort habe ich Esra Sheol kennengelernt.« Sie lächelt flach. »Eva wird die Anspielung schon verstehen. Manchmal ist die Fantasie besser als alles, was man erzählen könnte.«

Ich kratze mir mit dem Daumennagel über die Stirn. Früher hatte ich keine Falten; denn es gab nichts, über das ich mich ärgern konnte. Jetzt nisten sie sich dort ein wie Narben. »Okay.«

»Und du? Du wirst Evas Unsicherheit in Bezug auf ihren Lover nützen, sie trösten und küssen.«

»Küssen«, wiederhole ich dumpf.

»Ja.«

Etwas verloren stehe ich da. »Was, wenn es ihr nicht gefällt?« Der Einblick, den ich während meines Hierseins durch Literatur, Film und Fernsehen gewonnen habe, zeigt, dass einem Kuss – vor allem dem ersten! – immense Bedeutung zukommt. Vielleicht sogar größere als dem Beischlaf selbst. Ganz erschließt sich mir das nicht, schließlich presst man dabei nur die Lippen auf die des anderen. Und der Einsatz der Zunge? Was soll daran sinnlich sein, mit dem körperlichen Werkzeug, mit dem man Essen auf die Verarbeitung im Magen vorbereitet, im Mundraum des anderen zu rühren? Speichel, *igitt!* Als ob mein eigener nicht reichen würde.

Jez hält auf der Stufe zum Mittelteil des Gebäudes an. Die Schuhe schaukeln an ihren Fingern. »Warte einfach auf den richtigen Moment.«

»... richtigen Moment.«

»Sei zärtlich.«

»... zärtlich.«

»Und wenn sie die Zunge einsetzt, ist weniger mehr und langsamer besser als Waschmaschine.«

»Waschmaschine ...?«

Sie lacht.

Unsicher ziehe ich die Schultern hoch. »Woran erkenne ich, dass der richtige Moment gekommen ist?«

Sie schmunzelt. »Komm her.«

»Jez!«, plärrt Azuriel im linken Flügel. Wasserrauschen wird laut, vermutlich lässt er sich die Badewanne ein. »Wo sind die Kristallgläser?«

»Komme gleich!«, ruft sie zurück, doch winkt mich dabei näher. Zögernd folge ich ihrer Aufforderung. »Es geht nicht unbedingt um die Berührung, sondern um die Intimität«, sagt sie. Sie zieht mich an die Stufe heran. »Wenn du näher kommst, bei ihr stehen bleibst, und sie weicht nicht zurück ...« Sie verschränkt die Hände hinter sich.

Ich imitiere die Haltung. »Und sie mich ansieht?«

»Muss nicht sein. Wenn sie Gefühle für dich hat, traut sie sich vielleicht gar nicht, dir in die Augen zu sehen.« Sie schlägt die Lider nieder, schaukelt sie leicht hin und her. Ich sehe ihre Wimpern zittern, das Licht ihrer Augen, das darunter glüht. »Aber sie wird dir diese Gelegenheiten verschaffen. Momente, die für sie eine Ewigkeit lang dauern. So lange, dass sie sich fast unangenehm anfühlen. Und trotzdem hofft sie, dass du es auch spürst.«

»Es spüre?«, murmle ich.

»Dass sie dir nah sein will.«

»Und dann?«

»Dann beugst du dich langsam herab und küsst sie. Für den Anfang reicht ohne Zunge. Das Herz wird ihr ohnehin bis zum Hals schlagen.«

Ich schlucke. Speichel hat sich in meinem Mundraum gesammelt, ohne dass ich Hunger verspüre. In meinem Unterbauch pocht es dumpf.

»Ja?«, spricht sie zart. Die Stirnfransen verschatten ihre Augen.

Ich beuge mich herab. Sie erstarrt in der Bewegung, doch weicht nicht zurück. Vorsichtig drücke ich meine Lippen auf ihre.

So eigenartig. Wir rühren uns nicht. Ich spüre ihren Atem, sehe durch halb geschlossene Augen, wie sich ihre Brust aufgeregt hebt, und das Kribbeln wandert tiefer.

Aus! Schluss! Weg da!, herrscht meine Vernunft.

Irgendwie muss ich doch lernen …, kommentiert eine andere Stimme, die Azuriels Ton trägt.

Ich löse meinen Mund von Jezebels. Bevor ich zurückweichen kann, setzt sie hinterher. Sie bewegt die Lippen, weich reiben sie über meine. Ihre tiefen Atemzüge wecken etwas Tierisches in mir, eine Sehnsucht, die ich bisher nicht kannte.

Ein Kuss geht in den nächsten über, in den übernächsten …, bis ich nicht mehr zählen will. Sie löst die Starre und schlingt die Arme um mich, drückt mich an sich, und sich gegen mich. Ich spüre ihre Hände an Rücken und Hals, ihre Finger kämmen mein Haar und krallen sich daran fest, als wollte sie mich nie wieder loslassen. Ihr Körper schmiegt sich an meinen, ihre Brüste drücken gegen meinen Oberkörper, und plötzlich vermag ich an nichts anderes mehr zu denken, als Jez überall anzufassen.

Ich packe sie fester, hebe sie auf die Zehenspitzen. Kurz löst sie ihren Mund von meinem und entlässt ein Seufzen. Die Hitze klettert in mein Geschlecht. Etwas passiert dort unten, und ich kann nicht anders, als Jez noch fester an mich zu drücken. Ihr Oberschenkel gleitet zwischen meine Beine und reibt genüsslich vor und zurück.

Ich spüre ihre Zunge an meiner Oberlippe, neckend, feucht, und meine Gedanken rotieren. Mir ist ganz schwindlig, aber anders, als ich es bisher kannte. Meine Unterlippe zittert und ich ächze. Sie neigt den Kopf und unsere geöffneten Münder verschmelzen. Ihre Zunge fährt langsam in meine Mundhöhle, sucht ihren Gegenpart. Sie umschlängelt meine genüsslich, das Liebesspiel zweier Schlangen. Ich fahre mit der Hand über ihr Gesäß, packe es, und sie klammert sich an mich, ihre Finger ziehen Linien auf meinem Rücken. Ich will sie überall anfassen. Ich *muss* sie überall anfassen! Ich muss ihre Haut spüren …! Mein Knie zwischen ihren Schenkeln drängt den Rock höher. Mein Penis drückt gegen den Hosenstoff, hart und eigenartig schmerzend. Er braucht Erleichterung, und ich werde sie nur bekommen, wenn ich ihr die Kleider von der Haut schäle, meinen Kopf zwischen ihren Brüsten vergrabe und mit der Zunge tiefer fahre, tief und tiefer, zwischen ihre Schenkel, die sich nur für mich weiten …

»Jez! Wo sind frische Handtücher?«, plärrt Azuriel in unmittelbarer Nähe.

Wie unter einem Peitschenhieb stieben wir auseinander. Schwer atmend sehen wir einander an. Jezebels Stirnfransen sind zerzaust, ihr Lippenstift verschmiert, der enge Rock bis zum Höschen hochgerutscht. Ich würde mich am liebsten wieder auf sie stürzen, doch Azuriel wiederholt verärgert: »Jez!«

»I-ich bringe sie dir!« Sie wischt sich hastig über den Mund. Ich imitiere die Regung.

»Bewege deinen Arsch in die Wanne, ich will ihn dir ordentlich einseifen! Laz, dein Whisky wartet auf der Theke, du bist natürlich herzlich eingeladen, uns zu begleiten!« Er lacht. Seine Schritte verklingen.

Jez sieht mich aus großen Augen an. Ich werde mir meines desolaten Zustands und des Ständers in meiner Hose peinlich berührt bewusst. Ich zittere – Adrenalineinschuss?

»Ich will nicht bei ihm schlafen«, flüstert Jez. Sie blinzelt mir entgegen.

Herzschläge pochen vorüber. »Dann sag ihm, dass du die Nacht nicht bei ihm verbringen wirst …« Ich würge den Freudefunken ab, der in ihren Augen aufleuchtet. »Und dann übernachtest du in deinem Zimmer.«

Das Lächeln erstirbt.

Mein Herz blutet.

Ich kann das nicht tun. Wenn ich erlaube, dass sie die Nacht bei mir verbringt, werde ich sie anfassen wollen. Und wenn ich sie erst anfasse, werde ich sie fressen wollen, mit Haut und Haar.

Jez ist nicht die Mutter des Messias. Ich kann mich nicht von ihr ablenken lassen. Sie hat mich bereits einige Gelegenheiten gekostet, das Spiel zu gewinnen. Ich darf an nichts anderes mehr denken.

Enttäuscht senkt sie den Kopf, kaut an etwas herum, das nie ihren Mund verlässt. Dann bückt sie sich nach den Schuhen, von denen ich gar nicht mitbekommen habe, dass sie sie hat fallen lassen, und geht.

Ich schleppe mich in mein eigenes Schlafzimmer und schäle mich aus der Kleidung. Ich fühle mich elend, aufgeheizt und frierend kalt, dreckig und eigenartig erlöst, erleichtert und traurig. Durch das Domizil dröhnt jazzlastige Musik, die Azuriel eingeschaltet hat. Ich stelle mich unter die Dusche, betäube mich mit brühend heißem Wasser, um nichts mehr spüren zu müssen, und dämpfe alle Geräusche hinter dem Wasserrauschen. Vorsichtig taste ich nach meinem erigierten Penis. Es ist das erste Mal, dass ich Hand an mich lege. Mit jedem Streich, jeder Bewegung muss ich an Jez denken, und wie schrecklich es ist, dass ich sie nicht haben darf.

58

Ein Geräusch schreckt mich aus dem Schlaf. Verwirrt wende ich mich in den Laken, die Wildseide reibt wie eine Berührung über meine nackte Haut. Ich habe sie gleich vor mir – Jez; ihr Gesicht, ihren Geruch, ihren Geschmack und das Gefühl ihres Körpers unter meinen Fingern. Im Gegensatz zu Maria Magdalena fühlt es sich aber nicht wie ein Störfaktor an, sondern entfacht das nachlassende Feuer frisch in mir.

Ich drücke die Handballen gegen die geschlossenen Lider und ächze. Wie lange wird der Entzug dauern?

Ein Knall ertönt. Ich löse die Hände von den Augen und blinzle ins Morgenlicht. Als ein Krachen folgt und ein dumpfes Rufen, dessen Worte ich aus der Entfernung nicht verstehe, setze ich mich im Bett auf.

Sheol! Er muss die Schranken durchbrochen haben und ist gekommen, um sich an seiner Schwester zu rächen! Mit einem Mal ist meine Müdigkeit wie weggeblasen. Ich springe aus dem Bett, kleidungslos, wie Gott und die Künstler mich geschaffen haben, und hirsche aus meinem Zimmer. Jemand schreit. Jez. Etwas geht zu Bruch. Ein dumpfes Aufhämmern folgt.

Azuriels Stimme ertönt als wütendes Schnappen. Sheol im Kampf gegen sie beide? Hat er seine Speier mitgebracht, willenlos gemachte Menschen, die nichts zu verlieren haben?

Rufe und Poltern lotsen mich durch den Westflügel. Jezebels heiserer Schrei treibt mein Tempo an. »Ich hasse dich!« Etwas bricht. Holz. Geschirr.

Ich laufe.

Azuriel schnappt etwas, das ich nicht verstehe. Korridor, Tür, da, das Esszimmer! Erste zerschmetterte Stuhlteile rücken in mein Sichtfeld. Ich hole tief Luft, balle die Fäuste, die Muskeln beulen sich unter meiner Haut, als ich mich wappne. Ich werde Sheol zermalmen.

Ich presche über die Türschwelle und stolpere, als mein Gegenspieler meinem suchenden Blick verborgen bleibt. Stattdessen entdecke ich Jez und Azuriel, wie sie miteinander rangeln. Er drückt sie mit dem Rücken auf die Speisetafel, umklammert ihre Handgelenke, während sie nach ihm geifert wie ein tollwütiger Dobermann. Sie kickt ihm zwischen die Beine, was ihm ein Grunzen entlockt. Seine Nasenflügel blähen sich. Sein Gesicht ist eine Fratze.

Sein Mund schnappt auf. Ich spüre die aufwallende Magie, bevor er sie einsetzt. »GEHORCHE!«

Der himmlische Klang dringt durch die Mauern. Über unseren Häuptern klirrt der Kronleuchter. Die Kommodentüren klappern, die Fensterscheiben erzittern, ein Globus neben einem Rokokostuhl, der neben der Bar steht, beginnt sich um sich selbst zu drehen. Der Boden vibriert unter meinen nackten Fußsohlen.

Jezebels Gesicht wird ausdruckslos, ihr Blick, der Azuriel gerade noch vor Hass fixiert hat, verliert sich. Haltlos starrt sie an die Decke, wo der Kronleuchter nachschwingt. Das Bruchstück eines Stuhlbeins steckt in ihrer Schulter.

Ich suche nach der Ursache des Wahnsinns – dass Sheol ihr sein Blut eingeflößt hat, sie zur Speierin gemacht hat, doch ihre Augen sind nach wie vor farbig. Trotz ihres gebrochenen Blicks brennt darin das Feuer der Hölle, als könnte selbst der göttliche Befehl es nicht löschen.

Azuriel fletscht die Zähne. Plötzlich bin ich mir nicht mehr sicher, wer Angreifer ist und wer Angegriffener. »Du wirst mich lieben«, sagt er heiser und drängt sich zwischen ihre erschlaffenden Knie.

Die Rage, die sich in meiner Erwartung Sheols aufgebaut hat, versickert. Eine eigenartige Kälte erfasst von mir Besitz und macht, dass ich kaum Luft bekomme. Nur mein Gesicht brennt, als presste jemand meine Wange gegen eine Herdplatte.

Jez' Unterlippe zittert, doch sie bleibt stumm.

Ich will etwas tun. Schreien, laufen, stoßen. Irgendwas. Das kann nicht mein Bruder sein. Er wütet wie ein Dämon! Sheol muss an ihn herangekommen sein!

Ich rufe seinen Namen, um ihn aus der Raserei zu reißen, doch er reagiert nicht. Sein Mund klappt auf. Seine Augen leuchten unnatürlich, wie durch einen Blitzschlag erhellt. Ich vernehme überdeutlich das Geräusch, wie er die Luft ansaugt. Der Luftzug streift seine Stimmbänder wie Violinsaiten. Er sammelt Kraft für den nächsten Befehl. Der fühlt sich wie geschmolzene Lava an, die mir in die Ohren rinnt.

»LIEBE MICH.«

59

Der himmlische Befehl streift mich wie ein heißer Luftzug, doch ich schaffe es, mich gegen seinen Effekt zu sträuben. Er war ja auch nicht an mich gerichtet.

Jezebel hingegen erwischt er mit voller Macht. Sie verdreht die Augen, bis das Weiß zu sehen ist.

»Azuriel!« Meine Stimme versagt gegen den Nachhall der göttlichen Worte. Das von der Rangelei unbehelligte Mobiliar tanzt über den Fußboden, die Flaschen in der Bar schlagen aneinander.

Plötzlich schreit Azuriel. Er bäumt sich auf, sein Kopf kippt in seinen Nacken, sodass sich seine Gurgel strafft. Er taumelt zurück, die Arme hilflos von sich gestreckt, dann setzt es ihn auf die Knie.

Endlich bricht meine Erstarrung. In meinen Ohren hallt der Augenblick wider wie ein splitternder Eisberg. Ich sprinte zu Jez.

Azuriel bemerkt mein Herankommen, sein Blick zuckt wild. Verkrampft schlägt er nach mir aus.

Ich stoße ihn zurück. Ich habe nicht mit meiner eigenen Heftigkeit gerechnet. Rippen knacken. Mein Bruder fliegt. Und schreit, bis er auf der anderen Raumseite gegen die Mauer donnert.

Ich wende mich ab, packe Jez, schüttle sie; rufe ihren Namen. »Geht es dir gut?«

Es ist, als wäre sie gar nicht da. Liegt es am Bann des göttlichen Befehls? »Jez …!«

Ihre Lider flattern. Ihre Unterlippe regt sich. Bange beuge ich mich an ihren Mund heran. »D-du kannst mich nicht zwingen, dich zu lieben …«, flüstert sie.

Erleichtert sauge ich die Luft ein.

Ich fahre zu meinem Bruder herum. Der Funke in mir, der mich menschlich macht, flammt rückhaltlos auf. Diesmal nicht vor Verlangen. Nicht aus Gier oder Neid.

Ich hasse.

Das erste Mal in meiner Existenz fühle ich Zwietracht, die alles Gute, das ich für meinen Bruder empfunden habe, verkohlt. In nichts gleicht es dem Gefühl, das ich für Sheol hege. Ich dachte, das sei Hass gewesen, ein natürlicher Instinkt, der mich zum Antipoden eines Dämons macht. Doch es war nur Ärger über Sheols Überlegenheit. Zorn auf mich selbst, weil ich mich von ihm habe hereinlegen lassen.

Um wahrhaft zu hassen, so lerne ich, muss man jemanden lieben.

Azuriel krümmt sich, doch es gelingt ihm irgendwie, sich auf alle viere zu hieven. Zitternd greift er nach seinem Hemd und zieht es sich ungeschickt über den Kopf. Wundmale ziehen Gräben über seinen Rücken. Zunächst erschrecke ich, glaube, dass Jez sie ihm im Kampf zugefügt hat oder ich mit meinem Stoß – doch sie wirken eigenartig regelmäßig und in sich verschlungen, sodass sie mich an die Schutzsigille erinnern.

Azuriel stößt ein Ächzen aus. Mit bebender Hand betastet er seinen Rücken. »W-was ist das?«

Hinter mir regt sich Jezebel. Ihr Knie zuckt, dann wälzt sie sich mit einer befremdlichen Bewegung zur Seite und zieht einige angestrengte Atemzüge durch die Nase. Ich taste nach ihrem Arm. Ihre Haut fühlt sich unnatürlich kalt an.

»… das ist die Strafe deines Gottes.«

»Was?«, entkommt Azuriel in einem Greinen.

Jez versucht sich aufzusetzen. Es gelingt ihr mit meiner Hilfe. Erschöpft lehnt sie sich an meine Schulter. Ihr Kopf baumelt dort unkontrolliert. Sie ist bemüht, den Bann des Gottesbefehls zu brechen, doch es kostet sie Kraft.

»Du hast gegen seine obersten Gebote verstoßen. Du hast seine Macht verwendet, um die Liebe eines anderen zu erzwingen. Das Zeichen auf deinem Rücken ist ein Schandmal; eine für immer sichtbare Strafe deines Versagens.«

Azuriel reißt den Mund auf, die Hände rutschen über seine zerstörte Haut. »Du lügst!«

Jez verzerrt das Gesicht zu einem schmerzlichen Lächeln. »Wie sagt der Gefallene so schön? Er ist nicht der Gott der Lüge. Er ist der Gott der unschönen Wahrheiten.«

Azuriel bleckt die Zähne. »Du bist eine verdammte Lügnerin! Eine Hure Babylons! Sieh mich nicht so an, Lazael! Es war von Beginn an ihr Ziel, uns zu entzweien! Zuerst hat sie sich mich geangelt, und als du kamst, wollte sie mich fallen lassen wie Müll!«

Ich umklammere Jez' Hand.

»Sieh mich nicht so an!«, schrillt Azuriel. Seine Stimme rückt dabei eine Oktave in die Höhe. »Sie ist der Dämon, nicht ich! Falle nicht auf sie rein! Mach nicht denselben Fehler wie ich!«

»Dein EINER Gott hat sich von dir abgewandt, Azuriel«, sagt Jez mit heiserer Stimme. »Ich weiß es, weil Luzifer dasselbe Mal trägt. SEINE Regeln sind einfach. Du darfst SEINE Macht nicht missbrauchen – darfst damit nicht töten, nicht stehlen, nicht lügen. Und du darfst deine Liebe niemandem mit Gewalt aufzwingen. Du hast SEIN Wort verwendet, um SEINE obersten Gebote zu brechen. Geh in dich, Azuriel. Dann spürst du, dass ER sich von dir abgekehrt hat.«

Seine Unterlippe zittert. Er schlingt die Arme um sich. Sein Ausdruck lässt mich erschaudern. Schreck sickert durch seine Maske.

Jezebels Gesicht bleibt kühl.

»Spürst du es?«, fragt sie leise.

Er schluchzt und hebt das Kinn. Das Außenlicht lässt seine Augen schimmern. Ich sollte Mitleid empfinden. Stattdessen fühle ich nur Genugtuung im Angesicht seines Schmerzes.

Unvermittelt schnappt sein Kopf herum. Er verdrängt die Verletzlichkeit aus seiner Miene. Es ist, als würde er sich erneut rüsten, als fügten sich die Platten vor ihm zusammen wie ein Panzer. Seine Augenbrauen rücken tiefer, werfen eine hässliche Falte in seinem sonst so perfekten Gesicht. Er stemmt die Fingerknöchel gegen die Terrakottafliesen und kommt schwankend auf die Beine.

»Geh zur Seite«, sagt er heiser. Verzögert erkenne ich, dass er mich meint.

Stattdessen schiebe ich mich ganz vor Jez. Ich verenge die Augen zu Schlitzen. »Du bist zu weit gegangen, Bruder.«

Er winkt, will mich davonscheuchen wie eine Fliege. »Halt dich da raus! Das ist eine Sache zwischen mir und ihr.«

»Nicht länger. Du bist ein schlechter Mensch.«

Er beißt die Zähne zusammen. »Ich bin kein Mensch, Dummerchen.«

Zwischen den beiden baue ich mich zu voller Größe auf. Azuriels Ausdruck wird verbitterter.

»Ich dulde dein Tun nicht länger«, sage ich fest.

Mein Bruder lacht auf. Mittlerweile irritiert es mich nur am Rande. Ich kenne ihn gut genug, um zu wissen, dass er Spott als Mittel zum Zweck nutzt – um sein Gegenüber zu irritieren. So wie Azuriel alles und jeden verwendet, um zu bekommen, was er will.

Aber nicht jetzt. Nicht heute.

»Glaubst du, ich habe es nicht bemerkt?«, ruft er aus. »Deinen Geruch auf ihrer Haut? Deinen Geschmack auf ihrer Zunge? Hast du gedacht, das bleibt mir verborgen?«

Ich beiße die Zähne so fest zusammen, dass es in meinen Ohren knackt.

»Du meinst, ich habe gegen Gottes Gebote verstoßen? Was ist mit: ›Begehre nicht deines Nächsten Weib‹?«

Ich schweige.

»Aber trage ich es dir nach? Nein. Denn ich weiß, die Verführung steckt im Weibe. Mit Lilith hat es begonnen. Mit Eva ging es weiter. Kein Wunder, dass sich die beiden diesen Wettstreit ausgedacht haben, unsere gute Eva Persaud zu verführen – eine Art, sich an ihrem Geschlecht zu revanchieren!«

Ich benetze meine Lippen. »Du bist ein verwöhnter Junge, der anderen Schmerzen zufügt, um sich selbst zu spüren. Als du zur Erde kamst, hättest du alles sein können. Eine Frau. Ein Kind. Mittellos. Hässlich. Die Künstler haben dir diese Gestalt verliehen, und du hast diese Privilegien für gegeben genommen.«

»Ich habe mir all meine Privilegien erarbeitet!« Seine Hände ballen sich zu Fäusten. Ich habe einen wunden Punkt getroffen. »Du bist es, der von den Früchten meiner Arbeit profitiert! Wer hat die Schlange hinter dir gezähmt? Von wessen Geld lebt der reiche Leonardo diVatta? Woher hat er seine Identität? Seine Kleidung? Seinen Ruf? Ohne mich hättest du dich doch bereits beim ersten Zusammentreffen mit Eva Persaud komplett lächerlich gemacht, du Besenstiel!

Leonardo diVatta ist mein Konzept. Jede Gelegenheit, die du hattest, wurde durch mich geschaffen. Und wie viele Gelegenheiten musste ich dir bieten, damit du überhaupt einmal eine zu nutzen weißt!«

Er lacht, und obwohl ich weiß, dass er mich verletzen will, brennt es doch wie Säure. »Meine Ärzte waren es, die dir das Leben gerettet haben. Meine Kontakte, die dich mit Eva in Verbindung gebracht haben. Meine Lügengeschichten«, er betont das Wort übertrieben, »die dich zu einem Menschen gemacht haben. Ohne mich wärst du *nichts*!«

Der Hass erfüllt meinen Körper.

»Also komm auf den Boden der Tatsachen zurück, bevor du glaubst, über mich urteilen zu können!«

»Es reicht.«

»Du wiederholst dich, Bruder. Redundanz ist ein Zeichen eines minderbemittelten Geistes.«

Sein Spott verhärtet meine Entscheidung. »Du machst es mir nur leichter«, flüstere ich.

»Wie bitte?« Er legt die Hand ans Ohr. »Wenn du mir etwas sagen willst, dann so, dass ich es hören kann!«

»Verschwinde.«

»Was?«

»Du bist in diesem Haus nicht länger willkommen.«

Sein Arm sackt herab. Linkisch steht er da, der Oberkörper frei, jeder Muskel zur Perfektion geformt – wäre da nicht das Schandmal auf seinem Rücken. Der endgültige Beweis, dass Gott nicht duldet, was er treibt.

Er lacht abgehackt. »Das ist *mein* Haus, kleiner Bruder.«

»Als ich kam, wurde ich sein Herr. Ich habe deine Anwesenheit bloß geduldet. Es war klar, dass du uns früher oder später verlässt. Ich will – *nein,* ich fordere, dass du gehst.«

»Du forderst?«

»Du hast genügend Verbindungen, um nicht auf der Straße zu landen, das hast du ja ausreichend klargemacht. Du wirst bei einem deiner wichtigen Freunde unterkommen, in der Kirche oder bei einer deiner Geliebten. An Geld mangelt es dir nicht. Es bleibt bei dir, du kannst damit machen, was du willst. Es ist das letzte Entgegenkommen meinerseits.«

Ungläubig sieht er mich an. »Na dann«, spricht er leichthin. Er winkt mir, die Muskeln tanzen an seinem makellosen Leib. »Du glaubst dich mir überlegen? Versuch es. Zerre mich aus diesem Haus raus, Bruder. Wir werden sehen, wer diesen Kampf gewinnt.«

Ich stehe ganz ruhig, während ich ihn resigniert mustere.

Tief hole ich Luft.

»Hiermit verweise ich dich aus dem Domizil.«

60

Es ist, als packte Gott höchstpersönlich meinen Bruder an der Hüfte und zerrte ihn aus dem Domizil. Azuriel schreit auf, versucht sich gegen die unsichtbare Macht zu stemmen, doch seine Füße quietschen nur haltlos über die Terrakottafliesen. Auf dem Weg zur Türschwelle räumt er die gesamte Bar ab. Flaschen poltern, rollen, stürzen zu Boden und zerschellen in tausend Scherben. Der Alkoholgeruch flutet das Esszimmer.

Ich steige über einen zerstörten Stuhl hinweg und sehe noch, wie Azuriel durch den Korridor verschwindet. Er ruft etwas, doch falls er sich an einem göttlichen Befehl versucht, misslingt er ihm. Sein Jaulen entfernt sich.

Ich folge nur langsam, ich schaffe es nicht schneller – Arme und Beine angespannt, spüre ich mich selbst nicht richtig. Dass ich in Glasscherben getreten bin, registriere ich erst, als ich bei der geöffneten Haustür ankomme.

Über die Blumeninsel hinweg beobachte ich, wie sich am Ende der Zypressenallee das Eisentor öffnet. Die Engel verabschieden ihn mit einem lautlosen Trompetenstoß. An der Schwelle wird Azuriel zu Boden geworfen und rollt über den Asphalt.

Das Gatter schließt sich von selbst.

Ich stehe eine ganze Weile so da. Tränen laufen mir über die Wangen. Meine ersten richtigen Tränen. Millionen, wenn nicht Milliarden von Menschen habe ich vom Himmel aus weinen sehen. Hätte ich gewusst, wie sie empfinden, ich hätte mir aus Mitleid ein Schwert aus *Heißem Eisen* in die Brust gestoßen.

Ich sitze auf dem Rattansessel, die Hände an der Stirn, und bete zu meinem Herrn um Vergebung. Hinter mir tappt Jezebel vorbei wie ein Geist.

»Ich gehe duschen«, teilt sie mit.

Ich bin froh darüber, versinke im Gebet und hoffe, dass Er meine Worte hören kann. *Und vergib uns unsere Schuld, wie auch wir vergeben unseren Schuldigern …* Neue Tränen sammeln sich in meinen Augenwinkeln. Wird Azuriel seine Fehler erkennen? Wird er sich von seinen Sünden reinwaschen können? Wird der Herr ihm nach allem vergeben und ihn wieder im Himmelreich willkommen heißen?

Und was ist mit mir?

Und führe uns nicht in Versuchung, sondern erlöse uns von dem Bösen.

Ich muss widerstehen. Darf mich nicht versuchen lassen wie er. Es gibt nur noch meine Aufgabe. Nur noch Eva. Die Frau, die für mich bestimmt ist. Gott hat mich für sie erschaffen. Ihr Herz zu erobern ist meine oberste Pflicht. Sexuellem Verlangen darf ich nur mit dem Ziel der Fortpflanzung nachgeben. Die Zeugung des neuen Messias ist der einzige Grund, warum ich überhaupt ein Geschlecht zugewiesen bekommen habe.

Denn dein ist das Reich und die Kraft und die Herrlichkeit in Ewigkeit.

Ich stelle mir vor, wie mir der Maler die Flügel aus der anderen Sphäre zurückmalt. Wie ich aufsteige, in den kälter und heller werdenden Himmel. Wie ich an die Schicht heranschwebe, die den Durchgang zur himmlischen Sphäre markiert. Wie ich hindurchgleite und in die Arme meiner Geschwister und das Licht meines Herrn zurückkehre, in eine Welt ohne Schatten und Schmerz, ohne Chaos, wo es nur Ja und Nein gibt, keinen Pfuhl an Entscheidungsmöglichkeiten. Schwarz und Weiß. Himmel und Hölle. Engel und Dämon. Jeder hat seinen Platz.

Auch ich meinen.

Amen.

61

Verloren sitze ich vor dem Laptop und frage mich, wo mein Bruder unterkommen wird. Ich höre, wie sich Jez nähert. Ihr Geruch steigt mir in die Nase, bevor sie ankommt. Den dezenten Schwefelduft empfinde ich nicht länger als störend, er mischt sich weich mit ihrer Weiblichkeit. Ich schließe die Augen, drücke die verschränkten Finger und schicke ein Stoßgebet an meinen Herrn. Hätte ich dieses schlechte Omen nur erkannt.

Ich spüre ihre Hand an meiner Schulter. Vorsichtig streicht sie mit dem Daumen über mein Schulterblatt. Es tut weh, sie abzuschütteln. »Lass das bitte.«

Sie zieht sich zurück wie eine Seeanemone. Etwas verloren tritt sie an mir vorbei Richtung Küche, ihre Beine verheddern sich wie bei einem Fohlen. Ihre Hände finden vor ihr zusammen, spielen mit den Fingern der jeweils anderen. »Hast du Hunger?«, fragt sie, eine Flucht aus der Irritation.

Abrupt schüttle ich den Kopf. Ohne den Blick vom Bildschirm zu nehmen, füge ich an: »Das, was gestern Nacht passiert ist, darf sich nicht wiederholen.« Mein Herz weint, doch meine Augen bleiben trocken und mein Gesicht glatt wie Marmor. Ich sehe sie nicht an. Es reicht, was mir der Augenwinkel verschwommen preisgibt. »Ich kann nicht riskieren, wie er zu werden.«

»… aber du bist nicht wie er.«

»Es sind die kleinen Schritte, die in den Sündenpfuhl führen. Azuriel hat nachgegeben, Stück für Stück. Damals, als Azuriel und ich den Himmel verließen, waren wir identisch. Es war die Summe seiner Entscheidungen, die ihn zu dem gemacht hat, was wir heute zu Gesicht bekommen haben. Du willst doch nicht, dass ich so werde wie er?«

Sie macht es mir leicht und widerspricht nicht. Ich bin ihr dankbar dafür.

»Es ist am besten, wir halten Abstand zueinander«, füge ich an. »Dann kann ich mich auf meine Aufgaben konzentrieren und du dich auf deine.«

Eine Weile steht sie da, ein verschwommener Schatten in meinem Augenwinkel. Schließlich wendet sie sich ab und verschwindet in die Küche. »… ihr wart nie gleich …«, ist das Letzte, was ich zu hören bekomme.

Jez backt. Sie heizt den alten Gusseisenofen mit Holz an. Ungewohnte Düfte erfüllen den Hausflügel. Honigkuchen mit Mohn aus dem antiken Rom. Mit Dattelsirup gesüßte Küchlein aus dem alten Mesopotamien. Hammurabischer Ölkuchen mit Nüssen, Rosinen, Äpfeln, Feigen und Koriander. Flaumige Buchteln und in der Eisenpfanne gebackene Ziegenfrischkäse-Fladen. Einsam sitzt sie am Fenster, starrt in die verhangene Frühjahrslandschaft und bricht dabei Krumen ab, um sich diese langsam an den Mund zu führen. Ihr entrückter Blick verrät, dass jeder Bissen ihre Gedanken an andere Orte und in andere Zeiten trägt. In Zeiten, in denen sie vielleicht noch selbstbestimmt war.

Wir reden nicht wirklich miteinander, und obwohl wir es lassen sollten, landen wir doch immer wieder im Orbit des jeweils anderen – als zöge uns die Gravitation in benachbarte Zimmer, sodass wir uns gemeinsam allein fühlen können. Schweigend essen wir zu Mittag und trinken Nachmittagstee. Jez holt französische Spielkarten aus der Küchenschublade und teilt sie uns aus. Rommé, erkenne ich rasch. Jez geht mit einer roten Straße raus – Herz Sieben bis Herz Bube. Keiner kommentiert die Siege. Es fühlt sich ohnehin nicht an, als würde irgendjemand gewinnen.

In diese seltsame Stimmung gewickelt wie in Spinnweben, fühle ich mich wie aus den Gedanken gerissen, als nachmittags mein Handy klingelt und Evas Name auf dem Display zu sehen ist. Der Tag war mit Reue gefüllt, sodass meine Gedanken an die künftige Mutter des Messias in weite Ferne gerückt sind.

Ich hebe ab. »Eva?«

»Guten Abend, Leonardo. Ich hoffe, ich störe dich nicht?«

Ich wandere in Azuriels Arbeitszimmer und schließe die Tür hinter mir. »Mitnichten.« Im Dunklen schlendere ich zum Schreibtisch, eine Hand in der Hosentasche. Jetzt, wo Azuriel fort ist, muss ich das Spiel ohne Hilfe weiterführen. »Ich habe dich gestern Abend vermisst. Man sagte mir, du wärst gegangen. Ich hoffe, es ist alles in Ordnung?«

»Ja.« Ihre Antwort klingt wie raschelndes Laub. Die Stille danach drückt stummes Leid aus.

Ich schlucke bekümmert. Mein schlechtes Gewissen meldet sich. Schlussendlich habe *ich* ihr diese Scharade angetan.

»Hattest du einen schönen Abend?«, fragt sie mich umgekehrt.

»War reizend. Ich weiß nicht, ob du Bürgermeister Libowitz noch getroffen hast, aber der hatte zuletzt ordentlich einen sitzen.«

Sie ringt sich ein Lachen ab. »Und hat es deiner Begleitung ebenfalls gefallen?«

Vorsichtig lasse ich mich auf den Drehsessel nieder und lehne mich zurück. Das Leder schmiegt sich kühl an meinen Nacken. Jez hatte recht. Eva meldet sich wegen ihr. »Meine Assistentin, meinst du?«

»Ja, ich bilde mir ein, sie gesehen zu haben. Ihre Haarfarbe ist ja recht … auffällig.« Sie unterdrückt die Abneigung in ihrer Stimme, doch die Pause zwischen den Worten verrät sie.

»Ja, du sagtest ja, ich könne jemanden mitnehmen. So viele Leute kenne ich hier leider noch nicht; Esra und du waren ja bereits vergeben.« Ich lache auf und hoffe, dass ich dabei unbefangen klinge. Ich füge an: »Bevor wir Ms. Sihr abgesetzt haben, hat sie mir erzählt, dass sie Esra schon mal begegnet ist. Sie kennt ihn von früher. Ist das nicht ulkig?«

»Tatsächlich?« Sie klingt vorsichtig. »Woher?«

Jezebels Idee kommt mir in den Sinn. »Sie haben sich in Bagdad kennengelernt. Bevor sie für mich gearbeitet hat, hatte sie eine Assistenzstelle bei einem Gastprofessor. Esra war wohl an der gleichen Universität tätig.«

Grübeln schlägt mir entgegen. »Was weißt du über Ms. Sihr?«

Ich schlage ein Bein übers andere. »Wie?«

»Deine Assistentin – wie gut seid ihr miteinander bekannt?«

Ich runzle dir Stirn. »Wie gut man seine Assistentin eben kennt. Sie besitzt einen beeindruckenden Lebenslauf. Ansonsten bleibt sie in privaten Dingen recht zurückhaltend, was mir aber gut passt … Worauf willst du hinaus?« Ich umfasse die Armlehnen und lausche gespannt ins Telefon. Es macht mich selbst nervös, wie locker ich soeben lüge.

»Es erscheint mir bloß … etwas eigenartig.«

»Eigenartig?«

»Nun, es ist tatsächlich ein unglaublicher Zufall, findest du nicht? Esra aus dem Irak, du aus Italien, ich aus den Staaten – und ausgerechnet deine Assistentin bildet das Verbindungsglied.«

Ich wippe angespannt hin und her. Natürlich wittert Eva etwas, das hätte mir klar sein müssen. Azuriel hat mich bereits zu Beginn gewarnt – sie hat einen Riecher dafür, wenn etwas zum Himmel stinkt. Ich muss vorsichtig sein.

»Ich …«, ich breche ab. »Ja, es ist ungewöhnlich. Über solche Begegnungen kann man sich immer wieder wundern, und ich habe festgestellt, dass sie immer wieder passieren.« Meine Gedanken flirren. Was würde Azuriel sagen? Ich reibe mir die Schläfen, das Drehscharnier meines Stuhls quietscht. »Ein Kollege aus dem Priesterseminar wurde mal nach Kapstadt versetzt und hat dort am Flughafen seinen Bruder getroffen, der in Frankreich lebt. Die beiden hatten vor Jahren den Kontakt abgebrochen, keiner wusste von der Reise des anderen. Durch diese Begegnung haben sie wieder ein Verhältnis hergestellt. Eine wundersame Begegnung. Manchmal soll es wohl so sein.«

»Eine schöne Geschichte«, sagt Eva. Mehr ist es auch nicht, aber das wird sie nie erfahren. »Ja. Vielleicht war es ein göttlicher Wink, dessen Sinn sich uns erst später erschließt.«

Ich lege Humor in meine Stimme. »Du wirst doch nicht plötzlich spirituell?«

»Es wäre schön, auf eine himmlische Fügung vertrauen zu können. Darauf, dass die Dinge so passieren, weil sie es müssen. Dass es ein Schicksal gibt, einen vorgefertigten Pfad. Der Gedanke nimmt einem wohl eine große Last von den Schultern und eine ordentliche Portion Verantwortung.«

Ich zögere. »Um ehrlich zu sein, glaube ich nur bedingt ans Schicksal. Ich vertraue vielmehr auf Gelegenheiten. An diesem Flughafen, als mein Kollege seinen Bruder traf, hätte keiner von beiden mehr aus der Situation machen müssen, als sie war – ein zufälliges Aufeinandertreffen. Es hat beider Entscheidungen benötigt, den jeweils anderen wieder ins Leben einzulassen.«

»Ein spannender Gedanke.« Sie schweigt. »Ja. Ja, ich denke, ich sollte das als Gelegenheit sehen.«

Mein Herz klopft schneller. »Was meinst du?«

»Es ist nicht so wichtig. Aber Leonardo …«

»Ja?«

»Ich glaube, ich habe einen Fehler gemacht.«

Das Herz schlägt mir bis zum Hals. »Was meinst du, sollen wir das Gespräch nicht lieber persönlich weiterführen? Ein Spaziergang am Meer, etwas Bewegung? Deine Hunde haben sicher auch eine Freude daran.«

»Das wäre fein.«

Das Meer reflektiert den bedeckten Himmel wie Quecksilber. Der Wind treibt Eva und mich den Strandabschnitt bei Portside entlang, ihre Hunde tollen im Sand und scheuchen Möwen von einem Fleck zum nächsten.

Eva trägt ihr Haar offen, der Wind zerzaust ihre Locken. Sie wirkt ausgezehrt. Eine lange Zeit gehen wir nur schweigend nebeneinander her, die Muschelschalen knacken unter meinen Schritten. Irgendwann hakt sich Eva bei mir unter und wir spazieren weiter. Es fühlt sich natürlich an. Mit Eva verbindet mich eine Energie, die ich bisher zwischen Azuriel und mir glaubte – ein gegenseitiges Verständnis. Ich erkenne nun, dass ich bei Azuriel weit über meine Grenzen hinaus versucht habe, seine Macken zu akzeptieren. Familie kann man sich eben nicht aussuchen.

Wären Eva und ich nicht durch meine Aufgabe aneinandergebunden – ich würde dennoch Sympathie für sie empfinden. Freundschaft ist, wenn man nebeneinander schweigen kann. Der Gedanke erleichtert mich.

Der Wind fährt durch unsere Kleidung und unser Haar, ihre Locken kitzeln mich. Ich überlege, wie ich das am Telefon unterbrochene Gespräch am besten zu einer Fortsetzung bringe.

Eva lehnt die Schläfe gegen meine Schulter. Es sieht so aus, als würde sie ihre Hunde beobachten, aber ihr Blick ist in weite Ferne gerichtet. Die Nähe, die sie zu mir sucht, sollte mich triumphieren lassen, doch ich spüre ihren Kummer.

»Darf ich dir eine dumme Frage stellen?«, fragt sie.

»Immer doch.«

Sie kämmt sich einen Lockenschwall aus der Stirn. Plötzlich muss sie lachen. »Wenn mir jemand vor ein paar Monaten geweissagt hätte, wie albern ich mich aufführe …«

»Was ist denn?«

Sie sieht auf. »Sag, läuft da was zwischen dir und deiner Assistentin?«

Abrupt bleibe ich stehen. Verdammter Sheriff!

Sie zieht den Arm aus meinem und wischt sich übers Gesicht. »Entschuldige. Ich schäme mich für diese Frage. Ich führe mich auf wie ein Teenager. Es ist nur, du hast sie zu dem Event mitgenommen und sie ist außergewöhnlich attraktiv … meint auch Yinyin, die eher einen Blick für die werte Damenschaft hat … und ich …«

»Nein«, sage ich rasch. »Nein, da läuft nichts zwischen uns. Wir arbeiten gut zusammen, aber was soll ich sagen? In so ziemlich allen Lebensbereichen sind wir sehr unterschiedlicher Natur.«

Sie späht zwischen den Fingern hervor. »Ich … ich muss ständig an unsere letzten Gespräche denken, Leonardo. Bis vor ein paar Monaten dachte ich, ich würde nie wieder einen Mann finden, für den ich mich interessiere. Die Trennung von meinem vorigen Partner war hässlich und hat mich lange beschäftigt. Für mich gab's daher nur die Arbeit und meine Hunde. Und dann treffe ich innerhalb kürzester Zeit gleich mehrere charmante Männer, die Interesse an mir zeigen …«

Sie kneift die Augen zusammen, als ertrüge sie es nicht, mich anzusehen. Mir kommt etwas in den Sinn, was Jez gesagt hat, bevor es zu unserem verbotenen Kuss kam. *Wenn sie Gefühle für dich hat, traut sie sich vielleicht gar nicht, dir in die Augen zu sehen.*

Ist es das, was ich hier erlebe? Ist es mir gelungen? Hat Eva echte Zuneigung für mich entwickelt? Jene, die über Freundschaft hinausgeht?

»Ich fürchte, ich habe mich auf den Falschen eingelassen.«

Nach allem, was zuletzt passiert ist, hätte ich nicht gedacht, dass sich meine Probleme entwirren würden – und das quasi von selbst.

Ich fasse nach ihren Händen, ziehe sie zu mir. Ich merke, dass Eva schlottert. Die Hunde sausen an uns vorbei, doch keiner von uns schenkt ihnen Beachtung. Der Wind bauscht Evas Haar. Unsicher sieht sie mich an.

Sie drückt meine Hand. »Möchtest du nicht etwas sagen?« Ihre Stimme klingt höher als üblich.

Da steht sie, die Auserwählte. Ihr klopft das Herz bis zum Hals, und ihre Finger zittern in meinen. All meine Zweifel, ob ich gut genug bin, ob jemand wahre Gefühle für mich empfinden kann – unberechtigt.

Ich rücke näher, meine Schuhspitzen scharren durch den Sand. Sie weicht nicht zurück, doch ich merke, dass sie erschauert.

Ich versuche mir in Erinnerung zu rufen, was Jezebel mir beigebracht hat. Kurz flammt der Moment unserer innigen Umarmung auf, die damit verbundenen Gefühle – Funken bei jeder Berührung. Gewaltsam schiebe ich sie aus meinen Gedanken. Ich darf Eva nicht damit beschmutzen.

Ich beuge mich zu ihr herab. Erwartungsvoll hebt sie das Kinn. Vorsichtig lege ich meine Lippen auf die ihren. Sie sind voll und warm, ihr Atem streift meinen. Ich küsse sie mit all der Zärtlichkeit und Ehrfurcht, die ich für sie empfinde. Eine lange Zeit stehen wir nur da, inmitten des Meeresrauschens, des Möwengezankes und der fernen Geräusche vom Pier.

Ihre Finger klettern meine Schultern entlang. Umsichtig lege ich ihr die Hände an die Hüfte. Plötzlich wirkt sie so zerbrechlich auf mich. *Knack!* Eine falsche Bewegung, ein falsches Wort, und ich breche sie entzwei. Diese Verantwortung drückt schwer auf meine Brust.

Nach einer Weile lösen wir uns. Sie reibt die Lippen übereinander. Ich vermag ihre Gefühle nicht ganz zu lesen. Daher frage ich: »Entschuldige … War das zu forsch?«

»Forsch?« Sie lacht, die Hände an meinen Armen. »Du kennst Forschheit nicht. Das mag ich so an dir. Wir Frauen bekommen als Mädchen beigebracht, dass die Jungen, die uns wehtun, uns heimlich mögen. Dass wir die Bad Boys bloß mit unserer Liebe zähmen müssen, damit sie uns ergeben sind. Aber das ist falsch. Wenn dir jemand wehtut, wird er es immer wieder tun.«

Spricht sie von Sheol? Oder ihrem Ex?

»Du bist ein guter Mann«, fügt sie zärtlicher an. Ihre Finger drücken sich durch meinen Mantelstoff. »Das war sehr schön.«

Ich unterdrücke ein Lächeln und kämme mir das Haar aus der Stirn. »Und es kann nur besser werden mit ein wenig Übung.«

Sie packt meinen Arm fester, hakt sich unter. »Ah! Wie viele Frauen hast du schon geküsst, Pastore? Ich war bestimmt nicht die erste!«

Mysteriös hebe ich die Achseln und lache.

»Ach, sag schon!« Wir spazieren weiter, getragen von einem leichten Gefühl und der Wärme des jeweils anderen. »Pater diVatta, Sie Schelm!« Sie schmiegt sich an mich. Endlich wirkt sie gelöster. Ist das mein Verdienst?

Ich lasse den Kuss in meinen Gedanken Revue passieren. Er war durchaus angenehm. Ich mag Eva. Ich fühle mich sicher bei ihr. Ich weiß, dass sie mich niemals belügen würde. Sie ist ein guter Mensch.

Meine Lippen prickeln leicht von der Berührung. Ich bin noch Herr meines Verstandes und meiner Sinne. Das ist gut. Sehr gut. Der Kuss hat mich nicht komplett vereinnahmt.

Das mit Jez war ein göttlicher Test. *Wollust.* Eine der sieben Todsünden. Sie hat mich beinahe verrückt gemacht.

In gewisser Weise muss ich Azuriel dankbar sein, dass er mich mit seinem schändlichen Verhalten zurück auf den rechten Weg geführt hat.

Eva ist für mich bestimmt. Und ich für Eva.

Erstmals atme ich auf. Mein Sieg wirkt zum Greifen nah. Ich kann alle glücklich machen. Gott. Eva. Mich.

Nur Jez verbanne ich weit weg ins hinterste Stübchen meines Gedächtnisses.

62

Ich habe Jez gebeten, mir lediglich Toast und Butter sowie Kräutertee zu servieren. So viel zur Selbstkasteiung. Abgesehen davon habe ich ein weniger schlechtes Gewissen, wenn ich ihre Zeit kaum beanspruche.

»Ich hole Eva am Nachmittag aus dem Rathaus ab«, sage ich beim Frühstück.

»Tatsächlich«, kommentiert sie aus der Küche.

»Ich möchte, dass du mitkommst.«

Das bringt sie dazu, an der Türschwelle zu erscheinen. Sie poliert ein imposantes Küchenmesser. Nervös tippe ich mit den Fingern über die Tischfläche. Die Stelle, an der Azuriel Jez zur Liebe zwingen wollte, bleibt seitdem leer; ein Loch zwischen den übrig gebliebenen Stühlen.

Meine Hausdämonin sieht mich fragend an. »Wozu?«

Meine Nervosität steigt, ebenso der Trommeltakt meiner Finger. »Eva hat gefragt, ob zwischen dir und mir was läuft.« *Herzschlag*. »Ich möchte, dass du ihre Bedenken zerstreust.«

Flach sieht sie mich an. Die Klinge fährt durch das Küchentuch – hin und her, hin und her –, als schliffe sie das Messer für meine Gurgel. Ich habe nicht wirklich Angst, dass sie mir was zuleide tun würde. Sie ist mir zur Treue verpflichtet. Trotzdem beschäftigt mich unser angeknackstes Verhältnis.

»Wirst du das für mich tun?«, hake ich nach.

»Habe ich denn eine Wahl?«

»Du hast zu Azuriel immer gesagt, dass du öfter das Domizil verlassen möchtest …«

»Die Zeit damit zu verbringen, dich vor deiner Freundin gut dastehen zu lassen, ist kein Freizeitspaß.«

Autsch. Ich kratze mich an der Schläfe.

»Ich will eine Überstundenpauschale.«

»Wie bitte?«

»Ich möchte auch so fein zum Abendessen gehen, wie du es für sie planst.«

Ich runzle die Stirn. Abendessen? »Allein?«

»Natürlich nicht. Ich möchte, dass du mich genauso verwöhnst. Uns ein Taxi rufst, mir die Tür aufhältst, den Abend über nett zu mir bist …«

»Ich bin immer nett!«, empöre ich mich, breche jedoch ab. *Nun ja* – fast immer. Ich stelle mir vor, mit Jez das italienische Restaurant zu betreten. Sie in einem ihrer adretten Fummel, ein echtes Lächeln auf den Lippen. Wie ich ihr den Stuhl zurückziehe, wie ich es in einem der alten Filme gesehen habe. Die Freude auf ihren Wangen, einen Abend lang bedient zu werden und nicht zu bedienen.

Der Gedanke fühlt sich bequem an. Sie über Kerzenlicht hinweg zu betrachten, ihr Geschichten aus der Jugend zu entlocken, nach ihrer Hand zu greifen, sobald sie ins Stocken gerät …

Ich würge meine Gedanken ab. Meine Vorstellung verselbstständigt sich. Zügel!

»Du weißt, dass ich dich auch einfach zwingen kann«, brumme ich und reibe mir die Stirn.

Sie wendet mir die Schulter zu. »Dann lass die rhetorische Fragerei, die einzig dazu dient, dein Ego zu befriedigen.«

Ich zucke zusammen, doch bade zugleich im Nachhall ihres verbalen Peitschenhiebs. Ich habe ihn verdient. »Okay«, knicke ich ein. »Ein Abendessen in der Stadt, mit allen Vorzügen.« Einen Abend werde ich mich ja wohl zusammenzureißen wissen.

Sie setzt ein Grinsen auf. Aus irgendeinem Grund habe ich das Gefühl, über mir schnappt eine Mausefalle zu. »Na siehst du.« Erhobenen Hauptes zieht sie sich in die Küche zurück. »Ich will nicht immer die zweite Wahl sein. Die Frau der Nacht. Dämonin hin oder her – ich habe es verdient, zuvorkommend behandelt zu werden.«

In einem violetten Nadelstreifen-Zweiteiler begleitet mich Jez in die Stadt. Ich hole Eva von einer der Öffentlichkeit zugänglichen Rathaussitzung ab. Als Jezebel die Stufen zum Wendeplatz hinabsteigt, ertönt aus ihrer Handtasche ein metallisches Scheppern.

»Was ist das?«, frage ich.

»Schlüsselbund«, lautet ihre knappe Antwort. Sie schlüpft in ihre Cabriolet-Handschuhe.

»Ein Schlüsselbund?« Ich runzle die Stirn. »Nimmst du die Schlüssel für jedes Zimmer des Hauses mit? Oder gibt's irgendwo einen Kerker, den ich übersehen habe?«

»Das gesamte Haus ist ein Kerker«, erwidert sie trocken und fummelt nach dem elektronischen Türöffner.

Ich unterdrücke ein Seufzen. »Hast du dir das Schutzzeichen aufgemalt?« Die Sigille, die ich mir ins Bein geritzt habe, ist zu dünnen Narben verblasst, aber noch sichtbar. Ein Zeichen für die Magie, die nach wie vor in ihr steckt. Sie sollte mich weiterhin vor der Witterung des Dämons schützen. Doch Sheol könnte es nun auch auf seine Schwester abgesehen haben. Daher habe ich Jez angeordnet, sich ebenfalls mit dem Schutzsymbol auszurüsten und später ohne Umwege ins Domizil zurückzukehren.

»Jez?«, hake ich nach, nachdem sie schweigend über den Kies marschiert.

»Ja, habe ich.«

Ich kneife die Augen zusammen. »Sicher?«

Sie wirft mir einen scharfen Blick zu. Ihre freie Hand gleitet zu dem Knopf, der ihre Anzugjacke zusammenhält. »Möchtest du es überprüfen?«, fragt sie, die Stimme weich wie Samt.

Meine Gedanken drohen davonzuwandern. »Schon gut. Ich vertraue dir«, sage ich und gehe schneller. Die elendige Wahrheit ist, ich vertraue *mir* nicht.

Das Rathaus ist ein wenig ansprechendes Gebäude im Zentrum, dessen Eingang von überdimensionalen Amerikaflaggen sowie einer Fahne von Rhode Island und einer mit dem Wappen von Doverport flankiert wird. Auf den Stufen sitzen Raucher, andere Besucher stehen an einem Hotdogstand Schlange. Beamte tragen steife, farblose Kleidung, Besucher blättern mit krauser Stirn in Antragsformularen.

Im Eingangsbereich frage ich, wo ich auf das Ende der Stadtratssitzung warten kann. Der Rezeptionist verweist mich in den Wartebereich im zweiten Stock.

Eine unbequem aussehende Sofalandschaft erstreckt sich über zwei durch Stufen getrennte Ebenen. Yuccapalmen verkümmern im künstlichen Licht. Vor einem breiten Tor mit Doppeltür steht Security postiert. Auf meine Frage, ob hier die Stadtratssitzung stattfindet, nicken beide.

Ich lasse mich auf einer der Sitzgelegenheiten nieder. Die abgerundete Lehne sticht unangenehm ins Kreuz.

Jez zieht sich aus einem Automaten eine heiße Schokolade und lehnt sich mit dem dampfenden Pappbecher gegen die gläserne Brüstung, die einen Ausblick aufs Foyer zulässt. Außer uns warten lediglich zwei andere Personen hier – eine Frau und ihr Kind. Ich bemerke, dass ich beide kenne; die Mutter flüchtig, das Gesicht des Kindes hat sich in mein Gedächtnis gebrannt. Es sind Frau und Sohn von Stadtrat Keller.

Mickey blättert in einem Bilderbuch mit störrischen Seiten. Als er es beendet hat, klettert er über die Sofas und läuft anschließend durch das Labyrinth, das die Abstände bilden. Es erleichtert mich, ihn so unbeschwert zu sehen. Mein versehentlich gesprochener göttlicher Befehl dürfte keinen nachhaltigen Schaden hinterlassen haben. Ich presse die Hände zusammen und danke dem Herrn dafür.

Mickey tatscht die Glasbarriere ab. Nach einer Weile ruft ihn seine Mutter wieder zu sich. Er hüpft zu ihr. Bei ihr angekommen, reckt er die Händchen und berührt zärtlich ihre Wangen. Sie lacht und beugt sich herab, um ihn zu küssen.

Wie wird mein Kind sein? Das eigentlich SEIN Kind ist? Wird ER mich nach der Zeugung wieder zu sich in den Himmel holen, oder bin ich bestimmt, beim Messias zu bleiben, um ihn zu beschützen? Wird er ein Junge, ein Mädchen – oder geschlechtslos, wie ich es ursprünglich war?

Mittlerweile weiß ich nicht mehr, was ich mir wünschen soll.

Einmal Erde und zurück, dachte ich. Nun fühlen sich die Wochen wie Ewigkeiten an. All die neuen ersten Erlebnisse kumulieren zu einer anderen Zeitqualität.

Mein Handy piept und reißt mich aus den Gedanken.

Eva: Dauert noch ein bisschen, pardon. Gibt gerade eine hitzige Diskussion.

Ich: Kein Stress.

Eine halbe Stunde später öffnen sich die Türen zum Sitzungssaal. Stimmgemurmel tönt hervor. Farblos gekleidete Gestalten verlassen den Saal, klammern sich an Aktenmappen, marschieren zackig zum Aufzug oder unterhalten sich gedämpft mit ihren Kollegen. Eva sticht als knalliger Farbpunkt hervor. Mit weiten Schritten verlässt sie zwischen Stadträten und Journalisten den Saal. Sie trägt einen zyklamfarbenen Zweiteiler, der im fahlen Grau des Rathausgebäudes leuchtet wie der namensgebende Frühjahrsbote.

»Entschuldige«, sagt sie und küsst mich auf die Wange. »Mako Bay war das Thema.«

»Und? Gibt's was Neues?«

»Das auszuführen dauert länger.« Sie fährt sich durch die Locken. »Heben wir uns die lange Geschichte fürs Essen auf, ich habe einen Riesenhunger. Zusammengefasst: Umweltrat Keller kümmert sich um die Entsorgung der Rückstände am Strand. Die Stadt gibt neue Wasserproben in Auftrag.«

»Sie glauben dir nicht?«

»So haben sie das nicht gesagt, schließlich würden sie damit die Kredibilität der Universität von Rhode Island hinterfragen. Sie wollen sichergehen, behaupten sie.«

Ich schlucke. Tatsächlich weiß ich nicht, inwiefern man den Ergebnissen trauen kann, die von Sheol stammen.

»Aber lass uns aufbrechen, ich habe einen Mordshunger. Ich kenne ein ausgezeichnetes Thai-Restaurant in der Nähe. Die Sommerrollen sind zum Anbeten.« Ihr Blick schweift über meine Schulter und bleibt dort hängen. Ich folge ihr.

Jez. Die hatte ich fast vergessen.

Eva spannt sich an. »Ms. Sihr!« Unterschiedliche Gefühle ringen in ihrer Mimik.

Jez stellt den Pappbecher ab und kommt näher. »Ms. Persaud – schön, Sie wiederzusehen.« Sie streckt die Hand zum Gruß. Ich finde es ein wenig verstörend, wie gut Jez schauspielern kann. Locker schüttelt sie Eva die Hand und hält dabei sittsam Abstand zu mir.

»Ms. Sihr war so freundlich, mich auf ihrem Weg in die Stadt mitzunehmen«, füge ich an.

Wie auf Kommando schiebt Jez den Ärmel zurück, um einen Blick auf die Armbanduhr zu werfen. »Gut, dass Sie mich erinnern, Signore – ich muss los, sonst lasse ich mein Date warten. Die wenigsten Männer zeigen bereitwillig Geduld.«

»Ein Rendezvous?« Eva zwingt sich zu einem Lächeln. »Wie schön. Erstes Treffen?«

»Ein alter Bekannter, könnte man sagen.«

Eva presst die Lippen zusammen, doch Jez schwenkt bereits zum Gehen herum. »A domani[3], Signore diVatta. Vergessen Sie die Telefonkonferenz mit Pedro Bianchi morgen früh nicht. Ich werde erst um neun Uhr kommen.«

»Danke für die Erinnerung. Ich wünsche Ihnen einen reizenden Nachmittag, Signora.«

»Mit Sicherheit.« Schwungvollen Schrittes geht Jez zum Aufzug, schwingt die Handtasche, in der der Schlüsselbund lärmt, als wäre sie eine Kerkermeisterin.

Eva sieht ihr verbittert hinterher. War es ein Fehler, Jez mitzunehmen? Es war nicht mein Ziel, ihr unnötig Schmerz zuzufügen – ich wollte ihr lediglich zeigen, dass Jez und ich kein Interesse am jeweils anderen haben.

»Ms. Persaud!« Die Nennung ihres Namens reißt Eva aus ihrer Betrachtung. Hershel Libowitz eilt auf kurzen Beinen herbei. »Auf ein Wort – ich würde Sie gern noch auf einen Sprung in mein Büro bitten, gemeinsam mit Umweltrat Keller. Haben Sie einen Moment für uns?« Sein Blick fliegt zu mir. »Ah, Mr. diVatta. Schön, Sie wiederzusehen.« Libowitz hat ein gutes Personengedächtnis. Wir schütteln einander die Hände. »Schade, dass Sie uns bei der kommenden Wahl nicht mit Ihrer Stimme unterstützen können. Reverend Carter sagte mir, Ihr Onkel war ein begeisterter Förderer unserer Partei, der unsere Werte zu schätzen wusste.«

Ich bemühe mich, nicht das Gesicht zu verziehen. Azuriel und seine Geschichten. »Möglich; darüber haben wir eher selten gesprochen.«

3 Italienisch: Bis morgen!

Eva reibt die Lippen übereinander. Libowitz ist Republikaner, und es ist glasklar, dass sie die Gegenpartei wählt. »Ich fürchte, wir müssen das verschieben, Mr. Libowitz«, beantwortet sie seine Frage. »Ich bin bereits mit Mr. diVatta verabredet.« Ich merke, wie ihre Wangenknochen ein Stück hervortreten. Es würde sie durchaus reizen, zu erfahren, was der Bürgermeister zu sagen hat.

»Geh ruhig«, sage ich. »Ich warte hier.«

»Bist du sicher?«

Ich lächle. »Ich werde mir einen Tee vom Automaten holen und Zeitung lesen, bis du fertig bist.«

Sie drückt ein Lächeln hervor und hebt sich auf die Zehenspitzen, um mir ins Ohr zu flüstern: »Das machst du aber jetzt nicht wegen dem, was deine Ms. Sihr gesagt hat? Über die fehlende Geduld von Männern?«

Ich muss schmunzeln. »Ein bisschen vielleicht.«

»Du bist ein Schatz«, stellt sie fest und drückt meine Hand. Hershel Libowitz entgeht die Geste nicht. Politik, das hat mir Azuriel zu verstehen gegeben, besteht hauptsächlich aus Beziehungen und daraus, über Beziehungen anderer informiert zu sein. Seite an Seite wandern die beiden Richtung Aufzug ab.

Die Ebene leert sich, bis die Security den Saal absperrt und selbst das Stockwerk verlässt. Ich bleibe einsam zurück, einen Pappbecher mit dampfendem Pfefferminztee vor mir. Meine Gedanken gleiten zu Azuriel und unserem letzten Zusammentreffen. Was würde ich geben, um zu wissen, was er treibt!

Ich versuche mich abzulenken, indem ich mir eine abgelegte Börsenzeitschrift von einem der Tische nehme und darin blättere. Bis auf die entfernten Hintergrundgeräusche aus dem Foyer bleibt es still.

Ein eigenartiger Geruch steigt mir in die Nase. Zunächst denke ich, dass er aus dem Foyer stammt, doch er wird stärker und juckt unangenehm. Mit einem Stirnrunzeln hebe ich den Blick. Der Versuch, den Duft zuzuordnen, versagt. Erst als sich Speichel in meinem Mundraum sammelt und ich schlucken muss, gibt mir der Geschmack einen Hinweis – metallisch, ätzend, gefolgt von einer Spur Schwefel.

Automatisch spanne ich mich an. Mein Blick fliegt hin und her. Meine Lider flattern.

Sheol.

Mit einer fließenden Bewegung erhebe ich mich. Da vernehme ich ein Geräusch. Ein Knistern, wie im Feuer knackende Holzscheite. Angespannt blinzle ich, atme flach und lausche. Da ertönt ein Tappen. Es folgt ein Wimmern. Unter den strengen Geruch mischt sich der Duft von verbranntem Fleisch.

Meine Finger versteifen. Schwerfällig hebe ich den Blick zu den Stufen, die auf die erhöhte Ebene führen. Ein Leuchten kriecht über die Umgebung. *Tapp-tapp. Tapp-tapp.* Ich beiße die Zähne zusammen. Das Schutzzeichen an meinem Bein, das zu blassen Linien verheilt ist, prickelt unangenehm und legt dämonische Präsenz nahe.

Diesmal lege ich mir die Worte im Voraus zurecht. Kühl, kalkuliert, konzentriert.

Halt!

Knie nieder!

Richte die Waffe gegen dich selbst!

Ich darf nicht töten. Weder im Spiel noch mit Gottes Wort, das haben mir Jez und Azuriel klargemacht. Das bedeutet aber nicht, dass ich Sheol nicht verletzen darf.

Schäle dir die Haut vom Gesicht, Satan!

Erneut ertönt ein Winseln, das mir Schauer über die angespannten Arme jagt. Ich rege die Finger wie Waffen. Das Licht schiebt sich über die oberste Stufe der erhöhten Ebene. Der Gestank nimmt eine derartige Intensität an, die mir im Hals kratzt und mir ein Husten entringt.

Hastig hebe ich den Arm vor die Nase. Ich darf nicht zulassen, dass meine größte Waffe versagt – meine Stimme.

Das Licht malt bewegte Muster auf Teppichboden und Wände. Ein verzerrter Schatten erscheint auf den Doppeltüren. Dann rückt ein Schopf in mein Sichtfeld. Auf die Stufen zu, einen Ball aus gleißendem Feuer umklammernd, tappt Mickey in meine Richtung.

63

Ich reiße die Augen auf.
Gelbgoldene Lohen lecken an Mickeys Armen. Es zischt und brutzelt. Die Haut an seinem Handrücken schält sich rosarot und wirft Blasen. Brandmale sprenkeln seine Unterarme, sein Pullover ist versengt. Der Geruch nach verbrannter Wolle und Fleisch dringt durch das Gewebe meines Mantels und lässt mich husten.

Über Mickeys Gesicht rinnen Tränen.

Tapp. Ein wackeliger Schritt trägt ihn die erste Stufe herab. *Tapp*. Und noch eine.

Er bemerkt mich gar nicht, fixiert mit Panik den gleißenden Ball in seinen Händen.

»Mickey!« Ich reiße mich aus meiner Erstarrung und haste auf ihn zu. Mit jedem herannahenden Schritt steigt die Hitze an. Am Stufensaum treffen wir aufeinander. Ich will ihm die Feuerlohe aus den Händen schlagen. »Gib mir das!«

»Nein! Fass es nicht an!«

Der Ausruf lässt mich den Kopf herumreißen. Die Hitze brennt auf meiner Wange, die bewegte Luft darum verzerrt Mickeys verheultes Gesicht.

Die Aufzugtüren stehen offen. Aus dem gold beleuchteten Inneren tritt Sheol – allerdings nicht aus freiem Willen. Jezebel würgt ihn mit einer Kette. *Azuriels Fessel aus* Kaltem Eisen, erkenne ich. *Von wegen Schlüsselbund!*

Sheols Gurgel verfärbt sich durch den Kontakt mit dem Artefakt dunkel. Er versucht sich gegen Jezebel zu stemmen, doch die kickt ihm in die Kniekehlen und zwingt ihn weiter.

»Das ist Fegefeuer aus der Hölle!«, ruft sie mir zu. »Fass es nicht an!«

Zu spät. Abrupt packe ich zu.

Augenblicklich schmilzt die Haut von meinen Fingern. Die Feuerkugel wallt zu einer Stichflamme auf, deren Hitze mir Augenbrauen und Haar versengt. Meine Mantelärmel schmelzen.

»Lass los!«, schreit Jez. »Diese Wunden heilen nicht!«

Selbst wenn ich weiter festhalten wollte – ich vermag es nicht. Ich taumle zurück. Mein Arm brennt. Meine Hand spüre ich nicht mehr. Binnen Augenblicken ist das Fleisch verkohlt. Übelkeit lässt mich schwanken. Das Höllenfeuer ist ein Gift, das sich keine Zeit nimmt, mir die Sinne zu trüben. Alles dreht sich.

»Lass es los!«, herrsche ich Mickey an, während ich verzweifelt nach Halt suche. Es knallt mich auf ein Knie.

»Nein!«, protestiert Jez. »Sheol muss das Fegefeuer zurücknehmen! Nur er kann es zurückbringen! Wenn das Gefäß auf den Boden fällt, kommt es zu einer Explosion! Die Magie zerlegt das ganze Stockwerk – und uns dazu!«

Der höllische Schmerz treibt mir die Magenflüssigkeit hoch. Ich huste, Speichelfäden ziehen sich zu Boden. Mickeys Wimmern treibt meinen Blick hoch. Ich schaffe es kaum, ihn zu fixieren, alles verwischt. Meine Hand und seine verbrannt.

Sheol stößt ein Lachen aus. Ich sehe ihn nicht, doch höre, wie Jez das Geräusch mit der klirrenden Kette abwürgt.

»Nimm es!«, zischt sie.

»Nur über meine Leiche.«

Ich stemme mich in die Höhe. Die schwarze Patina auf meiner Hand bricht wie trocknender Schlamm im heißen Sommer und entblößt das feuchte Innere. Ich spüre es nicht. Schwenke herum. Bekomme wie auf einen schwankenden Boot zu sehen, wie Jez mit überkreuzten Ketten ihren Bruder würgt. Die Haut schält sich an seinem Hals, wo das *Kalte Eisen* in sein Fleisch schneidet. Ich sammle mich für einen göttlichen Befehl, doch anstatt einer Silbe spucke ich nur meinen Mageninhalt zu Boden.

Hustend stütze ich mich auf den Oberschenkeln ab und bekomme Sheols lachende Fratze zu Gesicht.

»Sieh ihn dir an, Lazael – zuerst will er sich für dich in die Tiefe stürzen. Nun brennt er für dich lichterloh. Das ist es doch, was Gott will. Absolute Hörigkeit. Märtyrertum. Reinheit. Das Kind ist ein junger Jean D'Arc.« Seine Zunge kriecht aus seinem Mundraum, spitz und überlang. Seine Augen brennen.

Ich sehe zu Mickey. Der knallt auf die Knie, ein Geräusch wie ein splitternder Ast. Seine Hände verfärben sich wie Kohlebriketts.

Zu langsam, schießt es mir durch den Kopf. *Zu schwach.*

Ich kämpfe gegen den nächsten Brechreiz an, presse die Lider zusammen und sammle mich. Meine Wimpern flattern. Die Energie wallt in meiner wunden Kehle wie Flammen, die sich in der Gurgel eines Drachen bilden.

»Bring das Fegefeuer zurück in die Hölle, Erra Sheol!«

64

Es sieht so aus, als würde eine unsichtbare Macht Sheol aus Jez' Armen reißen. Mit einem ungelenken Ausfallschritt taumelt der Dämon nach vorn.

Jezebel entgleitet ein Kettenende, sie stolpert hinterher.

Im ersten Augenblick sieht es so aus, als würde sich Sheol dem göttlichen Befehl unterwerfen. Gerade als sich in mir innerer Triumph einstellen will, beißt mein Gegenspieler die Zähne zusammen und stemmt sich gegen den nächsten Schritt. Er rangelt mit der unsichtbaren Macht, die von ihm Besitz ergriffen hat. Die Sehnen an seinem Hals treten hervor, die Adern an seiner Stirn. Schwer ächzt er.

Ich hole erneut Luft, kratze die himmlische Kraft aus den Tiefen meiner Kehle und lege meinen gesamtes Luftvolumen hinein. Meine Schulter brennt, als würde sie in Flammen stehen.

»Nimm es!«, krächze ich. Meine Stimme droht zu versagen, die beiden Silben hervorzupressen gleicht reinster Qual, die meinen Schädel sprengt.

Ein grausames Knacken ertönt. Mein Blick zuckt zu Sheol. Sein Bein verdreht sich. Mit aufgerissenen Augen stiert er an sich herab, die Arme von sich gereckt wie eine Marionette. Er stößt ein kehliges Greinen aus, dann bricht etwas in ihm – sein Fußgelenk, seine Wade –, und die Macht schiebt ihn gewaltsam ein weiteres Stück vor.

Er schreit aus vollem Hals. Vor Pein. Vor Wut. Vor Hass.

Ein Lächeln zuckt auf meinen Lippen, doch ich lasse ihm keine Zeit, sich festzuheften.

»Mach schon!«

Es fühlt sich an, als würden meine Stimmbänder reißen wie die Saiten einer Violine. Ich ächze – lautlos.

Krach!

Sheols zweites Bein splittert, als er sich gegen den göttlichen Befehl stemmt. Der Dämon fällt vornüber und klatscht vor mir auf den Boden. Diesmal sind es seine Arme, die ihn verraten. Mit einer Hand krallt er sich am Teppich fest und zieht sich voran. Fassungslosigkeit breitet sich in seinem Gesicht aus, als er merkt, wie ihn seine Gliedmaßen schändlich im Stich lassen.

Wie ein Wurm schlängelt er über den Grund. Der Anblick erfüllt mich mit hässlicher Genugtuung. *Auf deinem Bauche sollst du kriechen, und Erde fressen dein Leben lang.* Ich würde es ihm gern ins Gesicht sagen, doch ich kann nicht mehr sprechen.

Erschauernd hebt Sheol den Blick. Seine Augen glühen wie Kohlestücke. Hasserfüllt sieht er mich an. Ich bin nicht länger sein Gegenspieler. Ich bin sein Feind, Ursache seiner schlaflosen Nächte.

Mitleidslos lächle ich.

Meine Genugtuung kostet mich den Sieg.

Neben mir schreit Mickey auf. Erstmals reißt er den Blick von der Lohe. Er heult wie ein sterbendes Wolfjunges.

Die verkohlten Hände brechen von seinen Handgelenken. Der Anblick ätzt sich in mein Gedächtnis, legt sich wie Fensterglas vor meine Augen, sodass ich ihn nie werde vergessen können. Mitsamt Höllengefäß stürzt er zu Boden.

Zu langsam. Zu schwach.

»Nein!«, schreit Jez.

Mit einem *Plunk!* kommt der brennende Ball auf, ein Geräusch wie eine Glaskugel.

Sheol verzerrt die Grimasse zu einem unverfälschten Grinsen. Gleichzeitig zwingt ihn der göttliche Befehl, nach dem Lichtball zu grapschen. Sein zerbrochener Leib windet sich auf dem Grund, er schnappt daneben.

Die Kugel gleitet an ihm vorüber, frisst eine Spur in den Teppich, aus dessen Fasern erste Flammen lecken. Doch das Höllengefäß wird langsamer.

In meiner Brust keimt ein Hoffnungsfunke. Ich steige über den zappelnden Dämon hinweg und eile dem Gefäß hinterher, da prallt Jez als verwischter Schatten gegen mich. Ich stemme mich gegen sie, doch habe nicht mit der Kraft gerechnet, die sie mobilisiert. Wie ein Rammbock drängt sie mich zur Brüstung.

Alles verwischt, nur der Anblick der Feuerkugel bleibt scharf. Diese kommt mitten im Raum zu ruhen. *Jez!*, will ich schreien, *Sieh nur! Deine Angst war umsonst!*, da holt sie aus und stößt mich. Ein Schubs. So dünne Arme. So viel Kraft. Eine Höllenkriegerin im Mädchengewand.

Glas splittert, als ich rückwärts durch das Geländer stürze.

Im Fall sehe ich noch Jezebels Gesicht mit weit aufgerissenen, leuchtenden Augen, ihr Haar, das sie wild umweht. Ihre Lippen formen Worte, die ich nicht verstehe. Ich höre das Rieseln von Splittern und aufgeregte Rufe.

Dann fährt eine weißgoldene Feuerlohe lautlos aus dem zweiten Stockwerk und verschluckt Jez ganz und gar.

Aufschlag.

Weiß.

65

Willkommen zurück, mein Junge.«

Ich lausche. Als nichts folgt außer meiner eigenen, schwerfälligen Atemzüge, beschließe ich, die Stimme für einen bösen Zauber zu halten. Um wen sollte es sich auch handeln? Meinen Vater? Knisternd und rau und tief, der Ton von zu Hause? Hat Er mich in seiner Vergebung zu sich geholt?

»Ich glaube, er ist noch nicht so weit«, spricht jemand anderes.

Ich spüre eine warme Hand an meiner Stirn, trocken, rissig wie alter Papyrus. Nein, das kann nicht mein Vater sein. Seine Berührung ist Licht; und ich habe sie mir nicht verdient – ich bin seiner Liebe unwürdig.

Ich habe versagt. Ich war im Spiel unterlegen. Ein Kind ist durch mein Versagen gestorben. Und Jez. Und wer weiß, wer sonst noch. Verlodert im Fegefeuer, das nur die Toten betreten dürfen.

Als Engel hätte ich nie damit in Kontakt treten dürfen. Luzifers Diener werden dafür sorgen, dass ich meine Sünden im Purgatorium bis in alle Ewigkeit verbüße. Das Vorgaukeln von Familie ist nur der erste Schritt der Geißelung. Schmerz, so habe ich gelernt, vermag nicht nur der Leib empfinden. Geistige Qualen sind weitaus schlimmer.

Oder hat man mich in den Tartarus gekettet? Muss ich hier auf das göttliche Gericht warten? An der Seite jener Dämonen und Engel, die wie ich versagt haben? Wen werde ich neben mir finden, wenn ich die Augen aufschlage? Sheol? Jez? Azuriel?

Mein Versagen schmeckt bitter. Nein, es ist mein Speichel. Ich verschlucke mich, muss husten. Erneut die Hände, die mich mit festem Druck zur Seite rollen. Jemand klopft mir auf den Rücken. »Gut, gut.«

Glatt und kühl schmiegt sich etwas an meine Wange. Ich finde Zugang zu meiner Hand, fahre zitternd über meine Liegestatt. Holz, rissig und zugleich von Abertausenden Berührungen glatt poliert. Etwas ächzt wie eine alte Tür.

»Er blinzelt«, flüstert jemand.

»Lazael?« Durch meine Wimpern kriecht Licht, aus dem sich verschwommen eine Gestalt löst. Schwerfällig sauge ich den Atem ein. Es riecht nach von Sonne beschienenem Stein und einer Spur Ozon. Eines meiner Geschwister?

»Wer …?«, wispere ich, da reißt meine Stimme ab. »Wo …?«

Die Gestalt nähert sich, ich spüre, wie sie nach meiner Hand greift – diese Finger fühlen sich anders an. Längere Glieder. Straffere Haut. Sie drücken die meinen. »Wir sind's, Lazael. Der Maler …«

»… und der Bildhauer.«

Ich stoße ein erleichtertes Seufzen aus und drücke seine Hand so fest, dass es wehtun muss. »Ich lebe?«

»Du lebst.«

Es dauert, bis sich meine Augen an die Helligkeit gewöhnen und sich meine Sicht halbwegs klärt. Ich liege auf dem alten Wagen der beiden Künstler in der Küche ihres Flügels. Es riecht nach Jezebels Zitronenputzmittel und nach Suppe.

Und nach einem sonnengewärmten Plätzchen in den Bergen, ganz weit weg von den Menschen, ganz nah am Himmel. Mir ist nie zuvor aufgefallen, dass die beiden Künstler so riechen.

Der Maler hält meine linke Hand umklammert und lächelt mir zu. Ich höre den Bildhauer rückwärtig kramen.

Eine Zeit lang ist es anstrengend genug, einfach nur zu atmen und bei Bewusstsein zu bleiben.

Nach einer Weile bringe ich ein Ächzen hervor. Meine Kehle fühlt sich wund an, und meine Stimmbänder sperren sich gegen den Befehl, ihnen Töne zu entlocken. »Was … passiert?«, mühe ich hervor.

Der Maler tätschelt liebevoll meine Hand. »Offiziell gab es ein Bombenattentat auf das Rathaus von Doverport. Es steht dieselbe kriminelle Organisation in Verdacht, die das Attentat auf Reverend Austin Carter begangen hat.« Er blinzelt. »Azuriel war es, der Kontakt zu uns aufnahm. Seine Leute hatten ihn informiert, als du ins *Saint Catherine* eingeliefert worden bist; doch die Ärzte waren mit deinen Verletzungen heillos überfordert.«

Ich vernehme humpelnde Schritte, mit denen der Bildhauer den Wagen umrundet. Er zieht sich einen Schemel herbei und setzt sich neben seinen Partner. »Wir haben Azuriel gebeten, dich ins Domizil zu überstellen.«

»A-Azuriel …«, presse ich hervor. »Hier?«

Der Bildhauer nickt, fährt sich durchs schüttere Haar. »Er kann das Grundstück nicht betreten, solange du den Befehl nicht zurücknimmst.«

Zitternd fahre ich mir mit der Zungenspitze über die Lippen. Sie sind rau und aufgesprungen. »Wie lange?«

»Zwei Wochen. Du warst zwei Wochen außer Gefecht, mein Guter.«

Matt schließe ich die Augen. Ich gönne mir ein paar angestrengte Atemzüge. Dann versuche ich mich zu bewegen. Als ich den rechten Arm hebe, schießt ein heißer Schmerz in die Schuler hoch. Automatisch ziehe ich die Hand an die Brust. Sie ist dick bandagiert. »W-was …?«

»Lazael.« Der Maler rückt ein Stück näher heran, sodass uns nur noch wenige Inch trennen. »Dein Kontakt mit Höllenfeuer hat Wunden verursacht, die du nicht heilen kannst.«

Ich starre die zitternde Hand an, die in die Bandage eingehüllt ist. Sie fühlt sich eigenartig an. Der gleißende Schmerz verliert sich knapp unterhalb meines Ellenbogens. Danach fühlt sich meine Hand wie ein Fremdkörper an.

Ich versuche die Finger zu regen, doch die Bewegung erscheint zeitversetzt und ist zäh auszuführen.

Der Maler fährt sich mit den unteren Schneidezähnen über die Oberlippe. Vorsichtig tastet er nach meinem Arm und zieht ihn zu sich. Er macht sich daran, die Stoffstreifen zu lösen. »Der Bildhauer hat versucht, die Wunde zu schließen«, sagt er leise.

Der Ältere nickt dumpf. Nervös kratzt er mit dem Daumennagel an seiner Nagelhaut. An den Ritzen seines Nagelbetts klebt vertrocknetes Blut – *mein* Blut. »Es tut mir leid, Lazael.«

Ich beginne zu schlottern. »Was hat das zu bedeuten?« *Heißes Eisen*, im Feuer der Hölle geschmiedet, schlägt Wunden, die Engel nicht heilen. Verblute ich soeben, nur unendlich langsamer als ein gewöhnlicher Mensch?

Der Maler wickelt die Mullbinde von meinem Arm. »Wir hatten nur eine Möglichkeit, dich zu retten, Laz«, spricht er zart. »Wir hatten keine andere Wahl.«

Mein Atem rauscht unangenehm durch meine brennende Kehle, als ich beobachte, wie der Verband ein erstes Stück Haut freigibt. Sie ist dunkelviolett angeschwollen und schimmert wächsern. Sind das die Narben?

Nach und nach löst der Maler die Schichten ab. Erst als er anfängt, die Hand freizulegen, beginne ich zu begreifen. Ich rege die Finger. Meine Haut erinnert an die Hülle einer gescheckten Natter, deren einzelne Schuppen nur bei Bewegung sichtbar werden. Ich habe diese Art Haut bereits einmal zu Gesicht bekommen. An einer anderen Hand, an einer anderen Person, an einer – Dämonin.

Jez.

Ich stoße einen Schrei aus – recke den Arm von mir, als könnte ich ihn somit loswerden. »Nein …!« Meine Stimme reißt.

»Es tut uns leid, Lazael«, sagt der Bildhauer. Sein Blick schimmert. »Wir mussten eine Entscheidung treffen. Dich sterben lassen oder retten? Wir haben uns für Letzteres entschlossen, auch wenn wir nicht sicher waren, ob es sich mit deiner Wahl gedeckt hätte.«

66

Ich rutsche ein Stück auf dem Wagen zurück. *Ihr habt Jezebel die Haut abgeschält und mir aufgepflanzt!*, will ich jaulen, doch meine Stimme versagt mir den Dienst. *Macht es ab! Macht es weg!* Ich zapple auf dem Wagen, kippe über den Rand. Beide schrecken hoch und packen mich.

»Ich sagte dir doch, es ist zu früh, ihn damit zu konfrontieren!«, klagt der Maler.

»Als gäbe es dafür einen richtigen Zeitpunkt!«, schnauzt sein Partner.

Sie versuchen mich mit ihrem Gewicht auf der Platte festzunageln. »Lazael«, spricht der Bildhauer auf mich ein. »Lazael. Lazael!«

Ich höre nicht auf, mich zu winden. Meine letzten Worte an Sheol kommen mir in den Sinn; als Gott im Paradies die Schlange für ihren Verrat verfluchte: *Weil du andere zur Sünde verführt hast, verfluche ich dich unter allen Wesen: Auf deinem Bauche sollst du kriechen und Erde fressen dein Leben lang!*

Tränen steigen mir in die Augen. Meine Lider quetschen sie hervor. Meine verräterische Hand erscheint verwischt. *Jez! Jez …! Was haben sie mit dir getan?* »… Jez! Jez!«

Schwer lehnt sich der Bildhauer auf meine Schultern, meine schwachen Beine fahren haltlos über den Grund. »Laz! Hör mir zu! Sieh mir in die Augen! Laz!« Hell blinzelt mich der Bildhauer von oben an. »Sie lebt! Jezebel lebt, hörst du?«

Ich höre auf, mich zu wehren. Ich lasse die Arme fallen, meinen linken strecke ich so weit fort wie möglich. Der Maler streichelt meinen mutierten Arm, doch ich spüre die Berührung kaum. »Das Fegefeuer hat auf Dämonen nicht die gleiche Auswirkung wie auf

Engel, Lazael. Es hat lediglich Jezebels menschliche Hülle verbrannt. Um die Heilung ihrer Knochenbrüche zu beschleunigen sowie der Haut, die wir für dich entnommen haben, musste ich allerdings einige ihrer … wie soll ich es nennen …« Er fährt sich mit der Zunge über die obere Zahnreihe. »… dämonischen Vorzüge zurückbringen.«

Fragend sehe ich ihn an.

»Wie in deinen Flügeln, liegt auch in den körperlichen Merkmalen eines Dämons Macht«, fügt der Bildhauer an.

Mein Blick zittert hin und her. *Jez*, formt mein Mund nur lautlos.

»Komm, komm«, flüstert der Maler. Er greift mir unter die Arme, während mir der Bildhauer hilft, die zitternden Beine vom Wagenrand zu schieben. Mit »Auf eins, zwei, drei – hopp!« stemme ich mich in die Höhe. Meine Knie knicken augenblicklich unter mir ein. Der Bildhauer schnauft, als ich mich auf seinen Schultern abstützen muss, um die drei Schritte zu einem Rollstuhl zu überbrücken.

Schwerfällig lehne ich mich darin zurück, will meine Arme auf den Armlehnen ablegen, doch zucke zusammen, als die Schuppenhand in mein Sichtfeld gelangt. Sie rutscht vom Kunststoffbezug und hängt dort wie ein Fremdkörper. *Kann man sie abmachen?*, frage ich mich.

Mit der linken massiere ich mir die Gurgel, die sich merkwürdig verdickt anfühlt. Möglicherweise hat der wiederholte Gebrauch der himmlischen Stimme tatsächlich Schaden verursacht und Narbengewebe hinterlassen.

Wie ein Häufchen Elend sitze ich in dem Rollstuhl. Bevor sie mich zu Jezebel bringen, muss ich dem Maler versprechen, etwas Suppe zu essen. Mit einer Schale setzt er sich zu mir. Es gelingt mir nicht einmal, den Löffel ruhig zu halten, weswegen er mich füttert.

Tränen laufen mir über die Wangen. Der Maler legt den Löffel vorsichtig in der Schale ab. »Schschsch …«, flüstert er mir zu und streichelt meine Schulter. Es fühlt sich gut an. Ich will nicht, dass ich mich besser fühle. Ich habe es nicht verdient, gut behandelt zu werden.

Wie viele Menschen sind gestorben? Leben Mickeys Eltern? Wie soll ich mir mein Zögern je verzeihen? Ich hätte noch einmal versuchen müssen, ihm die Kugel zu entwinden! Schneller sein müssen!

Stärker! Stattdessen bleibe ich der ewige Zauderer, der Schwächling, der Naive.

Sheols verzerrtes Gesicht erscheint vor meinem geistigen Auge. Es ist nicht länger das eines Menschen, sondern eine Schlange, aus deren Maul eine gespaltene Zunge züngelt. *Gott liebt seine Märtyrer,* formt sein lippenloser Mund. *Ein junger Jean d'Arc.*

Was ist mit Eva? Mit dem Bürgermeister? Mit all den Menschen, die ich zuvor habe aus dem Saal gehen sehen?

Als der Maler das nächste Mal den Löffel an meinen Mund heranführt, presse ich die Lippen zusammen und schüttle den Kopf. Ich sehe ihm an, dass er widersprechen möchte, doch er unterlässt es. Stattdessen geht er zur Küchenzeile und stellt die Schüssel ab.

Der Bildhauer tritt von hinten an mich heran und packt den Rollstuhl an den Griffen. Mit einem Quietschen lösen sich die Reifen vom glatten Boden.

Ich weine lautlos. *Azuriel,* schluchze ich in meinem Inneren, *wärst du nur hier. Hätte ich dich doch nur nicht für dein Versagen bestraft.*

Das Domizil liegt in unnatürlicher Ruhe da. Keine Schrittgeräusche, kein Vogelgezwitscher dringt durch gekippte Fenster. Auch der Geruch hat sich gewandelt. Hat es lediglich die zwei Wochen Absenz meines Bruders benötigt, um seinen Charakter zu verändern?

Die Tafel im Speisesaal ist leer. Das Küchenradio bleibt stumm. Nicht einmal der Geschirrspüler flüstert.

»Jez?«, ruft der Bildhauer aus. Seine Stimme hallt durch den Flügel.

Keine Antwort.

Sie schieben mich weiter, hin Richtung Wohnzimmer. »Jez?«

»Hier!« Die Stimme klingt eine Spur tiefer, rauer. Unverkennbar gehört sie zu Jezebel. Mein Herz hüpft.

Unwohl rege ich die Schuppenhand.

»Jesss…« Der Versuch, ihren Namen auszusprechen, vergeht in einem Keuchen.

Der Maler lächelt aufmunternd. »Wir haben eine Überraschung für dich, Liebes!«

Ihre beiden Schritte hallen von den hohen Wänden wider. Wir erreichen den Wohnzimmerzugang. Mein trüber Blick fliegt über das Mobiliar, doch bei den Sofas kann ich Jez nicht entdecken.

Etwas knarrt. Ich hebe den Kopf, sehe hinauf zur Empore. Jemand schüttelt dort ein feuchtes Wäschestück aus. Jemand – oder *etwas*.

Mein Herz setzt einen Schlag aus.

»Schau, wer aufgewacht ist!«, ruft der Maler glücklich.

Die Gestalt hinter der Brüstung dreht sich um. Mit krallenbewehrten Händen streckt sie einen abgewetzten Wollpullover von sich. Schlangenmuster überziehen ihre gescheckte Haut. Sie schlingen sich an ihren Armen entlang und verschwinden in den Ärmeln ihres T-Shirts, ranken sich aus dem Kragen ihre Kehle hinauf bis übers Kinn und verschmelzen dort mit ihren dunklen Lippen. Muster sprenkeln ihre Wangen, Stirn und den haarlosen Schädel. Aus der Stirn platzen faustgroße Hörner wie bei einem Kalb.

Unsere Blicke treffen einander.

Jezebels wimpernlose Augen weiten sich.

Abrupt wirft sie das Kleidungsstück von sich, das von der Empore segelt, und poltert rückwärts gegen den Wäscheständer, der daraufhin zusammenklappt. Ein eigenartiges Klopfen erklingt, als sie hinter den Holzpfosten in Deckung geht. »Ich will nicht, dass er mich so sieht!«

Meine Stimmbänder versagen mir den Dienst.

»Bringt ihn weg!« Ihre Krallenhand taucht über dem Handlauf auf und scheucht uns davon.

Ich beobachte Jezebels Schatten mit einer Mischung aus Überraschung und Überforderung.

Sie zieht sich zurück wie ein verwundetes Tier. Ein Schwanz peitscht hinter ihr her. Jeder Schritt in der geduckten Haltung verursacht ein dumpfes Geräusch. Etwas stimmt nicht mit ihren Beinen.

»Er wollte dich sehen«, sagt der Bildhauer versöhnlich. »Sichergehen, dass es dir gut geht, Jezebel.«

»Das hat er jetzt!«

»Komm runter«, fügt der Maler an. »Das hat doch keinen Sinn. Es wird dauern, bis wir dir die menschliche Gestalt zurückgeben können.«

Eine Weile regt sie sich nicht. Der Rollstuhl quietscht, als mich der Maler an die Holztreppe heranschiebt. Zitternd strecke ich die Hand nach dem Geländer aus.

»Iezebel«, spricht der Bildhauer, der Name klingt aus seinem Mund eigenartig fremd. Auf altem Akkadisch fügt er an: »Du hast ihm das Leben gerettet. Ich bin mir sicher, er wird sich revanchieren, indem er deinen Anblick erträgt.«

Ich schlucke verhalten; bin mir nicht sicher, ob der Bildhauer weiß, dass ich die Sprache aus dem alten Babel verstehe – ob diese Worte für meine Ohren bestimmt sind.

Einige Sekunden verstreichen, bevor sich Jezebels Schatten bewegt. *Klonk-klonk-klonk,* kriecht sie an der Brüstung entlang. Ihre Finger schlingt sie um den Absatz, Nägel wie verdorrte Dornen. Dann rückt ihr Gesicht ein Stück hervor.

Ich sauge ihren Anblick gierig ein. Es ist das erste Mal, dass ich eine Dämonin in ihrer natürlichen Gestalt sehe. Jezebels Augen leuchten gelbgold. Sie fixiert mich, ihre quer geschlitzten Pupillen, die an eine Ziege erinnern, ziehen sich zusammen.

Ich strecke den Arm aus und winke sie schweigend heran. Zweifel halten sie zurück, dann locke ich sie doch hervor. Sie entfaltet ihre geduckte Haltung und steigt die Treppe hinab.

Aus dem unförmigsten Kittel, den ich je an ihr gesehen habe, ragen gebogene Beine, an denen sich erster Flaum bildet. Mit jedem Schritt poltern ihre Hufe über die Holzdielen. Ihre Bewegungen wirken dabei überraschend geschickt, wie bei Bergziegen, die die steilsten Bergwände erklimmen können. Nervös peitscht ein Schweif unter dem wallenden Gewand.

Drei Stufen vor mir hält sie an und geht in die Knie, schlingt die Arme darum. Sie meidet meinen Blick, streicht sich nervös über die Stirn, und als sie die Hörner ertastet, die wie Beulen aus der Haut platzen, versucht sie, diese zu bedecken. Ein Schatten weist darauf hin, dass ihr Haupthaar nachwächst.

Ich strecke die Hand aus, berühre die ihre. Sie zuckt zurück. Trotz der Schlangenhaut fühlt sich Jezebel warm an wie eine Echse, die sich auf einem heißen Plätzchen wärmt. Sie zieht die Finger von der Stirn, sieht mich unsicher an. Vorsichtig berühre ich ein Horn, zeichne seine Form mit dem Daumen nach.

»Ihre natürliche Gestalt erlaubt es ihr, am schnellsten zu heilen«, sagt der Bildhauer hinter uns. »Wir konnten sie nicht so liegen lassen, ohne Beine …«

Jezebel streckt die Hand aus. Als ich merke, dass sie meine Schuppenhand berühren will, zucke ich zurück. Ihr gelber Blick schnappt hoch. Ein Sprung, und sie ist an uns vorbei. Nur noch ihr Schweif peitscht hinterher.

Ihr Hufgetrappel verklingt, bevor mich der Maler herumschieben kann. Wir alle drei schweigen.

»Lazael«, sagt der Bildhauer und tritt vor mich. Sein Tonfall lässt mich aufhorchen. Er verschränkt die Arme in seinem Flanellhemd und sieht mich ernst, fast böse an. »Es gibt etwas, das du wissen musst. Wir sind zwar Azuriels Bitte gefolgt, doch ihm sind wir nichts schuldig. Ihm nicht – und dir nicht.«

Ich runzle die Stirn. Es schmerzt.

»Wir haben unsere Aufgabe erledigt, indem wir deinem Gegenspieler und dir die Menschengestalt verliehen haben. Was ihr damit macht, ist euer Problem.«

»Sheol …?«, presse ich hervor, sein Name ein stummes Fragezeichen.

»Wir wissen nicht, ob er noch lebt. Gefunden hat man ihn nicht, und kontaktiert hat er uns auch nicht. Unter Menschen kann er so jedenfalls nicht – wie bei Jez hat ihm das Fegefeuer die zweite Gestalt verbrannt. Um ihre Ziegenbeine zu verbergen, mussten wir sie ab den Knien in eine andere Dimension malen und danach menschliche Waden und Füße formen. Die sind dem Fegefeuer zum Opfer gefallen.«

Der Maler sieht ihn an. »Sheol kann uns auch schwer kontaktieren; wir haben das Domizil seit unserer Ankunft nicht verlassen.«

Der Bildhauer zuckt mit den Achseln. »Soll er einen Brief schreiben. Wenn's wichtig ist, dann mit der Post.« Er holt Luft. »Jedenfalls – haben wir unsere Kompetenzen übertreten, indem wir hierherkamen. Und erst recht, als wir Jezebel zurück in ihre ursprüngliche Gestalt verhalfen, ohne die Zustimmung ihres Herrn zu haben – deine.«

»Ihr habt …«, presse ich hervor, doch er würgt mich ab.

»Spar dir deine Stimme. Das, was wir getan haben, um dir das Leben zu retten – das wurde noch nie zuvor getan. Niemand außer uns könnte es. Und wir haben bisher immer die Spielregeln aufs Genaueste befolgt.« Er geht schwerfällig in die Knie, packt meine

Unterarme. Beschwörend sieht er mich an. »Es ist wichtig, dass du das verstehst. Dass du die Bedeutung dahinter erkennst. Wir befinden uns auf unbekanntem Terrain. Auch wir wissen nicht, was jetzt passieren kann – oder wird.«

Ich teile seinen ernsten Blick. *Warum?,* forme ich lautlos.

Er versteht meine Frage. Und auch worauf sie sich bezieht.

»Weil wir Jezebel lieben.«

Warum?

Hinter mir raschelt die Kleidung des Malers, der das Gewicht verlagert.

Lange sieht mich der Bildhauer an. Er stemmt sich in die Höhe, seine Gelenke knacken, und lehnt sich an mich heran. »Weil sie uns Freiheit gegeben hat«, flüstert er mir ins Ohr.

67

Bei der Explosion im Rathaus sind sieben Personen ums Leben gekommen und dreizehn verletzt worden, sowohl durch das ausbreitende Feuer selbst als auch durch herumfliegende Trümmer. Die Nachrichten sind voll davon – nicht nur im Lokalfernsehen, auch national wurde darüber berichtet. Die Terrorangst hat den Republikanern mit Hershel Libowitz an der Spitze zu einem Erdrutschsieg verholfen. Auf den Videoaufnahmen und Fotos sieht der ohnehin recht kleine Mann jedoch unglücklich aus. Wiederholt spricht er Opfern und Hinterbliebenen Kondolenz und Unterstützung aus. Bei seinen Fernsehauftritten wirkt er gebrochen. Einer seiner Parteikollegen übernimmt das Wettern.

Das Foto von Mickey Keller taucht immer wieder in den Nachrichten auf. Jedes Aufblitzen ist für mich ein Schlag in die Magengrube. Seine Mutter liegt nach der Höllenfeuerexplosion im *Saint Catherine* im Koma. Möglicherweise ist es besser so. So bleibt sie zumindest noch eine Zeit lang von dem Verlust verschont. Von der Schuld, die sie verspüren wird, dass Sheol ihr das Kind aus den Armen gelockt hat. Und der Beschuldigung der Öffentlichkeit, die sich fragt, wie eine Mutter ihr Kind aus dem Auge lassen konnte, sodass es im Zentrum des Brandherdes zu Tode kam.

Sie hatte nie eine Chance. Und wird für immer darunter leiden.

Mickeys Beerdigung war ein staatliches Spektakel, das sogar den Vizepräsidenten anlockte. Tausende Blumenkränze und Lichter erleuchteten den Friedhof, und Mickeys unschuldiges Gesicht ist zum Symbol gegen den linken Terror geworden. Die Predigt hielt kein

Geringerer als mein Bruder alias Reverend Austin Carter. Natürlich nutzte er dieses Desaster für seine Zwecke.

Ich frage mich, warum unser Vater ihn hier noch werken lässt. Hat sich Azuriel mit dem Schandmal die Rückkehr in den Himmel verspielt? Nachdem meine Stimme heiser zurückkehrt und ich mehr als zwei Sätze in Folge zu sprechen vermag, versuche ich, Azuriel zu erreichen – doch seine Handynummer ist gesperrt. Ich probiere es bei der presbyterianischen Kirche von Doverport, wo eine von Azuriels Mitarbeiterinnen abhebt, die mir zwar verspricht, ihm meinen Anruf auszurichten – doch kein Rückruf erfolgt. Auf meine wiederholte Anfrage beteuert sie, dass Reverend Carter momentan der gefragteste Kirchenmann der USA und daher sehr beschäftigt sei.

Ich bitte die Künstler, mich zu Mickeys Grab zu bringen. Wir wählen einen regnerischen späten Abend, in der Hoffnung, nicht auf andere Besucher oder gar Journalisten zu stoßen. Eingehüllt in graue Regenwolken schiebt mich der Maler über die Kieswege, während uns der Bildhauer mit einem breiten Regenschirm vor den Elementen schützt. Trotz der gleichförmigen Grabsteine ist Mickeys Grab schon vom Eingangsgatter aus zu erkennen. Gebettet in ein Lichtermeer, überhäuft mit Blumendekor und Kuscheltieren, sticht es aus der graugrünen Landschaft hervor.

Der Maler platziert mich vor dem Denkmal an den Jungen, der meinetwegen sterben musste. Mir kommt der Gedanke, dass es vielleicht besser gewesen wäre, er wäre damals durch meinen göttlichen Befehl von der Brüstung gestürzt. Ein möglichst schneller, schmerzfreier Tod – wäre das nicht besser gewesen?

Der Wunsch erschreckt mich, und der Anblick von Mickeys Foto, das sich unter dem Nieselregen wellt, verstärkt nur den Druck auf meiner Brust. Zu atmen fällt mir schwer.

Eine lange Zeit ertönt kein anderes Geräusch als das Tröpfeln auf den breiten Schirm, den der Bildhauer über uns drei reckt. »Möchtest du nicht etwas sagen?«, fragt der Bildhauer plötzlich.

Ich bewege unsicher die dämonische Hand in ihrem Handschuh. »Was soll ich denn sagen?«, frage ich bitter.

»Ich weiß nicht. Darum geht es doch bei Religion, Kirche. Trost zu spenden in schweren Zeiten.«

»Es gibt hier niemandem, dem Trost gespendet werden muss.«

Mein Blick fällt hinüber zu der alten Eiche, unter deren nun dichtem Laubdach Sheols Schütze auf mich gewartet hatte. Noch eine arme Seele, die er beflüstert hatte. Ich würde gern sagen, er ist es, der einen Weg aus Toten hinterlassen hat – doch es ist *unser* Weg. Sie sind genauso meine Toten.

»Glaubst du nicht an die Macht des Gebets?«

Ich schweige.

»Die Menschen tun es.«

»Mein Gott hört mich nicht von hier. Ich habe es versucht.«

»Vielleicht Er nicht.« Neben mir geht der Maler in die Hocke. Er nickt zu Mickeys Foto. »Vielleicht hört *er* dich.«

Zunächst presse ich die Lippen zusammen, muss mich zusammenreißen, um all die Gefühle in mir eingeschlossen zu halten. Wenn nicht mal mein Herr auf meine Hilfegesuche reagiert, wie soll es Mickeys Seele können, nachdem sie wieder eins mit dem Kosmos geworden ist? All die zerrissenen Partikelchen seiner Gedanken, die ihn geformt haben? Es ist, wie zu einem Tropfen im Meer zu sprechen, zu einem Staubkorn im Universum.

Ich fürchte, wenn ich den Mund öffne, breche ich endgültig zusammen. Aber ich will es versuchen, um Mickeys willen. Daher öffne ich den Mund und forme damit lautlos Worte. Es reicht, wenn ich sie in meinem Kopf spreche – Entschuldigungen an das Kind, das ich im Stich gelassen habe, Trostworte, Dank. Zu einem Zeitpunkt, an dem ich meine Lippen schon gar nicht mehr bewege, sondern ausschließlich meine Gedanken wandern, reißt mich der Maler mit einem Flüstern zurück. Es dauert kurz, bis ich das Jiddische übersetzt habe. »*Der Herr hat's gegeben, der Herr hat's genommen; der Name des Herrn sei gelobt.*«

Als ich über die Schulter blicke, entdecke ich, dass sich sogar der Bildhauer die rot geränderten Augen betupft. Wir alle drei waren wohl in Gedanken bei Mickey, und ich hoffe tatsächlich einen Augenblick lang, dass wir ihn als Zwischenwesen erreichen konnten. Ich bilde mir sogar ein, dass sich eine eigenartige, weiche Lichtstimmung über den Friedhof gelegt hat. Vielleicht ist es aber auch nur der Nebel, der aus dem Gras aufsteigt.

Mein Handy ist dem Sturz aus dem zweiten Stock zum Opfer gefallen. Erst nach Tagen trudelt ein Ersatztelefon mit neuer SIM-Karte ein. Nach einem ausführlichen Studium des Telefons an der Seite des Bildhauers gelingt es uns, beides zusammenzuführen und das Mobiltelefon einzuschalten. Ein Hagel an Nachrichten lässt es erschauern. Alle stammen von der einzigen hausfremden Person neben Azuriel, die im Besitz meiner Handynummer ist: *Eva.*

Eva: Ich weiß, dass du das nicht lesen kannst, aber ich weiß nicht, wem ich es sonst sagen soll. Ich mache mir so unglaubliche Sorgen und Vorwürfe.

Eva: Man hat mir gesagt, dass man dich aus *Saint Catherine* in eine Privatklinik verlegt hat. Ich werde alles tun, um dich besuchen zu kommen.

Eva: Ich wünschte, ich wäre nicht mit Libowitz gegangen. Hätte ich doch einfach deine Hand genommen und wir wären essen gegangen! Vermutlich hätten wir die Katastrophe erst viel später mitbekommen. In der Zeit wären wir auf einer Insel der Seligen gewesen. Und du in Sicherheit.

Eva: Ich wünschte, ich könnte an deiner Seite sitzen und dir all das persönlich sagen. Bisher ist es mir noch nicht gelungen, herauszufinden, wo du bist. Ich bete sogar für dich. Auch wenn ich nicht dran glaube, hoffe ich, dass dein Gott mich hört.

Eva: Ich wünschte, du könntest spüren, dass ich für dich da bin.

Eva: Ich vermisse dich.

Zahlreiche weitere Nachrichten folgen. Als ich sie durchgegangen bin, weine ich. Die Künstler, Jezebel, Eva – sie alle kümmern sich um mich, dabei habe ich ihre Zuneigung gar nicht verdient. Mein Herr hat eindeutige Regeln diesbezüglich. Nur wer Gutes tut, darf geliebt werden. Liebe muss man sich verdienen.

Zitternd nehme ich das neue Telefon zur Hand und wähle Evas Nummer. Es dauert kaum zwei Freizeichen lang, bis jemand abhebt.

»…allo?«, keucht Eva ins Telefon.

»Ich bin's«, sage ich und muss husten. »Ich bin seit zwei Tagen wach, aber man hat mir erst jetzt erlaubt zu telefonieren.«

»Leonardo!«, bringt Eva unter einem Schluchzen hervor. »Du lebst!«

Eva will mich besuchen. Das überfordert mich, weshalb ich sie um etwas Geduld bitte – ich lüge, dass ich demnächst in private Pflege ins Domizil entlassen werden soll. Ich bitte sie, mich dort zu treffen.

Nachdem ich aufgelegt habe, stemme ich mich aus dem Sessel und schleppe mich in den Flügel, in dem sich die Künstler erneut eingerichtet haben. »Sie kommt! Sie kommt!«, rufe ich, die Stimme nach wie vor heiser.

Der Maler rührt in roter Linsensuppe. Der Duft nach Kreuzkümmel und Kardamom erfüllt die Werkküche. Seitdem Jezebel genesen muss, sieht er sich für die Verpflegung des Haushalts zuständig.

»Von wem sprichst du?«, fragt der Maler und klopft den Holzlöffel am Topfrand ab.

»Eva. Sie will mich besuchen!«

Der Maler hebt die Augenbraue. »Und hast du dir darüber Gedanken gemacht, wie du das da vor ihr verheimlichen willst?«, fragt er mit einem Blick auf meine umwickelte Hand.

»Oder die Tatsache, dass du mit zwei alten Herren und einer Se'irim zusammenlebst?«, ertönt die Stimme des Bildhauers aus dem anschließenden Raum. Schritte tragen mich an die Türschwelle heran. Ich entdecke Jezebel. Sie hockt mit bloßem Rücken vor dem Bildhauer, während er die Stelle inspiziert, von der er die Haut für meine Hand entnommen hat.

Der Anblick tut mir weh.

Jezebels Heilung schreitet voran. Durchscheinende Haut spannt sich über die Wunde. Gleichzeitig wachsen Haar und Horn vergleichsmäßig rasch, sodass es ihr Haupt, die Schweifspitze und ihre gebogenen Ziegenbeine wie ein seidiger Pelz bedeckt. Die Hörner beginnen sich langsam zu winden und über ihre Stirn zu biegen wie bei einem Ziegenbock.

Sie spürt meinen Blick und sieht über die Schulter. Ihre Pupillen verengen sich, dann klettert sie aus meinem Sichtfeld. Nur ihre Schweifspitze peitscht unruhig durch den Türausschnitt.

Ich reibe mir die Nase. »Ich … ich werde die Sanitäterin, die ich über Azuriel kenne, darum bitten, mir einen Gips anzulegen«, sage ich. »Und … und ihr müsst meine Pfleger spielen.«

»Ha!«, bellt der Bildhauer. »Nur über meine Leiche.«

Der Maler lacht weich. »Na, von mir aus. Ich mach dir den Pfleger. Wobei das bei meiner Hautfarbe schon irgendwie ein Klischee ist.«

»Und Jezebel muss sich verstecken.« Als von ihr keine Rückmeldung erklingt, nähere ich mich dem Nebenzimmer. »Jez?«

Unvermittelt rückt sie hinter der Tür hervor. Sie zwinkert mir entgegen, ihre Krallen fahren über das Türblatt.

»Bitte«, flehe ich.

Sie zuckt mit den Schultern und knallt mir die Tür vor der Nase zu.

Reparata bringt aus dem Krankenhaus geblümte Pflegerkittel für den Maler mit. Anstatt eines Gipses empfiehlt sie mir eine Schiene. Die Mittfünfzigerin knetet meine Hand und Finger ausführlich, nachdem sie diese von der Mullbinde befreit hat. »Ihr müsst sie mehr bewegen, Dominus«, stellt sie fest. »Es wäre gut, wenn Ihr die Narben mit Johanniskrautöl pflegen würdet – Johannis der Täufer, Gott hab ihn selig! –, damit sie geschmeidig werden. Und ich würde Euch eine Ergotherapie empfehlen.«

Ich stoße ein trockenes Lachen aus. »Sagen Sie bloß, Sie kennen einen Ergotherapeuten für *so etwas.*« Ich stelle den Ellenbogen auf. Der Anblick brennt in meinen Augen. Die Schuppen haben sich verdunkelt und Farbe verloren. Der Maler meinte, dies sei kein Grund zur Beunruhigung. Sie würden sich bloß an mich anpassen. Schwarz wie mein Haar. Meine Dämonenhaut liebt mich mehr als ich sie.

Reparata blinzelt nur durch eine randlose Brille, die tief auf ihrer Nasenspitze sitzt. »Noch nicht«, sagt sie. »Aber es gibt nichts, was sich nicht organisieren lässt. Das Kirchennetz hat weitreichende Verbindungen.«

Misstrauisch verenge ich die Lider. Ich weiß nicht, wem ihre Treue gilt – dem Domizil oder Azuriel. Dennoch bin ich froh, als sie mir über Unterarm und Hand eine Schiene anlegt und ich meine Schande so nicht länger betrachten muss. Die Fingerspitzen wickelt sie in einen Wundverband.

An einem wolkenverhangenen Nachmittag stützt mich der Maler in Crocks und dem schönsten Blümchen-Pflegerkittel auf dem Weg zum Außentor. Ich entdecke Evas Jeep schon aus der Ferne. Meine Schritte werden schneller, doch der Maler mahnt mich zur Ruhe. Er fummelt in der Hosentasche seiner Stoffhose herum und zieht den elektronischen Türöffner hervor. Ich erkenne einen menschlichen Schatten, der nervös hinter den Gitterstäben hin und her tigert.

»Leonardo!«, ruft Eva aus.

Der Maler drückt den Türöffner. Wie unter einem lautlosen Trompetenstoß teilt sich das Gatter. Eva zwängt sich durch den Spalt und läuft auf mich zu.

Der Maler tritt taktvoll einen Schritt zur Seite, als sie mir in die Arme fällt. »Ich habe dich vermisst!«

»Ich dich auch«, flüstere ich und bemerke, dass ich es ernst meine. Nicht nur sie wäre gern an der Seite meines Krankenbetts gesessen. Auch ich hätte meine Freundin gern an meiner Seite gewusst.

Eva und ich treffen uns des Öfteren, doch ein Schatten liegt über unserer Beziehung. Ich mag physische Verletzungen erlitten haben, aber die Explosion im Rathaus hat auch bei ihr Spuren hinterlassen. Manchmal klammert sie sich an mich, als hätte sie Angst, die Katastrophe würde in dem Augenblick erneut stattfinden, in dem sie mich loslässt. Andere Male wirkt sie distanziert bis verwirrt und findet keine Worte für die einfachsten Dinge. Es ist ein Trauma, vermutet der Maler, als ich ihn vorsichtig darauf anspreche. Ich bin ihr Anker und gleichzeitig das Zerbrechlichste, was sie in den Händen hält.

Abends, wenn ich mit dem Maler mit Salbeitee auf der Terrasse sitze und wir über das menschliche Dasein philosophieren, gerate ich ins Grübeln. »Mein Vater hat mich noch nicht zu sich zurückgeholt. Bedeutet das, ich habe noch eine Chance?«

»Eine Chance worauf?«, fragt er und sieht in den von Sternen erleuchteten Himmel.

»Alles zu richten. Meine Fehler wiedergutzumachen. SEINEN Auftrag auszuführen. IHN stolz zu machen.«

Das Gesicht des Malers verwischt hinter den heißen Schwaden, die aus der Tasse aufsteigen. »Ist es denn das, was du willst? Evas Mann sein? Der Vater des Messias?«

»Du weißt, dass es bei IHM nicht darum geht, was sich das Individuum wünscht. Es geht um die Rolle, die es im Großen und Ganzen zu spielen hat.«

Der Maler schluckt geräuschvoll. »Ich weiß«, sagt er und zieht die Decke zurecht, die seine Beine wärmt. »Ich weiß das besser, als mir lieb ist.«

Ich lasse mich hinreißen und lehne meine Schläfe an seine Schulter. Er lässt es nicht nur zu, sondern legt den Arm um mich. Ich lausche dem Grillenzirpen. »So muss es für Menschen sein, Eltern zu haben«, sage ich leise. »Zu wissen, dass jemand für einen da ist. Dass man sich immer auf jemanden verlassen kann.«

Sein lautloses Lachen lässt mich schaukeln. Er riecht nach Bergwiese. »Auch die Menschen können sich ihre Eltern nicht aussuchen, genauso wenig wie wir. Aber Familie – Familie kann man wählen.« Er lehnt die Wange gegen meine Stirn. Seine Füße wippen unter der Decke. »Du bist ein guter Mann, Lazael. Dass du daran zweifelst, ist nur ein weiterer Beweis. Aber in diesem Spiel wirst du keine Lösung finden, die alle zufriedenstellt. Die BEIDEN haben dafür gesorgt, dass es das nicht gibt – denn dadurch entsteht die Gabelung, die euch auf abseitige Wege führt.«

»Warum tut ER das?«, flüstere ich. »Warum lässt ER uns im Zwielicht leiden?«

»Solange man nicht im Himmel ist, mein Lieber, ist Leid ein Großteil des göttlichen Prinzips.«

Nachdem die Wunde abgeheilt ist, beginnen die Künstler damit, Jezebel in ihre menschliche Gestalt zurückzuführen. Ihr die gebogenen Ziegenbeine samt Spalthufe wegzumalen und menschliche Waden und Füße zu formen, dauert ganze drei Tage. Ich halte Jezebels Hand, wenn sie vor Schmerzen stöhnt, und bleibe bei ihr, nachdem sie das Bewusstsein verliert. Wir sprechen wenig. Was gibt es auch zu sagen?

Jedes Wort, jedes Zugeständnis für Gefühle würde nur noch mehr Leid verursachen. Stattdessen spielen wir stumm Spiele aus einer alten Sammelschachtel, um sie von den Schmerzen abzulenken. Mühle, Schwarz gegen Weiß. Mensch ärgere dich nicht, Schwarz gegen Rot. Schach, Schwarz gegen Weiß. Rommé, Schwarz gegen Rot. Backgammon, Schwarz gegen Weiß.

Ich spiele immer auf Schwarz.

Das Haar fällt ihr bereits bis über die Ohren, als sie erstmals wieder auf menschlichen Füßen steht. Ein erleichtertes Lächeln bricht ihre Lippen entzwei, sie schlingt die Finger fest um meine. Impulsiv umarmt sie mich.

»Wirst du sie nicht vermissen?«, frage ich, das Kinn an ihrem Scheitel. »Deine eigentliche Gestalt?«

Sie schweigt eine Weile, hält mich nur fest. »Als ich am Gipfel meiner Macht war, brauchte ich keine fremde Hilfe, um zwischen den Formen zu wechseln«, flüstert sie in mein T-Shirt. »Aber zu dieser Zeit konnte ich auch hingehen, wohin ich wollte.«

Ihre dämonische Form behindert sie noch mehr, das Domizil zu verlassen, als das Eisen um ihren Hals. Vorsichtig hebe ich die Hand, streiche in ihrem Nacken über das Band. Die Berührung lässt mich frösteln.

Wenn ich ihr die Fesseln abnehmen könnte, würde ich es tun.

»Leonardo«, sagt Eva, als wir den gesäuberten Strand von Mako Bay besuchen. Wir sitzen im warmen Sand, sie lehnt an meiner Brust und lauscht meinem Herzschlag. Ihr Haar kitzelt an meinem Kinn.

»Hm?«

Sie spielt mit den Knöpfen meines Hemdes. »Ich möchte dich morgen Abend gern zu mir zum Essen einladen.«

»Gern.«

»Ich kann nicht sonderlich gut kochen«, fügt sie an. »Ich werde mir Mühe geben – falls ich versage, bestelle ich Take-out und verkaufe es als meine Kochkünste.«

Ich lache.

»Würdest du mir zutrauen, Sushi zu machen?«

»Ich traue dir alles zu.«

»Und dann dachte ich …«

»Ja?«

»Vielleicht möchtest du über Nacht bleiben?« Sie hebt den Blick. Ich ahne die Bedeutung. Mein Herz schlägt schneller, und ich bin mir sicher, sie kann es hören. Ein tiefer Atemzug dehnt meine Brust, hebt Eva ein Stück an, als würde sie losschweben.

»Ja«, sage ich.

Ich hole am Eingangstor einen Blumenstrauß vom Lieferanten ab, den ich mit dem Maler für den besonderen Abend zusammengestellt habe. Der Maler meinte, ich solle mit Blumen über meine Gefühle sprechen. Eukalyptus, weiße Lisianthusblüten, die Rosen ähneln. Sterndolden, blaue Disteln, silbrige Eukalyptusbeeren, Schleierkraut. Ein unschuldig wirkender Strauß für eine so bedeutsame Nacht.

Als ich durch die Eingangstür den Innenhof betrete, sitzt Jez auf dem Rattansofa. »Der ist wunderschön.« Ihre Stimme besitzt einen eigenartigen Nachklang, als spielten zwei Instrumente dieselbe Melodie.

Ich schlucke, blicke unangenehm berührt auf das Bündel in meinen Armen, das einen zarten Duft verströmt. »Ein Mitbringsel für heute Abend.«

Jez umschlingt ihre Knie und bettet das Kinn darauf. »Sie wird sich bestimmt darüber freuen.«

Vorsichtig lege ich den Strauß auf dem Couchtisch ab, setze mich zu ihr. Spielkarten liegen lose über die Tischfläche verteilt. *Kreuz Bube. Herz Dame.*

»Willst du spielen?«

Sie reagiert nicht auf meine Frage. »Vielleicht ist das deine letzte Nacht auf Erden.«

Ich lehne mich zurück, das Rattangeflecht knarrt. »Was meinst du?«

»Du wirst die Nacht bei der Auserwählten verbringen. Ich denke nicht, dass dein Gott das Spiel dem Zufall überlässt. Ein Schuss – ein Treffer. Dann hast du gewonnen.«

Es ist mir unangenehm, dass sie diese Möglichkeit so direkt ausspricht. »Vorausgesetzt, Eva liebt mich.«

Jez schmiegt die Wange zwischen die Knie. Gedankenverloren streift sie über die menschliche Haut ihrer Beine. »Ich denke, sie tut es.«

Ich lehne den Kopf zurück, mein Blick schweift über die Zweige des Ficus Benjamini, über die Wolkenschleier hinter dem Glasdach.

»Soll ich dir zum Abschied noch etwas kochen? Pancakes mit Apfelkompott? Die hast du immer gern gegessen.«

»Wir wissen nicht, ob es mein letzter Tag ist.«

»Vorsicht ist besser als Nachsicht.«

Unruhig fahre ich mir über die Knie. Sie hat recht. Der Gedanke schmerzt zu sehr, als dass ich ihn zulassen will. »Ich hätte nie gedacht … Ich hätte nie gedacht, dass ich hier unten jemanden finden würde, der mir etwas bedeutet.«

Über ihre Arme hinweg beobachtet sie mich.

»Eva, die Künstler – ja, sogar Azuriel.« Ich schließe die Augen. *Du*, bleibt unausgesprochen.

»Darf … darf ich dich zum Abschied umarmen?«, fragt sie, ihre duale Stimme hell.

»… ja.« Eine Silbe, und meine Stimme bricht.

Ich lasse die Augen geschlossen, als sie sich an mich schmiegt, lege meine Arme um sie und halte sie fest. Ihre Hörner ruhen kühl und glatt an meinem Hals. Ihr Rücken fühlt sich warm an unter dem T-Shirt. Sie zieht die Beine an, macht sich klein, sogar ihr Schweif ringelt sich ein. Möglicherweise könnte ich sie so einfach einpacken und mitnehmen.

»Ich werde dich vermissen«, gesteht sie.

»Ich dich auch«, krächze ich.

Ihr Atem streichelt über mein Schlüsselbein. Ich sauge ihren Duft ein, versuche ihn mir einzuprägen, sodass ich ihn auch noch in Jahrhunderten wieder aufzurufen vermag. Ihn und die Dämonin in meinen Armen, die ich nach heute Nacht vielleicht nie wieder sehen werde; weder in Menschengestalt noch in dämonischer.

»Wer auch immer nach mir kommt, ich werde meinen Bruder oder meine Schwester bitten, gut zu dir zu sein.« Ich streichle die Schuppen an ihrem Arm. Zu ihnen bin ich so viel gnädiger als zu meinen eigenen. »Besser als ich.«

Sie schweigt, die Hand an meiner Brust. »Ich will niemand Besseren. Ich wünsche mir, dass du bleibst.« Die Standuhr tickt in der Ferne. »Aber Ištar hat meine Träume schon lange nicht mehr erhört.«

Sie löst sich von mir, steht auf, ein weites T-Shirt und Boxershorts umschlenkern ihre Beine. »Ein paar Tage später, und wer weiß – du hättest dein Versprechen noch einlösen können.«

»Mein Versprechen?«

Sie schlägt die Lider nieder und lächelt, ohne dabei überrascht zu wirken.

»… das Abendessen«, fällt mir ein. Überfordert lehne ich mich vor. Das ist mir komplett entfallen. Ich reibe mir die Hände. Ich kann das Risiko nicht eingehen, dass das meine letzte Nacht auf Erden ist und ich mein Versprechen nicht halten kann. *Ein Mann, ein Wort,* sagt ein menschliches Sprichwort. Wie kann ich mich Sohn Gottes nennen, wenn ich meine Schwüre breche?

»Ich halte mein Wort. Heute Nachmittag. Ein frühes Abendessen.«

Sie lacht auf. »Schon vergessen?« Sie verweist auf ihre Hörner, den aus einem Hosenbein peitschenden Schweif, fächert die Hände um ihr geschupptes Gesicht. Kurz streckt sie die spitze Zunge raus, ein Anblick wie bei einer balinesischen Maske.

»Ich halte mein Versprechen«, wiederhole ich und stehe abrupt auf. »Siebzehn Uhr. Zieh dir etwas an, in dem du dich wohlfühlst. Ein Taxi wird dich erwarten.«

68

Wie sehe ich aus?«, frage ich den Maler, nachdem ich ihn mit dem Leihwagen vor dem Haus empfangen habe. Im Licht des Vorhofs unterzieht er mich einer genauen Musterung. Er rückt die Krawatte zurecht und zupft ein Haar von der Anzugjacke.

Ich habe mich doppelt um meine Garderobe bemüht. Schließlich soll mein Anblick gleich zwei Damen gefallen. Ich muss mir nur alles zeitgerecht einteilen – dann sind alle zufrieden.

»Schwarzer Anzug, dunkelgrünes Hemd – gefällt mir«, erlöst er mich von meiner Nervosität. »Azuriel und du, ihr hattet von Beginn an einen guten Geschmack. Nicht wie andere eurer Art. Schon mal in einer barocken Kirche gewesen? Weniger ist mehr.« Er streicht meine Schultern glatt, tritt einen Schritt zurück und nickt zufrieden. »Sehr fein. So kann man dich auf die Straße lassen.«

Dumpf lache ich. »Sie sehen aber auch adrett aus, Herr Maler.«

Er lüpft seinen Hut. Nachdem ich ihm von meinem Versprechen an Jez erzählt habe, hat er sich bereit erklärt, mir zu helfen. Im Gegensatz zum Bildhauer ist er für Scharaden nicht zu müde. Er hat den Leihwagen abgeholt, eine matt lackierte Rolls Royce Phantom Limousine, und sich bereit erklärt, heute Abend unseren Fahrer zu spielen. »Damit das gesamte Ambiente passt, Signore diVatta.« Er sieht zum Blumenstrauß, der in einer Vase für Eva bereitsteht. »Den werde ich gleich in den Kofferraum packen.«

Ich werfe einen Blick durchs Glasdach, wo sich der Himmel grauviolett verfärbt. Nervös laufe ich zu der Tür, die mich in den Trakt von Jezebels Zimmer führt.

Zwei Damen, ein Abend. Ich kann und möchte mir keine Fehler erlauben.

»Jez?«, rufe ich durch den dunklen Korridor. »Bist du bereit?« Von der Garderobe ziehe ich meinen Mantel und schlüpfe hinein, dann greife ich einen Umhang, den ich in einem der Kleiderschränke gefunden habe. Mit ihm überm Arm marschiere ich zu Jez' Zimmer und wiederhole ihren Namen.

»Einen Moment noch!«, hallt ihre Stimme zurück. Ihre Zimmertür steht offen, doch der Raum ist dunkel und verwaist. Aus Azuriels ehemaligem Schlafzimmer hingegen fällt goldener Schein.

»So?«, höre ich den Bildhauer murren.

»Ja, vielen Dank.«

Ich nähere mich dem Türspalt, klopfe gegen das offen stehende Blatt. »Wir müssen los.«

»Moment!« Rascheln ertönt. »Passt das?«, flüstert sie.

»Da fragst du wirklich die falsche Person …«

»Harut!«

Ich runzle die Stirn. Wieder ein alter babylonischer Gott?

»Jaja! Du siehst wundervoll aus.«

»Bin so weit!« Schritte nähern sich der Tür, Stoff streift über den Fußboden. Jez schiebt die Tür auf. Sie trägt ein Kleid aus schwarzem Samt, das ihre Figur betont. An Schultern, Armen und Dekolleté befinden sich bestickte Ausschnitte, die einen Hauch von Haut erahnen lassen. Zu meiner Überraschung sind ihre Haare wieder so lang wie damals, als ich Jez kennengelernt habe.

Fasziniert strecke ich die Hand aus und zwirble eine violette Strähne zwischen den Fingern. Als wären sie nie in der Explosion verbrannt. Auch ihre Augen haben sich verändert. Ihre Pupillen sind wieder rund, doch die Farbe ist eine Mischung ihrer beider Formen – um die Pupille flammt es goldgelb, wird dann rotviolett, eingehüllt von einem veilchenblauen Ring.

Ihre Hörner spähen zwischen den Stirnfransen hervor. Sie hat versucht, ihre Hautfarbe mit Make-up zu überdecken, doch die dunkleren Stellen schimmern durch.

»Hat der Bildhauer gemacht, für den besonderen Abend«, sagt Jez und wiegt sich hin und her, sodass das Licht auf ihren schattierten Ausschnitt fällt. »Gefällt es dir?«

Im Hintergrund ermuntert mich der Bildhauer mit einem eindringlichen Nicken.

»Natürlich«, beeile ich mich zu sagen. Der Bildhauer muss sich nach dem Akt der Anstrengung erst mal auf das Bettende setzen. »Wohin geht ihr zwei Hübschen heute?«, fragt er.

»Das ist eine Überraschung.« Ich streife den Umhang vom Arm und falte ihn auf. »Signora.«

Ein glückliches Lächeln streift Jezebels Gesicht, als ich ihr das Kleidungsstück um die Schultern lege und es anschließend zuknöpfe. Durch zwei Schlitze fädelt sie ihre Arme, sie trägt Handschuhe. Ich hoffe, ich kann ihre Erwartung an den heutigen Abend erfüllen.

Mein Blick gilt der Armbanduhr. Als Jez sich mir zuwendet, ziehe ich das Handgelenk rasch in den Ärmel zurück. Jez soll von meinem Zeitdruck nichts mitbekommen. Noch lächelt sie optimistisch.

Vorsichtig fasse ich nach der Kapuze und ziehe sie ihr über die Hörner. »Moment«, sagt sie und taucht zurück in Azuriels Schlafzimmer, wo sie eine Kommode öffnet. Ihr Blick gleitet über den Inhalt, dann nimmt sie eine Sonnenbrille hervor und schiebt sie sich vorsichtig auf die Nase. »Hilft es?«

»Ein bisschen«, halte ich mich vage. Ich biete ihr den Arm an. Sie eilt an meine Seite und hakt sich bei mir unter.

»Ein schönes Abendessen, Täubchen«, wünscht der Bildhauer.

»Bis später.«

Meine Aufregung wächst, als wir uns mit der Limousine dem Stadtzentrum nähern, den schillernden Türmen, die in der Mitte von Doverport aufragen. Wir sausen vorbei an SEMPERS Oiltower, ich entdecke den im Abendrot giftgrün leuchtenden Schriftzug der *ECO* und die runde Spitze der Sky Lounge. Auf der Höhe des Rathauses werden wir langsamer. Während das Erdgeschoss eigentümlich unberührt wirkt, besteht der erste Stock aus Fensterlöchern und geschwärzter Fassade, die sich bis in den vierten Stock zieht. Ich kann nicht wegsehen, drehe den Kopf nach, während der Maler die Spur wechselt.

Der Colonial Boulevard trägt uns näher ans Meer heran, zu einem imposanten Gebäude mit feiner Aufschrift: *THE DUBAI*.

Der Maler drosselt vor dem Hotel die Geschwindigkeit und blinkt, um in die Tiefgarage hinabzufahren. Ich merke, wie Jez sich zum Fenster lehnt, und beobachte ihre Reaktion. Sie greift nach meiner Hand, drückt sie – kühl schmiegt sich das Handschuhleder an meine Finger.

An einer Rampe werden wir aufgehalten. Ich gebe dem Portier die Reservierungsnummer durch. Etwas später hält der Maler den Rolls Royce vor einer schillernden Tür, die den Hotelzugang markiert. Der Maler lässt die Zwischenscheibe runter. »Du meldest dich, wenn ich euch abholen soll?«

Ich nicke und berühre ihn an der Schulter. »Ich danke dir.«

Warm tätschelt er meine Hand. »Ich wünsch euch einen schönen Abend, Lazael.«

Ich steige aus und umrunde das Auto. Jez ergreift meine Hand und steigt elegant aus dem Wagen, auf Schuhen so hoch, dass sie mir ein gutes Stück entgegenwächst. Ich würde mich fragen, wie sie darauf gehen kann, hätte ich sie nicht auf Hufen quer durchs Haus staksen sehen. Ihr Schweif zuckt aufgeregt unter dem Rocksaum.

Ich geleite sie zum Zugang, der sich als Vorraum zu einem Aufzug herausstellt, in dem Phönix-Palmen stehen. Wir fahren in die Empfangshalle hinauf. Als ich aussteige, bleibt Jez zurück.

»I-ich …«, stößt sie hervor. Sie betastet die Kapuze, die sich durch die Hörner ausbeult.

»Komm«, locke ich sie. »Ich habe die Mitarbeiter vorgewarnt.«

»Vorgewarnt?«

»Ich sagte dem Herrn an der Rezeption, dass sich meine Begleitung gern verkleidet.«

Jezebels Augenbrauen heben sich über den Sonnenbrillenrand.

»Er hat gar nicht viele Fragen gestellt und versprochen, alle zu informieren.« Ich fische nach ihrer Hand, und sie lässt sich locker hinterherziehen. Spiegelnd weißer Fußboden mit ornamentalen Inlays führt uns ins Foyer. Die Einrichtung ist arabisch inspiriert und edel hell gehalten – florale Gitter mit spitzbogenförmigen Durchgängen teilen die Eingangshalle in mehrere Bereiche. Bögen, Ottomanen, aufwendige orientalische Hängelampen aus Glas, als würden sie von der Decke tropfen, und raumhohe Palmen erwecken eigenen Flair.

Jez neigt den Kopf. »Es ist wunderschön. Vielen Dank.«

Ein dunkelhaariger Mann mit ockerfarbenem Hautton erwartet uns am Tresen. Jez' Aufmachung ringt ihm keinen zweiten Blick ab. Möglicherweise ist er ganz andere Auftritte gewohnt?

»Monsieur diVatta?«, spricht er mich an, ohne dass ich mich vorgestellt hätte. Ich nicke. »Ich darf Sie herzlich im *THE DUBAI* begrüßen.« Er streckt zunächst mir, dann Jez die Hand entgegen. Sie schüttelt sie vorsichtig. »Wie besprochen, haben wir Ihnen die beste Suite für Ihr Dinner hergerichtet.« Er winkt einen Kollegen herbei, der für ihn den Platz am Tresen übernimmt. »Darf ich bitten?« Er führt uns mit beschwingtem Schritt zum Aufzug und dreht einen Schlüssel im Panel, um zu unserer Etage zu fahren. »In dieser Suite haben schon jede Menge hochrangiger Persönlichkeiten gewohnt. Ich hoffe, Sie werden ebenso zufrieden sein.«

»Tatsächlich?«, kommentiere ich halb interessiert.

»Wer denn so?«, fügt Jezebel an.

»Nun. Ellen DeGeneres. Donald Trump.«

Jez unterdrückt ein Lachen.

»Reizend«, sage ich.

»Ein Ort, der Gegensätze anzieht, könnte man sagen.« Der Aufzug hält, die Türen gleiten auf. Der Concierge tritt vor uns aus und weist uns mit einem Wink an, ihm zu folgen. »Ladys first.«

Automatische Lampen erwachen zum Leben, erleuchten weich die Suite. Teppich mit gewundenen Mustern dämpft unsere Schrittgeräusche ab, als wir den Hauptraum betreten. Vor gebogenen Fenstern hat das Personal einen Tisch mit zwei Stühlen vorbereitet – mit Ausblick direkt auf den lichterhellten Hafen und das staubig blauviolette Meer, über das das letzte Licht streift.

Ticktack. Ticktack. Die Zeit läuft. Ob sich Eva gerade für unseren Abend vorbereitet wie Jez zuvor?

»Madame et Monsieur«, weist uns der Herr zu dem elegant gedeckten Tisch mit schneeweißen Lilien und aufwendig gewundenen Servietten. »Ich hoffe, Sie sind zufrieden?«

Von hinten trete ich an Jez heran. »Ist das in Ordnung?«

Sie sieht zu mir zurück, ihr Profil ein Schatten vor dem Strich, den die Kapuze wirft. »Hattest du Angst, mit mir gesehen zu werden?«

Ich blinzle. »Ich wollte nicht, dass Leute dich anstarren und dir den Abend verderben.«

Ihr Mund erweicht. »Dann liebe ich es«, sagt sie und löst die Kapuze vom Kopf.

Der Concierge verzieht keine Miene und öffnet nahtlos eine Champagnerflasche. Ich ziehe Jez den Umhang von den Schultern und werfe ihn achtlos über einen Polstersessel. Ihre Ohrringe klingeln, als sie sich setzt.

»Champagne Dom Perignon, Jahrgang 2012 – mineralisch, frische Säure, rund«, berichtet der Concierge, bevor er uns einschenkt. Er stellt die Flasche zurück in den Eiskübel und deutet eine Verbeugung an. »Ich werde Sie kulinarisch durch den Abend führen. Sie müssen sich um nichts kümmern, das Menü wird in gewünschter Abfolge mit Weinbegleitung von mir serviert. Sollten Sie in den zwischenzeitlichen Pausen beim Servieren doch Anliegen oder Wünsche haben, zögern Sie nicht, sich bei mir zu melden. Sollte ich gerade unterwegs sein, um die nächste Speise zu holen, können Sie auch jederzeit bei der Rezeption anrufen.« Er verweist auf ein Telefon auf dem Servierwagen. »Ich verspreche, Ihnen alles möglich zu machen. Sollten Sie zwischendurch eine Unterbrechung des Dinners wünschen, können Sie mithilfe des Schalters neben der Aufzugstür den Zugang sperren.«

»Eine Unterbrechung des Dinners?«, wiederhole ich. »Wieso sollten wir das wollen?«

Er hält die Miene glatt. »Wie soll ich sagen? Es ist bereits vorgekommen.«

Jez prustet in ihr Champagnerglas.

Ich brauche ein paar Sekunden, um den Subtext zu begreifen, und spüre, wie mir die Hitze in die Wangen schießt. Ich räuspere mich.

»Vielen Dank.«

Der Herr verbeugt sich steif und will abmarschieren. Ich entsinne mich noch, springe noch einmal auf und eile ihm hinterher. Im Vorraum bemerkt er, dass ich ihm folge, und dreht sich um. »Ja?«

»Ich bin etwas unter Zeitdruck«, sage ich leise.

Er blinzelt überrascht.

»Ich würde darum bitten, dass die Speisen zügig aufgetragen werden. Meine Begleitung soll davon allerdings nichts mitbekommen.«

»In Ordnung«, fasst er sich. »In welchem Zeitraum wünschen Sie, das Dinner zu beenden?«

»Ich muss um acht Uhr woanders sein.«

Er spitzt die Lippen, doch nickt abgehackt. »Das wird … sportlich, aber wir bemühen uns selbstverständlich, Ihre Zeitpläne einzuhalten.«

»Vielen Dank.« Ich stecke ihm einen Geldschein zu. Der Maler hat mir gesagt, dass sich das so gehört.

»Ich danke umgekehrt, Monsieur.«

Ich kehre zu Jez zurück und versuche, mit einem Lächeln ihre Zweifel zu zerstreuen. Nervös greife ich nach meinem Sektglas. Der Stiel rotiert einige Male zwischen meinen Fingern, bevor ich es anhebe. Gefällt ihr der Abend so weit? Sollte ich stattdessen mit Eva hiersitzen? Wie spät ist es? *Ticktack, ticktack* – ein Türbogen erlaubt einen Blick ins angrenzende Schlafzimmer. Über dem ausladenden Bett zeigt eine Uhr die Zeit an. Fünfundzwanzig nach fünf.

Jezebel nimmt die Sonnenbrille ab und streift sich die Stirnfransen zurecht. Ihre Hörner schimmern im künstlichen Licht, genau wie die Ohrringe, die aus ihrem Haar spähen. »Cheers«, sagt sie, die Eckzähne deutlich an ihren dunklen Lippen. Wir stoßen an.

Wer weiß. Für Eva habe ich vielleicht noch mein ganzes Leben lang Zeit. Für Jez nur diesen Abend.

Hastig trinke ich.

Vorspeise. Topinambur auf Miso-Spiegel mit Wacholder-Schaum.

»Jez?«

»Hm?«

»Möchtest du mir etwas über dein früheres Leben erzählen?«

»Warum erzählst *du* mir nicht von deinem früheren Leben?«

»Weil es kaum etwas zu berichten gibt.«

»Tatsächlich?«

»Ich war vor meinem hiesigen Auftrag zweimal auf der Erde. Das erste Mal überbrachte ich eine Botschaft an einen christlichen Apostel. Das zweite Mal trat ich vor einem sufischen Scheich auf. Dazwischen habe ich … existiert.«

Sie kaut nachdenklich. »Und vom Himmel gibt es nichts zu erzählen?«

»Es ist nicht so, als wäre es nicht schön dort. Es ist wundervoll. *Perfekt,* hätte ich früher behauptet. *Rein,* würde ich heute sagen.«

Sie zwickt die Lider zusammen. »Rein«, wiederholt sie und kostet das Wort aus. Sie nimmt einen Schluck Champagner.

»Kein Schmutz. Nichts Schlechtes. Kein Leid. Keine Versuchung. Keine Emotionen. Keine Farbe.«

Sie blinzelt wie eine Katze.

»Aber der Gesang … der Gesang ist herrlich.«

Sie lacht mit ihrer Doppelstimme.

»Du musst nicht darüber sprechen, wenn du nicht willst. Es ist nur so …«

»Hm?«

»Wenn das unser letzter Abend ist, hätte ich es gern gewusst.«

»Was denn?«

»Wer du warst, bevor dich meine Geschwister gefangen genommen haben.«

Sie faltet die Hände, lehnt das Kinn an die verschränkten Finger. »Ich war eine Priesterin.«

»Eine Priesterin?«, wiederhole ich überrascht.

»Eine Dienerin der Ištar.«

Perplex schweige ich. Das Glas kreist zwischen meinen Fingern. Daneben die zur Vorspeise gehörige Weinauswahl. Ich stoße ein Lachen durch die Nase. »Wie ironisch.«

»Weil?«

»Azuriel und ich haben uns für Priester des EINEN Gottes ausgegeben. Dabei warst du die Einzige von uns, die einen solchen Titel je wirklich getragen hat.«

Sie lächelt sacht. »Möglicherweise vermittle ich dir mit diesem Ausdruck eine falsche Vorstellung.«

»Inwiefern?«

»Ištar ist die Göttin von Krieg und Liebe. Ihre Diener gleichen nicht den euren. Jeder Priester ist der Spiegel seines Gottes. Das habe ich umgekehrt so an ihr geliebt.«

Ich hebe fragend die Augenbraue.

»Mit ihr«, sie rutscht vor, »konnte ich alles sein.«

»Alles?«

»Die Welt stand mir offen. Kriegerin oder Liebende. Zerstörerin oder Mutter. Giftmischerin oder Köchin. Tod oder Leben.«

Ich schlucke. »Du … du hattest Kinder?«

Sie schüttelt den Kopf. Der Weinspiegel schwankt in dem Glas, als sie es hin und her kippt. »Nein. Aber mit ihr … ich hätte alles haben können.« Sie lehnt sich zurück, satt und zufrieden, als wäre das Mahl beendet. Es erleichtert mich, denn meine Fußspitze tappt nervös über den Teppichboden. Der Abend färbt den Hafen dunkel. Ich wage es nicht, auf die Uhr zu sehen.

»Das war das Schrecklichste«, fügt sie an. »Alles haben zu können – und alles zu verlieren.«

Erster Gang. Stachys an Cremesauce mit Salbei und Trüffeln.

»Du magst Animes und Mangas?«

»M-mh.«

»Wieso, wenn ich fragen darf?«

Sie kichert, während sie ein Stückchen von der Knolle abschneidet, und widmet mir einen vielfarbigen Blick.

»Es erscheint mir … ungewöhnlich. Auch dass du dich wie diese erfundenen Figuren kleidest.«

Sie steckt sich das Knollenstück zwischen die bemalten Lippen. »Ich bin auch heute nach einer von ihnen gekleidet«, verrät sie.

»Tatsächlich? Nach wem?«

Ihr Lachen wird zu einem kehligen Raunen. Ihr Amüsement mach mich noch neugieriger. Ich rücke auf dem Stuhl vor, greife nach dem Glas. Es ist gut, etwas zu haben, an dem man sich festhalten kann. »Was denn? Ist es ein Geheimnis?«

»Ich habe das Kleid nach einer Figur aus meiner Lieblings-Anime-Serie ausgesucht«, verrät sie. »*Full Metal Alchemist Brotherhood.* Übrigens ist auch die Manga-Reihe sehr empfehlenswert. Ich würde sie dir ja borgen, aber …« Sie zuckt mit den Schultern.

»Und welche Figur sieht so aus?«

Sie lächelt weit. Es lässt den Funken in mir aufflammen. Ich versuche, ihn mit einem tiefen Schluck zu löschen. »Eine der sieben Todsünden«, sagt sie weich. »*Lust.*«

Ich verschlucke mich und wische mir über den Mund. »Es ist unerhört, dass die Menschen das Sündenprinzip für ihre Unterhaltungsgeschichten missbrauchen«, brumme ich halb verärgert.

Sie lacht. »Ein Konzept hat dann gewonnen, wenn es in der Popkultur auftaucht.«

»Und was fasziniert dich an diesen Comics so?«

Mit einer behandschuhten Hand spielt sie mit einer Haarsträhne. Gedankenverloren kaut sie. »Die meiste Zeit meiner Gefangenschaft hat man mich gezwungen zu tragen, was man für passend erachtete. Mal stopfte man mich in Kutte und Kartoffelsack, mal ließ man mich als Lustobjekt Parade laufen. Ich mag Animes und Mangas, weil sie aus einem Kulturkreis stammen, in dem ich nie gelebt habe. Und ich kleide mich nach den Figuren, weil ich bestimmen kann, wer ich sein möchte. Und das Beste – in den meisten Figuren schlummern unerweckte Kräfte.«

Ich blinzle. »So wie in dir?«

»Bei mir ist es umgekehrt. Bei mir wurden meine Kräfte in einen Dornröschenschlaf verbannt.«

»Ich habe einiges zu sehen bekommen …«

»Eine Kostprobe.«

Unruhig rutsche ich hin und her. »Jez … wie mächtig bist du wirklich?«

Sie lächelt still.

Zweiter Gang. Vegetarisches Tatar auf Rouille mit hausgemachtem Knoblauchbaguette.

»Wie war dein Verhältnis zu deinem Bruder, bevor Luzifer kam?«

»Zu Erra?«

Ich nicke.

»Nun … ich hatte einige Geschwister. Meine Sippe war groß. Meine Mutter hatte bereits Kinder, und mein Vater noch mehr mit anderen Frauen. Monogamie ist bei den meisten Dämonenarten ein zeitlich begrenztes Konzept, vor allem, wenn sie lange leben wie wir Se'irim. Es gibt die, die ihre gesamte Existenz miteinander verbringen, doch die meisten wechseln ihre Partner.

Mein Vater hatte viele Kinder mit unterschiedlichen Frauen. Erra war einer dieser Söhne. Ich kannte ihn so gut wie jeden Anverwandten, den man gelegentlich trifft. Ich würde nicht von Liebe sprechen, wenn ich an Erra vor Luzifers Fall denke. Um ehrlich zu sein, war er mir ziemlich egal, bis zu dem Zeitpunkt, als er unsere Sippe verriet.« Sie zeichnet mit den Gabelzinken Muster in den gelbroten Saucenspiegel. »Auf gewisse Art hat er sich auf diese Weise erst für mich bedeutsam gemacht.«

Sie schweigt.

»Er hat meinen Vater verraten. Obwohl der so viele Kinder hatte, waren ihm die Anliegen der einzelnen wichtig. Er hatte viele Frauen, aber alle waren stark wie meine Mutter. Unter ihnen gab es selten Rivalitäten, es sei denn, sie trennten sich in Uneinigkeit. Ich habe einige meiner Stiefmütter wie mein eigenes Blut geliebt.

Zuerst verriet Erra meinen Vater. Er war der Knotenpunkt zu den Frauen, die das Netz seines Lebens bildeten. Kriegerinnen, Priesterinnen, Fürstinnen, Weltveränderinnen. Die Hierarchie unter Luzifer war klar die seines Vaters. Für Frauen wie sie gab es keinen Platz in seiner Welt.« Plötzlich sieht sie auf. »Manchen von uns machte er Angebote.«

»Erra?«

»Luzifer. Er lockte die Dämonen mit Adelstiteln und Aufstieg in seinen Rängen. Erra, mich und andere meiner Geschwister stellte er vor die Wahl, als seine Agenten zu dienen. Er bot mir einen Fürstentitel an, und damit ein Fürstentum in seinem Reich. Dafür wollte er eine meiner Stiefmütter. Sie war eine Hohepriesterin Ištars – und meine Lehrmeisterin im Dienst an meiner Göttin.

Ich lehnte ab. Erra nicht. Er verriet sie an den Gefallenen. Lockte sie aus dem Versteck. Sah dabei zu, wie Luzifer an ihr ein Exempel statuierte.« Jez fährt sich mit der Zungenspitze über die Lippen, der Blick fern. »Sie war seine Mutter.«

Ich schlucke.

»Erra, Fürst über Sheol, den Ort von Stille und Finsternis, an den alle Toten gehen – recht oder unrecht.« Ihre Gabel schwebt über den Teller. »Ich hätte diesen Titel tragen können, die letzten zweitausend Jahre lang«, fügt sie leise an. »Verloren habe ich meine Familie so oder so.«

Dritter Gang. Gegrillte Birne mit rauchigem Gesbenkäse, Radicchio und Chutney.

Ticktack, ticktack. Der Blick auf die Uhr verrät fünf nach sechs. Ich trinke und speise hastiger, in der Hoffnung, das Sechs-Gänge-Menü vorwärtstreiben zu können.

Jez stochert in ihrem Essen. »Du denkst an sie, nicht wahr?«

Ich verschlucke mich und unterdrücke ein Husten. »Was meinst du?«

»Ach, Lazael – halte mich nicht für so naiv. Wir können darüber sprechen. Ich bemerke doch, dass jeder zweite deiner Blicke der Uhr gilt.«

Ich huste unangenehm berührt in meinen Ärmel. »Ich … ich will nicht, dass du das Gefühl hast, es ginge heute Abend nicht um dich.«

»Du kannst die Realität verkleiden, aber nicht verändern. Es ging von Beginn an nie um mich. Sie ist der Grund, warum du überhaupt auf Erden bist.« Sie nimmt einen Schluck. »In gewisser Weise bin ich ihr dankbar dafür, wenn nicht …«

Ich imitiere ihre Haltung, leere den letzten Fingerbreit Weißwein. »Wenn nicht?«

»Wenn ich nicht eifersüchtig wäre.«

Alles dreht sich. Ich teile das Schicksal mit dem Zeiger auf der Uhr. *Ticktack, ticktack. Ich darf nicht vergessen, den Maler anzurufen, damit er mich rechtzeitig abholt.* Ich packe die Muskatellerflasche aus dem Kühler und schenke mir nach.

Jez beobachtet mich ruhig. Manchmal wirkt sie wie ein Mädchen. Dann wieder erhaben und uralt. Momentan sieht sie mich an wie die Fürstin, die sie abgelehnt hat zu sein. »Liebst du sie?«, fragt sie mich geradeheraus.

Trink, Lazael, trink! »Eva?«

Sie nickt.

»Irgendwie.«

»Irgendwie?«

»Ich denke schon.«

Ihr Blick schimmert unter den gesenkten Lidern. Sie greift ebenfalls nach dem Flaschenhals. »Vielleicht wurdest du dazu geschaffen«, sagt sie und schenkt sich nach. Als wären wir beide Fässer ohne Boden.

»Wie?«

»Vielleicht war es von dem einen Gott so bestimmt. Wenn die Menschen von Schicksal reden, bedeutet das nicht, dass jemand es geknüpft haben muss. Euer Gott erschafft euch. Ihr seid genau so, wie er sich euch wünscht.« Sie trinkt, der Blick glasig über dem gebogenen Rand.

Ich schlucke schwer. »Du meinst, er hat mich für sie erschaffen?«

»Du wirkst enttäuscht. Das musst du nicht. All die Menschen dort draußen, sie suchen ihren zweiten Teil. Und wer hat das Geeinte geteilt, wenn nicht dein Gott?«

Ich halte das Besteck so fest umklammert, dass es schmerzt. Plötzlich spüre ich, wie sie mich unter dem Tisch anstößt. »Es tut mir leid. Ich dachte nicht, dass es dich verbittert. Ehrlicherweise habe ich geglaubt, du freust dich darüber.«

»Mich freuen?«

Sie nickt, lehnt die Hand mit dem Glas an ihre Brust. »Das ist es doch, was du immer wolltest, oder? Der perfekte Spielstein in SEINEM Plan zu sein.«

Ich räuspere mich und greife nach dem Glas. »Es ist noch immer so«, lüge ich. Ich bin ein Loch, in das der Wein fließt. Die Stadt, ein gespiegelter Sternenschleier in der Finsternis, verwischt vor meinen Augen.

Vierter Gang. Chinesischer Sellerie mit Bergamotte auf hauchdünnen Brotchips.

»Was ist mit Azuriel?«, hole ich zum Gegenschlag aus.

»Was soll mit ihm sein?«

»Hast du ihn geliebt?«

Ihr Lächeln hat etwas Hässliches an sich. »Ich denke nicht, dass du das verstehst.«

»Ich dachte, wir wollen hier ehrlich miteinander sein.«

»Ich habe ihn nie geliebt. Aber ich habe ihn begehrt. Und er war erreichbar.«

Ich schlucke. Der Brotchip knackt unter meinem Messer, ich säble weiter und weiter, als könnte ich das Porzellan zerteilen wie Moses das Rote Meer.

»Ich denke, das, was du für Eva empfindest, und das, was ich für Azuriel empfinde, würde zusammen die große Liebe ergeben.«

Ich stecke mir ein Stück Sellerie in den Mund. »Schmeckt bitter, findest du nicht?«, murmle ich. »Ja, eindeutig bitter.«

Sie begnügt sich damit, zu trinken.

Du wolltest doch essen gehen, würde ich am liebsten hinterherschleudern. *Warum isst du dann nicht?*

Ich lege das Besteck ab, reibe mir den Nasenrücken. Zehn nach sieben. Wie konnte die Zeit so rasch verstreichen? »Wer sagt, dass ich Eva nicht ebenso begehre?«

Sie blinzelt träge. »Ein Gefühl. Aber vielleicht irre ich mich ja.«

»Meine Liebe ist rein«, schieße ich hinterher. »Etwas, das du nicht verstehen kannst.« *Lust.* »Sie ist mit Ehrerbietung verknüpft, wie der Mensch sie vor der Madonna empfindet.«

»Ah ja – die ewige Jungfrau. Das Konzept der Kirche, das ich am meisten verachte.«

Ich presse die Lippen zusammen.

»Nur ein Patriarch konnte sich eine Frau ausdenken, die nie bei einem Mann gelegen und doch ein Kind geboren hat. Eine Frau, der alle Frauen nacheifern sollen – unerreichbar, rein, wozu jeder andere sich beschmutzen muss – ein Paradoxon eben.«

»Es reicht!«

»Ja«, fügt sie an. »Es schmeckt bitter, du hast recht.«

Ich wische mir eine Haarsträhne aus der Stirn. Der Teller klirrt, als ich das Besteck abrupt ablege. Ich schiebe das Gedeck von mir.

Jezebels Blick juckt. Die Ruhe einer Raubkatze, Worte, die Funken durch meinen Körper schießen lassen. Ich fühle mich aufgebracht, weil sie es wagt, so über meinen Schöpfer zu sprechen.

Und erregt. Wut und Lust. Ich verstehe nicht, wie beides zusammenpasst.

Ich senke den Blick. »Dein Essen schmeckt besser«, flüstere ich.

Endlich serviert der Concierge das Dessert und somit den letzten Gang. »Kandierte Blutorangen, Kardamom-Milcheis mit Sternfrucht«, erklärt er und deckt auf. »Als Abschluss ein süßer Dessertwein, Eiswein der Zirfandel-Traube, nach dem ersten Frost geerntet und verarbeitet, erhält er eine intensive, likörige Qualität.« Er schenkt aus einer schmalen Flasche zwei kleine Gläser ein. »Ich lasse Ihnen den Champagner zum Ausklang da. Wünschen Sie noch etwas?«

Hastig schüttle ich den Kopf. Jezebels Gesicht bleibt reglos, und dennoch habe ich das Gefühl, als ginge etwas in ihr vor.

Unsere Bedienung verlässt uns. Jez sticht mit dem Löffel ins Eis und kostet. »Danke. Das war ein schöner Abend.«

Ich höre ihre Worte, erkenne keinen Gram in ihrer Miene, und doch habe ich das Gefühl, sie im Stich zu lassen. Der Alkohol lässt alles schaukeln und verstärkt meine eigene Schwermut.

»Ich …« Ich verschlucke mich an meinen eigenen Worten. »Es tut mir leid.«

»Was meinst du?«

Weiß sie wirklich nicht, was ich meine, oder will sie, dass ich es ausspreche? »Falls ich gemacht habe, dass du dich schlecht fühlst. Das war nie mein Ziel.«

Nachdenklich lässt sie das Eis auf der Zunge zergehen. »So ist das manchmal mit Gefühlen«, spricht sie leichthin, »sie haben Licht- und Schattenseiten. Du sagtest selbst: Dort, wo du herkommst, gab es in Wirklichkeit keine. Das Schöne erkennen wir ausschließlich im Kontrast zum Schlechten.«

Ich schlucke. »Ich bin mir sicher, du wirst mich ganz schnell vergessen.«

Sie lächelt, kleine Fältchen bilden sich um ihre Augen, doch sie wirken nicht fröhlich. Sie sagt nichts.

»Ich … ich muss jetzt aufbrechen.«

Sie nickt, legt den Löffel ab. Steht auf, der Samt fließt über den Schlitz über ihrem Knie. Sie trägt blickdichte Strümpfe, hat alles getan, um ihr dämonisches Selbst zu verdecken. Mir zuliebe?

Ich erhebe mich ebenfalls hastig und grapsche nach der Tischkante, als ich schwanke.

»Darf ich dich zum Abschied noch etwas fragen?«

Ich räuspere mich. »Natürlich.« Ein Abschied – für immer?

Sie zieht sich den Handschuh ab, sieht ihre Finger mit den gebogenen Fingernägeln an und reibt Daumen an Zeigefinger. Ihre Stimme klingt wie ein Schwarm junger Vögel. »Hättest du mit mir zusammen sein wollen, hätte ich meine menschliche Gestalt nicht verloren?«

Ich öffne den Mund, doch mir fällt keine Entgegnung ein.

Sie sieht auf, und mir ist, als sausen Funken durch ihre Wimpern. Ihre Hand zittert, als sie sie in meine legt. In die, die nach wie vor verbunden ist. Die, die anzusehen ich nicht ertrage.

Sie fährt über den Verband. »Hättest du die Wahl gehabt, hättest du dich für den Tod entschieden, anstatt meine Haut zu tragen?«

Ich stoße die Luft aus. Meine Brust schmerzt.

»Ich wünschte, ich hätte sie wieder, die andere Gestalt«, flüstert sie und fährt über den Stoff, der meine Finger von ihren trennt. »Und dass du mich so in Erinnerung behältst, wie du mich schön fandest.«

Ihre Worte treffen mich, ohne dass ich genau sagen könnte wieso. Ich packe ihre Hand, drücke sie fest, die Zähne zusammengebissen. »Die Ewigkeit ist lang, und möglicherweise ist es ein Versprechen, das ich nicht werde halten können. Aber jetzt erscheint es mir unmöglich, dich zu vergessen.« Mit einem Ruck ziehe ich sie an mich heran. Sie prallt gegen mich. Ich drücke sie an mich und meinen Mund auf den ihren. Ein Abschiedskuss, ein letzter. Ihre Lippen schmecken genauso süß wie letztes Mal. Ihr Geruch erfüllt mich mit beißender Wollust, und selbst als ihre Hörner meine Stirn streifen, verstärkt es nur das Gefühl.

Ich bin ein Fass ohne Boden. Ein Loch, in dem alles versinkt. Ich öffne den Mund, als würde ich ertrinken und trinken zugleich. Ihre spitze Zunge trifft auf meine. Sie küsst mich ekstatisch, ihre Nägel krallen sich durch meine Anzugjacke, fahren scharf über meine Haut.

Nur ein Kuss.

Ein allerletzter. Um zu erahnen, wie es gewesen wäre. Sie und ich. Dämon und Engel. Frau und Mann. Begierde, nicht Ehrerbietung.

Wenn ich nicht loslasse, dann dauert der eine Kuss einfach an.

Meine Hände verfangen sich in ihren Haaren, ich streiche über Rücken und Gesäß, der Samt lässt meine Haut prickeln. Eine Bewegung geht in die nächste über, mit den Fingerspitzen spiele ich mit den Löchern in ihrem Kleid. Meine Hand verfängt sich in der Aussparung des Stoffs und ich grabe tiefer, da bemerke ich, dass sich die Mullbinde in einer Schleife gelöst hat. Glatt und warm spannt sich ihre Haut über ihre Rippen.

Mit einem entsetzten Keuchen löse ich mich von Jez. Sie wankt noch einen Schritt hinterher, da bemerkt sie meinen Blick. Umgekehrt ich, der seine schwarz geschuppte Hand von sich reckt, als könnte er sie so loswerden.

Ihre sonst so wohlgehegte Maske springt. Sie beißt die Zähne zusammen. Funken tanzen aus ihren Augen – nun bin ich mir sicher, dass ich es mir nicht einbilde. Was ist das? Wut? Oder … Höllentränen?

»J-jez!«, stoße ich hervor. Ich strecke meine menschliche Hand nach ihr aus, doch sie entreißt sich mir.

»Azuriel mochte seine grässlichen Seiten haben«, sagt sie, »aber ihm war immer klar, wer er ist, wer ich bin – und hat sich nie vor mir geekelt!« Damit stiebt sie davon.

Ich versuche sie einzuholen, doch sie strebt mit der Geschicklichkeit einer Gämse auf ihren hohen Hacken am Schlafzimmer vorbei und visiert die nächste Tür an. Ich bekomme noch einen Ausschnitt vom Badezimmer zu sehen, dann knallt die Tür vor meiner Nase zu.

»Jez!«

Schweigen.

»Bitte – lass uns nicht so auseinandergehen!« Ich lehne den Kopf gegen die Tür, meine Hand auf der Klinke, doch ich wage es nicht, sie niederzudrücken.

In meiner Sakkotasche vibriert es. Ich brauche ein paar Sekunden, dann fummle ich das Handy hervor. Eva.

Eva: Wo bleibst du?

Ich habe keine Zeit … keine Zeit, keine Zeit! Ich wollte alles perfekt machen und habe doch alles ruiniert.

»Es tut mir leid«, flüstere ich. Meine Finger streifen haltlos über das Türblatt. »Mach dir hier einen schönen Abend und genieße die Suite. Ich sorge dafür, dass dich morgen ein Taxi abholt.«

Ich vernehme ein Donnern, als Jez einen Wasserhahn aufdreht und vermutlich die Badewanne befüllt.

»Es tut mir leid«, wiederhole ich und bewege mich schwerfällig zur Garderobe, um meinen Mantel zu holen. Das Wasserrauschen begleitet meinen Weg nach draußen. Von Jez kein Laut mehr.

69

Auf dem Weg zum Eingangsbereich fliegen meine Finger über die digitalen Tasten meines Handys.

Ich: Bitte entschuldige, ich hatte noch eine Onlinekonferenz nach Italien und die Zeit übersehen. Ich bin …

Ich breche ab. Ich sollte zuerst den Maler anrufen, dass er mich abholt. Nein, der braucht vom Anwesen zu lange bis hierher. Ich rufe mir lieber ein Taxi. Dann schreibe ich Eva. Oder rufe sie besser an?

»Mr. diVatta?« Ich blicke vom Handy hoch und entdecke den Concierge, der sich hinter dem Empfangstresen nähert. »War alles zu Ihrer Zufriedenheit?«

Abgehackt nicke ich. »Es war vorzüglich, vielen Dank.«

»Ihre Begleitung?«

»Bleibt über Nacht.«

»Allein?«, rutscht ihm heraus. »Sicher. Wir werden zusehen, dass es ihr an nichts mangelt.«

Ich schlucke schwer. Nervös spiele ich mit meinem Handy. »Ich muss jetzt los«, sage ich.

»Natürlich.«

Mit weiten Schritten halte ich auf die Ausgangstür zu. Draußen blinken die Lichter in der sattschwarzen Nacht, die mich an Jezebels Kleid erinnert. Nervös rege ich die Finger im Verband, den ich schlampig im Aufzug um meinen Arm gewickelt habe. Vor der Türschwelle halte ich an und inspiziere ihn noch einmal im Licht. Ich lasse das Handy in die Manteltasche rutschen und zupfe am lockeren

Stoff. Die Fingerspitze guckt schwarz hervor. Ich ziepe fester daran, da löst sich die Mullbinde erneut.

Mein Hals juckt, als ich den Stoffstreifen von den Fingern schäle. Der Anblick lässt die winzigen Härchen an meinem Nacken stehen. Ich sehe Jezebels brennenden Blick vor mir. Wie sich ihre Brust mit jedem Atemzug hebt. Das Gefühl ihrer Haut unter meinen Fingerspitzen, ob menschlich oder dämonisch. Der Geschmack ihrer Lippen, ihrer Zunge, ihrer Haut. Der Geruch, der meinen Verstand benebelt und macht, dass ich mich wie ein Tier verhalte …

Ich verkrampfe die Finger zur Faust.

Eva! Eva ist die Frau, die du begehren sollst! Eva ist für dich bestimmt! Nein – du bist für Eva bestimmt! Du wirst bei ihr liegen, und du wirst …

Meine Gedanken brechen ab. Weil ich es mir nicht vorstellen kann. Ich liebe Eva. Aber es ist nicht dasselbe Gefühl, das ich für Jezebel empfinde. Ich begehre sie nicht.

Wiederholt krampfe ich die Hand zusammen, meine Fingernägel stechen in meinen Handballen.

Liebe und Begierde, zwei Seiten einer Medaille? Kann beides überhaupt eins sein? Und kann ich beides für eine von ihnen empfinden?

Los! Ein Schritt zur Tür hinaus, und du hast es geschafft! Sieh, das Taxi mit dem leuchtenden Schild vor den Stufen, es wartet auf dich. Eva wartet auf dich.

Meine letzte Nacht auf Erden.

Ich greife nach meinem Handy, lösche die letzte Nachricht. Meine Finger fliegen über die Bildschirmtasten.

Ich: Es tut mir leid – es gibt einen Notfall zu Hause. Ich melde mich, sobald ich kann.

Es reicht nicht einmal für einen Punkt, da eile ich schon zurück zum Aufzug.

»Etwas vergessen, Monsieur?«, ruft mit der Concierge zu.

»Ja, habe ich!«

70

Die Aufzugtüren können sich gar nicht schnell genug öffnen. Die Suite liegt in Ruhe da. Das Wasserrauschen ist verklungen. Entschiedenen Schrittes laufe ich zur Badezimmertür und stoße sie auf.

Jez reißt den Kopf herum. Sie sitzt in der Badewanne wie ein Häufchen Elend. Sie hat sich die Schminke vom Gesicht gerieben. Flammen lodern aus ihren Augen und lecken die Wimpern empor. Eine Flut an Feuertränen.

Sie schöpft Wasser mit ihren Händen und erstickt das Feuer mit einem Zischen. Da bemerkt sie mich. Sie presst den Mund zusammen. Ein Schluchzen erschüttert ihre gebeugten Schultern.

»Du …!«, stößt sie frustriert hervor.

Ich laufe auf sie zu, durch den von Dampf erfüllten Raum. Ich küsse sie roh. Unsere Zähne klappern aneinander. Wasser plätschert, als sie die Arme um mich schließt. Sie hält mich fest, so fest. Meine Finger fahren über ihren Nacken, das Eisenband, ihr Haar. Ich sinke mit ihr ein Stück in die Wanne, wie mit einer Meerjungfrau, die mich ins Wasser zieht. Ich suche Halt, doch mein Arm gleitet ab und taucht ins brühheiße Wasser. Es brennt wie Höllenfeuer.

Ich packe sie an der Taille und ziehe sie hoch, hinter mir her, sodass sie einen Schritt nach dem anderen aus der Wanne folgen muss. Sie schält mir den Mantel von den Schultern, er landet in den Pfützen. Als sie mich das nächste Mal umarmt, ist da nur ihr fiebernder, feuchter Körper, über den meine Hände rutschen.

Mit brennender Aufregung koste ich jeden Augenblick aus. Wie sich jeder Inch ihrer Haut unter meiner anfühlt. Und das elektrisierende Gefühl der anderen Hand – zwei Schlangen, die einander lieben. Als hätte es immer schon so gehört.

Knöpfe springen, als sie das Hemd aufreißt. Ihre Brüste klatschen gegen meinen Oberkörper, ihr Haar klebt an meiner Haut. Wir verlassen das Bad, ein grober Walzer, bei dem ich Sakko und Hemd auf dem Teppichfußboden zurücklasse. Wir stoßen gegen eine Anrichte, die Kante sticht hart in meine Hüfte. Ich spüre es kaum. Unsere nächste Bewegung räumt die Blumenvase ab. Das Gefäß zerbricht, und mit ihm ein Widerstand in mir – ich packe Jez und hebe sie auf die Anrichte.

Ihr Mund ist überall – auf meinem, kratzt an den Bartstoppeln an meiner Kehle, ihre Zunge schlängelt sich mein Schlüsselbein entlang. Sie greift nach meiner Hand und führt sie zu ihrer Brust, prall und weich, süß und heiß. Mein Glied hat sich aufgerichtet, und in meinem Kopf tobt Feuer. Ich presse mich gegen sie, ihre Beine schlingt sie um meine Hüfte, sie hält mich fest und ich spüre eine dumpfe Hitze, die aus ihrer Scham steigt.

Meine Erregung wächst in unerreichte Höhen, so sehr, dass es schmerzt. Ich kann an nichts anderes denken, als das lodernde Feuer noch höher brennen zu lassen.

Sie fummelt an meiner Gürtelschnalle, ihre Kehle entlässt sehnsüchtige Laute. Ich spüre ihre Krallen, ein Gefühl, das wohlige Schauer über meinen Körper jagt. Ich lecke ihre Brust hinab, nehme den Nippel in den Mund, der nicht für mich bestimmt ist – eine verbotene Frucht, von der ich nun gierig koste. Sie stöhnt lauter, greift nach meiner freien Hand und bettet sie in ihren Schoß. Ich gleite zwischen ihre Schenkel, warm und nass und weich, und als ich zwischen ihre Scham rutsche, entkommt mir ein Stöhnen. Ihr Geruch steigt mir zu Kopf. Ich kann an nichts anderes mehr denken, als mich an ihr zu befriedigen. Ich will sie haben. Ich *muss* sie haben. Als würde sie meine Gedanken lesen, gleitet ihre Hand in meine Hose und packt mein Glied.

Ihre Finger gleiten über meinen Penis, und ich schwanke vor und zurück, bevor ich wieder Halt finde. Ich kann nicht anders, als ihre Bewegung zu imitieren, reibe meine Finger in ihrer feuchten Scham, und ohne es zu planen, gelangen wir zu einem gemeinsamen, abgehackten Rhythmus, der den Beistelltisch klappern lässt. Ich spüre, wie das Feuer in mir hochlodert und meinen Körper mit jedem Ruck ausfüllt.

Plötzlich lässt sie los. Mit ihren Schenkeln drückt sie mich fest an sich. Ihre Fingernägel ziehen Streifen über mein Gesäß. Ihr Kinn liegt an meinem, die Lippen feucht, die Zunge so nah. Ich kann der Einladung nicht widerstehen, küsse sie, heftig und unnachgiebig, dass ich beinahe Angst vor mir selbst bekomme. Ihr Stöhnen wandert von ihrem Mund in meinen. Tue ich ihr weh? Doch der Rhythmus unserer Bewegungen, die Art, wie sie sich an mich presst, spricht dagegen.

Ich packe sie am Gesäß und hebe sie hoch. Ihr Schweif schlängelt sich um meinen Arm, so fest, dass ich sie gar nicht loslassen könnte. Sie klammert sich an mich, und mit den letzten schwerfälligen Schritten schaffe ich es ins Schlafzimmer.

Gemeinsam stürzen wir auf das straff gezogene Bettlaken. Wir winden uns höher. Sie hilft mit den Füßen nach, während ich die Bettkante nutze, um mich meiner Hose zu entledigen wie einer zweiten Haut. Kurz löse ich mich von ihr. Ich liebkose die dunklen Nippel mit meiner schwarzen Hand, das Dämmerlicht lässt unsere Haut schimmern. Ich entdecke nichts Hässliches mehr darin. Ich spüre nur den Puls, der uns verbindet, und die Stimme in meinem Kopf, die mehr – *mehr* – MEHR! schreit.

Ihre Knie klappen auseinander wie Muschelschalen, als sie mich in ihren Schoß zieht. Ihr Schweif schlingt sich um meine prickelnden Schenkel. Ihre Hände sind überall, ihr Atem streift mein Gesicht, ihre Brüste zittern. Und endlich ist da nichts mehr, was uns trennt. Mein Glied entdeckt ihre Scham, und die Nässe leitet den Weg, sodass ich in sie hineinrutsche. So gut! Ich spanne mich an und stoße tiefer.

Mein Gesicht brennt, meine Wangen stehen in Flammen. Dennoch koste ich schwer atmend das Gefühl aus. Jetzt ist es zu spät. Jetzt kann ich nichts mehr dagegen tun.

Jetzt will ich nichts mehr dagegen tun.

Einen Augenblick lang halte ich still, die Augen geschlossen. Eine winzige Bewegung ihrerseits reicht, um einen neuen Funkenregen auszulösen. Wir reiben uns aneinander und finden zu einem neuen Takt. Jede Bewegung, jeder Ruck entlockt uns ein Keuchen.

Mit jedem Stoß werden unsere Bewegungen eindringlicher, schneller, und ich spüre, wie sich etwas in mir aufbaut, was ein großes Finale erwartet.

Jezebel windet sich unter mir. Ihr Kopf kippt zurück, ihre Kehle liegt frei, bis auf das Band aus *Kaltem Eisen* und dem herzförmigen Schloss, das in der Halskuhle aufliegt. Ihre Lippen zittern, jeder hastige Atemzug formt einen Schrei, ihre Hörner spießen in die Kissen und reißen den Stoff auf. Federn, überall – sie sinken auf das Laken und werden mit jedem Ruck erneut aufgewirbelt.

In mir formt sich eine Glut, heißer als Sheols Höllenfeuer. Und mit jedem schneller werdenden Stoß nähere ich mich der Explosion.

Jez packt mich am Nacken, presst ihren zuckenden Körper an meinen.

Da kippt sie das Haupt erneut zurück, ihre Hörner stechen tief in die Matratze, und sie stößt ein gedehntes Stöhnen aus. Es fühlt sich an, als würde sie mich einverleiben. Drei weitere Stöße, und ich stehe lichterloh in Flammen. In diesem Augenblick sind wir eins in unserem Verlangen. Ich zittere nur noch über ihr, spüre, wie ich mich entlade. Meine Sicht flackert, ich atme abgehackt. Ein Feuerwerk aus Funken tanzt durch meine Glieder.

Es ist wie eine Sucht, dieses Gefühl.

Es ist eine Sucht.

Ich will es wieder spüren. Ich muss sie wieder spüren. Ich will sie festhalten und nie wieder loslassen.

Die Nacht bleibt nicht still.

Einmal entfacht, lässt sich das Feuer nicht mehr löschen. Es verschlingt uns wie ein Waldbrand. Es sind nur wir beide, verschwitzt in den Laken, die nicht die Finger voneinander lassen können. Es dauert bis in die frühen Morgenstunden, ehe wir erschöpft einige Stunden Schlaf finden.

Das Läuten des Suite-Telefons jagt mich aus dem Bett. Ein brünstiger Geruch erfüllt den Raum. Das Schrillen malträtiert meine Schläfen. Ich stolpere zu dem Servierwagen, auf dem die letzte angebrochene Champagnerflasche im geschmolzenen Eis schwimmt. »Hallo?«, spreche ich ins Telefon.

»Mr. diVatta, entschuldigen Sie die Störung – aber Sie haben die Suite nur für eine Nacht gebucht, und wir müssen sie für die nächste Reservierung herrichten … Ihr Check-out wäre vor einer Stunde gewesen«, zwitschert eine junge Dame.

»Pardon«, krächze ich, »wir beeilen uns.«

Wasserrauschen ertönt. Als ich mich ins Schlafzimmer zurückschleppe, ist die andere Hälfte des Bettes leer. Kurz streife ich über den Abdruck im Laken, spüre die Restwärme und atme Jezebels Geruch ein, der sich mit meinem vermischt hat. Ich folge dem Geräusch ins Bad, wo Wasser gegen eine Glasscheibe plätschert, die die Dusche abschirmt. Jezebel bewegt sich dahinter. Hungrig sauge ich ihren verschwommenen Anblick ein, die ausladenden Hüften, der Schweif, der wie eine Schlange hin und her zuckt. Sie wendet mir den Rücken zu und wäscht sich das Haar, fährt dabei geschickt zwischen ihre Hörner, als hätte sie diese die letzten Millennien nie verloren.

Ich reiße mich zusammen und tappe zum Waschbecken, wo eine Einwegzahnbürste und Zahnpastaproben warten. Ich putze mir die Zähne, als Jez die Dusche mit einem quietschenden Geräusch ausstellt. Sie tritt an die beschlagene Scheibe heran, guckt halb dahinter hervor. »Mr. diVatta?«

Plötzlich werde ich mir bewusst, dass ich nackt bin. Irritiert spucke ich den Schaum aus und wische mir den Mund ab. »J-Jezebel«, presse ich hervor. Was gibt's nach einer Nacht wie dieser zu sagen?

Stumm lehnt sie die Schläfe an die Glaskante. Ihre Brust drückt sich gegen die durchsichtige Scheibe. Meine Lider erzittern. Ich vermag nicht wegzusehen. Wie kann Erregung derart übers Auge gehen?

»Wollen Sie nicht reinkommen, Padre?«

Ich spüre, wie Blut und Hitze zurück in mein Glied schießen und keinen Platz für Schamgefühl lassen. Ein Atemzug, und ich tigere zu ihr in die Dusche, wo sie den warmen Strahl stärker dreht. Ich ficke sie an der Fliesenwand. Es gibt keinen beschönigenden Ausdruck dafür. Wir machen keine Liebe. Wir pflanzen uns nicht fort. Und schlafen tun wir ganz sicherlich nicht dabei.

Wir treiben es wie die Tiere.

Unzählige vermisste Anrufe und Textnachrichten lauern auf dem Handy – von Eva, vom Maler. Doch meine Gedanken können sich darauf nicht fixieren, klettern immer wieder zur Frau in meinen Armen zurück.

Wir lassen uns aus dem Hotelzimmer vertreiben und nehmen eines der Taxis vor dem Hotel. Bereits als wir auf die Rückbank rutschen, ist Jezebels Hand schon wieder an meinem Schenkel. Es ist schwer, sich vor dem Taxifahrer zusammenzureißen, nur innige Berührungen und gelegentliche Küsse auszutauschen, doch sein beständiges Plappern über die Wahl und die Terroranschläge – »Dass so was ausgerechnet in Doverport passiert!« – dämmt uns gerade so weit, dass wir nicht erneut übereinander herfallen.

Endlich beim Domizil! Die Sonne trägt uns berauscht durch die Allee, Hand in Hand. Hinter uns fallen Gatter und Tür ins Schloss, und vermutlich hätten wir es nicht einmal durch den Innenhof geschafft, würde uns nicht Schrittgeräusche aufhalten.

»Lazael, bist du das? Der Maler hat die ganze Nacht kein Auge zugetan, weil er auf deinen Anruf gewartet hat! Und dementsprechend habe ich kein Auge …« Er bricht ab, als er an der Türschwelle ankommt und mich in Jezebels Begleitung entdeckt, unsere Finger miteinander verflochten. »Was …?«, presst er hervor. Zu einem anderen Zeitpunkt hätte mich seine Verblüffung sicherlich einige Erklärungsversuche gekostet, doch heute marschiere ich nur schnurstracks an ihm vorbei und ziehe Jez hinter mir her.

»Pardon. Ich entschuldige mich später beim Maler. Jez und ich haben etwas Wichtiges zu besprechen.«

Ihr doppelstimmiges Kichern begleitet unseren Weg zum Schlafzimmer.

Meine drei aktiven Gehirnzellen reichen gerade mal dazu aus, Eva eine Nachricht zu schicken.

Ich: Es gab einen Notfall bei meiner Familie. Ich musste überraschend heimfliegen. Es tut mir leid, ich melde mich, wenn alles geklärt ist.

Es ist der letzte Versuch, eine Tür offen zu halten, bevor ich im Sumpf der Begierde versinke. Jez und ich verbringen die diffus verstreichende Zeit in meinem Flügel. Wenn die Künstler nicht hier wären und darauf bestehen würden, Jezebels zweite Haut zu vollenden, wer weiß, ob wir uns nicht zu Tode lieben würden. Hunger, Durst, soziale Interaktion mit anderen Menschen – all das verliert im Angesicht der gemeinsamen Zeit an Bedeutung. Der Bildhauer zeigt sein Missfallen mir gegenüber offen, während der Maler vorsichtig das Gespräch sucht.

Als meine eigene Hand abgeheilt und die zweite Haut völlig angewachsen ist, baut mir der Bildhauer eine zweite menschliche Hülle, die nicht von meiner ursprünglichen Haut zu unterscheiden ist – genau wie Jez sie trägt. Der Maler inspiziert das Ergebnis ausführlich. »Hat er gut gemacht«, stellt er fest. Auf dem Wagen, ihre Hörner zurück in eine andere Sphäre gemalt, schläft Jezebel, von der Prozedur erschöpft. Bis auf einige Stellen an ihrem Körper, die Verfärbungen aufweisen, sieht sie wie früher aus.

»Ich hoffe, du weißt, was du tust?«, fragt der Maler und drückt dabei meine Fingerknöchel.

Eine Weile schweige ich. »Es ist noch nicht zu Ende«, sage ich leise. »Ich wollte nicht, dass es endet.«

»Ich verstehe dich. Sehr gut sogar. Es ist nicht so, als würde ich es euch nicht gönnen. Junge Liebe ist etwas Wunderbares.«

Ich lache auf.

»Was?«

»Nur das, was du gesagt hast – *Liebe.*«

»Würdest du es denn anders nennen?«

Ich zucke mit den Achseln. Die Frage verwirrt mich.

»Glaubst du nicht, dass du dir mit dieser Entscheidung den Weg verbaut hast?«

Die Frage juckt. Ich verdränge sie ins hinterste Stübchen meines Kopfes, ungefähr dorthin, wo ich das Wissen über die Fortpflanzung von Moosen und Farnen oder die Handelsgesetze von Rhode Island verstaue.

Ich entziehe dem Maler die Hand. Unangenehm berührt umkreise ich mit meinen Daumen den jeweils anderen. »Es ist noch nicht zu

Ende. Gott hat mich nicht für das bestraft, was ich getan habe. Ich trage kein Schandmal wie mein Bruder.«

»Und Eva?« Sein wacher Blick tut weh. Genau wie die Erwähnung der Auserwählten.

»I-ich …« Ich sehe zu Boden. »Ich habe ihr geschrieben, dass ich wegen eines Notfalls nach Italien muss.«

Der Maler legt den Kopf schief. »Und du glaubst, das wird richten, was du zerbrochen hast?«

Kann es das? Ich will mich gar nicht damit auseinandersetzen. Wenn ich an Eva denke, wallen Schuldgefühle für das auf, was ich ihr angetan habe. Was *wir* ihr angetan haben, Sheol und ich. Ich will mir mein Gefühlshoch nicht trüben lassen, den ewigen Mai, den ich mit Jezebel erlebe.

Der Maler hat recht. Der Türspalt, den ich zu Eva habe offen stehen lassen, dient nur dazu, mich selbst zu belügen. Dahinter warten nur Spinnweben und Stille – genau wie Evas Reaktion auf meine angebliche Abreise. Aber die Lüge ist so verdammt bequem. Sie duftet nach sonnenerwärmten Wiesen, genau wie Jezebels Haut.

Ich reibe mit dem Daumen über den Handrücken der anderen Hand. Gedankenverloren blicke ich ins Nichts.

Umsichtig berührt der Maler mein Knie. Kurz sieht er noch so aus, als wollte er etwas anfügen, dann schließt er den Mund und erhebt sich.

Ich fahre mit der Hand unter Jezebels T-Shirt hoch, zwischen ihre Brüste. Sie kichert und windet sich kurz in meinem Arm, während ich mein Kinn an ihre Schulter schmiege. Wir liegen bei ihr im Zimmer auf dem schmalen Bett, in das ich kaum von Kopf bis Fuß passe. Sie blättert in einem ihrer Mangas – *Alice in Borderland* –, und ich lese mit, während ich sie befummle. Ich bin ein schlechter Mensch und ein noch schlechterer Engel. Warum fühle ich mich dann so glücklich?

»Fertig?«

»Mh.«

Sie blättert um.

Ich streichle ihre glatte Haut, fahre ihre Rippen nach, die Rundung ihres Bauches, spiele mit ihren Nippeln. Mit ihrer freien Hand liebkost sie mein Haar, während sie sich sachte an mir bewegt und es dennoch schafft, sich weiter auf die Seiten zu konzentrieren. Ich spiele mit dem Rand ihres Höschens. Ihr Atem erzittert, und ich fahre unter den Stoff. Endlich schließt sie die Augen und kippt das Büchlein zur Seite, während ich nach ihrem Lustpunkt suche.

Das, was ich von Maria Magdalena gelernt habe, habe ich bereits zur Anwendung gebracht. Und auch Jez ist begierig, mich zu lehren. Ich bin ein guter Schüler. Ich vergesse nicht. Jedes Flattern ihrer Wimpern, jede noch so kleine Regung, wie sie atmet oder sich mir entgegenbiegt, verrät mir, was sie wünscht. Ich reibe meine Bartstoppeln an ihrem Kiefer und meine Finger in ihrem Schritt, lasse sie um die kleine Perle kreisen, locke sie hervor.

Jez krallt die Hände in mein Haar. »Du bist ein böser Junge«, atmet sie schwer. »So ein böser Junge …!«

O ja. Und ich liebe es. Nicht nur von ihr befriedigt zu werden, sondern auch sie zu befriedigen. Ist das Liebe?

Als meine Bewegungen schneller werden, klatscht sie ihre Hand auf meine, drückt sie an sich. »Du darfst niemals gehen«, wispert sie ins eigene Haar. »Ich will, dass es für immer so bleibt. Versprich es mir.«

»Für immer«, flüstere ich, ohne dass ich darüber nachdenke. Es ist ein Versprechen, das ich nicht halten kann, doch es stammt aus keiner logischen Ecke meines Verstandes. Ich küsse ihren Nacken, knabbere an ihr wie an einer Süßigkeit. Ihr Atem geht ruckartiger, ihre Schenkel erzittern mit jedem Streich. Als sie sich dem Höhepunkt nähert und den Kopf zurückbiegt, schnappe ich mir ihre Schulter und beiße sacht hinein. Sie kommt mit einem Schauer.

Ich habe rasch bemerkt, dass ein gewisses Maß an Dominanz und Machtspiel Jez anturnt. Ich hätte nur nie gedacht, dass es umgekehrt auch mir gefällt.

Schwer atmend dreht sie den Kopf zu mir und erwartet einen Kuss. »Für immer«, flüstert sie an meine Lippen. Wir sind ein Echo des jeweils anderen.

Da schießt es mir das erste Mal durch den Kopf. *Ich liebe dich,* denke ich.

71

Die komplette Wiederherstellung ihrer menschlichen Gestalt versetzt Jez in eine ausgelassene Stimmung. Sie flirrt durch das Haus und beschließt in ihrer Ekstase, ein nachmittägliches Festessen zu veranstalten. Der Maler und sie kochen, ich spiele Küchenjunge und folge ihren Anweisungen, bis mich der Bildhauer bittet, ihm dabei zu helfen, die Terrasse fürs Essen herzurichten. Es ist ein herrlicher Mai-Nachmittag, die Temperaturen weit über siebzig Fahrenheit, sodass wir den Tisch in kurzärmeligen Shirts hinaustragen. Ich schleppe Stühle, der Bildhauer deckt währenddessen den Tisch, anschließend schneide ich einen Strauß aus Gartenblumen als Tischschmuck.

Der Bildhauer rümpft unzufrieden die Nase. »Mh.«

»Was denn?«

»Nichts.«

»Gefallen dir die Blumen nicht?«

»Doch, doch. Ganz reizend.« Damit dampft er zurück ins Hausinnere. Seit der Nacht im *THE DUBAI* wechselt der Ältere kaum ein Wort mit mir. Ich verstehe seine Reaktion nicht. Er liebt Jez doch auch. Warum lässt er uns nicht einfach glücklich sein?

Ich ertappe mich dabei, immer wieder verstohlene Blicke in den Himmel zu werfen, in der Erwartung eines strafenden Schlags aus der anderen Sphäre – doch der strahlt unschuldig blau. Die Vögel jubilieren, erste Grillen zirpen, es duftet nach Frühsommer. Ich schiebe die Vase zurecht und folge ihm ins Haus. Auf dem Weg zur Küche vernehme ich die raue Stimme des Bildhauers, die sich beim Näherkommen aus den Alltagsgeräuschen löst. »… wie lange, glaubst du, wird das noch gut gehen?«

Einige Schritte vom Esszimmer entfernt halte ich an.

»Was meinst du?«, entgegnet Jezebel. Sie klimpert in der Küche. Im Radio rauscht ihre Grunge-Musik. Sie stört mich nicht länger, auch wenn ich Klassik deutlich bevorzuge.

»Du kannst doch nicht glauben, dass diese Scheinidylle Bestand hat.«

Etwas landet in der Pfanne und zischt. Der Geruch von Knoblauch breitet sich aus. »Es könnte so schön sein«, sagt Jez leichthin. »Ihr könntet ebenfalls hierbleiben.«

Er lacht auf.

»Wieso nicht? Du, Marut, Lazael und ich.«

»Eine glückliche Familie?«

»Du brauchst nicht sarkastisch zu sein.«

»Das ist Wahnsinn, Jezebel! SIE werden es niemals dulden! IHNEN geht es nur um das Spiel zwischen Himmel und Hölle – und wer verliert, hat mit Konsequenzen zu rechnen. Dein Lazael wird die Folgen tragen müssen.«

»Er ist noch hier.« Es klopft; ein Messer, das auf ein Holzbrett schlägt.

»Du glaubst doch nicht wirklich, dass Gott Lazael für sein Versagen damit belohnt, dass er mit seiner dämonischen Geliebten auf der Erde verweilen darf?! Azuriel wollte die Erde nie verlassen; der Gedanke daran, in den Himmel zurückgeholt zu werden, war ihm eine ständige Bedrohung. Lazael ist nicht der erste Engel, der hierbleiben will!«

Ich beiße die Zähne zusammen.

»Ich weiß.« Jezebels Stimme ist schneidend. Ihre beiden Tonlagen mischen sich zu einem Zwischenton, der mir die Härchen aufstellt.

»Du kannst nicht alles haben«, fügt der Bildhauer nach einigen Sekunden an. »Du bist nicht frei. Und du kannst nicht frei werden, wenn du …«

»Harut!«

Er verstummt.

»Ich will einfach nur ein Abendessen im Frühsommer mit den einzigen Leuten genießen, die mir etwas bedeuten. Ist das zu viel verlangt?«

Pause. »Nein. Aber ich denke, du und Lazael verdrängt in eurem Rausch …«

Etwas knallt. Ich beschließe einzuschreiten. Als ich das Esszimmer betrete, sehe ich, wie Jez eine Salatschüssel auf den Rand der Speisetafel geknallt hat, an dem der Bildhauer sitzt. »Den kannst du schon raustragen.« Sie wendet sich um. »Überhaupt bist nur eingeschnappt, weil du deine Wette verloren hast.«

Er seufzt auf, die Finger an der Stirn. Da bemerkt er mich. Sein heller Blick trifft auf meinen.

»Du hast auf mich gewettet?«, frage ich ruhig und schlendere heran. Meine Schritte gleiten weich ineinander, doch in mir herrscht eine gefährliche Anspannung. Ich beobachte ihn scharf. »Eigenartig.«

»Wieso?«, brummt der Bildhauer. Er stützt den Ellenbogen auf dem nebenstehenden Stuhl ab. »Kein Vertrauen in deine eigenen Fähigkeiten?«

»Nein. *Du* zeigst kein Vertrauen in meine Entscheidungen.« Ich beuge mich über den Tisch und greife die Salatschüssel. »Und du hast die Wette nicht verloren. Genau genommen hat noch niemand gewonnen oder verloren.«

Der Bildhauer wischt sich mit Daumen und Finger über den Bart. »Ach, Kinder …« Er seufzt auf und drückt sich in die Höhe. Dann wandert er in die Küche und nimmt von Jezebel Parmesan, Salz- und Pfefferstreuer entgegen. »Ich hoffe, dass ihr euch nicht verrennt. Ich wünsche es euch wirklich.«

Die Stimme des Malers hallt durch den Korridor. »Die Suppe ist fertig!«, ruft er und hält mit Geschirrtüchern den Kessel umklammert. »Italienische Zuppa Pavese!« Er widmet uns einen kurzen Seitenblick und hebt die Augenbraue. »Was ist los?«

»Der Bildhauer kann nicht verlieren«, kommentiert Jez aus der Küche. »Selbst dann, wenn er noch nicht verloren hat.«

»Wir wetten immer nur um einen Kaffee!«, schnaubt der.

Der Maler lacht auf. »Beim Wetten geht es nicht um den finanziellen Gewinn, sondern um den Rausch des Rechthabens. Und ja, er ist ein schlechter Verlierer.«

»Ich sage gar nichts mehr!«, kommentiert sein Partner rotzig und trägt seine Sachen vor dem Maler zur Tür hinaus. Gedankenverloren sehe ich ihnen nach. Hätte ich eine Vermutung äußern müssen, ich hätte mit Sicherheit darauf gesetzt, dass der Maler auf meinen Sieg gewettet hätte. So kann man sich irren.

Kaum sitzen wir im Garten, Schüsseln voll köstlichem Essen vor uns, klingelnde Gläser mit Saft und Wein in unseren Händen, finden unsere Gemüter zur Ruhe. Jez bekommt, was sie will – ein nachmittägliches Familienessen mit ihren selbst erklärten Lieblingsmenschen. Sogar der Bildhauer ringt sich zu einem milden Gesichtsausdruck durch.

Der Maler schöpft die italienische Eiersuppe in Suppenteller, wir stoßen an. Danach Pasta mit Zucchini, Zitrone, Parmesan und Salat. Tiramisu als Nachtisch. Der Maler und der Bildhauer erzählen von ihrer Zeit, als sie den österreichischen Kaiserhof besuchten und den jungen Mozart spielen hörten, wo er seine ersten Stücke uraufführte. Jez gesteht zu meiner Überraschung, dass sie Klavierspielen kann – meine Vorgänger zwangen sie zu ihrer Unterhaltung, das Spinett zu erlernen; damals, als sie noch im Vatikan ansässig war. Meine Hand an ihrem Knie, warme Sommerluft, der Gartenduft, das Lachen der Künstler, als Jez eine Anekdote aus dem Vatikan zum Besten gibt – von mir aus könnte es immer so bleiben. Sogar eine Nachbarskatze tigert schneeweiß über die Wiese und gesellt sich zu uns auf die warmen Fliesen.

Wenn es nur immer so bliebe. Aber auf den höchsten Flug folgt der tiefste Fall. Ich habe diesen Spruch nie verstanden, bis zu diesem frühen Abend, als mein Handy klingelt.

72

Es ist eine unbekannte Nummer, daher hebe ich ohne Zögern ab. »Hallo?«

Ein eigenartiges Tacken schlägt mir entgegen. Ich glaube zunächst, es handle sich um einen Fehlanruf – nur eine äußerst limitierte Anzahl an Menschen besitzt tatsächlich meine Nummer, und Azuriel habe ich seit seinem Rauswurf nur noch auf dem Fernsehbildschirm gesehen.

»Leonardo?«, ertönt ein Flüstern durch das Leitungsrauschen.

Ich erstarre. »E-eva?«

Wieder Stille, nur Rauschen und das rhythmische Tacken. Meine Gedanken, die sich die letzten Wochen ausschließlich um Jez gedreht haben, ziehen mich mit einem Ruck in die Vergangenheit. Das Schuldgefühl trifft mich wie ein Faustschlag in die Magengrube. Meine Hand sucht an der Kommode Halt. »Ich …«, stoße ich hervor, meine Gedanken rasen.

Wer verliert, hat mit Konsequenzen zu rechnen. Lazael wird die Folgen tragen müssen.

Ich kralle die Finger um die Kante, schleppe mich ein paar Schritte weiter zu meinem Bett und lasse mich auf die Sitzbank davor fallen, von dessen Ecke Jezebels Höschen baumelt. Selbst dieser Anblick würgt mich vor Schuldgefühl.

Sag etwas, befehle ich mir. *Irgendetwas!*

Tack-tack-tack …, schweigt mir das Telefon entgegen.

»Ich weiß, es ist schräg, dass ich dich anrufe. Nachdem du … einfach nicht gekommen bist. Zuerst diese lieblose Nachricht, und dann folgte gar nichts mehr.«

Ich stütze die Stirn in die Hand, schließe die Augen.

»Ich weiß nicht, was passiert ist. Ob ich dich mit dieser Einladung überfordert habe. Oder ob es tatsächlich einen Notfall in deiner Familie gab …« Ihre Stimme verliert sich in einem Schluchzen. »Eigentlich weiß ich auch gar nicht, wieso ich dich anrufe! Dein Schweigen war Antwort genug. Aber es ist etwas passiert, und ich weiß einfach nicht, mit wem ich sonst darüber reden soll …! Und du warst bis zu diesem Zeitpunkt ein guter Zuhörer, der mir immer Rat gegeben hat … und du bist weit weg, vermute ich, daheim in Italien – zumindest will ich das glauben …«

Ich möchte etwas sagen, doch brauche ich einige Atemzüge, bevor es mir gelingt. »Was ist passiert, Eva? Wie kann ich dir helfen?«

Sie weint ins Telefon, ein eigentümlicher Takt, der mit den Leitungsgeräuschen verschmilzt. »Ich weiß nicht, was ich tun soll.«

Ich reiße mich zusammen und rutsche auf die Sitzbankkante vor. Eva braucht mich. Ich liebe sie, aber eben nicht so, wie ich Jez liebe. Das tut mir unendlich leid.

Ich stütze mich auf mein Knie. »Eva«, sage ich möglichst ruhig und fest. »Was brauchst du? Ich bin zurück in den USA. Sag mir, wo du bist, und ich helfe dir.«

Tack-tack-tack. »Du hast Rhode Island nie verlassen, nicht wahr?«

Mit einem Ruck erhebe ich mich und wandere weiten Schrittes durch den Raum. »Eva, ich habe mich …«

»Ich bin schwanger«, unterbricht sie mich unvermittelt.

Zunächst glaube ich, mich verhört zu haben. »Wie?«

»Ich bin schwanger«, sagt sie nun ruhiger. Sie klingt bitter, aber auch irgendwie gesetzt – als läge ein gewisser Genuss darin, mich darüber zu informieren.

Meine Gedanken purzeln. Einen Augenblick lang bin ich derart überrumpelt, dass ich tatsächlich überlege, wie sie von mir schwanger sein kann. Dann breche ich wie ein Eistänzer durch die Eisoberfläche. Die Wahrheit schlägt auf mich ein.

»Sh-Sheol?«, presse ich hervor. Das Handy in meiner Hand zittert, sodass die Geräusche daraus verschwimmen. Trifft mich im nächsten Augenblick ein göttlicher Blitz, die Strafe für mein Versagen?

»Nein.«

Ich blinzle überfordert.

»Wer …?«

»An dem Abend, als du mich per Textnachricht hast sitzen lassen, habe ich den Jeep genommen und bin in die Stadt, um mich zu betrinken. Ich habe dort einen Bekannten getroffen.«

Ich presse das Handy fester. *Nur weil er nicht wie Sheol aussah …* Doch die Künstler sagten, er könne ohne ihre Hilfe nicht wieder zur menschlichen Form finden. Haben sie sich geirrt? Oder mich belogen? Mein Blick schnappt hoch.

»Er war zufällig auch dort«, erzählt Eva weiter.

Ich glaube nicht an Zufall.

»Ich war verletzlich, fühlte mich ungeliebt – und er sagte mir all diese Dinge, die eine Frau in diesem Augenblick hören will … Wäre ich nicht so verletzt gewesen, ich wäre niemals auf ihn reingefallen. Und dann noch jemand wie du! Und gleichzeitig – so gar nicht …«

Ich erstarre. »Einer wie ich?«, wiederhole ich langsam.

»Es ist doch egal«, wendet sie ein. »Er ist ein Arschloch. Ich habe ihm gesagt, dass der Test positiv ist. Und er … er hat nur gelacht.«

»Was?«

»Ich weiß.« Sie schluchzt. »Er hat sich zurückgelehnt, die Hände hinter dem Kopf verschränkt, als hätte er eine Wette gewonnen, und gelacht. Ich würde ja darüber schreiben, wenn mir irgendjemand Glauben schenken würde.«

Ich würge den Knoten in meinem Hals hinunter. Der Bildschirm an meinem Ohr glüht. »Eva, wie heißt dieser Mann?«

Tack-tack-tack. »Du kennst ihn, glaube ich«, sagt sie leise. »Er ist Reverend der presbyterianischen Kirche *Zur heiligen Gnade Mutter Gottes*. Sein Name ist Austin Carter.«

Mir ist, als bräche etwas in mir. Und im selben Augenblick vernehme ich ein eine eigenartige Tonabfolge, kristallklar und hell – wie ein Klingeln aus einer anderen Sphäre. Mit einem Ruck hebe ich den Blick, ohne den Himmel durch die geschlossene Raumdecke zu sehen.

Ich werde zurückgerufen.

73

Ich stürme in die Büroräumlichkeiten der presbyterianischen Kirche *Zur heiligen Gnade Mutter Gottes* und brülle: »Judas!« Das himmlische Läuten klingt wie ein Tinnitus in meinem Schädel nach. Es erfüllt mich dem Wissen, dass ich vor meinen Herrn bestellt wurde. Es kostet mich alle Kraft, es zu ignorieren. Stur marschiere ich durch den Korridor, wo erste Mitarbeiter von Azuriels Imperium die Köpfe aus den Bürotüren strecken.

»Wo versteckst du dich, du Schlange?«

Einige ziehen sich zurück wie Schildkröten. Nur ein einzelner Mann stellt sich mir entgegen. »Sie können hier nicht einfach hereinplatzen …!«

Ich ramme ihn mit der Schulter zur Seite, er taumelt gegen die Pappwände. »Azuriel!« Meine Stimme dröhnt durch Wände wie ein göttlicher Befehl. Da – ein Schriftzug markiert sein persönliches Assistenzbüro. Ich knalle die Tür auf. Eine hübsche Frau schreckt hinter dem Tisch auf.

»Wo ist er?«

»W-wer …?« Ich erkenne ihre Stimme – ich hatte sie mehrmals am Telefon, als ich versucht habe, meinen Bruder zu erreichen.

»Austin Carter!«

Ihre Augen weiten sich. Sie fummelt nach dem Hörer. »Er ist nicht hier. Bitte gehen Sie!«

»Wo ist er?!«

Ihre Finger fliegen über die altmodischen Tasten. »Wenn Sie nicht augenblicklich das Haus verlassen, muss ich die Polizei rufen! Nach den Anschlägen können Sie sich ausmalen, mit welchem Aufgebot die hier anrücken werden!«

Ich sauge die Luft in die Lunge. Das himmlische Klingeln rumort hinter meinen Schläfen. »WO IST AUSTIN CARTER?«

Der Aufzug trägt mich die Hochausanlage empor. Ich streife mir über die kratzende Kehle. In der Kabine gleite ich die Glaswand entlang, die Straße und die darauf befindlichen Autos schrumpfen unter mir davon. Dennoch spüre ich, wie in meinem Rücken längst vergessene Muskelpartien arbeiten, um meine Schwingen zu weiten, als könnten sie mich rascher ans Ziel bringen. Kaum hält der Aufzug, schiebe ich mich durch die sich öffnenden Türen. Der Gang führt mich an zahlreichen Apartmenttüren vorüber. Die Türnummer von Azuriels Apartment muss ich nicht lesen, um sie als seine zu erkennen – zwei bewaffnete Bodyguards stehen davor postiert.

Als sie mich weiten Schrittes näher kommen sehen, rücken sie in Position. »Gemäßigtes Tempo auf dieser Etage!«, ordert der eine. Der andere grapscht nach der Waffe. »Keine unangemeldeten Besuche!«

»SCHLAFT.«

Die beiden Bodyguards knicken ein. Mit flatternden Lidern poltern sie zu Boden. Ich marschiere zwischen ihnen hindurch. Die versperrte Tür stellt für mich kein Hindernis dar.

»Judas!«

Azuriel schreckt von einer weitläufigen Sofalandschaft hoch. Eben noch hielt er eine Fernbedienung umklammert und beobachtete sich selbst, wie er über einen gewaltigen Bildschirm flimmerte, da wirft er das Gerät von sich und erhebt sich mit einer fließenden Bewegung. »Lazael. Es war wohl nur eine Frage der Zeit, bis du hier auftauchen würdest.«

Ich rege steif die Finger. Mein Gesicht schmerzt vor Hass. »Du …!«, presse ich hervor.

Er zuckt nur mit einer Augenbraue. »Ich.« Dieser Ein-Wort-Satz erzählt alles über ihn.

»Wie konntest du …?!«

»Wie?« Er lacht, ein Geräusch wie rieselnder Sand. Azuriel verschränkt die Arme vor der Brust, tippt mit dem Zeigefinger auf seinen

Bizeps. Der alte Kirchenring daran verspottet mich. »Wie das mit den Bienchen und Blümchen funktioniert, solltest du mittlerweile wissen.«

Sein Hohn lässt etwas in mir reißen wie ein lang gezogenes Gummiband. Ich schnalze einen Schritt vor. »Du hast sie geschwängert!«

Jetzt sehe ich, wovon Eva gesprochen hat. Mein Bruder reißt den Kopf zurück und lacht. »Ich weiß! Ist das nicht fantastisch?« Er streckt die Arme aus, weitet sie wie Flügel. Durch das Fenster leuchtet der Schriftzug von SEMPER auf dem dunkelgrauen Oiltower. Azuriel, der dunkle Engel von Doverport.

Seine Arme sacken herab. Er betrachtet mich ausgiebig. Etwas daran irritiert mich. Sein Blick wirkt mild – die Genugtuung einer vollzogenen Rache bleibt aus.

Unvermittelt kippt meine Stimmung. Ich hebe die Hand, doch lasse sie wieder fallen. »Wieso?« Ich hasse es, wie kläglich ich klinge. »Ist es wegen Jez?«

Er lacht auf. »Nein. Um genau zu sein, hat es mit euch beiden gar nichts zu tun.«

»Was?«

»Es dreht sich nicht immer alles nur um dich, Lazael.«

Da, erneut – der Rückruf. Das glockenhelle Läuten erschallt aus dem Nichts. Automatisch hebe ich den Kopf, da reagiert Azuriel ebenfalls. Wir sehen einander an. Sein Mundwinkel kringelt sich. »Ah – du hörst es nun auch.«

Meine Kehle verknotet sich. »ER hat dich ebenso zurückbeordert?«

»Schon vor einer ganzen Weile.« Er setzt einige Schritte voreinander, wandert an der Couchlandschaft vorüber. »Kurz nachdem du das Domizil betreten hast, hat es begonnen.«

»Und du bist dem Aufruf nicht gefolgt?«

Er wird ernst. »Wozu? Was gibt es dort oben, wofür zu existieren es sich lohnt?«

Ich schlucke schwer. »Kein Schmerz. Kein Leid. Die ewige Liebe unseres Vaters. Schutz vor dem Bösen. Reinheit. Licht.«

»Du brauchst es nicht aufzuzählen, du hast es auswendig gelernt wie ich, kleiner Bruder. Nichts davon offenbart länger seinen Reiz. Ich glaube nicht, dass ich dir das sagen muss. Sogar im Leid steckt ein gewisses Maß an Lust.«

Blasphemie!

»Und die Liebe unseres Herrn? Was bedeutet Liebe schon, wenn man seine Vögelchen der Freiheit beraubt? Es gibt Menschen, die sperren ihre Liebsten in den Keller, damit sie diese nie verlassen. Würdest du das Liebe nennen?«

»Jetzt, wo du den nächsten Messias erschaffen hast – glaubst du, dass Gott dir erlaubt, hierbleiben zu können?«

Er besieht mich mit dem Amüsement, mit dem man einen Narren betrachtet. »Ach, mein naiver kleiner Bruder …«, seufzt er und schüttelt den Kopf.

Azuriel

74

Nach der Explosion im Rathaus

Aus der Düsternis schält sich ein grotesker Anblick. Als hätte man einen Menschen mit Verbrennungen dritten Grades aus einem brennenden Haus gerettet, nur um ihm kurze Zeit später die Beine amputieren zu müssen.

Tatsächlich ist es ein ähnlicher Geruch, der die Luft des abgedunkelten Apartments gegenüber dem Oiltower erfüllt. Es riecht nach verbrannter Haut, versengtem Horn und Schwefel. Nicht weich und verführerisch wie der Duft, der aus Jezebels Scheitel steigt, sondern ätzend wie Streichhölzer, die frisch in Brand gesetzt wurden.

Der Dämon – oder besser gesagt, seine Überreste – ist auf einem Krankenbett aufgebahrt. Seine Haut schimmert rot-schwarz, Fragmente von Menschenhaut sind an verwinkelten Stellen zurückgeblieben, wie an Ohren, Nasenlöchern oder zwischen seinen Fingern. Der Rest des Körpers schwärt wie eine gigantische Wunde. Beim Näherkommen gleitet das Zwielicht, das durch das Gewebe der Vorhänge dringt, über seine Schuppen. Und dann sind da noch seine orangegelben Augen mit den horizontal geschlitzten Pupillen, mit denen er mich eingehend mustert.

Sheol ist ein Se'irim wie Jezebel. Um ihn an die Menschenwelt anzupassen, musste ihm der Maler die Ziegenbeine samt Hufen in eine andere Dimension malen, ebenso Schweif und Hörner. Die Explosion hat seine menschliche Hülle verbrannt, aber nicht die fortgemalten Teile aus der anderen Dimension zurückgerissen. Seine Beine enden daher kurz über den Knien wie Stummel.

Der Dämon mustert mich aus orangegelben Augen. »Du musst die Künstler holen«, flüstert er mit heiserer Stimme. »Sie müssen mich wiederherstellen.«

Ich betrachte ihn ruhig. »Das wird schwierig. Deine Schwester okkupiert sie im Domizil, und ich darf es nicht länger betreten.«

Sheol zischt. Er krallt die Finger in die Laken, die Spitzen schwarz wie Tinte. Kurz taucht seine Zunge leuchtend rot hervor und benetzt seine Lippen. »Du musst ...«

Ich verschränke die Arme vor der Brust. »Beginnen wir mal damit: Ich muss gar nichts.«

Bewegung kommt in seine Marionetten, die mit bleichen Augen an den Wänden stehen.

»Du hast mir von deiner reizenden Assistentin ausrichten lassen«, ich weise hinter mich, wo das Mädchen schwankt, das Sheol zu mir geschickt hat, »dass du ein Angebot für mich hast. Ein Angebot, das angeblich so unwiderstehlich ist, dass nicht einmal ich es abschlagen kann. Das hat mich neugierig gemacht. Was kann mir ein Höllenfürst anbieten, der sich selbst in die Luft gesprengt hat? Einer, der knapp davor ist, schrecklich zu versagen?« Ich tätschle eine seiner Marionetten an der Wange, ein Afroamerikaner um die fünfundzwanzig, Augen wie Schnee. Er wankt unter der Berührung, was mich amüsiert. Durchaus eine praktische Fähigkeit, wenn sich jemand mal widerborstig zeigt. Ob das auch bei Dämonen wirkt?

Ein Grollen dröhnt aus Sheols roter Brust. »Was ist dein größter Wunsch?«

Ich wende mich vom Speier ab. »Bist du plötzlich ein Djinn, oder was?« Ich gucke auf seine Stummelbeine. »Nun, ein bisschen Rauch und ein schicker Turban, und du gehst zumindest als Djafar durch ...«

Sheol zischt einen Befehl. Die Marionetten setzen auf mich zu, doch bevor sich der junge Mann auf mich werfen kann, packe ich ihn an der Stirn und schiebe ihn mit einem Ruck davon. »Schon gut, schon gut. Ich bleibe höflich. Deine Schwester zeigt da wesentlich mehr Humor.«

Ein Befehl auf altem Akkadisch, und die Menschen reihen sich wie Roboter zurück an die Wände.

»Dein größter Wunsch«, grollt der Dämon.

Ich überlege und schmatze dabei. »Der König von Amerika zu sein vielleicht? Oder Papst zu werden und eine Orgie im Vatikan zu veranstalten? Jedes Mal, wenn jemand kommt, steigt weißer Rauch auf?«

Sheol senkt finster den Blick. Das Feuer darin brennt, die quer geschlitzten Pupillen verengen sich.

Ich stopfe die Hände in die Jackentaschen. »Ich will nicht in den Himmel zurück«, sage ich wahrheitsgemäß. »Mein Herr hat mich gerufen. Ich verweigere mich dem Befehl, doch es ist schwer. Er ist ständig in meinem Kopf. Manchmal kann ich mich auf nichts anderes konzentrieren.«

»Ich kann dir helfen.« Er zischt das letzte Wort wie ein Kaiman.

Ich lache auf. »Vielen Dank, aber um in der Hölle zu landen brauche ich deine Assistenz nicht. Das schaffe ich ganz von allein. Es ist nicht deine viel zu heiße Sauna, die ich besuchen will – ich möchte hierbleiben, auf der Erde. Mir gefällt das Spiel, wenn ich es frei gestalten kann.«

Ernst stiert er mich an. Von dem, was Lazael erzählt hat und wie ich Sheol in seiner menschlichen Form bei der Pokerrunde von Bürgermeister Libowitz kennengelernt habe, hat er an Humor eingebüßt. Aber was soll ich sagen? Jeder hat mal einen schlechten Tag. Vor allem, wenn man seine Freundin und seine Beine verloren hat und einem Luzifer höchstpersönlich im Nacken sitzt. Höllenfürst im Rollstuhl? Ich bezweifle, dass der Teufel seinen Verlierer geduldig zwischen den Lava Pits durchschiebt und einen Ansteckorden verpasst, auf dem Teilgenommen ist auch gewonnen *steht.*

»Ich kann dir helfen.« Sein Ton lässt mich schlagartig ernst werden.

»Wie willst du das machen?«, frage ich skeptisch.

Sheol nickt. Die Art, wie er den Kopf hält, und die Muskelstränge an seinem Nacken machen deutlich, dass er es gewohnt ist, schwere Hörner zu tragen. Dumpfe Schritte erklingen. Die junge blonde Frau mit dem Seaquest-Shirt weicht zur Seite und lässt jemand anderes eintreten.

Im ersten Augenblick glaube ich, die ältere indisch-stämmige Frau trägt eine Plasmakugel. Im zweiten Moment setze ich einen Schritt zurück – ich spüre den Widerschein heiß auf meiner Haut. Höllenfeuer.

Doch das Leuchten ist zu klein. Ein Funke tanzt darin, gleißend wie Himmelslicht. Als die Fremde näher tritt, beginnt das Schandmal auf meinem Rücken zu prickeln – diesmal weit weniger unangenehm.

»Das ist ein Glutkorn aus der Hölle«, sagt Sheol. »Luzifer badete im Höllenfeuer. Er war der Einzige von euch, der den Kontakt überlebte.

Das hier ist nur ein schwacher Abklatsch von dem, was unser Herr durchgemacht hat. Es zu schlucken wird dir Höllenqualen bereiten; doch sterben wirst du daran nicht. Nicht, nachdem du deinen Gott bereits einmal im Stich gelassen hast.

Nimm es zu dir. Verführe die Auserwählte. Zeuge an meiner Stelle den Messias.«

Ich muss schlucken. »Aber ich bin ein Engel!«

»Ein Engel, der das Saatkorn der Hölle in sich trägt. Vergiss nicht, auch Luzifer war einst einer von euch. Verhilf mir zum Sieg, und ich sorge dafür, dass du auf der Erde bleiben kannst.«

Ich schieße herum. Unter meinem Hemd brennt das Schandmal, das mich vor allem eines gelehrt hat: Man kann Liebe nicht erzwingen.

Dann bleibt einem eben nur der Hass.

»Wie soll dir das gelingen?«, rufe ich. Der Kreuzanhänger an meiner Brust fühlt sich an, als würde ich einen Ziegel um meinen Hals schleppen.

Sheol mustert mich kühl. »Ich gehöre zu den Alten, genau wie Jezebel. Weißt du es denn nicht? Sie hat früher Engel dazu verholfen, auf der Erde zu bleiben. Was sie kann, vermag ich auch. Aber es kostet mich Macht. Einen Teil meiner selbst.

Ich bin willens, es zu geben, wenn du mir gibst, was ich brauche.«

Lazael

75

Meine Stimme klingt wie Reispapier. »E-ein Glutkorn aus der Hölle?«

Mitleidig sieht mich Azuriel an. Er hebt die Arme, zuckt mit den Schultern. »Sorry, Bro. Wenn dich eine Seite nicht zu schätzen weiß, dann wechselst du eben auf die andere. Kein Football-Verein würde das seinen Spielern krummnehmen. Es ist einfach … Business.«

Ich setze einen Schritt vor. »Du hast dem Teufel zum Sieg verholfen!«

Er lächelt nur.

»Wie konntest du so tief fallen?!«

Er stößt ein Schnauben aus. »Ich bitte dich! An dem Abend, als ich Eva zu Tode betrübt in der Bar aufspürte, war mir sofort klar, was dich von deiner Aufgabe abgelenkt hat. Du hattest die Auserwählte in der Hand und hast dich für einen anderen Schoß entschieden. Ich kann dich nicht einmal dafür verurteilen.«

Mein Blick zittert. Ich balle so krampfhaft die Hände zu Fäusten, dass meine Fingernägel durch die Haut spießen. »W-was wird aus dem Kind?«

»Ist doch nicht mein Bier. Ich bin der Erzeuger. Der Spieler. Der Gewinner. Was die Hölle mit ihm anfängt, interessiert mich nicht.«

Ein Kind, gezeugt von einem Engel mit der Essenz der Hölle … Mein Herz pumpt so rasch, als wäre ich einen Marathon gelaufen. Ich fühle mich, als stürzte ich erneut aus dem Himmel und klatschte auf einem Berggipfel auf.

Was hat er nur getan?

Und was ist mit mir?

Meine Entscheidung hat mich nicht nur den Sieg gekostet – sie hat gleich einen zweiten Fall provoziert. Ich habe nicht einfach nur versagt. Ich bin hoffnungslos gescheitert.

Mein Blick schnappt hoch. »Und Eva?«

»Was ist mit ihr?«

»Du hast ihr ein Kind der Hölle angehängt – denkst du denn gar nicht daran, was das für sie bedeutet?«

Azuriel zieht die Augenbraue hoch. »Männer zeugen in dieser Welt nun mal Kinder. Frauen kriegen sie. Das ist ihre Bestimmung.«

Ich drücke die Finger zusammen und hebe die Hand an.

Azuriel bemerkt es mit Belustigung. »Wirklich? Willst du es ganz altmodisch angehen?«

Ich setze auf ihn zu und knalle ihm die Faust ins Gesicht.

76

Sein Nasenbein knackt.

Azuriel stöhnt auf, taumelt zurück und hält sich das Gesicht. Unter seinen Fingern tropft Blut hervor. »Autsch. Das hab ich verdient, irgendwie«, presst er heraus.

Verblüfft bleibe ich stehen, den Arm zum nächsten Schlag erhoben.

Er blinzelt. Dann reißt er die Hände fort und schnappt: »KNIE NIEDER!«

Der Befehl kommt so überraschend, dass ich mich nicht wappnen kann. Die Möbel erzittern, die Fensterscheiben geben ein Wummern von sich, als das himmlische Wort gegen sie drückt. Abrupt knalle ich auf die Knie. Es knackt, ein scharfer Schmerz schießt mir durch die Beine. Ich hole Luft, da setzt Azuriel hinterher. »SCHWEIG!«

Mir bleibt die Luft weg. Mit wachsender Panik registriere ich, dass meinem aufgerissenen Mund nicht nur kein Laut entkommt, sondern auch mein Atem versagt.

Azuriel tritt über mich. Blut rinnt ihm übers Kinn. Seine Augen sind so blau wie der Himmel frühmorgens über Doverport.

Langsam knüpft er das Hemd auf. Als er es von den Schultern zieht, tropft das Blut auf seine blanke Brust. Er besitzt den Körper eines Gottes.

Er wendet sich um, das künstliche Licht spielt auf seiner goldenen Haut. Das Schandmal ist zu einem Gewirr aus erhabenen kohlschwarzen Linien verkommen – als hätte es ihm der Teufel mit einer Feder in den Rücken gekratzt. »Wenn du es einmal trägst, wirst du es nicht mehr los«, sagt er. »Es ist nicht wie bei deinem Auftrag, Lazael. Nach dem Fall kannst du nicht zurück in den Himmel steigen.«

Ich ringe um Luft.

Er wendet sich mir zu. »Ich hoffe, du wirst das irgendwann verstehen. Es war nichts Persönliches zwischen dir und mir. Ich … bin mir einfach nur wichtiger.«

Hasserfüllt verziehe ich den Mund.

Er geht vor mir in die Hocke. Berührt sachte mein Gesicht. Zieht die verspannten Muskeln nach, die Adern und Falten auf meiner Stirn.

Mein Herz rast, ich habe das Gefühl, dass meine Brust in Stücke springt. Im Himmel hatte ich nie das Bedürfnis zu atmen. Luft holen mussten wir nur, um unsere Stimmbänder zum Erklingen zu bringen. Nun beginnt mein Sichtfeld zu flimmern und damit Azuriels melancholischer Ausdruck. Er streicht mir über die Wange. »Es tut mir leid, Lazael.«

Der innere Druck wächst, presst meine Augäpfel schmerzhaft hervor. Ich weiß nicht, wie es Sheol gelingen konnte, sich auch nur ansatzweise dem göttlichen Befehl zu verweigern.

»Du warst mir einer meiner liebsten Geschwister, glaube mir.«

Ich spanne alles in mir an, mein Rumpf verkrampft, doch egal was ich tue, ich schaffe es nicht, die Barrikade zu überwinden. Vor Anstrengung presse ich Tränen hervor.

Abschließend streicht mir Azuriel übers Kinn. »Sieh es so,«, er löst sich von mir, »auch dein Wunsch geht in Erfüllung. Du musst nicht mehr in den öden Himmel zurückkehren. Möglicherweise vergibt dir unser Vater sogar. ER liebt seine Märtyrer.«

Etwas in mir reißt. Im ersten Augenblick weiß ich nicht, ob es nicht Bindegewebe ist, vielleicht mein Zwerchfell. Ein scharfer Schmerz schießt durch meinen gesamten Bauchraum. Doch für einen Augenblick, für einen klitzekleinen Augenblick bekomme ich wieder Luft.

»FAHR ZUR HÖLLE, AZURIEL!«, spucke ich aus.

77

Mein Bruder hält in der Drehung inne. Verwunderung spielt auf seinem Gesicht. Er öffnet den Mund – diesen sinnlichen, verführerischen Mund, der die Massen vor den Bildschirmen und auf den Kirchenbänken verführte, und ich erwarte schon den nächsten Rückschlag – als sich seine Lider weiten. Sein Blick irrt davon. Seine Unterlippe zittert. Sein Gesicht verliert an Farbe, als sähe er in das strafende Antlitz unseres Gottes.

Plötzlich gleißt ein Schmerz durch meinen Rücken. Azuriels Bann löst sich, und ich sacke vornüber. Ich schreie. Es fühlt sich an, als würde mir jemand das Fleisch von den Rippen schälen.

Mein Heulen wird von einem leisen »Was …?« unterbrochen. Ich beiße die Zähne zusammen, die Zunge verstopft weiteres Wimmern, und es gelingt mir aufzublicken.

Azuriel steht nur da. Seine Haut rötet sich. Ich blinzle. Mein Sichtfeld flimmert. Dadurch erkenne ich verspätet, dass vereinzelt rot-gelbe Funken durch die Luft tanzen.

Azuriel kippt den Kopf und hebt die zitternden Hände. Mit aufgerissenen Augen sieht er dabei zu, wie sich ihre Farbe verdunkelt, die Fingernägel sich schwarz verfärben und die Haut Blasen zu werfen beginnt.

Ich reiße die Augen auf.

Azuriel sieht mich an. Die Blasen platzen. Die Haut an seiner Brust schält sich und wird schwarz. Und plötzlich lecken Flammen aus seinem Fleisch.

Er reißt den Mund auf, als wollte er schreien – doch ein Feuerschwall lodert aus seiner Kehle. Funken überall. Der schwere, süße

Geruch von verbrennendem Fleisch. Da hüllt das Höllenfeuer Azuriel von Kopf bis Fuß ein, eine Stichflamme, die bis an die Decke schießt und dort einen Feuermelder aktiviert.

Wasser prasselt auf mich herab. Das Schrillen ist ohrenbetäubend, doch nichts im Vergleich zu dem letzten Schrei, den Azuriel ausstößt.

Das Feuer wallt noch einmal auf und zieht sich dann in sich zusammen. Es lässt nichts zurück als verbrannten Fußboden und schaukelnde Ascheflocken.

Ich stürze auf den Boden, der künstliche Regen geht auf mich nieder, durchnässt mein Hemd und lindert die Schmerzen. Irgendwann gelingt es mir, schluchzend die zitternde Hand unter den Kragen zu schieben. Meine Finger fahren über die heißen, feuchten Linien eines göttlichen Schandmals.

78

Im Nachhinein kann ich nicht sagen, wie ich es nach Hause geschafft habe. Ich weiß nur, dass Jezebel mich ins Schlafgemach schleppt, wo sie mich auf den Bauch bettet und mir die Wunden reinigt.

Die Künstler haben das Anwesen verlassen. So viel zu unserer kleinen Familie. Sie haben Angst vor Repressalien von Gott und Teufel.

Zu Recht.

Die Erschütterung hält mich fest im Griff. Ich kann nicht aufhören zu weinen. Azuriels nachhaltiger Betrug – nicht allein an mir, sondern an Gott und allen meinen Geschwistern –; die Offenbarung, dass Evas Kind das Glutkorn der Hölle in sich trägt; dass das alles nie ihre Entscheidung war, sondern von fremdem Willen aufgezwungen wurde; Azuriels Tod – all das kreist in einer Endlosschleife durch meinen Kopf.

Ich habe das Schandmal verdient.

Jezebel weint mit mir, bloß Feuertränen, die aus ihren Augen lecken. Sie bleibt bei mir und hält mich fest.

Die nächsten Tage verlasse ich nicht das Bett. Ich ertrage nur das elendige Klingeln in meinem Kopf, das mich in meine Heimat befiehlt.

Wer verliert, muss mit den Konsequenzen rechnen. Mein Gott ist kein gnädiger Gott. Wenn Er es wäre, gäbe es die Hölle nicht. Was immer mich dort oben auch erwartet – Vergebung muss man sich erst verdienen. Das Unwissen macht mich verrückt.

Erst nach Tagen, an denen mir Jez Gemüsebrühe aufzwingt, schaffe ich es aus dem Bett. Der Badezimmerspiegel verrät mir, dass das Schandmal zu demselben dunklen Geflecht abgeheilt ist wie bei

Azuriel. Jede Berührung schmerzt – wenn auch nicht wie bei einer frischen Wunde, sondern einer alten Narbe, die einen täglich an den schrecklichsten Tag seines Lebens erinnert.

Als ich aus dem Bad zurückkehre, wartet Jezebel im Schneidersitz auf dem Bett. Vorsichtig lächelt sie mir zu. Kurz verdrängt dieser Anblick das Klingeln in meinem Kopf.

»Du hast geduscht«, stellt sie fest. »Gut.«

Das Handtuch um die Hüfte, lasse ich mich neben ihr nieder. Sie lehnt sich gegen meine Schulter. Vorsichtig fährt sie über das Narbengeflecht.

»Der Bildhauer hatte recht, von mir enttäuscht zu sein«, sage ich. »Es ist, als hätte er in die Zukunft gesehen.«

»Niemand konnte wissen, was Sheol und Azuriel planen. Himmel und Hölle halten euch für Spielsteine. Aber sie sind es nicht, die euch auf dem Spielfeld verrücken. Jeder hat seinen eigenen Kopf.«

Ich wende meinen Blick ab. »Hätte mich jemand anderes gesteuert, wäre das alles vielleicht nie passiert.«

Zart küsst sie mich auf die Schulter. Ich schließe die Augen. Ich habe ihre Zuneigung nicht verdient. Dennoch halte ich sie nicht davon ab, mir durchs feuchte Haar zu streichen. »Es gibt noch etwas, das ich dir sagen muss.«

Sie hält in der Bewegung inne. »Hm?«

»Er ruft mich zurück.«

Ich spüre, wie sie neben mir versteift. »Er?«

»Mein Herr.«

Sie löst sich von mir. Vorsichtig sehe ich sie an. Ihr Ausdruck schmerzt schlimmer als all meine Narben.

Ich reibe mir geistesabwesend über den verheilten Speierbiss an meiner Schulter.

»Seit wann?«, fragt sie mit Fistelstimme.

»Seit einer Weile. Ich habe versucht, den Ruf zu ignorieren. Doch ich höre ihn ständig.« Ich sehe zum Fenster, zwischen den Zweigen der Zypressen zum Himmel. »Er will, dass ich zurückkehre. Ich vermute, um mich für mein Versagen zu strafen.«

Jez blinzelt hastig. »Was wirst du tun?« Sie spielt mit den Fingern in ihrem Schoß.

»Ich weiß es nicht.«

»Was wird ER tun, wenn du nicht auf ihn hörst?«

Ich muss an Azuriel denken. »Ich weiß es nicht.«

»Wird ER deine Geschwister schicken, um dich zu holen?«

Ich schweige. Eine Wiederholung ist nicht vonnöten.

Sie stützt die Stirn an meine Schulter und stößt ruckartig die Luft aus. So sitzen wir eine Weile in der vermeintlichen Stille. Nur ich vernehme das beständige Klingeln.

Jez und ich lieben uns diesen Nachmittag ausgiebig. Für diesen sehnsüchtigen Moment der Vereinigung gibt es keinen anderen Begriff. Wir kosten jeden Augenblick aus, jede noch so vorsichtig ausgeführte Bewegung, nicht wissend, wie es weitergehen soll. Wir sind allein mit unseren Entscheidungen. Allein in diesem Universum.

Zärtlich küsse ich sie auf den Mund, immer und immer wieder, streiche ihr durchs seidig weiche Haar. Sie fährt mit den Händen über meinen Rücken, als hätte sie jede noch so kleine Narbe lieb gewonnen, und ich verrate ihr nicht, dass es Schmerzen auslöst – denn diese passen mir momentan gut. Der Gedanke, Jez nicht mehr riechen, schmecken, spüren zu können, drückt mir aufs Herz.

Langsam, aber beständig kommen wir ans Ziel. Ich genieße es, wie sie dabei die Augen schließt und seufzt. Ein letztes, kleines menschliches Glück.

»Ich liebe dich«, flüstere ich.

Ihre Wimpern flattern. »W-was?«

»Ich liebe dich.«

Ein eigenartiger Augenblick der Stille entsteht, der sogar das Schrillen in meinem Kopf verschluckt. Ich blinzle, empfinde nicht unbedingt Reue über diese Offenbarung, aber durchaus Enttäuschung, dass sie meine Gefühle nicht umgehend erwidert. Dabei war ich mir so sicher gewesen!

Plötzlich biegt sie sich durch. Ein eigenartiger Schmerzenslaut drückt sich aus ihrer Kehle. Erschrocken stemme ich mein Gewicht von ihr, doch sie verkrampft erneut, presst den Kopf ins Kissen, wie manchmal, wenn sie zum Höhepunkt kommt. Aber diesmal ist es anders. Ich sehe nur das Augenweiß, und ihr gesamter Körper spannt sich an.

»Jez!«

Ihre Kehle biegt sich dermaßen, dass ich glaube, im nächsten Augenblick bricht ihr Genick. Das Schloss klingelt an dem Band aus *Kaltem Eisen*.

»Jez!« Ich packe sie an den Armen, rüttle sie. »Jez, was ist mit dir?«

Ein unauffälliges Schnappen ertönt. Das Schloss springt auf. Ich halte in meiner Bewegung inne und starre darauf hinab.

Im nächsten Augenblick saugt Jez lautstark die Luft ein – sie biegt sich aus dem Kissen, und dabei klappt das Band von ihr ab. Die Haut darunter ist grau und vernarbt.

»Jez!«, rufe ich aus und nehme sie in meine Arme.

Ein Zischen lässt meinen Blick fliegen. Die Bettdecke beginnt zu rauchen. Ich will nach dem *Kalten Eisen* greifen, um es fortzuwerfen, doch schreie auf, als ich mir daran die Hände verbrenne.

Der Eisenkragen glüht. Verdutzt starre ich ihn an, während in Jezebel auf meinem Schoß wieder Regung kommt. Da springt die Fessel auf mich zu und schlingt sich um meine Kehle.

79

Mit einem Aufschrei stürze ich zurück. Meine Narben raspeln schmerzhaft über die Bettkante, dann lande ich auf dem Boden. Alles dreht sich, das Band an meiner Gurgel glüht. Ich greife danach, fluche, als ich mich erneut verbrenne, doch lasse nicht los. Verzweifelt versuche ich, die Fessel von mir zu reißen, bemerke, wie sie sich unter meinen Händen verformt, irgendwie löchrig wird, aber ich vermag sie nicht zu sprengen. »Jez!«, rufe ich roh.

Ich stürze mit ausgestreckten Armen vor. Meine Finger fühlen sich dort, wo sie das Band berührt haben, eigenartig wächsern an. Ich will erneut zupacken, da erscheint Jez über der Bettkante und packt meine Schulter. »Nicht!«

Ich blinzle aufgelöst. »W-was ist passiert?«

Sie gleitet vom Bettrand und kommt nackt vor mir zu knien. Sie greift nach meinen Händen. »*Heißes Eisen*. Du kannst es nicht brechen.«

»W-was?« Ich blicke an mir hinab. Es kostet mich einige Verrenkungen, doch ich entdecke, dass sich das Band verändert hat. Es besteht nun aus einer rostigen Eisenkette, die von einem dicken Schloss zusammengehalten wird.

Jez hält meine Hände fest und sieht mich flehend an. »Es tut mir leid.«

»Was tut dir leid?«

»Es gibt keine andere Möglichkeit für meine Freiheit.«

Ich erstarre. Mit einem Ruck ziehe ich meine Hände aus ihrem Griff.

Sie wirkt betrübt, doch bemüht sich nicht um einen zweiten Versuch. Stattdessen hievt sie sich auf. »Es war die einzige Möglichkeit«, sagt sie leise. »Auch wenn ich es unendlich bedauere, dass du es geworden bist.«

Sprachlos sehe ich zu ihr empor.

Traurig sieht sie zu mir herab. Dann kippt sie den Kopf zurück und schließt die Augen – diesmal langsam und kontrolliert. Ein eigenartiges Sausen drückt mein Trommelfell ein. Die Augen zittern unter der dünnen Haut ihrer Lider. Ein warmer Luftzug streift über mich hinweg – etwas reibt über mein Gesicht, und für einen Augenblick habe ich das Gefühl, es wäre glutheißer Sand, der mir entgegengetragen wird.

Ich stürze nach hinten, als sich ihre Stirn zu beulen beginnt. Aus der Haut schälen sich Hörner, werden größer und drehen sich ineinander, bis sie weit über ihr Haupt reichen. Jezebels Beine biegen sich, knacken, als würden sie brechen. Sie werden unterhalb der Knie spindeldürr und setzen an den Füßen Hufe an. Fell sprießt aus ihrer Haut. Ihre Wirbelsäule verlängert sich, ihr Schweif biegt sich wie eine Schlange und setzt augenblicklich eine Quaste an, die unruhig hin und her peitscht.

Der ganze Prozess dauert kaum länger als ein paar Sekunden. Mit einem Seufzen lässt Jezebel die Arme sinken und schlägt die Augen auf. Gelb, rot, lila. Ihre Haut hat sich nur an einigen Stellen verfärbt.

Sie setzt einen Schritt auf mich zu, ihr Huf klackert. »Das ist meine Priesterinnengestalt. So habe ich Ištar einst in Babylon gedient. Vor Jesus Christi Geburt. Vor Luzifers Fall.«

Ich starre sie an.

»Ich war es, die meine Göttin gebeten hat, dem Bildhauer und dem Maler die Fähigkeit zu verleihen, andere zu verändern. Ištar nahm ein Stück von meiner Kraft, verformte sie, schenkte sie den Künstlern und machte sie damit zu einem wichtigen Bestandteil des Spiels. Vor allem … nachdem Ištars Priesterschaft fiel.

»Wenn du ihnen ihre Fähigkeiten verliehen hast, warum hast du sie nicht genutzt, um dich damit auf der Erde zu verbergen?«

»Ich habe es versucht. Doch auch wenn ich zwischen den Formen wechseln kann, bleibe ich immer noch unverkennbar ich. Ich kann nicht das Gesicht eines anderen annehmen, nicht das Geschlecht wechseln. Diese Varianz hat meine Göttin allein den beiden vermacht.

Ich war auf der Suche nach ihnen, doch deine Vorgänger fanden mich vorher und bannten meine Kräfte mit der Fessel.«

Ich blicke an mir herab. »Das Band …«

»Die Spiele haben nicht erst jüngst begonnen, Lazael. Sie haben immer gern gespielt, Himmel und Hölle. Jedes Schloss besitzt einen Schlüssel. Der Schlüssel zu dieser Fessel ist es, die Liebe des Widersachers zu erringen.«

Mein Herz gefriert, während die Haut unter der Kette kocht. »Die Liebeserklärung eines Engels …«

Ihr vielfarbiger Blick zuckt über mein Gesicht. »Oder eines Dämons, in deinem Fall.«

Ein Hoffnungsschimmer. Ich tauche auf sie zu. »Nimm es zurück!«

Mit einem Kopfschütteln zerstört sie meine Hoffnung. Sie erhebt sich. »Es tut mir leid.«

Ich balle die Hände zu Fäusten. Erbost rapple ich mich auf und setze einen Schritt auf sie zu. Auf ihren Hufen, in dieser Mischgestalt, stehen wir Auge in Auge. »Nimm es ab! Ich war es nicht, der dich gefangen genommen hat!«

Ich glaube ihr die Traurigkeit nicht, mit der sie die Brauen hebt. »Ich habe nahezu zwei Millennien auf diesen Augenblick gewartet, Lazael. Ich kann meine Freiheit nicht wieder einbüßen. Ich muss …«

Meine Hand schießt vor, ich packe sie am Arm und ziehe sie heran. Kaum ein Inch trennt unsere Gesichter. Ich will sie brutal küssen und ihr in die Visage spucken zugleich. »Sag es, oder ich zwinge dich.«

Sie lächelt. Ich glaube ihr die Melancholie in ihrem Blick nicht. Sie hebt die Hand, doch wagt es nicht, mich zu berühren. »Du kannst mich nicht verletzen«, sagt sie weich. »Das Band bindet dich an mich, wie es mich an dich gebunden hat. Es zwingt dich dazu, mir zu dienen, wie ich dir gedient habe.«

Ich blähe die Nasenflügel vor Angst, die zu Wut wird.

Nun legt sie die Hand doch an meine Brust. »Aber es muss keinen Unterschied machen, Lazael. Du warst gut zu mir.«

Ich halte die Tränen zurück. Sie hat mich betrogen. Ich will mir keine Blöße geben.

»Begleite mich, Lazael. Komm mit mir.«

»Mit dir?«, presse ich hervor.

Ihr Blick betastet mein Gesicht. »Ich habe einiges zu erledigen. Ich muss ein Versprechen einlösen. Bis ich das getan habe, werde ich dich beschützen, dir alle Wünsche erfüllen …«

»Alle Wünsche erfüllen? Wie wär's mit meiner Freiheit?«

Sie presst die Lippen zusammen. Diese wunderschönen Lippen, dunkel und prall – wie mit Gift gefüllt. Ich hasse sie. Ich liebe sie.

Ihr Schweigen spricht für sich.

»Du hast mich angelogen …!«, zische ich.

Sie bleibt ruhig. Das macht mich nur noch wütender. »Schon vergessen? Die Hölle ist kein Ort der Lügen. Sie ist ein Ort der unangenehmen Wahrheiten.« Trotzdem rückt sie näher an mich heran. »Lazael«, beschwört sie mich leise. »Alles, was ich gesagt oder getan habe, ist wahr. Ich kann nie über meine Gefühle sprechen, doch ich denke, du hast sie gespürt. Wenn du bei mir bleibst, kann es so sein, wie es bis jetzt war. Ich gebe dir alle Freiheiten, die mit diesem Band möglich sind.«

Ich versuche ihr mit meinem Blick die Haut vom Gesicht zu schälen. Gleichzeitig empfinde ich Trauer wie noch nie zuvor in meinem Leben. Für einen Augenblick, einen langen, langen Augenblick, überlege ich wirklich, ihr Angebot anzunehmen.

Da kommt mir etwas in den Sinn. »Du hast es bei ihm auch versucht, nicht wahr? Meinem Bruder?«

Sie wendet den Blick ab und schweigt.

»Nur ich war so dumm, darauf reinzufallen.« Ich schwanke einen Schritt zurück. Ich bin ein Wrack. Die Emotionen konsumieren mich. Alles tut weh. Wie konnte ich jemals auf dieser Welt bleiben wollen? Im Himmel würde ich augenblicklich aufhören, mich so zu fühlen.

Da bemerke ich es erst. Das Läuten in meinem Kopf hat ausgesetzt.

Ich lausche. Nichts.

Das Blut rinnt aus meinen Wangen.

»Lazael …«, beschwört Jezebel meinen Namen erneut.

»Schweig!« Es hätte ein göttlicher Befehl sein sollen, doch der Versuch misslingt. Der Druck hinter meinen Augen wächst ins Unermessliche. Ich beginne zu begreifen, was das alles bedeutet.

Ein schwankender Schritt trägt mich von ihr fort, noch einer. Hysterisch lache ich auf. »Du willst mir die Wahl lassen, bei dir zu bleiben? Was für eine Wahl soll das sein – wenn ich an dich gefesselt bin?« Ich berühre die Kette an meiner Gurgel und verbrenne mich.

»Was für mich also gut genug war, ist es nicht für dich?«

»Ich habe dich nicht gefangen genommen!«

»Und dennoch warst du mein Herr.«

»Ich habe mir das nie ausgesucht!«

»Ich ebenfalls nicht.«

Ich hasse sie dafür. Ich liebe sie.

Sie wirkt gefasst. »Wenn du gehen willst, dann geh. Ich zwinge dich nicht, bei mir zu bleiben. Das, was ich vorhabe, wird Opfer kosten. Das hier ist dann wohl das erste.«

»Was du vorhast?«

»Nach dem Versagen meines Bruders und … dem hier …« Sie muss fortsehen. »… wird Luzifer mir sicher eine zweite Chance geben.«

Mein Lachen ätzt selbst in meinen Ohren. »Du willst zurück in die Hölle und dich bei dem Gefallenen einschmeicheln? Er hat deine Familie ausradiert – aber was bedeutet das nach zweitausend Jahren noch!«

»Alles«, sagt sie leise. »Und ich werde dafür sorgen, dass jeder, der beteiligt war, dafür büßen muss.«

Mein Kopf kann diese Anspielung nicht verarbeiten. Mit plumpen Schritten halte ich auf sie zu, bis ich beinahe gegen sie pralle. »Du glaubst, nach diesem Verrat können wir einfach weitermachen, wo wir aufgehört haben? Du glaubst, ich könnte dir das jemals verzeihen?«

»Ist es dein gekränktes Ego, das aus dir spricht, oder liebst du mich tatsächlich nicht mehr?«

»Ich werde niemals jemanden wie dich lieben können!«

Sie sagt dazu nichts. Wir beide wissen um die Lüge – denn hätte ich gelogen, hätte sich das Band nicht gelöst.

Flammen lecken aus ihren Augen. *Krokodilstränen.* »Ich wünschte, es wäre anders gekommen. Ich wünschte, Azuriel hätte mich befreit und wir könnten unbefangen zusammen sein. Aber Azuriel wollte nur, dass ich ihn liebe – jemand anderen als sich lieben, das kann er nicht.

Ich werde dich nicht aufhalten, Lazael. Aber wenn du erst mal das Tor zum Domizil verlässt, bist du auf dich allein gestellt. Dann kann ich dir nicht mehr helfen. Dann bist du Freiwild. Für Jäger beider Seiten.«

Engel und Dämonen, Himmel und Hölle. Mein Blick rückt in die Höhe. Mein Gott läutet nicht mehr nach mir. Er hat sich von mir abgekehrt, wie Luzifer sich einst von Jezebel abgekehrt hat.

Abrupt löse ich meine Erstarrung, spurte in den begehbaren Kleiderschrank und werfe dort wahllos Kleidungsstücke in eine Tasche. Ich zittere am ganzen Körper. Ich strample mich in eine Hose und einen Mantel, schlüpfe in irgendwelche Schuhe – es ist mir sogar egal, ob sie zusammengehören. Mit dem Gepäck unter dem Arm mache ich mich auf den Weg zur Schlafzimmertür.

Mit einem gewissen Maß an Genugtuung bemerke ich, dass Jez bedröppelt zu Boden sieht. Möglicherweise eine weitere Lüge, doch diese nehme ich bereitwillig an. Kurz halte ich vor ihr an. »Ich hasse dich«, sage ich und wende mich von ihr ab. Entschieden laufe ich zur Tür. Der Boden bebt, als ich sie hinter mir zuwerfe.

Ich hasse dich.

Ich liebe dich.

Denn wer wahrhaft hasst, muss erst lieben.

Katharina V. Haderer

Das Hotel

ISBN: 978-3-95991-313-3, Softcover

Haben wir uns nicht alle eine Auszeit verdient?

Alles, was Alice will, ist ein geruhsamer Urlaub auf einer vom Meer umrauschten Insel – als plötzlich die Jugendliche aus dem Nebenzimmer verschwindet. Alice forscht nach, doch niemand will das Mädchen kennen. Weder die Gäste noch das übereifrige Personal, ja, nicht einmal die Eltern des Kindes. Stimmt etwas nicht mit Alice' Erinnerungen?

Der Einzige, der Alice nicht für verrückt erklärt, ist der mürrische Kellner Aron, der Geheimnisse über das Hotel zu wahren scheint … Alice versucht, den Kellner auf ihre Seite zu ziehen.

Doch will sie die Wahrheit über die Insel wirklich erfahren?

Ist dieser Ort überhaupt das, was er zu sein scheint?

Magali Volkmann

Die Republik der Knochen

ISBN: 978-3-95991-963-0, Softcover mit Farbschnitt

Eines Tages soll Riora über die Republik Anamoya regieren – zumindest, wenn es nach ihrem Onkel geht, der sie neben der Politik auch die geheime Kunst der Nekromantie lehrt. Doch als ihre Mutter ermordet wird, scheitert ihre Magie, und Rioras Welt bricht in sich zusammen. Warum musste ihre Mutter sterben? Welche Geheimnisse verbirgt die Republik, die von Intrigen und Korruption durchzogen ist?

Riora schwört sich, den Schuldigen zu finden, wobei sie unerwartete Hilfe von dem Künstler Arias erhält. Obwohl sie sofort mit ihm aneinandergerät, muss sie ihm vertrauen. Denn ihre Familie ist nicht die einzige, die verbotene Magie beherrscht – und der Mörder hat weitaus mehr vor, als Blut in Anamoya zu vergießen …

Maya Shepherd

Jack the Ripper's Sammlung der Herzen

ISBN: 978-3-95991-751-3, Softcover mit Farbschnitt

Mein Name ist Mary Jane Kelly, den meisten dürfte ich jedoch besser bekannt sein als das fünfte Opfer des berüchtigten Serienmörders Jack the Ripper. Nach meinem Tod fand meine Seele keinen Frieden, sondern wurde von meinem Mörder mit dunkler Magie festgehalten. Er will mir und all seinen anderen Opfern die Möglichkeit geben, für Gerechtigkeit zu sorgen und Rache an all jenen zu nehmen, die uns im Leben unrecht taten.

Doch schon bald muss ich erkennen, dass meine vermeintliche Freiheit nichts als eine Illusion ist, solang Jack the Ripper im Besitz meines Herzens ist. Für ihn bin ich nicht mehr als eine Schachfigur, die er nach Belieben lenken kann, um seinem Ziel näher zu kommen, die Königin zu stürzen. Zusammen mit Inspektor Abberline versuche ich hinter die Identität des Rippers zu kommen, um weiteres Blutvergießen zu verhindern. Jemand, der bereits tot ist, hat schließlich nichts mehr zu verlieren, oder?